손
암
집

손암집 1

遜庵集

申晟圭 지음

남춘우 역주
신상필
이연순
이영준

오늘날 우리들은 우리가 가꿔온 지난 과거를 너무 쉽게 잊고 산다. 시간에 쫓기며 살아야 하는 현대인의 삶이 그렇게 부추기고 있을 지도 모른다. 하지만 그보다는 우리가 축적해온 과거의 전통을 낡고 케케묵은 것으로 치부해버리는 관습 때문에 그러한 것일 터다. 그러나 수천 년 동안 우리의 선조들이 일구어온 지난 과거의 전통이 그리 쉽게 잊혀져도 좋을 만큼, 보잘것없는 것에 불과한 것인가. 그렇지 않다. 중국·일본 등과 함께 오랜 세월 동아시아 문명을 공유하며, 우리가 꿈꾸고 일궈왔던 지난날의 유교문명은 세계사적으로도 그 유례를 찾기 힘들 정도로 찬란한 것이었다.

그럼에도 우리는 지난 과거를 쉽게 잊고, 특히 그것이 중앙과 멀리 떨어진 지역의 과거일수록 더욱 쉽게 잊어버리고 만다. 하지만 중앙에 매몰되어 사는 사람은 변방에서 일어나고 있는 약동의 움직임을 감지하지 못하는 법이다. 모든 변화의 바람은 변방에서 불어오는 것인 바, 선비의 나라로 자부하는 조선의 유교문명도 지역의 사림(士林)이 끊임없이 추구해온 인문정신의 소산이었음은 잘 알려진 사실이다. 우리가 오랫동안 지켜온 과거의 전통문화와 우리를 곧추세워온 지역의 정신문화가 지금의 우리를 거듭나게 만드는 진정한 힘이라고 굳게 믿고 있는 까닭이다.

우리는 중앙으로부터 멀리 떨어진 영남의 밀양이라는 지역과 그곳에서 정신문화를 일궈왔던 선유(先儒)들의 삶을 공부하며 그런 경이로운 실례를 하나하나 확인하고 있다. 이곳 밀양은 일찍이 춘정(春亭) 변계량(卞季良), 점필재(佔畢齋) 김종직(金宗直), 송계(松溪) 신계성(申季誠)

등 수많은 선현의 인문정신과 삶의 자취가 면면하게 이어지고 있는 조선 유교문명의 너른 터전이었다. 그리고 그러한 정신은 일제에 의해 강제로 나라를 빼앗기고 이데올로기에 의해 민족상잔을 겪는 얼룩진 역경에도 불구하고 조금도 줄어들지 않았다. 우리는 그런 생생한 모범을 송계 선생의 후손이기도 한, 손암(遜庵) 신성규(申晟圭) 선생의 삶에서 직접 목도하게 된다.

손암 선생은 일제가 강압으로 외교권을 박탈한 을사늑약이 체결되던 1905년 밀양에서 태어나 1971년 세상을 떠난 올곧은 유학자이자 전통지식인이었다. 그 시대는 우리 근·현대사의 숱한 간난을 고스란히 간직하고 있는 시기이기도 했다. 그런 만큼 선생의 삶도 파란만장할 수밖에 없었다. 어린 시절 부친으로부터 학문의 길에 들어선 이래, 당대 학덕이 높던 소눌(小訥) 노상직(盧相稷), 금주(錦洲) 허채(許埰), 성헌(省軒) 이병희(李炳憙) 선생에게 사사를 받아 전통학문의 진수를 체득하여 시문은 물론 경학과 성리설에도 일가를 이루었다. 하지만 선생의 지난 발자취가 더욱 소중하게 기억되는 이유는 온갖 역경에도 불구하고 드넓은 학문세계와 성성한 시대정신으로 지금의 우리를 일깨우고 있다는 점 때문이다. 일제의 단발령과 강제징병에 맞서 가족을 이끌고 덕유산에 들어가 몸소 농사지으며 온몸으로 저항했고, 해방된 이후에는 지역 선비들과 명륜학원(明倫學院)을 만들어 후진 교육에 정력을 기울였으며, 일본과의 굴욕적인 교류협정에 반대하여 〈한일국교반대건의서(韓日國交反對建議書)〉를 짓던 선생의 강직한 선비정신은 지금까지 우리의 가슴을 서늘하게 만든다.

우리는 손암 선생의 문집을 번역하면서 오늘날 이처럼 큰 어른을 좀처럼 만나 뵙기 어렵다는 사실에 안타까운 마음을 금할 수 없었다. 그런

가운데 부산대 점필재연구소의 전문역자들과 한국고전번역원 밀양분원에서 한학을 공부하는 학생들이 힘을 합쳐 번역작업을 해가면서 지난 시절 우뚝했던 선비정신을 조금이라도 맛보았던 것은 커다란 행복이자 분외의 보람이기도 했다. 이런 번역작업의 마무리 단계에서 꼼꼼하게 읽고 짚어주신 정경주·최석기·정석태 교수의 노고에 대한 고마움도 잊을 수 없다. 끝으로 지역의 큰 어른과 직접 대면하는 계기를 만들어주신 손암 선생의 손자 신숭철(申崇澈) 대사님과 격려를 아끼지 않으셨던 문중 어르신들께 머리 숙여 깊이 감사드린다.

부산대학교 점필재연구소 소장 정출헌

일러두기

1. 본 번역서는 손암(遜庵) 신성규(申晟圭)의 문집을 후손가에서 영인한 《손암집(遜庵集)》(전9권)을 저본으로 삼았다.
2. 저본 가운데 5~6권의 〈논어강의(論語講義)〉는 성격상 별책으로 구성될 필요가 있어 1~4권을 1책, 7~9권을 2책, 5~6권을 3책으로 엮었다.
3. 내용이 간단한 역주는 간주(間註)로, 긴 역주는 각주(脚註)로 처리하였다.
4. 한자는 필요한 경우 이해를 돕기 위하여 넣었으며, 운문(韻文)은 원문을 병기하였다.
5. 맞춤법과 띄어쓰기는 한글 맞춤법과 표준어 규정을 따랐다.
6. 이 책에 사용한 부호는 다음과 같다.
   ( ) : 번역문과 음이 같은 한자를 묶는다.
   〔 〕: 번역문과 뜻은 같으나 음이 다른 한자를 묶는다.
   【 】: 저본의 작은 글씨를 묶는다.
   《 》: 책명을 묶는다.
   〈 〉: 책의 편명 및 운문과 산문의 제목을 묶는다.
   " " : 대화 등의 인용문을 묶는다.
   ' ' : " " 안의 재인용 또는 강조문구를 묶는다.

손암집 제1권

시詩

손암집 제2권

시詩

손암집 제3권

서書

기記

손암집 제4권

서序

발跋

손암문집서

遜庵文集序

세상에서 문장을 담론하는 사람들은 으레 "문(文)을 잘하는 사람은 시(詩)를 잘 짓지 못하고, 시를 잘하는 사람은 문을 잘 짓지 못한다."라고 말하는데 어찌 그렇기만 하겠는가? 혹 잘하고 못하는 우열이 있다고 말할 수는 있어도 어찌 전혀 짓지 못하는 데에야 이르겠는가? 저런 말을 따르자면 문과 시만이 그러한 것이 아니다. 문이라는 한 가지 일만으로 말해보아도 기술(記述)을 잘 하는 사람이 있고 논설(論說)을 잘 짓는 사람이 있으며, 서소(書疏)에 능한 사람이 있고 애뢰(哀誄)를 잘 하는 사람도 있어 사람마다 다름이 있다. 시도 마찬가지여서 고시(古詩)를 잘 짓는 사람이 있고 근체시(近體詩)를 잘 하는 사람이 있으며, 오언(五言)에 능한 사람이 있고 칠언(七言)을 잘하는 사람도 있으니, 이는 한 가지 기준으로 말할 수 없다. 대개 사람에게는 성품에 좋아하는 바가 있듯이 기예에도 전공하는 바가 있는 것이다. 이적선(李謫仙)[1]이 시를 전공하였으나 〈한 형주에게 올리는 편지[上韓荊州書]〉가 있고, 증남풍(曾南豊)[2]이 문을 전공하였으나 〈우미인초(虞美人草)〉 등의 시가 있어

---

1 이적선(李謫仙) : 이백(李白, 701~762)을 말한다. 중국 당(唐)나라 시인으로 호는 청련거사(靑蓮居士)이다. 적선은 인간 세상에 귀양 온 신선이란 의미로 이백이 처음 장안(長安)에 들어갔을 때 하지장(賀知章)이 그를 처음 만나 문장을 보고는 "그대는 적선인(謫仙人)이로다."라고 감탄하였다 한다.

2 증남풍(曾南豊) : 증공(曾鞏)을 말한다. 중국 송(宋)나라 남풍(南豊) 사람으로 자는 자고(子固), 시호는 문정(文定)이다. 특히 문장에 뛰어나고 효우(孝友)가 특출하여 남풍

《고문진보(古文眞寶)》의 전집(前集)과 후집(後集)을 편찬한 사람이 그 사이에 넣었으니 서로 숨길 수 없음이 이와 같다. 이로 말미암아 보건대, 저런 설을 주장하는 것은 세속의 논의인 줄 알겠다.

손암(遜庵) 신군(申君) 성일(聖日)은 허금주(許錦洲) 선생[3]을 따라 배워 약관 시절부터 시로써 일가의 명성을 이루었다. 내가 한 번 만나보고 싶었으나 가난과 병이 잇따라 그의 집을 찾아가지 못한 채 오직 마음으로만 생각하고 있었다. 정해년(1947) 가을 대구의 벗 허호석(許護石)[4]의 처소에서 해후하였는데, 호석은 바로 금주 선생의 손자이다. 함께 술을 마시고 시를 읊으며 며칠을 지냈는데 마치 평생 사귄 사람과 같았고 이때부터 자주 만나볼 수 있었다. 그러나 남한과 북한이 큰 전쟁을 벌여 비처럼 내리는 총탄이 허공에 가득하여 다만 꿈에서 찾아보고 마음만 달려간 것이 십여 년이 되었다. 군은 평소 이름난 산수를 좋아하여 전쟁이 진정된 뒤에 설악산과 속리산 등 여러 산을 올라보고 내가 살던 서울집에 들러 며칠 즐거움을 나누다 시 몇 편을 얻어 돌아갔다. 돌아간 지 얼마 지나지 않아 병이 났다는 소식을 들었고 병이 난지 얼마 후에 부음을 받았으니, 군이 비록 나이가 들기는 했으나 이런 지경에 갑자기 이르리라고는 생각지 않았다.

선생(南豊先生)이란 별호가 붙었으며, 당송 팔대가(唐宋八大家)의 한 사람이다.

3 허금주(許錦洲) 선생 : 허채(許采, 1859~1935)를 말한다. 자는 경무(景懋), 호는 금주(錦洲), 본관은 김해(金海)이다. 경상남도 밀양시 단장(丹場)에서 살았다. 성재(性齋) 허전(許傳, 1797~1886)과 만구(晩求) 이종기(李種杞, 1837~1902)의 문인이다. 1891년 (고종28)에 진사에 합격했다. 저서로는 《금주집》이 있고, 이상정(李象靖, 1711~1781)의 《대산집(大山集)》 가운데 서찰을 대상으로 《대산서절요(大山書節要)》를 편찬하였다.

4 허호석(許護石) : 허섭(許涉)을 말한다. 자는 천응(天應), 호는 호석(護石)이다.

호석이 그 시문을 거두어 3책으로 만들어 내게 보여주며 "이 사람이 시에 이름이 있었기에 그 문을 칭찬하는 사람이 드무네. 하지만 또한 전할 만한 것이니 자네가 끝에 한 마디 말을 적어주길 부탁하네."라고 말하였다. 두세 차례나 재촉하였으나 급하게 감히 글을 써내지 못했던 것은 우선 그 알맞은 말을 찾지 못해서였다. 대개 지나치게 추켜세우면 아첨하는 일이 되고 조금 누르자니 굽히는 것이 되어, 추켜세우지도 굽히지도 않는 사이에 절충하여 생각을 펼쳐 호석에게 판단해 주기를 청하려 하였는데, 마치지를 못하여 호석도 죽고 말았으니, 슬프구나! 사람의 일을 말할 수 없음이여.

지금 나의 소견으로 논하자면, 그 시는 마치 땅에 던지면 쇠 소리가 쟁그랑 울리는 것과 같기 때문에 사람들이 모두 쉽게 듣지만, 그 문은 전전긍긍하며 스스로 지켜 지나치게 소심하여 특이한 문채를 드러내지 않았기에 사람들이 혹여 살피지 못하니, 진실로 평가하기 쉽지 않은 것이다. 어찌하면 두 사람을 구천에서 일어나도록 하여 나의 말을 물어볼 수 있으랴. 슬프구나!

창산(昌山) 조규철(曺圭喆)[5]이 쓰다.

---

5 조규철(曺圭喆) : 1906~1982. 자는 여명(汝明), 호는 우인(于人), 본관은 창녕(昌寧)이다. 경상북도 영천읍 죽전동(竹田洞)에서 태어났다. 조지환(曺之煥)의 종질이고, 조신환(曺臣煥)의 아들이며, 심재(深齋) 조긍섭(曺兢燮, 1873~1933)의 문인이다. 저서로는 《숙야재총고(夙夜齋叢稿)》가 있다.

遜庵文集序

世之譚文章者類曰:"工於文者, 不能詩; 工於詩者, 不能文."豈其然乎? 容有優劣云爾, 豈至全不能爲乎? 由彼之說, 不徒文與詩爲然. 以文之一事而言之, 有善爲記述者, 有善爲論說者, 有善爲書疏者, 有善爲哀誄者, 人各有異. 詩亦然, 有善爲古詩者, 有善爲近體者, 有善爲五言者, 有善爲七言者, 此不可以一槩論也. 盖其人者, 性有所好而藝有所專也. 李謫仙之專於詩而有〈上韓荊州書〉; 曾南豊之專於文而有〈虞美人草〉等詩, 編《古文眞寶》前後集者, 入之其間, 其不可相掩也, 有如是. 由此觀之, 爲彼說者, 知世俗論也.

遜庵申君聖日, 從許錦洲先生學, 自弱冠時, 以詩成一家名. 竊欲一見, 而貧病相仍, 未能往叩其扃, 惟心識之. 丁亥秋邂逅於達府之許友護石處, 護石卽錦洲先生孫也. 相與飮酒賦詩, 數日周旋, 如平生交, 從此可以數相見. 而南北大閧, 彈雨漲空, 徒夢往神馳者, 十有餘載矣. 君素好名山水, 亂定後, 踏破雪嶽·俗離諸山, 過余于京寓, 作幾日歡, 得詩屢篇而歸. 歸未幾而以病聞, 病未幾而以死聞, 君雖老, 然不謂其遽至於斯也.

護石收其詩文爲三冊而示余, 曰:"此君名於詩, 故其文則人尠稱之. 然亦自可傳, 請子之爲一言於其端."而至再三督然, 卒卒不敢出者, 姑未得其着題語也. 盖過揚則諛, 稍抑則屈, 欲衷之於不揚不屈之間 而運之意緒, 請護石斷之, 未果而護石亦死, 悲夫人事之無謂也!

今以余之所見, 而論其詩, 則如擲地金聲鏗然發響, 故人皆易聞; 其文, 則戰兢自持, 過於小心, 而不放異釆, 故人或未察焉, 固未易軒輊也. 安得起二君於九原, 以余言而質之也? 噫!

昌山曺圭喆序.

손암집
遜庵集

제1권

詩시

시 詩

늦봄에 우연히 읊다
春晚偶成

보슬보슬 내리는 봄비 가늘어 소리 없는데	霏霏春雨細無聲
베개에 기댄 고운 자태 잠에서 깨려고 하네	倚枕輕盈睡欲醒
별달리 은은한 향기 꿈속에 들어오니	別有暗香來入夢
옥빛 매화 아래에 새벽바람 생겨나네	玉梅花下曉風生

금주 허 선생[1] 채 의 중뢰석[2]에서 삼가 춘자운을 쓰다
錦洲許先生 琛 重牢席 謹用春字韻

두 노인이 아울러 지내온 지 백육십이니	二老兼經百六旬
복숭아나무의 열매 많고 그 잎이 무성하네[3]	瑤桃實蕡葉蓁蓁
금강[4]은 완연히 항하의 성질이고	錦江宛是恒河性
태악[5]은 태백의 정신을 모아 이루었네	台岳鍾成太白神
이를 통해 알겠노라, 만년에 무궁한 복을 누림이	從知晩歲無窮餉
모두 평소 손님 대하는 공경함에서 나왔음을	盡自平居相對賓
기쁘도다 대장, 태, 림, 복이	喜哉大壯泰臨復
와서 어진 집안에 사대의 봄이 됨이여	來作仁家四世春

1 금주(錦洲) 허 선생(許先生) : 허채(許琛, 1859~1935)를 말한다. 자는 경무(景懋), 호는 금주(錦洲), 본관은 김해(金海)이다. 경상남도 밀양시 단장(丹場)에서 살았다. 성재(性齋) 허전(許傳, 1797~1886)과 만구(晩求) 이종기(李種杞, 1837~1902)의 문인이다. 1891년(고종28)에 진사에 합격했다. 저서로는《금주집》이 있고, 이상정(李象靖, 1711~1781)의《대산집(大山集)》가운데 서찰을 대상으로《대산서절요(大山書節要)》를 편찬하였다.

2 중뢰석(重牢席) : 부부가 결혼한 지 60주년을 맞이하는 회혼례(回婚禮)를 일컫는 말로 '중뢰연(重牢宴)'이라고도 한다.

3 복숭아나무의……무성하네 : 이는《시경》〈도요(桃夭)〉"복숭아나무의 어리고 예쁨이여, 많고 많은 그 열매로다. 이 아가씨의 시집감이여, 그 가실(家室)을 화순하게 하리로다. 복숭아나무의 어리고 예쁨이여, 그 잎이 무성하고 무성하도다. 이 아가씨의 시집감이여 그 집안사람들을 화순하게 하리로다.〔桃之夭夭, 有蕡其實. 之子于歸, 宜其家室. 桃之夭夭, 其葉蓁蓁. 之子于歸, 宜其家人.〕"라는 구절을 인용한 것이다.

4 금강(錦江) : 밀양시 단장면 단정 동네 앞으로 흐르는 단장천을 말한다.

5 태악(台岳) : 단장면 남쪽, 삼랑진 동편에 위치한 천태산을 말한다.

삼가 선사 금주 선생께 올리다 세 수 가운데에 마지막 수는 모두 빠졌다
謹呈先師錦洲先生 三首中末首全缺

요임금이 말씀하신 네 글자가 이미 많은데	堯言四字已云多
순임금은 다시 어째서 세 구를 더하셨는가[6]	三句加來舜復何
후대에 도리어 번잡한 말들 생겨났지만	後世却生煩說話
도끼자루 잡고서 도끼자루 만들 자[7] 몇 일까	幾人能執柯爲柯

공부는 요컨대 반드시 말이 많아서는 안 되니	工夫要必不多言
경이라는 한 글자 처방이 곧 이에 보존되었네	敬字單方卽此存
이하 일실됨	缺

---

6 요임금이⋯⋯더하셨는가 : 요(堯)가 순(舜)에게 선위하며 "진실로 그 중을 잡도록 하라.〔允執厥中〕"고 말하였고, 순이 우(禹)에게 선위하며 이 말 앞에 "인심은 위태롭고 도심은 은미하니, 정히 살피고 한결같이 하라.〔人心惟危, 道心惟微, 惟精惟一.〕"는 세 구를 덧붙였다는 내용이 《고문상서(古文尙書)》〈대우모(大禹謨)〉에 보인다.

7 도끼자루⋯⋯자 : 《시경》〈벌가(伐柯)〉에 나오는 말로 자신이 가진 가까운 것에서 취하면 되지 먼 곳까지 갈 필요 없음을 일컫는 말이다.

주산에서 이성헌 선생[8] 병희 의 행헌[9]에 화답하여 드리다
珠山和呈李省軒先生 炳憙 行幰

서쪽 누각 석양 가에 높이 의지하니	西樓高倚夕陽邊
서글프게 선원을 바라보니 저녁연기 자욱하네	悵望仙源鎖暮烟
소식은 긴 길이 미끄러운 것과 상관없고	信息無關長道滑
어두운 길에는 한 등불 걸려 있음을 다시 보네	昏衢還見一燈懸
함곡관 자줏빛 기운은 청우자이고[10]	函關紫氣靑牛子
향화사의 풍류는 백낙천이네[11]	香社風流白樂天
이 모임이 다만 아름다운 일로 전할 만하니	玆會祇堪傳美事

---

8 이성헌(李省軒) 선생 : 이병희(李炳憙, 1859~1938)를 말한다. 자는 경회(景晦) · 응회(應晦), 호는 성헌(省軒), 본관은 여주(驪州)이다. 경상남도 밀양의 퇴로 출생으로, 아버지는 이익구(李翊九), 만구(晩求) 이종기(李種杞, 1837~1902)의 문인이다. 국채보상운동에 참가하여 단연회(斷烟會)지부를 조직하였고, 3 · 1운동 후 정진의숙(正進義塾)을 설립하여 지방교육의 발전에 여생을 바쳤으며, 《성호집(星湖集)》을 간행하였다. 저서로는 《성헌집》, 《조선사강목(朝鮮史綱目)》, 《성헌요언별고(省軒堯言別稿)》 등이 있다.

9 행헌 : 먼 길을 떠나가는 수레를 가리키는 말이다.

10 함곡관……청우자이고 : 함곡관 관령(關令)이었던 윤희(尹喜)가 관문 위에 자기(紫氣)가 떠 있음을 보고는 현인이 올 것이라 여겼는데, 얼마 뒤 주(周)나라의 쇠운을 알고서 서쪽으로 떠나던 노자(老子)가 청우를 타고 왔다. 이에 윤희가 글을 청하니 노자가 《도덕경(道德經)》을 지어 주고는 떠났다는 고사가 있다. 《列仙傳 上》

11 향화사의……백낙천이네 : 당 무종(唐武宗) 때 백거이(白居易)가 형부 상서(刑部尚書)에서 물러나 향산거사(香山居士)라 자호하고는 승려 여만(如滿) 등과 향화사(香火社)를 결성하여 만년을 보낸 고사가 전한다. 《舊唐書 卷166 白居易列傳》

덕성[12]은 긴 밤에 자리 앞을 비추네   德星遙夜照筵前

주산에서 허충여 건 손중열 태석 이가문 병호 안미숙 병목 허천응 섭 과 봄날에 함께 읊다

珠山與許忠汝 謇 孫仲說 兌錫 李可文 炳虎 安眉淑 秉穆 許天應 涉 春日 共賦

갠 뒤에 높다란 서재 낮 꿈이 맑으니	霽後高齋午夢淸
눈앞에는 뜻을 기쁘게 하지 않는 물건이 없네	眼前無物不歡情
풍류는 긴 해에 버들이 물에 잠기고	風流日永柳沈水
금수는 맑게 갠 봄날에 꽃이 성에 가득하네	錦繡春晴花滿城
갖가지로 우는 새 마음에 즐겁고	百般啼鳥關心樂
가벼운 바람 얼굴 스치는 대로 둔다네	一任輕風拂面生
만약 좋은 날에 길이 마시지 않는다면	若使佳辰長不飮
시선이란 이름은 도로 헛된 것이 된다오	詩仙還是屬虛名

손장 세경 진혁 허충여 손중열 안미숙 허천응 손공국 영수과 칠탄정[13]에 올라

與孫丈世卿 振奕 許忠汝孫仲說安眉淑許天應孫公國 寧秀 登七灘亭

이미 충분히 산 높고 물 기니	山峙水長已十分
선생[14]의 도학이 여기에서 들리네	先生道學此中聞
당년의 사업은 별과 해와 같고	當年事業如星日
별계에서 학문에 전념하니 물과 구름 족하네	別界藏修足水雲
다원〔竹院〕 밖에서 명벌의 후손 만나니	竹外逢迎名閥後
벽 사이에 옛 현인의 글 광채가 빛나네	壁間光耀古賢文
우리 사림 경앙함 어느 때나 그칠까	吾林景仰何時已
간의의 유풍[15]에 사군을 추억한다오	諫議遺風憶使君

13 칠탄정 : 경남 밀양시 단장면 미촌리 칠탄서원(七灘書院)에 있는 건물이다. 본래 오한(聱漢) 손기양(孫起陽)이 광해 4년(1612) 귀향해 창건한 정자로 이름은 "칠리탄에서 낚싯대 하나 드리우니〔七里灘頭一釣竿〕"라는 손기양의 시구에서 딴 것이다.

14 선생 : 손기양(孫起陽, 1559~1617)을 말한다. 자는 경징(景徵), 호는 오한(聱漢)·송간(松磵), 본관은 밀양이다. 1585년 사마시에 합격한 뒤 성균관전적 등을 지냈다. 정경세(鄭經世)·조호익(曺好益) 등과 교유하였다. 저서로는 《오한집》이 있다.

15 간의(諫議)의 유풍 : 한나라 때 엄광(嚴光)이 간의대부 벼슬을 받고 사양한 것을 말하는데, 손기양이 창원부사를 지낸 뒤 광해조의 난정을 보고 칠리탄에 은거하였던 것을 비유한 것이다.

칠탄정에서 여러 벗과 더불어 허충여를 증별하다

七灘亭與諸友贈別許忠汝

명승을 역력히 와서 찾으니	名區歷歷到來尋
가는 길은 아득한데 역참 나무 빽빽하구나	去路迢迢驛樹森
한 번 비 내림에 정자에서 이 즐거움을 이루었고	一雨亭臺成此樂
한 밤중 술잔을 돌림에 지음이 모였네	中宵杯酌會知音
드높은 가을 팔월에 한은 끝이 없고	高秋八月無窮恨
천리의 정인 멀리 전송하는 마음이네	千里情人遠送心
강가에 아침 해 밝게 떠오름을 보는 것 기쁘니	喜見江干朝日霽
채찍 휘두르며 서쪽을 향해 짐짓 이별하네	揮鞭西指故分衿

허충여를 그리워하며
懷許忠汝

둘 사이의 정 깊게 쌓임 참으로 물과 같으니	雙情涵滀眞如水
발하는 곳은 논할 것 없이 곧 솟아오르는 샘물이네	發處無論卽涌泉
엄숙한 모습의 상복 차림 얼마나 중대한 일인데	衰服儼然何等事
묻노니 그대 어찌하여 먼저 한마디도 하지 않았나	問君胡不一言先

이 봉로 에게 답하다

酬李 鳳魯

남풍은 드넓게 불어오고 풀은 무성한데	南風浩蕩草萋萋
다니며 긴 병 기울임에 버들 그림자 서쪽을 향하네	走倒長瓶柳影西
가슴 속 강개한 마음은 운몽처럼 드넓고[16]	慷慨胸懷雲夢濶
이래저래 담소하다보니 석양이 드리웠네	支離談笑夕陽低
삼년 동안 건어물 가게[17]에 마음은 얼마나 장쾌한가	三年枯肆心何壯
온갖 일 용 잡는 데[18] 방법이 여전히 어둡네	萬事屠龍術尙迷
오늘 그대를 만남에 부끄러운 점 많으니	今日逢君多愧縮
못난 나 여전히 초나라에서 제나라를 배우고 있네[19]	區區猶學楚中齊

16 운몽처럼 드넓고 : 흉중이 매우 드넓다는 뜻으로, 한(漢)나라 사마상여(司馬相如)
의 〈자허부(子虛賦)〉에, "운몽과 같은 것 여덟아홉 개를 한꺼번에 집어삼키듯, 흉중이
일찍이 막힘이 없었다.〔呑若雲夢者八九, 於其胸中, 曾不蔕芥.〕"라는 말이 보인다.

17 건어물 가게 : 곤경에 처하여 급히 구원을 요청하다 낙담한 상황을 의미한다.《장
자》〈외물(外物)〉에, 웅덩이에 갇혀 약간의 물로 목숨을 구하려는 붕어에게 서강(西
江)의 물을 끌어다주겠다고 하자 "나는 한 말 한 되의 물이면 살 수 있습니다. 지금
그대가 이처럼 말하니 차라리 나를 건어물 가게에 가서 찾는 편이 나을 것입니다.〔吾得
斗升之水, 然活耳. 君乃言此, 曾不如早索我於枯魚之肆.〕"라는 말이 보인다.

18 용 잡는 데 : 특별한 재주, 또는 세상에 발휘하지 못한 채 혼자만 지닌 특출한 기예
를 뜻하는 말로《장자》〈열어구(列禦寇)〉에, 주평이라는 사람이 용 잡는 기술을 배웠지
만 그 솜씨를 쓸 곳이 없었다는 내용이 보인다.

19 초나라에서……있네 : 맹자가 송(宋)나라 신하 대불승(戴不勝)이 천거한 설거주
(薛居州)라는 선사(善士) 한 명으로는 수많은 소인에게 둘러 쌓인 송왕을 바로잡을
수 없었던 것을 자신에게 비유한 말이다.《맹자》〈등문공 하(滕文公下)〉에 보인다.

금주 선생에 대한 만사
錦洲先生挽

아, 하늘의 뜻 이 사람에게 있어	嗚呼天意在斯人
말세의 때에 선생을 태어나게 하였네	降出先生叔季辰
봉새와 기린은 세상에 드문 상서이고	鳳鳥猄猄希世瑞
깨끗한 바람 밝은 태양 빛은 태화의 봄이네	光風景日太和春
팔순 동안에 몇 번이나 유안의 평상을 뚫었던가[20]	八旬幾穿幼安揚
세 가지로 살핌은 자여의 몸에 부끄러움이 없었네[21]	三省無慚子輿身
존몰에는 절로 영순의 일 필요하니[22]	存沒自須寧順事
옷깃 여미고 자리 바르게 하여 참됨으로 돌아갔네	端衿正席反其眞

| 냉락[23]의 연원을 오롯이 전수 받았고 | 冷洛淵源授受專 |

---

20 팔순……뚫었던가 : 유안은 삼국 시대 위(魏)나라 사람 관녕(管寧)의 자(字)로, 50여 년 동안 나무 평상에 앉으며 다리를 뻗질 않아 무릎 닿는 곳이 뚫어졌다고 한다. 《三國志 魏志 管寧列傳》여기서는 금주 선생이 평생 예법을 지켰음을 말한다.

21 세 가지로……없었네 : 자여(子輿)는 공자의 제자인 증삼(曾參)의 자(字)로, 그는 매일 세 가지로 자신의 행동을 살폈다고 한다. 《논어》〈학이(學而)〉여기서는 금주 선생이 증자처럼 자신을 성찰하였음을 말한다.

22 존몰에는……필요하니 : 장재(張載)의 〈서명(西銘)〉에, "살아있으면 내가 하늘을 순히 섬기고, 죽으면 내가 편안하다.〔存吾順事, 沒吾寧也.〕"라는 말이 보인다.

23 냉락 : '냉'은 냉천(冷泉)으로 성재(性齋) 허전(許傳, 1797~1886)을, '락'은 서락(西洛)으로 만구(晚求) 이종기(李種杞, 1837~1902)를 말한다.

묘년에 정력은 백발의 나이에까지 관통하였네　　妙年精力貫華顚

차근히 하는 즈음에 공부는 박문과 약례에 깊었고[24]　工深博約循循際

드넓고 큰 가에 흥취는 풍연에 드네　　興入風煙浩浩邊

외물을 대함에 온화한 것 모두가 가르침이니　　對物雍容都是敎

몸속 가득한 인애 그 무엇이 천성 아니랴　　滿腔仁愛孰非天

곧 우리 당의 견광한 자제들[25] 가여우니　　卽憐吾黨狷狂子

슬프고 통곡하는 소리 구천에 통하네　　號慟哀哀徹九泉

부자께서 나를 국사로 기대하셨으니　　夫子以吾國士期

천지를 우러르고 굽어봄에 의기양양할 수 있었지　乾坤俯仰可揚眉

내 나이 일곱 살에 아비 없음을 차탄했는데　余齡七歲嗟無父

인간 세상의 삼생[26]은 스승이 있음에 힘입었네　人世三生賴有師

---

24 차근히……깊었고 : 《논어》〈자한(子罕)〉 제10장에, "부자께서 차근히 사람을 잘
이끄시어, 문으로 나의 지식을 넓혀주시고 예로써 나의 행동을 요약하게 해주셨다.〔夫
子循循然善誘人, 博我以文, 約我以禮.〕"라는 안연(顏淵)의 말이 보인다.

25 우리 당의 견광한 자제들 : '견'은 뜻이 미치지 못하지만 행동이 넉넉한 것이고,
'광'은 뜻이 크고 높으나 행동이 미치지 못하는 것이다. 《논어》〈자로(子路)〉 제21장에,
"중행의 선비를 얻어 함께할 수 없다면 반드시 광자나 견자와 더불어 할 것이다. 광자는
진취적이고 견자는 하지 않는 바가 있다.〔不得中行而與之, 必也狂狷乎. 狂者, 進取.
狷者, 有所不爲也.〕"는 말이 보인다.

26 인간 세상의 삼생 : 《국어(國語)》 권7 〈진어(晉語) 1〉에 "사람은 세 분의 은혜로
살게 마련이니, 그분들을 똑같이 섬겨야 한다. 어버이는 낳아 주신 분이고, 스승은
가르쳐 주시는 분이고, 임금님은 먹여 주시는 분이기 때문이다.〔民生於三, 事之如一.
父生之, 師敎之, 君食之.〕"라는 말이 보인다.

만 번 죽어 은혜를 갚음 어찌 다시 마치랴 　　　萬死酬恩那復旣

한 소리 침통한들 무엇하랴 　　　　　　　一聲沈慟奈何爲

다만 명산의 훌륭한 곳에서 　　　　　　　但願名山佳好處

애오라지 십년 간 독서하리라 　　　　　　讀書聊作十年時

용산정에서 시를 지어 박성옥 두희 에게 주다

龍山亭賦贈朴聖玉 斗熙

십년 동안 용산을 그리워하였는데	十年寐寤在龍山
일찍이 눈썹 끝이 천리 사이라고 말하였네	曾道眉端千里間
술과 물고기에서 옛 벗의 정의를 보고	綠蟻紅鱗看故意
그윽한 꽃 우짖는 새는 모두 탄식하는 낯이네	幽花啼鳥摠歎顔
만약 그대의 초대 아니었다면	若非吾子能招致
그저 봄빛이 등한히 지날까 두려울 뿐	直恐春光過等閒
다만 깊게 결사한 양중(羊仲)과 구중(求仲)이 있어	秖有羊求深結社
문 앞의 세 오솔길은 돌아옴이 좋도다[27]	門前三逕好來還

---

27 다만……좋도다 : 한(漢)나라 장후(蔣詡)가 왕망(王莽) 때 벼슬에서 물러나 향리
에 은거하며 집안의 대나무 밭 아래 세 개의 오솔길을 내고는 친구인 양중과 구중 두
사람하고만 교유하였다는 고사가 있다. 《蒙求 上 蔣詡三逕》

안농서[28] 하진 에 대한 만사

挽安農西 厦鎭

농서가 한 밤에 고비를 거두니[29]	農西一夜撤皐比
문로는 서로 만남에 눈물이 턱을 적시네	門路相逢涕被頤
더구나 평소에 의지하고 우러름이 오래되었으니	況復生平依仰久
그만두자꾸나 어디에서 받들어 모실까	已焉何處奉陪爲
종횡으로 말을 함에 이치가 아닌 것이 없고	竪橫說去無非理
평이한 부분에 곧 기이함을 완상하네	平易地頭卽玩奇
양자의 《태현경》이 대 상자에 가득 차노니	楊子玄經知滿篋
혹여 그 스승을 알 후파가 있을지[30]	候芭儻有識其師

---

28 안농서(安農西) : 안하진(安厦鎭, 1876~1935)을 말한다. 자는 사초(士初), 호는
농서(農西), 본관은 광주(廣州)이다. 경상남도 밀양시 초동면 금포리(金浦里)에서 태
어났다. 아버지는 식호당(式好堂) 안언무(安彦繆)이고, 만구(晩求) 이종기(李種杞,
1837~1902)의 문하에서 수학하였다. 퇴수재(退修齋) 이병곤(李炳鯤)・심재(深齋)
조긍섭(曺兢燮) 등과 교유하였다. 저서로는 《농서유고(農西遺稿)》가 있다.

29 고비(皐比)를 거두니 : '고비'는 '범 가죽'이란 뜻으로, 중국 송(宋)의 학자 장재(張
載)가 범 가죽을 깔고 앉아 《주역》을 가르쳐 스승의 자리를 의미하게 되었는데, 정자(程
子) 형제가 찾아와 함께 《주역》을 논한 후로는 범 가죽을 거두고는 자신이 따를 수
없다고 말하였다는 고사가 전한다. 여기서는 안하진이 죽었음을 의미한다.

30 양자(楊子)의……있을지 : 《태현경(太玄經)》은 양자, 즉 한(漢)나라 양웅(楊雄)
이 《주역》을 본떠 지은 책으로, 양웅의 제자인 후파(候芭)가 그의 저술을 전수하고
심상(心喪) 3년을 지냈다고 한다. 《前漢書 卷87 揚雄傳》

금주선생문집 개판일에 일을 함께한 여러분과 운자를 뽑아 심자를 얻었다

錦洲先生文集開板日 與同事諸公 拈韻得心字

우리네 지난해의 뜻이	我輩經年志
이제야 비로소 마음에 맞게 되었네	從玆始可心
인정은 옛날이 아니지만	人情非舊日
성음과 기식은 여전히 우리 사림이네	聲氣尙吾林
대도는 땅속에 묻힘이 얼마나 오래되었던가	大道埋何久
명산은 깊게 감추었네	名山藏得深
음과 양이 번갈아 사라지고 자라니	陰陽迭消息
누가 다시 지금과 같다 말하랴	誰道復猶今

글 속의 맛 간결하고 담박하니	簡澹書中味
이락[31]의 마음 분명하네	分明伊洛心
아름다운 거문고 줄 옛 기둥에 깃들고	瑤絃捿舊柱
차가운 달은 텅 빈 수풀에 있네	寒月在空林
도리에는 높고 낮음이 없고	道理無高下
공부는 얕고 깊음을 따르네	工程隨淺深
가여워라 길 헤매는 이들이	却憐迷路子

31 이락(伊洛) : 이수(伊水)와 낙수(洛水)를 병칭하는 말로 낙양(洛陽) 사람인 명도 (明道) 정호(程顥)와 이천(伊川) 정이(程頤) 형제가 강학하였던 곳이었기에 두 사람의 이학(理學)을 의미한다.

옛날은 오늘날이 아니라고 잘못 말하네　　　　　　　枉說昔非今

함께한 이에게 말하노니　　　　　　　　　　　　　爲語同人子
세모의 마음 서로 기약하세　　　　　　　　　　　　相期歲暮心
함께 유집을 껴안을 만하니　　　　　　　　　　　　共堪抱遺著
궁림을 지킬 것을 길이 맹서하네　　　　　　　　　　永矢守窮林
해와 달은 한가한 가운데에 있고　　　　　　　　　　日月閒中在
공부는 터득한 곳이 깊네　　　　　　　　　　　　　工夫得處深
간곡한 당일의 뜻을　　　　　　　　　　　　　　　仃儜當日意
어찌 지금 대번에 잊을 수 있겠는가　　　　　　　　那可遽忘今

안남려 종철 에 대한 만사

挽安南廬 鍾徹

천고의 연원은 유하혜의 화함[32]이니　　　　千古淵源柳下和

어질고 어리석은 이 모두 가까이 하여 방문하였네　賢愚皆得狎相過

만약 인물의 당부를 논할 적에　　　　　　若將人物論當否

나만 못함이 있으면 곧 침을 뱉고 꾸짖었네　　有不吾如便唾訶

경과 사를 담론할 적에 그 자리는 항상 온화하였고　經談史論座常溫

술 마시고 호탕하게 읊조림에 더욱 높음 깨닫겠네　酒後狂吟更覺尊

선생을 조대[33]로 간주하지 말지어다　　　　莫以先生看措大

일대의 풍류는 참으로 잊기 어려우니　　　　風流一代儘難諼

---

32 유하혜(柳下惠)의 화함 : 유하혜는 노(魯)나라 대부(大夫) 전획(展獲)으로, 유하
는 그의 식읍(食邑)이며 혜는 시호이다. 《맹자》〈만장 하(萬章下)〉 제1장에, "유하혜는
성인의 화한 자이다.〔柳下惠, 聖之和者也.〕"라고 한 맹자의 말이 보인다.

33 조대(措大) : 빈한(貧寒)하고 실의에 빠진 독서인을 의미한다.

허동려 담 에 대한 만사

挽許東旅 禠

우뚝한 의표(儀表)에 담박한 흉금(胸襟)이니	亭然之表淡然胸
명리의 무더기 속에서 이에 공을 보았네	名利叢中乃見公
기개는 응당 《고사전》[34]에서 찾아야 할 것이오	氣槩合求高士傳
풍류는 때로 야인을 쫓아 똑같았네	風流時逐野人同
사종이 술을 좋아함[35]은 원래 병이 아니고	嗣宗嗜酒元非病
성유가 시를 잘함은 곤궁함 때문이네[36]	聖兪工詩盖自窮
태어남과 떠나감은 부자께서 때맞춰 그런 것이니[37]	來去故爲夫子適
어찌 굳이 창천 향해 목메어 울 필요 있으랴	何須嗚咽向蒼穹

---

34 《고사전(高士傳)》: 진(晉)나라 황보밀(皇甫謐)이 지은 책으로 요(堯)임금 시대로부터 위(魏)나라의 청고(淸高)한 고사들의 일화를 수록하였다.

35 사종(嗣宗)이 술을 좋아함 : 사종은 진(晉)나라 때 죽림칠현(竹林七賢)의 한 사람인 완적(阮籍)의 자(字)로 그는 많은 술이 저장되었다는 보병주(步兵廚)에 보병교위(步兵校尉)의 벼슬을 구해 부임하고, 모친상에도 술에 취해 통곡하다 피를 쏟을 정도로 평소 술을 좋아하였다고 한다. 《晉書 卷21 阮籍傳》

36 성유(聖兪)가……때문이네 : 성유는 송(宋)나라 시인 매요신(梅堯臣)의 자(字)이고, 구양수(歐陽脩)의 〈매성유시집서(梅聖兪詩集序)〉에 "시가 사람을 궁하게 만드는 것이 아니라, 사람이 궁해진 뒤에야 시가 멋들어진다.〔非詩之能窮人, 殆窮者而後工也.〕"는 말이 보인다.

37 태어남과……것이니 : 노자가 죽자 친구 진일(秦失)이 조문하며 세 번만 곡하고 나와 노자의 제자가 그 이유를 묻자 때에 맞춰 태어나고 죽었다면 슬픔과 즐거움이 끼어들 수 없다고 답한 내용이 《장자》〈양생주(養生主)〉에 보인다.

손장 보현 기현 에 대한 만사

挽孫丈普賢 基賢

그 옛날 출새가 소리는 매우 구슬퍼 　　　　　舊日凄凄出塞歌

십년 동안에 살쩍만 새하얗게 되어버렸네 　　十年剩得鬢霜華

공의 눈에 가득한 것 창생 위한 눈물임을 아노니 　知公滿眼蒼生淚

그야말로 당시에 대대로 장수를 지낸 집안이네 　正自當時世將家

아득한 저물녘 길에 온갖 생각은 재가 되니 　暮道悠悠萬慮灰

사종[38]의 고아한 풍치는 입에 댄 술잔에 있네 　嗣宗高致在含杯

사람 만나 곧잘 꾸짖은 것 어찌 따지랴만 　逢人善罵何須詰

세상사람 청안[39]으로 보기 어려운 것을 　青眼難於世上開

오랜 정의에 새로 혼사 맺어 교분이 중첩되니 　舊誼新昏契疊周

나이는 잊고 나를 인정하여 즐거이 서로 찾았지 　忘年許我樂相求

누가 알았으랴 남포에 나린 삼소[40]의 비가 　誰知南浦三霄雨

문득 가산[41]에 만고의 근심이 될 줄을 　便作佳山萬古愁

---

38 사종(嗣宗) : 앞 시의 주석 참조.

39 청안(青眼) : 푸른 눈동자로, 반가운 사람을 만날 때의 눈빛이다.: 진(晉)나라 죽림
칠현의 한 사람인 완적은 속된 선비가 찾아오면 흰 눈동자[白眼]을 뜨고, 고결한 선비가
찾아오면 반가운 눈빛인 푸른 눈동자[青眼]으로 대했다고 한다.《晉書 卷49 阮籍列傳》

40 삼소(三霄) : 도교의 청미천(清微天), 우여천(禹餘天), 대적천(大赤天)을 말하는
데, 여기서는 삼일 밤[三宵]의 뜻인 듯하다.

41 가산(佳山) : 밀양시 부북면의 동네 이름이다.

눌재 김공[42] 병린 에 대한 만사

挽訥齋金公 柄璘

여든 해 동안 뜻 돈독히 하고 깨끗하게 수양하니	篤志淸修八十春
만옹[43]의 전범(典範) 참되게 지켜냈네	晚翁型範做來眞
안연의 즐기는 일 누추한 골목에 거처할 만하고[44]	顏淵樂事堪居陋
순임금은 종신토록 어버이를 사모했을 뿐	虞舜終身但慕親
세상에 사피[45]의 무리와 함께하지 않았는데	世莫與爲邪詖輩
하늘은 어이해 노성한 사람을 남겨두지 않았는가	天胡不遺老成人
태산 교악이 비록 무너졌으나	泰山喬嶽雖頹矣
공리는 남아 물에 미치는 것 보겠네	功利留看及物仁

---

42 눌재(訥齋) 김공(金公) : 김병린(金柄璘, 1861~1940)을 말한다. 초명은 병린(柄麟), 자는 겸응(謙膺), 호는 눌재(訥齋), 본관은 김해(金海)이다. 창원시 동읍 화양리(花陽里) 출신으로, 만구(晚求) 이종기(李種杞)의 문인이다. 용계서당(龍溪書堂)에서 많은 학자들을 배출하였다. 저서로는 《눌재집》, 《용계아언(龍溪雅言)》 등이 있다.

43 만옹(晚翁) : 이종기(李種杞, 1837~1902)를 말한다. 자는 기여(器汝), 호는 만구(晚求)·다원거사(茶園居士), 본관은 전의(全義)이다. 정재(定齋) 류치명(柳致明, 1777~1861)과 대산(大山) 이상정(李象靖, 1711~1781)의 문인이다. 경상북도 고령군 다산면 상곡(上谷) 마을에 서락서당(西洛書堂)을 만들고 많은 제자를 양성하였다. 저서로는 《만구집》이 있다.

44 안연의……만하고 : 공자가 밥과 물 한 그릇으로 가난한 삶에서도 성현의 도를 즐긴 안연을 칭찬한 말이 《논어》〈옹야(雍也)〉 제9장에 보인다.

45 사피(邪詖) : 치우친 말〔詖辭〕, 지나친 말〔淫辭〕, 부정한 말〔邪辭〕, 회피하는 말〔遁辭〕을 줄인 말로 부정하고 옳지 못한 학설을 가리키며 《맹자》〈공손추 상(公孫丑上)〉에 내용이 보인다.

용산정 아회
龍山亭雅會

그대 홀로 적막한 물가에 사는 것을 사랑하노니	愛子孤棲寂闃濱
이 마음 어찌 옛 사람을 저버렸겠나	此心何負古之人
바다의 붕새 장차 활개 칠 것을 기다리고	海鵬佇看將搏翼
안개 속 표범[46] 오랫동안 몸 숨기는 데 문제 없네	霧豹無妨久隱身
세월은 덧없이 지나가리니 어찌 즐기지 않으랴[47]	日月其除胡不樂
운림[48]에서 어찌 길이 서로 이웃함을 사양하리오	雲林豈讓永相隣
이번 길 떠나감이 갑작스러움을 슬퍼할 만하니	此行輕遽堪怊悵
하물며 다시 산음의 설월[49]의 때에 있어서랴	況復山陰雪月辰

---

46 안개 속 표범 : 명성을 온전하게 만들고자 벼슬 없이 은거하는 사람에 비유하는 말로 《열녀전(列女傳)》〈도답자처(陶答子妻)〉에, "남산에 검정 표범이 있는데, 안개비가 7일간 내려도 산을 내려가 먹지 않는 것은 털을 윤택하게 하여 문채를 이루려고 한 것입니다."라는 말이 보인다.

47 세월은……않으랴 : 《시경》〈실솔(蟋蟀)〉 "귀뚜라미 집에 드니, 벌써 해가 저물었네. 지금 우리 안 즐기면 세월이 그냥 가리라.〔蟋蟀在堂, 歲聿其莫. 今我不樂, 日月其除.〕"에서 인용한 말이다.

48 운림(雲林) : 구름 낀 숲이라는 말로, 처사(處士)가 은둔하고 있는 곳을 가리킨다.

49 산음(山陰)의 설월(雪月) : 진(晉) 나라 산음(山陰)에 살았던 왕휘지(王徽之)가 어느 날 저녁 설월(雪月)의 경치를 감상하다 섬계(剡溪)에 있는 친구 대안도(戴安道)가 그리워져 밤새 배를 타고 갔다가 만나보지도 않고 돌아온 이유를 "흥이 나서 왔다가 흥이 다하면 돌아가는 것"이라고 말했다는 고사가 전한다.

계미년 제석에 이자백 온우 이가문 허천응과 운자를 나누다

어디에서 운자를 취하였는지는 기록하지 않았다

癸未除夕 與李子伯 溫雨 李可文 許天應 分韻 不記于何取韻

올해가 홀연 벌써 끝나니	今歲忽已除
내 나이 서른아홉이 되었네	吾年卅九到
옛적에 한 바를 깊이 생각해 보니	潛思昔所爲
열에 일곱 아홉이 잘못 되었네	七九顚且倒
내일은 부디 바로잡을 수 있기를	來日庶可追
묵묵히 앉아 마음속으로 스스로 기도하네	默坐心自禱
소경이 어두운 길을 지팡이로 걷는 격이니	摘埴立冥途
그 누가 앞서서 나를 인도해줄까	孰爲我前導
성현의 세상 이미 멀어졌으니	聖哲世已遠
그 누가 다시 대도를 생각하랴	孰復念大道
사악한 설은 천 갈래로 횡행하고	邪說橫千岐
요사한 기운 천지에 가득하네	妖氛漲載幬
경경히 회포를 지니고	耿耿持懷抱
유유히 마음속으로 스스로 슬퍼하네	悠悠心自悼
더구나 이 세상의 어려움이란 것이	況此陳世難
무섭기가 범의 꼬리를 밟는 듯	凜若虎尾蹈
감히 고인의 말씀으로	敢將古人言
바로 나를 위로해야지	端以爲吾勞
갖옷과 베옷은 겨울과 여름을 기다려야하고[50]	裘葛須冬夏

가고 말고는 날씨 보아 정해야지 · 行止任霽潦

옛적에 듣자하니, 위 무공은 · 昔聞衛武公

〈억계시〉가 아흔이 넘었을 때에 있었다하네[51] · 懿戒在及耄

지금 나는 나이가 여전히 젊고 · 今我年尙富

의지와 재력이 아직 다하지 않았네 · 志力尙未耗

진실로 능히 이를 삼가지 않는다면 · 苟能不愼旃

어찌 중을 받은 보답하랴[52] · 何以受中報

천도가 지금 벌써 일주하여 · 天道今已周

온화한 바람 높이 쓴 모자에 불어오네 · 和風吹高帽

원림에는 남몰래 신령한 기운 생겨나니 · 園林暗生神

까막까치 기뻐하며 서로 울어대네 · 鳥鵲欣相譟

벗님은 정성스레 초치하니 · 故人勤相招

한 걸상 깨끗이 닦아놓았네 · 淨然一榻掃

그대 속마음 깨끗함이 사랑스럽고 · 愛君心腸白

내 모습 거만함이 가엽구나 · 憐吾骨相傲

---

50 갖옷과……기다려야하고 : 때에 맞게 적절히 사용해야 함을 이르는 말로 한유(韓
愈)의 〈원도(原道)〉에, "여름에 베옷을 입고 겨울에 털옷을 입으며 목마르면 마시고
배고프면 먹는 것이 그 일은 비록 다르지만 지혜가 되는 것은 하나이다.[夏葛而冬裘,
渴飮而飢食, 其事雖殊, 其所以爲智一也.]"라는 말이 보인다.

51 옛적에……있었다하네 : 여기서 '의(懿)'는 '억(抑)'으로 읽으며, 《시경》〈억(抑)〉
을 말하는데 집전(集傳) 장하 주(章下註)에 95세의 위 무공(衛武公)은 자신이 늙었다
하여 버리지 말도록 경계하고는 언제나 조심하는 글을 가까이했다는 말이 보인다.

52 중(中)을 받은 보답하랴 : '수중(受中)'은 "천지의 크게 중(中)하고 지극히 바른
이치를 받아서 살아간다."라는 의미의 '수중이생(受中以生)'의 줄임말이다.

풍류는 해학을 잘하는 데에 그치고	風流止善謔
혹 심오한 이치를 토론하기도 하네	談討或深奧
기쁘구나, 이 산수의 사이에서	喜此山水間
함께 아양의 곡조53를 냄이여	共發峨洋操
우리들은 즐거워할 뿐이니	吾曹樂而已
어찌 각각 부지런히 힘쓰지 않겠는가	胡不各慥慥
서로의 기약 등한하지 않으니	相期不等閒
앞길에는 원대한 성취 있으리	前途有遠造
만약 한 생각이라도 어긋나면	苟使一念差
곧 바로 자포자기하는 것이지	便是自棄暴
온갖 일에 다시 무엇이 있으랴	萬事復何有
그저 내가 좋아하는 것을 따를 뿐이네	只從吾所好
성현이 비록 멀다고 하나	聖哲雖云遠
유서는 경계하는 말씀에 있다오	遺緒在箴話54
그대가 크게 먼저 오를 수 있으니55	子能誕先登
내 장차 나의 수레에 기름칠 하리라56	我將吾車膏

53 아양(峨洋)의 곡조 : 춘추 시대 백아(伯牙)가 거문고를 연주했다는 아양곡(峨洋曲), 또는 고산유수곡(高山流水曲)으로, 종자기(鍾子期)가 이를 잘 알아들었기에 여기서는 지기(知己)가 서로 만났음을 비유한 말이다.

54 話 : '誥'의 오기인 듯함.

55 크게……있으니 : 《시경》〈황의(皇矣)〉에 "상제가 문왕에게 이르기를 '그렇게 이것을 버리고 저것을 잡으려 들지 말며 그렇게 흠모하고 부러워하지 말아서 크게 먼저 도의 경지에 오르라.' 하셨다.〔帝謂文王, 無然畔援, 無然歆羨, 誕先登于岸.〕"에서 인용한 것이다.

56 나의……하리라 : 당나라 한유(韓愈)의 〈송이원귀반곡서(送李愿歸盤曲序)〉에 "내
수레에 기름 치고 내 말을 잘 먹여서 그대 따라 반곡에서 한가로이 살다가 나의 생애를
마치리라.〔膏吾車兮, 秣吾馬, 從子于盤兮, 終吾生以徜徉.〕"라고 한데서 나온 말로, 떠
날 채비를 한다는 의미이다.

고향으로 돌아와 을유년(1945)

還鄕 乙酉

내 고향 떠나 서쪽으로 달아나 숨었던 날 생각하니	念我仳儺西竄日
대지는 요동치며 봉화는 세차게 올랐지	大地盪濡狼火烈
그때에 동쪽의 고래[57]가 독 이빨을 희롱하여	于時東鯨弄毒牙
온 세상 흘겨보며 제멋대로 삼키고 깨물었네	睨視全甌恣呑齧
포악한 정사는 끊임없이 가렴주구 다하여	虐政不厭誅求盡
장차 우리 백성들 씨도 없이 다 죽도록 만들었네	將使吾民靡遺子
늙고 약하며 고달픈 이들 시신이 구렁에 버려졌고	老弱顚連委溝壑
젊고 장성한 이 간과 뇌의 피 길에 칠해졌네	少壯塗盡肝腦血
천번 만번 생각한들 어찌하랴	千思萬慮奈若何
이 일을 그냥 두고 보는 것 내 달가워하지 않아	坐見此事吾不屑
이에 집안사람들과 멀리 달아나 숨을 것 도모하여	爰曁家人圖遠竄
시초와 거북점에 물어 계획은 이미 결정되었네	詢及蓍龜計已決
두 아들 세 딸 및 며느리와 아내	二子三女及婦妻
하루에 온 집안 여덟 사람을 이끌어 가려하자	八人一日全家挈
일족인 인식이 함께 은둔하길 바라니	族友寅湜願同隱
두 집안의 권속이 서로 붙들고 이끌었네	兩家眷屬相扶挈
차를 타고 곧장 김천역에 이르러	搭車直向金泉驛
험한 길은 마침내 덕산에 이르러 끊어졌네	崎嶇乃到德山絶

---

57 동쪽의 고래 : 당시 제국주의를 추구하던 일본을 가리킨다.

높은 산 깊은 골에 사는 이 드물고	山高谷深居人少
초목이 우거져 지력은 떨어졌지	草木荒蕪地力劣
먼 곳의 나그네 이 적막한 물가에 이르러	遠客來此寂寞瀕
어떻게 살아갈까 근심스럽고 두려웠네	何以爲生憂心惵
나무 얽고 띠 풀 엮고 또한 새끼도 꼬니	構木編茅且索綯
용슬58은 겨우 하나의 토혈을 둘 뿐이네	容膝僅置土一穴
복분자를 따느라 붉은 노을을 헤치기도 하고	或摘覆盆披紅霞
약초 캐느라 흰 눈을 파기도 했으며	或採黃精斸白雪
솔잎을 먹어 주림을 면하기도 하고	或餐松髥療我飢
맑은 샘물 떠 마시어 목마름을 해소하였네	或酌清泉消我渴
문 앞에 징세하는 관리 이르지 않으니	徵求不到門前吏
천지가 절로 인간세상과 구별되었네	乾坤自與人間別
온 세상이 모두 끓는 물과 타는 불 속 닭 같으니	擧世皆如湯火鷄
몸을 숨기는 것이 겨드랑이를 물에 붙인 자라59에 무슨 문제가 되랴	
	逃身何妨接腋鱉

---

58 용슬(容膝) : 진(晉)나라 도잠(陶潛)의 〈귀거래사(歸去來辭)〉에, "무릎을 들여놓을 만한 방이 편안함을 알겠네.〔審容膝之易安〕"라는 말에서, 비좁은 집의 생활을 의미한다.

59 겨드랑이를 물에 붙인 자라 : 더 높은 세계가 있음을 모른 채 자신의 세계가 최고라고 생각하며 즐거워함을 이르는 말로 《장자》〈추수(秋水)〉에 개구리가 동해에 사는 자라에게 "나는 즐겁다네. 밖에 나오면 우물 난간 위에서 깡충 뛰놀고, 안에 들어가면 깨어진 벽돌 끝에서 쉰다네. 물 위에 엎드릴 때는 두 겨드랑이를 물에 찰싹 붙인 채 턱을 들고, 진흙을 찰 때는 발이 빠져 발등까지 잠겨버리지. 장구벌레와 게와 올챙이를 두루 보아도 나만 한 것이 없다네.〔吾樂與! 出跳梁乎井幹之上, 入休乎缺甃之崖. 赴水則接腋持頤, 蹶泥則沒足滅趺. 還虷蟹與科斗, 莫吾能若也.〕"라는 말이 보인다.

을유년 정월 초하루가 되자　　　　　　　　　時當乙酉歲初吉

앞으로의 일 점치느라 한번 설시[60]하였는데　　　爲占來徵蓍一揲

점사에 '머지않아 돌아온다'[61]라고 하여　　　　　繇辭告以不遠復

상을 보고 점사 완미하며 마음으로 홀로 기뻐했지　觀象玩占心獨悅

이미 독일이 백기를 들었다는 말을 들으니　　　　已聞獨逸竪降幡

응당 일본의 기세가 절반 꺾였음을 알겠노라　　　應知日勢一半折

온화한 바람 따사롭게 골짝으로부터 불어오니　　和風習習自谷來

마른 나무에 꽃봉오리는 다시 싹이 움트네　　　　枯木菩蕾生萌蘗

그늘진 벼랑에 얼음 녹고 토맥이 풀려　　　　　　陰崖凍釋土脈解

벌써 서쪽 밭에 할 일이 있는 계절이 되었네[62]　　已及西疇有事節

긴 보습에 흰 나무로 만든 쟁기[63]는 길이 나를 따라　長鑱白柄長隨我

아침저녁 할 것 없이 쉼이 없었네　　　　　　　　旦旦暮暮無休佚

묵정밭에 곡식 심어 가을걷이하길 바라니　　　　菑田種穀望及秋

누런 기장과 옥수수는 몹시도 무성하였네　　　　黃粱玉黍秀樂樂

주민이 때로 찾아와 만나보니　　　　　　　　　居人時有來相見

---

60 설시(揲蓍) : 《주역》 수권(首卷) 〈서의(筮儀)〉에 나오는 설시법(揲蓍法)으로 시초점(蓍草占)을 칠 때 산가지를 세어 괘(卦)를 배설(排設)하는 것이다.

61 머지않아 돌아온다 : 《주역》 〈복괘(復卦) 초구(初九)〉에 나오는 말이다.

62 벌써……되었네 : 이는 농사를 시작하는 봄이 되었음을 가리킨다. 도연명(陶淵明)의 〈귀거래사(歸去來辭)〉에, "농사짓는 사람이 나에게 봄이 돌아왔다고 일러주니, 장차 서쪽 이랑에 농사일을 해야겠네.〔農人告余以春及, 將有事于西疇.〕" 하였다.

63 긴……쟁기 : 두보(杜甫)의 〈건원중우거동곡현작가(乾元中寓居同谷縣作歌)〉에 "긴 보습 긴 보습에 흰 나무로 만든 쟁기여, 나는 너를 의탁해 생명을 영위하노라.〔長鑱長鑱白木柄, 我生託子以爲命.〕"에서 인용한 말이다.

예모로 대하여 정이 서로 맺어졌네 　　　　禮貌相接情相結

팔월 열이렛날 오시에 　　　　　　　　八月十七日之午

그 사람이 내게 와서 옥결을 보여주고[64] 　　其人來我示玉玦

이미 또 내 귓가에 말해주니 　　　　　　已又向我耳邊語

밖에서 온 소식에 일본이 이미 기울었다네 　外來消息日已昳

처음 이 말 듣고서 긴가민가하여 　　　　初聞此語信又疑

돌아와 집안사람들 마주하고 겨우 입에 올리자 　歸對家人僅吐舌

온 집안사람들 서로 봄에 마치 잠자며 꿈꾸는 듯 　渾室相看如夢寐

빙 둘러앉아 뜬눈으로 밤을 지샜네 　　　圍坐無眠一夜徹

다음날 아침 산을 내려가 진짜 소식을 들으니 　明朝下山得眞報

황연히 몸이 치솟아 푸른 하늘 찢을 듯 하였네 　況[65]若身聳靑天裂

나도 모르게 눈물 흘려 옷을 적시니 　　不覺涕淚沾衣裳

취한 듯 미친 듯 모두 말하기 어려워라 　如醉如狂俱難說

행장을 꾸려 고향으로 돌아오니 　　　收拾行裝返故鄕

길 가엔 곳곳마다 사람들이 노래하고 춤추네 　路傍處處歌舞列

돌아와 형님들과 조카들 마주하니 　　歸對諸兄及姪輩

천륜의 즐거운 일[66]에 정은 더욱 절절하네 　天倫樂事情更切

---

64 옥결을 보여주고 : 옥결은 한쪽이 트인 모양으로 완전히 둥근 옥환(玉環)과는 약간
다르다. 옛날 중국에서는 쫓겨난 신하가 국경에서 추후의 명을 기다리다가 옥환이 내려
오면 되돌아가고, 옥결이 내려오면 관계를 끊은 것으로 여겨 다른 나라에 망명하였다고
한다. 여기서는 일본이 항복하여 해방되었음을 말한다.

65 況 : '怳'의 오기인 듯하다.

66 천륜의 즐거운 일 : 이백(李白)의 〈춘야연도리원서(春夜宴桃李園序)〉에 나오는
말로 부모형제들이 단란하게 모여 즐거운 시간을 갖는 일을 가리킨다.

술자리 마련하고 흥건히 취해 온 집안이 기쁘니	置酒淋灘渾舍喜
나 또한 일어나 춤추며 한 곡조 노래하네	我且起舞歌一闋
삼천만 많고 많은 우리나라 사람들	三千萬兮多多衆
일시에 모두다 쇠사슬 고삐에서 벗어났구나	一時齊脫鐵索紲
산은 더욱 높고 물은 더욱 고와	山增高兮水增麗
팔도의 산하는 한 점 흠 없이 완벽하네	八域山河完無缺
대한민국 만세 만만세	大韓萬歲萬萬歲
백성의 복 오이 덩굴처럼 면면히 이어지리라[67]	民祉綿綿如瓜瓞

---

67 오이……이어지리라 : 《시경》〈면(綿)〉에, "면면히 이어진 작고 큰 오이 덩굴이여, 주나라 백성의 처음 삶이 저수와 칠수에 터전을 잡으면서부터이다.〔綿綿瓜瓞, 民之初生, 自土沮漆.〕"라고 한 데서 인용한 말이다.

주산 정회
珠山丁會

난리 뒤에 단란한 모임 분수 밖에 사치이나   亂後團圓分外奢

이 일을 가지고서 그대에게 자랑할 만하네   堪將此事爲君誇

삼경 밤 술잔 속의 달을 함께 삼키며   共呑三夜盃中月

끝나가는 봄 나무 끝의 꽃을 다니며 찾노라   行覓殘春樹尾花

비바람에 오랜 어둠 어찌 괴이하게 여길만하랴   風雨久陰何足恠

천지의 원기는 바로 멀지 않네   乾坤元氣正非賒

만난 자리에 이별을 아쉬워한들 어찌할 수 없나니   逢筵惜別知無奈

헤어진 뒤에 호수와 산이 꿈속에 더욱 가로막네   別後湖山夢更遮

안 지례장 장원 에 대한 만사

挽安知禮丈 璋遠

젊은 날에 소 잡는 칼 무성으로 나오자	少日牛刀出武城
현가에서 또한 백성을 아끼는 뜻 알겠노라[68]	絃歌也識愛民情
화개에 천명의 칭송함을 한번 보게나	請看華盖千人頌
전부 당년에 백성을 자식처럼 여긴 정성이라네	盡是當年子視誠

사십년 동안 비바람 속에 있었는데	四十年間風雨裡
경호의 흐르는 물[69] 사람을 맑게 비추네	鏡湖流水照人清
구순 동안 오래 산 것 뜻이 없지 않으니	九旬久視非無意
부상에 상서로운 해 밝아 옴을 기다린 것이라오	待得扶桑瑞日明

당년에 우리 부친과 교분이 매우 두터워	吾父當年契誼深
한편의 만사를 지음께 부탁하였지	挽詞一闋屬知音
언제나 외고 읽음에 눈물을 떨굴 만하니	尋常誦讀堪垂淚
더구나 영구를 푸른 멧부리로 보냄에랴	況送靈輀向碧岑

---

68 젊은……알겠노라 : 자유(子游)가 무성의 읍재(邑宰)가 되어 백성들에게 예악을 가르쳤는데, 공자께서 현가의 소리를 듣고는 작은 고을에 큰 도(道)를 굳이 사용할 필요가 있겠느냐며 "닭을 잡는 데 어찌 소 잡는 칼을 쓰느냐?〔割鷄焉用牛刀〕"라는 농담을 하였다는 말이 《논어》〈양화(陽貨)〉에 보인다.

69 경호(鏡湖)의 흐르는 물 : 이백(李白)의 〈송하빈객귀월(送賀賓客歸越)〉 "경호의 흐르는 물에 맑은 물결 일렁이니, 광객 가는 배에 뛰어난 흥취 진진하리. 산음의 도사와 만일 서로 만나게 되면, 응당 《황정경》 써주고 흰 거위와 바꾸겠지.〔鏡湖流水漾清波, 狂客歸舟逸興多. 山陰道士如相見, 應寫黃庭換白鵝.〕"에서 인용한 말이다.

한양 회고
漢陽懷古

한양성 밖에 강물은 부질없이 흐르는데	漢陽城外水空流
삼각산 앞에 비는 그치지 않네	三角山前雨未休
오백 년 동안 제왕의 땅에	五百年來王帝地
예악을 징험해볼 길 없음을 어이 견디랴	那堪禮樂徵無由

덕수궁 안에 해 그림자 길고	德壽宮中日影長
함녕문 밖에 풀과 꽃은 향긋하네	咸寧門外草花香
당년에 순국할 뜻이 있었다면	當年若有殉身意
구구하게 관과 의상을 훼손할 필요가 있었겠는가	何用區區毀冠裳

동물원
動物園

공작은 부채처럼 꼬리 깃을 펴 부귀함 과시하고　　孔雀扇開誇富貴
잠 깬 물오리와 갈매기 한가롭고 깨끗함 희롱하네　　鳧鴎眠罷弄閒淸
불쌍할 만한 것은 온갖 짐승 고요히 있는 속에　　堪憐萬獸寥寥裏
유독 늙은 사자가 때로 울부짖는 것이라네　　獨有老獅時一鳴

주산 정회

珠山丁會

한해 지나도록 일찍이 이름난 정원 찾지 못하여	經年曾未訪名園
못내 매화 그리워 참으로 넋이 끊어지는 듯	苦憶梅花政斷魂
청춘을 짝하여 옛길을 찾기 좋고	好伴靑春尋古逕
멀리 밝은 달 불러 외딴 촌에 이르렀네	遙呼明月到孤村
어찌 알랴 비바람에 기나긴 한스러움이	寧知風雨長時恨
다행이 한자리의 따뜻한 비탄이 있음을	幸有悲歡一席溫
한 밤중 소리 높여 읊음 괴이하게 여기지 말게	中夜高吟君莫怪
시정은 향긋한 술동이 마주하면 어쩔 수 없으니	詩情無奈對芳樽

안유헌 내형 종진 에 대한 만사
挽安由軒內兄 鍾璿

집 적삼에 오사모는 청춘에 비추었고　　　　　紗衫烏帽照靑春
아름다운 패옥 소리[70] 세상에서 보배롭게 여겼네　玉佩瓊琚世所珍
계수나무 총생한 곳[71] 남산에 돌아가 은거한 뒤　叢桂南山歸隱後
한평생 동안 계곡 속에서 한가한 몸을 내맡겼네　百年邱壑任閒身

악착스런 세상사람 알만하지 못하니　　　　　世人齷齪不堪知
개제하고 휴휴함[72]에는 다시 누가 있는가　　愷悌休休復有誰
학산에 우짖는 새와 금호에 뜬 달은　　　　　鶴山啼鳥琴湖月
모두 현인이 가신 뒤에 그리워함이라오　　　揔是賢人去後思

두 아들 지금 가업을 잇는 일 맡을 만하니　　二子堪今當述業
여러 자손 또한 능히 번창할 때가 있네　　　諸孫還有克昌時

---

70 아름다운 패옥 소리 :《시경》〈유녀동거(有女同車)〉에, "가벼이 움직이노라니, 패
옥소리 아름답게 울리네. 아름다운 맹강이여, 진실로 아름답고도 얌전하여라.〔將翱將
翔, 佩玉瓊琚. 彼美孟姜, 洵美且都.〕"라고 한 데서 인용한 말이다.

71 계수나무 총생한 곳 : 이는 산림에 은거한다는 의미로《초사》〈초은사(招隱士)〉
"계수나무 숲 우거져 산이 그윽하니, 구불텅 뻗은 줄기 가지 서로 얽혔어라.〔桂樹叢生兮
山之幽, 偃蹇連蜷兮枝相繚.〕"라고 한 데서 인용한 말이다.

72 개제하고 휴휴함 :《시경》에 보이는 말로 '개제(愷悌)'는 용모가 단아하고 기상이
화평함을 형용하는 말이며, '휴휴(休休)'는 마음이 아름다운 모습으로, 남을 포용하는
도량을 의미한다.

공께서 돌아가심에 남은 한은 없을 수 있겠지만   公歸可得無餘恨
노쇠한 형님의 흐르는 눈물을 어이할까   其柰衰兄雙淚垂

동화 족형 익균 에 대한 만사
挽東華族兄 翊均

남들은 올곧아 끝내 용납되기 어려웠다 하나	人言直道竟難容
나는 숭상할 만한 청광함을 사랑했네	我愛淸狂亦可宗
예로부터 중도를 행하는 사람 몇이나 되었던가	從古中行能幾箇
지금까지도 무우에서 바람 쐼[73]을 다투어 말하네	至今爭說舞雩風

《농담초고》[74]에 경륜이 넉넉하고	農談草上經綸足
〈왕정편〉[75] 안에 의론이 참신하네	王政篇中議論新
하지만 그 무엇보다도 평소 시 읊조리는 속에	最是尋常吟咏裡
때때로 골격이 당나라 사람에 매우 근접했었지	時時骨格逼唐人

세도는 황무하여 진애가 눈에 가득한데	世道荊榛滿目埃
텅 빈 산에 짝 없이 나 홀로 배회하네	空山無伴獨徘徊
구원[76]에는 예나 지금에 훌륭한 이들 많지만	九原今古多賢傑
서로 어울려 즐겁게 회포 터놓을 데 몇 곳이려나	幾處相從快放懷

---

73 무우(舞雩)에서 바람 쐼 : 공자가 제자들에게 저마다의 뜻을 말하게 하였는데 증점(曾點)이 "늦봄에 봄옷을 만들어 입고 관을 쓴 어른 5, 6명과 동자 6, 7명과 함께 기수에서 목욕하고 무우에서 바람 쐬고서 노래하며 돌아오겠습니다."라고 답하자 공자가 감탄하였다는 내용이 《논어》〈선진(先進)〉에 보인다.

74 《농담초고(農談草稿)》: 신익균(申翊均)의 문집인 《동화집(東華集)》을 말한다.

75 〈왕정편(王政篇)〉: 《동화집(東華集)》〈일언록(一言錄)〉에 있는데, 왕정의 요체를 거론한 것이다.

76 구원(九原) : 중국 산서성의 산 이름으로 춘추 시대 진(晉)나라 경대부(卿大夫)의 묘지가 많아 후에 묘지나 저승을 가리키게 되었다.

이퇴수[77] 병곤 에 대한 만사

挽李退修 炳鯤

견식은 동류보다 뛰어나고 덕성은 훌륭하니	見識迢[78]倫德性隆
한평생 구제함은 물러나 수양하는 속에서 했네	一生康濟退修中
한창 때에 일찍 쌍관의 길[79] 힘썼고	英年早辦雙關路
늘그막에 높다랗게 아홉 길의 공[80]을 이루었네	晚境巍成九仞功
백가의 본말을 눈으로 보았고	百子源委輸眼目
육경의 전주를 몸속에 아로새겼네	六經箋註鏤臟肓
천년 동안에 그 뜻이 높고 큰 사람 누가 있는가	嘐嘐千載人誰在
홀로 요금[81]을 껴안고서 세모에 이르렀네	獨抱瑤琴抵歲窮

---

77 이퇴수(李退修) : 이병곤(李炳鯤, 1882~1948)을 말한다. 초명은 병준(炳駿), 자는 경목(景穆)·경익(景翼), 호는 퇴수재(退修齋), 본관은 여주(驪州)이다. 경상남도 밀양시 부북면 퇴로리에서 살았다. 정존헌(靜存軒) 이능구(李能九, 1846~1896)의 아들이고, 성헌(省軒) 이병희(李炳憙, 1859~1938)의 종제이자 문인이다. 노상직(盧相稷, 1855~1931)과 조긍섭(曹兢燮, 1873~1933)에게 수학하였다. 저서로는 《퇴수재집》, 《퇴수재일기》 등이 있다.

78 迢 : '超'의 오기인 듯하다.

79 쌍관(雙關)의 길 : 마음속에 맺혀 있는 의심스러움을 비유한 것이다.

80 아홉 길의 공 : 《서경》〈여오(旅獒)〉의 "작은 행실을 조심하지 않으면, 마침내 큰 덕에 누를 끼쳐 아홉 길 높이의 산을 만드는데 그 공이 한 삼태기 때문에 무너질 것입니다.〔不矜細行, 終累大德, 爲山九仞, 功虧一簣.〕"라고 말에서 인용한 것이다.

81 요금(瑤琴) : 옥으로 장식한 금(琴)으로, 춘추 시대의 백아(伯牙)가 자신의 음악을 알아주었던 종자기(鍾子期)가 죽자 다시는 연주하지 않았다는 고사에서 지음을 뜻한다.

세도는 어지럽게도 온갖 말로 조잘대	世道啾啾競百喙
우리 사림 초췌함을 다시 누가 걱정하랴	吾林憔悴復誰憂
강 고을의 문물은 처량해진 뒤이고	江鄕文物凄凉後
학당의 제기는 냉락한 가을이네	黌舍尊籩冷落秋
한손으로 거센 물결 막는 재주 쉽게 얻을 수 없고	隻手障瀾非易得
일편단심으로 도를 따름은 참으로 짝하기 어렵네	片心殉道正難儔
적막한 산언덕에 부질없이 고개 돌리노라니	山阿寂寞空回首
범 떠나가고 용 없어져[82] 한스러움 가눌 길 없네	虎逝龍亡恨莫收

---

82 범……없어져 : 군자가 세상을 떠났다는 비유로 소식(蘇軾)의 〈제구양문충공문(祭歐陽文忠公文)〉에, "비유하면 깊은 산과 큰 못에 용이 없어지고 범이 떠나가면 온갖 변괴가 나와 미꾸라지와 드렁허리가 춤을 추고 여우와 살쾡이가 울부짖는 것과 같습니다.〔譬如深山大澤, 龍亡而虎逝, 則變怪百出, 舞鰌鱔而號狐狸.〕"라는 말이 보인다.

이장 응천 두찬 에 대한 만사
挽李丈應天 斗燦

죽로[83]가 종통을 전한 뒤에	竹老傳宗後
집안은 십 대가 융성하였네	門欄十世隆
온전한 사(社) 안에 뽕나무와 삼이 자라고	桑麻全社裡
옛 글 속에 훌륭한 문사 있구나	文藻舊篇中
손 안은 전대의 사업을 넓혔고	手裡恢前業
눈썹 끝은 옛 풍모에 손색없네	眉端足古風
우러러 바라보매 선대의 우의 깊은데	仰瞻先誼重
부끄럽게도 나는 눈물만 흘리고 따르는 게 없구나[84]	愧我涕無從

---

83 죽로(竹老) : 이이정(李而楨, 1619~1679)을 말한다.

84 눈물만……없구나 : 슬퍼하기만 할 뿐, 슬퍼한 만큼 도움을 줄 수 없음을 의미한다. 공자가 일찍이 위(衛)나라에 가서 옛 주인의 상을 만나서 들어가 곡하고 나와서 자공(子貢)을 시켜 참마(驂馬)로 부의(賻儀)를 하라고 하므로, 자공이 옛 주인에게 참마의 부의는 너무 과중하지 않겠느냐고 말하자, 공자가 이르기를 "내가 지난번 들어가 곡할 적에 한번 슬퍼하매 눈물이 나왔으니, 나는 눈물만 흘리고 뒤따르는 정성 표시가 없는 것을 미워한다.〔予鄕者, 入而哭之, 遇於一哀而出涕, 予惡夫涕之無從也.〕"라고 한 데서 온 말이다. 《禮記 檀弓上》

강퇴산[85] 신철 에 대한 만사

挽姜退山 信喆

봉계정 위에 고비[86]를 마련하니	鳳溪亭上設皐比
동자들 모두 절과 읍을 할 줄 알게 되었네	童子皆能拜揖知
예로부터 상심했던 것은 남월의 개가	從古傷心南越犬
눈 내릴 때에 창황히 다투어 짖어대는 것이었네	蒼黃爭吠雪來時

노산의 제자[87]가 상여를 전송할 적에	蘆山諸子送靈輀
눈보라에 서로 찾아들어 눈물과 콧물 흘렸네	風雪相尋涕泗洏
위급하고 외로운 군영 위태롭고 두려운 날에	岌嶪孤營危懼日
전모[88]를 또 잃었으니 이제 어이하랴	前茅又失乃何爲

---

85 강퇴산(姜退山) : 강신철(姜信喆, 1879~1949)을 말한다. 자는 길원(吉元), 호는 퇴산(退山), 본관은 진주(晉州)이다. 경상남도 밀양부(密陽府) 청운리(靑雲里)에서 태어났다. 소눌(小訥) 노상직(盧相稷)의 문인이다. 봉계(鳳溪)에 단산서당(丹山書堂)을 짓고 후학을 양성하였다. 저서로는 《퇴산집》이 있다.

86 고비(皐比) : 〈안농서 하진 를 애도하며〉의 각주 참조.

87 노산(蘆山)의 제자 : 노산은 소눌 노상직이 강학하였던 밀양 단장면 무릉리의 노곡(蘆谷)이다. 노산의 제자는 곧 노곡의 자암서당에서 함께 수학하였던 동문들을 가리킨다.

88 전모(前茅) : 척후병이 소꼬리 대신 띠 풀로 장식한 깃발을 들고 간다는 의미로 《춘추좌씨전》선공(宣公) 12년 조의 "전군은 기를 들고 가면서 불의의 사태를 알리고, 중군은 작전계획을 세우고, 후군은 강병으로 부대를 만들어 후미를 지킨다.〔前茅慮無, 中權, 後勁.〕"라는 말이 보인다. 여기서는 망자 강퇴산을 가리킨다.

족장 성재 언질 에 대한 만사

挽族丈省齋 彦瓆

세도는 다투어 아래로 향해 가는데	世道爭趨下
이 분만은 홀로 고인의 풍모를 지녔지	斯翁獨古人
겸손하고 겸손한 군자의 덕이고	謙謙君子德
자욱하고 자욱한 태화의 봄일레라	藹藹太和春
길이 가기 어려우니 마음은 항상 꺾이고	路難心常折
봉우리가 굽이도니 꿈에 몇 번이나 돌았던가	峰回夢幾巡
그리워라 병석에 누웠던 날	懷哉床第日
손을 잡고 슬픔과 괴로움을 말했었지	執手話悲辛

주산 정회
珠山丁會

강다리 다 건너 야성을 지나니	踏盡江橋度野城
짧은 지팡이로 곳마다 마음대로 종횡무진	短筇隨處任縱橫
그윽한 정은 호탕하여 봄뜻에 알맞고	幽情浩蕩當春意
시상은 영롱하여 새소리와 어우러지네	詩思玲瓏和鳥聲
사방의 높다란 산 경외심을 일으킬 만하니	四面高山堪起敬
일 년 만에 오늘 또 서로 만났구려	一年今日又相迎
서림의 옛일 어찌 그만둘 수 있으랴	西林舊事何能已
강심에 차가운 달 밤마다 생겨나니	寒月江心夜夜生

연래당 시에 차운하다

次燕來堂韻

봄날에 강남의 새	春日江南鳥
날고 날아 그대 집 문에 들어왔네	飛飛入子門
세상 사람들에게 말하노니	爲言世之人
무덤에서 구걸하지 않는 사람 없다오[89]	無人不乞墦
내 본성은 곡식을 쪼지 않거든	余性不啄粟
더구나 다시 분주히 치달림을 일삼으랴	況復事趨奔
네 절조가 나와 똑같음을 사랑하여	愛爾同節操
매번 연화촌을 찾아왔노라	每訪蓮花村
마을 뒤에 연화산이 있다	村後有蓮花山
지금 그대 이리저리 마음대로 날아다니니	今子任飄轉
내 따라서 구원을 지나노라	我隨度丘原
깃털이 초췌함을 사양치 않으니	不辭羽毛悴
그저 정근을 의탁하려할 뿐이네	只願托情根
제비여 아, 제비여	燕兮復燕兮
응당 그대를 잊지 못하겠노라	宜子之不諼

---

89 무덤에서……없다오 : 전국 시대에 제(齊) 나라의 어떤 사람이 날마다 동곽(東郭)의 무덤 사이[墦間]를 돌아다니면서 남은 술과 음식을 얻어먹고 집에 돌아와서는 부귀한 이들과 만났다고 거드름을 떨었다는 데서 온 말로, 전하여 비열한 방법으로 유력한 자에게 아첨을 다해 부귀를 구하는 행위에 비유하는 말이다. 《孟子 離婁下》

영모재에서 노성암[90] 근용 이경소 진락 와 함께 짓다

永慕齋與盧誠庵 根容 李景昭 晉洛 作

세월은 흘러 서쪽 유람 벌써 한 철이 지났는데	西遊荏苒已經時
운수[91]는 의연하여 예부터 알았던 것 같구나	雲樹依然似舊知
다른 날 산천에 응당 기억함이 있으리니	異日山川應有記
명승의 원숭이와 학은 의심하지 않네	名區猿鶴不相疑
긴 소나무는 높이 솟아 풍도와 의표가 있고	長松偃蹇風標在
늙은 대나무는 맑고 높아 기개와 절조 남다르네	老竹淸高氣節奇
우리네가 이 모임 만들지 않았다면	不有吾人成此會
일생 동안의 흉금을 어찌 기약할 수 있으랴	一生襟袍詎能期

---

90 노성암(盧誠庵) : 노근용(盧根容, 1884~1965)을 말한다. 자는 회부(晦夫), 호는 성암(誠庵), 본관은 광주(光州)이다. 정본재(靜本齋) 노수엽(盧秀燁, 1856~1922)의 아들이고, 만구(晚求) 이종기(李種杞, 1837~1902)와 소눌(小訥) 노상직(盧相稷, 1855~1931)의 문인이다. 경상북도 창녕군 고암면 괴산(槐山)의 괴산서당(槐山書堂)에서 강학과 저술에 힘썼다. 저서로는 《성암집》이 있다.

91 운수(雲樹) : 두보(杜甫)의 〈춘일억이백(春日憶李白)〉 "위수 북쪽엔 봄 하늘에 우뚝 선 나무, 강 동쪽엔 저문 날 구름.〔渭北春天樹, 江東日暮雲.〕"에서 벗을 그리워하는 마음을 의미한다.

윤 진권 에게 주다

贈尹 鎭權

그대의 높은 명성[92] 얻어 들은 지 오래이니	得君梁楚已多時
그저 오늘 아침에 대면하여 알 뿐이랴	可但今朝對面知
소매 속 맑은 바람 불어 옴에 서신 있고	袖裏淸風吹有信
품 속 밝은 달 비춤에 의심 없네	懷中明月照無疑
말 한마디 이르자 분명히 부합하니	片言纔到犂然合
온갖 일은 지금껏 우연히 남다르네	萬事從來偶爾奇
한 수의 새로운 시 알 수 있을는지	一首新詩能識否
내 한 평생 기약하고자 하노라	百年吾欲以爲期

---

92 높은 명성 : 한(漢)나라 장수 계포(季布)가 "황금 백 근을 얻는 것보다 계포의 승낙을 한 번 받는 것이 낫다.〔得黃金百斤, 不如得季布一諾.〕"라고 할 정도로 양(梁)·초(楚) 지방에서 명성이 높았다는 고사에서 유래한 말이다. 《史記 卷100 季布列傳》

영모재 십영에 차운하다 재의 주인은 손형이다

次永慕齋十詠 齋主孫瀅

짙고 짙은 홰나무 그늘은 지붕을 덮어 푸른데　漠漠槐陰覆屋青
유인은 뜰에 누어 단잠에 들었네　幽人睡美臥中庭
남가일몽은 본디 참된 경지 아니니　南柯自是非眞境
헛된 부귀영화를 꿈속에 들이지 말지어다　莫遣浮榮入夢靈
　　문 앞의 푸른 홰나무　　　　　　　門前青槐

온 몸 까맣게 물들었음을 이상하게 여기지 말라　休怪全身染得烏
차군[93]이 묵태씨의 아들[94]을 잘 배운 것이네　此君善學墨胎孤
약간의 분죽 다정한 자태는　如干粉竹多情態
모두 당시 사람들의 그림 속에 들어갔네　盡向時人入畫圖
　　창 뒤의 오죽　　　　　　　　　牖後烏竹

십묘 네모난 못에 그득한 초록빛 새로운데　十畝方池漲綠新
못 가엔 때로 갓끈 씻는 사람 있네[95]　池邊時有濯纓人

---

93 차군(此君) : 대나무의 별칭이다. 동진(東晉) 왕휘지(王徽之)가 텅 빈 집에 거처하며 대나무를 심으면서 "나는 차군이 없으면 하루도 살 수가 없다.〔何可一日無此君邪〕" 라고 말한 고사가 있다. 《晉書 卷80 王徽之列傳》

94 묵태씨의 아들 : 묵태(墨胎)는 복성(複姓)으로 고죽국(孤竹國) 임금의 성인 바, 곧 주(周)나라 무왕(武王)이 은나라를 정벌하자 수양산에서 굶어 죽었다는 백이(伯夷)와 숙제(叔齊)를 말한다. 《史記 卷61 伯夷列傳》

유연히 한번 창랑곡을 부르니 　　　　　　　悠然一發滄浪曲

한번 물어보세 그 누가 참을 들었는가 　　　借問伊誰聽得眞

　남쪽 못의 새 물 　　　　　　　　　　　南池新水

칼처럼 솟은 봉우리 저물녘 맑게 갠 빛 띠니 　劍立高峯帶晚晴

곽공[96]이 여기에서 공을 이루었네 　　　　郭公於此奏功成

외로운 성에 달빛 침침한데 기러기 저 멀리 나니 　孤城月黑流鴻遠

당시의 호령소리 완연히 들려오는 듯 　　　宛聽當時號令聲

　북각의 맑게 갠 산봉우리 　　　　　　　北角晴峯

봄 되자 서쪽 밭두둑에는 이미 농사를 시작하니[97] 　春事西疇已及農

다망한 시절임은 사방의 모든 이웃 똑같지 　多忙時節四隣同

얄궂은 것은 포곡[98]이 되레 일이 많아 　　生憎布穀還多事

밭 사이에서 울며 공 아뢸 것을 재촉함이라네 　啼向田間促報功

　들판에 농부의 노랫소리 　　　　　　　野農歌

---

95 갓끈……있네 : 전국 시대 초(楚)나라 굴원(屈原)이 조정에서 쫓겨나 강변을 거니
는데, 이를 본 어부가 "창랑의 물이 맑으면 내 갓끈을 씻고, 창랑의 물이 흐리면 내
발을 씻으면 된다.〔滄浪之水淸兮, 可以濯吾纓; 滄浪之水濁兮, 可以濯吾足.〕"라는 '창
랑곡(滄浪曲)'을 불렀다는 이야기가 〈어부사(漁夫辭)〉에 보인다.

96 곽공(郭公) : 임진왜란 때의 의병장 망우당(忘憂堂) 곽재우(郭再祐, 1552~1617)
를 가리키는 듯하다. 본관은 현풍(玄風)이고, 자는 계수(季綏)이다.

97 봄……시작하니 : 〈고향으로 돌아와〉의 각주 참조.

98 포곡(布穀) : 뻐꾸기의 별칭이다. 봄철에 우는 소리가 '씨앗을 뿌려라〔布穀〕'라고
재촉하는 것과 비슷하여 붙여졌다고 한다.

다리 가에 말 매어놓으니 누가 나그네인가 　　　　　橋邊繫馬知誰客

가지에는 꾀꼬리 고운 소리 정겹기도 하여라 　　　　款款枝頭鶯囀百

외진 곳이라 다정하게 찾아오는 사람 없으니 　　　　境僻無人惠肯來

아침 내내 긴 다리 길에 아득히 눈길 보내네 　　　　終朝目斷長橋陌

　　다리를 지나가는 길손의 수레 　　　　　　　　　　橋客轍

잠들어 몽롱하여 새벽인줄 몰랐더니 　　　　　　　　睡眼朦朧未覺晨

먼 곳의 종소리 베개 가에 이르네 　　　　　　　　　遠鍾呷夏枕邊瑧

이제부터 사람의 일 얼마나 될까 　　　　　　　　　從玆人事知多小

일어나 동쪽 창을 향하여 다시 몸을 가다듬네 　　　起向東窓更整身

　　군성의 새벽종 　　　　　　　　　　　　　　　　郡城晨鍾

석양은 뉘엿뉘엿 산을 내려가 저녁인데 　　　　　　落照依依下山夕

붉은 노을 조각조각 층석에 날아드네 　　　　　　　紅霞片片翻層石

하늘 끝에 옅은 구름 끼었다고 말하지 말라 　　　　莫言天際是輕陰

다만 천지에 저물녘과 새벽 바뀔까 싶네 　　　　　直恐乾坤昏曉易

　　미산의 석양 　　　　　　　　　　　　　　　　彌山夕照

천 권의 경서 서가에 가득 차 있으니 　　　　　　　千卷經書滿架藏

산가에서는 이 물건이 무엇보다 으뜸이지 　　　　　山家此物最爲長

주인은 일 꾸미기 좋아해 부지런히 책을 펴보니 　　主人好事勤繙閱

유음을 가지고 한 가닥 양맥(陽脈)[99] 잇고자 하네 擬把遺音續線陽

　　천 권의 장서 　　　　　　　　　　　　　　　　千卷藏書

99 한 가닥의 양맥(陽脈) : 사라져 가는 정통 유학 학맥을 뜻한다.

긴 오솔길 굽이굽이 무성한 풀 끊임 없는데　　　　　長蹊曲折草緜延

한 쌍의 나막신으로 가볍게 동천에 들어왔네　　　雙屐翩翩入洞天

이 사람 올 때에 누가 함께 머물렀나　　　　　　之子來時誰共住

흰 구름은 마음대로 처마 앞에 가득하네　　　　　白雲隨意滿簷前

　　삼경에서 벗을 맞이함　　　　　　　　　　三逕延友

민파인 정식 에 대한 만사

挽閔巴人 晶植

젊은 날 경업에 매진하여	少日耽經業
노년에도 공부를 쉬지 않았네	衰年不息程
병과 단지에 해를 넘길 양식 없으나	瓶罍無卒歲
시율엔 고아한 정취 움직이네	詩律動高情
작은 안석에는 티끌이 처음 합하고	小几塵初合
외로운 등잔불은 밤에 다시 밝구나	孤燈夜復明
공이 돌아가 글 읽은 곳 애처로우니	憐公歸讀處
이를 마주하고서 흐느껴 우노라	對此却吞聲

안가명 석륜 박직유 영수 허천응과 함께 금릉으로 향해 가려할 적에 수산나루에서 동파의 운[100]을 쓰다

與安可明 碩倫 朴直惟 永壽 許天應 將向金陵 守山津頭 用東坡韻

서풍이 귀밑머리에 불어오는 나이에	西風吹入鬢毛年
유관 차림에 기질 외려 완악하니 내가 봐도 우스워	自笑儒冠氣尙頑
날을 잡아 헤아려 오랜 벗을 찾고	指日商量尋舊友
고개를 돌려 붙여 명산을 기억하네	回頭着及記名山
외로운 돛배 밖에는 타향의 가을 풍경	異鄕秋色孤帆外
지는 햇빛에는 짐을 진 네 나그네	四客行裝落照間
시와 술은 오늘 와 그대로 파계하였으니	詩酒今來仍破戒
우리네 광태를 아직 없애지 못하였네	吾人狂態未能刪

---

100 동파의 운 : 소식(蘇軾)의 《동파전집(東坡全集)》 권6에 실려 있는 〈여모령방위 유서보사(與毛令方尉游西菩寺)〉를 가리킨다.

금릉에서 허문부 창석 와 곽□□ 종우 이 만류하여 술을 권하였다

金陵被許文夫 昌錫 郭□□ 鍾于 挽飲

행인은 길 떠나 서쪽 언덕을 나서려는데	行人欲發出西皐
또 좋은 벗님 내게 막걸리를 권하는구나	又被良朋勸白醪
나를 불러 시음[101]이라 함은 진실로 잘못된 것이고	呼我詩滔誠是枉
그대 여윈 매화 같음을 보니 과연 고아하네	看君梅瘦果能高
산천이 참으로 아름다우니 정이 어찌 다하랴	山川信美情何已
비바람에 서로 만나니 그리워함은 정말 수고로웠네	風雨相逢思正勞
이곳에서 참으로 진솔회[102]를 이루니	此地眞成眞率會
기우는 해 수풀 끝에 걸리는 것 사랑스레 보네	愛看斜日掛林梢

---

101 시음(詩滔) : 정도에 지나치게 시를 많이 짓는 일을 가리킨다.

102 진솔회(眞率會) : 송(宋)나라 사마광(司馬光, 1019~1086)이 벼슬을 그만두고 낙양에 있으면서 고로(故老)들과 만든 모임이다. 이 모임의 규칙은 술은 다섯 순배 이상을 돌리지 못하고 음식은 다섯 가지 이상을 넘지 못하도록 했다고 한다.

김□□ 태욱 의 생일잔치에서

金□□ 泰郁 晬席

승로반[103] 훌륭한 술에 새로이 향기 나니	露盤瓊醴發香新
신선 골짜기 차가운 매화에는 긴 봄이 머물렀네	仙谷寒梅駐永春
학발은 완연히 자부[104]에 임하였고	鶴髮完然臨紫府
반의[105]는 무수히 비단 자리에서 춤을 추네	斑衣無數舞花茵
시대와 어긋나니 궁하나 즐거움에 문제되지 않고	違時不妨窮而樂
정할 때 성(性)을 기르니 장수한 자가 인한 줄을 비로소 알겠네[106]	養靜方知壽者仁
멀리 생각하니 선가에는 속된 일 거의 없으리니	遙想仙家稀俗事
또한 사슴 좇아 날로 친하겠지	也從麋鹿日相親

---

103 승로반(承露盤) : 신선을 동경한 한 무제(漢武帝)가 건장궁(建章宮)에 이슬을 받아 모으기 위해 구리로 만든 그릇으로 좋은 술잔을 의미한다.

104 자부(紫府) : 도가(道家)에서 말하는 신선이 사는 세계이다.

105 반의(斑衣) : 색동옷이라는 뜻이다. 춘추 시대 초(楚)나라의 은사(隱士) 노래자(老萊子)가 70의 나이에도 부모님을 기쁘게 해드리고자 색동옷을 입고 재롱을 떨었다는 고사가 있다. 《初學記 卷17 人部》

106 장수한……알겠네 : 《논어》〈옹야(雍也)〉의 "지자는 물을 좋아하고 인자는 산을 좋아하며, 지자는 동적이고 인자는 정적이며, 지자는 즐겁게 살고 인자는 오래 산다.〔知者樂水, 仁者樂山; 知者動, 仁者靜; 知者樂, 仁者壽.〕"라는 말이 보인다.

중추월에 허정묘운[107]을 써서 지어 허천응에게 부쳐 화운을 구하다

仲秋月 用許丁卯韻 寄許天應 求和

가을바람 잠시 잦아들자 동그란 이슬 맺혔는데	金風乍定露珠圓
뜰의 나무에는 서늘히 저물녘 안게 걷히네	庭樹蒼凉斂暮煙
홀로 높은 누에 올라 밝은 달 기다려	獨上高樓待明月
그저 두 눈으로 푸른 하늘 바라볼 뿐	只將雙眼望靑天
가을된 뒤에 외로운 회포 참으로 급하고	孤懷正急當秋後
새벽이 되기 전에 이 밤이 어찌나 좋은지	此夜偏憐未曉前
항아에게 심사를 묻지 말게나	莫向姮娥問心事
미인의 소식은 천년이 떨어져있으니	美人消息隔千年

---

107 허정묘운(許丁卯韻) : 당(唐)나라 때 윤주(潤州) 정묘교(丁卯橋) 옆에 살았던 허혼(許渾)의 시를 말한다. 허혼(許渾)의 문집이 《정묘시집(丁卯詩集)》이다.

안미숙의 별장에서 장차 출발하려할 적에 운자를 부르다
安眉淑庄 將發呼韻

소나무와 전나무는 들쭉날쭉 지경은 더욱 깊어지니	松檜參差境轉深
시내와 산은 나를 용납하여 찾아옴을 허락하였네	溪山容我許相尋
무단히 걷히고 펼쳐짐에 구름의 본성을 보고	無端卷舒看雲性
도저한 청허함에서 대의 마음을 보노라	到底淸虛見竹心
이 날 서로 만남이 참으로 몹시 아까우니	此日相逢眞可惜
옛 노닒은 고개 돌림에 꿈속에 들어올 뿐이네	舊遊回首夢徒侵
벗님이 술동이의 술을 마련해주니	故人爲辦樽中酒
다시 자리 앞에서 시 한수를 읊는다오	夏向筵前費一吟

안미숙이 시를 부쳐 보내기에 앞의 운을 써서 화답하다

安眉淑寄詩以來 用前韻和之

사포의 초가 외지고 깊은 곳에 자리하니	浦上茅廬坐獨深
꿈속의 넋은 때로 다시 친구를 찾는다네	夢魂時復故人尋
차가운 서리에 나뭇잎 떨어지니 나의 늙음 가엽고	霜寒木落憐吾老
빼어난 국화와 향긋한 난초에서 그대 마음 보겠네	菊秀蘭芳見子心
노닐며 쉼은 이미 고인에게 비웃음 받았고	棲遲已被高人笑
거만하고 게으름은 되레 속된 선비의 공격 당했네	傲惰還逢俗士侵
천하가 쓸쓸하니 어디로 가야할까	海內蕭條安所適
한가한 곳에 스스로 길게 시 읊조림은 문제없네	不妨閒處自長吟

허중와 석 에 대한 만사

挽許中窩 錫

철석같은 간장에 양기를 발하는 기상 지녔으니[108]　　腸心石鐵氣揚休

한 탑상(榻床)에서 어느덧 여든 해가 되었네　　一榻翛然八十秋

이 한 몸 검속하여 예법에서 노닐었고　　約束形骸游禮法

안목을 크게 넓혀 천하를 벗어났네　　恢張眼目出寰區

가의(賈誼)의 재주는 끝내 어디에 쓰랴　　賈生才調終何用

복생(伏生)[109]의 경륜은 또한 절로 넉넉하네　　伏老經綸也自優

이제 그만인가, 우리 사림 완전히 쓸쓸해졌으니　　已矣吾林蕭索盡

가을빛은 새 무덤자리에 쉽게 오르네　　秋光容易上新丘

생각건대 내가 동쪽으로 노닌지 삼십년　　念我東遊三十載

해마다 금강 가에 길게 머물렀지　　年年長住錦江湄

평생 사우간의 정 어찌 다하랴　　平生師友情何極

삼세에 걸친 만남은 이미 남다른 일이지　　三世遭逢事已奇

산 무너지고 들보 꺾였으니 장차 누구를 본받으랴　山頹梁折將安倣

---

108 양기를……지녔으니 : 《예기》〈옥조(玉藻)〉에서 군자의 용모에 대해 "때에 맞게 다니되 활기에 찬 기운이 마치 양기가 만물에 발양하듯 몸에 가득하게 한다.〔時行, 盛氣顚實揚休.〕"라고 한데서 허중와의 법도에 맞는 용모를 찬탄한 것이다.

109 복생(伏生) : 한(漢)나라 초엽의 학자 복승(伏勝)으로 진시황(秦始皇)이 분서(焚書)할 때 《상서(尙書)》를 벽 속에 감춰 두었다가 후진을 가르쳐 이것이 구양생(歐陽生), 공안국(孔安國) 등에게 전수되었다고 한다. 《史記 卷121 儒林列傳》

또 이러한 때에 범이 떠나가고 용이 없어졌네[110]　　虎逝龍亡又此時
실추된 단서는 아득도 하여 모두 미치지 못하니　　墜緒茫茫俱莫及
다만 어진 아들과 함께 하염없이 눈물만 흘릴 뿐　　祗從賢子涕交頤

---

110 범이……없어졌네 : 〈이퇴수 병곤 을 애도하며〉의 각주 참조.

청암정[111]에서 퇴도 선생의 시[112]에 삼가 차운하다

青巖亭 謹次退陶先生韻

청암정에 한번 올라 깊은 속내 부치니	巖亭一上寄深衷
시름겹게 바라보매 반공엔 뜬구름이 가득하네	愁見浮雲蔽半空
당일의 조정에 바른 선비 그 누군가	當日朝廷誰正士
지금까지 남쪽에 고풍을 세웠다네	至今南國樹高風
원림은 모두 광휘 속에 있고	園林摠在光輝裡
인물은 계술하는 가운데에 기다려 보노라	人物留看繼述中
이를 마주함에 회상하게 할 만하여	對此令人懷想足
서성이다 보니 어느새 해는 지려하네	徘徊不覺日將窮

---

111 청암정(靑巖亭) : 충재(沖齋) 권벌(權橃, 1478~1548)이 1526년(중종 21)에 조성한 정자이다. 경상북도 봉화군 닭실마을에 있다.

112 퇴도 선생 시 : 《퇴계집》 권4의 〈유곡의 청암정에 보내 붙이게 하다〔寄題酉谷靑巖亭〕〉를 말한다.

김심산[113] 창숙 의 〈당인탄〉에 차운하여 보내 드리다

次金心山 昌淑 黨人歎韻 寄呈

내 보건대 심산옹은	余觀心山翁
정성스럽고 한결같아 두 가지 마음 없다네	斷斷心無二
어려서부터 유학을 배워	小少學儒術
네 가지 성인의 가르침[114]에 종사했지	從事聖敎四
그러나 좋지 못한 시절을 만나	逢時之不辰
동족이 변하여 이상하게 되었네	族類化爲異
왜놈이 이빨과 뿔을 희롱하여	島酋弄牙角
종횡무진 제멋대로 방자한 짓 일삼았네	縱橫任肆恣
슬프도다 개와 돼지의 무리가	哀哉狗彘徒
기회를 엿보며 권세와 지위를 탐하네	伺候貪勢位
심산옹이 이에 한번 몸을 떨쳐 일으켜	翁乃一奮身
생사 간에 뒷일을 염려하고 꺼리지 않았지	生死不顧忌
저는 다리로 대륙을 마음껏 뛰어다니며	大陸脚蹇騰

---

113 김심산(金心山) : 김창숙(金昌淑, 1879~1962)을 말한다. 자는 문좌(文佐), 호는 심산(心山), 본관은 의성(義城)이다. 학자, 독립운동가, 정치가, 교육자로서 활동했다. 해방 전에는 임시정부 의정원 부의장을 역임하고, 해방 후에는 유도회(儒道會)를 조직하고 재단법인 성균관과 성균관대학을 창립하여 초대 학장에 취임했다. 저서로는 《심산유고》가 있다.

114 네 가지 성인의 가르침 : 《논어》〈술이(述而)〉에 "공자께서는 네 가지로써 가르치셨으니, 학문·실천·충실·신의였다.〔子以四敎, 文行忠信.〕"라는 말이 보인다.

손으로는 너른 바다를 희롱하네　　　　　　　　　　滄海手弄戱

기운이 울울하여 일만 장 노을이 되니　　　　　　　氣鬱萬丈霞

이 때문에 백일에 햇무리가 생겼네　　　　　　　　白日爲生珥

혹 진시황을 맞추려던 철퇴[115]를 시험해보기도 하고　或試秦皇椎

혹 조후의 측간을 바르기도 하여[116]　　　　　　　或塗趙侯厠

진실로 할 수 있는 것이 있다면　　　　　　　　　苟有可爲者

어렵고 험난함에 피하는 바 없었지　　　　　　　艱險無所避

그러나 어이하랴 그물이 빽빽하여　　　　　　　其柰網羅密

끝내 끓는 물과 세찬 불길에 빠져들고 말았으니　竟陷湯火熾

오직 내 지조만 돈독히 지킬 뿐　　　　　　　　志操惟我篤

이내 몸은 저놈들이 죽이든 살리든　　　　　　形身任彼毁

오랑캐에게 붙잡혀 당한 단근질은 몹시 괴로우니　虜中烙刑苦

어찌 설전[117]에 견줘질 뿐이랴　　　　　　　可但齧氈比

십 년 동안 한 절개 지켜　　　　　　　　　　十年持一節

고달픔 참으며 모욕을 견뎠지　　　　　　　忍辛含詬誶

---

115 진시황을 맞추려던 철퇴 : 한(韓)나라 재상이었던 장량(張良)이 자신의 조국을 멸망시킨 진시황(秦始皇)을 죽이고자 자객으로 창해역사(倉海力士)를 얻어 그에게 철퇴(鐵椎)를 들려 진시황을 저격했던 일을 말한다. 《史記 卷55 留侯世家》

116 조후의 측간을 바르기도 하여 : 전국 시대 지백(智伯)이 조 양자(趙襄子)에게 멸망당한 뒤, 그의 신하 예양(豫讓)이 원수를 갚기 위해 형인(刑人)이 되어 궁중에서 측간을 바르다가 조 양자를 찌르려했던 일을 말한다. 《史記 卷86 刺客列傳 豫讓》

117 설전(齧氈) : 한 무제(漢武帝) 때 소무(蘇武)가 흉노(匈奴)에게 사신으로 갔다가 억류되어 항복을 권유받았으나, 음식도 없이 움막에 갇힌 소무는 솜털로 짠 담요를 씹으며〔嚙氈〕끝까지 절개를 잃지 않았다고 한다. 《漢書 卷54 蘇建傳 蘇武》

저놈들의 악행이 마침내 극에 달하여	彼惡乃貫盈
온 세상이 다투어 꾸짖었네	萬國爭罵詈
홀연 새벽종소리 한번 떨어지자	晨鐘忽一落
하늘의 해를 먼저 보려 다투었네	天日爭先視
누가 알았으랴 두 호랑이의 싸움이	誰知兩虎鬪
우리네 깊은 병의 빌미가 될 줄을	爲我膏肓祟
남과 북으로 홀연 가운데가 나뉘었으니	南北忽中斷
이 일이 도대체 무슨 일이란 말인가	此事是何事
훌륭한 인재들 다투어 혼매하게 치달리니	群英競昏馳
술에 취한 듯하고 또한 잠을 자는 듯하네	如醉復如寐
옥과 돌이 뒤섞여 함께 있으니	玉石混相處
간사하고 괴이한 무리는 엿보다가 뜻을 얻어	奸怪覰得意
각각 하나의 편당을 세우고	各立一偏黨
각각 하나의 기치의 세우고서	各樹一旗幟
말은 백성의 뜻을 따른다하나	謂言從民意
모두 다 백성의 노여움을 저촉하는 것이네	無非觸民變
오직 심산옹만이 몹시 개탄해	惟翁慨歎深
도를 수호하여 한 번 고취하였네	衛道一鼓吹
사람들 모두 짐승의 지경에 들어가	人皆入獸域
자신에게 본성이 구비되어 있음을 아는 이 없어	莫知素性備
이욕이 다투어 어지럽게 끌어대니	利欲爭紛挐
예와 의는 헌신짝처럼 취급받네	禮義爲敝屣
어찌 감히 좌시하랴	豈敢坐而視
이 일을 두 어깨에 짊어졌네	此事擔兩臂

학교를 세워 훌륭한 인재들을 초치하여	建學召英俊
호련의 그릇[118]을 주조해냈네	鑄出瑚璉器
홀연 북쪽의 도적놈이 침입해 옴에	北匪忽侵來
여우같은 간사한 아양을 떨지 않음이 없는데	莫不獻狐媚
심산옹만 홀로 낯빛을 바루고 앉았으니	翁獨正色坐
그가 감히 뜻을 빼앗을 수 있었으랴[119]	渠敢奪志帥
늠름하게 의에 근거하여 꾸짖으니	凜凜據義責
말 한마디가 기병 일만을 당해냈네	一辭當萬騎
아아, 세상일 그릇되었으니	嗚呼世事非
백성은 그 누가 보살펴줄 수 있으랴	民生孰可庇
이에 〈당인탄〉을 지어	乃作黨人歎
백일에 이매 같은 무리를 쏘아 맞추니	白日射魑魅
그 뜻이 얼마나 괴롭고 슬프며	其志何惻愴
그 말이 얼마나 힘을 들였던가	其辭何贔屭
상하 삼백 년 동안	上下三百載
숨기는 것 하나 없이 또렷하여라	歷歷無一秘
내 바라건대 심산옹은	我願心山翁
배척을 당했다 탄식 말라	莫歎遭擯弃
천추만세 뒤에	千秋萬歲後

---

118 호련(瑚璉)의 그릇 : 호(瑚)와 연(璉)은 모두 종묘(宗廟)의 제사에 서직(黍稷)을 담는 그릇으로 귀중하고 화려하기에 재능이 있어 큰 임무를 감당할 만한 사람을 비유하였다.

119 감히……있었으랴 : 《논어》〈자한(子罕)〉에 "삼군의 장수는 빼앗아도, 필부의 뜻은 빼앗을 수 없다.〔三軍, 可奪帥也; 匹夫, 不可奪志也.〕"라는 말이 보인다.

죽지 않는 것은 오직 정의일 뿐이니   不死惟正義

내 그림자 외로운 것을 어이 걱정하며   何愁吾影獨

내 몸뚱이 고통 받는 것을 어이 근심하랴   何患吾形劚

저 사람, 살아생전의 사람은   彼哉生前人

비웃을 만하지 성낼 만한 것이 아니라오   可笑非可恚

용산정 모임에서 읊다

龍山亭會吟

푸른 산머리에 있는 그대의 정자를 사랑하노니	愛君亭子碧山頭
흰 돌에 맑은 샘물 경개는 더욱 그윽하여라	白石淸泉境轉幽
백번의 그대 요청 어이 사양할 만하랴	百遍可堪辭子請
모름지기 술 한 잔으로 다시 내 근심을 쏟아내네	一杯須復寫吾愁
벌레 울음소리는 새 가을 도래했음을 알리려 하고	虫聲欲報新秋到
학은 꿈에서 천천히 깨어나매 새벽달 떠오르네	鶴夢徐回曉月浮
하염없이 흐르는 세월 재미있게 놀고 즐길 뿐이니	鼎鼎流年行樂耳
다른 때 산골짜기에 배 간직함[120]을 어찌 보장하랴	他時那保壑藏舟

---

120 산골짜기에 배 간직함 : 《장자》〈대종사(大宗師)〉에 "산골짜기에 배를 간직하며
연못 속에 산을 간직하고서 단단히 간직했다고 말한다. 그러나 밤중에 힘이 센 자가
그것을 등에 지고 도망치면 어리석은 사람은 알지 못한다.〔夫藏舟於壑, 藏山於澤, 謂之
固矣. 然而夜半, 有力者負之而走, 昧者不知也.〕"라는 말이 보인다.

손공국에게 주다

贈孫公國

아로새김 정심한 것이 가장 두려울 만하니	鑱刻精深最可畏
두 눈동자를 창처럼 하여 곧 책을 뚫어야지	雙眸如戟卽穿篇
늦게 이룸은 예로부터 그 이룸이 크나니	晚成從古其成大
십 년 전에 공을 거두지 말게나	莫使收功十載前

달성 야화 숙형의 아들 셋과 이태명 종덕과 안윤민 진수와 함께 읊었다

達成夜話 叔兄子三 李太明鍾德 安潤民進洙 共吟

바둑판 하나에 촛대 하나	碁一文枰燭一臺
만난 자리에 밤이 시작되려는 것도 몰랐네	逢筵未覺夜將開
천륜의 즐거운 일[121]은 열흘을 이었고	天倫樂事連旬日
오랜 벗 애써 찾아옴은 참으로 몇 번이던가	舊友勤尋正幾回
오늘 밤은 예전처럼 같은 마을의 모임인데	此夕依如同里會
우리네는 모두 타향의 술잔을 드노라	吾人俱是異鄕杯
풍류는 또 시 지을 것을 재촉 받으니	風流又被催詩令
좋은 시구 이루기 어려워 못난 내 재주 부끄러워라	好句難成愧我才

---

121 천륜의 즐거운 일 : 〈고향으로 돌아와〉의 각주 참조.

박직유가 그림 병풍 여덟 폭을 만들고 내게 품제해줄 것을 청하였다
朴直惟作畵屛八幅 要余品題

계림은 소슬히 낙엽이 흩날리고 　　　　　鷄林蕭瑟葉飛黃

가야 북쪽의 구름 낀 산에 한 길이 기네 　　耶北雲山一路長

과연 처와 자식이 뜻을 잘 알아 　　　　　可是妻兒能解意

가을 등잔불에 함께 벽라상을 만드네 　　　秋燈共製碧蘿裳

　　가야산에 자취를 감춤 　　　　　　　伽倻遁跡

소열사 앞에 풀은 이미 시들었는데 　　　　昭烈祠前草已殘

왕손의 애달픈 눈물 마른 적 없었지 　　　　王孫哀淚未曾乾

천추의 행한 일에서 절조가 똑같음을 보니 　千秋行事看同操

만 길의 산에 일편단심이네 　　　　　　　一片丹心萬仞山

　　개골산에서의 초식 　　　　　　　　皆骨艸食

만 리의 외로운 신하가 명을 바치는 때이니 　萬里孤臣致命秋

이 몸이 어찌 물결 위의 한 거품에 그치랴 　此身何止一浮漚

긴 강 지는 해에 끝없는 눈물 　　　　　　長江落日無窮淚

옷자락 다 적시고 다시 절로 흐르는구나 　　濕盡衣裾更自流

　　압록강에서 옷을 부침 　　　　　　　鴨江寄衣

저 멀리 진세를 벗어난 천 장의 금오산에 　千丈金烏逈絶塵

여전히 오건¹²²을 쓰고 있으니 옛 왕춘¹²³이네   烏巾尙戴舊王春
미미한 양기에 정녕코 목숨 늘리는 힘 있으니   微陽定有延年力
참으로 선생은 죽지 않은 사람이라오   可是先生不死人
    오산에서 고비를 캠   烏山採薇

운산은 목메어 울고 시내 숲 슬퍼하니   雲山嗚咽澗林悲
바로 산 사람이 통곡하는 때라오   正是山人痛哭時
만 가닥 눈물 실은 만 장의 잎은   萬葉載將萬行淚
물결 따라 두둥실 어디로 가려하뇨   隨波泛泛欲何之
    북악에서 물에 띄운 잎   北岳泛葉

들자하니 금강산은 우뚝하기가 일만 장이라   聞道金剛萬丈嵬
세상 사람들 한번이라도 찾아오기가 어렵다지   世人難得一過來
바쁘게 다니며 쌀 구걸함을 그대 비웃지 말게나   栖栖乞米君休笑
일출봉 정상에서 눈이 비로소 뜨이네   日出峯頭眼始開
    금강산에서의 쌀을 구걸함   金剛乞米

두 현인의 심사는 본래 어긋남 없었으니   兩賢心事本無違
어찌 당시에 한번 방불하였을 뿐이랴   可但當時一約依

---

122 오건(烏巾) : 검은 두건을 말한다. 오사(烏紗), 또는 당건(唐巾)이라고 한다. 옛날에 은거하여 벼슬하지 않는 사람이 이 두건을 많이 썼다.

123 왕춘(王春) : 공자가 편찬한 《춘추(春秋)》에 '춘왕정월(春王正月)'에서 나온 말로 '천하를 통일한 제왕의 봄'이라는 뜻인바, 전하여 보통은 '새해의 봄'을 가리키며, 조선 후기에는 주로 명(明) 나라의 봄을 가리켰다.

우연히 천공에게 희극을 이룸을 당하여   偶被天公成戲劇

천년의 풍치 도롱이에 속하였네   千年風致屬簑衣

　　해사의 도롱이   海寺簑衣

홍의를 벗어버리고 푸른 부들에 앉노라니   脫却紅衣坐碧蒲

한 강의 안개 비 눈썹과 수염에 젖어드네   一江煙雨鎖眉鬚

갈매기와 해오라기야 두려워하지 말거라   寄言鷗鷺休相怕

나 역시 기심이 사라져 이미 없으니   我亦機心息已無

　　창암의 낚시터   蒼巖釣磯

안 참위장 봉수 에 대한 만사

挽安叅尉丈 鳳洙

일곱 자 높은 키에 풍채 좋으니	七尺軒軒骨貌豐
유자 집안의 규범에 장군 집안의 풍모이네	儒家規範將家風
가슴속 장대한 기운 은한을 능가하고	胷中壯氣干霄漢
팔꿈치 뒤 상흔은 단충을 징험하네	肘後瘢瘢徵赤忠
늙어감에 하택거[124]를 타는 것 문제될 것 없고	老去未妨乘下澤
시절이 돌아와도 다시 담장 동쪽에 숨었네[125]	時回猶復隱墻東
평생의 지절 어디에 있는지 아는가	平生志節知何在
밤에 서대[126]에 드니 달그림자 텅 비었네	夜入西臺月影空

---

124 하택거(下澤車) : 조그마한 수레의 하나이다.

125 담장 동쪽에 숨었네 : 후한(後漢) 때 봉맹(逢萌)·서방(徐房)·이자운(李子雲)·왕군공(王君公)이 친했는데 왕망(王莽)이 제위를 찬탈하자 왕군공만 시장에서 소를 팔며 은둔하여, 당시 사람들이 "세상 피해 성(城)의 담장의 동쪽에 사는 왕군공〔避世牆東王君公〕"이라 하였다고 한다. 《後漢書 卷83 逸民列傳 逢萌》

126 서대(西臺) : 절강성(浙江省) 동려현(桐廬縣)에 있는 자릉대(子陵臺)로서, 원(元)나라 군대가 임안(臨安)에 쳐들어왔을 때 승상(丞相) 문천상(文天祥)의 군문(軍門)에서 자의참군(諮議參軍)이 되었다가 떠난 절사(節士) 사고(謝翶)가 후에 문천상이 죽었다는 말을 듣고는 서대에 올라 신주를 마련한 뒤 통곡하였다고 한다.

손중열에 대한 만사
挽孫仲說

금강 강가에서 맑은 물결 굽어보니   錦江江上俯淸漪

남포에 봄 되자 짧은 청려장 놓아버렸네   南浦春來放短藜

함께 소년 되어 서로 믿던 날   共作少年相信日

이 일이 송별할 때임을 어찌 알았으랴   那知此事送離時

듬성듬성 울타리의 꽃은 그윽한 오솔길 따라있고   籬花隱約依幽逕

서늘한 버들의 달은 흰 장막을 비추네   柳月微凉映素帷

동학의 벗 중에 그대와 정이 가장 지극하여   同學故人情最苦

울음 삼키며 말없이 아드님 마주한다오   呑聲無語對孤兒

최장 태현[127] 두영 에 대한 만사

挽崔丈泰賢 斗永

불옹[128]의 어진 주손에 우리 공 있으니	弗翁賢胄有吾公
열 대의 훌륭한 규범으로 한 몸을 검칙하였네	十世良規飭一躬
인자의 단전은 장공예의 집이고[129]	忍字單傳張藝宅
의전에 길이 힘입음은 범문정공의 친족이네[130]	義田長賴范文宗
충신은 오랑캐 나라에서 행할 수 있고[131]	可令忠信行蠻貊

---

127 최장(崔丈) 태현(泰賢) : 최두영(崔斗永, 1891~1958)을 말한다. 자는 태현(泰賢), 호는 금강(錦崗), 본관은 경주(慶州)이다. 백불암(百弗庵) 최흥원(崔興遠)의 7대손이다. 유고로 《금강만록(錦崗漫錄)》이 있다.

128 불옹(弗翁) : 최흥원(崔興遠, 1705~1786)을 말한다. 자는 태초(太初), 호는 수구암(數咎庵)·백불암(百弗庵), 본관은 경주이다. 1778년(정조2)에 학행으로 천거되어 참봉·교관(教官)이 되었고, 이후 장악원주부·공조좌랑을 거쳐 세자익위사좌익찬(世子翊衛司左翊贊)이 되었다. 남전향약(藍田鄉約)에 의거하여 규약을 세우고 강학(講學)과 근검으로 저축에 힘쓰게 하며, 선공고(先公庫)·휼빈고(恤貧庫) 등을 두어 백성의 생활이 안정을 얻게 하였는바, 이것이 부인동규(夫仁洞規)였다. 사후에 좌승지에 추증되었다. 저서로는 《백불암집》이 있다.

129 인자의……집이고 : 장공예(張公藝)는 9대가 함께 살았는데 인덕(麟德) 연간(年間)에 고종(高宗)이 그의 집에 들러 화목하게 지내는 방법을 묻자, '참을 인(忍)' 백여 자를 써서 올렸다고 한다. 《舊唐書 孝友列傳》 단전(單傳)은 불가의 선종(禪宗)에서 문자와 언어가 아닌 마음으로 불법을 전하는 방법을 가리킨다.

130 의전에……친족이네 : 범문정공(范文正公)은 송(宋)나라의 범중엄(范仲淹)으로, 그는 참지정사(參知政事)가 되었을 때 조상의 덕으로 높은 지위에 올랐기에 친척들과 부귀를 함께 누려야 한다며 은전과 녹봉을 친척들에게 골고루 나누어주고, 의전(義田)과 의택(義宅)을 설치하였다고 한다. 《宋名臣言行錄》

현장으로 회동할 때 집례가 되기에 합당하네[132]　　　合把端章相會同

수구당[133]에서 비녀장을 뽑아 던진 뜻[134]　　　數咎堂中投轄意

이날에 무종의 눈물[135] 어이 견디랴　　　那堪此日涕無從

---

131 충신은……있고 :《논어》〈위령공(衛靈公)〉에, "말이 진실되고 미더우며, 행실이 돈독하고 공경스러우면, 비록 오랑캐의 나라라 하더라도 뜻이 행해질 수 있다.〔言忠信, 行篤敬, 雖蠻貊之邦行矣.〕"는 말이 보인다.

132 현장(玄章)으로……합당하네 : 현장은 현단복(玄端服)과 장보관(章甫冠)을 말한다. 공자가 제자들에게 각자 하고 싶은 바를 말하게 하자 공서화(公西華)가 "제가 능하다는 것이 아니라 배우기를 원합니다. 종묘의 일과 또는 제후들이 회동할 때에 현단복과 장보관 차림으로 작은 집례가 되기를 원합니다.〔非曰能之. 願學焉, 宗廟之事 如會同, 端章甫, 願爲小相焉.〕"라고 답한 말이 보인다.《論語 先進》

133 수구당(數咎堂) : 본래 이름은 '수구암'이다. 최홍원이 '스스로 잘못을 낱낱이 점검한다〔自數咎失〕'는 의미를 취하여 '수구'로 좌우명으로 삼아 당호를 지었다고 한다. 《百弗菴先生文集 卷13 雜著 數咎庵小叙》 현재 대구 동구 둔산동에 있다.

134 비녀장을 뽑아 던진 뜻 : 손님을 만류한다는 뜻이다. 비녀장〔轄〕은 차축(車軸)의 양 끝에 걸어 바퀴를 고정시키는 장치로 전한(前漢)의 교위(校尉) 진준(陳遵)은 취하면 객의 비녀장을 가져다가 우물 속에 던져 버렸다고 한다.《漢書 卷92 陳遵傳》

135 무종(無從)의 눈물 : 슬퍼하기만 할 뿐, 슬퍼한 만큼 도움을 줄 수 없음을 의미한다. 공자가 일찍이 위(衛)나라에 가서 옛 주인의 상을 만나서 들어가 곡하고 나와서 자공(子貢)을 시켜 참마(驂馬)로 부의(賻儀)를 하라고 하므로, 자공이 옛 주인에게 참마의 부의는 너무 과중하지 않겠느냐고 말하자, 공자가 이르기를 "내가 지난번 들어가 곡할 적에 한번 슬퍼하매 눈물이 나왔으니, 나는 눈물만 흘리고 뒤따르는 정성 표시가 없는 것을 미워한다.〔予鄕者, 入而哭之, 遇於一哀而出涕, 予惡夫涕之無從也.〕"라고 한 데서 온 말이다.《禮記 檀弓上》

박직유의 생일잔치에서

朴直惟晬席

정월 보름 이 좋은 날 이제 막 하늘이 개니	上元佳節際新晴
생일에 선가에는 봄 술 생겼네	晬日仙家春酒生
창의 달은 원만한 그림자 비추어 오고	窓月照來圓滿影
처마의 새는 기뻐하는 소리 짖어 보내네	簷禽啼送喜歡聲
영욕에 마음 두지 않아 얼굴은 늘 좋고	休心榮辱顔常好
시서에 즐거움을 부치니 눈은 절로 밝아지네	寓樂詩書眼自明
이것이 바로 곧 이 옹의 장수법이니	此是翁曾長視術
세상 사람들 부질없이 구단[136]을 이루려 하네	世人謾事九丹成

---

136 구단(九丹) : 도교에서 복용하면 장생하거나 신선이 될 수 있다는 아홉 가지 단약
(丹藥)을 말한다.

주산 정회

珠山丁會

이 정자에 문사의 모임 풍류는 여전한데	玆亭文會尙風流
지금은 우리 사림이 참으로 위급한 때라네	際此吾林正急秋
장대한 뜻 단서가 없어 횡행함을 막지 못하고	壯志無端橫莫禦
외로운 회포 실낱같아 흩어진 것 수습하기 어렵네	孤懷如緖散難收
서쪽에서 온 비바람에 온 정국이 혼미하고	西來風雨迷全局
남쪽으로 건너온 세상은 배 한 척을 부쳤네	南渡乾坤寄一舟
하늘 저편에 가벼운 구름 있음을 이미 알았으니	已識輕陰天際是
지금 해가 저무는 것 근심할 필요 없다네	如今日暮不須愁

침상에서 육방옹의 운을 써서 짓다

枕上用放翁韻

산속 해는 더디고 더디 낮에도 문은 닫혔으니 山日遲遲晝掩門

지팡이 짚고 다니는 것 물가의 마을을 넘지 않네 遊笻不出水邊邨

손으로 책을 쥐고서 어찌 놓은 적 있으랴 手持黃卷何曾釋

눈으로 청산을 대하니 어둠을 깨뜨리네 眼對靑山却破昏

몹시 생각하니 때로 고인이 꿈속에 들어오고 思甚古人時入夢

높은 것을 말하니 당세는 굳이 논할 필요 없다오 言高當世未須論

아침 되자 봄 일이 자못 신경쓰여 朝來春事頗關念

다시 쟁기 들고 푸른 들로 나서네 更把耕犁向綠原

초여름에 육방옹의 운을 써서 짓다

初夏 用放翁韻

오월에 석류꽃 밝게 눈을 비추니	五月榴花照眼明
산가에선 분수대로 이내 삶 족하다오	山家隨分足吾生
닭장의 닭은 알을 품느라 길이 정좌에 들고	舍鷄抱卵長參靜
둥지의 제비는 새끼 치느라 자주 지저귀네	巢燕將雛數有聲
시는 무심해져야 잘 지어지고	詩到無心能事在
술은 힘을 많이 써야 근심을 재울 수 있다네	酒應多力使愁平
예로부터 현달한 이들 명과 어긋난 경우 많았지만	古來賢達多違命
굳이 영균¹³⁷처럼 멀리 떠나길 일삼을 것 없네	未必靈均事遠征

---

137 영균(靈均) : 전국 시대 초(楚) 나라 굴원(屈原)의 자(字)이다.

수족당 시에 차운하다 최수봉의 신연소[138]이다

次睡足堂韻 崔修峯申燕所

수족당 안에 진수자	睡足堂中進修子
한평생 수운 간에 높이 누었네	一生高臥水雲間
길이 궁함에 시서의 즐거움 널리 얻었고	長窮博得詩書樂
정함을 익혀 일월의 한가함을 많이도 차지했네	習靜優占日月閒
이미 몸과 마음은 물외에 던져버리고	已把身心抛物外
길이 넋으로 하여금 꿈속에서 청산을 맴돌게 하네	長敎魂夢繞靑山
오백 년 동안에 황하가 맑아지는 날은 언제이려나	何時五百河淸日
한번 깨어남에 흔연히 웃을 수 있으리	一覺欣然鮮笑顔

---

138 신연소(申燕所):《논어》〈술이(述而)〉에 "공자께서 한가로이 계실 때 느긋하시고 얼굴빛이 온화하셨다.〔子之燕居, 申申如也, 夭夭如也.〕"라고 한 데서 나온 말로, 평소의 거처를 뜻한다.

거울을 보고 육방옹의 시에 차운하다

覽鏡 次放翁韻

거울을 보고 아침 내내 감개가 많으니　　　　覽鏡朝來感慨多

인생의 순간순간이 끝내 어떠한가　　　　人生念念竟如何

근심 만난 굴원 나라 걱정에 끝내 원망 많았고　　騷平憂國終多怨

광인 접여는 때와 어긋났으나 또 다시 노래 불렀네[139]

　　　　　　　　　　　　　　狂接違時且復歌

잘 다스린 마음 밭은 이처럼 결백하고　　料理心田如許白

사단 없이 가슴 바다엔 절로 파도가 이는구나　　無端胸海自生波

이내 인생 흐르고 흘러 장차 늙게 될 것이나　　此生冉冉將垂老

장대한 기운은 여전하여 꺾이지 않았네　　壯氣猶然未折磨

---

139 광인……불렀네 : 춘추 시대 초(楚)나라의 은자 육통(陸通)으로 접여(接輿)는 자
이다. 그는 거짓으로 미친 척하였는데 공자의 수레 앞으로 노래를 부르며 지나가자
이야기를 나누고자 했지만 자리를 피했다는 말이 《논어》〈미자(微子)〉에 보인다.

첫가을에 육방옹의 운을 써서 짓다

新秋 用放翁韻

우물가 오동은 또 일 년인데	井上梧桐又一年
슬피 우는 기러기는 멀리 수운 가를 지나네	哀鴻遙度水雲邊
외롭다고 내일을 근심할 필요 없으니	未須孤絶愁來日
또 옛 책을 추스려 읽는 것이 좋겠네	且可溫尋理舊篇
벌레 소리 끊어질 듯 이어지는데 사초 가엔 달뜨고	斷續虫音莎際月
나무 빛은 쓸쓸하고 어둑한데 나루에는 안개 끼네	凄迷樹色步頭煙
쇠약한 모습에 서늘한 기운 뼈까지 들어오니	衰容漸覺凉侵骨
시험 삼아 상자 안에서 묵은 솜을 기운다오	試向箱中補舊綿

이소은 현기 에 대한 만사

挽李小隱 賢基

나이 잊고 사귄 정의 원릉[140]보다 무거우니	忘年交誼重原陵
늙어서까지도 언제나 소식 주고받았지	到老尋常信息存
한 필의 말 자주 우니 삼사[141]도 가까웠고	匹馬頻嘶三舍近
향긋한 막걸리 막 익으면 한 평상 따뜻하여라	香醪初熟一床溫
사해에 마음 맞는 만남 얼마나 많다 하랴	謂言四海無多遇
올 때에 자세히 의논하고자 함을 허락하였네	許與來時要細論
오늘 어이 견디랴 행락하던 곳에	今日那堪行樂地
이슬 드리운 차가운 꽃 황량한 동산에서 마주함을	寒花垂露對荒園

칠 척의 헌걸찬 키에 남다른 골격	七尺頎然骨相奇
드문드문 일천 가닥 수염과 눈썹은 훌륭하네	千莖蕭颯好鬚眉
풍류는 바로 높이 읊는 속에 있고	風流政在高吟裡
기상은 취한 때를 기다려 보노라	氣象留看被醉時
다른 날에 뛰어난 문장 확인 할 수 없으니	他日英詞無可徵

---

140 원릉(原陵) : 동한(東漢) 광무제(光武帝) 유수(劉秀)의 능(陵)이다. 엄광(嚴光)은 유수(劉秀)와 함께 공부하였는데, 유수가 황제가 되자 성명을 바꾸고 은거하여 다시는 만나지 않았다. 유수가 전국 각지에 행방을 수소문하였는데, 어떤 사람이 양 갖옷을 몸에 걸치고 동강(桐江)에서 낚시를 하고 있다는 보고에 후한 예물을 보내 엄광을 초빙하였다 한다. 《高士傳》

141 삼사(三舍) : '사(舍)'는 거리의 단위로, 1사는 30리이다.

한평생 숨겨진 덕 아는 이 뉘 있으랴   百年潛德有誰知
늙은 창자 다 끊어지는 서하의 눈물[142]   衰腸斷盡西河淚
시샘하기 좋아하는 저 푸른 하늘을 통렬히 꾸짖네 痛罵蒼天好作猜

---

142 서하(西河)의 눈물 : 서하는 공자의 제자 자하(子夏)가 제자들을 가르쳤던 곳으
로 자하가 이곳에서 아들의 상을 당해 심하게 울다가 실명하였다고 한다. 전하여 아들의
상을 당한 경우를 '서하의 눈물〔西河之淚〕, '서하의 슬픔〔西河之痛〕'이라고 한다.

송준여 세준 에 대한 만사

挽宋駿汝 世駿

재약산 안에서 구름은 신에 얽이고　　　　　　　　載藥山中雲綴屧

금릉관 속에서 달은 자리에 들어오네　　　　　　　金陵館裡月侵筵

풍류는 갖추어 남보다 뒤지지 않고　　　　　　　　風流辦不居人後

좋아해준 마음은 응당 나보다 앞선 이 없으리　　　惠好應無在我前

하늘의 뜻은 어이하여 글 읽는 선비를 미워하는가　天意胡憎讀書士

그대 마음은 이미 눈이 먼 해[143]에 죽었지　　　　子心已死喪明年

갈대꽃 핀 달밤 낙동강에서 함께 배 타자던 약속　洛江蘆月同舟約

부질없이 갈매기에게 인연 잃은 것 슬퍼하도록 하네　空使沙鷗悵失緣

---

143 눈이 먼 해 : 송세준의 아들이 죽은 해를 말한다. 자하가 실명한 고사는 앞의 시 각주 참조.

동도 회고
東都懷古

팔백 개의 높은 사찰 제왕의 기상 걷혀	八百寺高王氣收
계림의 황엽[144]에 홀연 가을이 생겨나네	鷄林黃葉忽生秋
꽃 날던 곡수에 포어는 사라졌고	花飛曲水鮑魚沒
부평초 모인 궁 연못에 안압은 보이지 않네[145]	萍合宮池雁鴨幽
지나간 일의 흥망성쇠는 한 조각 꿈이요	往事興亡歸片夢
한평생의 회포는 한가히 노닒에 부치노라	百年懷抱屬閒遊
처량하게 반월성 위의 뜬 달은	凄凉半月城頭月
길이 오는 사람을 향해 옛 섬을 마주하네	長向來人對古洲

---

144 계림의 황엽 : 고려(高麗) 태조(太祖)에게 최치원(崔致遠)이 보낸 글 중에 "계림
에는 누런 잎이 지고, 곡령에는 소나무가 푸르다.〔雞林黃葉 鵠嶺靑松〕"라는 구절로
황엽은 망해가는 신라를 가리킨다. 《東國通鑑》

145 꽃……않네 : 경주의 포석정(鮑石亭)과 안압지(雁鴨池)를 가리킨 말이다.

점필재 선생의 〈동도회고〉에 삼가 차운하다
謹次佔畢齋先生東都懷古韻

동도는 본디 훌륭한 강산이니	東都自是好江山
한 왕조의 번영은 세상에 으뜸이었지	一代繁榮跨宇寰
옛 동산에 슬픈 바람은 석마에 불어오고	古苑悲風吹石馬
황폐한 능에 지는 달은 금환을 비추누나	荒陵殘月照金環
창망한 세속 이야기는 삼보를 전하고	蒼茫俗話傳三寶
호탕한 봄 유람은 팔관을 이었네	浩蕩春遊續八關
흥망성쇠만 굳이 감회에 들어 온 것은 아니라	不是興亡偏入感
흰머리 늙은이는 쉽사리 얼굴에 눈물 흐른다오	白頭容易涕盈顔

용안재[146] 남회정[147] 죽파정[148]을 유람하고 용안재 시에 차운하다

遊龍安齋 覽懷亭 竹坡亭 次龍安齋韻

숲과 산봉우리 외질수록 지경은 더욱 평평하니	林巒愈僻境尤平
예로부터 명승지는 도회지와 멀다네	勝地由來遠市城
오우의 깊은 정은 상체[149]의 즐거움이요	五友深情常棣樂
천추의 아름다운 시구는 두견의 소리이네	千秋佳句杜鵑聲
산과 내는 얽어져 기울어졌다 도로 바르게 되고	山川相結斜還整
꽃과 나무는 줄을 이루어 어두웠다 다시 밝아지네	花樹成行暗復明
삼백년 그대의 집안을 축하하노니	爲賀君家三百載
인문이 능히 땅의 신령함에 응하여 생겨났네	人文能應地靈生

---

146 용안재(龍安齋) : 밀양시 무안면 내진리에 있다. 산화(山花) 이견간(李堅幹)을 추모하기 위한 재사이다.

147 남회정(覽懷亭) : 밀양시 무안면 내진리에 있다. 남회당(覽懷堂) 이이두(李而杜)의 정자이다.

148 죽파정(竹坡亭) : 밀양시 무안면 양효리에 있다. 죽파(竹坡) 이이정(李而楨)이 은거하며 지내던 곳이다.

149 상체(常棣) : 《시경》〈상체(常棣)〉에 "활짝 핀 아가위꽃, 얼마나 곱고 아름다운가. 이 세상에 누구라 해도, 형제가 제일 좋느니.〔常棣之華, 鄂不韡韡. 凡今之人, 莫如兄弟.〕"라는 말에서 형제간의 우애를 가리킨다.

죽담정[150] 중건시에 차운하다
次竹潭亭重建韻

이름난 정자에 와서 올라 중건을 축하하니	揭上名亭賀重成
의구한 풍광은 이내 마음속에 가득히 들어오네	風烟依舊入懷盈
천 그루 긴 대는 본디 속됨이 없고	千竿脩竹元無俗
반 무의 네모난 못물은 맑아서 바닥까지 보이누나	半畝方潭到底清
세마의 평상[151] 앞에 세 유익한 벗이 있었고	洗馬榻前三益友
무릉의 문하[152]에 한 명의 영재가 있었네	武陵門下一才英
말년의 유운은 끝내 민멸되지 않으니	末年遺韻終難泯
긍구[153]하려는 운손의 정성이 괜찮구나	可矣雲孫肯構誠

---

150 죽담정(竹潭亭) : 밀양시 무안면 운정리에 있는데, 죽담(竹潭) 류분(柳苯)을 추모하기 위해 중건한 것이다.

151 세마(洗馬)의 평상 : 미상.

152 무릉(武陵)의 문하 : 호가 무릉도인(武陵道人)이었던 주세붕(周世鵬, 1495~1554)의 문하를 말한다.

153 긍구 : 긍당긍구(肯堂肯構)의 준말로 《서경》〈대고(大誥)〉에 "만약 아버지가 집을 지으려 작정하여 이미 그 규모를 정했는데도 그 아들이 기꺼이 당기(堂基)를 마련하지 않는데 하물며 기꺼이 집을 지으랴.〔若考作室, 旣底法. 厥子乃弗肯堂, 矧肯構?〕"라는 말에서 자손이 선대의 유업을 잘 계승하는 것을 의미한다.

박치와 직유에 대한 만사
挽朴耻窩直惟

온순하고 공손함은 본래 덕의 기본이니[154]	溫恭自是德之基
금경의 공부[155]는 참으로 따라갈 수 없었네	錦絅工夫信莫追
뜻과 생각은 항상 천일 위에 보존되어 있고	志念恒存千日上
경륜은 인생 백년에 있지 않았네	經綸不在百年時
우직함은 영무자와 같아 오히려 미치기 어렵고[156]	愚如甯子猶難及
통달함은 혹 장자 같았는지 알 수가 없네	達或莊生未可知
계곡 밑의 일천 척 낙락장송[157]	澗底長松一千尺

154 온순하고……기본이니 : 《시경》〈억(抑)〉에 "온순하고 온순한 공인은 덕의 기본이니라.〔溫溫恭人, 維德之基.〕"라는 구절에서 나온 말이다.

155 금경(錦絅)의 공부 : 금경은 문체를 안에 숨겨 드러나지 않게 함을 일컫는 '의금상경(衣錦尙絅)'을 줄인 말이다. 《중용》 제33장에 "시에 이르기를 '비단옷을 입고 홑옷을 덧입는다.'고 하였으니 그 문채가 드러남을 싫어해서이다. 그러므로 군자의 도는 어렴풋한 가운데 날로 빛난다.〔詩曰 : '衣錦尙絅.' 惡其文之著也, 故君子之道, 闇然而日章.〕"라는 말이 보인다.

156 우직함은……어렵고 : 《논어》〈공야장(公冶長)〉에 "위나라 대부 영무자는 나라에 도가 있을 때는 지혜롭게 행동하였고 나라에 도가 없을 때는 우직하게 행동하였으니, 그의 지혜는 따라 갈 수 있으나 그의 우직함은 따라갈 자가 없다.〔甯武子, 邦有道則知 ; 邦無道則愚. 其知可及也 ; 其愚不可及也.〕"는 말이 보인다.

157 계곡……낙락장송 : 진(晉)나라 좌사(左思)의 〈영사(詠史)〉에 "계곡 아래엔 울창하게 소나무가 서 있고, 산꼭대기엔 축 늘어진 묘목이 서 있네. 직경 한 치의 저 묘목으로, 백 척의 소나무 가지에 그늘을 드리우네.〔鬱鬱澗底松, 離離山上苗. 以彼徑寸莖, 蔭此百尺條.〕"라고 한데서 재덕(才德)은 높으나 지위가 낮은 사람을 비유한 말로

은연하게 기다려 세한의 가지를 보노라   隱然留看歲寒枝

스무 해 동안의 정회 낱낱이 생각나   廿載情懷細入思

한밤중에 일어나 앉아 한참을 터 괴고 생각했지   中宵起坐久支頤

첩첩산중 비바람 몰아칠 제 찾아왔었고   萬山風雨相尋日

  내가 대덕산의 절정에 있었을 때에 군이 이가문과 함께 나를 찾아왔었다
〔余在大德絶頂時 君與李可文來尋〕

한 방에서 등잔불 곁에서 마주앉아 토론했었지   一室簫燈對討時

지난일은 점점 흘러가 마치 꿈을 꾼 듯하고   往事侵尋如過夢

뒤에 노닒은 다시 기약이 없으니 몹시도 슬프다오 後遊怊悵更無期

바탕을 잃음[158]은 천고에 아득하고 아득한 한이니 質喪千古悠悠恨

홀로 요금[159]을 껴안고 누구를 기다리려하는가   獨抱瑤琴欲待誰

박치와를 말한다.

158 바탕을 잃음 : 이는 절친한 친구를 잃은 것을 말한다. 장자(莊子)가 친구 혜시(惠施)의 묘 앞을 지나가다가 한 말로 《장자 서무귀(徐無鬼)》에 보인다.

159 요금(瑤琴) : 〈이퇴수 병곤을 애도하며〉의 각주 참조.

주산 정회 이튿날에 벗들과 함께 짓다
珠山丁會翌日 與諸友共賦

해마다 우리네 문사의 모임 점점 쓸쓸해지니	年年文會漸疎凉
천금 같은 귀한 일각 이 밤이 길구나	一刻千金此夜長
금심[160]을 당기는 물소리 옛 벽에 시끄럽고	水引琴心喧古壁
달 기울자 꽃 그림자는 텅 빈 침상에 옮겨 가네	月移花影轉空床
심상한 우리들 어찌 그만둘 수 있으랴	尋常吾輩何能已
우러러볼 스승님 말씀 감히 잊지 못하겠네	仰止師言不敢忘
철석간장임을 자신하노니	自信肺肝成鐵石
수염과 터럭 모두 하얗게 셈을 따질 것도 없지	不論鬚髮共垂霜

산문을 불이문으로 간주하니	看作山門不二門
늙으매 이 온화함을 더욱 바라노라	老來逾欲此溫存
한번 지저귀는 꾀꼬리 소리 소식 능히 전하니	鶯喉一囀能消息
천 가지 제비 울음에 원망과 감사함 있으랴	燕語千般豈怨恩
작정하고 배회함은 까닭이 있는 듯하고	作意徘徊如有故
무단한 한숨은 그 근원을 알지 못 하겠구나	無端太息莫知原
생각건대 이 일을 그대 아는지 모르는지	思量此事君知否
괜한 시름 눈에 넣어 어둡게 하지 말지어다	休遣閒愁入眼昏

---

160 금심(琴心) : 한(漢)나라 사마상여(司馬相如)가 탁문군(卓文君)을 거문고로 유혹했던 고사에서, 애모하는 마음을 전하는 것을 말한다. 《史記 卷117 司馬相如列傳》

속에 담긴 마음 바로 전부 다 쏟아 내고자 하니　　腸心政欲盡輸傾
또 이 청유가 별도로 생겼네　　　　　　　　　　又此淸遊別樣生
비 내린 뒤에 좋은 바람 문을 밀치며 불어오고　　雨後好風排戶入
밤이 깊어지지 희미한 딜빛 강에 떨어져 밝구나　　夜闌微月墮江明
안중에 아는 이라곤 오직 그대들 있을 뿐이니　　眼中相識惟君在
취중에 미친 듯 노래함이 진실로 나의 정이라오　　醉裡狂歌寔我情
진대의 청담이 비록 잘못된 것이지만　　　　　　晉代淸談雖誤事
다만 애석하게 여길 뿐 가볍게 여겨서는 안 된다네　祇宜相惜不宜輕

금릉 가는 도중에
金陵途中

낙강 물 흐름이 다하자 바다와 하늘 아득하니	洛江流盡海天悠
이는 바로 제일가는 고을 금릉이라네	此是金陵第一州
백 리의 풍광은 섬들을 실어 나르고	百里風光輸島嶼
천년의 맑은 기운은 산과 언덕에 장대하구나	千年淑氣壯山丘
왕손이 한 번 떠나감에 방초가 가련하고	王孫一去憐芳艸
제비는 때로 날아와 옛 누각을 찾는다오	燕子時來訪古樓
봉황대 위를 향해 바라보지 말라	莫向鳳凰垈上望
자고로 뜬구름은 사람을 시름겹게 하나니	浮雲從古使人愁

영남루에서 판상의 시에 차운하다

嶺南樓 次板上韻

우뚝한 누각이 물 속 하늘에 높이 솟고   危樓高出水中天

병풍 같은 절벽 앞에 열 두 개의 난간이네   十二闌干屛壁前

남포의 방초 밖엔 이별의 근심   南浦離愁芳艸外

서산의 일명 우산〔一名牛山〕석양 가엔 한탄의 눈물   西山恨淚夕陽邊

파도소리는 밤에 삼랑강의 비에 들고   濤聲夜入三江雨

들 빛은 아침이면 일만 아궁이의 연기에 이어지네   野色朝連萬竈烟

천고에 〈죽지〉[161]는 슬픔이 절절하니   千古竹枝哀莫切

남아있는 곡조를 술자리에서 부르지 말라   休將遺曲入杯筵

161 죽지(竹枝) : 악부(樂府)의 이름으로 죽지사(竹枝詞), 죽지곡(竹枝曲)이라고 하며, 파유라는 곳에서 발생했으므로 파유사(巴諭詞)라고도 한다. 여기서는 밀양 문인들이 지었던 영남루죽지사를 말한다.

허천웅의 〈교거잡영〉에 차운하다

次許天應僑居雜咏

강가의 높은 누각 맑은 기운 많으니	江上高樓多氣淸
유인의 가슴 속에 이슬이 생겨나네	遊人襟抱露華生
굳이 산머리의 달돋이 기다릴 것 없으니	不須且待峰頭月
우선 물결 속에 옥경이 밝음을 보게나	先看波心玉鏡明
영남루에서 달을 기다리다	嶺樓待月

임강 물 높이 불 제 비는 처음 걷히니	林江高漲雨初收
배 한 척 느릿하게 돛을 올려 모래섬을 오르내리네	一棹悠揚上下洲
몽장처럼 약을 향해 깜짝 놀랄 필요 없으니[162]	不必蒙莊驚向若
일엽편주에 하해를 들이려 함일세	要將河海入扁舟
임교에서 불은 물을 타다	林橋乘漲

잠깐 서늘해지자 풍로가 옷깃에 가득한데	乍涼風露滿襟裾
별과 달 기울어 새벽이 될 무렵	星月闌干曉入初
빈 통발로 돌아옴에 불가할 것 없으니	空笱歸來無不可
그대 지금 고기마저 잊었음을 알겠노라	知君今已亦忘魚

---

162 몽장(蒙莊)처럼……없으니 : 몽장은 전국 시대 몽현(蒙縣)의 사상가 장자를 가리 킨다. 가을에 강물이 불어나자 자신을 최고로 여긴 황하의 신 하백(河伯)이 북해(北海) 에 이르러 망망대해만 보이자 멍한 눈으로 북해의 신 약(若)을 바라보며 탄식했다는 말이 《장자》〈추수(秋水)〉에 보인다.

마탄에서의 새벽 그물질   馬灘曉網

한 통의 향긋한 막걸리에 한 가닥 낚싯줄   一榼芳醪一釣絲
억새꽃과 단풍잎은 도롱이를 싸고 돌아   荻花楓葉繞簑衣
풍광이 심강 가와 흡사하니   風光恰似潯江上
백부의 〈비파행〉을 낭송하네[163]   朗誦琵琶白傅詩
    용연에서 밤에 작은 배를 타다   龍淵夜艇

새벽 창에 까치가 기쁜 소식 먼저 알려   晨窓喜鵲報先聲
홀로 문간에 기대어 멀리 건거 수레 바라보네   佇望巾車獨倚扃
이 사람 올 때에 동석한 이 누군가   之子來時誰共座
주렴에 든 산 빛은 참으로 우뚝하구나   入簾山色政崢嶸
    포상에서 벗을 방문하다   浦上訪友

댓가지에 의지해 문을 나서 애달프게 바라보니   出門悵望倚筇枝
정답게 지저귀는 새 훗날의 기약 애기하네   款款啼禽語後期
해 저물어도 사립문 닫아걸지 않음은   日暮柴扃猶不鎖
고인이 다시 밤에 문 두드릴 때가 있어서라네   高人還有夜敲時
    역 앞에서 객을 전송하다   驛前送客

---

163 풍광이……낭송하네 : 백부(白傅)는 태자 소부(太子小傅)에 임명되었던 당(唐)나라 시인 백거이(白居易)를 가리킨다. 구강군(九江郡)에 사마(司馬)로 좌천된 백거이가 손님을 전송하며 장사꾼의 아내가 된 늙은 기녀의 비파소리를 듣고 〈비파행(琵琶行)〉을 지었는데 첫 구절에 "심양강 가에서 밤에 손님을 전송하노라니, 단풍잎 갈대꽃에 가을바람 쓸쓸하네.〔潯陽江頭夜送客, 楓葉荻花秋瑟瑟.〕"라는 말이 보인다.

내 그대와 더불어 서쪽 집에서 시를 읊었는데　　　儂曾與子吟西家
늘그막에 좋은 때를 만나 더욱 마음을 쓰네　　　向老逢辰意更加
꽃 지는 황혼에 봄도 저물려 하니　　　　　　　花落黃昏春欲暮
깼을 때도 어쩔 수 없거늘 취한들 어이하랴　　　醒時莫奈醉其何
　　수서에서 술집을 묻다　　　　　　　　　　　水西問酒

위태로운 돌길은 푸른 산봉우리를 두르고 있는데　石路危疑繞碧岑
외로운 암자는 경쇠마냥 우거진 숲에 걸려있네　　孤庵如磬掛層林
문에 들어서도 중은 어디에 있는지 보이지 않고　入門不見僧何處
처마 사이에 떨어지는 종소리만 들려올 뿐이네　只聞鍾聲落半簷
　　산북에서 중을 찾다　　　　　　　　　　　山北尋僧

집집마다 진한 술에 푸른 물결 일어나고　　　　家家濃酒綠生波
풍년 든 서쪽 교외엔 즐거운 일 많구나　　　　歲熟西郊樂事多
게다가 올해는 바람과 볕이 좋아서　　　　　　又是今年風日好
증이가 가화를 손상시키지 않았네[164]　　　　免敎蒸耳損嘉禾
　　남곽에서 풍년을 보다　　　　　　　　　　南郭觀豐

멀리 바라보매 주산의 길 희미하지 않아　　　　望裡珠山路不微
지금까지 이십 년 잘도 함께 돌아왔네　　　　　廿年於此好同歸
온산 가득 눈보라 몰아칠 제 외로운 등불 밝힌 밤　滿山風雪孤燈夜

---

164 증이(蒸耳)가……않았네 : 증이는 습기로 인하여 이삭 낱알에 귀 모양으로 트는
싹을 가리키고, 가화(嘉禾)는 낱알이 많이 달린 큰 벼를 말한다.

화로 둘러싸고 해진 장막 껴안았던 일 잊지 못하네 記取圍爐擁敗幃

동산에서 고향을 바라보다 　　　　　　　　　　　　 東山望故

주산에서의 고상한 모임 전에 숙형, 이자백, 이가문, 허천응과 함께 약간의 돈을 내어 '금강유계'를 만들었다. 그런데 뒤에 국토가 둘로 나뉘어 전쟁이 그치지 않게 되자 금강산 유람은 이미 할 수 없게 되어버렸다. 이에 그 돈을 가지고서 일 년에 며칠간 술을 마시도록 하였으니, 이번 모임이 이루어진 까닭이다.

珠山雅集 曾者與叔兄子伯可文天應 共出金畧干 爲金剛遊契 後値國土中分 干戈不息 金剛之遊 已云左矣 乃以其金爲一年數日之飮 今番之會所以成也

이 산은 오래전부터 내 집으로 알았으니 · 茲山舊已認吾廬
여기에서 그대들과 함께 생활함이 다행이네 · 幸此同君接起居
의논은 낮아도 오히려 속된 일 없앨 수 있고 · 論卑猶能除俗事
마음이 생소해도 오직 새로운 책 읽는 것 기쁘네 · 心生惟喜讀新書
입은 옷 홀연 얇아짐은 가을이 일찍 찾아와서이고 · 衣衫忽薄秋來早
모골이 더욱 맑아짐은 달이 막 떠올라서라네 · 毛骨增淸月到初
지금 같은 붕우의 도에서 옛 도를 보겠나니 · 友道如今看古道
내 말 반복되어도 그대 마음 비우네 · 我言諄複子心虛

생각건대 일찍이 풍악산에 노닐자 맹서하였더니 · 憶曾楓岳置前盟
이 모임 해마다 하나 그 뜻을 어이 견디랴 · 此會年年其耐情
우리네 인생 백년 정처 없이 돌아다니기 어려우니 · 吾輩百年難浪跡
이름 기록할 만한 명승지는 도대체 어느 곳인가 · 靈區何處可題名
하늘은 연진[165]이 어둑하게 긴 것 뉘우치지 않으니 · 天心不悔烟塵暗
한 해 얼마 남지 않았는데 살쩍엔 하얗게 눈내렸네 · 歲色無多鬢雪明

다행히도 괜한 시름 푸는 방법 있으니　　　賴有閒愁消遣法
청일한 그대의 시 나는 마음 것 노래한다오　　君詩淸逸我歌橫

담박한 풍류 줄곧 깊으니　　　　　　　　　澹泊風流一徃深
병 속의 해와 달[166] 금심에 의탁하네　　　　壺中日月托琴心
정은 잠자는 해오라기의 아득한 꿈을 함께하고　情參眠鷺悠悠夢
운은 옮겨 다니는 꾀꼬리의 정겨운 소리에 드네　韻入流鶯款款音
구름은 괜한 시름 거두어 먼 골짝으로 돌아가고　雲捲閒愁歸遠壑
이슬은 담설[167]과 섞여 텅 빈 수풀에 뿌려지네　露和談屑灑空林
예로부터 맑은 양식은 그 누가 같으랴　　　　古來淸餉云誰似
마힐[168]의 산천이 곧장 지금에 이르렀네　　　摩詰山川直到今

---

165 연진(烟塵) : 봉화(烽火) 연기와 전장에 이는 먼지를 말한다.

166 병 속의 해와 달 : 후한(後漢) 때 한 노인이 여남(汝南)의 시장에서 약장사를 하면서 밤이면 가게에 매달린 병 속으로 뛰어 들어가곤 했는데, 그 병속에는 옥당(玉堂)이 화려하고 좋은 술과 안주가 가득하였다는 고사로, 전하여 선경을 의미한다.

167 담설(談屑) : 톱질을 할 때 나무에서 톱밥이 끊임없이 나오는 것처럼 아름다운 말이 계속되는 것을 이른다.

168 마힐(摩詰) : 당(唐)나라 시인 왕유(王維)의 자(字)이다. 그 형제는 망천(輞川)에 망천장(輞川莊)이라는 별장을 두고 그곳에서 배적(裵迪) 등과 거문고를 타며 시를 읊었다고 한다. 《舊唐書 卷190 文苑列傳 下 王維傳》

최수봉 봉곤 에 대한 만사
挽崔修峯 鳳坤

얼굴과 등에 그득함은 도의 살진 것이고 　　　　　盎然面背道之腴
모골은 멀리 산택과 함께 야위었네 　　　　　　　毛骨遠同山澤癯
참되고 질박하여 부화함 없으니 진짜 덕성이고 　　悃愊無華眞德性
평소 지키는 바가 있으니 좋은 공부라네 　　　　庸常有守好工夫
난초 시들고 국화 파리하니 오늘날을 애달파하고 蘭衰菊悴傷今日
풀 스러지고 물결 흘러감에 옛 유자를 보노라 　草靡波流見古儒
육십팔 년의 인생은 장수 못한 건 아니나 　　　六十八年非不壽
공께서 지금 돌아간 뒤에 우리 무리 어이하랴 　公今歸後奈吾徒

칠교의 우의[169]에 칡과 오이의 친근함[170]이니 漆膠之誼葛瓜親
손을 부여잡고 기뻐한 것이 벌써 네 번의 봄이네 執手歡欣已四春
옛 사원에서 매화를 찾으니 시율은 섬세하고 　古院尋梅詩律細
외로운 등잔불에 빗소리 들으며 술잔 자주 들었네 孤燈聽雨酒籌頻
평소 백열의 마음[171] 어찌 다하랴 　　　　　尋常柏悅情何極

---

169 칠교(漆膠)의 우의 : 칠교는 옻칠과 아교로, 후한(後漢) 때 뇌의(雷義)와 진중(陳重)의 정분이 그 보다 두터웠음을 비유하는 말한 것이다.
170 칡과 오이의 친근함 : 칡과 오이는 덩굴이 뻗어서 서로 얽힌 식물로 한(漢)나라 채옹(蔡邕)의 〈독단(獨斷)〉에 "무릇 선제(先帝) 선후(先后)와 칡과 오이의 관계가 있는 이들은 모두 모였다."라는 데서, 집안의 혼인으로 맺어진 친척 관계를 뜻한다.
171 백열(柏悅)의 마음 : 가까운 친구의 좋은 일에 함께 기뻐함을 말한다. 육사형(陸

하룻밤의 부고에 꿈이 진짜가 되었네　　　　一昔蘭音夢是眞
삼경¹⁷²에서의 맞이함 지금 적막하니　　　三逕逢迎今寂寞
한화 황국은 누굴 위해 새로운가　　　　　寒花黃菊爲誰新

士衡)의 〈탄서부(嘆逝賦)〉에, "진실로 소나무가 무성하매 잣나무가 기뻐하도다.〔信松
茂而柏悅.〕"라는 말이 보인다. 《文選 卷16》
172 삼경(三逕) : 〈용산정에서 시를 지어 박성옥 두회 에게 주다〉의 각주 참조.

이백안 병기 의 수연에서

李伯安 炳祺 壽席

옹의 나이 쉽사리 예순 남짓 되니	翁年容易六旬餘
푸른 물 붉은 산에 고요한 거처를 지키네	碧水丹山護靜居
몸은 건강하여 한량없는 술을 마다않고	身健不辭無量酒
눈은 밝아 자잘한 줄글 능히 읽네	眼明能讀細行書
거문고와 노랫소리 번갈아 나오니 정이 어찌 다하랴	琴歌迭奏情何極
바람과 달 모두 맑으니 흥취는 성글지 않네	風月雙淸興不疎
한 종이에 새로운 시 축하의 말을 이루니	一紙新詩成賀語
아침에 금강의 물고기[173] 재촉하여 부쳐야겠네	朝來催寄錦江魚

---

173 금강(錦江)의 물고기 : 금강은 밀양시 단장면 단정 동네 앞으로 흐르는 단장천을 말한다. 물고기는 시문(詩文)에서 흔히 서신의 뜻으로 쓰인다.

계정에서 판상의 시에 삼가 차운하다 회재 이 선생[174]의 신연소이다

溪亭謹次板上韻 晦齋李先生申燕所

구인당 밖이 바로 정대이니	求仁堂外卽亭臺
대 아래에 차가운 물은 아홉 굽이를 감도네	臺下寒流九曲回
우리 유가(儒家) 문로가 이처럼 분명하나	吾家門路明如許
원래 유인들이 올라오지 않아서라네[175]	自是遊人不上來

---

174 회재(晦齋) 이 선생(李先生) : 이언적(李彥迪, 1491~1553)이다. 자는 복고(復古), 호는 회재(晦齋), 본관은 여주(驪州), 시호는 문원(文元)이다. 조선 성리학 발전에 선구적인 역할을 하였고, 이후 이황의 학설에 많은 영향을 끼쳤다. 문묘에 배향되었고, 경주 옥산서원(玉山書院)에 제향되었다. 저서로는 《회재집》이 전한다.

175 원래……않아서라네 : 주희(朱熹)의 〈무이도가(武夷櫂歌)〉 제8곡(曲) "이곳에 좋은 경치 없다고 하지 마소. 원래 유인들이 올라오지 않아서라오.〔莫言此地無佳境, 自是遊人不上來.〕"를 인용한 것이다.

이화암 □□ 이 꿈에 금오산을 노닐다 거인을 보고서 인하여 시를 짓고 화답을 구하였다
李華庵 □□ 夢遊金烏見巨人 因賦詩求和

노인의 가슴속 바다와 산 푸른데	丈人胸裡海山靑
꿈에 금오산에 들어가 거인을 보았네	夢入金烏見巨人
이미 용문을 좇아 우혈을 찾았고[176]	已蹴龍門探禹穴
또한 은한을 더위잡아 장성을 범하였지	且攀銀漢犯張星
온 세상 한량없는 경계를 두루 다니다	徧行宇內無量界
명승지 택승정[177]에 와서 올랐네	來上名區擇勝亭
알겠노라 장주가 바로 나비이니	可識莊周是蝴蝶
거거연한 곳에 때마침 서로 만났네[178]	蘧蘧然處適相丁

---

176 용문(龍門)을 좇아 우혈을 찾았고 : 전한(前漢)의 태사령(太史令) 사마천(司馬遷)이 용문에서 태어나 10여 세에 고문(古文)을 다 통하고, 20여 세에는 강회(江淮), 회계(會稽), 우혈(禹穴), 구의(九疑), 원상(沅湘) 등 천하를 유람한 일을 말한다.

177 택승정(擇勝亭) : 경상남도 함안군 칠원(漆原)에 있는 누정으로, 현감 이숙규(李淑珪)가 지었다.

178 장주(莊周)가……만났네 : 장자가 꿈에 나비가 되었다는 '호접몽(胡蝶夢)'으로 《장자》〈제물론(齊物論)〉에 보인다.

채산 권공[179] 상규 에 대한 만사

挽蔡山權公 相圭

하늘이 선생을 놓아 혼매한 세속을 진무하게 하니   天放先生鎭俗昏

구순동안 편안히 구제하여 산림을 주장하였네   九旬康濟主林樊

참된 공부는 심상한 속에 있고   眞工秪在尋常裡

깊은 조예는 능히 좌우에서 근본을 만났네[180]   深造能逢左右原

명망과 실상은 모두 높아 태산북두와 나란하고   望實俱隆齊北斗

문장은 단아하여 언사가 풍부하네   文章爾雅富千言

청암정[181]가 쉼 없이 늘 흘러가는 물은   靑巖亭上長流水

천년 동안 솟아나와 그 근원 그치지 않는다오   千載混混不息源

고헌에 납배[182]한지 해는 다섯 번 바뀌었는데   納拜高軒歲五更

---

179 채산(蔡山) 권공(權公) : 권상규(權相圭, 1874~1961)를 말한다. 자는 치삼(致三), 호는 채산(蔡山)·인암(忍庵), 본관은 안동(安東)이다. 충재(沖齋) 권벌(權橃)의 후손으로, 부친은 의병장 권세연(權世淵)이다. 면우(勉宇) 곽종석(郭鍾錫), 가산(柯山) 김형모(金瀅模) 등과 교유하였다. 을미사변 때 의병을 일으켰으나 실패하였으며, 1896년(건양1)에 다시 의병을 일으켜 활동하였다. 경술국치 이후로 세상과 인연을 끊고 동서양의 역사를 탐독하여 당시의 국제 정세를 파악했다. 저서로는 《인암집》이 있다.

180 깊은……만났네 : "군자가 학문에 깊이 나아가기를 힘쓰되……날마다 쓰는 사이에 좌우의 가까운 곳에서 취해도 활용하는 바의 근본을 만나게 된다.〔君子深造之以道, ……資之深則取之左右, 逢其原.〕"라는 맹자의 말이 보인다. 《孟子 離婁下》

181 청암정(靑巖亭) : 충재(沖齋) 권벌(權橃, 1478~1548)이 1526년(중종 21)에 조성한 정자이다. 경상북도 봉화군 닭실마을에 있다.

운산은 아득히 머니 이 정을 어이하랴   雲山敻濶若爲情
진중한 편지 한 통 몽매함을 깨우쳐 주시니 一書珍重開蒙蔀
평생의 좌우명으로 삼을 만하네   堪作平生座右銘

---

182 납배(納拜) : 존장(尊丈)이 후진(後進)의 재배(再拜)를 받는 예로 사제 관계가
됨을 말한다.

이홍집 원덕 에 대한 만사

挽李弘執 元德

서풍에 퉁소와 북소리는 무덤에 진동하는데	西風簫鼓動佳城
삼경[183]의 국화는 분정[184]을 비추누나	三逕黃花映粉旌
이 사람이 깊은 땅속으로 돌아감을 이미 보았으니	已見斯人歸厚土
그저 우리들에게 긴 소리로 곡을 하게 할뿐이네	但令吾輩哭長聲
누가 올곧은 도로 하여금 많은 구설수 듣게 했나	誰教直道增多口
하늘 또한 앎이 없어 상명[185]을 당했네	天且無知遭喪明
무엇보다도 삶과 죽음은 잊기 어려운 부분이니	最是死生難忘處
매섭게 추운 날씨에 백강형을 어이하랴[186]	天寒其柰伯康兄

---

183 삼경(三逕) : 〈용산정에서 시를 지어 박성옥 두희 에게 주다〉의 각주 참조.

184 분정(粉旌) : 명정은 붉은 비단에 아교로 갠 분으로 글씨를 쓰기에 분정이라 한다.

185 상명(喪明) : 〈이소은 자하 을 애도하며〉의 각주 참조.

186 매섭게……어이하랴 : 송(宋) 나라의 사마광(司馬光)은 형 백강(伯康)의 나이 여든이 되도록 항상 식사 후에도 배고프지 않느냐 묻고 날씨가 조금 차면 옷이 얇지 않느냐고 물었다고 한다. 《小學 善行》 여기서는 형보다 아우가 먼저 죽은 것을 말한다.

안환재 종섭 에 대한 만사

挽安還齋 鍾燮

벼슬하던 집안에 한 포의 너그러우니	宦業家中一布寬
태산[187]의 원숭이와 새 꿈속에 모두 한가롭네	台山猿鳥夢俱閒
눈앞에 집안과 나라의 큰 변화는	眼前家國滄桑事
승패를 바둑판 하나에 모두 부쳐두었네	都付輸贏一局間

단산의 사수는 천태산과 접하니	丹山泗水接天台
삼로의 만남은 바로 백회였네	三老逢迎正百回
오늘에 풍류는 모두 적막하니	今日風流俱寂寞
덕성은 다시 천대[188]에 모였으리	德星應復聚泉臺

---

187 태산(台山) : 삼랑진 안태 마을 동쪽에 있는 천태산을 말한다.

188 천대(泉臺) : 천하(泉下)나 천양(泉壤)과 같은 말로 무덤을 뜻한다.

김천유 형칠 에 대한 만사

挽金天游 衡七

가학은 연원이 깊고	家學淵源重
높은 나이에 명망과 실제 모두 갖추었네	高年望實俱
평소 납자가 어긋났는데[189]	平生違納刺
어진 아들이 부음 전하며 고(孤)라 일컫네	賢子赴稱孤
옛집에는 누가 있는가	古宅云誰在
사문은 땅을 쓸어버린 듯 없어졌구나	斯文掃地無
깊게 생각해 보매 선대의 우의가 두터워	潛思先誼重
목 빼고 바라보며 다시 길이 탄식한다오	延望更長吁

---

189 평소 납자가 어긋났는데 : '자(刺)'는 명함으로, 남에게 자신을 소개하는 것을 말한다. 여기에서는 평소에 망자와 통교하지 않았음을 말한 것이다.

이희순 원성 에 대한 만사

挽李希純 元誠

소싯적부터 서로 알고 지낸지 오래이니	相識童時久
늘그막에 뜻을 더욱 기울였지	衰年志益傾
시국에 상심하여 두 눈은 하얗고[190]	傷時雙眼白
물을 대함에 온 마음 맑았네	遇物渾心淸
궁귀는 끝내 쫓아버리기 어려웠고	窮鬼終難送
금단은 또한 아직 이루지 못하였네	金丹且未成
바위틈의 꽃은 맺힌 이슬을 눈물처럼 떨구니	岩花垂露泣
이를 마주함에 이내 마음 어이 가눌까	對此若爲情

---

190 두 눈은 하얗고 : 〈손장 보현 기현 을 애도하며〉의 각주 참조.

족장 형관 정철 에 대한 만사

挽族丈亨寬 禎澈

공께서는 뛰어난 기량을 지니시어	惟公優器抱
규획한 것은 거의 뜻하는 바대로 되었네	規劃庶從心
향당에서는 훌륭한 명성 두루 퍼졌으니	鄕黨風聲遍
동산에는 나무 그림자 깊구나	亭園樹影深
백 년도 외려 부족한데	百年猶不足
한 번의 질병 갑작스레 찾아왔네	一疾遽相侵
집안의 복은 더욱 쓸쓸해지니	門祚增蕭索
애림[191]에 다시금 몹시 괴롭고 슬프다오	哀臨痛復沈

---

191 애림(哀臨) : 망자를 위해 애도하는 것을 뜻한다.

손태여 태헌 에 대한 만사

挽孫台汝 台憲

소년의 문채는 문려를 빛냈고	少年文彩耀門閭
만년의 절조는 오히려 누항에 거처함을 견디었네[192]	晚節猶堪陋巷居
인간 세상의 기영[193]은 헤아릴만한 것이 아니니	人世奇贏非足計
심지가 어떠한가 묻고자 하노라	要將心地問何如

영신[194]에 상여를 보낼 수 없었으니	靈辰未得送靈輀
당년에 부탁한 말 지금도 생각나네	尚憶當年寄托辭
내가 만사를 잘 지어서가 아니라	不是吾能爲善挽
다만 오늘날 공을 아는 이 드물어서라오	秖緣今日少知公

---

192 누항에 거처함을 견디었네 : 〈눌재 김공 병린 을 애도하며〉의 각주 참조.

193 기영(奇贏) : 상인이 장사하여 남긴 이익을 기영이라 하는데, 일설에는 남긴 돈으로 사 모은 진기한 물건을 의미한다고도 한다. 《漢書 食貨志》

194 영신(靈辰) : 영구가 머무를 수 있는 시간이다. '영신불류(靈辰不留)'라고 하여 발인하기 하루 전날 저녁에 지내는 조전(祖奠) 때 읽는 고사(告辭)에 보이는 말이다.

한동욱에게 주다 한군이 국내의 풍토를 기록하고자 하여 사방을 주유하는데 여행을 다니다 나를 찾아왔기에 시로써 권면하였다

贈韓東旭 韓君欲記國內風土 周遊四方 行次見顧 以詩勗之

한 달이 되도록 지루하게 깊이 와병하고 있는데	浹月支離臥病深
고인이 문 두드리며 기꺼이 찾아왔네	高人剝啄肯相尋
나의 누추한 집은 다시 활기를 띠고	令吾陋室還生色
이 사람 꾸린 짐에서 고심을 알겠노라	之子行裝識苦心
팔도의 산하는 암담함이 많고	八域山河多暗淡
한겨울 눈보라는 개었다 흐렸다 하네	大冬風雪備晴陰
그대에게 바로 부요[195]의 힘이 있음을 알겠나니	知君正有扶搖力
만 리를 널리 날아 뭇 새를 굽어보리	萬里博飛俯衆禽

---

195 부요(扶搖) : 회오리바람을 말한다. 《장자》〈소요유(逍遙遊)〉에 봉새가 이 바람을 타고 9만 리를 올라간다는 말이 보인다.

윤우여 석희 에 대한 만사

挽尹友汝 錫熙

화양의 교목 집안[196]	華陽喬木宅
공이 실로 끼친 향기 이어받았네	公實襲遺芳
정다운 풍정은 도탑고	款款風情篤
온화한 옥 같은 자질은 훌륭하네	溫溫玉質良
금문은 복로를 기약하고	今文期伏老
옛 도는 여전히 영광전이 남아 있네[197]	古道尙靈光
사람 떠나간 뒤에 홀로 오니	獨來人去後
차가운 달빛에 텅 빈 당 잠겨있구나	寒月鎖空堂

---

196 화양(華陽)의 교목(喬木) 집안 : 화양은 경남 합천군 묘산면에 있는 마을로 윤씨의 세거지이다. 교목은《맹자》〈양혜왕 하(梁惠王下)〉에서 나온 말로 누대에 걸쳐 경상(卿相)을 배출한 명가를 비유할 때 쓰는 말이다.

197 금문(今文)은……있네 : 진나라의 분서갱유 이후 금문상서를 전한 복승(伏勝)과 시대가 바뀐 뒤에도 노나라의 고적으로 남아 있었던 영광전처럼, 후대에도 고풍을 간직하고 있다는 의미이다.

류달선 지형 에 대한 만사

挽柳達善 志亨

구름 낀 물 가 좋은 산수에	雲汀山水處
고반의 즐거움[198] 안 잊기로 맹세했지	考樂矢無諼
푸른 대에 깊이 색을 감추었고	翠竹深藏色
노란 국화 피어 날로 정원을 거니노라	黃花日涉園
시서는 궤안에 높이 올려 있고	詩書尊几案
풍치는 술동이에 가득찼네	風韻滿壺樽
훌륭한 아들이 능히 가업을 이으니	有子能承述
또 사라지지 않고 존재하는 것이라네	又是不亡存

---

198 고반의 즐거움 : 현자(賢者)가 세상을 피하여 은둔해 사는 곳을 뜻하는 말로, 《시경》〈고반(考槃)〉에 "고반이 시냇가에 있으니, 석인의 마음이 넉넉하도다.〔考槃在澗, 碩人之寬.〕"라는 말이 보인다.

제비

燕子

야로의 사립문에 마음대로 날아다니니　　　　　野老柴門自在飛
사(社) 앞에 바람과 태양 바로 아름답게 빛나네　　社前風日正妍輝
봉후가 됨에 굳이 붉은 턱을 자랑할 것 없고[199]　　封侯不必誇丹頷
벽곡하니 신선됨이 마땅하네　　　　　　　　　　辟穀端宜化羽衣
만 리 멀리 어찌하여 늦게 왔는가　　　　　　　萬里如何來晩晩
천 마디 말은 응당 방초를 애석히 여긴 것이리라　千言應是惜芳菲
어여뻐라 오는 이 없는 이 외딴 곳에　　　　　　堪憐地僻無尋處
너만 홀로 해마다 나를 찾아오는구나　　　　　　獨爾年年訪我歸

금옥과 화당을 마음대로 날아다니니　　　　　　金屋華堂任意飛
버들에 부는 바람과 꽃을 비춘 해는 눈앞에 빛나네　柳風花日眼前輝
봄을 아까워하는 마음 절절해 항상 말이 많고　　惜春情切恒多語
자식을 기르는 공 정성스러워 옷을 아끼지 않네　鞠子功勤不惜衣
가볍게 날아 장공에 드니 안개는 아득하고　　　飄入長空烟漠漠
거슬러 깊은 원(院)으로 돌아오니 풀은 무성하네　遡回深院草菲菲
남과 북으로 오고 감에 항상 한스러운 것은　　　南來北去尋常恨

---

199 봉후(封侯)가……없고 : 후한(後漢)의 반초(班超)가 미천할 적에 관상쟁이가 "제비턱에 범의 머리와 같은 모양으로 날아서 고기를 먹으니, 이는 먼 나라에 봉후될 인상이다."라는 말이 보인다. 《後漢書 卷47 班超列傳》

명홍[200]과 더불어 함께 돌아가지 못하는 것이라네   未與冥鴻好共歸

---

200 명홍(冥鴻) : 까마득히 하늘 위로 치솟아 사라지는 기러기라는 뜻이다.

금릉에서 이백안 허천응 김민신 종하 과 함께 짓다

金陵 與李伯安 許天應 金旻臣 鍾河 共賦

영신문 밖에는 맑은 가을에 의지하여 　　迎神門外倚淸秋

눈에 가득 찬 풍광 차례로 거두네 　　滿眼風光次第收

황량한 촌락에 차가운 연기는 짧은 볕을 재촉하고 　墟落寒煙催短景

고궁에 쇠한 버들은 여전히 풍류가 있네 　　故宮衰柳尙風流

술을 사양하지 않고 그대와 함께 취하니 　不辭杯酒同君醉

또 이 강산이 나의 노닒을 허락하누나 　又此江山許我遊

동도주인은 지금 만나지 못하니 　　東道主人今不見

　당시에 허문부가 밖에 나가서 있지 않았다 　時許文夫出外不在

해운 동쪽으로 바라봄에 그리움 아득하여라 　海雲東望思悠悠

이효겸 규철 김덕연 수룡 과 함께 송석정을 찾아갔는데 주인을 만나지 못하였다 윤국병의 선대 정자이다

與李孝謙 圭澈 金德淵 洙龍 共訪松石亭 主人不遇 尹國炳先亭

벗님과 손을 잡고 기꺼이 찾아오니 　　　　故人携手肯相尋

친구의 정 줄곧 깊은 것이 정말 기쁘다오 　　正喜朋情一徃深

이번 길이 참으로 뜻을 얻은 것은 　　　　却是今行眞得意

다만 천하에 지음이 적어서라오 　　　　　祇緣天下少知音

솔은 색이 변치 않으니 응당 절조가 똑같으나 　松無改色應同操

돌은 말을 못하니 어찌 마음을 알겠는가 　　石不能言豈觧心

정자 안에 풍월주에게 말하노니 　　　　　爲語亭中風月主

어느 때에나 나와 함께 흉금을 터놓을까 　　何時與我共開襟

숭의재 시에 차운하다

次崇義齋韻

뇌수와 금오[201]가 지켜주는 그윽한 경개에	雷首金烏護境幽
당을 지음에 응당 지령의 도모에 힘입었겠지	構堂應仗地靈謀
천지는 반드시 항상 밤만 있는 것은 아니니	乾坤未必長爲夜
송백이 어찌 가을이 옴을 두려워한 적 있으랴	松柏何曾畏及秋
사면의 높은 산은 공경함을 일으킬 만한데	四面高山堪起敬
우리네 인생 백년은 여전히 부끄러움이 남아있네	百年吾輩尙餘羞
우리나라는 지하에 계신 분의 도움을 받을 것이니	吾邦應賴冥中佑
선생이 죽어 곧 그만이라고 누가 말하랴	誰道先生死便休

---

201 뇌수(雷首)와 금오(金烏) : 숭의재(崇義齋)가 있는 경북 칠곡 근처의 뇌수산과 금오산을 말한다.

숭의재에서의 아회
崇義齋雅會

금년에 승경에 모이고 또 일 년이 지나니 　　　勝地今年又一年
영남의 금패[202]가 훌쩍 날아 모였네 　　　嶠南襟珮集翩然
누런 꾀고리 파란 풀이 상심하는 곳 　　　黃鸝碧草傷心地
고죽과 장송이 가리키는 주변 　　　孤竹長松點指邊
만사를 헤아림에 다만 의가 있을 뿐이니 　　　萬事思量祇有義
평생토록 궁구함에 어찌 천리가 없으랴 　　　一生究竟豈無天
흉중의 뜨거운 피를 누구에게 쏟아내랴 　　　胸中熱血從誰滌
또 술잔 앞에서 주선(酒仙)이 되네 　　　且向樽前作飮仙

202　금패(襟珮) : 금패(衿佩), 즉 옷깃과 패옥으로 공부하는 선비를 가리킨다.《시경》
〈자금(子衿)〉에, "푸르고 푸른 그대의 옷깃이여.〔青青子衿〕", "푸르고 푸른 그대의 패
옥이여.〔青青子佩〕"라는 말이 보인다.

숭양으로 가는 도중에

崇陽途中

구불구불한 돌길이 마치 가는 실과 같으니 　　　　透迤石逕似絲微

발길 따라 걸음에 오히려 짧은 지팡이 의지할 만하네

　　　　　　　　　　　　　　　　　　　　信步猶堪短杖依

좋은 일 봄 따라 함께 가지 못하고 　　　　　好事未隨春共去

명산에 애오라지 그대와 함께 돌아가네 　　　名山聊與子同歸

친구의 정 곡진하여 그대로 비녀장을 던져버리고[203]　朋情款曲仍投轄

노쇠한 다리 높은 곳에 오름에 옷을 이기지 못하네 　老脚登臨不勝衣

묻노니 채미정 아래 길에서 　　　　　　　爲問採薇亭下路

흰 구름은 종일토록 누구를 향해 날아가는가 　　白雲終日向誰飛

---

203 비녀장을 던져버리고 : 〈최장 태현 두영 에 대한 만사〉의 각주 참조.

금오로 가는 도중에

金烏途中

행장을 꾸려 멀리 백운 속에 오르니	行裝遠上白雲中
이미 금오산이 훤히 눈에 들어옴이 기쁘네	已喜金烏入眼通
송죽의 몸 전체가 푸름을 알아야 하나	要識松篁全體碧
고사리의 한 치 속이 붉은 것을 누가 알랴	誰知薇蕨寸心紅
이때에는 천 종의 술도 적으니	是時有酒千鍾少
이곳 밖으로 산이 없어 시야가 끝이 없네	此外無山一望窮
더구나 평호가 능히 나를 재촉하니	況且平湖能速我
과연 풍경이 동서에 으뜸이네	果然風景冠西東

채미정

採薇亭

채미정 위에서 맑은 바람을 움켜쥐니 　　　　採薇亭上挹風清

숲의 새가 사람을 맞이하며 전혀 놀라지 않네 　　林鳥迎人渾不驚

청산은 약속이나 한 듯 평생토록 푸르고 　　　青山有約終年碧

유수는 음률을 알아 밤새도록 울어대네 　　　流水知音竟夜鳴

무한한 풍경이 시야에 들어오니 　　　　　　無限風烟來入眼

해를 향한 꽃과 나무가 가장 마음을 끄네 　　向陽花木最關情

난간에 기대어 격세의 감회에 오래도록 배회하다 憑軒曠感低徊久

남은 석양이 야성에 걸린 줄도 알지 못하였네 　不覺殘暉掛野城

도산재 송필준의 선대의 재이다
道山齋 宋必濬先齋

그대의 집안 본래 좋은 청산을 소유하니	君家自有好青山
만 그루 나무 사이에 선재를 마련하였네	裝得先齋萬樹中[204]
전원을 일궈 술을 빚고	料理田園供酒釀
화석을 가꿔 정원을 정돈하네	平章花石整庭顔
나그네 문에 들어섬에 해가 저물려하고	遊人入戶日將晚
늙은 학 숲에 깃듦에 마음이 절로 한가롭네	老鶴栖林心自閒
새 중에도 증자의 새[205]가 있음을 아니	也識鳥中曾子鳥
밤마다 울면서 날아갔다가 돌아오기를 좋아하네	飛鳴夜夜好來還

204 中 : '間'의 오기인 듯하다.

205 증자(曾子)의 새 : 백거이(白居易)의 〈자오야제(慈烏夜啼)〉에 "효성스러운 까마 귀여, 효성스러운 까마귀여! 새 가운데 증삼이로다.〔慈烏復慈烏, 鳥中之曾參.〕"라고 한 데서 인용하였다.

동화사
桐華寺

만학 속에 불이문²⁰⁶을 열어	萬壑中開不二門
푸른 덩굴 얽힌 고목이 대낮에도 어둑하네	蒼藤古木晝昏昏
기이한 모습의 오래된 돌이 천 개의 불상을 이루고	奇容老石成千佛
깊숙이 위치한 승려의 암자가 절로 한 마을이 되네	深處僧菴自一村
절을 보면 먼저 나씨의 행적²⁰⁷을 찾고	見寺先尋羅氏蹟
산을 보면 태초의 혼을 부르고자 하네	看山欲喚太初魂
인간 세상이 모두 공색²⁰⁸인 건 아니니	人間非是都空色
이 일을 그대와 함께 자세히 논하기를 원하네	此事從君要細論

206 불이문(不二門) : 불교에서 말하는 불이법문(不二法門)으로, 상대적 차별을 없애고 절대적 차별이 없는 이치를 나타내는 법문이다.

207 나씨(羅氏)의 행적 : 신라시대의 자취를 가리킨다. '氏'는 '代'의 잘못으로 보인다.

208 공색(空色) : 불교의 말로 색(色)은 형체가 있는 만물을 총칭하며, 공(空)은 형체 있는 만물도 인연(因緣)을 따라 생긴 것으로 본래 실유(實有)가 아님을 말한 것이다.

마산에서 배를 타고 통영으로 떠나며

自馬山 舟行統營

서쪽의 해가 외로운 산을 머금으니	西日含孤嶂
섬의 숲이 서리로 시드네	島林凋錦霜
천지의 형상은 정해짐이 없으니	天地形無定
풍경을 보는 눈이 모두 아득하네	風烟眼共茫
바다빛에 방[209]주가 동하고	海色蚌珠動
뱃노래에 수월이 향기롭네	船謠水月香
뗏목을 타고 두성을 범한 일[210]이	乘槎犯斗事
참으로 황당한 일이 아님을 알겠네	信覺非荒唐

209 저본의 '胖'은 '蚌'의 잘못으로 보고 수정하였다.

210 뗏목을……일 : 한(漢)나라 무제(武帝)가 장건(張騫)에게 황하(黃河)의 근원을 찾게 하였는데, 장건이 뗏목을 타고 은하수에 도착하여 견우와 직녀를 만났다고 한다. 《荊楚歲時記》두성(斗星)을 범하였다는 것은 뒤에 하늘에 오른다는 뜻으로 쓰였다.

충무사
忠武祠

충무사 앞에 가을 햇빛이 깨끗하니　　　　　　忠武祠前秋日淸

높은 숲 소슬하여 찬 소리를 다투네　　　　　　高林蕭瑟戰寒聲

푸른 바다에 깊이 맹세하니 어룡이 용동하고　　深盟碧海魚龍動

푸른 하늘 훌륭히 보수하여 일월이 밝았네　　　穩補靑天日月明

다리 아래에서 황석공에게 전수받은 적 없으나[211]　橋下曾無黃石授

인간 세상에 와룡이라는 이름이 남겨졌네　　　人間留在臥龍名

길 가의 아이 또 오랑캐 피리 불지 말기를　　　街童且莫吹羌笛

동쪽 바다에 흰 물결 일어 창자가 끊어지나니　腸斷東溟白浪生

---

211 다리……없으나 : 한(漢)나라의 장량(張良)이 황석공(黃石公)이라는 노인을 만
나, 노인이 일부러 다리 밑으로 내던진 신발을 주워 준 인연으로 태공(太公)의 병법을
전수받아, 한 고조(漢高祖)와 함께 천하를 평정한 고사가 있다. 《史記 卷55 留侯世家》

통영에서 밤에 부산으로 향하며

自統營 夜向釜山

푸른 물결이 아득하여 밤에 끝이 안 보이니	滄波杳杳夜無邊
나그네 배에 오름에 다만 강개할 뿐이네	客子登舟祇慨然
신우를 찾아다닐 때에 우혈이 있음을 알았고[212]	神禹探時知有穴
노오[213]가 유람한 곳에는 다시 하늘이 없네	盧敖遊處更無天
흥이 일어남에 광태를 감추지 못하고	興來未得藏狂態
경물 외에 다시 술 살 돈을 구하네	物外還須索酒錢
듣자하니 봉영[214]의 소식이 가깝다고 하니	聞道蓬瀛消息近
그대여 백발의 나이를 탄식하지 말기를	勸君休歎白頭年

---

212 신우(神禹)를……알았고 : 신우는 우(禹) 임금이고, 우혈(禹穴)은 우 임금이 한수(漢水)를 소통시킬 때에 거처하던 굴로 사마천이 견문을 넓히기 위해 중국 전역을 유람할 때 우혈을 찾은 일이 있다.

213 노오(盧敖) : 연(燕)나라 사람으로 진시황이 그를 박사(博士)로 삼아 신선을 찾도록 하였으나, 그는 한번 가서 돌아오지 않고 노산(盧山)에 은거하다가 선인(仙人) 약사(若士)를 만나서 신선이 되었다고 한다. 《淮南子 道應訓》

214 봉영(蓬瀛) : 봉래(蓬萊)와 영주(瀛洲)의 합칭으로, 보통 선경(仙境)을 뜻하는데, 여기서는 부산의 동래와 연관하여 말한 것이다.

해운대

海雲臺

동백섬 앞에서 더디게 눈을 뜨니	冬栢島前開眼遲
서풍에 나그네 생각 실처럼 어지러워라	西風客思亂如絲
구름은 돌아가고 새는 사라지고 사람은 어디에 있나	雲歸鳥沒人何在
바다는 넓고 하늘은 높고 물건은 제각각이네	海闊天高物自私
승경은 다만 실컷 구경할 만할 뿐이니	勝處祗堪看且盡
장쾌한 유람은 노년에 맞지 않다고 말하지 말기를	壯遊休道老非宜
잠깐 사이에 푸른 공중 밖으로 날아오르니	須臾飛上空靑外
십이루 가운데에서 다시 시를 찾네	十二樓中更訪詩

태종대
太宗台

봉산[215] 곳곳에 장관이 많으니	蓬山處處壯觀多
절영도 앞은 또 어떠하리오	絶影島前更若何
서불[216]의 외로운 자취를 아득하게 멀리 바라보고	徐市孤踪迷遠望
성련[217]의 남은 곡조 고상한 노래에 들어오네	成連遺韻入高歌
무서운 우레가 땅을 흔드니 바람이 비를 속이고	驚雷撼地風欺雨
흰 꽃술이 공중에 나부끼니 눈이 바로 물결이네	白蘂飄空雪是波
무엇보다 중류의 천 길 높이 바위가	最是中流千丈石
제멋대로 때려도 꺾이거나 깎이지 않네	任他排擊不摧磨

---

215 봉산(蓬山) : 부산 동래(東萊)의 고호이다.

216 서불(徐市) : 진(秦)나라 때의 방사(方士)로 진시황의 명에 따라 남녀 아이 각각 5백 명씩을 거느리고 불사약을 구하고자 동해의 봉래산(蓬萊山)을 향하여 뱃길을 떠났는데, 다시 돌아오지 않았다는 고사가 있다.

217 성련(成連) : 중국 춘추 시대의 유명한 거문고 연주가이다. 전설에 따르면 백아(伯牙)는 성련에게 3년이 되도록 배우고도 거문고 연주에 정통하지 못했는데 성련이 백아와 동해의 봉래산에 올라가 바닷물의 출렁거리는 소리와 숲 속 산새들의 슬픈 울음 등을 듣도록 하고 나서야 고수가 되었다고 한다.

동산에 모여 읊다 단오일 ○ 기축년(1949)

東山會吟 端午日 ○ 己丑

성 남쪽 안개 낀 나무 새로운 시를 도우니	城南烟樹助新詩
흥이 일어남에 자신도 모르게 미친 듯이 읊어대네	興到狂吟不自知
이미 천지가 우리들을 받아들임을 믿으니	已信乾坤容我輩
노래하고 곡함이 이 어느 때인지 안타깝네	爲憐歌哭此何時
산중턱의 비낀 해 강을 향해 저물고	半山斜日臨江落
옛 절의 성긴 종소리 성곽을 벗어나 더뎌지네	古寺疎鍾出郭遲
경물은 상수 위에 예전 그대로이니	景物依如湘水上
굴평218의 애달픈 심사가 청사219를 감싸네	屈平哀思繞淸絲

---

218 굴평(屈平) : 전국 시대 초(楚)나라 사람 굴원(屈原)을 말한다.

219 청사(淸絲) : 맑은 소리를 내는 현악기를 말한다.

이튿날에 또 읊다
翌日又吟

강호의 물고기와 새 오랫동안 서로 잊었더니	江湖魚鳥久相忘
다행히 이렇게 따뜻한 날에 모두 한 대청에 모였네	幸此昫濡共一堂
취한 눈 몽롱하게 떨어지는 달을 보고	醉眼朦朧看月墮
외로운 가슴 호방하게 거센 바람을 마시네	孤懷磊落飲風長
이 유람이 내일까지 이어질 수 있으니	玆遊可得跨來日
그대들이 지금에 우리 고을을 중하게 하였네	爾輩於今重我鄕
한 가지 일로 만난 자리 약속 굳게 하였으니	一事逢筵堅約束
돌아가려는 생각에 바쁘다고 말하지 말기를	莫將歸思說閒忙

제석

除夕

해마다 제석을 보내고 또 금년이 되니	年年除送又今年
홀로 차가운 등을 짝한 채 새벽까지 이르네	獨伴寒燈抵曉天
다만 종신토록 뜻에 맞는 일 없을까 걱정이지	直恐終身無可意
수세[220] 때문에 잠을 못 이루는 게 아니라네	非緣守歲不成眠
하늘의 마음은 다만 앞으로 돌아올 날을 위하는데	天心只爲來還日
사람의 일은 부질없이 지나간 시간만 안타까워하네	人事空憐過去邊
손수 매화를 꺾어 주렴에 세워두어서	手折梅花倚簾箔
동제[221]를 잘 맞이하여 한 번 기쁘게 하리	好迎東帝一欣然

220 수세(守歲) : 음력 섣달 그믐날 밤에 등불을 밝히고 밤을 새우는 풍속이다.

221 동제(東帝) : 봄을 맡은 신인 동방청제(東方靑帝)를 가리킨다.

이여장 종한 에게 화답하다

和李汝章 鍾漢

그대를 만났던 시절에 국화를 처음 꺾었는데	逢君時節菊初摧
이미 담장 맡에서 몇 가지 매화를 본다네	已見墻頭數朶梅
눈앞을 지나는 세월은 뒤좇아도 잡을 수 없는데	過眼流光追莫及
마음에 가득한 답답함은 울결되어 터놓기가 어렵네	塡中茅塞鬱難開
시인의 수사는 마치 덩굴처럼 난잡하고	騷人葩藻如蔓草
전철의 규모는 차가운 재처럼 식으려 하네	前哲規模欲冷灰
참된 길 위에서 굳게 다리를 세워야하니	眞箇路頭堅着脚
끝내 쌓인 난고 속에서 자취를 드러내야 하리	終須發跡亂稿堆

새 버들
新柳

뭇 방초들 아직 피지 않았는데 홀로 봄을 맞으니	衆芳尙歇獨先春
오직 매화만이 함께 이웃하기에 좋네	惟有梅花好與隣
이미 가는 허리가 아리따운 춤을 이루었고	已把纖腰成妙舞
아직 날리는 솜털이 향기로운 먼지가 되진 못하였네	未敎飛絮作香塵
황금 북 번갈아 던짐에[222] 정이 응당 친밀하고	黃金交擲情應密
푸른 눈 서로 열어[223] 뜻이 다시 새롭네	靑眼相開意更新
평생토록 이별에 익숙한 줄 알겠건만	要識平生慣離別
어린 가지가 오히려 다시 떠나는 사람을 붙잡네	穉條猶復絆行人

---

222 황금……던짐에 : 황금색의 꾀꼬리가 버들가지 사이로 드나드는 것을 황금 북을 던져 베를 짜는 형상으로 형용한 것으로, 당시(唐詩) "꾀꼬리는 금빛 북이 되어 날아다니며 버들 실을 짠다.〔鶯擲金梭織柳絲〕"라는 구절에서 인용한 것이다.

223 푸른 눈 서로 열어 : 버들가지 새순이 푸르게 트는 것을 형용한 말이다.

족장 창숙 현규 에 대한 만사

挽族丈昌淑 鉉珪

우리 집안의 기로 새벽별처럼 드문데	吾門耆老曉星稀
오직 신계에 소미[224]가 비추었네	惟有新溪照少微
서글프다 이제는 어찌 다시 보랴	怊悵如今那復見
낚시터 매몰되어 이끼가 잔뜩 끼었네	釣坮埋沒長苔衣

---

224 소미(少微) : 소미성(少微星)은 처사성(處士星)으로, 소미성이 희미하거나 떨어지면 인간 세상의 처사(處士)가 죽는다고 한다.

안근부 승환 에 대한 만사

挽安謹夫 升煥

임고의 산빛이 푸르고 가파르니	臨皐山色碧嶙嶙
산 아래에서 일각건 쓰고 유유자적하였네	山下婆娑一角巾
네 벽의 책들 쓸모없어졌으니	四壁圖書無箇事
형체를 잊은 사람이 자유로운 몸이라네	忘形人是自由身

정이 깊어짐에 다시 내 나이를 따지지 않았고	情深不復問吾年
흥이 일면 때로 의고시 주고받았네	興到時酬擬古篇
지난일 아득하게 한바탕 꿈으로 돌아가니	往事悠悠歸一夢
석양이 쉬이 새 무덤에 오르네	夕陽容易上新阡

수성지에서의 작은 모임

壽城池小集

수성의 안개 풍경이 가장 마음을 끄니	壽城煙景最關心
두 차례 지팡이 짚고 옴에 흥이 이미 깊네	二度携筇興已深
십 리의 평평한 연못 물결이 넓고	十里平池波浩浩
만 가지 수양버들 녹음이 짙네	萬條垂柳綠陰陰
돛대가 평온하여 바람에 모두 동하고	帆檣安穩風俱動
정자가 위태롭게 언덕에 함께 임하네	亭舘危疑岸與臨
습가지[225]의 당일 일을 말하지 말라	休道習家當日事
맑은 유람은 응당 옛날과 지금이 똑같으리니	清遊應是古猶今

---

225 습가지(習家池) : 죽림칠현의 한 사람인 산도(山濤)의 아들 산간(山簡)이 형양(荊襄)을 다스릴 때 호족(豪族)이었던 습씨(習氏)들이 그곳에 아름다운 동산과 연못을 가지고 있어 늘 그곳에 나가 노닐며 취했다는 고사가 있다. 《晉書 卷43 山簡列傳》

파계사로 가는 도중에 김동암 태섭 배해사 찬수 허하인 초 이춘전 상찬 허금남 복과 함께 읊다

巴溪寺途中 與金錬庵台燮 裵海簑纘洙 許何人銘 李春田相瓚 許錦南鍑 共吟

아침에 성 남쪽을 나와 오시에 이르니	朝出城南抵午時
저자의 해 잠시 옮겨 가는 것 근심스레 보네	愁看市日坐來移
누가 우리들 행장을 늦게 꾸리게 하였나	誰教吾輩行裝晚
명산이 더디게 손에 들어올까 몹시 걱정이네	多恐名山入手遲
수양버들 천 일을 단잠 잔 것 같고	垂柳如酣千日睡
노송이 온전히 백년 된 가지를 보호하네	老松全護百年枝
지팡이 끝으로 가까워 가는 가람을 가리키니	杖端指點伽藍近
걸음마다 기이한 장관이 평소 기대를 만족시키네	步步奇觀愜素期

파계사에 묵으며 이날 밤에 소찬을 먹었다

宿巴溪寺 是夜食素

고요한 절에 외로운 등불 비추니	空門寂寂照孤燈
하룻밤 참선은 나 또한 할 수 있네	一夜持參我亦能
진근[226]을 깨끗이 없애니 본래 부처이고	洗祛塵根元是佛
훈채를 물리치니 누군들 승려가 아니랴	屛除葷物孰非僧
구름 깊은 곳의 귀촉도 울음소리 얼마나 애달픈지	雲深蜀魄啼何苦
달 밝은 아래 새벽 종소리 메아리쳐 다시 오르네	月白晨鍾響更騰
오히려 선가에는 계율이 남아 있으니	尙是禪家存戒律
우리 유림 얼음처럼 차가움이 몹시 부끄럽네	吾林多愧冷如冰

---

226 진근(塵根) : 불가의 말로 육진(六塵)과 육근(六根)을 말한다. 육진은 색(色), 성(聲), 향(香), 미(味), 촉(觸), 법(法)으로 육근을 통하여 의식을 일으키는 육경(六境)을 말하며, 육근은 안(眼), 이(耳), 비(鼻), 설(舌), 신(身), 의(意)의 여섯 가지 기관을 말한다.

이동춘 기석 에 대한 만사

挽李東春 基錫

서락당[227] 안에서 함께 예를 익히고	西洛堂中同習禮
주산정[228] 위에서 함께 시를 이야기했네	珠山亭上共言詩
풍류는 높이 읊는 가운데에 가장 들어맞고	風流莫適高吟裡
기상은 술에 취했을 때에 온전히 볼 수 있었지	氣像全看被醉時
옛 여관 주인에게 참마를 벗겨 부의함[229]을 나는 하지 못하였으니	
	舊舘脫驂吾未得
연릉이 검을 걸어 놓고 간 것[230] 그대 어찌 알리오	延陵掛劍子何知
지금부터 즐겁게 술 마시는 일 그만두고자 하니	從今欲廢杯樽樂
무리 중에 나의 스승을 잃었기 때문이라네	只爲徒中失我師

---

227 서락당(西洛堂) : 만구(晩求) 이종기(李種杞, 1837~1902)가 강학하던 서락서당
(西洛書堂)을 말한다.

228 주산정(珠山亭) : 금주(錦洲) 허채(許埰, 1859~1935)가 강학하던 주산서당(珠
山書堂)을 말한다.

229 옛……부의함 : 공자가 위(衛)나라를 지날 때 옛 여관 주인의 상을 접하고는 들어
가서 곡하고 나온 뒤 자공(子貢)에게 수레에 매인 참마를 벗겨 부의로 주도록 하였다고
한다. 《禮記 檀弓上》

230 연릉(延陵)이……것 : 연릉은 춘추 시대 오(吳)나라의 공자(公子) 계찰(季札)이
다. 계찰이 처음 사신 길을 떠났을 때, 서왕(徐王)을 알현하였는데 그가 평소 계찰의
보검을 갖고 싶어함을 알고는 돌아오는 길에 보니 서왕은 이미 죽고 없었다. 이에 계찰
은 보검을 풀어 서왕 집의 나무에 보검을 걸어 놓고 떠났다는 고사가 있다.

김동암 태섭 에 대한 만사

挽金鍊庵 台燮

여위고 파리한 골격에 기운은 더욱 완전하니　　　癯形瘦骨氣尤完

유림에 장경231은 새벽에 더욱 차가웠네　　　　　儒苑長庚曉更寒

무릎 꿇고 몸을 단속함이 최상의 법이 아니니　　　擎跪束身非上法

대덕이 한계를 넘지 않게 하고자 하였네232　　　　要將大德不踰閑

방상233에 배알한 지 세월 오래 되니　　　　　　得拜龐床歲且深

산수를 마음껏 노닐며 지음을 의탁했네　　　　　放情山水托知音

오늘은 서글픈 심정으로 부질없이 고개를 돌리니　如今怊悵空回首

한스러운 마음이 파계의 만 그루 나무숲에 스미네　恨入巴溪萬樹林

　　파계사에서 함께 하룻밤을 머물며 매우 즐겁게 시를 읊었으므로 이를 언급
　　한 것이다〔巴溪寺同留一夜 賦詩甚樂 故及之〕

---

231 장경(長庚): 금성(金星)의 별칭이며 태백성(太白星)이라고도 한다. 새벽에는
동쪽에서 나온다고 하여 계명성(啓明星)이라고 한다.

232 대덕(大德)이……하였네: 자하(子夏)가 말하기를, "큰 덕이 한계를 넘지 않으면
작은 덕은 드나듦이 있더라도 괜찮다.〔大德不踰閑, 小德出入可也.〕"라고 하였다.《論
語 子張》

233 방상(龐床): 후한(後漢) 말기의 은자인 방덕공(龐德公)의 침상으로, 제갈량(諸
葛亮)이 늘 방덕공을 찾아뵙고 침상 아래서 절을 하였다고 한다.《尙友錄 1》

노성암²³⁴에 대한 만사
挽盧誠庵

젊었을 적에 경서를 탐독하고	小少耽經業
부지런히 힘쓰며 백발에 이르렀네	劬勤到白頭
서락²³⁵에서 음성으로 가르침을 받들고	西洛承音旨
암당²³⁶에서 전수함을 받았네	巖堂得授傳
규수²³⁷의 빛이 항상 밝게 빛나니	奎宿光常煜
명산에 대한 기록이 몇 편이나 되었나	名山誌幾篇
우리 사림이 액운을 만나니	吾林逢厄運
이 사진년²³⁸을 어이할꼬	奈此巳辰年

234 노성암(盧誠庵): 노근용(盧根容, 1884~1965)을 말한다. 자는 회부(晦夫), 호는 성암(誠庵), 본관은 광주(光州)이다. 정본재(靜本齋) 노수엽(盧秀燁, 1856~1922)의 아들이고, 만구(晚求) 이종기(李種杞, 1837~1902)와 소눌(小訥) 노상직(盧相稷, 1855~1931)의 문인이다. 경상북도 창녕군 고암면 괴산(槐山)의 괴산서당(槐山書堂)에서 강학과 저술에 힘썼다. 저서로는 《성암집》이 있다.

235 서락(西洛): 만구(晚求) 이종기(李種杞, 1837~1902)가 강학하던 서락서당을 말한다. 자세한 내용은 〈눌재 이공 병린 에 대한 만사〉의 각주 참조.

236 암당(巖堂): 소눌(小訥) 노상직(盧相稷, 1855~1931)이 강학하던 자암서당(紫巖書堂)을 말한다.

237 규수(奎宿): 28수(宿)의 하나로, 옛날에 문운(文運)과 문장을 주관한다고 믿었던 별자리이다.

238 사진년(巳辰年): 《후한서(後漢書)》 권35 〈장조정열전(張曹鄭列傳) 정현(鄭玄)〉에 정현은 자신의 꿈에 공자가 나타나자 곧 죽으리라는 것을 알았다. 그 해가 경진년(庚辰年)이고 다음해가 신사년(辛巳年)이어서 '사진' 혹은 '진사(辰巳)'는 현인(賢

예전에 내가 창녕에 있을 적에	昔我昌山日
모시고 종유하기에 시일이 충분했네	倍遊足月時
공이 자주 나를 귀애해주심에 감격하였고	感公頻負劍
또 나를 함께 시를 이야기할 수 있다고 인정해주셨네[239]	許我可言詩
백 리의 운산이 멀고	百里雲山遠
십 년간 어안[240]이 뜸하였네	十年魚雁遲
의형을 끝내 가릴 수 없으니	儀形終莫閟
숲의 달빛이 흉금을 비추네	林月照襟期

人)의 죽음을 비유하는 말로 쓰인다.

239 또……주셨네 : 공자의 제자 자하(子夏)가 《시경》에 나오는 시를 잘 해석하며 평하자, 공자가 "나를 계발시켜 주는 사람은 바로 우리 상이로다. 이제는 너와 함께 시를 이야기할 수 있겠구나.〔起予者, 商也, 始可與言詩已矣.〕"라고 칭찬한 말이 《논어》 〈팔일(八佾)〉에 보인다.

240 어안(魚雁) : 물고기와 기러기가 편지를 전했다는 데서 편지나 소식을 뜻한다.

농암[241]에서 이백안 허천응 손경지 희수 와 함께 읊다
籠巖 與李伯安許天應孫敬止 熙銖 共賦

한 번 신령스런 곳에 올 때마다 또 한 번 새로우니　一番靈境一番新

곧장 높은 산을 향해 가서 장인을 배알하네[242]　　直向高山拜丈人

전배들 혼령이 계시다면 응당 빙그레 웃을 것이요　前輩有靈應莞笑

후생들 많이 보고 남은 자취를 답습하네　　　　　後生多見躡遺塵

십 년 동안 꿈속의 넋은 쌍교 밖이고　　　　　　十年魂夢雙橋外

반나절 풍류는 아홉 노인이 이웃이라네　　　　　半日風流九老隣

　바위에 금옹 외 여덟 노인의 이름이 적혀있다〔巖有題名錦翁外八老〕

오히려 그윽한 새가 나의 뜻을 아니　　　　　　尙是幽禽知我意

숲 건너에서 때때로 다시 노래를 자주 전해오네　隔林時復送歌頻

---

241 농암(籠巖) : 밀양댐이 건설되기 전에 배내골 물이 단장면 고례천(古禮川)을 지나는 계곡 양편에 천길 벼랑을 깍아 세운듯한 화강암 바위들이 농(籠)과 같이 겹쳐져 있었다는 농암대(籠巖臺)를 말한다.

242 장인을 배알하네 : 기암괴석을 보고 절을 하는 것을 말하는데, 여기서는 농암 바위를 찾아왔다는 말이다. 이 고사는 송(宋) 나라 때 비연(費袞)이 지은 《양계만지(梁溪漫志)》〈미원장배석(米元章拜石)〉에 "미원장이 유수를 다스릴 때 괴석이 강둑에 있단 말을 듣고……공이 명하여 치소로 옮겨와 한가할 때 감상하려 하였다. 돌이 이르자 갑자기 놀라 자리를 펴게 하고 마당 아래서 절하며 '제가 석형을 보고자 한 것이 20년입니다.' 하였다.〔米元章守濡須, 聞有怪石在河壖,……公命移至州治, 爲燕游之玩. 石至而驚, 遽命設席, 拜于庭下, 曰吾欲見石兄二十年矣.〕"라고 하였다.

출발에 임박하여 또 읊다

臨發又吟

시내와 산이 마치 옥처럼 티끌 한 점 없으니	溪山如玉點塵無
풍경은 의연히 섬오[243]에 들어오네	風景依然入剡吳
고야의 선인[244]이 참으로 그대이니	姑射仙人眞是子
무릉의 어부[245]가 어찌 내가 아니리오	武陵漁子孰非吾
시내가 급한 골짜기에 이르자 소리 더욱 우렁차고	磎當急峽聲尤壯
바위가 층층의 벼랑 속에 빼어나 형세 다시 외롭네	巖拔層崖勢更孤
취한 뒤에 큰 소리로 노래하니 그대 비웃지 말기를	醉後高歌君莫笑
늙어감에 광부라 불리는 것이 무슨 문제가 되랴	老來何妨號狂夫

---

243 섬오(剡吳) : 오(吳)는 오중(吳中), 또는 오현(吳縣)으로 근처에 섬계(剡溪)가 있어 병칭하는 말로 모두 중국 동남쪽의 지명이다.

244 고야(姑射)의 선인(仙人) : 《장자》〈소요유(逍遙遊)〉에 "묘고야산(藐姑射山)에 신인(神人)이 사는데, 살결이 눈빛처럼 희고 아름답기는 처녀와 같으며, 오곡(五穀)을 먹지 않는다."라는 말이 보인다. 농암(籠巖)이 있던 곳인 고예리를 고야(姑射)라고도 하기 때문에 이렇게 말한 것이다.

245 무릉(武陵)의 어부 : 진(晉)나라 때 도잠(陶潛)의 〈도화원기(桃花源記)〉에 의하면, 어부가 뜻밖에 무릉도원(武陵桃源)을 가게 되었는데, 그곳은 옛날 진(秦)나라 때의 난리를 피하여 온 사람들이 사는 선경(仙境)이었다고 한다. 《陶淵明集 卷6》 여기서는 단장면 주산서당이 있었던 동네 이름이 무릉리이고, 무릉리의 자암서당에서 손암이 공부하였기에 이렇게 말한 것이다.

생일날 아침에 감회를 기록하다

生朝志感

우리 어버이 이날에 상봉[246]을 행했으니	吾親當日設蓬桑
아들이 장래에 뜻을 사방에 펼치기를 바란 것이네	爲子他年志四方
일곱 살에 어찌 풍수의 애통[247]을 견뎠었는지	七歲那堪風樹慟
세 번 이사하여 다행히 학궁의 옆에 살았네[248]	三遷幸在學宮傍
옛 물가에 슬픈 기러기 봄꿈에 놀라고	哀鴻古渚驚春夢
황량한 산에 해가 지는데 고향으로 돌아오네	落日荒山返故鄕
한 가지 일도 이룬 것 없건만 몸이 이미 늙었으니	一事未成身已老
아호의 시[249] 속의 한탄이 부질없이 기네	莪蒿詩上恨空長
이상은 회포를 쏟아낸 것이다.	右寫懷

---

246 상봉(桑蓬) : 상호봉시(桑弧蓬矢)의 준말로, 뽕나무 활과 쑥대 화살이라는 뜻이
다. 고대에 남자 아이를 낳으면 뽕나무로 활을 만들고 쑥대로 화살을 만들어서 사방에
쏘아 큰 뜻을 품고 사방으로 웅비하라는 소원을 빌던 풍습이 있었다. 《禮記 射儀》

247 풍수(風樹)의 애통 : 세상을 떠난 부모를 생각하는 슬픈 마음을 의미한다. 슬피
우는 고어(皐魚)에게 공자가 까닭을 물었더니, "나무는 고요하고자 하여도 바람이 그치
지 않고 자식이 봉양하고 싶어도 어버이는 기다려 주지 않는다.〔夫樹欲靜而風不止,
子欲養而親不待.〕"하였다 한다. 《韓詩外傳》

248 세……살았네 : 맹자(孟子)의 어머니가 맹자를 가르치기 위하여 집을 세 번이나
옮겼던 '맹모삼천지교(孟母三遷之敎)'를 말한다.

249 아호(莪蒿)의 시 : 《시경》〈육아(蓼莪)〉를 가리킨다. 돌아간 부모의 하늘처럼 끝
없는 은덕을 갚을 길이 없음을 그리워하며 부른 노래이다.

내가 태어난 을사년 때가 좋지 못함을 탄식하니　　　乙巳吾生歎不辰
지난 일을 돌아봄에 꿈에서도 놀란 적이 많네　　　回頭往事夢驚頻
오천 년 역사가 조잔한 날이었고　　　五千歷史凋殘日
사십 년 세월 속박된 몸이었네　　　四十光陰束縛身
올해에 또 구름이 해를 가린 것을 보니　　　今歲又看雲蔽日
훗날에 어찌 바다가 먼지가 됨을 견디겠는가　　　他時那忍海成塵
길게 노래하고 애통히 곡해도 모두 견디기 어려우니　　　長歌痛哭俱難耐
한 조각 정회를 누구에게 말하랴　　　一段情懷誰與陳
　　이상은 시절을 서글퍼한 것이다.　　　右傷時

그대들이 나의 생일 아침을 축하하기 위하여　　　諸君爲我賀生朝
지팡이와 나막신 계속 이어져 들판의 다리를 건넜네　　　節屐聯翩度野橋
어버이 수고로운 은혜 애통하니 어찌 잔치 벌이랴　　　痛泣劬勞那餙慶
마음이 참되고 간절하니 부를 필요가 없네　　　情心眞切不須招
도리어 얼굴의 수염이 선후의 차이가 있음을 보니　　　却看顏髮差先後
오히려 다시 속으로 기약함이 원근에 있네　　　尙復衿期在近遙
형의 평상 백 리 먼 곳이라 마음 참으로 괴로우니　　　百里兄床懷正苦
비바람 부는 쓸쓸한 밤을 견딜 수 없네　　　不堪風雨夜蕭蕭
　　이상은 벗에게 감사하는 것이다.　　　右謝友

내 나이 이미 육순 후반에 이르니　　　吾年已及六旬高
만사를 참으로 너희들에게 부탁할 만하네　　　萬事眞堪付爾曹
단지 공예의 인 자를 써줄 수 있으니[250]　　　祇可書來公藝忍
어찌 계량의 호방함을 그릴 필요가 있으랴[251]　　　何須畵得季良豪

집안에 전해지는 효우가 쓸만한 물건이나 　　　　　　傳家孝友爲長物

덧없는 세상의 영화는 한낱 터럭과 같네 　　　　　　浮世榮華等一毫

여력이 있으면 글을 배움[252]에 응당 힘써야 하니 　　餘力學文當勉勵

유유범범하게 지내며 도도한 세상을 좇지 말기를 　莫將悠泛逐滔滔

　이상은 자식과 조카에게 주는 것이다. 　　　　　　　　　右示兒姪

자각봉 앞에 작은 오두막 지으니[253] 　　　　　　　　紫閣峯前起小廬

반평생 계획해 마련하여 처음으로 편안히 누워 쉬네 　半生經紀偃栖初

온 구역의 꽃과 나무가 행렬을 이루고 　　　　　　　一區花木成行列

백 리의 호수와 산이 기거하는 곳과 접해 있네 　　　百里湖山接起居

해가 긴 섬에 떨어지자 곧장 낚시대를 거두고 　　　日落長洲仍捲釣

종소리 옛 절에서 잠잠해짐에 홀로 책을 보네 　　　鍾殘古寺獨看書

지금 형제와 같이 지내는 즐거움 얻지 못하였으니 　如今未得怡怡樂

---

250 단지……있으니 : 〈최장 태현 두영 에 대한 만사〉의 각주 참조.

251 어찌……있으랴 : 두계량(杜季良)은 후한(後漢) 때 호협(豪俠)하고 의리를 좋아
했던 두보(杜保)를 이른다. 마원(馬援)이 자기 조카들에게 "두계량을 제대로 본받지
못하면 천하의 경박한 사내가 되고 말 것이니, 이른바 범을 그리다가 이루지 못하면
도리어 개처럼 되고 만다는 것이다.〔效季良不得, 陷爲天下輕薄子, 所謂畫虎不成反類
狗者也.〕"라는 말이 보인다. 《後漢書 卷24 馬援列傳》

252 여력이……배움 : 《논어》〈학이(學而)〉에 "제자가 들어가서는 효도하고 나와서
는 공손하며, 삼가고 미덥게 하며, 널리 사람들을 사랑하되 인(仁)한 이를 친히 해야
하니, 이것을 행하고 여력이 있으면 글을 배워야 한다.〔弟子入則孝, 出則弟, 謹而信,
汎愛衆而親仁, 行有餘力, 則以學文.〕"라는 말이 보인다.

253 작은 오두막 지으니 : 이는 신성규의 정자인 사우정(四友亭)을 말한다. 《손암집
(遜庵集)》 4권 〈사우정기(四友亭記)〉에 그 내용이 상세하다.

상체 꽃 옆에서 눈물로 소매를 적시네   常棣花邊淚濺裾

이상은 정자가 완성됨을 기록한 것이다.   右志亭成

조 종생 홍종 에 대한 만사
挽曺從甥 弘鍾

승전[254]의 안건 복잡해도 계획은 어긋남 없었고	乘田案雜計無違
의례 논한 것 많아 은미함을 잘 밝혀내었지	疑禮論多好發微
병든 눈이 사람들에게 비난 받음을 면치 못하여	病眸未免逢人罵
남다르고 빼어난 평생을 취한 채로 살았네	奇絶平生被醉時

어린 나이부터 함께 부르며 어울리던 해가 많으니	童年徵逐歲時頻
대나무 말과 소나무 깃발로 이웃을 괴롭게 했었지	竹馬松旗惱四隣
오늘에는 바라보아도 서로 볼 수가 없으니	今日相望不相見
육순의 사람 일이 모두 먼지로 돌아갔네	六旬人事摠歸塵

---

254 승전(乘田) : 춘추 시대 노(魯) 나라에서 가축(家畜) 사육을 맡던 직임으로 미관 말직을 뜻한다. 여기서는 조홍종이 낮은 관직 생활한 것을 말한다.

손암집
遜庵集

제2권

詩시

시 詩

박학현 재문 의 수운에 차운하며
次朴學現 在文 壽韻

육십 년 세월이 모년까지 이어지니	六十年光屬暮年
그대의 모습과 골격 여전한 것 부러워라	羨君貌骨尙依然
삼산의 영기가 미간에서 용동하고	三山靈氣眉間動
팔도의 풍요가 전대에서 전해지네	八域風謠橐上傳
그저 멀리 떠난 발걸음 물외에 노니는 대로 맡기니	秖信遐踪遊物外
등한한 생각 마음에 들이는 것 용납지 않네	未容閒思入心邊
온몸이 이미 신선굴에 있으니	全身已在神仙窟
이날에 무궁하게 이 자리를 송축하네	此日無窮頌此筵

안가명 이백안 이가문 허천응 배□□ 정기 윤□□ 국병 이효겸 김덕연과 함께 영남루에 올라서

與安可明李伯安李可文許天應裵□□ 鼎基 尹□□ 國炳 李孝謙金德淵 登嶺南樓

아홉 노인 찾아옴에 한 번 웃으며 맞이하니 　九老相尋一笑迎
영남루의 봄 경치 참으로 완연하네 　南樓春色自分明
푸른 내 낀 옛 나루엔 버들이 물결을 흔들고 　靑煙古渡柳搖水
붉은 비 내리는 텅 빈 숲엔 꽃이 성곽을 채우네 　紅雨空林花滿城
천고에 이곳 오른 이 몇 사람이나 남았나 　千古登臨幾人在
백년의 영예와 치욕이 여기에선 덧없어라 　百年榮辱此中輕
대숲에서 우는 새 도리어 원망 깊으니 　竹間啼鳥還多怨
정녀의 사당 앞에서 함부로 행동치 말기를 　貞女祠前莫謾行

주산을 향하며
向珠山

이번 유람 봄철 중 가장 뛰어나니	茲遊冠絶一春間
동쪽 골짜기 연하에 더욱 관심이 가네	東峽煙霞意更關
정담이 지겹도록 이어져 지는 해를 보고	情話支離看落日
외로운 마음 아득하게 명산에 들어가네	孤懷迢遞入名山
버들 꽃 진 후에도 광기가 여전히 남아있고	楊花落後狂猶在
나비가 날아올 때에 꿈으로 절로 돌아가네	蝴蝶來時夢自還
이미 몸과 마음이 물외에 초월함을 깨달으니	已覺心身超物外
떠가는 구름 지친 새와 견주어 누가 더 한가로운지	歸雲倦鳥較誰閒

표충사

表忠寺

내 벗을 불러[1] 기림[2]으로 향하니	招招印友向祇林
술버릇과 시흥이 서로 어우러지네	酒態詩情互淺深
3월이 이미 지났는데 윤3월 남았으니	三月已歸三月在
한 번은 길이 취하고 한 번은 시 읊조리네	一番長醉一番吟
떨어지는 꽃잎 요란하여 중의 꿈을 휘감고	落花搖亂縈僧夢
흐르는 물 맑디맑아 불심을 볼 수 있네	流水澄清見佛心
이십 년 만에야 거듭 찾아온 객이	二十年今重到客
옛날에 이름 적어둔 곳 이끼 헤쳐 찾아보네	舊題名處拂苔尋

---

1 내 벗을 불러 : 《시경》〈포유고엽(匏有苦葉)〉에, "뱃사공이 어서 타라 부르지만, 다른 사람 다 가도 나는 안 갈라네. 나만이 안 건너가는 것은 나와 맘 맞는 벗을 기다려서라오.〔招招舟子, 人涉卬否. 人涉卬否, 卬須我友.〕"라고 하였다.

2 기림(祇林) : 인도 불교 성지(聖地)의 하나로, 석가모니가 머물면서 설법한 장소인 기원정사(祇園精舍)를 말하는데, 전하여 절을 뜻하게 되었다.

부산항에서 차를 타고 저물녘에 울산으로 향하며

自釜港搭車 暮向蔚山

부산항 동쪽에서 다시 동쪽으로 향하니	釜港東頭更向東
빠른 차가 달려 흐드러진 꽃 속으로 들어가네	飛車走入浪花中
옅은 구름과 지는 노을 삼산³의 밖에 보이고	殘雲落照三山外
광활한 바다 끝없는 하늘 똑같이 한 가지 빛이네	大海長天一色同
신선의 뗏목 장차 두우성 범할 것은 이미 알거니와⁴	已信仙槎將犯斗
대붕의 날개 홀연 바람 타고 오르는가 다시 의심하네⁵	
	還疑鵬翼忽搏風

---

3 삼산(三山) : 전설에 신선이 산다는 동해(東海)의 삼신산(三神山)으로, 곧 봉래산 (蓬萊山), 방장산(方丈山), 영주산(瀛洲山)이다.

4 신선의⋯⋯알거니와 : 한 무제(漢武帝) 때 장건(張騫)이 사명(使命)을 받들고 서역 에 나갔던 길에 뗏목을 타고 황하(黃河)의 근원을 한없이 거슬러 올라가다가 어느 성시 (城市)에 이르러 보니, 한 여인은 방 안에서 베를 짜고, 한 남자는 소를 끌고 은하(銀河) 의 물을 먹이고 있었다. 그래서 그들에게 "여기가 어느 곳인가?"라고 묻자, 그 여인이 지기석(支機石) 하나를 주면서 말하기를 "성도(成都)의 엄군평(嚴君平)에게 가서 물어 보라."고 하였다. 그가 돌아와서 엄군평을 찾아가 지기석을 보이자, 엄군평이 말하기를 "이것은 직녀(織女)의 지기석이다. 아무 연월일에 객성(客星)이 견우(牽牛)와 직녀(織 女)의 두우성(斗牛星)을 범했는데, 지금 헤아려보니, 그때가 바로 이 사람이 은하에 당도한 때였도다."라고 하였다. 《博物志》

5 대붕(大鵬)의⋯⋯의심하네 : 《장자》〈소요유(逍遙遊)〉에, "붕이라는 이름의 새가 있는데, 등은 마치 태산과 같고 날개는 마치 하늘에 드리운 구름과 같다. 이 새는 회오리 바람을 타고서 구만 리나 날아 올라간다.〔有鳥焉, 其名爲鵬, 背若太山, 翼若垂天之雲. 搏扶搖羊角而上者九萬里.〕"라고 하였다.

아득하게 다시 영주[6]의 흥취가 일어나니   悠然更起瀛洲興

문득 속세의 인연 절반이 허전함을 깨닫네   徒覺塵緣一半空

---

6 영주(瀛洲) : 전설에 신선이 산다는 동해(東海)의 삼신산(三神山)의 하나이다.

박숭부 용진 이□□ 충걸 박상경 증동 허문부 창석 허천응
김우여 시윤 김응순 용대 손□□ 을익 과 함께 춘도[7]를
유람하며 섬은 울산 남쪽 바다 가운데에 있다

與朴崇夫 墉鎭 李□□ 冲杰 朴常經 曾東 許文夫 昌錫 許天應 金雨汝 時潤
金應舜 龍大 孫□□ 乙翼 游椿島 島在蔚山南海中

너른 바다 밟고 푸른 산으로 들어가니	踏破滄溟入翠微
명승이 나를 불러 나막신 나는 듯하네	名區招我屐如飛
끝없는 하늘가의 바닷물이 아득히 흘러가고	天長海水蒼茫去
봄 지나 숲의 꽃잎은 하나 둘 성글어가네	春盡林花一二稀
아홉 노인 일제히 찾아옴에 외로운 섬이 중해지고	九老齊臨孤島重
조각배는 가득 싣고 저녁 햇빛에 돌아오네	扁舟滿載夕陽歸
영춘[8]은 본래 무량한 수명이 있으니	靈椿自有無量壽
봄빛은 눈 돌리면 바뀐다고 누가 말했나	孰謂韶光轉眼非

---

7 춘도(椿島) : 경상남도 울산시 온산면(溫山面) 방도리(方島里)에 속하는 섬이다.
8 영춘(靈椿) : 대춘(大椿)이라는 신령스러운 나무로, 《장자》〈소요유(逍遙遊)〉에,
"상고 시대에 대춘이라는 나무가 있었는데, 이 나무는 8천 년을 봄으로 삼고 8천 년을
가을로 삼았다.〔上古有大椿者, 以八千歲爲春, 八千歲爲秋.〕"라고 하였다.

여러 사람과 작별하며 시를 지어주다

贈別諸人

장정과 단정⁹을 지나며 한 곡의 이별가를 부르니	一曲離歌長短亭
호계¹⁰의 남쪽 두둑에 버드나무 푸르러라	虎溪南畔柳靑靑
아침 무렵 고향 꿈 꾸다 봄 나비에 놀라고	朝來鄉夢驚春蝶
늙어갈수록 벗들은 새벽별처럼 드무네	老去朋知似曉星
눈앞의 인사가 늦음을 몹시 탄식하니	正歎眼中人事晩
작별 후에 세월 흐르는 것 어찌 견딜는지	那堪別後歲時經
지금 술이 있으니 모름지기 함께 취하여	如今有酒須同醉
푸른 바다물결에 홀로 깨었냐고 묻지 말기를	莫向滄浪問獨醒

---

9 장정(長亭)과 단정(短亭) : 옛날 길에 정자를 두어 행인들이 쉴 수 있도록 하였는데, 5리마다 있는 것을 단정이라 하고, 10리마다 있는 것을 장정이라 하였다.

10 호계(虎溪) : 울산 북구에서 경주로 향하는 곳에 있는 계곡이름이다.

이백안 이가문 허천응과 함께 서울로 향하며

與李伯安李可文許天應 向京城

닷새 동안 남쪽으로 해도 사이를 유람했는데	五日南遊海島間
오늘 아침엔 북쪽으로 서울 성문을 들어가네	今朝北向入京關
천안의 버들가지는 모두 땅에 드리워져 있고	天安柳絲皆垂地
평택의 교외에는 산이 보이지 않네	平澤郊遙不見山
먼 노정 속에서 점점 풍토가 달라짐을 보니	長路漸看風土異
나그네 마음이 남몰래 석양과 함께 돌아가네	羇懷暗與夕陽還
이내 몸 도리어 우습구나 대체 무슨 연유로	此身却笑緣何事
길 위에서 분주한 채 한가로이 지내지 못하는가	棲屑程途不自閒

남한산성

南漢山城

천고의 상한 마음 이 누대를 잊지 못하는데	千古傷心不忘坮
한수 남쪽의 성곽은 여전히 우뚝하네	漢南城郭尙崔嵬
산천은 진나라의 험준한 관문만 못하지 않건만	山川不讓秦關險
인물은 끝내 관중의 재주 지닌 이 나오기 어려웠네	人物終難管仲才
만 리길의 높은 걸음을 삼학사(三學士)가 떠났고[11]	萬里高踪三士去
백 년 간 머금을 원통을 안고 두 대군이 돌아왔네[12]	百年含痛二君回
봄바람 속에서 희끗한 머리로 외로운 칼 뽑아드니	春風白首開孤劍
양보음[13]을 지음에 통한을 추스를 수 없어라	梁甫吟成恨莫裁

---

11 만 리길의……떠났고 : 병자호란(丙子胡亂) 당시에 홍익한(洪翼漢), 오달제(吳達濟), 윤집(尹集) 삼학사(三學士)가 척화(斥和)를 주장하다가 심양(瀋陽)으로 끌려가 끝까지 지조를 굽히지 않고 죽임을 당한 일을 말한다.

12 백 년……돌아왔네 : 병자호란(丙子胡亂) 당시에 인조(仁祖)가 남한산성에서 청(淸)나라 군대에게 굴욕적으로 항복한 뒤에 인조의 아들인 소현세자(昭顯世子)와 봉림대군(鳳林大君)이 청나라에 인질로 끌려갔다가 돌아온 일을 말한다.

13 양보음(梁甫吟) : 악부가사(樂府歌辭)의 이름으로, 예부터 전해 온 만가(挽歌)이다. 촉한(蜀漢)의 승상(丞相) 제갈량(諸葛亮)이 지은 가사가 특히 유명한데, 그 내용은 곧 제 경공(齊景公) 때 안영(晏嬰)이 천하무적의 용력을 지닌 공손접(公孫接), 전개강(田開疆), 고야자(古冶子) 세 용사(勇士)에게 복숭아 두 개를 주어 서로 다투게 하여 끝내 모두 자살하도록 만들었던 일을 몹시 안타깝게 여겨 노래한 것이다.

사육신묘[14]
六臣墓

노량진 밖에서 충신을 배알하니   鷺梁津外拜忠臣

황량한 낙조 속에도 풀빛만은 봄빛이네   落照荒凉草自春

무덤을 분간하기 어려움을 어찌 한하리오   塚墓難分何足恨

여섯 분은 본래 한 사람의 몸인 것을   六人元是一人身

14 사육신묘(死六臣墓) : 사육신(死六臣)은 1456년(세조2)에 단종(端宗)의 복위를 꾀하다 발각되어 처형되거나 스스로 목숨을 끊은 6명의 충신인 성삼문(成三問), 박팽년(朴彭年), 하위지(河緯地), 이개(李塏), 유성원(柳誠源), 유응부(兪應孚)를 가리킨다. 성삼문, 박팽년, 이개, 유응부는 처형된 뒤에 한강 기슭 노량진에 묻혔다고 전해지는데, 이후 이곳에 이들의 충절을 기리는 신도비가 세워졌다.

이효연 김덕연과 함께 촉석루[15]에 올라 신청천[16]의 시에 차운하다
與李孝謙金德淵 上矗石樓 次申靑泉韻

외로운 성은 여전히 차가운 강물을 베고 있는데 　孤城依舊枕寒流
낙조가 황량하게 옛 섬을 마주하네 　　　　　　落照荒凉對古洲
오직 세 신하가 능히 나라를 위해 죽어서[17] 　　祇爲三臣能死國
찾아오는 객들 길이 누대를 사랑하여 오르게 하네 長敎來客愛登樓
대숲에 내리는 성긴 빗물은 새로운 한을 더하고 　篁林疎雨添新恨
화선(畫船)의 청아한 피리소리 깊은 시름 일으키네 畫舫淸笳動遠愁
의기암 가에는 눈이 내린 듯 꽃이 하얗게 피었는데 義妓巖邊花似雪
한 잔의 술에 억지로 취하여 봄놀이 즐기네 　　一樽强醉展春遊

---

15 촉석루(矗石樓) : 경남 진주(晉州) 남강(南江) 옆에 있는 누대로, 임진왜란(壬辰倭亂) 당시에 의기(義妓) 논개(論介)가 일본 장수를 끌어안고 남강에 투신한 곳으로 유명하다.

16 신청천(申靑泉) : 신유한(申維翰, 1681~?)을 말한다. 자는 주백(周伯), 호는 청천(靑泉), 본관은 영해(寧海)이다. 1705년(숙종31) 진사시에 합격하고, 1713년 증광문과에 병과로 급제하였다. 문장으로 이름이 났으며, 특히 시에 걸작품이 많고 사(詞)에도 능하였다. 저서로는 《해유록(海游錄)》, 《청천집》 등이 있다.

17 오직……죽어서 : 임진왜란 때에 촉석루에 올라 국가의 장래를 통탄하며 죽기로 맹세하고 나라에 충성을 다할 것을 다짐한 세 장사(壯士)가 있는데, 곧 학봉(鶴峯) 김성일(金誠一), 대소헌(大笑軒) 조종도(趙宗道), 송암(松巖) 이로(李魯)이다.

화암사에서 밤에 이야기를 나누며

華巖寺夜話

만첩의 두류산 들어갈수록 더욱 깊어지니	萬疊頭流轉復深
명산이 나에게 한번 찾아오는 것을 허락했네	名山許我一來尋
이곳 사는 중은 익숙하게 창망한 일 이야기하는데	居僧慣說滄茫事
유람하는 객은 도리어 색상[18]의 마음 비우네	游客還空色相心
우리들이 함께 안 것이 한 세대일 뿐만이 아니니	吾輩幷知非一世
오늘밤이 참으로 천금만큼 귀하다네	今宵眞是直千金
어부가 이미 무릉도원으로 가는 길을 잃고서[19]	漁郎已失桃源路
다시 돌아오는 배를 손질하여 동림을 나오네	却理歸舟出洞林

---

18 색상(色相) : 불교 용어로, 형체가 갖추어져서 눈으로 볼 수 있는 일체의 외물(外物), 곧 현상계(現象界)를 말한다.

19 어부가……잃고서 : 진(晉)나라 때 도잠(陶潛)의 〈도화원기(桃花源記)〉에 의하면, 어부가 뜻밖에 무릉도원(武陵桃源)을 가게 되었는데, 그곳은 옛날 진(秦)나라 때의 난리를 피하여 온 사람들이 사는 선경(仙境)이었다고 한다. 《陶淵明集 卷6》

광한루에서 편액의 시에 차운하며

廣寒樓次板上韻

남풍이 광한루에 불어오니	南風吹上廣寒樓
고금에 이유 없이 손끝으로 가리키네	今古無端點指頭
천상의 인연은 그 정이 다하지 않고	天上因緣情不盡
인간의 이별은 그 눈물 거두기 어렵네	人間離別淚難收
연무가 모두 신선의 굴이고	烟光渾是神仙窟
달빛은 남아서 계수나무 가을에 전하네	月色留傳桂子秋
예순 나이 속세의 객이	六十年來塵土客
호쾌하게 은한으로 곤궁한 시름을 씻어냈네	快將銀漢洗窮愁

부여에서 옛일을 생각하며

扶餘懷古

신라와 당나라 군대 합세하여 포위하니	羅唐兵勢合成圍
백제의 산하에는 이미 저문 빛이 드리웠네	百濟山河已暮輝
충신 계백[20]을 어찌 비난할 수 있으리오	階伯忠臣何可詰
재자 각간[21]은 진실로 기롱이 많았네	角干才子固多譏
한 잔의 술이 비장함을 일으키니	一盃樽酒供悲壯
삼국의 풍연에는 잘잘못이 있네	三國風烟有是非
말 매어 둔 누대 가엔 물결이 고요하고	投馬臺邊波浪靜
모래벌판엔 오로지 흰 갈매기만 날고 있네	平沙惟見白鷗飛

---

20 계백(階伯) : 백제(百濟)의 장군으로, 나당(羅唐) 연합군이 쳐들어오자 처자가 적
국의 노비가 되지 않도록 손수 죽이고 나라를 위해 목숨을 바칠 것을 맹세한 뒤에 결사대
5천 명을 거느리고 황산벌에서 신라군과 용전분투하다가 장렬하게 죽었다.

21 각간(角干) : 신라(新羅)의 삼국 통일에 큰 공을 세운 김유신(金庾信)을 말하는
것으로, 그의 벼슬이 태대각간(太大角干)이었다.

낙화암

洛花巖

질펀한 강물이 푸른 산을 에워싸는데	浩蕩江流繞碧山
이름난 꽃들이 일제히 이 속으로 떨어졌네	名花齊落此中間
천 길 깊이 푸른 물에 향기로운 뼈를 묻고	千尋綠水埋香骨
한 조각 외로운 바위에 고운 얼굴을 맡겼네	一片孤巖寄粉顔
옛 나라의 풍류는 옳다할 날이 없으리니	舊國風流無日是
높은 누대의 달빛은 언제나 돌아오는지	高樓月色幾時還
당시의 절의가 어느 정도인 줄을 아니	當年節義知多小
오직 가인에게 마음이 다시 쏠리네	惟有佳人情更關

장가은 이섭 유거에 대한 운

張可隱 理燮 幽居韻

회갈[22]의 유민이 누항에서 맞는 봄이로소니	懷葛遺民陋巷春
깊숙한 곳에 은거하며 그대로 옛 고사가 되었네	幽居仍作古高人
망천의 물색은 마힐에게로 돌아가고[23]	輞川物色歸摩詰
경수의 풍연은 계진에게 속하네[24]	鏡水風烟屬季眞
꿈이 운산을 에워싸 고질을 이루고	夢繞雲山成碧痼
마음이 구로를 따라 홍진을 멀리 하네	心隨鴟鷺遠紅塵
애틋하다 가을밤 외로운 등불 아래에서	遙憐秋夜孤燈下
희끗한 머리로 서책을 보는 맛 다시 새로움이여	白首靑編味更新

22 회갈(懷葛) : 전설상 상고(上古)의 제왕인 무회씨(無懷氏)와 갈천씨(葛天氏)를 가리킨다. 이 시대에는 풍속이 순박하여 백성들이 아무런 근심 걱정이 없었다 한다. 도연명(陶淵明)의 〈오류선생전(五柳先生傳)〉에, "무회씨의 백성인가, 갈천씨의 백성인가?〔無懷氏之民歟? 葛天氏之民歟?〕"라는 말이 보인다. 《古文眞寶 後集 卷2》

23 망천(輞川)의……돌아가고 : 망천은 당(唐)나라 때의 시인 왕유(王維)의 별장이 있던 곳이고, 마힐(摩詰)은 왕유의 자(字)이다.

24 경수(鏡水)의……속하네 : 경수는 경호(鏡湖)이고, 계진(季眞)은 당(唐)나라 때의 시인 하지장(賀知章)의 자(字)이다. 하지장이 말년에 벼슬을 버리고 고향으로 돌아갈 적에 천자가 그에게 경호(鏡湖) 한 굽이를 하사한 일이 있다.

조경조 만종 가 영수장[25]을 보내준 것에 대하여 시로써 사례하다

曺景朝 萬鍾 寄惠靈壽笻 以詩謝之

오랜 벗 멀리서 내 다리 절뚝이는 것 가련해 하여   故友遙憐脚力跛
천 리 먼 길에 지팡이 한 자루를 부쳐왔네   寄來千里一笻枝
이튿날 아침 지팡이 짚고 다리 위 길을 나가 보니   明朝携出橋頭路
바로 봄바람이 나를 나오라 부른 때였다네   正是春風喚我時

네 평생 울퉁불퉁한 자질로   憐爾生平臃腫資
텅 빈 산에 버려진 지 오래였지   空山棄擲已多時
하루아침에 다행히도 시인의 손에 들어와   一朝幸入騷人手
천 리 강산을 마음대로 누비게 되었구나   千里江山任所之

---

25 영수장(靈壽杖) : 대나무처럼 마디가 있고 가벼우면서도 잘 부러지지 않는 영수목 (靈壽木)으로 만든 지팡이이다. 전한(前漢) 때에 공광(孔光)이 태사(太師)로 있을 적에 태후(太后)가 조서를 내리며 영수장을 하사한 고사가 있다.

김덕연이 복통으로 괴로워하므로 시를 부쳐 위로하다

金德淵苦腹瘕 寄詩慰之

미신[26]은 원래 무망[27]에서 온 것이니	美愼元從無妄來
활 그림자 술잔에 잘못 비쳤던 것 알아야 하건만[28]	要知弩影誤侵盃
세속의 의원들이 마땅한 치료법을 몰라서	世醫未觧宜治術
공연히 도규[29]만 시험하니 몹시 한탄스러워라	謾試刀圭絕可唉

나의 시가 포근하게 온화한 바람을 빚어	吾詩藹藹釀和風
물에 닿아 도리어 물을 윤택하게 하는 공이 많네	着物還多潤物功
만 곡의 근심이 모두 눈이 녹는 것처럼	萬斛憂愁都似雪
한 번 시 읊자마자 곧바로 녹아버리리	一回吟處便消融

---

26 미신(美愼) : 남이 앓는 병을 높여서 이르는 말이다.

27 무망(無妄) : 아무런 까닭이 없이 걸린 뜻밖의 병을 말한다. 《주역》〈무망(无妄) 구오(九五)〉에, "아무런 까닭이 없이 걸린 병이니, 약을 쓰지 않아도 저절로 낫는 희소식이 있으리라.〔无妄之病, 勿藥有喜.〕"라는 말이 보인다.

28 활……하건만 : 진(晉)나라 악광(樂廣)이 그의 친구가 와서 술을 대접하였더니, 마침 술잔에 뱀이 있는 것처럼 보였으므로, 그 사람이 의혹이 생겨서 술을 마신 뒤에 병이 났다. 악광이 그 연유를 깨닫고는 다시 그에게 술을 권하면서 벽에 걸린 활을 가리켜 보였다. 뱀의 그림자가 아니라 활의 그림자임을 깨닫고 병이 나았다 한다.

29 도규(刀圭) : 약(藥)의 양(量)을 헤아리는 기구로, 칼과 비슷하며 위는 뾰족하고 가운데는 패어있다. 후세에는 의술(醫術)이나 약물(藥物)을 일컫는 말로 쓰인다.

이효겸이 시를 보내옴에 그 운자를 사용하여 화답하다
李孝謙寄詩來 用其韻和之

이불 끌어안고 짧은 등잔대 앞에 외로이 앉으니	擁衾孤坐短檠前
운수[30]의 정회에 다시 마음이 쓸쓸해지네	雲樹情懷更悄然
귀밑머리 양쪽이 눈처럼 희끗한 것 안타까운데	鬢髮却憐雙似雪
마음속은 백 번 돌아올 해를 멀리 가리키네	心期遙指百來年
땅속에선 한 가닥 양기에 숨은 우레가 진동하고	地中陽線潛雷動
창밖에선 매화가 소식을 전달하네	窓外梅花信息傳
홀연히 오랜 벗의 귀한 글자를 받음에	忽得故人金玉字
어루만지다 밤이 새는 줄도 알지 못하였네	摩挲不覺夜將禪
청아한 시 읊기를 마치자 뜻이 상쾌해져	唱罷淸詩意爽然
한밤중에 눈을 감고 높은 마루에서 꿈을 꾸네	中宵合眼夢高軒
오랜 한가로움에 스스로 희황[31]의 세상이라 이르고	長閒自謂羲皇世
독서를 좋아함에 낙송의 손자[32]라 말할 만하네	喜讀堪稱洛誦孫

30 운수(雲樹) : 벗을 그리워하는 마음을 뜻하는 말로, 두보(杜甫)가 봄날에 이백(李白)을 그리워하며 지은 〈춘일억이백(春日憶李白)〉 시에, "위수 북쪽엔 봄 하늘의 나무요, 강 동쪽엔 해 저문 구름이로다. 어느 때나 한 동이 술을 두고서, 우리 함께 글을 조용히 논해 볼꼬.〔渭北春天樹, 江東日暮雲. 何時一樽酒, 重與細論文?〕"라는 말이 보인다. 《杜少陵詩集 卷1》

31 희황(羲皇) : 복희씨(伏羲氏)를 가리킨다. 그 시대의 백성들이 근심 없이 순박하고 한적하게 살았으리라 하여 은자들이 자칭 희황상인(羲皇上人)이라 하였다.

세모의 겨울 소나무가 짧은 골짜기에 기대어 있고　歲暮寒松依短壑
깊은 밤의 밝은 달이 외로운 마을을 찾아오네　　　夜深明月訪孤村
이러한 마음 아는 사람 적을 것이니　　　　　　　此情料得知人少
오직 염옹33만이 함께 말할 수 있다네　　　　　　惟有髯翁可與言

---

32 낙송(洛誦)의 손자 : 낙송은 문자를 반복하여 송독(誦讀)하는 것을 이른다.《장자》
〈대종사(大宗師)〉에 "부묵의 아들에게 들었고, 부묵의 아들은 낙송의 손자에게 들었
다.〔聞諸副墨之子, 副墨之子, 聞諸洛誦之孫.〕"라는 말이 보인다.

33 염옹(髯翁) : '텁석부리 노인'이라는 뜻으로 여기에서는 소나무를 가리킨 듯하다.

이경관 원유 에 대한 만사
挽李敬寬 元裕

두 대에 걸쳐 교유의 도를 논하니	兩世論交道
어린 나이에 지우(知遇)를 입었네	童年荷受知
지난날에 자주 곡진한 정을 나누었는데	向來頻繾綣
오늘날에 어찌하여 멀리 떠나버리고 마는가	此日奈違離
책상에 쌓인 기궁[34]의 사업이요	貯案箕弓業
뜰을 지나는 시례의 아이로다[35]	過庭詩禮兒
산서의 문장의 집안에	山西文藻宅
남은 시문이 아직 모조리 쇠하진 않았네	遺韻未全衰

34 기궁(箕弓) : 대대로 전하는 가업(家業)을 뜻한다. 《예기》〈학기(學記)〉에, "훌륭한 대장장이의 아들은 반드시 갖옷 꿰매는 법을 배우고, 훌륭한 궁인(弓人)의 아들은 반드시 키 만드는 법을 배운다.〔良冶之子, 必學爲裘; 良弓之子, 必學爲箕.〕"라는 말이 보인다.

35 뜰을……아이로다 : 공자가 홀로 서 있을 때에 아들 백어(伯魚)가 종종걸음으로 뜰을 지나가자, 공자가 그를 불러 세우고서 시(詩)와 예(禮)를 배워야 한다고 가르침을 내렸던 일이 있다. 《論語 季氏》

복아재[36]의 시에 차운하며

次復莪齋韻

동강[37]에 숨어사는 곳을 상강[38]에 마련하니	東岡棲隱卜瀧岡
소쇄한 마루의 창문이 무덤 길 옆에 있네	瀟灑軒窓隧道傍
새벽과 저녁으로 항상 모시지 못할 것 없으니	不妨晨昏恒得侍
이로써 한걸음에도 효를 잊을 수가 없음을 알겠네	從知跬步未能忘
돌로 쌓은 단에 비가 그치자 바람 꽃이 고요하고	石壇雨歇風花靜
언덕 위 나무에 안개가 개자 달 이슬이 청량하네	隴樹烟晴月露涼
오늘 찾아옴에 사람이 떠난 뒤라	今日來尋人去後
뜰 안 가득한 봄풀에 감회가 오래 가네	滿庭春草感懷長

---

36 복아재(復莪齋) : 밀양시 하남읍 귀명리에 있다. 이석뢰(李錫賚, 1845~1887)의
재사이다.

37 동강(東岡) : 벼슬하지 않고 물러나 있는 곳을 말한다. 《후한서(後漢書)》 〈주섭전
(周燮傳)〉에 은사(隱士)인 주섭(周燮)을 조정에서 누차 불렀으나 응하지 않자, 그의
종족들이 그에게 "선대로부터 훈총이 계속 이어져 왔는데 그대는 어째서 동강의 비탈만
지키는가?〔自先世以來, 勳寵相承, 君獨何爲守東岡之陂乎?〕"라고 말한 데서 온 것이
다. 본래 동강은 주섭의 선인(先人)이 초가집을 지어놓은 동쪽 산등성이이다.

38 상강(瀧岡) : 중국 강서성(江西省)의 봉황산(鳳凰山)에 있는 언덕의 이름으로, 송
(宋)나라 구양수(歐陽脩)가 네 살 때에 아버지를 여의었는데, 그 무덤이 이곳에 있었
다. 그후 60년 뒤에 그가 제목의 묘표를 지은 일이 있다. 《歐陽文粹 卷20 瀧岡阡表》
여기서는 부모의 무덤이 있는 곳을 가리키는 듯하다.

서락서당[39]에서 묘제를 올릴 때에 읊다

西洛書堂墓享時有吟

서당이 큰 강 앞에 우뚝하게 서있으니	書堂屹立大江前
지주[40]가 백 줄기 개천을 막아서서 버틸 만하네	砥柱還堪障百川
온 방 안에 지란의 향기가 아직 다 하지 않는데	一室芝蘭香未歇
기다란 섬 위에 구로의 꿈이 계속 이어지네	長洲鷗鷺夢相連
애오라지 경앙하는 심중의 일을 가지고	聊將景仰心中事
향기로운 향 마련해 묘위에 바치네	辦得馨香墓上傳
우리들 지금에 어찌 그만둘 수 있으랴	吾輩卽今那可已
남은 생애에 부지런히 노력하기를 소원하네	願言努力向餘年

---

39 서락서당(西洛書堂) : 만구(晩求) 이종기(李種杞, 1837~1902)의 강학소이다.

40 지주(砥柱) : 중국 황하(黃河)의 거센 물살 가운데 우뚝이 서 있는 바위로, 혼탁한 세속에 휩쓸리지 않고 자신의 절조를 지키는 군자에 곧잘 비유된다.

김영진 병제 에 대한 만사

挽金英鎭 柄齊

남강에 비바람 불 때 허름한 오두막 방문해 주어	風雨南江訪弊廬
그대 집안의 형제들을 처음 만났었지	君家兄弟初相得
형은 온화하고 공손하여 예의가 있었고	伯兮溫恭可儀度
아우는 진실하고 정성스러워 꾸밈이 없었네	季兮悃愊無邊餙
한 번 보자마자 곧바로 두 마음이 통하여	一見便爾許兩心
서로 노력하여 명덕을 높일 것을 기약했었지	相期努力崇明德
그 후로 사십 년 간의 일들이	伊來四十年間事
바다가 뽕나무 밭으로 바뀌듯 헤아릴 수 없네	海水桑田不可測
형은 중간에 떠나 무덤의 나무 이미 한 아름이고	伯兮中折木已拱
아우는 또 무덤 앞 풀들이 또 한 해를 묵었네	季兮塚前草又宿
오늘아침 두 사람을 위해 그리움의 시를 쓰려니	今朝幷入相思句
두 눈의 눈물마저 말라버리고 가슴은 막히네	兩眼欲枯胸臆塞

유계정의 효행록에 차운하며
次劉溪亭孝行錄韻

효성이 깊으면 절로 천지신령을 감동시킬 수 있으니　誠深自可動神天
이러한 일이 예전에 있었다고 일찍이 들어왔네　　此事曾聞在古先
두 어머니의 아름다운 일 미담을 독차지하였고　二母休徵成獨美
한 마음 부끄러움 없어 비로소 온전히 돌아갔네[41]　一心無愧始歸全
이로써 까마귀의 효성 본성에 근원한 줄 알겠으니　從知烏鳥原於性
누가 명산은 너무 멀어 찾아갈 길 없다하는가　誰道冥山遠莫緣

《장자》에서 남쪽으로 오랫동안 여행함에 북쪽의 명산이 보이지 않게 되는 것은 멀리 떠나왔기 때문이라고 하였다. 여기에서는 명산을 가지고 지극한 효성에 비유한 것이다〔莊子南行之久 不見冥山 以其行之遠也 蓋以冥山 比孝之至處〕

오늘날 인륜이 기나긴 밤으로 접어든 이때에　今日人綱長夜裡
이 서첩을 누구에게 전해주려고 하는가　欲持斯帖向誰傳

---

41 온전히 돌아갔네 : 《예기》〈제의(祭義)〉에 "부모가 온전한 몸으로 낳아주었으므로, 자식이 온전한 몸으로 돌아가야만 효도라 이를 수 있나니, 육체를 손상시키지 않고 몸을 욕되게 하지 않아야만 온전히 했다고 이를 수 있다.〔父母全而生之, 子全而歸之, 可謂孝矣. 不虧其體, 不辱其身, 可謂全矣.〕"라는 말이 보인다.

수승대에서 삼가 퇴도 선생의 시에 차운하며[42]
搜勝坮 謹次退陶先生韻

수승대라는 이름이 좋으니	搜勝臺名好
바로 경치가 좋은 것에서 연유한 것이네	祇緣景物佳
물은 맑아서 바닥의 모래를 헤아릴 수 있고	水淸沙可數
나무는 빽빽하여 오솔길을 전부 가리우네	樹密逕全埋
예전부터 자주 꿈에 그리던 곳인데	舊日頻牽夢
노년에야 비로소 회포를 부치게 되었네	衰年始託懷
시비를 누구에게 묻겠는가	是非問誰子
저 산비탈에 부끄러워질 뿐	慚愧彼山崖

---

42 수승대(搜勝臺)에서……차운하며 : 수승대는 경남 거창(居昌)에 위치한 대(臺) 이름이고, 퇴도(退陶) 선생은 퇴계(退溪) 이황(李滉)이다. 수승대는 본래 삼국 시대 백제에서 신라로 가는 사신을 전별하던 곳으로, 처음에는 돌아오지 못할 것을 근심한다는 수송대(愁送臺)라 일렀는데, 이황이 유람차 갔다가 그 내력을 듣고는 아름답지 못하다 여겨 음이 비슷한 수승대로 고치게 하였다. 이때 이황이 지은 시는 《퇴계집(退溪集)》 별집(別集) 권1에 〈기제수승대(寄題搜勝臺)〉라는 제목으로 실려 있다.

이가온 직형 에 대한 만사

挽李可溫 直衡

가을 물처럼 정신 맑고 옥처럼 자질 훌륭하였으니	秋水神淸玉質良
그대의 재주와 지혜 참으로 예사롭지가 않았네	如君才智信非常
평소에 하는 말 모두 가려낼 것이 없었고	庸言出口都無擇
산 같은 큰일도 홀로 당해낼 수 있었네	大事如山獨可當
하늘의 뜻이 아득하니 누구를 탓하겠는가	天意茫茫誰詰責
인생살이 생각마다 점점 서글퍼지네	人生念念轉悲傷
십 년 동안 한 병을 앓더니 끝내 회복하기 어려워	十年一疾終難復
결국 우리들 무덤 만들도록 하였네	畢竟吾曹築斧堂

순재 김공[43] 재화 에 대한 만사

挽醇齋金公 在華

심로[44]가 문장으로 쇠퇴한 세상을 일으키더니	深老文章起世衰
공이 능히 그 뒤를 이어 의를 사양하지 않았네	公能繼武義無辭
침잠하여 평소의 뜻 알기는 쉽지 않았으나	沈潛未易常情得
급박한 상황에서는 오직 정도를 따랐네	造次惟從正軌隨
이미 당세에 청출어람이라는 평가를 받았으니	已有靑藍當日評
어찌 후인이 현초 알아주길 기다릴 필요 있겠나[45]	何須玄艸後人知

---

43 순재(醇齋) 김공(金公) : 김재화(金在華, 1887~1964)를 말한다. 자는 회여(晦汝), 호는 순재(醇齋), 본관은 청도(淸道)이다. 경상북도 청도 소태(小台)에서 태어났다. 성순영(成純永, 1896~1970)과 함께 조긍섭의 고제(高弟)로 일컬어졌다. 저서로는 《순재집》이 있다.

44 심로(深老) : 조긍섭(曺兢燮, 1873~1933)을 말한다. 자는 중근(仲謹), 호는 심재(深齋) · 암서생(巖西生) · 중연당(中衍堂), 본관은 창녕(昌寧)이다. 경상남도 창녕군 고암면 원촌리에서 태어났다. 1914년에 달성의 비슬산 정대로 들어가 정산서당(鼎山書堂)에서 15년 동안 은거하여 강학과 저술에 힘썼다. 면우(俛宇) 곽종석(郭鍾錫), 만구(晚求) 이종기(李種杞), 사미헌(四未軒) 장복추(張福樞), 서산(西山) 김흥락(金興洛)에게 두루 가르침을 받았고 특히 서산에게 의귀하였다. 창강(滄江) 김택영(金澤榮), 회봉(晦峯) 하겸진(河謙鎭), 수봉(壽峰) 문영박(文永樸) 등과 교유하였다. 저서로는 《곤언(困言)》, 《복변(服辨)》, 《암서집》 등이 있다.

45 어찌……있겠나 : 후세 사람들이 인정해주기를 기다릴 필요가 없다는 의미이다. 현초(玄艸)는 한(漢)나라 학자 양웅(揚雄)이 《주역》을 모방해 지은 《태현경(太玄經)》으로, 사람들이 "이처럼 어려운 글을 누가 읽겠는가? 무용지물이 되고 말 것이다."라고 하자, 양웅이 "나는 후세의 자운(子雲)을 기다린다."라고 하였다. 자운은 양웅의 자(字)로, 이 말은 후인 중에 자신의 진가를 알아봐 줄 사람을 기다린다는 의미이다.

창려와 같은 뛰어난 문장을 지금 얻기가 어려우니 昌黎信筆今難得

정요의 사시(私諡)를 어느 누가 드러낼 수 있겠나[46] 貞曜誰堪揭諡私

---

46 창려(昌黎)와……있겠나 : 창려는 당(唐)나라 때의 문장가 한유(韓愈)이고, 정요 (貞曜)는 당나라 때의 시인 맹교(孟郊)이다. 맹교가 64세의 나이로 죽자 그 친구인 장적(張籍)이 '정요'라는 사시(私諡)를 지어 주었는데, 한유가 맹교의 묘지명(墓誌銘) 인 〈정요선생묘지명(貞曜先生墓誌銘)〉을 지으면서 이 일을 드러내어 말하였다.

안덕로 희수 안가명 이가문 오무여 규석 이자백 허천응
손경지 박성옥과 함께 운문사를 향하다가 도중에 즉흥으로
읊다

與安德老 喜洙 安可明李可文吳武汝 圭錫 李子伯許天應孫敬止朴聖玉
向雲門 途中口號

멀리 명산을 향하여 백운에 예를 갖추니	遙向名山禮白雲
백운이 깊은 곳에 경계가 비로소 나누어지네	白雲深處境始分
어지럽게 눈에 보이는 것들이 모두 속세의 일이니	紛紜觸目皆塵事
명산이 속세의 무리를 끊는다는 것 믿지 못하겠네	未信名山絶俗羣

운문사에서 묵으며

宿雲門寺

느릿느릿 구름그림자를 따라 산문에 들어서니	懶隨雲影入山門
노안이 지금에야 비로소 침침함이 걷혔네	老眼今來始破昏
용맹한 범 벼랑에 웅크린 채 골짜기 향해 성을 내고	猛虎踞崖嗔洞壑
헤엄치는 용 폭포에 노닐며 하수 근원에 거꾸러졌네	游龍戲瀑倒河源
텅 빈 숲의 조각달이 중의 꿈을 엿보고	林空片月窺僧夢
적막한 밤의 외로운 등불이 부처의 혼을 비추네	夜寂孤燈照佛魂
그저 속세의 근심 모두 깨끗이 씻어낼 것이니	秪爲塵愁消滌盡
선가의 득실은 논할 필요가 없어라	禪家得失不須論

윤경부 순환 가 산수유 묘목 다섯 뿌리를 보내준 것에 대하여 시로써 사례하다

尹敬夫 洵煥 惠寄山茱萸苗五本 以詩謝之

화양에서 봄비로 꽃다운 뿌리를 길러 華陽春雨養芳根

남포에서 옮겨옴에 애가 끊어질 듯하네 南浦移來欲斷腸

흡사 가인이 출가하는 날에 恰似佳人出家日

옥 같은 얼굴 초췌하여 동쪽 담장에 기대 선듯 玉容憔悴倚東牆

여린 잎이 소생하여 매서운 추위를 견디니 嫩葉扶蘇耐峭寒

다섯 그루가 나란히 세 칸 집을 에워쌌네 五株齊擁屋三間

단사[47]와 옥액[48]으로 가을이 오는 날에 丹砂玉液秋來日

그대와 술잔 기울이며 감상하기에 좋으리라 好與吾君對酌看

---

47 단사(丹砂) : 도가(道家)에서 장생불사약(長生不死藥)이라고 하는 이른바 단약(丹藥)을 제조하는 재료이다.

48 옥액(玉液) : 옥을 주초(朱草)에 녹여서 만든 도가(道家)의 선약(仙藥)을 이르는 말이다.

장경택 희윤 의 별장에서 장효언 병규 장자문 회식 이효겸 김덕연과 함께 짓다

張景澤 喜潤 庄 與張孝彦 炳逵 張子文 會植 李孝謙 金德淵 共賦

우리 유림의 기색이 차갑다고 말하지 말라	莫道吾林氣色寒
만남의 자리에 즐비한 사람들 모두 유관들인 걸	逢筵濟濟盡儒冠
시내와 산이 나에게 한가로이 노닐 곳 빌려주고	溪山假我優游境
원숭이와 새가 그대에게 본분의 관직을 보내주었네	猿鳥輸君本分官
중씨의 전원이 참으로 즐길 만하니[49]	仲氏田園眞可樂
방공의 자손이 또한 편안하다고 할 것이네[50]	龐公孫子亦云安
고향으로 돌아갈 계획 늦춰지는 까닭은	故山歸計成遲晚
모두가 새로 사귄 벗들 주량이 넓어서라네	摠爲新知酒戶寬

---

49 중씨(仲氏)의……만하니 : 중씨는 후한(後漢) 때의 명사(名士) 중장통(仲長統)으로, 공명에 뜻을 두지 않고 자연 속에 한가히 노니는 것으로 즐거움을 삼았는데, 그의 〈낙지론(樂志論)〉에, "거주하는 곳에 좋은 토지와 넓은 집이 산을 등지고 물가에 임하여 도랑과 연못이 빙 둘러 있고 대나무와 나무들이 두루 벌여 있으며 장포가 앞에 마련되어 있고 과원이 뒤에 심겨져 있다.〔使居有良田廣宅, 背山臨流, 溝池環匝, 竹木周布, 場圃築前, 果園樹後.〕"라고 하였다. 《古文眞寶後集 卷1》

50 방공(龐公)의……것이네 : 방공은 후한(後漢) 말엽의 고사(高士) 방덕공(龐德公)이다. 일찍이 현산(峴山) 남쪽에서 밭을 갈고 살면서 성시(城市)를 가까이 하지 않았는데, 형주 자사(荊州刺史) 유표(劉表)가 "선생은 벼슬해서 녹봉을 받으려 하지 않으니, 무엇을 자손에게 남겨 주려오?"라고 묻자, "세상 사람들은 모두 위태로움을 남겨 주는데 나는 편안함을 남겨 주니, 남겨 주는 것이 똑같지는 않으나, 남겨 주는 것이 없지는 않을 것입니다."라고 답한 일이 있다. 《後漢書 卷83 逸民列傳 龐公》

대나무 그림

畫竹

한 폭의 생초에 한 대나무 그리니	一幅生綃一竹成
성긴 가지와 차가운 잎이 절로 뚜렷하네	疎枝冷葉自分明
아침 바람 세차게 부는데 그늘이 오히려 고요하고	朝風拂拂陰猶靜
밤비 추적추적 내리는데 메아리 울려 퍼질 듯하네	夜雨蕭蕭響欲生
네가 능히 군자의 절개 지킴을 사랑하노니	愛爾能持君子節
나로 하여금 다시 속인의 마음 사라지게 하네	使吾還免俗人情
산속 집의 장물로는 다른 물건이 없으니	山家長物無他物
내 생애 이렇게 깨끗했는지 스스로 우습네	自笑生涯這樣淸

해인사
海印寺

길이 제천[51]으로 들어섬에 점점 먼 곳으로 향하니	路入諸天轉向遙
푸른 허공 밖에 이 한 몸이 나부끼네	空青之外一身飄
인가의 연기 끊긴 곳엔 산봉우리가 무수히 많고	人煙斷處峯無數
꽃비가 내리는 주변엔 경계가 다시 고요하네	花雨來邊境更寥
해인사와의 인연이 이제부터 중해졌으니	海寺從今緣已重
문창[52]을 응당 꿈에서 만나보겠네	文昌應可夢相邀
이로써 자부[53]가 그리 멀지 않음을 알았으니	從知紫府無多遠
맑은 밤에 예전 그대로 옥퉁소 내려오네	清夜依然降玉簫

---

51 제천(諸天) : 불교에서 여러 천상(天上)의 세계를 뜻하는 말인데, 높은 곳에 위치
한 절이나 암자를 뜻하는 말로 쓰인다.

52 문창(文昌) : 신라(新羅) 말기의 유학자 최치원(崔致遠)으로, 문창은 그의 시호이
다. 일찍이 난세(亂世)를 피하여 가야산(伽倻山) 해인사에 들어가 은거하였다.

53 자부(紫府) : 도가(道家)에서 말하는 신선이 사는 세계이다.

산을 내려오며 읊다
下山吟

산에 오르면 쉬이 신선 될 수 있지만	上山容易作仙人
한 걸음이라도 산을 떠나는 순간 속진이 펼쳐지네	一步離山便俗塵
이 몸이 부처를 높이려는 것이 아니라	不是吾身崇佛祖
그저 풍물로 인하여 자주 고개 돌리오	祇緣風物首回頻

아양루에 모여 읊다 당시에 한일회담을 막기 위하여 여러 벗들과 일을 논의하였다.

峨洋樓會吟 時阻韓日會談 與諸益議事

세로가 기구하여 먼지가 눈에 가득한데	世路崎嶇滿目塵
큰 강가에서 높은 곳에 기대어 우두커니 서있네	憑高佇立大江濱
가슴 속엔 불평이 가득 차 천고를 그리워하고	胸中磈磊懷千古
눈 아래엔 아득하여 몇 사람 있지 않네	眼底滄茫有幾人
붉은 비가 마음을 놀래니 삼월이 저물어가고	紅雨驚心三月暮
푸른 버들이 통한과 섞이니 만 가지가 새롭네	綠楊和恨萬條新
그대를 만나 비로소 나의 뜻 말할 수 있으니	逢君始可言吾志
난간에 기대어 긴 노래 부름에 다시 서글퍼지네	倚檻長歌更悵神

만취정[54]의 시에 차운하며

次晩翠亭韻

정자가 없어진 지 얼마나 되었던가	亭廢曾何日
중수하려는 뜻을 마침내 이루었네	重營志竟成
예전 그대로 시냇가 앞에 임하였으니	依然臨澗畔
풍성을 수립하기 용이하네	容易樹風聲
남긴 계책이 치밀함을 더욱 볼 수 있으나	益見貽猷密
겁화[55]를 겪을 줄 어찌 알겠는가	何知劫火經
나의 시 늦게나마 다시 이루니	吾詩懶復就
그대의 깊은 정성을 경하하네	爲子賀深誠

---

54 만취정(晩翠亭) : 밀양시 산내면 송백리에 있다. 손돈(孫繳, 1609~1669)을 추모하기 위해 지은 것으로, 지금은 만취재라고 한다.

55 겁화(劫火) : 불가(佛家)의 용어로, 재앙을 뜻한다. 하나의 세계가 끝날 즈음에 겁화가 일어나 온 세상을 다 불태운다고 한다.

윤□□ 국병 의 생일 아침에 모여 읊다 호는 백주이다. 이날은
전춘[56]이었다.

尹□□ 國炳 生朝會吟 號白洲 是日餞春

백주의 노인 풍류가 아직 식지 않으니 白老風流也未寒

깊은 잔 넘치게 술을 따라 남은 봄을 아까워하네 深盃瀲灩惜春殘

흥이 일어나자 시율은 새로운 기교가 발하고 興來詩律新機發

취한 가운데에 산하를 흰 눈자위로 보네 醉裡山河白眼看

호접몽에 놀라 생각이 조급해지고 蝴蝶夢驚情思急

꾀꼬리 소리 간절하여 이별하기가 어렵네 栗留聲切別離難

오늘 아침 백옹의 강건함을 매우 경하하니 今朝政賀翁康健

어찌 다만 구구하게 온 집안이 편안할 뿐이겠는가 可但區區一室安

---

56 전춘(餞春) : 봄을 전별한다는 뜻으로, 봄철의 마지막 날인 음력 삼월 그믐날을
이른다.

월연정[57]에서 모여 읊다 이추정 병영 이춘전 상찬 허하인 연 이소파 석홍 이요산 두형

月淵亭會吟 李秋汀炳榮 李春田相璨 許何人鉛 李小坡錫泓 李樂山斗衡

관자와 저생[58]의 문방사우를 이웃하고　　　　　管子楮生四友隣

자리의 주위에는 옥 호리병의 봄을 더하네　　　座邊添箇玉壺春

사람들은 신선과 속인이 모두 절반이라 말하고　人言仙俗俱參半

나는 어리석고 미침이 전부 진실됨을 사랑하네　我愛痴狂渾是眞

밝은 달빛에 은하수가 궤안을 침범하고　　　　月白星河侵几案

시원한 밤에 풍로가 옷과 두건에 뿌려지네　　　夜凉風露灑衣巾

남산의 원숭이와 새가 일찍이 꿈을 많이 꾸니　南山猿鳥曾多夢

어찌 돌아가는 기러기와 한 번 친하게 될까　　安得歸鴻一與親

푸른 나무 숲 속의 오래된 동천에　　　　　　綠樹林中古洞天

서늘한 가을 기운이 이미 찾아들었네　　　　微凉秋氣已侵年

간곡한 매미 소리가 이처럼 청아하고　　　　丁寧蟬語淸如許

갈매기 마음 헤아림에 넓고 넓어 끝이 없어라　忙度鷗情浩莫邊

빈 술잔 들고서 장탄식하지 말라　　　　　　休把空樽長歎息

밝은 달 불러다가 서성대기 좋은 것을　　　要呼明月好留連

---

57 월연정(月淵亭) : 밀양시 용평동에 있다. 월연(月淵) 이태(李迨, 1483~1536)가
은거하던 별업이다.

58 관자(管子)와 저생(楮生) : 관자는 붓을, 저생은 종이를 의인화하여 말한 것이다.

구레나룻 위에 잔설이 내림을 사양치 않으나   不辭鬢上生殘雪
그저 평생에 이런 자리 적을까 걱정될 뿐이네   秪恐平生少此筵

칠월 보름날 밤에 월연에서 뱃놀이를 하며
七月望夜 泛舟月淵

만경의 물결에 함께 한 번 노 저으니	一棹相將萬頃間
풍류가 호탕하고 술잔이 크구나	風流浩蕩酒盃寬
삼경의 갠 하늘에 밝은 달이 다가오고	三更霽色來明月
두 물줄기의 차가운 빛에 푸른 산이 잠기네	二水寒光蘸碧山
예부터 비와 구름에는 슬픈 마음 부치기가 쉽고	從古雨雲憑吊易
좋은 밤에는 풍악으로도 회포를 다 풀기가 어렵네	良宵歌管盡情難
임고의 도사는 웃지 말기를[59]	臨皐道士休相笑
그대 또한 지금에 떠나고 돌아오지 못할 터이니	爾亦於今去不還

---

59 임고(臨皐)의……말기를 : 임고는 임고정(臨皐亭)으로, 송(宋)나라 때 소식(蘇軾)이 지은 〈후적벽부(後赤壁賦)〉에, "한밤중에 사방을 둘러보니 적막하기만 하였다. 그때 마침 외로운 학 한 마리가 강을 가로질러 동쪽에서 날아오는데, 날개는 수레바퀴처럼 크고 검정 치마에 흰 저고리를 입은 듯하였으며, 길게 소리 내어 울면서 우리 배를 스쳐서 서쪽으로 날아갔다. 얼마 있다가 손님들은 모두 돌아가고 나도 잠자리에 들었다. 그런데 꿈속에서 어떤 도사가 새털로 만든 옷을 펄럭이며 날아서는 임고정 아래를 지나와 내게 읍을 하고는 '적벽에서의 놀이가 즐거웠소?' 하고 물었다. 그의 이름을 물으니, 머리를 숙인 채 대답하지 않았다. 이에 내가 '아하, 내가 알았다. 지난밤에 길게 울면서 나를 스쳐 날아간 것이 바로 그대가 아니오?' 하니, 도사는 고개를 돌리며 웃었다."라고 하였다.

이효겸과 김덕연이 해인사에서 시를 보내와 찾아오게 하였는데 일이 있어 가지 못하고 그 시에 차운하여 사례하다

李孝謙金德淵 自海印寺寄詩要來 有故未果 次其韻謝之

그대와 이별한 뒤로 그리움에 괴로워	與子別後相思苦
밤마다 지팡이 짚고 은하수만 바라보았더니	夜夜倚杖瞻星河
알겠노니 그대 이미 명산 속에서	知君已在名山裡
손으로 기수[60] 부여잡고 옥 가지 어루만지고 있음을	手攀琪樹摩瓊柯
내가 처음에 이를 듣고 마음이 급하여	我初聞之情懷急
꿈속에 혼이 날아 가야산 구름 속으로 들어갔건만	夢魂飛入伽倻雲
혼은 갈 수 있으나 몸은 가지 못하니	魂雖去而身不去
홀로 꼿꼿이 앉아 내내 그대만 그리워하네	獨坐兀兀長想君
고운[61] 선생이 한 번 떠난 뒤로	孤雲先生一去後
다시 찾아와 이 산을 중하게 하는 사람 없고	無人復來重此山
속된 사람과 수준 낮은 선비만 다투어 모여들어	俗人下士爭輻湊
시끄럽게 떠들어대니 산에게 부끄러울 따름이었네	喧聒秪是慚山顏
두 노인이 지금에 서로 마주 앉아	二老於今相對坐
한 평상에서 야양금[62]을 번갈아 연주하리니	一榻秩奏峨洋琴

---

60 기수(琪樹) : 신선세계에 있다는 옥 나무이다.

61 고운(孤雲) : 신라(新羅) 말기의 유학자 최치원(崔致遠)의 호(號)이다. 일찍이 난세(亂世)를 피하여 가야산(伽倻山) 해인사(海印寺)에 들어가 은거한 일이 있다.

62 아양금(峨洋琴) : 춘추 시대 백아(伯牙)가 거문고를 연주했다는 아양곡(峨洋曲), 또는 고산유수곡(高山流水曲)으로, 종자기(鍾子期)가 이를 잘 알아들었기에 여기서는

승경의 풍광이 한 주머니 안에 포괄되고	勝地風光括一囊
평소의 답답한 기운 두 옷깃을 열어젖히네	平生鬱氣開雙衿
유수농산[63]의 한가로운 시구가	流水聾山等閒句
반드시 인간 세상에 홀로 전해지지는 않으리니	未必獨傳在人間
훗날 찾아가 주옥같은 시구를 읽는 날에	他時往讀瓊琚日
내 반복해 읽으며 절도하며 돌아오게 하겠지	使我三復絶倒還

지기(知己)가 서로 만났음을 비유한 말이다.

63 유수농산(流水聾山) : '聾'은 '籠'의 오기인 듯하다. 최치원(崔致遠)이 지은 〈제가
야산독서당(題伽倻山讀書堂)〉에 보이는 시구로, "바위사이로 미친 듯이 내달려 깊은
산 울리니, 지척의 이야기도 분간하기 어려워라. 항상 시비하는 소리가 귀에 들릴까
두려워 일부러 흐르는 물로 하여금 온 산을 에워싸게 하였네.〔狂噴疊石吼重巒, 人語難
分咫尺間. 常恐是非聲到耳, 故敎流水盡籠山.〕"라고 하였다.

강운거 봉희 의 별장에서

姜雲居 鳳熙 別業

일찍 고상한 풍모 우러렀으나 비로소 이곳 찾아오니	凤飽高風始此尋
맑은 차와 맛좋은 술로 당기는 정이 깊네	清茶美酒引情深
정녕 즐거운 뜻으로 새소리를 듣고	丁寧樂意聽禽語
바닥까지 비운 마음 대나무 속을 보네	到底虛懷見竹心
술동이가 일찍이 북해에서 비었던 적이 없고[64]	樽酒未嘗空北海
시편은 도리어 남금[65]보다 귀중하네	詩篇還復重南金
지금에 낯선 손님이 아님을 깨닫노니	今來已覺非生客
자리를 에워싼 풍악이 모두 옛 노래들이네	繞座琴歌摠古音

---

64 술동이가⋯⋯없고 : 한(漢)나라 말년에 공융(孔融)이라는 사람이 북해(北海)의
태수(太守)가 되었는데, 풍류를 좋아하여 빈객들이 언제나 문정(門庭)에 가득하였다.
한 번은 탄식하며 말하기를, "자리에 손님들이 항상 가득하고 술동이에 술이 비지 않는
다면 나는 아무런 걱정이 없다.〔坐上客恒滿, 樽中酒不空, 吾無憂矣.〕"라고 하였다.《後
漢書 卷103 孔融列傳》

65 남금(南金) : 쌍남금(雙南金)의 준말로, 보통의 금보다 두 배의 가치가 나가는 남
쪽 지방의 금을 말한다.

오봉서당[66]에서 고아한 모임을 가지며

五峯書堂雅集

그대 집안의 문조가 완전히 없어지지 않아서	君家文藻未全空
고색창연하기가 백 집이 똑같네	古色蒼然百室同
무덤 위에 치적으로 언덕이 남았고[67]	原上有丘餘政績
골목 앞에는 청풍 불지 않는 나무 없네	巷前無樹不清風
늙은 눈이 푸른 산을 보는 데 해될 것이 없고	未妨老眼看山碧
쇠한 얼굴이 술기운 빌려 붉어짐이 기쁘네	強喜衰容借酒紅
난간에 기대어 아득하게 먼 생각을 발하니	倚檻迢迢遐想發
차가운 달빛이 뜰에 가득함을 막을 수 없네	不禁寒月滿庭中

---

66 오봉서당(五峯書堂): 1780년(정조4)에 취원당(聚遠堂) 조광익(曺光益)을 제향하기 위하여 오봉사(五峯祠)가 세워졌는데, 1795년 밀양(密陽) 사림의 주청으로 오봉서원(五峯書院)으로 승격되었다가, 1868년(고종5) 대원군의 서원철폐령에 의해 다시 오봉서당으로 개칭되었다. 경남 밀양에 위치해 있다.

67 무덤……남았고: 조광익(曺光益)의 아우 조호익(曺好益)이 강동(江東)으로 유배되자 조광익은 자청해서 평안 도사(平安都事)가 되어 아우를 만나보았는데, 결국 병을 얻어 별세해서 밀양(密陽) 오방리(五方里)에 장사되었다. 그러자 강동의 선비와 백성들이 천리길인 오방리까지 강동의 흙을 가지고 와서 무덤 위에 덮고 남은 것으로는 조그마한 언덕을 만들어 대나무를 심었다. 후손들이 그 우애를 기념하여 '강동구(江東邱)'라고 이름 붙였다.

허금남 복 이춘전 허하인 이소파가 찾아오다

許錦南 鍑 李春田許何人李小坡來訪

건장한 기운이 우뚝하여 늙을수록 더욱 호방하니	壯氣崢嶸老益豪
무더운 길에 석장(錫杖) 짚고 숲속을 방문하였네	炎程飛錫訪林皐
등잔불 어지러운 가운데 밤은 점점 깊어가고	燈花錯落夜將半
풀벌레소리 막 서늘해지니 가을이 덜 무르익었네	虫語乍凉秋未高
병든 학은 영송에 게을렀던 것 스스로 탄식하니	病鶴自嗟迎送懶
돌아가는 기러기 왕래하는 수고를 아끼지 않네	歸鴻不惜往來勞
그대들은 음식 대접이 박하다고 말하지 말게	諸君莫道廚供薄
오랜 가뭄에 밭두둑에 풀도 돋지 않는 걸 어이하리	久旱田畦奈不毛

유성필 동수 이운서 호원 이자백 이가문이 찾아오다

柳聖必 東洙 李雲瑞 虎遠 李子伯李可文來訪

반평생동안 오직 적막한 물가를 좋아하여	半世惟甘寂寞濱
문 닫아걸고 스스로 갈천씨[68]의 백성이라 불렀네	閉門自號葛天民
시 탐닉하는 것 고질이니 어찌 졸렬함을 혐의하랴	耽詩癖痼何嫌拙
객 머물리려는 마음 깊어 가난함을 생각지 않네	留客情深不計貧
석양이 무한히 좋다 할 만하나	堪道夕陽無恨好
백발이 새로운 것 더욱 가련하네	尤憐白首卽如新
한번 보기를, 오늘밤 남강의 달이	請看今夜南江月
찾아와 우리들 간담의 진심을 비추는 것을	來照吾人肝膽眞

---

68 갈천씨(葛天氏) : 전설상 상고(上古)의 제왕으로 이 당시에는 특히 풍속이 순박하여 백성들이 의심할 줄 모르고 아무런 근심 걱정이 없었다 한다.

이춘전 허하인 이소파 유송운 재순 이 월연정에서 서찰을 보내와 초청하므로 달려가 함께 읊다

李春田許何人李小坡劉松雲 載淳 自月淵亭折簡來招 往赴共吟

긴 여름 외로운 마을에서 칩거하던 몸　　　　　　　長夏孤邨蟄伏身

뒤늦게 가을 그림자 따라 맑은 모습을 뒤쫓네　　　懶隨秋影躡淸塵

담장에 기대어 홀로 웃는 꽃이 객과 같고　　　　　倚墻獨笑花如客

평상에 내려와 함께 잠든 학이 곧 사람이네　　　　下榻同眠鶴是人

새가 연주하는 거문고에는 응당 악보가 있을 텐데　禽鳥哢絃應有譜

숲속에 펼쳐진 그림에는 누가 혼을 불어넣었는지　園林施畵孰傳神

이곳에 이르자 흉금이 세상 물정과 멀어지니　　　到此胸衿迢物相

함께 갈회[69]의 백성이 되는 것 문제 없으리　　　　不妨同作葛懷民

---

69 갈회(葛懷) : 갈천씨(葛天氏)와 무회씨(無懷氏)의 병칭이다. 이 두 사람은 전설상의 제왕으로 당시에는 풍속이 순박하여 백성들이 아무런 근심 걱정이 없었다 한다.

성도산 일여[70] 순영 를 애도하며

挽成濤山一汝 純永

심수[71]가 넓은 용광로에서 옛날 안연 주조해내니[72]	深叟洪爐舊鑄顔
문장이 몹시 뛰어나 따라잡을 길이 없었네	文章高敻絶躋攀
날아오르는 난새는 바로 사람의 상서이니	翥鸞正是爲人瑞
감춰둔 옥을 세상에 팔기를 어찌 아꼈는가	蘊玉如何售世慳
조감이 비판하고 평가하는 가운데 공평하였으며	藻鑑平懸譏評際
풍운이 웃고 농담하는 사이에 남몰래 발하였네	風雲暗發笑諧間
빼어난 재주를 오늘날 끝내 얻기가 어려워졌으니	覇材今日終難得
다만 친했던 정의 때문에 눈물을 흘릴 뿐이겠는가	可但情親涕淚潸

---

70 성도산(成濤山) 일여(一汝) : 성순영(成純永, 1896~1970)을 말한다. 자는 일여 (一汝), 호는 후당(厚堂)·도산(濤山), 본관은 창녕(昌寧)이다. 아버지는 백강(柏岡) 성대호(成大鎬)이다. 경상남도 창녕군 고암면 원촌(元村)에서 태어나 창녕군 이방면 백산(栢山)에서 자랐으며, 만년에 서울 장위동(長位洞)에 살다가 죽었다. 저서로는 《후당집》이 있다.

71 심수(深叟) : 조긍섭(1873~1933)을 말한다. 〈순재 김공 재화 을 애도하며〉의 각 주 참조.

72 안연(顏淵) 주조해내니 : 한(漢)나라 양웅(揚雄)의 《법언(法言)》에 "혹자가 묻기 를 '사람을 주조할 수 있는가?'라고 하니, 양웅이 말하기를 '공자가 안연을 주조하였다.' 라고 하였다.〔或曰 : 人可鑄與? 曰 : 孔子鑄顏淵矣.〕"라는 말이 보인다.

모렴당73에 모여서 읊다
慕濂堂會賦

반달 동안의 풍류가 날이 갈수록 깊어지더니	半月風流逐日深
시 짓느라 술에 흠뻑 취해 생각이 다시 잠기네	緣詩被酒思還沈
이마를 찌푸림은 본래 시인의 운치에 속하나	攢眉本屬騷人韻
술이 머리까지 취함은 달자의 마음임을 누가 알겠나	濡首誰知達者心
밀랍 촛불 스러져감에 짧은 밑동만 남고	蠟燭欲殘餘短燼
차 연기 막 걷힘에 엷은 그늘이 흩어지네	茶煙初罷散輕陰
오늘밤에 시원하게 괴로운 무더위를 씻어내니	今宵快滌炎塵苦
광풍제월74 가운데 나의 흉금을 터놓네	光霽中間闊我襟

---

73 모렴당(慕濂堂) : 밀양시 부북면 전사포리에 있다. 안인(安忍)의 복거지에 아들 안윤조(安胤祖)가 지은 것이다.

74 광풍제월(光風霽月) : 황정견(黃庭堅)이 〈염계시서(濂溪詩序)〉를 쓰면서 "용릉의 주무숙은 인품이 매우 고상하여 가슴속이 깨끗해서 마치 온화한 바람과 맑은 달빛 같다.〔春陵周茂叔, 人品甚高, 胸中灑落, 如光風霽月.〕"라고 한 데서 온 말이다.

바다를 보며
觀海

동쪽으로 동해를 바라보니 하늘과 물이 끝없어	東望東瀛天水長
물가와 하늘가가 함께 아득하네	水邊天際互茫蒼
해와 달을 토하고 삼킴에 일원의 정기가 동탕하고	吐呑日月元精盪
바람과 우레 들이마시고 내쉼에 대기가 청량하네	噓吸風雷大氣凉
도리어 내 보잘것없는 몸 한 톨 좁쌀과 같고	顧我微軀如一粟
어여쁘다 너 지난 세월 수없이 겪었네	憐渠往劫亦三桑
어느 때에나 오랑캐 섬의 음기가 깨끗해져서	何時島嶼陰氛淨
길이 아침 해가 시원스레 빛을 발하게 되는지	長使朝暾快放光

청천당 장 선생[75]의 신도비를 세울 적에 시를 짓다
聽天堂張先生神道碑竪時拈韻

남산이 우뚝하게 구름 낀 하늘에 솟으니	南山崒崒揷雲天
공리가 사백 년을 전해 내려왔네	功利流沾四百年
비취빛 돌이 말없이 후인을 기다리리니	翠石無言應待後
푸른 옷 유생들이 마음에 그리며 다투어 나아가네	靑衿思服競趨前
조정에서의 풍절은 회양[76]처럼 곧았고	朝端風節淮陽直
가학의 연원은 중묵[77]처럼 어질었네	家學淵源仲默賢
성로[78]가 시를 새겨 찬송이 흡족히 하니	星老銘詩歌頌足

---

75 청천당(聽天堂) 장 선생(張先生) : 장응일(張應一, 1599~1676)을 말한다. 자는 경숙(經叔), 호는 청천당(聽天堂), 본관은 인동(仁同)이다. 여헌(旅軒) 장현광(張顯光)의 아들이다. 1629년(인조7) 별시문과에 급제하고, 정언·지평·필선 등을 역임하였다. 1673년 공조 참의로 영릉(寧陵)의 변(變)의 진상을 밝히려 하다가 무고를 당하여 황간에 귀양 갔다. 숙종이 즉위한 뒤에 풀려나 우승지·부제학·대사간을 지내고 가선대부(嘉善大夫)에 올랐다. 이조 판서에 추증되었고, 시호는 문목(文穆)이다.

76 회양(淮陽) : 회양 태수를 지낸 급암(汲黯)을 가리킨다. 급암은 한(漢)나라 무제(武帝) 때의 명신(名臣)으로 직간(直諫)을 잘 하였다.

77 중묵(仲默) : 채침(蔡沈, 1167~1230)의 자이다. 송나라 건양인으로, 호는 구봉선생(九峯先生)이다. 채원정(蔡元定)의 둘째 아들이고, 주자의 문인이다. 도주(道州)로 귀양 가는 부친을 수행하였고, 부친이 돌아간 뒤에 주자의 명을 받고 《서집전(書集傳)》을 저술하였다. 저서로는 《서집전》, 《몽전기(夢奠記)》, 《홍범황극(洪範皇極)》, 《채구봉서법(蔡九峯筮法)》 등이 있다.

78 성로(星老) : 성호(星湖) 이익(李瀷)을 말한다. 이익이 장응일(張應一)의 신도비명을 지었는데, 이 글은 이익의 문집인 《성호전집(星湖全集)》 권58에 〈홍문관부제학

나라에서 이를 서로 전하게 하였네 　　　　　　　庶令邦國用相傳

증이조판서 청천당 장공 신도비명(弘文館副提學贈吏曹判書聽天堂張公神道碑銘)〉이
라는 제목으로 실려 있다.

이이고 동흠 에 대한 만사

挽李貳顧 棟欽

일생동안 장대한 기운이 우뚝하니   壯氣崢嶸向一生

향옹[79]의 손자 그 의리가 서릿발처럼 선명해라   響翁孫子義霜明

옛 은나라 갑자로만 편지를 썼고   古殷甲子皆箋牘

종통 노나라 춘추만이 책상에 놓여있었네   宗魯春秋獨几檠

어찌할꼬 올곧은 말로 물의를 초래하더니   無那危言招物議

우연히 팔꿈치를 놀려 높은 이름을 얻었네   偶將戲腕點高名

오늘날 교린의 일 애석해 할 만하니   可憐今日交隣事

돌아가 중당에 알리매 몇 줄기 눈물 흘리겠네   歸報重堂淚幾行

---

79 향옹(響翁) : 이만도(李晚燾, 1842~1910)를 말한다. 자는 관필(觀必), 호는 향산(響山), 본관은 진성(眞城)이다. 1866년(고종3) 정시 문과에 장원한 이후 여러 관직을 거쳐 집의(執義)로 있을 때 일본과의 수호조약을 반대하여 화를 당한 최익현(崔益鉉)을 변호하다가 파직되었고, 그 후 다시 기용되어 공조 참의(工曹參議)에 올랐다가 곧 사직하고 고향에 내려가 은거하였다. 1905년 을사조약이 체결되자 상소하여 조약에 찬성한 오적신의 처형을 강력히 주장하였고, 1910년 한일합병의 소식을 듣고는 유서(遺書)를 써서 고결(告訣)한 뒤 단식한 지 24일 만에 순국(殉國)하였다. 저서로는《향산집》이 있다.

족손 경숙 경철 에 대한 만사
挽族孫敬叔 警澈

그대 나이 예순에 하늘에 올라 신선이 되니 　　　君年六十去昇仙

예순은 그대가 떠날 나이가 아닌 것을 　　　六十君非當去年

오악에 묵은 빚을 갚지 못하였으니 　　　五岳未能酬宿債

삼산에서 어찌 갑자기 진짜 인연을 찾는가 　　　三山何遽覓眞緣

　동래의 여관에서 죽었다.〔沒於蓬舘〕

서재의 먼지가 이름을 적은 계첩을 덮었고 　　　芸窓塵合題名帖

가을 풀 위의 안개가 퇴필[80]의 무덤을 묻었네 　　　秋草煙埋退筆阡

선을 심은 집안에 천명이 이미 정해지니 　　　種善家中天已定

뜰 앞에서 다섯 봉황이 함께 춤을 추네 　　　庭前五鳳共翩翩

누런 국화와 붉은 단풍이 명정 깃발을 비추니 　　　黃菊丹楓映粉旗

푸른 산이 하루 종일 홀로 슬픔을 머금고 있네 　　　靑山盡日獨含悲

그대와 같은 재주와 덕행은 후세에 전할 만하니 　　　如君才行堪垂後

박한 문장 재주로 어찌 두 번째 비문 담당하랴 　　　文薄那當第二碑

80 퇴필(退筆) : 닳아서 못 쓰게 된 몽당붓을 이른다. 서성(書聖)으로 불리는 왕희지
(王羲之)의 손자인 지영 선사(智永禪師)가 오흥(吳興) 영복사(永福寺)에 머물 때 오랜
세월 글씨를 익혀서 몽당붓이 큰 독 열 개에 가득 찼는데, 후일에 그 붓들을 땅에 묻고
퇴필총(退筆塚)이라 한 고사가 있다. 《尙書故實》

김덕연의 집에 모여 읊다

金德淵庄會吟

고운 강가의 달이 주렴 끝에 걸리니 　　　　妍妍江月掛簾頭

긴 밤의 풍류 호연하여 거둘 수가 없네 　　　永夜風流浩莫收

시사가 한창 무르익어 여름 참선과 같고 　　詩思方酣同結夏

바둑이 신묘한 경지 들어 가을 소리 보다 배로 낫네　手談入妙倍聽秋

주인이 은거하는 곳에 매화가 사(社)가 되고　主人隱處梅爲社

먼 곳의 객이 올 때에 흰 눈이 배에 가득하네　遠客來時雪滿舟

늙을수록 문장의 칼날 더욱 날카로워짐을 알겠으니　老去文鋒知更利

눈앞에 어찌 다시 온전한 소가 보이겠는가[81]　眼前那復有全牛

---

81 온전한 소가 보이겠는가 : 기예가 매우 깊은 경지에 이르렀음을 의미한다. 이는 《장자》〈양생주(養生主)〉에 포정(庖丁)이 문혜군(文惠君)을 위해 쇠고기를 발라낼 적에 그 기술을 칭찬받자 "신이 처음 소를 잡을 때는 눈에 보이는 것이 모두 소뿐이었는데, 3년이 지난 뒤부터는 온전한 소가 보이지 않게 되었으니, 지금은 신이 영감으로 소를 대할 뿐 눈으로 보지 않습니다.〔始臣之解牛之時, 所見無非牛者, 三年之後, 未嘗見全牛也. 方今之時, 臣以神遇, 而不以目視.〕"라고 했다는 말이 보인다.

이효겸의 집에서

李孝謙庄

어지러운 눈발과 날리는 터럭이 서로 다투니	亂雪飛毛互妬爭
흥이 일어났다가 다시 불평하여 우네	興來還復不平鳴
우리들이 서로 만난 것이 조석 간이 아니니	吾人相得非朝暮
예부터 깊은 사귐에는 사생을 말하였네	從古深交說死生
술을 마주하며 늘 협객의 기골 경시하고	對酒尋常輕俠骨
시를 말하며 쉽게 헛된 명성을 중히 여기네	談詩容易重虛名
곤궁과 근심이 만 겹이라 포위를 풀기가 어렵더니	窮愁萬疊圍難解
다행이 오늘 밤에 장쾌하게 그 성을 무너뜨리네	幸爾今宵快破城

이장 비곡 석호 에 대한 만사

挽李丈匪谷 錫琥

문안공[82] 집안에서 공을 낳으니	文安家裡篤生公
점잖은 위의에서 고풍을 볼 수 있었네	棣棣威儀見古風
필법은 정밀하고 화려하여 여러 기예에 통달하고	筆路精華通曲藝
언사는 한가하고 조용하여 깊은 공부 터득했네	言談閒默得深工
젊은 나이에 넉넉히 청운의 뜻을 짊어지더니	少年剩負雲霄志
만년의 도는 다시 누항의 가난함을 달게 여겼네	晚道還甘陋巷空
오늘날 영광전(靈光殿)[83]은 누가 또 남아있는가	今日靈光誰復在
북풍 속에서 고개 돌리니 눈물이 눈에 가득 고이네	北風回首淚盈瞳

인척의 친교를 맺은 뒤로 정의를 입은 것이 많으니	自結姻親荷誼崇
함께 뒤따르며 조용히 모시지 못한 것이 한스럽네	追陪恨未得從容
장빈[84]에 달려감이 늦은 것 탄식하노니	漳濱趨晉嗟遲晚

---

82 문안공(文安公) : 산화(山花) 이견간(李堅幹, ?~1330)의 시호이다.

83 영광전(靈光殿) : 전한(前漢) 시대 때 경제(景帝)의 아들로 노왕(魯王)이었던 공왕(恭王)이 산서성(山西省) 곡부현(曲阜縣)에 세운 궁전 이름이다. 공왕은 궁전 짓기를 몹시 좋아하여 옛 노(魯)나라의 궁전 터에 이 궁전을 지었는데, 한나라 중엽에 도적들이 일어나서 미앙궁(未央宮)이나 건장궁(建章宮) 등 모든 궁전이 불타 버렸는데도 이 궁전만은 우뚝이 남아 있었다고 한다. 전하여 혼탁한 세상에도 꿋꿋하게 버티는 사람을 뜻하는 말로 쓰인다.

84 장빈(漳濱) : 병들어 누워 지내는 곳을 뜻한다. 건안 칠자(建安七子)의 하나인 삼국시대 위(魏)나라 유정(劉楨)의 "나는 고질병 신음하는 몸, 맑은 장수 물가에 처박혀

상머리의 촛불 든 아이 보며 울음 우노라   泣向床頭秉燭童

있네.〔余嬰沈痼疾, 竄身淸漳濱.〕"라는 시구에 보인다. 《文選 卷23 贈五官中郞將》

내질 안가경 정수 의 생일 자리에서

內姪安家卿 政洙 晬席

그대가 오늘 호신[85]의 잔치자리 베풀어	賀君今日設弧辰
고당 향해 절하며 만수 기원함을 경하하네	拜向高堂祝萬春
세상의 즐거운 일 다른 일이 없고	世間樂事無他事
천상의 신선도 특별한 사람이 아니라네	天上仙人非別人
보수[86]의 가지가 어울림에 바람이 절로 잦아들고	寶樹枝交風自定
자형[87]의 꽃이 핌에 꿈이 다시 새로워지네	紫荊花發夢還新
어진 집안은 이미 장수하는 술법을 갖고 있으니	仁家已有延年術
어찌 솥 안에서 달인 진짜 금단이 필요하겠는가	何用金丹鼎裡眞

---

85 호신(弧辰) : 남자의 생일을 가리킨다. 옛 풍습에 아들이 태어나면 세상에 큰 뜻을 펴도록 뽕나무로 활을 만들고 봉초(蓬草)로 화살을 만들어 천지 사방에 쏘았다고 한다. 《禮記 內則》

86 보수(寶樹) : 보배로운 나무라는 뜻으로 훌륭한 자손을 비유하는 말이다.

87 자형(紫荊) : 형제간의 우애를 비유하는 나무이다. 남조(南朝) 양(梁)나라 때에 전진(田眞) 삼형제가 재산을 나누면서 마지막으로 뜰에 있는 자형 나무를 가르려 하자 나무가 시들어버렸는데, 삼형제가 느낀 바 있어 살림을 합하자 나무가 다시 자라 무성하게 되었다고 한다. 《續齊諧記 紫荊樹》

중춘에 여러 벗들과 함께 읊다

仲春與諸益共賦

봄이 옴에 좋은 흥취 그대와 함께하니	春來佳興與君同
저물녘에 멈춰 선 구름 따라 성가퀴 동쪽을 거니네	晩逐停雲步堞東
술의 미덕은 얽매는 일 없게 하는 것임을 오래전부터 알았고	
	酒德舊知無物累
시의 정취가 사람을 곤궁하게 만든다고 어찌 따질 수 있겠는가	
	詩情何問使人窮
매화는 열매를 맺고자 하여 잔설을 사양하고	梅貪結子辭殘雪
버들은 가지를 늘이지 못해 거센 바람 두려워하네	柳未成絲怕峭風
호리병 안에 신선이 노니는 것을 알고 있는지	壺裡仙遊能識否
비장방 또한 그 술법에 통달하기가 어려웠네[88]	費長房亦術難通

---

88 호리병……어려웠네 : 호리병 속의 선경(仙境)이라는 말이다. 후한(後漢)의 술사
(術士) 비장방(費長房)이 시장에서 약을 파는 선인(仙人) 호공(壺公)의 총애를 받아
그의 호리병 속으로 들어갔더니, 그 안에 일월(日月)이 걸려 있고 선경인 별천지(別天
地)가 펼쳐져 있더라는 전설이 있다. 《後漢書 卷82下 方術列傳下 費長房》

윤□□ 국병 의 수연에서
尹□□ 國炳 壽席

훤당[89]의 해 그림자가 긴 봄에 머무니	萱堂日影駐長春
그대의 센머리에 색동옷 입은 몸을 사랑하노라	愛爾華毛彩色身
축하의 말을 받음에 처마 밑 제비가 춤추고	賀語相迎簷燕舞
온화한 바람이 끊이지 않음에 들꽃이 새로워지네	和風不斷野花新
이로써 양생법을 한가한 가운데에 얻음을 알겠으니	從知導養閒中得
점점 형체가 물외에 진짜임을 깨닫네	漸覺形骸物外眞
이 자리 마치 기로의 모임과 똑같으니	此座恰成耆老會
수성이 응당 덕성과 이웃하리	壽星應與德星隣

---

89 훤당(萱堂) : 훤(萱)은 원추리로, 어머니가 거처하는 곳에 원추리를 심는 데에서
곧 어머니, 혹은 어머니가 계시는 건물을 뜻하게 되었다.

윤□□ 국병 이효겸 김덕연과 함께 관동을 여행하다가 도중에 즉흥적으로 읊다
與尹□□ 國炳 李孝謙金德淵 作關東行 途中口呼

달성의 여관 밖에서 장풍을 타니	達城舘外駕長風
천리 길의 행장 네 노인이 함께하네	千里行裝四老同
눈앞에 수많은 승경을 남겨두고서	遺却眼前多小景
채찍 휘둘러 곧장 망양정으로 향하네	揮鞭直向望洋中

망양정
望洋亭

망양정에서 잠시 머무니	望洋亭上暫留停
관동팔경 이 정자에서 시작하네	八景東來始此亭
송강의 옛 가곡[90]을 노래해보니	試唱松江舊時曲
봉래가 부질없이 한스러운 가운데에 푸르네	蓬萊空自恨中靑

90 송강(松江)의 옛 가곡 : 송강 정철(鄭澈)이 지은 〈관동별곡(關東別曲)〉을 이른다.

죽서루

竹西樓

금방 창해를 떠나와 죽서루로 들어오니　　　乍離滄海入西樓

유명한 오십천이 한 고을 감싸고 있네　　　五十名川抱一州

다만 이렇게 함께 속세 밖의 땅을 밟으니　　只此共臨塵外境

기이한 바위와 노성한 나무가 시흥을 돕네　奇岩老木助詩愁

낙산사에서 일출을 보며

洛山寺觀日出

하늘은 어둑어둑 바다는 밝으려   天欲沈沈海欲明
붉은 수레바퀴 하나가 물결 속에서 나오네   紅輪一片浪中生
잠깐 사이에 푸른 하늘 위에 높이 걸리니   須臾高掛靑空上
어떤 요망한 물건이 감히 실정을 숨기리오   何物魍魔敢遁情

경포대

鏡浦臺

강릉의 승경 중에 이 누대가 있으니	江陵勝狀有斯臺
백발로 올라 굽어봄에 눈이 비로소 트이네	白首登臨眼始開
만경의 유리인양 호수 수면이 넓고	萬頃琉璃湖面闊
사시의 풍우에 바다 물결이 밀려오네	四時風雨海潮來
강산이 참으로 아름다워 시구로 형용하기가 어렵고	江山信美難爲句
여정 중에 마음이 쏠려 또 술잔을 드네	程道關心且擧杯
한밤의 밝은 달이 응당 나를 기다리리니	明月中宵應待我
저물녘 물가 돌아가는 배 가벼이 재촉 말기를	晩汀歸棹莫輕催

설악산

雪嶽山

천 길의 산등성이를 짧은 지팡이로 날래게 오르니	千仞岡頭短杖飛
유람하는 이의 미목에 맑은 광채가 동하네	遊人眉目動淸輝
높은 봉우리가 땅에서 솟음에 부용이 깨끗하고	高峯拔地芙蓉淨
성난 폭포가 공중을 밀어 우설이 나부끼네	怒瀑排空雨雪霏
비경 찾느라 깊은 곳으로 들어가는 것 사양치 않고	搜秘不辭深處去
승려를 찾아 때로 함께 고요한 가운데 의지하네	尋僧時與靜中依
숲 너머의 두견새 도리어 일이 많아	隔林杜宇還多事
새벽 창문 향해 울면서 일찍 돌아가길 권하네	啼向晨窓勸早歸

서울에 들어가 조여명 규철 을 방문하여 서울의 여러 벗들과 함께 읊다

入京訪曹汝明 圭喆 與京中諸友共賦

천 리 먼 길 찾아옴에 뜻이 다시 새로우니	千里相尋意更新
시엔 맑은 흥취 술잔엔 진심이	詩中清趣酒中眞
백 년 세월 덧없이 흘러 오늘을 만나니	百年荏苒逢今日
수많은 선비들 분분히 흩어지고 몇 사람 남았는지	萬士紛紜有幾人
푸른 나무가 바람을 머금어 잔물결을 흔들고	綠樹含風搖細浪
남은 꽃이 비를 맞아 향기로운 먼지를 좇네	殘花經雨逐香塵
이 몸 이미 기심이 없어졌음을 깨닫노니	此身已覺機心絶
한강가의 갈매기와 친해지기를 바라네[91]	漢上沙鷗幸得親

---

91 이 몸……바라네 : 기심(機心)은 자기의 사적(私的)인 목적을 이루기 위하여 교묘하게 도모하는 마음을 말한다. 바닷가에서 아무런 기심도 없이 날마다 갈매기와 벗하며 친하게 지내던 사람이 부친의 부탁을 받고 갈매기를 잡으려는 마음을 갖게 되자 갈매기들이 벌써 알아채고는 그 사람 가까이 날아오지 않았다는 이야기가 전한다.《列子 黃帝》

속리산

俗離山

이 산은 관서에서 제일가는 산이니 　　　　　　此是關西第一山

문장대 누대 이름이다〔坮名〕와 상고암 암자 이름이다〔庵名〕이

즐거운 유람을 제공하네 　　　　　　　　　　文莊上庫供遊歡

어지러운 그늘 따라 걷자니 어디쯤 있는지 모르겠고 　步隨亂樾不知處

흰 구름을 마음으로 대함에 함께 한가로워지네 　　心對白雲相與閒

만물이 온전히 눈 아래 들어오니 　　　　　　萬品全然歸眼下

내 몸 도리어 인간 세상에 속하지 않네 　　　吾身還不屬人間

덕성이 찾아와 모인 것이 얼마나 지났는지 　　德星來聚曾何日

높은 풍도 우러름에 좇을 수 없는 것이 한스럽네 　仰止高風恨莫攀

　　남명〔조식(曺植)〕과 화담〔서경덕(徐敬德)〕등의 여러 선생이 함께 속리산
　　을 유람하였는데, 당시 사람들이 이를 두고 덕성이 모인 것이라고 하였다.
　　〔南冥花潭諸先生 同遊俗離山 時人謂之德星聚〕

이백안 이자백 이가문 허천응 윤□□ 국병 김민신 이효겸 김덕연이 찾아오다

李伯安李子伯李可文許天應尹□□ 國炳 金旻臣李孝謙金德淵來訪

긴 여름 외로운 서재에서 포슬음[92]을 부르니	長夏孤齋抱膝吟
함께 술 마시고 거문고 연주할 친구 만나기 어렵네	故人難得共樽琴
문 앞의 반가운 소식 전하는 까치 지저귀는 일 없고	門前喜鵲曾無噪
강가의 한가로운 갈매기만이 나를 찾아오네	江上閒鷗但見尋
아홉 노인이 가을 경치 속에 행장 꾸려 방문하니	九老行裝秋色裡
한 상에 둘러앉아 빗소리 깊어지는 중 담소 나누네	一床談笑雨聲深
노쇠한 나이에 습관을 끝내 검속하기가 어려우니	衰年習氣終難檢
속절없이 청광을 가지고 죽림[93]을 배우네	謾把淸狂學竹林

92 포슬음(抱膝吟): 촉한(蜀漢)의 제갈량(諸葛亮)이 출사(出仕)하기 전 남양(南陽)에서 몸소 농사를 지을 때 〈양보음(梁甫吟)〉이란 노래를 지어 매일 새벽과 저녁이면 무릎을 감싸 안은 채 길게 불렀던 데서 유래한 말로, 고인(高人)과 지사(志士)가 시를 읊어 심회를 푸는 것을 뜻한다.

93 죽림(竹林): 진(晉)나라 초기에 술과 청담(淸談)으로 세월을 보냈던, 이른바 '죽림칠현(竹林七賢)'으로, 완적(阮籍), 혜강(嵇康), 산도(山濤), 왕융(王戎), 유령(劉伶), 완함(阮咸), 상수(向秀) 등을 가리킨다.

반구대에서 포은 선생의 시에 차운하며[94]

盤龜坮 次圃隱先生韻

반구대에 걸어 올라감에 뜻이 확 트이니	步上盤坮意豁然
긴 개천의 아홉 굽이가 한 눈에 들어오네	長川九曲一望邊
포은의 황화를 노래한 시구를 높이 읊조리고	高吟圃老黃花句
신령한 거북이가 돌이 된 해를 물어보네	借問靈龜化石年
붉은 나무와 저녁노을이 짧은 해를 감싸고	紅樹晚霞籠短日
푸른 물결 차가운 그림자에 긴 하늘 잠겼네	碧波寒影蘸長天
이곳의 맑은 음식 응당 적수가 없으리니	此間淸餉應無敵
빙옥 같은 제군들 화식(火食)을 하지 않네	氷玉諸君不食烟

---

94 반구대(盤龜坮)에서……차운하며 : 반구대는 울산(蔚山) 울주(蔚州)에 있는 돈대로, 거북이가 넙죽 엎드려있는 형상에서 이러한 이름이 붙여졌다. 포은(圃隱)은 고려 말의 충신 정몽주(鄭夢周)로, 언양(彦陽)에서 귀양살이를 하면서 반구대를 자주 찾았다. 이곳에서 〈언양구일유회 차유종원운(彦陽九日有懷·次柳宗元韻)〉이라는 제목의 시를 지었는데, 이 시는 정몽주의 문집인 《포은집(圃隱集)》 권2에 실려 있다.

통도사

通度寺

영취산의 산신령이 예전부터 보우하니	靈鷲山靈舊護訶
범왕의 누각이 울창하게 우뚝 솟았네	梵王樓閣鬱嵯峨
산 절반의 단풍잎은 붉은 모래를 씻어 놓은 듯	半山楓葉紅砂浣
한 굽이의 시냇물은 옥거울을 닦아 놓은 듯	一曲溪流玉鏡磨
호리병 안의 천지[95]가 무슨 소용이 있겠는가	壺裡乾坤何足用
진나라 유민 마을[96]의 모습 아마 더 좋지는 않으리	秦餘物色未應多
유랑이 비록 천태산 가는 길을 알았지만	劉郎縱得天台路
선인을 만나지 못했으니 한탄한들 어찌하랴[97]	不遇仙人恨柰何

95 호리병 안의 천지 : 〈중춘에 여러 벗들과 함께 읊다〉의 각주 참조.

96 진(秦)나라 유민 마을 : 곧 진(晉)나라 도연명(陶淵明)이 묘사한 이상향(理想鄕)인 무릉도원(武陵桃源)을 말한다. 진(秦)나라 때 일부 백성들이 당시의 전란을 피해 지금의 호남성(湖南省) 사양현(泗陽縣)인 무릉 골짝으로 들어가 마을을 이루고 평화롭게 살았는데, 동진 무제(東晉武帝) 때 어떤 어부에 의해 그곳에서 계속 살고 있는 그 후손들을 발견했다고 한다.

97 유랑(劉郎)이……어찌하랴 : 유랑은 후한(後漢) 때의 유신(劉晨)을 가리킨다. 전설에 의하면, 명제(明帝) 영평(永平) 연간에 유신이 천태산(天台山)에 들어가 약초(藥草)를 캐던 중 길을 잃고 헤매다 선녀(仙女)를 만나서 그와 동거(同居)한 지 반년 만에 자기 집에 돌아와 보니, 시대는 진대(晉代)이고 자손은 이미 칠대(七代)가 지나버렸는데, 그 후 다시 그가 천태산에 들어가 살펴보았으나, 옛 종적은 묘연하여 찾을 길이 없었다고 한다.

이우회의 여러 벗들에게 부치다

寄以友會諸益

금림[98]이 조락함에 기러기 슬피 우니	錦林凋落雁鴻哀
서글프게 남루를 바라보며 고개를 거듭 돌리네	悵望南樓首重回
육자의 화려한 문장이 구름 속에 있고[99]	陸子文華雲裡在
강생의 채색 붓이 꿈속에 다가오네[100]	江生彩筆夢中來
백발이 다투어 거울에 비치는 것 근심스레 보고	愁看白髮爭侵鏡
웃으며 황화를 쥐고 함께 누대에 오르네	笑把黃花共上培
오늘의 풍류에는 응당 다시 이별이 있으리니	此日風流應更別
곤드레 취한 뒤에 또 술을 마시네	醉如泥後更含杯

---

98 금림(錦林) : 금주(錦州) 허채(許埰)를 가리킨다.

99 육자(陸子)의……있고 : 육자는 진(晉)나라 때의 시인 육운(陸雲)으로, 자가 사룡(士龍)인데, 그가 일찍이 장화(張華)의 처소에서 순은(荀隱)과 처음 만났을 때, 장화가 말하기를, "오늘 서로 만났으니, 상담(常談)은 하지 말아야 할 것이다."라고 하자, 육운이 손을 번쩍 들며 말하기를, "나는 구름 사이의 육사룡이오.〔雲間陸士龍.〕"라고 하니, 순은이 말하기를, "나는 태양 아래 순명학이오.〔日下荀鳴鶴.〕"라고 했던 고사가 있다.

100 강생(江生)의……다가오네 : 강생은 남조(南朝)의 문학가 강엄(江淹)으로, 송(宋)・제(齊)・양(梁) 3조(朝)에 걸쳐서 문명(文名)을 떨쳤는데, 만년에 이르러 꿈속에서 곽박(郭璞)이라고 자칭하는 이에게 다섯 가지 채색의 붓을 돌려주고 난 뒤로는 문재(文才)가 감퇴하였다는 고사가 전한다. 《南史 卷59 江淹列傳》

눈을 읊은 서른 개의 운을 단구의 세 사람 이자백 이가문 허천응 에게 부쳐 화답을 구하다

詠雪三十韻 寄贈丹邱三子 李子伯李可文許天應 索和

섣달 열이레에	臘月十七日
입춘의 대설이 내리는데	大雨立春雪
펑펑 쏟아지며 그치지 않아	雾雾不可止
아침부터 저녁까지 계속되네	自朝至日昳
처음에 보았을 때에는 두세 송이의 눈이	初看三二片
자잘하게 개밋둑을 쌓더니	細細封蟻垤
그대로 흩뿌리고 또 흩뿌려	依然灑復灑
점점 수레의 바퀴자국을 덮었네	漸埋行車轍
두고 보니 그 기세가 더욱 거세져	看看勢轉嚴
쳐다봄에 눈을 뜰 수 없어라	目眦無隙缺
비스듬히 미친 듯 나부끼더니	斜斜任狂癲
가지런하게 행렬을 이루네	整整成行列
선녀가 비단 버선을 가벼이 하고	仙女輕羅襪
천마(天馬)가 고삐에서 벗어나니	天駒脫羈紲
대나무 줄기가 힘겨워 그대로 굽어지고	竹身猥仍曲
소나무 가지가 떠받들다 마침내 부러졌네	松枝擎竟折
까치가 둥지를 걱정하고	鵶鵲憂牖戶
호표가 굴혈을 잃었네	虎豹失窟穴
두텁게 쌓임에 지축이 흔들리고	厚積坤軸搖

오래도록 내림에 은하수가 새어나오네   長垂銀漢洩

서쪽의 해가 미미하게 동하고   西日微微動

겹겹의 구름이 흩어지려고 하네   陣雲欲解結

남은 기세가 없어지지 않아   餘勢未能已

아직도 사각사각 소리가 들리네   猶聞聲偢偢

바람을 따라 여전히 머뭇거리고   隨風故依違

공중에 나부끼며 사라지기를 잘하네   飄空善變滅

비스듬하게 옷의 가선에 점을 찍고   斜侵點衣緣

교묘하게 문의 빗장을 엿보네   巧來窺戶鐍

배회하며 누구를 기다리려 하는지   徘徊欲誰待

함께 따르며 이별하려 하지 않네   追隨不欲別

저녁에 문을 나서서 봄에   當夕出門見

별과 달이 더욱 밝고 깨끗하니   星月增皎潔

천지기 다시 정돈되고   乾坤再整頓

만물이 모두 뚜렷해졌네   萬像皆瀅澈

우리 집의 옛 원림에   吾家舊園林

모든 물건 티끌이 사라지고   物物點塵撤

창 앞의 매화나무는   窓前玉樹梅

비스듬히 기울어짐이 또 절묘하네   欹斜更奇絶

늙은이 흥취가 적지 않아   老夫興不淺

아이를 불러 술을 내오게 하니   呼兒進麯蘖

멀리서 옛 친구를 그리워하여   遙憶古之人

읊조리기를 항상 그치지 않네   吟頌恒不輟

그림으로 그릴 만한 강상의 시구   江上堪畫句

입에 올리기에는 부족하니 　　　　　　不足掛齒舌

은대와 옥배가 　　　　　　　　　　　銀帶與玉杯

또한 심상한 말이네 　　　　　　　　　亦是尋常說

우뚝한 저 유 유주[101]여 　　　　　　　卓彼柳柳州

의장과 천기를 세웠으니 　　　　　　　意匠天機設

외로운 배에 도롱이 삿갓 쓴 늙은이란 시구[102]는 　孤舟簑笠翁

고금에 견줄 바가 없네 　　　　　　　今古無與埒

내가 그 찌푸린 얼굴을 흉내 내고자 하나[103] 　我欲效其嚬

솜씨가 졸렬함이 몹시 부끄러울 뿐이네 　深慚手法拙

단구의 세 군자는 　　　　　　　　　丹邱三君子

시걸(詩傑)이라고 일컬을 만하니 　　　堪稱詩中傑

어찌 한번 소리 높여 읊조려서 　　　　何不一高吟

나로 하여금 길이 무릎을 치게 하지 않는가 　使我長擊節

영중의 곡조[104]를 빌려서 　　　　　　聊借郢中曲

---

101 유 유주(柳柳州) : 당(唐)나라의 문장가 유종원(柳宗元)으로, 유주 자사(柳州刺史)를 지냈으므로 이렇게 이른다.

102 외로운……시구 : 유종원(柳宗元)의 〈강설(江雪)〉이라는 오언절구에 보이는 구절로, 시의 전문은 다음과 같다. "모든 산에는 새들도 날지를 않고, 오만 길에는 인적도 끊어졌는데, 외로운 배에 도롱이 삿갓 쓴 늙은이가, 홀로 차가운 강 눈 속에 낚시질을 하네.〔千山鳥飛絶, 萬逕人蹤滅. 孤舟簑笠翁, 獨釣寒江雪.〕"

103 찌푸린……하나 : 찌푸린 얼굴을 흉내 낸다는 것은, 춘추 시대 월(越)나라의 미인 서시(西施)가 심장병을 앓으면서 이맛살을 찌푸리자 찌푸린 그 모습도 매우 아름답게 보였으므로, 그 이웃의 추녀(醜女)가 그 찌푸린 모습을 흉내 냈더니, 마을 사람들이 모두 그녀를 피해버리고 보지 않았다는 고사에서 온 말로, 전하여 자기의 재주는 헤아리지 않고 억지로 남을 흉내 내려고 하는 것을 비유한다.

그대를 위해 한 곡조 부르노니　　　　　　　　　爲君歌一閡

졸작이라고 비웃지 말고　　　　　　　　　　　　且莫笑巴俚

벗을 그리는 간절한 나의 마음을 헤아려 주기를　諒我朋懷切

104 영중(郢中)의 곡조 : 전국 시대 초(楚)나라의 고아(高雅)한 가곡으로, 일반적으로 고상하고 아취 있는 곡이나 아름다운 시를 뜻하는 말로 쓰인다. 옛날에 초나라의 서울인 영(郢)에서 어떤 사람이 노래를 잘 불렀는데 처음에는 보통 유행가인 〈하리파인(下里巴人)〉 같은 것을 불렀더니, 같이 합창하여 부르는 자가 수만 명이었다. 그러나 보다 고급의 노래를 부르니 따라서 합창하는 자가 수백 명에 지나지 않았고 〈양춘백설(陽春白雪)〉이라는 최고급의 노래를 부를 적에는 따라 부르는 자가 아주 없었다고 한다. 《樂書 卷161 歌下》

추파정[105]에서 주인 여러 공에게 주다

秋坡亭 贈主人諸公

내가 떠나와 서쪽의 친구를 방문하니	我行爲西訪故人
손잡고 함께 추파정에 오르네	携手共上秋坡亭
추파정이 참으로 깨끗하고 정갈하니	秋坡亭子信蕭灑
원림의 맑은 기운이 창가에 배어 있네	園林淑氣涵窓櫺
주인이 나를 위해 닭고기와 기장밥 차려놓으니	主人爲我設鷄黍
종일토록 술에 취해 큰 술병 기울이네	鎭日酩酊倒長瓶
고금의 일 담론함에 불가함이 없으니	揚扢古今無不可
문장을 논하고 역사를 논하고 또 경서를 논하네	談文談史又談經
이어서 생각건대 용사의 어지러움[106] 이후에	仍憶龍蛇搶攘後
우리 마을의 문물이 한창 보잘것없었는데	吾鄕文物方零星
이때에 선배들이 향헌[107]을 정비하여	于時先輩修鄕憲
우리 후인들의 몽매함을 깨우쳐 주었네	爲我後人開蒙冥
추파공 또한 당시에 선발된 분이니	秋坡公亦當時選
이름이 기록에 나열됨이 매우 정녕하네	名列案記頗丁寧

---

105 추파정(秋坡亭) : 추파(秋坡) 전억기(全抑己)를 추모하기 위해 지은 것으로, 밀양시 하남의 옥산 전씨 집성촌인 남전 서파 동네에 있다.

106 용사의 어지러움 : 십이지(十二支)의 진년(辰年)과 사년(巳年)으로, 임진왜란을 가리킨다. 임진년(1592, 선조25)과 계사년(1593, 선조26)의 간지가 용과 뱀에 해당되기 때문에 이른 말이다.

107 향헌(鄕憲) : 향약(鄕約)을 말하는데, 임진란 이후 밀양향안을 개정한 일을 가리킨다.

다만 세대가 멀어진 뒤로	但恨世代悠遠後
그 문채가 조금도 전함이 없는 것이 한스럽네	文彩流傳無片翎
자손들 오래될수록 더욱 감춰지게 됨을 두려워하여	子孫爲懼久益晦
교외를 굽어보는 곳에 사정108을 높이 쌓았네	高築思亭俯郊坰
전인들의 기술이 또한 이미 잘 갖추어져있으니	前人記述亦已備
지나는 자가 누군들 관심 갖고 보고 듣지 않겠는가	過者誰不聳觀聽
공이 남긴 덕이 뒤늦게 드러남을 알겠으니	知公遺德發遲遲
집집마다 꽃나무가 고운 자태를 다투네	百室花樹爭娉婷
고색창연함이 문미에 요동치니	古色蒼然動門楣
자제들 하나하나 모두 훌륭하네	人人子弟皆寧馨
그대의 문학이 출중함을 아니	知君文學出乎羣
선조 계술하고 집안에 모범 되어서 전형을 남기네	述祖範宗留典型
내가 지금 뜻을 말하여 그대에게 삼가 부치니	我今言志勤寄君
원컨대 함께 어울리며 노년을 기약하기를	願與周旋期暮齡

---

108 사정(思亭) : 조상을 추모하기 위해 지은 정자를 말하는데 여기서는 추파정을 뜻
한다. 송(宋)나라의 문장가 진사도(甄師道)가 지은 〈사정기(思亭記)〉에 "진군(甄君)
이 부모와 형제의 장사를 치른 다음 그 곁에다 집을 지어 놓고 나에게 이름을 지어
달라고 하기에 사정이라고 지어 주었다. 그 이유는 부모를 잊어서는 안 되기 때문이다."
라고 하였다. 《後山集 卷12》

아양루 동휴계 남시견 귀락 윤□□ 국병 이중립 헌주 이효겸 김덕연 이채지 채진

峨洋樓同携契 南時見龜洛尹□□國炳李中立憲桂李孝謙金德淵李采之琛鎭

손잡고 함께 와서 작은 봉우리에 앉으니	携手同來坐小岑
강바람이 시원하게 불어와 답답한 마음을 씻어주네	江風拂拂滌煩衿
친구의 정은 노쇠한 모습 따라 줄어들지 않고	朋情不逐衰容減
봄날 경치는 따뜻한 장소 따라 찾아다닐 만하네	春色堪從暖處尋
나비가 한번 날자 옛 꿈을 돌이키고[109]	蝴蝶試飛回舊夢
아양곡이 연주되자 참마음을 아네[110]	峨洋纔動識眞心
우리들의 이날은 해마다 이어온 날이니	吾人此日年年日
백주에 깨끗한 담소 나누며 정의가 더욱 깊어지네	白酒淸詞誼更深

109 나비가……돌이키고 : 장주(莊周)가 나비가 되어 자신이 장주인 것을 모르고 자유롭게 훨훨 날아다니는 꿈을 꾸었는데, 꿈에서 깨어나 자신이 장주라는 것을 알게 되자, 장주가 나비가 된 꿈을 꾼 것인지, 아니면 지금 나비가 장주의 꿈을 꾸고 있는 것인지 알 수 없었다고 한다. 《莊子 齊物論》

110 아양곡(峨洋曲)이……아네 : 아양곡은 춘추 시대의 거문고 명인 백아(伯牙)가 연주했던 곡조이다. 백아의 친구 종자기(鍾子期)가 거문고 소리를 잘 알아들었는데, 백아가 일찍이 높은 산에 뜻을 두고 거문고를 타자 종자기가 듣고 말하기를, "높다란 것이 마치 태산과 같구나.〔峨峨兮若泰山.〕"라고 하고, 또 백아가 흐르는 물에 뜻을 두고 거문고를 타자 종자기가 또 말하기를, "광대한 것이 마치 강하와 같구나.〔洋洋兮若江河.〕"라고 한 고사가 있다. 《列子 湯問》

김덕연의 집에서
金德淵庄

창밖 매화 그림자 옮겨가고 달 빛 비추니 窓梅影轉月華生
책 펴놓고 다함께 음미하기 좋네 好向陳篇共咀英
발걸음은 문득 그윽한 오솔길 따라 꺾어돌고 屐齒翻從幽逕折
눈길은 먼저 맑은 작은 연못 향해 밝아지네 眼眸先入小潭明
세한의 심사[111]를 끝내 누구와 함께 할꼬 歲寒心事終誰與
예가 간략한 풍류를 도리어 이루기 쉽네 禮簡風流却易成
어느덧 봄이 반이나 지난 것 보리니 荏苒將看春過半
그대 만나 어찌 가득 찬 술동이 기울이지 않으랴 逢君胡不滿壺傾

맑은 집에서 이틀 밤 깊이 좌선하니 淸齋二夜坐禪深
취하고 깨는 중간에 뜻을 멋대로 두네 醒醉中間意自任
글자를 먹는 생애 좀벌레와 같음을 달갑게 여기고 食字生涯甘似蠹
줄 없는 거문고 곡조 고요히 새소리를 감상하네 無絲琴韻靜聽禽
뜰의 난초 향기 그윽한데 이슬방울 쏟아질 듯하고 庭蘭香重露如瀉
언덕의 버드나무 가지 기다란데 바람 멈추지 않네 岸柳條長風不禁
네 노인은 과연 신선의 무리인가 四老果然仙侶否
수염과 눈썹에 한 점의 속진도 묻어있지 않네 鬚眉不見一塵侵

---

111 세한의 심사 : 어려운 시기에도 변치 않는 마음을 말한다. 공자가 "날씨가 추워진 뒤에야 소나무와 잣나무가 늦게 시드는 것을 알 수 있다.〔歲寒然後, 知松柏之後凋也.〕" 라고 한 데서 온 말이다. 《論語 子罕》

손직여 령 에 대한 만사
挽孫直汝 櫺

오죽[112]의 대대로 이어온 집안에	螯竹承承宅
문풍이 십대를 전해 내려왔네	文風十世傳
주무함은 일에 임하여 치밀하였고	綢繆臨事密
급박한 순간에도 마음가짐이 전일하였네	造次宅心專
그윽한 오솔길 매화를 찾아다니던 곳이고	幽逕尋梅處
높은 누대 달빛을 얘기하던 곳이네	高樓話月邊
옛날 자취에 마음이 서글퍼지니	傷心舊時跡
차가운 비 내려 어두운 안개로 덮였네	寒雨鎮冥烟

112 오죽(螯竹) : 오한(螯漢) 손기양(孫起陽, 1559~1617)과 그의 5대 주손(胄孫) 죽포(竹圃) 손사익(孫思翼, 1711~1794)을 말한다. 손기양의 자는 경징(景徵), 호는 오한(螯漢)·송간(松磵), 본관은 밀양(密陽)이다. 1585년(선조18)에 사마시에 합격한 뒤 성현찰방(省峴察訪), 성균관전적 등을 지냈다. 정경세(鄭經世), 조호익(曺好益), 이전(李㙉), 이준(李埈) 등과 교유하였다. 저서로는 《오한집》이 있다. 손사익의 자는 백경(伯敬)·성모(聖謨), 호는 죽포(竹圃), 본관은 밀양(密陽)이다. 성호(星湖) 이익(李瀷)의 문인으로 영조(英祖) 때 진사(進士)가 되었다. 성균관(成均館)에 들어가서 명망이 있었으나 부친의 병간호를 위하여 귀향하였다. 만년에는 산림의 기덕(耆德)으로 추중되었다. 저서로는 《죽포집》이 있다.

이우회
以友會

이른 봄의 풍광이 이미 지나가고	早春物色已經過
청명의 절기 되니 다시 어떠한가	節屆淸明復若何
일곱 자의 시편에 만흥이 가득하고	七字篇章渾謾興
석 잔의 술에 광가가 나오네	三杯樽酒動狂歌
울 밑의 나물은 안개 뚫고 돋아나고	籬根小菜開烟甲
구름 골짝 가느다란 샘물은 눈빛 물결 보내오네	雲竇微泉送雪波
다시 그대들과 거룻배 타고 싶으니	更欲與君搖艇去
내일 강물엔 잠긴 풀이 푸르리	明朝江水綠沈莎

제주도
濟州島

들판의 노란 유채꽃 눈에 환하게 들어오니	野榮黃花照眼明
탐라의 풍경 봄을 맞아 화창하네	耽羅風景際春晴
호리병 속의 일월[113] 일찍이 누가 만들었나	壺中日月曾誰設
달팽이 뿔 위의 건곤[114] 특별히 생겨났네	蝸角乾坤特地生
절벽의 기다란 개천은 눈썹을 빗는 듯하고	絶壁長川梳翠黛
평평한 파도 속 섬들은 바둑판에 점을 찍은 듯하네	平波列島點紋枰
가련타 둑 옆에서 풀 뜯는 말	可憐苜蓿堤邊馬
온종일 한가히 졸며 변방 꿈을 꾸누나	盡日閒眠夢塞城

113 호리병 속의 일월 : 〈중춘에 여러 벗들과 함께 읊다〉의 각주 참조.

114 달팽이……건곤 : 하찮은 일로 서로 다투는 세상을 비유하는 말로, 옛날에 달팽이
의 왼쪽 뿔 위에는 촉씨(觸氏)라는 나라가 있고 오른쪽 뿔 위에는 만씨(蠻氏)라는 나라
가 있는데, 서로 영토를 다투어 수만 명의 사망자가 나왔다는 고사가 있다. 《莊子 則陽》

배를 타고 목포로 향하며

舟向木浦

미친 노래 한 곡조로 한가한 시름 없애고	狂歌一曲破閒愁
뱃전 창가에 기대어 옛 섬을 마주하네	從倚蓬窓對古洲
서포의 거센 바람 나그네 길 재촉하고	西浦長風催客路
벽파 - 섬 이름이다.〔島名〕- 의 성긴 비 선루를 때리네	碧波疎雨打船樓
외로운 심회는 푸른 바닷물 모조리 들이마시니	孤懷盡吸滄溟水
장대한 뜻은 어찌 백발의 나이 사양하리오	壯志何辭白髮秋
노적봉[115] 앞에서 오래도록 바라보며 생각하니	露積峰前瞻想久
오랑캐 피리소리 귓가에 들리는 듯하네	可堪羌笛耳邊流

---

115 노적봉(露積峰) : 전남 목포 유달산(儒達山)에 있는 거석(巨石) 봉우리로, 임진
왜란 때 이순신(李舜臣)이 노적봉을 짚과 섶으로 둘러 군량미가 산더미같이 쌓인 것처
럼 보이도록 위장하고서 적을 공략하였다고 한다.

오동도 여수

梧桐島 麗水

천 리 길을 표연히 짧은 지팡이로 재촉하니

신령한 땅 다행히 이렇게 나의 방문 허락하네

때마다 내리는 이슬이 숲속의 비로 방울지고

각양의 바위가 바다 위의 돈대를 이루네

외로운 섬에 물이 에워싸 맑은 기운 공급하고

이름난 꽃에 잎이 빽빽하여 먼지 막아주네

다만 나그네 호방함으로 인하여

그윽한 곳 기꺼이 한 쪽을 열어주네

千里飄然短杖催

靈區幸此許吾來

時時露滴林間雨

種種岩成海上坮

孤島水環呈灝氣

名花葉密避塵埃

祇緣遊子徒豪放

幽處無妨一境開

송광사 순천

松廣寺 順天

불현듯 궁벽한 곳 절간 누각 깨끗함을 깨달으니	陡覺寺樓屛辟清
반평생 속진에 찌든 마음 잠깐 사이 각성되네	半生塵肚片時醒
불상의 머리에는 가느다란 향 연기 피어오르고	佛頭細細香煙動
탑의 밑동에는 가득 찬 맑은 물 잔잔히 흐르네	塔脚盈盈玉溜平
온 절에 떨어지는 꽃 나그네 꿈을 부르고	一院落花牽客夢
사방 산의 깊은 안개 종소리 감싸네	四山深靄鎖鍾聲
선가에도 또한 염량이 있는지	仙家亦有炎凉否
중에게 웃으며 물어보니 살쩍이 새하얗네	笑問居僧鬢雪明

남원에서 출발하여 저물녘에 주산에 이르러 이 여행은 제주도에서 돌아온 것이다

自南原暮抵珠山 是行回自濟州島

반나절 사이에 천 리 길을 달려와	千里驅馳半日中
이틀 밤의 심사 모두 터놓고 이야기했네	兩宵心事話盡通
꿈속에서 우연히 화서국[116]에 들어가고	夢中偶入華胥國
여로에서 자주 소녀풍[117]을 만났네	客路多逢少女風
흥이 일어나니 큰 술잔 마시는 것 무방하고	引興未妨浮大白
봄을 아까워하여 다시 남은 꽃을 찾아나서네	惜春還復覓殘紅
청아한 문장으로 난정의 모임 취중에 기록한 것[118]	淸詞醉草蘭亭會
이 자리의 이 만남 또한 같은 일이네	邂逅玆筵事亦同

---

116 화서국(華胥國) : 황제(黃帝)가 낮잠을 자다가 꿈속에서 보았다는 이상국가(理想國家)의 이름이다. 황제가 이 나라를 여행하면서 무위자연(無爲自然)의 이상적인 정치가 실현되는 꿈을 꾸고는 여기에서 계발되어 천하에 크게 덕화(德化)를 펼쳤다는 전설이 전한다. 《列子 黃帝》

117 소녀풍(少女風) : 비가 오기 직전에 솔솔 불어오는 부드러운 바람을 이른다.

118 청아한……것 : 진(晉)나라 때 명필 왕희지(王羲之)가 삼월 삼짇날 당시의 명사(名士) 41명과 회계(會稽) 산음(山陰)에 있는 난정(蘭亭)이란 정자에 모여 수계(修禊)하며 물굽이에 잔을 띄워 술을 마시는 유상곡수(流觴曲水)를 즐기고 〈난정기(蘭亭記)〉라는 명문(名文)을 남긴 일을 말한다.

송석정 윤□□ 국병의 선대 정자이다

松石亭 尹□□國炳先亭

초대할 필요도 없이 생각나면 찾아오니	意到相尋不費招
내 망아지 매번 채마밭 싹을 먹도록 놓아두네[119]	吾駒每被食場苗
금년에는 봄 풍광이 장차 다하려 하고	春光且盡今年日
작년의 축수 술잔 거듭 돌아왔네	壽酌重回去歲朝
명월에 대한 시상 맑으면서 옹졸하지 않고	風月詩膓清不隘
연하는 하늘이 내려 풍부해도 교만하지 않네	烟霞天餉富無驕
우리들 촛불 잡고 놀 이유 없어	吾人秉燭終無賴
일부러 한가한 시름으로 깊은 밤까지 이르네	故着閒愁抵夜遙

---

119 내……놓아두네 : 주인이 자신을 떠나지 못하도록 만류하여 더 머물게 한다는 의미이다. 《시경》〈백구(白駒)〉에, "희고 깨끗한 망아지가 내 채마밭의 싹을 먹었다는 핑계를 대어 붙잡아 매어 두고 오늘 못 떠나게 하고는 그분이 우리 집에서 소요하게 하리라.〔皎皎白駒, 食我場苗, 縶之維之, 以永今朝, 所謂伊人, 於焉逍遙.〕"라고 하였는데, 이는 떠나려고 하는 어진 이를 더 만류할 수가 없자 그의 망아지가 자기 채마밭의 싹을 뜯어먹었다는 것을 핑계로 대어 떠나지 못하게 잡아두려는 뜻을 노래한 것이다.

영남루에 모여 읊다

嶺南樓會吟

꿈속의 나비처럼 봄을 보내고	夢中蝴蝶送靑春
그림 속 누대에 친구를 방문하였네	畫裡樓坮訪故人
평상을 쓸고 시를 지어 묵은 빚을 갚고	掃榻題詩酬宿債
창 너머로 술상을 불러 마른 입술을 축이네	隔窓呼酒療乾脣
연하의 고질에 수미가 예스럽고	烟霞有癖鬢眉古
화조가 다정하여 폐부가 새롭네	花鳥多情肺腑新
이미 강가 갈매기와 함께 결사를 이루니	已與江鷗同結社
이 몸 비로소 자유의 몸이 되었네	此身方是自由身

봄이 지났건만 오히려 춘흥을 감당 못하니	春歸猶復不勝春
무한한 방초가 사람을 괴롭게 만드네	無限芳菲惱殺人
언덕의 버드나무 바람 따라 푸른 소매 뒤집고	岸柳隨風飜翠袖
동산의 앵두나무 햇살 안아 붉은 입술 점찍네	園櫻背日點朱脣
공교하고 못남을 논할 것 없이 시정이 괴롭고	未論工拙詩情苦
진하고 옅음을 따질 것 없이 술맛이 새롭네	不計醇醨酒味新
강가에 느지막이 그림 같은 곳 찾아오니	江上晩來堪畫處
백발로 거나하게 취하여 몸을 부축하네	婆娑白髮醉扶身

소를 치며 저물녘에 돌아오다

牧牛暮歸

쇠등에 푸른 꼴 반 묶음 비껴 싣고서   牛背靑蒭半束斜

질러가는 누렁이 송아지 앞을 지나네   攙來黃犬犢前過

나무꾼과 나물 캐는 아낙 저물녘에 돌아오니   樵男茱女相歸晚

달빛 앉은 사립문에 그림자 붐비네   月色柴門影子多

지난해에 허호석 섭 이 돌벼루를 부쳐주었는데 우연히 율시 한 수를 지어 감사의 뜻을 나타내다

前年許護石 涉 寄惠石硯 偶成一律 庸表謝意

검푸르고 영롱한 재질은 여러 번 먹을 갈기에 좋고	玄英艶質百磨宜
화조의 머리 주변 조각은 또 기이하기도 해라	花鳥頭邊鎪更奇
옥 골수의 향기로운 연기에 아침 해가 동하는 듯	玉髓香烟朝旭動
용 눈동자의 가는 물결에 바다의 파도가 이는 듯	龍睛細浪海潮滋
관생이 절로 중서의 직임에 알맞으니[120]	管生自適中書任
묵자는 어찌 발꿈치 닳을 때까지 수고로운가[121]	墨子何勞放踵時
그대가 이를 부쳐준 데에는 응당 뜻이 있으리니	知子寄來應有意

---

120 관생(管生)이……알맞으니 : 관생과 중서(中書)는 붓을 의인화하여 일컬은 말로, 한유(韓愈)의 모영전(毛穎傳)에 "상이 일찍이 붓을 쓸 일이 있어 붓의 먼지를 털자 인하여 관을 벗고 사양하는데, 상이 보니 그의 머리가 다 벗어지고 또 그려내는 것도 상의 뜻에 맞지 않았다. 상이 웃으면서 이르기를 '중서군이 늙어 머리털이 모자라졌으니 나의 심부름을 감당치 못하겠구나. 내가 일찍이 군을 중서라 불렀더니, 군이 이제는 글씨를 쓰기에 적합지 못하단 말인가.'라고 했다.〔上將有任使, 拂拭之, 因免冠謝, 上見 其髮禿, 又所摹畫, 不能稱上意. 上嘻笑曰 : 中書君老而禿, 不任吾用. 吾嘗謂君中書, 君 今不中書邪?〕"라는 데서 온 말이다.

121 묵자(墨子)는……수고로운가 : 묵자는 겸애설(兼愛說)을 주장하였던 전국(戰國) 시대 사람인데, 여기에서는 《맹자》〈진심 상(盡心上)〉에 "묵자는 겸애를 실천하면서 정수리에서 발꿈치까지 닳더라도 천하를 이롭게 하는 일이라면 행하였다.〔墨子兼愛, 摩頂放踵, 利天下, 爲之.〕"라고 한 말을 가지고 먹을 의인화하여 말한 것이다.

나의 글 선사께 부끄러워 어찌할는지　　　　　　其如文字愧先師

　벼루는 금주 선생이 일찍이 사용하던 것이다〔硯錦洲先生曾用者〕

김민신에 대한 만사
挽金旻臣

눌수[122]의 뜰 앞에서 시와 예를 배우던 이[123]	訥叟庭前詩禮子
사과의 반열 중에 상과 여를 아울렀네[124]	四科班內倂商予
긴 강하가 거꾸로 쏟아져 내리듯 말이 끝없고	長河倒瀉辭無盡
이유[125]에서 찾아온 듯 안목이 넉넉하였네	二酉搜來眼有餘
운수[126]의 그리움에 후일의 눈물 자주 더하고	雲樹頻添他日淚

---

122 눌수(訥叟) : 눌재(訥齋) 김병린(金柄璘, 1861~1940)을 말한다. 처음 이름은 병린(柄麟), 자는 겸응(謙膺), 호는 눌재(訥齋)·용계병수(龍溪病叟), 본관은 김해(金海)이다. 창원시 동읍 화양리(花陽里 화목(花木) 또는 곡목(曲木)이라고함) 출신으로, 만구(晩求) 이종기(李種杞, 1837~1902)의 문인이다. 용계서당(龍溪書堂)에서 인근의 많은 학자들을 배출하였다. 저서로는 《눌재집》, 《용계아언(龍溪雅言)》 등이 있다.

123 시와 예를 배우던 이 : 수당(修堂) 김종하(金鍾河)의 자가 민신(旻臣)인데, 아버지에게서 배웠던 것을 말한다. 공자가 홀로 서 있을 때에 아들 백어(伯魚)가 종종걸음으로 뜰 앞을 지나갔는데 공자가 그를 불러 세우고서 시(詩)와 예(禮)를 배워야 한다고 가르침을 내렸던 고사가 있다. 《論語 季氏》

124 사과(四科)의……아울렀네 : 김종하(金鍾河)가 언어와 문학에 뛰어났다는 말이다. 사과는 공자가 자신의 제자 열 사람을 그 장점에 따라 분류한 4가지 항목으로, 덕행(德行), 언어(言語), 정사(政事), 문학(文學)을 말하는데, 덕행에는 안연(顔淵)·민자건(閔子騫)·염백우(冉伯牛)·중궁(仲弓), 언어에는 재아(宰我)·자공(子貢), 정사(政事)에는 염유(冉有)·계로(季路), 문학에는 자유(子遊)·자하(子夏)를 꼽았다. 상(商)은 자하의 이름이고 여(予)는 재아의 이름이다. 《論語 先進》

125 이유(二酉) : 대유산(大酉山)과 소유산(小酉山) 두 산을 가리킨다. 전설에 의하면 이 두 산의 바위 동굴에 서적 수천 권이 감춰져 있었다고 한다.

126 운수(雲樹) : 벗을 그리워하는 마음을 뜻한다. 두보(杜甫)의 〈춘일억이백(春日憶

진애가 부질없이 책상의 책에 덮여 있네 　　　　　塵埃空掩一床書
천상의 수문랑 된 것[127] 아, 어찌 이리 빠른가 　　修文天上嗟何遽
앞에 가득한 옥백의 부의 오악처럼 많구나 　　　玉帛盈前五岳賖

李白)〉의 "위수 북쪽 봄날의 나무 한 그루, 장강 동쪽 해질녘 구름이로다.〔渭北春天樹,
江東日暮雲.〕"라고 한데서 유래한다.

127 천상(天上)의……것 : 수문랑(修文郎)은 천상에서 글을 짓는 관원으로, 뛰어난
인물이 죽음을 뜻한다. 진(晉)나라의 소소(蘇韶)가 죽은 뒤에 다시 나타나 형제들에게
말하기를 "현재 천상에는 공자의 제자인 안연(顔淵)과 복상(卜商)이 수문랑으로 있다."
라고 하였다.《太平廣記 卷319 蘇韶》

유성필 동수 에 대한 만사

挽柳聖必 東洙

추억컨대 남쪽으로 건너와 암경을 방문하여	憶曾南渡顧巖扃
나이 육십에 비로소 형주(荊州)를 알게 되었네[128]	六十年間始識荊
반가운 눈빛으로 돌아오자 마치 오래 전 일 같았고	靑眼纔回如舊日
새로운 시가 서로 이어짐에 충정을 볼 수 있었네	新詩相屬見衷情
강가의 구름이 눈에 들어옴에 공연히 서글퍼지더니	江雲入望空怊悵
부고가 혼을 놀라게 함에 곧 생사가 나뉘어 버렸네	蘭報驚魂便死生
애사를 부치지만 그대 알 수나 있을지	寄去哀詞君識否
지금도 사포의 달이 마음을 밝게 비추네	至今浦月照心明

　　옛날에 함께 시를 지을 적에 내 시 가운데 "사포의 달이 마음을 밝게 비추
네."라는 구절이 있었으므로 이를 언급한 것이다.〔昔與賦詩 余有浦月照心
明之句 故及之〕

---

128 형주(荊州)를 알게 되었네 : 평소에 흠모하던 사람을 처음으로 만나게 됨을 뜻한
다. 이백(李白)이 형주 자사(荊州刺史) 한조종(韓朝宗)에게 보낸 편지에 "이 세상에
태어나서 만호후에 봉해지기보다는 그저 한 형주를 한번 알기만을 바랄 뿐이다.〔生不用
封萬戶侯, 但願一識韓荊州.〕"라고 한 데에서 유래한 말이다.

이화보 동식 에 대한 만사

挽李和甫 東軾

문순의 집안에 어진 자손이 있으니   文純家裏有賢孫

옥 같은 외모 큰 키에 기상이 높았네   玉貌長身氣像尊

종일토록 의관을 정제하여 꼿꼿이 홀로 앉았고   終日冠襟危獨坐

잠깐 동안 논변하여 여러 떠드는 말 평정하였네   片時論辨定羣喧

사포의 빈붕들과 마음이 흡족히 나누지 못했고   賓朋沙浦情難洽

주산의 잔치에서 자리가 따뜻할 시간 없었네   尊俎珠山座未溫

한 번 그리워함에 한 번 서글퍼지니   一度相思一惆悵

꿈속의 혼을 어찌 찾을 수 있을지   相尋豈有夢中魂

김성공 주덕 에 대한 만사

挽金聖鞏 周悳

평생 겨우 한 번 만났을 뿐이나	平生纔一面
교분은 깊은 마음까지 나누었네	交誼到深衷
마음을 비우는 가운데 덕이 아름다웠고	美德虛懷裡
해학을 잘하는 가운데 풍도가 높았네	高風善謔中
부고가 들려옴에 혼이 바로 끊어지니	訃來魂正斷
만사를 보냄에 귀신이 응당 알게 되리	挽去鬼應通
세모에 정녕 만날 약속을 했건만	歲暮丁寧約
지금 하루 저녁에 부질없게 되었네	於焉一夕空

박□□ 노철 에 대한 만사

挽朴□□ 魯哲

삼태[129]로 유랑하여 산 것이 옛날 언제였던가	三台流寓昔何年
한 번 형문을 방문하고서 그대의 어짊에 탄복하였네	一訪衡門服子賢
원자처럼 쑥대가 우거져 지게문을 덮었고[130]	原子蓬蒿深沒戶
방공처럼 처자가 모두 밭일을 하였네[131]	龐公妻子盡耘田
고상한 마음에는 본래 안빈의 즐거움 있었으니	高情自有安貧樂
꼿꼿한 뜻이 어찌 경박한 세속을 따라 바뀌겠는가	介志寧隨薄俗遷
손잡고 웃으며 말하던 때가 어제 일 같은데	握手笑言如昨日
가을 풀이 새 무덤에 돋아남에 불현듯 놀라네	忽驚秋草上新阡

---

129 삼태(三台) : 경상남도 밀양시 무안면(武安面) 삼태리(三台里)를 말하는 것으로 보인다.

130 원자(原子)처럼……덮었고 : 원자는 공자의 제자 원헌(原憲)으로, 생초(生草)로 지붕을 얹고 쑥대로 지게문을 엮은 작은 오두막집에서 안빈낙도(安貧樂道)하며 지냈다고 한다. 《莊子 讓王》

131 방공(龐公)처럼……하였네 : 방공은 후한(後漢) 말엽의 고사(高士) 방덕공(龐德公)으로, 현산(峴山) 남쪽에서 농사를 짓고 살았는데 일찍이 형주 자사(荊州刺史) 유표(劉表)가 그를 찾아가 벼슬하기를 권했으나 듣지 않았고 뒤에는 마침내 처자(妻子)를 모두 거느리고 녹문산(鹿門山)으로 들어가 약초를 캐면서 끝내 나오지 않았다. 《後漢書 卷83 逸民列傳 龐公》

봉서정에서 주인 여러 공에게 화답하다 정자는 합천 금봉에 있다
鳳棲亭 酬主人諸公 亭在陜川金鳳

내 조부 당년에 택상[132]이 되었는데	吾祖當年宅相開
봉서정 위에 내가 처음 와보았네	鳳棲亭上我初來
백두경개[133]에 도리어 오랜 벗과 같으니	白頭傾蓋還如舊
만 곡의 마음을 한 잔의 술로 전하네	萬斛情輸酒一盃

---

132 택상(宅相) : 외손을 뜻한다. 원래 택상이란 집터의 풍수상의 모습이다. 진(晉)나라 위서(魏舒)는 어려서 고아가 되어 외가인 영씨(甯氏) 집에서 자랐다. 영씨네가 집을 새로 지었는데 집의 풍수를 보는 자가 "귀한 외생(外甥)이 나올 것이다." 하니, 외조모가 내심 위서를 떠올렸다. 이에 위서가 "응당 외가를 위해 택상을 이루겠다." 하였는데, 과연 마흔 남짓한 나이에 상서랑(尙書郎)이 되었다. 《晉書 卷41 魏舒列傳》

133 백두경개(白頭傾蓋) : '백두여신 경개여고(白頭如新傾蓋如故)'의 준말로, 흰머리가 되도록 오래 사귀었어도 처음 본 사람처럼 느껴지는 경우가 있고, 수레 덮개를 기울이고 잠깐 이야기해도 오랜 벗처럼 느껴지는 경우가 있다는 의미이다. 《史記 卷83 鄒陽列傳》

아양루에서 남시견 허천응 이효겸 윤□□ 국병 김덕연과 함께 읊다

峨洋樓 與南時見許天應李孝謙尹□□ 國炳 金德淵共賦

유람하기 좋은 날을 택일해두니	遨遊卜得日辰佳
내 생애에 끝이 있음을 깨닫지 못하네	未覺吾生生有涯
강이 비춰빛 물결을 머금고서 온 누각을 흔들고	江含翠浪搖全閣
꽃이 남은 향기를 보내와 섬돌 중턱을 씻어주네	花送殘香灑半階
늙어갈수록 서로 어울림에 응당 뜻이 있으니	老去相輪應有意
높은 곳 올라 멀리 바라봄에 어찌 마음 가눌까	登高望遠若爲懷
고인이 천 리 길을 달려옴에 기쁘게 맞이하니	故人千里來歡握
이로부터 봄 풍광이 우리 소유가 되었네	從此春光屬我儕

이번 걸음에 먼 곳을 유람하고자 하였는데 김덕연이 서울로 떠나고 오지 않아 자리에 모인 사람들이 모두 섭섭해 하였다. 그러다가 이날에 김덕연이 찾아왔으므로 기뻐하여 이를 언급한 것이다.〔是行欲遠游 金德淵去京不來 座皆紆鬱 是日德淵來到 故喜而及之〕

달구에서 출발하며 방옹의 운을 사용하여 짓다 허천응 윤□□
국병 이효겸 김덕연 윤□□ 진오 이채지 채진이 함께 가다

發達句 用放翁韻 許天應尹□□國炳李孝謙金德淵尹□□鎭五李采之琛鎭同行

근심 속에서 봄을 봐도 봄 같지가 않더니	悶裡看春不當春
멀리 유람하는 오늘에야 기운이 산뜻해지네	遠遊今日氣華新
긴 여정에 마음을 기울여 오래도록 상의하고	關心長路商量久
명승지를 물으며 자주 손가락으로 가리키네	借問名區指點頻
천 리 먼 곳까지 꿰뚫어봄을 자부하니	自詑能窮千里目
부질없이 사는 백 년 인생이 되어서는 안 되리	未應虛作百年人
유랑하며 나무에 어둠이 생겨남을 이미 보았으니	支離已見冥生樹
앞길에 몇 개의 나루가 막혀 있는지 말해주기를	爲語前程隔幾津

영월에서 장릉[134]을 성묘하고 청령포 섬에 단종의 유궁이 있다. 세속의 전하는 말에 단종이 이 궁에 머물 때에 섬 위의 초목이 모두 이를 향하여 누웠다고 한다. 를 건너 자규루[135]에 올랐는데 감회가 있어 시를 짓다

寧越省莊陵 涉淸泠浦 島有端宗幽宮 世傳端宗居此宮 島中草木 皆偃向焉 登子規樓 有感而作

영월의 풍광이 모두 근심을 머금고 있으니	寧越風煙摠帶愁
이 속의 회포를 누구에게 터놓으랴	此中懷抱向誰酬
왕손의 눈물이 마르니 꽃다운 풀을 가여워하고	王孫淚盡憐芳草
두우의 울음소리 잦아드니 옛 누각이 남았네	杜宇聲殘餘古樓
한을 품은 운산이 모두 북쪽을 향하고	有恨雲山皆北向
무정한 강수가 여전히 동쪽으로 흐르네	無情江水尙東流
그대여 행여나 그때의 일을 묻지 말기를	勸君莫問當年事
생각하면 금세 머리가 하얗게 세리니	纔到思量欲白頭

134　장릉(莊陵) : 단종(端宗)의 능으로, 강원도 영월(寧越)에 있다.

135　자규루(子規樓) : 강원도 영월(寧越)에 있는 누각이다. 1456년(세조2)에 단종(端宗)이 노산군(魯山君)으로 강등되어 영월의 청령포(淸泠浦)로 유배되었는데, 그해 여름에 홍수로 청령포가 범람하자 거처를 관풍헌(觀風軒)으로 옮기게 되었다. 이때에 단종이 관풍헌 동쪽에 위치한 이 누각에 자주 올라 소쩍새의 구슬픈 울음소리에 자신의 처지를 견준 《자규사(子規詞)》를 지었다고 한다. 누각의 원래 이름은 매죽루(梅竹樓)였는데 후에 자규루로 개칭되었다.

오대산에서 방옹의 운을 사용하여 짓다

五臺山 用放翁韻

시냇가의 맑은 햇빛이 묵은 안개를 거두니　　　　溪日淸輝宿霧開

명산의 원숭이와 새가 내가 오기를 기다렸네　　　名山猿鳥待我來

학이 깃든 둥지 가에 소나무가 가장 늙었는데　　　栖鶴巢邊松最老

단약 만드는 사람 떠나고 아궁이엔 재만 남았네　　鍊丹人去竈餘灰

높은 수풀이 울창하게 서로 부지하여 서있고　　　高林蒙密相扶立

푸른 봉우리가 빙 둘러서 다투어 안고 있네　　　翠巘周遭競抱來

이곳의 기이한 절경을 말하자면　　　　　　　　若道此間奇絶處

절 앞 거울 같은 물가에 옥으로 누대 지은 것이네　寺前鏡水玉爲臺

경포대에서 방옹의 운을 사용하여 짓다

鏡浦臺 用放翁韻

늙을수록 이 한 몸 한가로운 것이 좋으니	老來强喜一身閒
이처럼 이름난 승경에서 옛 시를 짓네	似此名區爲舊韻
나는 일찍이 바라보며 푸른 물가에 놀랐고	曾我憑眸驚碧浦
그대는 또 고개를 돌려 푸른 산을 바라보았네	且君回首看靑山
춘삼월의 화접은 동풍 따라 멀리 날아가고	三春花蝶東風遠
만 리 떠난 사구는 석양 아래에 돌아오네	萬里沙鷗夕照還
어찌하면 항아와 약속을 맺어서	安得姮娥留好約
수운의 사이에서 마주하여 한 잔 술 마실까	一尊相對水雲間

낙산사

洛山寺

양양의 봄비 안개처럼 가는데 　　　　　　　襄陽春雨細如烟

물빛의 은하가 푸른 하늘에 펼쳐 있네 　　　潮色銀河布碧天

돌아가는 나그네 서녘 해 저무는 것도 모르고 　歸客不知西日落

의상대 아래에서 짐짓 미적거리네 　　　　　義湘坮下故留連

설악산에서 방옹의 운을 사용하여 짓다

雪嶽山 用放翁韻

눈 쌓인 층층의 봉우리가 공중에 우뚝 솟으니	層峰雪立聳空虛
자부[136]가 응당 신선의 거처가 되네	紫府應爲仙子居
기이한 볼거리 실로 깊은 곳에 있을 줄 아니	奇玩固知深處在
다시 찾아옴은 다만 예전의 구경이 미흡해서라네	再來只爲昔看疎
행인은 때로 상아로 된 굴을 만나고	行人時遇象牙窟
나무꾼은 그 이름이 옥간의 글에 오르네	樵客名參玉簡書
하루 종일 산을 구경해도 오히려 부족하니	盡日看山猶未足
숲에 내리는 비가 옷자락 적신들 어떠하리오	不妨林雨濕衣裾

---

136 자부(紫府) : 도가(道家)에서 전해지는 전설 속에 나오는 천상(天上)의 선부(仙府)를 말한다.

충주로 가는 도중에 봄을 보내며

忠州途中送春

신흥사 바깥부터 길이 처음으로 평탄해지니　　　新興寺外路初平

다정히 노래하는 새가 친구를 부르네　　　款款啼禽喚友生

　이 날 호석이 돌아가려고 하였는데 우당이 힘들게 만류하여 함께 갈 수
　있었다〔是日護石欲歸 尤堂苦挽得同行〕

진부령 고개 높아 아침 안개가 뒤덮었고　　　眞簿嶺高朝霧合

홍천의 들 광활하여 저녁 햇빛이 환하네　　　洪川野闊夕陽明

우리나라는 대저 풍광이 좋으니　　　吾邦大抵風烟好

도처가 유람할 만한 곳이네　　　到處堪爲遊賞榮

객지에서 봄을 보내며 마음을 가눌 수가 없으니　　　客裡送春情莫賴

그대의 요리에 따라 가득 찬 술병을 기울이네　　　從君料理滿壺傾

탄금대[137]

彈琴臺

오열하는 장강이 옛 돈대를 때리니 　鳴咽長江打古臺

돈대 가에 안개비 자욱하여 개이기 어렵네 　臺邊煙雨鬱難開

뜬구름은 장군의 한을 흩지 못하고 　浮雲不散將軍恨

꽃다운 풀만 고인 위로하는 술잔을 방해하네 　芳草偏侵弔古杯

달이 거문고 타는 마음 비추자 슬픈 말이 동하고 　月入琴心哀語動

바람이 물가 모래섬에 일자 성난 물결이 다가오네 　風生洲渚怒濤來

조령의 애끊는 곳을 한번 보니 　試看鳥嶺斷腸處

외로운 새 낮게 날다 다시 절로 맴도네 　孤鳥低飛也自廻

---

137 탄금대(彈琴臺) : 충북 충주(忠州)에 위치한 고적으로, 대문산(大門山)을 중심으로 남한강 상류와 달천(達川)이 합류하는 지점에 있다. 탄금대라는 이름은 신라(新羅) 진흥왕(眞興王) 때 우리나라 3대 악성(樂聖) 중 하나인 우륵(于勒)이 가야금을 연주하던 곳이라 하여 붙여진 이름이다. 또한 임진왜란 때에 신립(申砬)이 8,000여 명의 군사를 거느리고 왜적에 맞서 싸우다가 전세가 불리하여 패하게 되자 투신하여 전사한 곳이기도 하다.

논산으로 가는 도중에

論山途中

날마다 걸음을 옮기며 좋은 경치 구경하니 　日日行行攬物華

짧은 지팡이가 나를 부축하며 멋대로 기우뚱하네 　短節扶我任欹斜

이번 유람에 그저 천하가 작을까 염려되니 　玆遊只恐寰區小

땅이 다하는 곳에서 안목도 다하는 법 　地有窮時眼有涯

부여
扶餘

소산[138]의 방초가 새로이 근심을 부르니 蘇山芳草喚愁新

옛 나라의 흥망을 물가에서 묻네 舊國興亡問水瀕

옛 물가의 잠긴 용은 지난 시절을 비통해하고 古渚潛龍悲往劫

푸른 벼랑의 남은 꽃가지는 전생을 서글퍼하네 蒼崖殘朶泣前身

일반의 새 지저귀는 소리 관현의 음악 같고 一般禽語疑絃管

천고의 풍광은 전장 먼지가 반이네 千古烟光半戰塵

끝내 시인들 유람하는 곳이 되니 終是騷人遊賞地

자산의 사부[139]에 눈물이 수건을 적시려 하네 子山詞賦欲沾巾

---

138 소산(蘇山) : 충남 부여(扶餘)의 백마강(白馬江) 기슭에 있는 부소산(扶蘇山)을
말한다. 부여의 진산(鎭山)이었다.

139 자산(子山)의 사부(詞賦) : 이는 전란을 만나 객지에서 고향을 그리워하는 마음
을 뜻한다. 자산은 북주(北周)의 시인 유신(庾信)의 자(字)로, 후경(侯景)의 난을 당해
강릉(江陵)으로 도망쳐 피신하였으며, 높은 관직에 오른 뒤에도 늘 고향을 생각하며
애강남부(哀江南賦)를 지어 노래하였다고 한다. 《北史 卷83》

읍중의 여러 벗을 방문하며
訪邑中諸友

강촌에 조금 눈 내림에 다시 마음이 쓰여   江村微雪更關心
허겁지겁 찾아와 한 자리에 당도했네   顚倒相尋一席臨
취한 뒤의 수염과 눈썹이 온전히 옛사람과 같고   醉後鬚眉全似古
시 속의 운율과 격식이 금세를 논할 것이 없네   詩中韻格不論今
백안으로 몇 번이나 주변 사람의 욕을 들었던가   白眼幾逢傍人罵
치의에 도리어 세속의 먼지가 묻을까 겁나네   緇衣却怕市塵侵
해저물녘 푸른 구름에 혼이 끊기려 하니   日暮碧雲魂欲斷
추우140를 외로이 연주한들 어찌 하리   騶虞無奈發孤琴

---

140 추우(騶虞): 《시경》의 편명으로, 문왕(文王)의 덕화로 인하여 초목이나 짐승까지도 무성하게 많이 번식한 것을 보고 아름답게 여겨 부른 노래이다.

박성수 의교 의 집에서 안가명 이백안 이가문과 함께 읊다
朴盛洙 義教 庄 與安可明李伯安李可文共賦

그대 집 앞 골목에는 저자의 먼지가 통하니	君家門巷市塵通
지척의 동산은 그 지경이 같지 않네	咫尺園林境不同
대 소리 항상 외로운 베개 옆 빗소리인 듯 속이고	竹語恒欺孤枕雨
소나무의 청량함이 때때로 주렴에 바람을 불어오네	松涼時送一簾風
벗들과 노닒이 호탕하니 정이 어찌 싫어하겠나	朋遊浩蕩情何厭
세상일이 허망하니 꿈이 본래 부질없네	世事支離夢本空
이곳의 원금[141]과 맺은 맹약이 이미 중하니	此地猿禽盟已重
백 년 동안 길이 왕래하며 지내리	百年長在往來中

---

141 원금(猿禽) : 원숭이와 학을 이르는 것으로, 은사(隱士)가 산중에서 함께 하는 동물들이다.

추파정의 모임을 마치고 박성수 의교 가 부산항으로 가자고
하므로 구포에 이르러 입으로 읊다 함께 유람한 자는 전성부
이가문 허천응이다

秋坡亭罷會 朴盛洙 義敎 要往釜港 到龜浦口呼 同遊者全聖夫李可文許
天應

추파정 위에서 같은 마음으로 이야기하다가	秋坡亭上話同心
구포의 나루에 느지막이 당도하였네	龜浦津頭晚屐臨
이날의 유람을 갑자기 계획하니	此日遨遊忽相得
우리들 풍치는 참으로 지금 사람 같지 않네	吾人風致政非今
회를 뜨는 칼 머리에 붉은 살이 연하고	鱠錯刀頭紅縷軟
소라껍질의 술거품은 녹색 향을 풍기네	蟻浮螺甲綠香侵
늙을수록 시 짓는 힘이 줄어듦을 탄식하니	老去堪歎詩力退
봄이 다 지나도록 시 한 편을 못 읊었네	一春過盡未曾吟

김덕연의 집에 모여 읊다

金德淵庄會吟

만날 날을 손꼽다 세월이 이미 멀어지니	屈指逢迎歲已遙
모든 회포를 여기에서 풀려 하네	都將懷抱此中消
소나무 끝에 구름 머물러 고동의 진세가 중해지고	松端雲宿螺寰重
연못 수면에 물고기 물 뿜어 염교 잎이 흔들리네	池面魚吹薤葉搖
논의가 지극해지자 마음의 거문고에 옛 곡조 일고	論極心琴生古調
정이 깊어지자 가슴의 바다에 새 조수가 불어나네	情深胸海漲新潮
문 앞의 세 갈래 오솔길[142] 내 익숙하니	門前三逕吾能熟
오가는 데 수고로이 편지로 부를 필요 없네	來往無勞折簡招

---

142 세 갈래 오솔길 : 은사(隱士)가 사는 곳을 비유하는 말이다. 전한(前漢) 때 장후 (蔣詡)가 두릉(杜陵)에 은거하면서 집의 대밭에 세 갈래 오솔길을 내고 소나무, 대나 무, 국화를 심어 당시 고사(高士)였던 양중(羊仲)과 구중(求仲), 두 사람하고만 어울렸 던 데에서 비롯한 말이다. 또 진(晉)나라 시인 도잠(陶潛)이 지은 귀거래사(歸去來辭) 에 "세 갈래 오솔길이 황폐해졌으나 소나무와 국화는 아직 남아 있다.〔三逕就荒, 松菊猶 存.〕"라고 하였다.

해인사
海印寺

가야산의 풍광이 지팡이 끝에 나타나니　　伽倻山色杖頭生
산 입구에 닿기도 전에 세속의 정이 끊어지네　未到山門絶俗情
세 차례 내가 찾아옴에 마음이 또 조급한데　三度我來心且急
천 년의 신선 떠나가 자취를 알기가 어렵네　千年仙去跡難明
봉우리가 우뚝함을 다투어 도무지 양보함이 없고　峰巒競秀都無讓
물과 바위가 만나서 다시 요란한 소리를 만드네　水石相逢更放聲
아홉 노인의 새로운 시를 전대 하나에 가져오니　九老新詩輸一槖
이번 걸음에 실컷 얻어서 참으로 가볍지 않네　今行得得正非輕

육우당에 모여 읊다
六友堂會吟

화양동 안의 오래된 홰나무 그늘에서	華陽洞裡古槐陰
소금[143]을 연주하는 그대 흥금 사랑스럽네	愛子襟期發素琴
상체 꽃 옆에서 식호[144]를 노래하고	常棣花邊歌式好
지란의 향 속에서 동심[145]을 이야기하네	芝蘭香裡話同心
빈 섬돌의 달 옮겨짐에 긴 행랑이 고요하고	空階月轉長廊靜
옛 벽의 등불 쇠잔해짐에 온 방이 깊어가네	古壁燈殘一室深
문풍이 지금 이미 멀어졌다고 말하지 말라	休道文風今已遠
우연히 서로 모임이 바로 사림이니	偶然相集卽詞林

---

143 소금(素琴) : 줄이 없는 거문고로, 진(晉)나라 때 은사(隱士) 도잠(陶潛)이 음률도 모른 채 줄 없는 소금 하나를 가지고 있으면서 매양 술과 흔쾌한 일이 있으면 문득 어루만지고 희롱하며 그 뜻을 붙인 일이 있다. 《晉書 卷94 陶潛列傳》

144 식호(式好) : 《시경》〈사간(斯干)〉의 시를 이르는 것으로, 형제간의 우애를 노래하였다. 이 시에 이르기를, "형과 아우들이여 서로 화목하게 지낼 것이요 서로 나쁜 점을 닮지 말지어다.〔兄及弟矣, 式相好矣, 無相猶矣.〕"라고 하였다.

145 동심(同心) : 마음을 함께한다는 뜻으로, 《주역》〈계사 상(繫辭上)〉에 "두 사람이 마음을 함께하니 그 날카로움이 쇠를 자를 수 있다. 마음을 함께하는 말은 그 향기가 난초와 같다.〔二人同心, 其利斷金, 同心之言, 其臭如蘭.〕"라고 하였다.

함벽루에서 입으로 읊다

涵碧樓口呼

황강의 물빛 함벽루를 푸르게 담겼으니　　　　黃江水色碧涵樓

반 식경 산책하며 나의 근심 떠나보내네　　　　半餉逍遙送我愁

다만 모래톱의 갈매기에게 감사의 말 곡진히 하니　第向沙鷗勤謝語

그대 위하여 훗날 장주의 꿈을 꾸리　　　　　爲君他日夢長洲

침호정 주인은 김학수이다.

枕湖亭 主人金鶴洙

물에 비친 산 빛이 흩어졌다 다시 모이니	水影山光散復收
옛사람이 남긴 시가 이 사이에 흐르네	昔人遺韻此間流
강물 소리는 흡사 소상[146]의 빗소리 듣는 듯하고	江聲宛聽瀟湘雨
달빛은 마치 계수나무의 가을 만난 듯하네	月色如逢桂樹秋
정자의 규모는 그런대로 아름답다 일컬어지고[147]	亭子規模稱苟美
여러 후손의 시례 공부는 선현을 생각하네	諸孫詩禮念前修
침상의 비경 물을 필요 있으랴	枕湘秘境何須問
옛 시절의 풍경을 여기에서 찾을 수 있네	舊日風烟卽此求

---

146 소상(瀟湘) : 중국 호남성에 있는 강 이름으로, 이 근처에는 반죽(斑竹)이 나는데, 옛날에 요(堯)임금의 두 딸인 아황(娥皇)과 여영(女英)이 순(舜)임금의 비(妃)가 되었다가 순임금이 죽자 슬픔을 이기지 못하여 피눈물을 뿌린 자국이 반죽으로 화했다는 전설이 있다.

147 그런대로 아름답다 일컬어지고 : 그런대로 아름답다는 것은 집의 규모가 이 정도면 충분히 아름답다고 만족해하는 것으로, 공자가 위(衛)나라 공자(公子) 형(荊)을 평가하기를, "그는 집안 살림을 아주 잘하는 사람이다. 처음 살림을 나서 재물을 소유하게 되자, '그런대로 모여졌다.' 하였고, 조금 더 장만하게 되자, '그런대로 갖추었다.' 하였고, 부유하게 되자, '그런대로 아름답다.' 하였다.〔善居室, 始有曰苟合矣, 少有曰苟完矣, 富有曰苟美矣.〕"라고 한 구절에서 나온 말이다. 《論語 子路》

황폭
黃瀑

지금 황계의 폭포를 보니   今觀黃溪瀑

마치 벽락천[148]이 쏟아지는 듯하네   如傾碧落天

우러러 바라봄에 두 눈이 아찔하니   仰視眩雙眼

초심이 백 년에 놀라네   初心驚百年

멀리 일천 봉우리의 비를 더하고   遙添千嶂雨

깊이 한 시내의 안개를 가두네   深鎖一溪煙

묻노니 적선자는   借問謫仙子

여산 어드메에 사는가   廬山何處邊

148 벽락천(碧落天) : 도교(道敎)의 말로, 청천(靑天)을 뜻한다.

용문정에 모여 읊다

龍門亭會吟

좋은 주인과 이름난 승경에 이 정자 있으니	好主名區有此亭
남쪽으로 옴에 비로소 내 지팡이를 멈출 수 있네	南來始可我笻停
강선대 아래에는 신선이 골짜기로 돌아갔고	降仙臺下仙歸洞
신우탄 주변에는 빗물이 물가에 가득하네	新雨灘邊雨滿汀
어지러운 돌과 평평한 모래가 모두 새하야니	亂石平沙都是白
산빛과 물빛 중에 누가 더 푸른가	山光水色孰爲靑
그대여 부디 오랫동안 취해있지 말기를	勸君且莫長乘醉
수신(水神)이 굴자처럼 깨어있을지 모르니[149]	恐是波神屈子醒

---

149 굴자(屈子)처럼 깨어있을지 모르니 : 굴자는 전국(戰國) 시대 초(楚)나라의 충신
굴원(屈原)이다. 굴원이 일찍이 참소를 입고 조정에서 쫓겨나 강담(江潭)에 행음(行
吟)하면서 〈어부사(漁父辭)〉를 지었는데, 그 글에 "온 세상이 다 흐리거늘 나만 홀로
맑고, 모든 사람이 다 취했거늘 나만 홀로 깨어 있다.〔擧世皆濁, 我獨淸 ; 衆人皆醉,
我獨醒.〕"라고 하였다.

또 읊다
又吟

길이 선경으로 들어섬에 인간 세상 아니니	路入仙區人境非
경림[150]의 안개비가 참으로 가느네	瓊林煙雨正霏微
물고기는 푸른 연못에서 헤엄치다 떨쳐 뛰어오르고	魚游碧沼拂屛躍
새는 푸른 봉우리에서 내려와 수면으로 날아다니네	鳥下靑峰當鏡飛
오늘에 똑같이 흰 돌로 지은 밥[151]을 나누니	今日同分白石飯
어느 때에 함께 벽라의[152]를 지을까	何時共製碧蘿衣
고깃배가 훗날 다시 찾아오는 날에	漁舟他日重尋日
봄물과 도화의 때 놓치지 않기를	春水桃花倘莫違

150 경림(瓊林) : 경수(瓊樹)의 숲으로, 옛날 사람들이 흔히 불국(佛國)이나 선경(仙境)의 아름다운 모습을 형용하는 말로 썼다.

151 흰 돌로 지은 밥 : 신선이 먹는 밥이다. 전설상의 고대 선인(仙人) 백석생(白石生)이 백석산에 살면서 항상 백석을 구워 먹었다고 한다.

152 벽라의(碧蘿衣) : 칡덩굴로 만든 옷으로, 산에 숨어 사는 처사(處士)의 옷을 말한다.

호연정에서 분송의 시에 차운하며

浩然亭 次盆松韻

호연정 가의 열 길의 소나무	浩然亭畔十尋松
당년의 정대한 기운이 모임을 알겠네	認得當年正氣鍾
오늘에 이미 벽락[153]까지 닿았으니	今日已能干碧落
인간 세상에서 용납되지 못함을 근심할 것 없네	不愁人世不相容

---

153 벽락(碧落) : 도교(道敎)의 말로, 청천(靑天)을 뜻한다.

주산에서 뜻을 말하다
珠山言志

나의 반가운 눈을 씻고 그대의 옷을 보니　　　　　　拭我靑眸攬子衣

호방한 정이 술 취한 용모를 가다듬지 못했네　　　　豪情未攝酒中儀

예부터 처사들은 횡의가 많았고　　　　　　　　　　古來處士多橫議

오늘 청담에 시국의 일 들이지 않네　　　　　　　　今日淸談不入時

차가운 달빛 못에 가득함에 마음을 함께 얻고　　　　寒月盈潭心共得

한가로운 구름 그윽한 산굴 뜻이 모두 느긋하네　　　閒雲幽峀意俱遲

가슴 속에 가득 쌓인 회포 오히려 다하기 어려우니　　滿腔襞積猶難盡

다시 술잔 앞에 나아가 시 한 수를 부치네　　　　　且就尊前寄一詩

만 겹의 산중에서 고인을 마주하니　　　　　　　　故人相對萬山中

발자국 소리가 그윽한 처소를 동요시킬 뿐이랴　　　可但跫音破蓽蓬

가까운 물가의 얼음에는 조각달이 엉겨있고　　　　近水玄氷凝片月

오래된 소나무는 밤새도록 세찬 바람 불어 보내네　　古松終夜送長風

시정이 뼈에 사무침에 수미가 예스럽고　　　　　　詩情入骨鬚眉古

심사가 기심(機心)을 잊음에 색상이 공하네　　　　心事忘機色相空

내일 서재에서 별처럼 흩어진 뒤에　　　　　　　　明日高齋星散後

어찌 차마 아득히 동서를 바라볼까　　　　　　　　那堪迢遞望西東

이후강 재형 에 대한 만사
挽李厚岡 載衡

대대로 전해오는 가업을 이으며	箕裘承世業
뜻을 간직한 채 장동[154]에 은거하였네	蘊抱隱墻東
교만과 아첨 없이 사람을 대하고	對物驕諂外
선함과 신의로 몸을 닦았네	禔躬善信中
올곧은 말로 속된 귀를 깨우치고	危言醒俗耳
질박한 행실로 순후한 풍속을 이끌었네	質行引淳風
훌륭한 아들[155]이 한창 이름을 드날리니	賢子方馳譽
인한 집안은 후손이 반드시 융성하네	仁家後必隆

나는 후강에게	吾於厚岡子
후하게 지우(知遇)를 입었네	繾綣受深知
관선의 명첩[156]에 이름을 함께 올렸고	觀善同名帖

---

154 장동(墻東) : '담장의 동쪽'이란 뜻으로, 은거하는 곳을 의미한다. 《후한서(後漢書)》 권83 〈일민열전(逸民列傳) 봉맹(逢萌)〉에 "난리가 일어났을 때 군공(君公)만 혼자 떠나지 않고 소 장사를 하며 자신을 감추었다. 그때 사람들이 평론하기를 '담장 동쪽에서 세상을 피해 사는 왕군공이다.〔避世墻東王君公〕' 하였다."라고 하였다.

155 훌륭한 아들 : 이재형의 아들 가운데 벽사(碧史) 이우성(李佑成)을 말하는 것으로 보인다.

156 관선(觀善)의 명첩(名帖) : 관선계(觀善契)는 후강 이재형의 부친인 성헌(省軒) 이병희(李炳憙)를 추모하는 유계(儒契)로 성헌의 회갑이 되던 해에 결성되어 지금까지 매년 지속되고 있는 모임이다.

손자의 관례에 자사[157]를 짓도록 명하였네   冠孫命字辭

나이 많은 것을 내세우지 않았고   已着不挾長

또 시를 함께 이야기할 수 있었네[158]   且許可言詩

오늘 엄광[159]으로 가는 길   今日嚴光路

가을바람이 나의 슬픔을 더하네   秋風助我悲

---

157 손자의 관례에 자사(字辭):《손암집》권4의 〈이희규자설(李熙奎字說)〉을 말한다. 이희규(李熙奎)는 후강(厚岡)의 장자인 이익성(李翼成)의 아들이다.

158 시를……있었네: 공자의 제자 자하(子夏)가 《시경》에 나오는 시를 잘 해석하며 평하자, 공자가 "나를 계발시켜 주는 사람은 바로 우리 상이로다. 이제는 너와 함께 시를 이야기할 수 있겠구나.〔起予者, 商也, 始可與言詩已矣.〕"라고 칭찬한 대목이 《논어》〈팔일(八佾)〉에 나온다.

159 엄광(嚴光): 밀양시 산외면 엄광리를 말하는데, 여주이씨 선산이 있는 곳이다.

이우회에 화답한 시

以友會酬稿

청주와 탁주 술동이 앞에 온 좌중이 청아하니	賢聖樽前一座淸
금년에도 이렇게 한 해가 저물어가네	今年又是歲將行
광음은 물살처럼 빠른데 이 몸 더부살이와 같고	光陰似水身如寄
세상일에 신경이 쓰여 꿈속에서도 놀라네	時事關心夢亦驚
백안은 다만 세상의 버림을 받아서이니	白眼祇緣爲世棄
수염을 염색해야 겨우 남들의 경시 면할 수 있네	染鬚纔可免人輕
고인의 풍아로도 도리어 비방을 많이 받았으니	古人風雅還多誹
누가 시정이 바른 정에서 나옴을 알겠나	誰識詩情出正情

새봄에 여러 벗들과 읊다
新春與諸友共賦

서른 날 동안 움츠려 앉아 문밖을 나서지 않다가	蝸坐三旬不出門
오늘 아침에야 비로소 물가 마을을 향하네	今朝始向水邊村
술 마심이 버릇이 됨은 활 그림자[160] 때문이 아니고	酒腸成癖非弓影
병든 눈에 눈곱이 낌은 자욱한 안개 때문이라네	病眼生眵是霧昏
눈 녹은 물이 남몰래 흘러 시냇물과 합쳐지고	雪水暗流通澗脉
봄빛이 막 동하여 매화의 혼에 의탁하네	春光纔動托梅魂
새봄의 즐거운 일이 많고 많다마는	新年樂事知多少
도리어 청아한 시를 가지고 그대의 논평을 구하네	却把清詩要子論

죽림의 시와 술이 수차례 지나니	竹林詩酒數相過
혜완[161]이 만난 마당에 휘파람과 노래가 뒤섞이네	嵇阮逢場雜嘯歌
돈손의 술잔 앞에서 오직 즐거워하니[162]	頓遜杯前惟好樂

---

160 활 그림자 : 진(晉)나라 때 악광(樂廣)이 하남 윤(河南尹)으로 있을 적에 항상 친하게 지낸 손이 있었는데, 한참 동안 그 손이 다시 오지 않으므로 그 까닭을 물으니, 대답하기를, "지난번에 베풀어 준 술자리에서 갑자기 잔 속에 뱀이 있는 것을 보고는 몹시 혐오감을 느꼈는데, 그 술을 마신 뒤 병을 얻었다."라고 하였다. 사실은 청사(廳事)의 벽 위에 걸린 각궁(角弓)의 그림자가 술잔에 뱀의 모양처럼 비쳤던 것이라, 다시 술자리를 마련하고 그 손에게 그 까닭을 일러 주니, 손의 병이 대번에 나았다는 고사가 있다.

161 혜완(嵇阮) : 혜강(嵇康)과 완적(阮籍)을 말하는데, 모두 진(晉)나라 때 죽림칠현(竹林七賢)의 한 사람이다.

162 돈손(頓遜)의……즐거워하니 : 돈손은 고대에 남해(南海)에 있던 나라 이름으로,

이소의 부 이룸에 몇 번이나 어루만졌나　　　離騷賦就幾摩挲
인간 세상의 득실이 모두 정해짐이 없으니　　人間得失都無定
판 위에서 이기고 짐은 결국 누가 많은가　　　局上輸贏竟孰多
자고로 강호는 세속의 일이 아니니　　　　　　自古江湖非俗事
갈매기에게 풍파를 묻지 말기를　　　　　　　莫從鷗鷺問風波

당(唐)나라 담용지(譚用之)의 《기허하전관기왕시어(寄許下前管記王侍御)》 시에 "옛날 남쪽으로 가서 즐거운 접대를 받으니, 돈손의 술잔 앞에서 모두 좋은 봄이었네.〔昔年南去得娛賓, 頓遜杯前共好春.〕"라고 하였다.

이우회에 부치다

寄以友會

여러 분들의 시격이 고개 들어 볼 만큼 뛰어나니　　諸君詩格迥擡頭
그 명성 오늘날 우리 고을에서 무겁네　　聲價於今重我州
공궐처럼 의지하며 따름[163]은 원래 즐거운 일이고　　蛩蟨追隨元是樂
학과 오리 장단이 다름[164]은 본래 걱정할 것 아니네　　鶴鳧長短本非憂
거문고 실력과 주량을 타고난 것이라 자부하니　　琴樽自許由天授
청풍명월에 끝내 멋진 유람 해야하리　　風月終當屬勝遊
신세가 처량한 것에도 도리어 분수가 있으니　　身事龍鍾還有分
때때로 함께 이응의 배[165]에 오르네　　時時同上李膺舟

---

163 공궐처럼 의지하며 따름 : 공(蛩)은 달리기를 아주 잘하는 공공거허(蛩蛩巨虛)라
는 짐승이고 궐(蟨)은 앞발은 쥐의 발 같고 뒷발은 토끼의 다리와 같아서 잘 달리지
못하는 짐승인데 공이 늘 궐을 위해 먹이를 구해 주고 급한 일이 있으면 업고 달아났다고
한다. 《淮南子 道應訓》

164 학과……다름 : 《장자》〈변무(騈拇)〉에 "오리의 다리가 비록 짧지만 이를 늘여
주면 근심하고, 학의 다리가 비록 길지만 이를 자르면 슬퍼한다.〔鳧脛雖短, 續之則憂;
鶴脛雖長, 斷之則悲.〕"라고 하였다. 이는 곧 만물에는 각각 부여된 본성이 있으므로
임의로 더하고 줄여서는 안 됨을 말한 것이다.

165 이응(李膺)의 배 : 후한(後漢) 때의 고사(高士) 곽태(郭太)는 집안이 매우 빈천
(貧賤)했는데, 그가 일찍이 낙양(洛陽)에 들어가 당대의 고사 이응을 한번 만나고 나서
는 이응에게 크게 인정을 받아서 이응과 서로 깊이 사귐으로써 명성이 마침내 경사(京
師)를 진동시켰고, 뒤에 그가 향리(鄕里)로 돌아갈 적에는 수많은 선비들이 강가에까지
배웅을 나갔다. 이때 곽태가 오직 이응하고만 함께 배를 타고 건너가므로, 뭇사람들이
그 광경을 바라보고 그 두 사람을 신선으로 여겼다는 고사가 있다. 전하여 이응과 곽태

모성재[166] 시에 차운하며

次慕醒齋韻

일월산 깊숙하여 땅이 절로 그윽하고	日月山深地自幽
아미 서쪽 높이 솟아 물이 동쪽으로 흐르네	峩嵋西屹水東流
한가로운 갈매기가 석양에 긴 강 밖에서 날고	閒鷗斜日長江外
하객이 추풍에 노성한 글로 축하하네	賀客秋風老筆頭
진퇴는 대체로 추모하는 뜻과 관계되고	進退多關追慕意
주선은 즐거운 유람일 뿐만이 아니네	周旋不止作歡遊
높이 올라가 당년의 일을 추억하니	登臨懷憶當年事
시도 때도 없이 강론하며 자유롭게 떠나고 머물렀지	講論無時任去留

가 함께 배를 탄다는 것은 곧 귀천에 관계없이 서로 친밀한 지기(知己)가 됨을 비유한
다. 《後漢書 卷68 郭太列傳》

166 모성재(慕醒齋) : 밀양시 청도면 고법리 화동에 있다. 성암(醒庵) 박문하(朴文
夏, 1830~1877)를 추모하기 위한 재사이다.

모성재에 모여 읊다

慕醒齋會吟

한번 높은 정자에 오르자 뜻이 다시 그윽해지니	一上高亭意更幽
흰 구름 깊은 곳에 푸른 그늘이 흐르네	白雲深處翠陰流
이름난 꽃 난간에 기댐에 서로 만족하는 듯하고	名花倚檻如相得
검은 학이 주렴을 엿봄에 머리를 끄덕일 줄 아네	玄鶴窺簾解點頭
또한 이번 걸음이 우연한 일이 아님을 아니	也識今行非偶事
시종 하늘이 유유자적하게 해주었네	始終天意賜優遊
제호 새[167]는 술 권하며 끊임없이 울부짖으니	提壺勸酒啼無已
함께 오래도록 머물며 묵는 것이 문제될 게 있으랴	信宿何妨共淹留

---

167 제호(提壺) 새 : 제호로(提壺蘆)라는 새 이름인데, 술병을 든다는 뜻이 되므로
한 말이다. 구양수(歐陽脩)의 시에, "유독 꽃가지 위에 제호로가 있어, 나에게 꽃 앞에
서 술잔 기울이라 권하네.〔獨有花上提壺蘆, 勸我有酒花前傾.〕"라고 하였다.

종택에서 족보를 편찬할 때에 읊다 병신년
宗宅修譜時有吟 丙申

우리 집안의 꽃나무 천 년을 내려오니	我家花樹一千年
그 뿌리가 구천까지 박혔네	嘗得淡根到九泉
효제가 우리 조상 이후로 응당 많으니	孝悌宜多吾祖後
규모가 이전 고인보다 못하지 않네	規模不讓古人前
달 밝은 버드나무 정자에 정의가 담박하고	杞棚月白情淡密
등잔불 푸른 소나무 책상에 베갯머리 꿈 이어지네	松案燈靑枕夢連
언제나 소순168이 당일에 한 말을 생각하여	長憶蘇洵當日語
동족을 길가는 사람 보듯 하지 않게 하였네	免令同族路人然

---

168 소순(蘇洵) : 북송(北宋) 때의 문장가로, 족보를 만들고 족보 서(族譜序)를 지었다. 이글은 《고문진보 후집》에 수록되어있다.

한 달여 간 구토하며 자리에 누워 읊다

嘔吐月餘臥吟

나는 본래 천상의 관리 　　　　先生本是淸都吏

인간 세상 떠돈 지 칠십 년 　　　流落人間七十秋

가슴 속 무한한 걱정 다 토해내니 　嘔盡胸中無限累

내일 아침에는 다시 옥루에서 노닐겠지 　明朝却向玉樓遊

서 書

선사 금주 선생[1]께 올리는 문목
上先師錦洲先生問目

〔문〕 성인과 범인의 구분은 다만 기질(氣質)에 달려 있고, 그 성(性)과 같은 것은 하나일 따름입니다. 옛날 사람들이 모두 기질은 변할 수 있다고 말했는데, 2천년 동안에 공자 같은 사람이 한 명도 없는 것은 어찌된 일입니까?

〔답〕 기질을 변화시키지 못했던 것은 바로 용공(用工)이 지극하지 못한 탓이지, 그런 이치가 없는 것은 아닙니다.

〔문〕 옛 사람이 비록 '성(性)을 회복하였다' 하기도 하고, '그것을 돌이켰다' 하기도 하고, '공을 이루어서는 한가지이다'라고 하였으나 생지(生知)와 학지(學知)[2]는 끝내 다름이 있습니다. 그러므로 우(禹)임금

---

1 선사(先師) 금주(錦洲) 선생 : 허채(許埰, 1859~1935)를 말한다. 자는 경무(景懋), 호는 금주(錦洲), 본관은 김해(金海)이다. 경상남도 밀양시 단장(丹場)에서 살았다. 성재(性齋) 허전(許傳, 1797~1886)과 만구(晩求) 이종기(李種杞, 1837~1902)의 문인이다. 1891년(고종28)에 진사에 합격했다. 저서로는 《금주집》이 있고, 이상정(李象靖, 1711~1781)의 《대산집(大山集)》 가운데 서찰을 대상으로 《대산서절요(大山書節要)》를 편찬하였다.

과 탕(湯)임금은 요(堯)임금과 순(舜)임금만 못하고, 무왕(武王)은 문왕(文王)만 못하고, 안자(顏子)는 공자(孔子)만 못합니다. 우임금, 탕임금, 무왕이 과정을 거쳐 온 것은 자세히 상고할 수 없습니다. 그러나 안자는 그 공부를 통해 앞으로 나아간 것이 저와 같이 굳건하고도 정밀하였고, 또 성인께서 인도하고 도와주는 것이 있었는데도 공자에 미치지 못하고 그쳤습니다. 비록 안자로 하여금 장수하게 하였더라도 끝내 공자에게 미치지 못하였을 것은 분명합니다. 그러므로 성규(晟圭)는, 옛날 사람이 저와 같이 말한 것은 다만 후생들을 인도하려는 방법에 불과할 뿐, 그 실상은 생지(生知)·학지(學知)·곤지(困知)는 확연히 차이가 있을 뿐이라고 하겠습니다.

〔답〕 안자가 공자에게 미치지 못하는 것은 다만 공부가 미치지 못한 곳입니다. 공자는 생지의 자질로서도 문득 15세부터 학문에 뜻을 두어 70세에 이르도록 혼자 깨닫는 그 진보의 공부를 하였는데, 안자는 단지 30세에 그쳤으니, 어떻게 능히 공자에게 미치겠습니까. 만약 안자가 장수하였더라도 공자에게 미치지 못한다는 것은 이것은 또한 단지 공부가 미치지 못한다는 것입니다.

〔문〕 천지로부터 온 것은 내 노력을 용납하지 않지만, 태어난 뒤에 물욕에 가린 것은 다스릴 수 있습니다.

---

2 생지(生知)와 학지(學知) : 생이지지(生而知之)와 학이지지(或學而知之)의 준말이다. 《중용장구》에 "어떤 이는 태어나면서부터 알고 어떤 이는 배워서 알고 어떤 이는 애를 태운 뒤에 알기도 하나, 그 앎에 미쳐서는 똑같다.〔或生而知之, 或學而知之, 或困而知之, 及其知之, 一也.〕"라고 하였다.

〔답〕 물욕에 가린 것 또한 기질에 구애된 것이니, 물욕을 제거하고자 하면서 기질을 다스리지 않는다면 어디로부터 공부를 하겠는가.

〔문〕 백이(伯夷)는 청(淸)이 되고 유하혜(柳下惠)는 화(和)3가 됩니다. 그 그릇이 이미 정해졌기 때문에 비록 지극함에 이르러도 또한 그 그릇을 채우는데 그칠 뿐입니다.
〔답〕 그릇이 어찌 정해진 것이 있겠는가. 작게 되고 크게 되는 것은 그 공부를 하는 규모의 크고 작음에 따르는 것일 뿐입니다.

〔문〕 나는 태어나던 처음에 그 그릇이 얼마나 크고 작은지를 모릅니다. 그러므로 반드시 물욕을 제거하여 그 본분을 찾고자 하는 것입니다.
〔답〕 큰 도를 터득하면 그 그릇이 크고, 작은 도를 터득하면 그 그릇이 작습니다.

〔문〕 하늘이 사람에게 기를 부여함에 청(淸)은 한 갈래요, 강약(强弱)은 두 갈래입니다. 만약 기에 탁(濁)한 것이 있다면 사단(四端)이 어떻게 발현되어 나오겠습니까. 가령 흐린 물을 친다면 튀겨 나오는 물은 다만 흐릴 따름입니다. 이것으로 본다면 탁한 것은 단지 물욕이 그렇게 만든 것이지, 본성과 함께 생겨난 것이 아닙니다. 그러므로 그 탁한 것은 맑게 할 수 있지만, 강약은 천지로부터 온 것이기 때문에 약한 것은 강하게 할 수 없습니다.

---

3 백이(伯夷)는……화(和) : 맹자가 백이를 '성인 중 맑은 자〔聖之淸者〕'라고 하고, 유하혜를 '성인 중 온화한 자〔聖之和者〕'라고 한 것을 말한다. 《孟子 萬章下》

〔답〕 성(性)은 비록 기질 가운데 있지만 실제로는 순수하여 섞이지 않는 것입니다. 그러므로 사단은 때에 따라 발현되어 나옵니다. 천지의 사이에는 실제로 청탁의 기가 있으니, 사람에게 부여할 때 어떻게 유독 탁하지 않도록 하겠습니까. 약한 것이 강해지도록 하는 것은 실로 탁한 것이 맑아지게 하는 것과 유사하니, 무슨 어려움과 쉬움이 있다고 별도로 의견을 만드는 것입니까.

〔문〕 탁한 것이 맑아지지 못함을 내 근심하고, 약한 것이 강해지지 않음을 내 근심하지 않는 것은 그것이 천지로부터 온 것이고 나의 죄가 아니기 때문입니다.

〔답〕 비록 천지로부터 왔지만 이미 나의 소유가 되었다면 이것은 나의 근심입니다. 【기질에 청탁이 있다는 것은 위에서 이미 말하였다.】

〔문〕 재화와 여색에 대한 마음을 금지하고 막기가 가장 어렵습니다. 고요히 생각해 보건대, 재화는 구해서는 안 되고 여색은 좋아해서는 안 된다는 것을 모르는 것은 아니지만, 이해(利害)가 목전에 당하게 되어서는 이익을 구하는 마음이 있고, 예쁜 여자가 앞에 이르게 되면 문득 요구하고 좋아하는 마음이 있는 것이 흡사 사단이 곧장 발현되는 것과 같습니다. 이것은 결코 성(性)이 소유한 것이 아닌데 어찌 이와 같이 별안간 곧장 나오는 것입니까? 그 병통이 어디에 있으며, 또 어떻게 그것을 다스려야 할 지 모르겠습니다.

〔답〕 재화와 여색은 비록 성이 본래 소유한 것이 아니지만, 또한 태어날 때 함께 생겨나는 것이기 때문에 감촉하는 곳에 문득 발현하여 안배를 기다리지 않습니다. 이런 까닭으로 공자께서 덕을 좋아하기를 여색

을 좋아하듯이 하는 사람을 보지 못하였다는 말씀을 하셨던 것입니다.[4] 자공(子貢)의 현명함으로도 또한 재화를 불린다는 기롱[5]이 있었으니, 초학자가 어찌 이런 근심이 없을 수 있겠는가. 모름지기 염려하는 사이에 마땅히 두려워해야 할 것을 알아 실제로 그 힘을 쓴다면, 오래되면 절로 이런 근심이 없을 것입니다.

〔문〕 나를 헐뜯는 사람이 있으면 싫어하고 나를 칭찬하면 기뻐합니다. 비록 말이나 얼굴빛에 감히 드러내지는 않지만, 그 마음이 기뻐하고 싫어하는 것은 실로 그러합니다. 또 선(善)의 작은 것에 대해서는 구차하고 간략히 여기는 마음이 있고, 악(惡)의 작은 것에 대해서는 그대로 지나쳐 버리는 뜻이 있습니다. 그 연유를 살펴보면 또한 모두 사람이 알지 못하는 데에서 나오는 것입니다. 이 같은 병통은 어디서부터 다스려야 합니까?

〔답〕 이것은 이치를 본 것이 분명하지 못합니다. 이치를 본 것이 분명하다면 마땅히 그러한 것을 행할 뿐이니, 남이 나와 무슨 상관이 있겠습니까. 내가 행한 것이 실제로 선하다면 남의 헐뜯음이 나와 무슨 상관이 있겠으며, 내가 행한 것이 실제로 선하지 못하다면 남의 칭찬에 도리어 부끄러움만 있을 따름이니, 어찌 기뻐하거나 싫어하겠습니까.

---

4 공자께서……것입니다 : 《논어》〈자한(子罕)〉에 "공자가 말하기를, '나는 덕을 좋아하기를 여색을 좋아하듯이 하는 사람을 보지 못했다.' 하였다.〔子曰: 吾未見好德, 如好色者也.〕"라고 한 것을 말한다.

5 자공(子貢)의……기롱 : 《논어》〈선진(先進)〉에 "사〔자공〕는 천명을 받아들이지 않고 재화를 늘렸으나 억측하면 자주 맞았다.〔賜, 不受命, 而貨殖焉, 億則屢中.〕"라고 한 것을 말한다.

선을 마땅히 행해야 하고 악을 마땅히 제거해야 함을 안다면 어찌 선악의 크고 작은 것에 신경을 쓸 것인가. 남헌(南軒)[6]이 이른바 "위기(爲己)라는 것은 위하는 것이 없이 하는 것이다."라고 한 것에 마땅히 생각을 다해야 할 것입니다.

〔문〕흘러드는〔流注〕마음을 안주시키기 어렵습니다. 선하고자 하여 끌어들이면 악으로 향하고, 부지런히 하고자 하여 끌어들이면 게으름으로 향하고, 단정히 앉고자 하여 끌어들이면 다리를 뻗게 되고, 앉고자 하여 끌어들이면 눕게 됩니다. 한 가지 일을 생각하고 한 권의 책을 보는데 이르러서는 끝까지 단정히 앉아있지도 못하고 문득 간단(間斷)이 생기니, 어떻게 다스려야 할 지 모르겠습니다.
〔답〕이것은 경(敬)이 확립되지 못한 연유이니, 경이 확립되면 이런 근심이 없습니다. 하나를 위주로 하여 다른 곳으로 가는 것이 없는 것을 경이라 합니다.

이상 세 조목은 모두 그대가 실천하는 가운데 체득하고 살핀 설들이니, 이렇게 터득하기가 쉽지 않습니다. 내 들자니, 경(敬)으로 함양한다고 하였고, 또 "알지 못하면 경을 할 수 없다."라고 하였으며, 또 "힘써 행하여 능히 다스려야 한다."라고 하였으니, 그 용공(用工)의 방법은 여러 성현들의 글에 갖추어져 있습니다. 그것을 살피면 알 수 있으니

---

6 남헌(南軒) : 장식(張栻, 1133~1180)의 호이다. 자는 경부(敬夫)·흠부(欽夫)·낙재(樂齋), 시호는 선(宣)이다. 호굉(胡宏, 1106~1161)에게 정자의 학문을 전수받았다. 저서로는 《논어해(論語解)》, 《맹자해(孟子解)》, 《남헌역설(南軒易說)》 등이 있다.

다시 설명할 필요가 없지만, 다만 큰 두뇌처를 밝혀 어려운 절차를 힘써 행한 연후에 공부가 착오에 이르지 않고 도리는 조금 이룰 수 있습니다. 그대는 어떻게 여길지 모르겠습니다.

〔문〕명덕(明德)을 다만 이(理)를 가리켜 말한 것이라고 하는 사람이 있으니, "명덕은 이기(理氣)를 겸한 곳에 나아가 이(理)를 위주로 말한 것이다. 거울로 비유하자면, 거울이 비추는 것은 비록 수은(水銀) 때문이지만, 비추는 것은 단지 스스로 거울일 뿐이다."라고 합니다. 그것을 다음과 같이 분변합니다.

성현께서 말씀하신 곳에는 저마다 같지 않은 것이 있으니, 명덕이라고 한 것은 한 가지 일만을 위주로 말한 것이 아니며, 또한 한쪽을 잘라내어 말한 것이 아니고, 공공연하게 이름한 것이다. 이기를 상대하여 보면 이(理)의 부분이 많은 듯하고, 심성(心性)으로 나누어 보면 심의 모양이 많은 듯합니다. 그러나 이(理)라고 이르면 자취가 있지 않고, 심(心)이라고 이르면 신묘함이 없으니, 정재(定齋) 선생[7]께서 이른바, "기가 맑고 이가 투철한 곳에 저런 명목을 지어야 한다."[8]라고 한 것은 바꿀 수 없는 의론입니다. 거울로 비유하자면, 수은과 유리가 합하여 밝음이

---

7 정재(定齋) 선생 : 류치명(柳致明, 1777~1861)을 말한다. 자는 성백(誠伯), 호는 정재(定齋), 본관은 전주(全州)이다. 연원(淵源)이 갈암(葛菴) 이현일(李玄逸)에서 밀암(密庵) 이재(李栽)로, 밀암에서 대산(大山) 이상정(李象靖), 대산에서 정재로 이어졌는데, 대산은 밀암의 외손자이고, 정재는 대산의 외증손이다. 저서로는 《정재집》이 있다.

8 기가……한다 : 《정재집》 속집 권5 〈이여뢰 진상에게 답하는 별지〔答李汝雷 震相 別紙〕〉에 나온다.

생기니, 그 이름을 단지 거울이라 할 수 있으나 유리라고 할 수는 없습니다. 명덕을 이라고 할 수 없는 것 또한 이와 같을 따름입니다.

〔답〕 변론한 것이 정밀하고 절실합니다. 그러나 학문을 하는 것은 실제의 일에 나아가 실제의 업을 행하는 것을 가장 귀하게 여깁니다. 명명덕(明明德)을 말할 것 같으면, 밝히는 일에 나아가 실제로 공력을 써서 나의 명덕으로 하여금 거의 밝음이 다하도록 한다면 명덕의 진체(眞體)와 명목(名目)이 자연스럽게 일용의 사이에 드러납니다. 만약 단지 모색하는 사이에만 힘쓰고 실용의 공부에 느슨히 한다면 비록 이름과 말 사이에 어긋나는 것이 없더라도 자기의 마음과 몸에 무엇이 유익하겠습니까. 바라건대, 다시 유의하십시오.

〔문〕 국수(國秀)[9]가 《대학장구》에 대하여 묻기를, "스스로 속이는 것〔自欺〕에는 세 가지 유형이 있으니, 하나는 안으로 전혀 호오(好惡)의 실상이 없이 밖으로 가리고 덮는 것만을 오로지 일삼은 것이고, 하나는 비록 호오가 옳은 줄 알지만 은미한 즈음에 또 구차하게 스스로를 속이는 것이고, 하나는 앎이 지극하지 못함이 있으면서 뜻에 따라 일에 응하여 스스로 자기(自欺)에 빠진 줄 모르는 것입니다."라고 하였는데, 주자(朱子)가 답하기를, "이런 세 가지 유형의 의사(意思)가 있다. 그러나 도리어 이것은 세 가지가 아니고 단지 한 가지이다."라고 하였습니다. 가만히 생각건대, 호오의 실상이 없는 사람은 무상(無狀)한 사람이고, 앎이 지극하지 못하여 불의에 빠진 사람은 지혜롭지 못하다고

---

9 국수(國秀) : 여송걸(余宋傑)의 자이다. 남강군(南康軍) 건창현(建昌縣) 사람으로, 주자의 제자이다.

할 수 있지만 스스로를 속인다고 할 수 없습니다. 전문(傳文)의 뜻을 보면 결코 이 두 가지를 가리켜 한 말이 아닙니다. 그런데 주자는 단지 한 가지로 여긴 것은 어째서입니까?

[답] 이 세 가지는 비록 천심(淺深)의 나름이 있지만 그 연유를 말하면 모두 앎이 지극하지 못하고 실제로 힘을 쓰지 않았던 까닭이니, 이것이 주자가 이른바 "단지 한 가지이다."라고 한 것입니다. 그러나 가리고 덮는 것을 오로지 일삼고 스스로 빠진 것을 모른다는 이 두 가지는 끝내 본문의 바른 뜻이 아니기 때문에 장구(章句)에서 호오는 알지만 구차하게 스스로 속인다는 뜻으로 해석한 것입니다.

[문] "마음속에 정성스러우면 바깥에 드러난다."[10]라고 하였습니다. 가만히 생각건대, 선은 성(誠)으로 말할 수 있지만 악은 성으로 말할 수 없습니다. 비록 무상(無狀)한 소인일 지라도 군자를 보았을 때는 그 악이 절로 간단(間斷)할 때가 있으니 어떻게 성이 되겠습니까. 혹자가 말하기를, "소인은 선을 행하는데 정성스러울 수 없기 때문에 비록 바깥에 드러내고자 하더라도 할 수 없다."라고 하였습니다. 이것은 오직 마음속에 정성스러워야 능히 바깥에 드러남을 말한 것입니다. 그러므로 군자는 반드시 그 홀로를 삼가고 선을 행하는데 정성스럽게 합니다. 이 설이 어떠한지 모르겠습니다.

[답] 혹자의 설은 혹 통할 수 있습니다. 그러나 끝내 본문의 바른 뜻이 아닙니다. 주(註)에 "성(誠)은 실(實)이다."라고 하였습니다. 이것은 소인이 실심으로 악을 행하는 것입니다. 그러므로 그 악을 가리고자

10 마음속에……드러난다 : 《대학》 전6장에 나오는 말이다.

해도 끝내 가릴 수 없는 것입니다.

〔문〕 주자가 처음에는 어찌할 수 없다〔不柰他何〕는 것을 자기(自欺)로 여겨 경자(敬子)[11]의 혹 이 마음에 드러난다〔容著這心〕는 설을 비난하였다가 다음날 다시 경자의 말이 옳다고 하면서 스스로 자기의 말은 상면(上面)의 도리로 여겼습니다.[12] 일찍이 생각해 보건대, 이 두 가지는 바로 한 간격입니다. 어찌할 수 없기 때문에 혹 이 마음에 드러나는 것이 있을 뿐입니다. 만약 자기(自欺)의 처지에서 말한다면 바로 혹 드러난〔容著〕 뒤에 바야흐로 자기하게 되며, 용공(用工)의 절도로 말하면 이미 스스로 어찌할 수 없지만 실제로 힘쓰는 것이 옳습니다. 선을 좋아하는데 선을 좋아하지 않는 사람이 말리면 마땅히 좋아하지 않는 사람을 이겨 실심으로 좋아해야 하고, 악을 미워하는데 악을 미워하지 않는 사람이 말리면 마땅히 미워하지 않는 사람을 이겨 실심으로 미워한 뒤에야 바야흐로 스스로를 속이는 것을 면할 수 있습니다. 만약 혹 드러남〔容著〕에 이른 뒤에 제거하려 한다면 또한 이미 늦은 것입니다. 〔답〕 용공의 절도는 마땅히 절로 기미의 사이에 한결같이 생각하여 일찍 분별해야 하니, 어찌할 수 없기를 기다리면 오히려 늦게 됩니다.

〔문〕 "도라는 것은 잠시라도 떠날 수 없는 것이니, 떠날 수 있으면

---

11 경자(敬子) : 이번(李燔, 1163~1232)의 자이다. 호는 익재(益齋), 건창인이며, 주자의 문인이다.

12 주자가……여겼습니다 : 《주자어류》 권16 〈대학3(大學三) 전6장석성의(傳六章釋誠意)〉에 나온다. 내용은 약간의 차이가 있다.

도가 아니다."라고 하였습니다. 가만히 의심하건대, 도라는 것은 본래 떠날 수 있는 물(物)이 아니니, 만약 떠날 수 있는 물이라면 이른바 도라는 것이 아닙니다. 혹자가 "사람은 잠시라도 이 도를 떠날 수 없다. 만약 떠날 수 있다면 내기 행한 것은 도가 아니다."라고 하였습니다.

〔답〕 도는 떠날 수 있는 물이 아니기 때문에 사람은 이 도를 떠날 수 없습니다. 혹자의 설은 혹 통할 수 있으나 본문의 바른 뜻이 아니니, '가리(可離)'의 '가(可)'자를 설명해 내지 못하였기 때문입니다.

〔문〕 '계신(戒愼)'과 '공구(恐懼)'를 단독으로 말할 때는 동정(動靜)을 포함하고, '신독(愼獨)'과 상대하여 말할 때는 정(靜)에 속합니다.

〔답〕 이와 같이 설명하는 것이 가능하지만 '계신(戒愼)'과 '공구(恐懼)'가 '신독(愼獨)'과 상대할 때도 동정(動靜)을 겸하였다고 말할 수 있습니다.

〔문〕 운봉 호씨(雲峰胡氏)가 말하기를, "비(費)는 용(用)이 넓은 것이니 솔성(率性)의 도를 설명한 것이고, 은(隱)은 체(體)의 은미함이니 천명(天命)의 성을 설명한 것이다."라고 하였습니다. 이와 같이 미루어 설명하는 것은 실로 불가할 것이 없는데, 주자는 중(中)을 은(隱)으로 여기고 화(和)를 비(費)로 여기는 것은 부당하다는 말을 하였으니, 어떠한지 모르겠습니다.

〔답〕 호씨의 설과 같은 것은 불가할 것이 없는 듯하지만, 곧장 중(中)을 은(隱)으로 여기고 화(和)를 비(費)로 여기는 것은 불가하니, 주자의 화(和) 또한 은(隱)이 있고 비(費)가 있다는 말을 보면 알 수 있습니다.

〔문〕'연비(鳶飛)'의 구절은 포함한 뜻이 매우 넓습니다. 하나는 화육 (化育)이 유행하여 이 이치가 밝게 드러남을 말하였고, 하나는 도체 (道體)는 있지 않은 곳이 없음을 말하였고, 하나는 상하의 분수가 정 해짐을 말하였고, 하나는 화육이 유행하는 오묘함을 말하였습니다. 총괄하여 말한다면 장구(章句)에서 "화육이 유행하여 상하에 밝게 드 러난다."는 것이 남김없이 포괄하였다고 할 수 있습니다. 이 도리는 "반드시 호연지기(浩然之氣)를 기름에 종사하고, 효과를 미리 기대 하지 말아서 마음에 잊지도 말며 억지로 조장(助長)하지도 말라."[13] 는 것과 바로 한 가지이기 때문에 정자(程子)가 "(이 1절(節)은) 자 사(子思)가 요긴하게 사람을 위한 것으로 생동감이 넘치는 곳이다." 라고 하였습니다.

〔답〕주자가 말하기를, "공자께서 이르시기를 '행하고서 그대들에게 보여주지 않은 것이 없는 자가 바로 나이다.'라고 하셨다. 천리는 이와 같이 밝게 드러나 있는데 사람이 스스로 살피지 못하고, 성인의 말씀은 이와 같이 명백한데 능히 이해하는 사람이 드무니, 이루 탄식할 수 있겠는가?"라고 하였습니다.

〔문〕묻기를, "신(伸)은 단지 이 이미 죽은 기가 다시 와서 펴는 것입니 까?" 말하기를, "여기가 문득 이렇게 설명하기 어렵다. 이 신(伸)은 또 따로 새로 생긴 것이다."[14]라고 하였습니다. 가만히 생각건대, 비록 이미 죽었더라도 도리어 다 사라지지 않은 기가 있기 때문에 바야흐로

---

13 반드시……말라 : 《맹자》〈공손추 상(公孫丑上)〉제2장에 나온다.
14 묻기를……생긴 것이다 : 《주자어류(朱子語類)》권63〈중용2, 제16장〉에 나온다.

또 펴는 것입니다. 주자가 이른바 '새로 생긴다.'라는 것은 자손(子孫)의 기가 오히려 이 조고(祖考)의 위에 새로 생기게 된다는 것을 말하는 것입니까? 제사를 4대만 지내는 것은 조고의 은택이 여기에서 끊어지기 때문이니, 은택이 끊어지지 않았을 때에 그 기는 또한 다 사라지지 않은 것이 있기 때문에 자손이 정성을 다하면 이 기가 바야흐로 펴지는 것입니다.

〔답〕 옳은 듯합니다. 자손의 기는 저 옛날에 발생한 것을 접합니다. 그러나 이렇게 비록 말하더라도 어떻게 문득 확정하겠습니까.

〔문〕 묻기를, "성(誠)은 스스로 이루어지는 것이고, 도(道)는 스스로 행하여야 할 것이다."라고 한 두 구는 어세가 서로 비슷한데, 선생이 같지 않다고 해명하고, "만약 단지 자도(自道)로 풀이하는 것도 옳다."라고 하고, 모(某)는 인하여 말하기를, "망령된 생각으로는, 이 두 구는 단지 위기(爲己)는 위인(爲人)이 될 수 없음을 설명한 것이다."라고 하였습니다. 선생이 답하지 않다가 오랜 뒤에 다시 "모의 구설(舊說)은 진실로 병통이 있다."라고 하였습니다.[15] 지금 《중용장구》와 《주자어류》는 무엇을 기준으로 한 것입니까? 가만히 생각건대, 성(誠)은 나에게 있으니 스스로 그 성을 이루고, 도는 나에게 있으니 스스로 그 도를 행하는 것입니다. 《주자어류》에서 말한 것이 평실(平實)한 듯합니다. 만약 물(物)이 스스로 이루는 곳으로부터 비유하여 자기에게 설명한다면 힘을 조금 허비할 듯합니다.

〔답〕 "물이 스스로 이루는 바이다."라고 한 것을 잘 보면 자기를 포함한

---

15 묻기를……하였습니다 :《주자어류》 권63 〈중용3, 제25장〉에 나온다.

것 또한 그 가운데 있습니다.

〔문〕이(理)로 말하면 있다고 할 수 없고, 물(物)로 말하면 없다고 할 수 없다고 하였는데, 여기에서 '유(有)'자와 '무(無)'자는 서로 어긋나는 것이 아닙니까?
〔답〕이로 말하면 형상이 있다고 말할 수 없고, 물로 말하면 이치가 없다고 말할 수 없습니다.

〔문〕묻기를, "태극(太極)은 양(陽)이 움직이는 데서 시작하는 것입니까?" 말하기를, "음(陰)이 고요한 것이 태극의 근본이다."[16]라고 하였는데, 이 말이 도리어 의심스럽습니다.
〔답〕"음(陰)이 고요한 것이 태극의 근본이다."라고 한 것은 양(陽)이 움직이는 것에 상대하여 말한 것입니다.

〔문〕"성인께서 중정(中正)과 인의(仁義)로써 정하되 정(靜)을 위주로 한다."[17]라고 하였는데, '정(定)'자는 억지로 정하는 것 같습니다.
〔답〕이것은 도를 닦는다〔修道〕는 뜻이니, 억지로 정한다고 할 수 없습니다.

---

16 묻기를……근본이다 :《주자어류》권94 〈주자지서(周子之書), 태극도(太極圖)〉에 나온다.
17 성인께서……한다 :《주자어류》권94 〈주자지서(周子之書), 태극도(太極圖)〉에 나온다.

〔문〕 정을 위주로 한다〔主靜〕는 것을 의(義)와 지(知)를 위주로 한다는 것으로 해석하는 사람이 있습니다.

〔답〕 의(義)와 지(知)로 인(仁)과 예(禮)에 상대시키면, 의(義)와 지(知)는 정(靜)의 물이기 때문에 의(義)와 지(知)를 위주로 한다는 것 또한 정(靜)을 위주로 하는 것일 따름입니다.

〔문〕 정을 위주로 한다〔主靜〕는 것은 성인의 분수에 있어서는 실로 바꿀 수 없지만 중인의 분수에는 화두가 너무 높아 손 댈 곳이 없기 때문에 정자(程子)가 항상 경(敬)을 말하였습니다.

〔답〕 주자(周子)는 원두(源頭)를 설명하였고, 정자는 박실(朴實)한 곳에 나아가 사람을 가르친 것입니다.

〔문〕 "이윤(伊尹)의 뜻에 뜻을 두고 안연(顔淵)의 학문을 배운다."[18]라고 하였는데, 이윤이 배우지 않은 것은 아니나 그의 학문을 고찰할 곳이 없다. 그러나 그 뜻은 분명 요순시대의 군민을 만드는데 뜻을 두어 자신이 담당하여 굽히지 않았고, 안자는 뜻한 것이 없지 않았으나 그 뜻을 시험하지 못하였고, 오직 그의 학문은 박문약례(博文約禮)로부터 3개월 동안 인을 어기지 않은 것〔三月不違仁〕에 이르기까지 분명 절차와 단계가 있었습니다. 그러므로 이윤의 뜻에 뜻을 두고 안연의 학문을 배운다고 하였습니다.

〔답〕 옳습니다.

---

18 이윤(伊尹)의……배운다 : 《주자어류》 권94 〈주자지서(周子之書), 통서(通書), 지학(志學)〉에 나온다.

〔문〕《통서(通書)》〈성기덕(誠幾德)〉편의 "성은 함이 없으나 기에는 선과 악이 있다.〔誠無爲 幾善惡〕"라고 한 '기선악(幾善惡)'의 '기(幾)' 자는 선유들이 대부분 동정(動靜)의 사이로 말합니다. 그러나 천하의 물은 동이 아니면 정이고 정이 아니면 동이니, 어찌 동정의 사이에 또 물이 있겠습니까? '기(幾)'라고 말하면 이미 정(靜)의 경계를 떠났고, 정의 경계를 떠나면 마침내 동에 속합니다.
〔답〕 기(幾)를 동정의 사이라고 이른 것은 실로 국가가 장차 망하려면 반드시 요얼(妖孼)이 있다는 것이니, 요얼은 망하는 기이지 요얼을 문득 망(亡)이라고 할 수는 없습니다.

〔문〕 '신(神)' 자를 보기 어렵습니다. 주자는 형이상(形而上)으로 말한 곳이 있으니, "동하되 동이 없고 정하되 정이 없는 것은 부동(不動) 부정(不靜)이 아니다."라고 한 것과 같습니다. 이것은 형이상의 이치로 말한 것이니, 이는 신묘하여 헤아릴 수 없다고 한 것이 이것입니다. 형이하(形而下)로 말한 곳이 있으니, "모(某)가 형이하에 나아가 설명하였으나 마침내 기에 나아간 곳이 많으니, 광채가 드러나는 것이 문득 신(神)이다."라고 한 것이 이것입니다. 그러나 이(理)라고 하면 실제로 능히 조작(造作)하고, 기(氣)라고 하면 또 형기(刑器)를 뛰어넘습니다. 요컨대, 이기가 합한 곳에 자연히 이 신통한 물이 나오지만 실로 이기라고 이름하기 어렵고, 또한 이기에서 떨어진 것이 아닙니다. 이와 같이 보면 해가 없을지 모르겠습니다. 근래 중국의 유학자 하영봉(夏靈峯) 진무(震武)[19]가 이르기를, "이도 아니고 기도 아닌 것을 신이라

---

19 하영봉(夏靈峯) 진무(震武) : 하진무(夏震武, 1854~1930)를 말한다. 본명은 진

한다."라고 하였는데, 이 말 또한 어떠합니까?

〔답〕 이도 아니고 기도 아니라면 어떻게 신(神)이 되겠습니까. 주자는 이에 나아가 설명하기도 하고 기에 나아가 설명하기도 하니, 잘 관찰하면 그 뜻을 알 수 있습니다. 하씨의 설에 '비(非)'자를 사용한 것은 아마 너무 과감한 듯합니다.

〔문〕 묻기를, "공(公)은 능히 서(恕)하는 까닭이고, 능히 애(愛)하는 까닭이다. 서는 인이 베풀어진 것이고 애는 인이 드러난 곳이니, 서는 그 사랑하는 마음을 미루어 사물에 미친 것입니까?" 답하기를, "공의 말과 같은 것은 옳지 않은 것은 아니나 주합(湊合)할 수 없어 전혀 재미가 없습니다."라고 하였습니다.[20] 가만히 생각건대, 주자가 주합(湊合)이라고 한 것으로 본다면 공은 인의 공부이고, 애는 인의 작용이고, 서는 인이 베풀어진 것이니, 비유하자면, 물은 인이라는 것과 같습니다. 물이 모래와 돌에 막히게 되면 능히 모래와 돌을 들어내는 것은 공이고, 물을 동서로 나누는 것은 서이고, 애는 곳에 따라 사물을 적시고 윤택하게 하는 것과 같습니다. 이와 같이 보는 것이 어떠한지 모르겠습니다.

〔답〕 애는 곳에 따라 사물을 적시고 윤택하게 한다는 말은 맛이 있습니다. 만약 곳에 따라 적시고 윤택하게 하는 것으로 애가 서의 뒤에 있다고 여긴다면, 지언(知言)이 아닙니다. 먼저 애가 있기 때문에 능히

천(震川), 자는 백정(伯定), 호는 척암(滌庵)이다. 저서로는 《영봉집》·《논어강의(論語講義)》 등이 있다.

20 묻기를……하였습니다 : 《주자어류》 권94 〈정자지서(程子之書)〉에 나온다.

곳에 따라 적시고 윤택하게 합니다.

〔문〕"귀신(鬼神)의 덕(德)이 지극하다."라고 하였는데, 이 '덕(德)' 자는 다만 비(費)로 말한 것입니다.
〔답〕마땅히 비(費)와 은(隱)을 겸하여 보아야 합니다.

〔문〕귀신(鬼神)의 덕(德)이라고 말한 것은 바로 귀신이 굴신왕래(屈伸往來)하여 사물의 본체가 되어 빠뜨릴 수 없는 것을 말한 것인데, 하나의 덕(德) 자로 찬미한 것입니다. 요컨대, 귀신이 바로 덕이고 덕이 바로 귀신입니다. 그러므로 이 덕 자는 단지 비(費)로 말한 것이라고 하지만, 실제로는 귀신은 은(隱)이라고 할 수 없기 때문입니다.
〔답〕'위덕(爲德)'은 성정(性情)과 공효(功效)라고 말하는 것과 같습니다. 이 말에서 관찰하면 그것이 비(費)와 은(隱)을 포함하고 있음을 알 수 있습니다. 귀신이 바로 덕이고 덕이 바로 귀신이라고 한 것은 알 수 없습니다.

〔문〕"보아도 보이지 않는다."의 이하는 구절마다 귀신의 정상(情狀)과 공효(功效)를 말하였으니, 바로 그 덕을 말하는 까닭입니다.
〔답〕성정이라고 하지 않고 정상이라고 한 것은 어째서입니까? 성을 말하면 단지 비(費)만을 말할 수 없기 때문입니까? 그렇다면 정은 또한 은(隱)을 말할 수 있습니다.

〔문〕"보아도 보이지 않으며 들어도 들리지 않되, 사물(事物)의 본체(本體)가 되어, 빠뜨릴 수 없다."라고 한 것이 정상을 말한 것이라면,

비록 보고 들을 수는 없더라도 그 공효는 실제로 만물의 본체가 되어 빠뜨릴 수 없습니다. 보고 들을 수 없다고 한 것은 정자가 이른바 없다고 할 수 없고 또한 있다고 할 수 없다고 한 뜻과 같은 것이지, 그 소이연을 보고 들을 수 없다는 것을 이르는 것이 아닙니다.

〔답〕 보고 들을 수 없다는 것으로 사물의 본체가 되어, 빠뜨릴 수 없다는 것에 상대하면 비와 은을 나누어 말하지 않을 수 없습니다.

〔문〕 "그 좌우(左右)에 있는 듯하다."와 "예측할 수 없다."는 것은 모두 하나의 뜻입니다. "천하의 사람으로 하여금 재계(齋戒)하고 깨끗이 하며 의복을 성대히 하여 제사를 받들게 한다."는 것은 그 공효를 말한 것이고, "양양(洋洋)히 그 위에 있는 듯하며 그 좌우에 있는 듯하다."는 것은 또 그 정상을 말한 것입니다. 인용한 시 "신(神)의 이르름을 예측할 수 없다."라고 한 것은 또한 그 정상을 말한 것입니다.

〔답〕 "예측할 수 없다."라는 것은 또한 은(隱)으로 말한 것이니, "그 좌우에 있는 듯하다."라는 것과 동일한 뜻으로 보는 것은 불가합니다.

〔문〕 무릇 이것은 모두 귀신의 덕을 말하여 그 비(費)가 유명(幽明)에 간격이 없음을 밝힌 것입니다. 마지막 구절에서 "성(誠)을 가릴 수 없음이 이와 같구나!"라고 한 것은 바로 비와 은을 포함한 것으로 말한 것인데, '성(誠)' 한 자는 실제로 그 은(隱)을 말한 것입니다.

〔답〕 이미 '성(誠)'자를 은(隱)으로 여긴다면 귀신의 덕은 성(誠)이 아니고 도리어 덕(德)이 되는 것입니까.

〔문〕 혹자가 "장 아래에 '보이지 않고 들리지 않는다는 것은 은(隱)이

고, 사물(事物)의 본체(本體)가 되고 그 좌우(左右)에 있는 듯하다는 것은 비(費)이다.'라고 하였으니, 후대의 여러 유자들이 모두 존신(尊信)하며 다른 말이 없는데, 그대는 유독 그렇지 않다고 여기니, 도리어 또한 다른 설이 있는가?"라고 하였습니다. 답하기를, "또한 주자의 뜻에 근본하였습니다."라고 하였습니다.

〔답〕비록 주자의 뜻에 근본하였다고 하지만 주자의 뜻과 서로 반대가 되니 어찌하겠습니까.

〔문〕장구(章句)에서 위덕(爲德)은 성정과 공효라고 말하는 것과 같다라고 하였고, 주자가 또 성정은 정상이라 말하는 것과 같다고 하였습니다. 후씨(侯氏)는 귀신을 형이하로 여기고 덕을 형이상으로 여겼는데, 주자가 또 매우 비난하였습니다. 이런 여러 설을 미루어보면 말할 수 있습니다.

〔답〕여러 설과 장 아래의 설이 다름이 없으니, 다시 자세히 미루어 보아야 할 것입니다.

〔문〕은(隱)은 무엇인가. 바로 유행처에 소이연(所以然)의 이(理)일 따름입니다. 이미 보이지 않고 들리지 않는 것을 정상(情狀)으로 여겼다면 정상을 소이연의 이라고 하는 것은 실로 타당치 못한 점이 있습니다. 또 주자가 후씨의 형이상 형이하의 설을 비난한 까닭은 바로 귀신이 곧 덕이고 덕이 곧 귀신이라는 말입니다. 귀신이 형이하가 되는 것을 이미 어길 수 없다면 어디에 형이하가 있어 소이연의 이가 되겠습니까?

〔답〕화(和) 또한 은(隱)이 있고 비(費)가 있으니, 정(情)을 유독 은

(隱)이 있다고 할 수 없겠습니까. 보내온 설은 이를 은으로 여기고 기를 비로 여기는 병통이 있는 듯합니다.

〔문〕 가만히 생각건대, 독서하는 방법은 다만 마땅히 선유들이 이미 이루어 놓은 설을 준수해야 하고, 망령되이 스스로 이견을 세워 자랑하기를 구해서는 안 됩니다. 그러나 의심이 있는데 드러내지 않는 것은 이미 이치를 궁구하는 도가 아니고, 또 선유의 설이 혹 저와 이가 같지 않은 것이 있으니, 그 사이에 취하고 버리는 것이 있지 않을 수 없습니다. 그러므로 귀신장(鬼神章)에 망령되이 말한 것이 있었습니다. 삼가 바라건대 깨우쳐 주십시오.

〔답〕 귀신장에서 그대의 조예가 깊음을 볼 수 있었습니다. 그러나 성인의 말씀은 은미하고 심오하며 의리는 무궁하니, 비록 한 때 터득한 것이 있더라도 경솔하게 드러내어 말해서는 안 되고, 다만 마땅히 쌓아 모으고 함축하여 성현의 말씀으로 하여금 한 구도 어긋남이 있게 하지 말고, 나의 가슴에는 한 털끝만큼이라도 끌리는 것이 있지 않게 한 뒤에 말해 내어야 합니다. 이와 같다면 비록 합하지 않는 것이 있다고 하더라도 합하지 않는 것이 적을 것입니다. 진실로 한 때의 견해로 바로 붓을 들고 판단한다면 비록 터득한 것이 다 옳다고 하더라도 말하는 사이와 조금의 소홀한 즈음에 어찌 어긋나는 것이 없을 수 있겠습니까. 더구나 내가 터득한 것에 미치지 못하는 것이 있고, 성인의 말씀에 궁구하지 못한 것이 있다면 도에 어긋나고 이치를 해치는 것을 절로 능히 면할 수 없는 것이 있음에랴! 지금 그대가 논한 것은 비록 주자의 말을 상고하고 의거하였다고 하지만 실제로는 서로 반대되는 것이 매우 많으니, 모르겠습니다만 과연 쌓아 모으고 함축하여 둔 나머지에서

나온 것인지요? 만일 그렇지 않다면 이른바 너무 성급하다는 것이 아니겠습니까. 그대가 인용한 주자의 설을 그대로 하여금 다시 미루어 보게 하고 지금 깊이 변론하지 않습니다. 이런 입론(立論)은 보통 문의(文義)에 의심스러운 것을 질정하는 것과는 체면이 같지 않으니, 다시 살펴보시기 바랍니다.

〔문〕 지난번에 가르쳐 주신 것에, "떠날 수 있다면 도가 아니다. 혹자가 말한 바 떠날 수 있다면 내가 행하는 것이 도가 아니라고 한 것은 본문의 바른 뜻이 아니다."라고 하였습니다. 소주(小註)에 주자의 인을 떠나면 인이 아니고 의를 떠나면 의가 아니라는 설과 신안 진씨(新安陳氏)의 도를 떠나면 문득 형극(荊棘)이라는 설은 아마도 모두 내가 행한 것이 도가 아니라는 것을 의로 여긴 것입니다.

〔답〕 떠날 수 있다면 도가 아니라는 것은 위의 말을 뒤집어 말하여 도는 떠날 수 없다는 것을 밝힌 것이니, 이것은 본문의 바른 뜻입니다. 만약 미루어 말한다면 도는 본래 떠날 수 있는 물이 아니니, 이 도를 떠나 행하는 것은 도가 아닙니다. 주자의 인을 떠나면 인이 아니라는 설과 진씨의 형극이라는 설은 모두 미루어 말한 설로 볼 수 있습니다.

〔문〕 지난번에 가르쳐 주신 것에, '계신(戒愼)'과 '공구(恐懼)'가 '신독(愼獨)'과 상대할 때 동정(動靜)을 겸하였다고 하신 것은 이미 가르침을 잘 받았습니다. 아래의 문장인 치중화(致中和)의 장구로 보면 또한 상량(商量)할 것이 있습니다. 계구(戒懼)로부터 요약하여 지극히 정(靜)한 가운데에 편벽되고 치우친 바가 없어……근독(謹獨)으로부터 정(精)히 하여 사물(事物)을 응(應)하는 곳에 조금도 잘못됨이 없다고

하였으니, '계신(戒愼)'과 '공구(恐懼)', '신독(愼獨)'은 분명 동정을 나
누어 상대하여 설명하였습니다. 이것으로 본다면 '계신(戒愼)'과 '공구
(恐懼)'를 '신독(愼獨)'과 상대하여 말할 때, 정(靜)의 경계에 속하는
것은 불가함이 없을 듯합니다.

〔답〕 중(中)을 이루려고 하면 일동(一動) 일정(一靜)으로부터 지극히
정한 가운데 이르기까지 더욱 세밀하고 더욱 요약해야 하고, 화(和)를
이루려고 하면 일념(一念) 일려(一慮)로부터 만사의 사이에 이르기까
지 더욱 응하고 더욱 정밀하게 해야 합니다. 만약 '계신(戒愼)'과 '공구
(恐懼)'를 오로지 정(靜)에 속하게 하면 도리어 동(動)할 때의 공부가
빠지게 됩니다.

〔문〕 혹자가 묻기를, 순대지장(舜大知章)[21]에 스스로 그 총명함을 믿
지 않고 남에게서 즐거이 취하였다고 하였으니, 이와 같다면 지자(知
者)의 허물이 아닙니다. 또 능히 두 실마리를 잡아 그 중을 사용하였으
니, 우자(愚者)가 미치지 못할 것이 아닙니다. 회택중장(回擇中章)[22]
에 능히 중용을 택하였다면 현자(賢者)의 허물이 없을 것이고, 가슴속
에 새겨두고 잃지 않으면 불초(不肖)한 사람이 미치지 못할 것이 아니
라고 하였습니다. 가만히 생각건대, 순의 지혜로 능히 그 중을 사용하
였기 때문에 지(知)에 과불급(過不及)이 없어 도가 행해진 까닭이고,
안자의 어짊으로 능히 그 중을 택하였기 때문에 행(行)에 과불급이
없어 도가 밝아진 까닭입니다. 만약 혹문에서 나누어 본 것과 같다면

---

21 순대지장(舜大知章) : 《중용》제6장을 말한다.
22 회택중장(回擇中章) : 《중용》제8장을 말한다.

아마 너무 자잘하게 나눈 것 같습니다.

〔답〕혹문은 분개설(分開說)인데, 만약 혼륜(渾淪)으로 보면 그대의
설 또한 무방합니다.

〔문〕지난번에 가르쳐 주신 것에, 중(中)과 화(和) 또한 은(隱)이 있고
비(費)가 있다고 하셨습니다. 가만히 생각건대, 중(中)·은(隱)·화
(和)·비(費)라는 것은 비록 모두 천명(天命)과 솔성(率性)으로부터
이름을 얻은 것이지만, 비와 은은 끝내 중과 화와 다름이 있습니다.
중(中)·화(和)라고 한 것은 미발(未發)과 이발(已發)의 정해진 이름
이고, 은(隱)·비(費)라고 한 것은 함께 발현처에 나아가 그 용은 넓고
그 체는 은미함을 말한 것입니다. 이것이 중과 화와 다른 까닭입니다.
혹자가 '중에도 은이 있고 비가 있습니까'라고 하였습니다. 제가 "미발
로 말하면 실로 불가하겠지만, 만약 중용의 중으로 말하면 그 용의
넓음 또한 비이고, 그 체는 은입니다."라고 하였습니다.

〔답〕은(隱)·비(費)라고 한 것은 발현처에 나아가 말한 것입니다.
중(中)자에 비와 은이 있음을 설명해 낸 것이니, 또한 미루어 설명한
것이 좋습니다.

〔문〕이천(伊川)의 강상행(江上行)에 대한 기록이 둘이 있는데, 하나
는《심경(心經)》주에 실린 것이 그것이고, 하나는 어록(語錄)의 기록
이다. 이미 기슭에 이르자, 혹자가 그 까닭을 물으니, 이천이 "마음에
성(誠)과 경(敬)을 보존할 뿐이다."라고 하였다. 혹자가 "마음에 성과
경을 보존하는 것이 어찌 마음이 없는 것만 하겠습니까?"라고 하였다.
선생이 그와 더불어 말하려 하였으나 갑자기 보이지 않았다. 주자가

앞의 기록을 비난하면서 "파도가 세차게 일어나는 즈음에 땔감을 지고 가던 사람이 어떻게 그 두려워하지 않는 것을 볼 수 있었겠는가?"라고 하였고, 뒤의 기록에 대해서는 비록 갑자기 보이지 않은 것을 귀신같다고 하면서 비난하였으나 대개 뒤의 기록을 바르다고 여겼습니다. 《심경》의 주에서 뒤의 기록을 채록하지 않고 앞의 기록을 사용한 것은 또한 황돈(篁墩)[23]의 정밀하지 못한 곳입니다.

〔답〕 이것은 단지 한 때 조관(照管)[24]이 미치지 못한 곳입니다.

〔문〕 〈경재잠(敬齋箴)〉을 보면 뒷부분은 끝내 종용불박(從容不迫)한 뜻이 적은 듯합니다. 이것은 주자가 스스로를 경계한 것이기 때문에 이와 같고, 만약 공적으로 설을 세웠다면 반드시 종용불박한 뜻을 채워 넣었을 것입니다.

〔답〕 주자가 "나는 다만 항상 관대한 의사가 많음을 깨닫는다."라고 한 말을 보면 이것은 스스로를 경계한 듯합니다. 그러나 보통사람은 대개 관대한 의사가 많습니다.

---

23 황돈(篁墩) : 명(明) 나라 정민정(程敏政)의 별호이다. 육구연(陸九淵)의 학파(學派)로, 진덕수(眞德秀)의 《심경(心經)》에 부주(附註)를 내었다.

24 조관(照管) : 명백하게 살펴 헤아리는 것을 말한다.

上先師錦洲先生問目

聖凡之分, 只在氣質, 若其性則一而已. 古之人, 皆言氣質可變, 而二千年無孔子一人何也?

答曰：氣質不得變者, 乃用工不至之過, 非無其理也.

古人雖謂之復性, 謂之反之, 謂之成功則一也, 然學知、生知, 終然有異. 故禹、湯不如堯、舜, 武王不如文王, 顏子不如孔子. 禹、湯、武之所程歷, 未能詳考. 然顏子則其用工進前, 如彼之健且密, 又有聖人誘引輔相, 而未及孔子而止. 雖使顏子而壽其終, 不及孔子, 則固也. 故晟圭曰古人之如彼云云者, 直不過誘引後生之術耳, 其實則生知、學知、困知判然有異爾.

答曰：顏子之不及孔子, 只是工夫不及處. 孔子以生知之質, 便自十五而志于學, 以至七十, 用獨覺其進之工, 而顏子則只三十而止[25], 如何能及孔子? 若使顏子壽而不及孔子, 是亦只是工夫不及也.

自天地而來者, 吾無容力焉, 有生之後物慾所蔽, 則可以治之.

答曰：物慾所蔽, 亦以氣質所拘也, 欲去物慾而不治氣質, 從何而用工哉?

伯夷爲淸, 柳下惠爲和. 其器已定, 故雖其至也, 亦充其器而止爾.

---

25 止：저본에는 "至"자로 되었으나 "止"자의 오자로 보고 수정하였다.

答曰：器豈有定？可小可大，隨其用工規模之大小而已．

我不知受生之初，其器何樣之大小也．故欲必去物慾以索其本分子．
答曰：得其大道，則其器大；得其小道，則器小．

天之賦與人氣也，清則一路，強弱則有二路矣．若有濁者，四端如何而發
出？使濁水而搏之，其潑者只是濁而已．以是觀之，則濁只是物欲所爲，非
是與性俱生者．故其濁者，可使爲清，強弱自天地來，故弱不可使強．
答曰：性雖在氣質之中，而實粹然不雜者也．故四端隨時發出．天地之
間，實有清濁之氣，其賦於人，如何獨不使濁來？弱之使強，實類於濁之使
清，有何難易而別生意見也？

濁之不清，是吾憂也；弱之不強，非吾憂也，以其自天地而非吾罪故也．
答曰：雖自天地而來，旣爲吾有，則是吾憂也．【氣質之有清濁，上旣言之．】

貨與色之心，最難禁防．靜而思之，非不知貨不可求，色不可好，而及至
利害當頭，便有求利之心；及至好色來前，便有要好之心，恰如四端之直
發．此決非性之所有者，而何如是之瞥地直出也？未知其病在何？又如何
治之歟？
答曰：貨色雖非性之本有，亦與生俱生者，故觸處便發，不待安排．是以
孔子有未見好德如好色之語．以子貢之賢，亦有殖貨之譏，則初學安得無
此患乎？須於念慮之間，知所當畏而實用其力，則久久自無此患矣．

人有毀我則惡之，譽我則喜之．雖不敢見於辭色，然其心之喜惡，則固然

矣. 且善之小者, 則有苟簡之心; 惡之小者, 則有放過之意. 考其所由, 則亦皆出於人之不知也. 如此之病, 從何治之也?

答曰: 此則見理不明. 見理明, 則行其所當然而已, 人何關於我哉? 我所爲實善耶? 人毁之何有我? 所爲實不善耶? 人譽之則反有媿而已, 何喜惡之有? 知善當爲, 知惡當去, 則豈有大小? 南軒所謂"爲己者, 無爲而爲"者, 當致思也.

流注之心, 難以按住. 欲善而引之, 向惡; 欲勤而引之, 向怠; 欲端坐而引之, 使箕股; 欲坐而引之, 使臥. 至於念一事、看一書, 未能終端而便成間斷, 未知如何治之?

答曰: 此由於敬不立, 敬立則無此患. 主一無適之謂敬.

以上三條, 皆賢者體察履用中說, 不易如此得來. 蓋吾聞之, 敬以涵養, 又曰"不知無以爲敬", 又曰"力行而克治之", 其用工之方, 諸聖賢書備矣. 按之則可知, 不必更說, 而但明其大腦, 力行難節然後, 工夫不至差誤, 道理可成一片. 未知賢者以爲如何?

明德有單指理而言者曰: "明德, 就兼理氣處而主言理也. 以鑑爲比, 鑑之照, 雖以水銀, 而其照則只自鑑而已." 辨之曰: "聖賢立言地頭, 各有不同, 謂之明德者, 非主一事而言者也, 亦非剔邊而言者也, 而是公然立名者也. 對理氣看, 則似多理界分; 心性看, 則似多心模樣. 然謂之理, 則微有跡; 謂之心, 則是無神, 定齋先生所謂'氣淸理徹處, 做這般名目'者, 是不易之論. 以鑑比之, 水銀與琉璃合而生明, 則其名只可謂之鑑, 不可謂之琉璃. 明德之不可謂理, 亦猶是爾云云."

答曰: 所辨精切. 然爲學最貴就實事做實業. 如言明明德, 則就明之之事, 實用功力, 使我之明德, 庶幾明盡, 則明德之眞體面目, 自然呈露於日用之間. 若只用力於模索之間, 而弛於實用工夫, 雖使名言之間, 無所差謬, 於自己心身, 奚所益哉？幸更留意焉.

　　國秀問 "《大學》自欺有三樣, 一則內全無好惡之實, 而專事掩覆於外；一則雖知好惡之爲是, 而隱微之際, 又苟且以自瞞底；一則知有未至, 隨意應事, 而自不覺陷於自欺底", 朱子答云：有這三樣意思. 然却不是三路, 只是一路. 竊意無好惡之實者, 是無狀之人；知未至而陷於不義者, 可喚做不知, 不可喚做自欺. 看傳文之義, 決非指此二者而言者也. 然而朱子以爲只是一路何也？

　　答曰：此三者, 雖有淺深之不同, 言其所由, 則皆知未至而不實用力之故, 此朱子所謂只是一路者也. 然全[26]事掩覆、不覺自陷, 此二者, 終非本文正義, 故章句以知好惡而苟且自瞞之義釋之.

　　誠於中, 形於外. 竊以爲善可以誠言, 惡不可以誠言. 雖無狀小人, 見君子之時, 其惡自有間斷時節, 如何爲誠？或曰："小人不能誠於爲善, 故雖欲形著於外, 而不可得." 此謂惟誠於中, 乃能形著外. 故君子必愼其獨而誠於爲善. 此說未知如何？

　　答曰：或者之說, 容可通. 然恐終非本文正義. 註曰："誠, 實也." 此小人實心爲惡者也. 故欲掩其惡, 而卒不可得.

　　朱子始以不奈他何爲自欺, 而非敬子容著這心之說, 翌日復以敬子之言

---

26 全："專"의 오자로 보임.

爲是, 而自以己言爲上面底道理. 蓋嘗思之, 此二者, 卽一間. 以其不奈他何, 故有容著這心爾. 若以自欺地頭言之, 則正是容著而後, 方爲自欺; 以用工節度言之, 則已自不奈何, 而實用力焉可也. 好善而有不好者挽之, 則當克其不好者而實心好之; 惡惡而有不惡者挽之, 則當克其不惡者而實心惡之, 然後方免於自欺. 若至於容著而後去之, 則亦已緩矣.

答曰用工節度, 當自一念幾微之間而辨之, 待不奈他何, 猶爲緩.

道也者, 不可須臾離也, 可離, 非道也. 竊疑道也者, 本非可離之物, 若其可離之物, 則非所謂道也. 或曰: "人不可須臾離此道也. 若離則吾之所行非道也."

答曰: 道非可離之物, 故人不可離此道. 或者之說, 容可通, 然非本文正義, 以可離之可字, 說不出也.

戒愼恐懼單言時, 包動靜, 對愼獨言時, 屬靜.

答曰: 可如此說, 然戒懼對愼獨, 亦可言兼動靜.

雲峯胡氏曰: "費, 用之廣, 是說率性之道; 隱, 體之微, 是說天命之性." 如是推說, 固無不可, 而朱子有不當以中爲隱, 以和爲費之說, 未知如何?

答曰: 如胡說似無不可, 而直以中爲隱, 以和爲費, 則不可, 觀朱子和亦有隱, 有費之說可知.

鳶飛節包義甚廣. 一則言化育流行, 此理昭著; 一則言道體之無乎不在; 一則言上下之分定; 一則言化育流行之妙. 總而言之, 則章句化育流行, 上下昭著者, 可謂包括無餘. 這道理, 與"必有事焉而勿忘勿助"直一般, 故程子曰：“思喫緊爲人處，活潑潑地.”

答曰：朱子云 “孔子謂‘吾無行而不與二三子者是也.’天理如是昭著，而人自不察，聖言如是明白，而人鮮能會，可勝歎哉？”

問“伸底只是這既死之氣，復來伸否？”曰“這裏便難恁地說. 這伸底又是別新生了.”竊謂雖既死，還有未盡消底氣，故方且伸來. 朱子所謂新生者，謂子孫之氣，向這祖考上致新生否？祭止四代者，以祖考之澤於是而斬絕，澤未斬之時，其氣亦且有消未盡底，故子孫致誠，則這氣方伸來.

答曰：似是. 子孫之氣，接他舊發生來. 然這裏雖說，如何便硬定？

問“誠者自成，而道自道也”，兩句語勢相似，而先生之解不同云云，曰“若只做自道解，亦得”，某因言“妄意此兩句，只是說箇爲己不得爲人”云云. 先生未答，久之，復曰“某舊說誠有病”云云. 今《章句》、《語類》以何準？竊意誠者在我，自成其誠也，而道在我，自行其道也.《語類》言似是平實. 若自物之所以自成處懸空說來於己，似稍費力.

答曰：物之所以自成者，善看之，則包已亦在其中.

以理言之，則不可謂之有，以物言之，則不可謂之無，此有、無字，不是相錯否？

答曰：以理言之，則不可謂之有形；以物言之，則不可謂之無理.

問“太極始於陽動乎？”曰“陰靜是太極之本”，此言却可疑.

答曰：謂陰靜爲太極之本，對陽動說.

"聖人定之，以中正、仁義，而主靜"，定字似是強定底.

答曰：是修道之意，不可謂強定底.

主靜，有以主義知釋者.

答曰：以義知對仁禮，則義知是靜底物，故曰主義知，亦主靜而已.

主靜在聖人分上，則固不可易，在衆人，則話頭甚高，無可下手處，故程
子常言敬.

答曰：周子是源頭說，程子就朴實地教人.

"志伊尹之志，學顏淵之學"，伊尹非不學者，其學無所考矣，而其志則分
明是君民堯舜之志，而有擔當不屈底；顏子非無志者，其志不試矣，而惟
其學則自博文約禮，以至三月不違仁，分明有節次階級. 故曰志伊尹而學
顏子.

答曰：是.

"幾善惡"幾字，先儒多以動靜之間言之. 然天下之物，非動則靜，非靜則
動，豈動靜之間又有物哉？謂之幾則已離靜界，離靜界則終屬動.

答曰：幾謂之動靜之間者，固是"國家將亡，必有妖孽"，妖孽是亡之幾，
不可以妖孽便爲之亡.

神字難看. 朱子有以形而上言處，如"動而無動，靜而無靜，非不動不靜."
此言形而上之理也，理則神而莫測云者是也. 有以形而下言處，如"就形而
下說，畢竟就氣處多，發出光彩，便是神"云者是也. 然謂之理，則實能造

作, 謂之氣, 則又超然於形器. 要之是理氣合處, 自然出此神通底物, 而固難理氣之可名, 亦非離於理氣者也. 如此看未知無害否? 近來中儒夏靈峯震武言"非理非氣之謂神", 此言亦如何?

答曰：非理非氣, 如何得神? 朱子或就理上說, 或就氣上說, 善觀之則可得其義也. 夏氏之說, 下非字, 恐太快.

問"公所以能恕, 所以能愛. 恕則仁之施, 愛則仁之發處, 恕是推其愛之之心以及物否?"曰"如公所言, 亦非不是, 湊合不著, 都無滋味"云云. 竊以朱子之言湊合看之, 則公是仁工夫, 愛是仁之用, 恕是仁之施, 譬如水是仁. 水爲沙石所壅塞, 能擔去沙石者公也, 分水於東西者恕也, 愛則隨處滋潤物者也. 未知此看如何?

答曰：愛則隨處滋潤物者, 語有味. 若以隨處滋潤爲愛在恕後, 則非知言也. 以其先有愛底, 故能隨處滋潤.

鬼神之爲德, 其盛矣乎! 此德字, 只以費言.

答曰：當兼費隱看.

鬼神之爲德云者, 直言鬼神之屈伸往來, 體物不遺者, 而著一德字以美之也. 要之鬼神卽德, 卽鬼神也. 故曰此德字, 只以費而言, 實以鬼神不可以謂隱故也.

答曰：爲德, 猶言性情功效. 觀於此言, 可知其包費隱. 鬼神卽德, 德卽鬼神, 不可曉.

"視之而不見"以下, 節節言鬼神之情狀、功効, 卽所以言其德也.

答曰：不曰性情，而曰情狀，何也？以言性，則不可言只費故耶？然情亦可以言隱．

其曰"視之而不見，聽之而不聞，體物而不可遺"者，言其情狀，則雖不可見聞，其功効，則實體萬物而不遺也．不可見聞云者，如程子所謂不可言無，亦不可言有之意，非謂其所以然之不可見聞也．

答曰：以不見不聞，對體物而不可遺，則不可不分費隱而言也．

"如在左右"、"不度思"者，皆一意也．其曰"使天下之人，齊明盛服，以承祭祀"者，言其功効也；其曰"洋洋乎如在其上，如在其左右"者，又言其情狀也．所引詩"神之格思，不可度思"者，亦言其情狀也．

答曰："不度思"，亦以隱言，不可與"如在左右"同一意也．

凡此皆言鬼神之爲德，以明其費之無間於幽明也．末節所云"誠之不可掩如此"者，乃所以包費隱而言者也，而誠之一字，實言其隱也．

答曰：旣以誠字爲隱，則鬼神之爲德，非誠而顧爲德乎？

或曰"章下曰不見不聞，隱也；體物如在，則費也，後來諸儒，皆尊信無二辭，子獨以爲不然，顧亦有說乎？"曰"亦本朱子之意也．"

答曰：雖曰本朱子之意，而其與朱子之意相反者，奈何？

章句曰"爲德，猶言性情功効"，朱子又曰"性情，猶言情狀"．侯氏以鬼神爲形下，德爲形上，則朱子又甚非之．推此諸說，則可以言．

答曰：諸說與章下說，無異，更細推之．

隱者何也？卽流行處所以然之理而已. 旣以不見不聞爲情狀, 則以情狀謂所以然之理, 固有未安. 且朱子所以非侯氏形上下之說者, 乃鬼神卽德, 德卽鬼神之謂也. 鬼神之爲形下, 旣不可諱, 則安有形下而爲所以然之理乎？

答曰：和亦有隱有費, 情獨不可言有隱耶？ 來說似有以理爲隱以氣爲費之病.

竊惟讀書之法, 只當遵守先儒已成之說, 不可妄自立異而求多. 然有疑不發, 已非窮理之道, 而且先儒之說, 或有彼此之不同, 則於其間不得不有取舍者. 故鬼神章妄有所云云. 伏乞有以誨之.

答曰：鬼神章, 可見賢者造詣之深. 然聖言微奧, 義理無窮, 雖有一時所見, 不可輕肆發言, 只當蘊崇含蓄, 使聖賢之言, 無有一句齟齬, 吾之胸中, 無有一毫牽著然後, 乃得出言. 如是則雖有不合者, 蓋寡矣. 苟以一時之見, 立筆句斷, 則雖使所見盡是, 其立言之間、毫忽之際, 豈能無差乎？況吾之所見, 有所未及, 聖賢之言, 有所未窮, 則其違道害理 自有所不能免者！今賢者所論, 雖曰考據朱子之說, 而實與相反者甚多, 未知果出於蘊崇含蓄之餘乎？如其不然, 則非所謂太早計者耶？賢者所引朱子之說, 欲使賢者而更推之, 今不深辨. 此等立論, 與尋常文義疑難相質者, 體面不同, 幸有以察之也.

向誨中"可離非道. 或者所言若離則吾之所行非道者, 非本文正義"云云. 小註朱子離乎仁非仁，離乎義非義之說、新安陳氏離乎道便是荊棘之說, 恐皆以吾之所行非道爲義.

答曰：可離非道者, 是翻說上言以明道非可離, 此則本文正義也. 若推而言之, 則道本非可離之物, 離此道而行者, 非道也. 朱子離仁非仁之說、陳氏荊棘之說, 皆可以推說看.

向誨中戒懼對慎獨兼動靜, 已聞命矣. 以下文致中和章句看之, 則亦有
商量. 自戒懼而約之, 以至於至靜之中無所偏倚, 止自謹獨而精之, 以至於
應物之處無所差謬云云, 則以戒懼慎獨, 分明分動靜對說. 以此觀之, 則戒
懼對慎獨言時, 屬之靜界, 似無不可.

答曰：欲致中, 自一動一靜, 至於至靜之中, 愈密愈約；欲致和, 自一念
慮, 至於萬事之間, 愈應愈精. 若以戒懼專屬之靜, 則闕却動時工夫也.

或問舜大知章, 不自恃其聰明, 而樂取諸人者, 如此則非知者之過矣. 又
能執兩端而用其中, 則非愚者之不及矣. 回擇中章, 能擇乎中庸, 則無賢者
之過矣；服膺不失, 則非不肖之不及矣. 竊意以舜之知而能用其中也, 故知
無過不及而道之所以行也；以顏子之賢而能擇其中也, 故行無過不及道
之所以明也. 若如或問之分看, 則恐涉破碎.

答曰：或問是分開說, 若渾圇看, 賢說亦不妨.

向誨中和亦有隱有費云云. 竊惟之曰中、曰隱、曰和、曰費, 雖皆自天
命率性而得名, 然費隱終是與中和有異. 曰中、曰和, 則是未發、已發之
定名, 曰隱、曰費, 則是俱就發見處而言其用廣體微也. 此所以與中和異
者也. 或曰："中亦有隱有費否？"晟圭曰："以未發言之, 則固不可, 若以中
庸之中言, 則其用之廣, 亦費也, 其體則隱也."

答曰：曰隱、曰費, 則是就發見處言者. 說得是中字之有費隱, 亦推說好.

伊川江上行記錄有二, 一則《心經》註所載是也, 一則語錄記. 既至岸,

或問其故, 曰"心存誠敬爾." 或曰"心存誠敬, 曷若無心?" 先生欲與之言, 已忽不見. 朱子非前錄曰"風濤洶湧之際, 負薪者, 何以見其不懼?" 於後錄, 則雖以忽不見, 謂若鬼物而非之, 然蓋以後錄爲正. 《心經》註不采後錄而用前錄, 亦篁墩不精處.

答曰：此則只是一時照管不及處.

〈敬齋箴〉看來, 後面終似少從容不迫之意. 此是朱子自誠者, 故如此, 若公然立說, 則必足之以從容不迫之意.

答曰：觀某但常覺得寬緩底意思多之說, 似是自誠. 然凡人蓋多寬緩底意思.

권채산[27] 상규 에게 올림

上權蔡山 相圭

　성규(晟圭)는 어렸을 때부터 이미 선생의 풍모에 대하여 듣고 사모
하였더니, 그 뒤에 오무여(吳武汝) 군을 통하여 유범(猷範)을 상세히
알고는 더욱 경향(傾向)하기를 마지않았습니다. 이런 까닭으로 접때
나아가려던 뜻이 깊었으니, 다만 문사(文事)로만 청하여 배알하는 것
이 옳겠습니까. 그러나 그 때 집사께서는 출타하였다가 늦게 돌아왔고,
성규도 돌아와야 하는 마음이 급박하여 급하게 인사드리고 물러나와
조용히 가르침을 받지 못하였으니, 한이 마땅히 어떠했겠습니까. 그
오랜 소원은 이미 이루었으나 사모하던 저의 마음은 덕스러운 모습을
뵙지 않았을 때보다 심함이 있었습니다. 온화한 용모와 전일한 말씀으
로, 훈훈하게 덕의(德義)가 사람을 감싸주었던 것을 어찌 죽더라도
감히 잊을 수 있겠습니까.

　성규의 재주는 일을 이루기에 부족하고 학문은 뜻을 기르기에 부족
합니다. 그러나 편협하게 스스로 좋아하는 것은 오직 옛날의 시대에
마음을 두어, 무릇 세상에 갖가지 아름다운 물건이나 좋은 일에 대해서
는 내 이미 밀쳐낼 뜻이 있었습니다. 일찍이 생각해 보건대, 도는 넓고

27　권채산(權蔡山) : 권상규(權相圭, 1874~1961)를 말한다. 자는 치삼(致三), 호는
채산(蔡山)·인암(忍庵), 본관은 안동(安東)이다. 충재(沖齋) 권벌(權橃)의 후손으
로, 부친은 의병장 권세연(權世淵)이다. 면우(勉宇) 곽종석(郭鍾錫), 가산(柯山) 김형
모(金瀅模) 등과 교유하였다. 을미사변 때 의병을 일으켰으나 실패하였으며, 1896년
(건양 1)에 다시 의병을 일으켜 활동하였다. 경술국치 이후로 세상과 인연을 끊고 동서
양의 역사를 탐독하여 당시의 국제 정세를 파악했다. 저서로는 《인암집》이 있다.

넓어 손대기가 실로 어렵습니다. 한 가지 일의 선한 것은 혹 지키고 따라 간직할 수 있지만, 만 가지 다른 것에 흩어져 있는 전체는 갖추기 쉽지 않고, 여러 설이 많은 것은 혹 비교하고 헤아려 탐구할 수 있지만 언어에서 벗어난 오묘한 이치는 실로 보기 어려우니, 마음과 눈에 조치하기가 이와 같이 어렵습니다. 성명(性命)을 고상하게 담론하면 혼돈(渾屯)[28]이 죽으려 하고, 장구(章句)에 마음을 두면 추구(芻狗)[29]가 이미 펼쳐지니, 이것을 또 어찌하겠습니까.

또 고금의 풍속이 서로 다르고 성현의 기상이 같지 않습니다. 공자는 온순하고 맹자는 우뚝하며, 두 정자[30]의 온화함과 엄숙함이 서로 차이나고 주(朱)·이(李)[31]의 강함과 부드러움은 대적할 수 없습니다. 차이나고 가지런하지 않는 가운데 나아가 저울질하여 중(中)을 얻으려고 하니, 기상과 의사의 밖에서 터득한 이가 아니라면 장차 누구를 따라야 하고 누구를 따르지 말아야 합니까. 더구나 지금 시대의 변화를 어찌 다만 다르다고만 할 수 있겠습니까. 바로 천지가 자리를 바꾸었으니, 그쳐야 합니까? 행해야 합니까? 왼쪽으로 가야합니까? 오른쪽으로 가야 합니까? 빨리 해야 합니까? 천천히 해야 합니까? 숙이며 우러르고, 앉고 일어나며, 앞으로 나아가고 뒤로 물러나는 것이 하나도 서로

---

28 혼돈(渾屯) : 순수한 상태를 뜻한다. 《장자》 〈응제왕(應帝王)〉에, 혼돈(混沌)에게 인간처럼 일곱 구멍을 갖게 해 주려고 하루에 한 구멍씩 뚫어 주었는데 7일 만에 그만 혼돈이 죽고 말았다는 이야기가 실려 있다.

29 추구(芻狗) : 미천하여서 쓸모없는 물건이나 말을 말한다. 본디는 짚으로 만든 개로, 옛날에 제사를 지낼 때 쓰던 것인데, 제사를 마치고 나면 쓸모가 없어서 내버렸다.

30 두 정자 : 정명도(程明道)와 정이천(程伊川) 형제를 말한다.

31 주(朱)·이(李) : 주자(朱子)와 퇴계(退溪)를 말하는 듯하다.

반대되지 않는 것이 없으니, 장차 같게 해야 합니까? 다르게 해야 합니까? 같게 하면 풍속에 따라 그릇됨을 익히는 구덩이에 빠지고, 다르게 하면 상도를 어지럽히고 이치를 어기는 사람이라고 배척당합니다. 평계대며 "같게 할 수 있는 것은 같게 하고, 마땅히 다르게 해야 할 것은 다르게 해야 한다."라고 합니다. 그러나 이것은 끌어 보충하고 미봉하여 구차하게 시일만 보내는 것에 불과하니, 위아래가 뚜렷하고 분명하게 가지런히 정리되는 방법이 아닙니다. 무릇 이런 문제는 궁핍하게 지내며 혼자 공부한 사람이 헤아리고 계산하는 것으로는 마칠 수 있는 것이 아닙니다. 그러므로 지난번에 나아간 것은 이런 뜻을 위한 것이었는데, 또한 감히 급하게 질문을 드릴 수 없어 묵묵히 물러나왔습니다. 그러나 잊지 않고 저에게 게으르지 않게 가르쳐 주시려는 뜻은 또 이미 엿보았습니다. 그러므로 지금 감히 청하는 것이 있습니다.

삼가 바라건대, 한마디 말씀으로 가르쳐 주시어 어리석음을 밝게 열어 주신다면 평생의 다행함이 이보다 더한 것이 있겠습니까. 다만 생각건대, 말씀드리는 즈음에 불손함을 면치 못하였습니다. 감히 그렇게 하려고 한 것이 아니라 다만 가슴속이 주름 잡혀 있어 이와 같이 하지 않으면 펼 수 없기 때문입니다. 요컨대 또한 숨김이 없으려는 뜻일 뿐이니, 삼가 바라건대 살펴 재량해 주십시오.

지난번 존집사의 선정(先亭)에서 퇴도(退陶)의 운에 차운하여 고경(高景)의 생각[32]을 깃들인 것을 미처 여쭙고 질정하지 못하였기 때문에 삼가 기록하여 올립니다. 삼가 아울러 살펴주시기 바랍니다.

---

32 고경(高景)의 생각 : 현인(賢人)을 사모한다는 말이다. 고경(高景)은 《시경》〈거할(車舝)〉에 "높은 뫼를 우러르며, 큰 길을 따라간다.〔高山仰止, 景行行止.〕"라는 말에서 나온 것이다.

上權蔡山【相圭】

晟圭自幼少時, 則已聞先生之風而慕之, 其後從吳君武汝, 得詳其猷範, 而益傾向之不已. 是以向者之晉志則深矣, 可但請謁文事而已哉? 然伊時御者出外遲還, 晟圭亦歸心所迫, 凌遽拜謝, 不能從容承誨, 爲恨當何如哉? 其夙願則已遂矣, 而慕庸之私, 有甚於未覿德之時. 溫乎之容、屬乎之辭, 薰然德義之襲人者, 何能沒身而敢忘也?

晟圭才不足濟業, 學不足以殖志. 然其倖倖自好, 則惟心古昔, 而凡世間種種美物好事, 有吾已擠之意矣. 竊嘗惟之, 道之浩浩, 下手實難. 一事之善, 或可以持循佩服, 而全體之散於萬殊者, 則未易該; 衆說之頤, 或可較量以探究, 而妙理之外於言語者, 則實難覯, 其措置心目, 若是乎難矣哉! 高談性命, 則渾屯欲死; 留心章句, 則芻狗已陳, 此又何以哉?

且古今之風俗相異, 聖賢之氣象不同. 孔子之溫溫, 孟子之嚴嚴, 兩程之和嚴相違, 朱、李之剛柔不敵. 就其參差不齊之中, 而欲枰衡得中, 非得於氣象意思之表, 則將孰爲? 而孰不爲耶? 況今時之變, 豈但異云矣哉? 卽天地易位矣, 止乎? 行乎? 左乎? 右乎? 疾乎? 徐乎? 俯仰坐作, 進前却後, 無一非相反, 其將同乎? 異乎? 同之則陷於隨俗習非之科, 異之則揣謂亂常拂理之人. 誘曰可同者同之, 當異者異之. 然是不過牽補彌縫苟且度日, 非上下歷落分明齊整之道也. 凡此案件, 非窮居獨學揣摩計度之所可了得. 故向者之晉爲是志矣, 而亦不敢造次仰質, 含默而退. 然其眷眷向余教不倦之志, 則亦已覯得矣. 故今敢有所請焉.

伏望一言垂敎, 洞開蒙蔀, 則畢生之幸, 復有加此哉? 第念遣辭之際, 不免施之不遜. 非敢爲然也, 直以胸中之襞積, 不如是, 不能展故耳. 要亦無隱之志爾, 伏乞鑑裁焉.

　向於尊先亭次退陶韻, 以寓高景之思, 未及稟正, 故謹錄上. 伏乞幷賜
視至.

이다곡[33] 기로 에게 올림

上李茶谷 基魯

　11일 편지를 보내어 16일 답장을 삼가 받으니, 우편이 매우 빠른 줄 알겠습니다. 고요히 지내시는 가운데 형제분의 체후가 신명의 도움으로 화락하신 줄 삼가 알았으니, 저의 마음 위로됨이 지극합니다. 윤형(允兄)께서 고생하신다는 말씀을 듣고 놀라움과 염려를 감당할 수 없었습니다. 요즘 다행히 물약(勿藥)[34]에 이르렀는지요.

　성규(晟圭)는 단정(丹亭)에 한 달 넘게 머물다가 엊그제 처소로 돌아왔는데, 형제가 무고하니 다행이었습니다.

　지난 편지에서 함부로 번거롭고 시끄럽게 한 것이 있었는데, 지금 생각해 보니, 바로 자신은 옳고 남은 그르다는 마음이었으니 흔적이 너무 드러났습니다. 깨우쳐 주신 내용에 스스로 거만해 하지 않고 묵묵히 공부를 더하라는 것은 모두 남을 이루어주는 어진 말씀이 아닌 것이 없었으니, 감사하고 복종하는 마음 어찌 말로 다 할 수 있겠습니까. 가만히 생각해 보건대, 자신은 옳고 남은 그르다고 하는 마음은 비록 가져서는 안 되지만, 또한 시비하는 마음이 없을 수 없습니다. 하나라도

---

33 이다곡(李茶谷) : 이기로(李基魯, 1876~1946)를 말한다. 자는 성종(聖宗), 호는 다곡(茶谷), 본관은 전의(全義)이다. 만구(晚求) 이종기(李種杞, 1837~1902)의 삼종질(三從姪)이며 문인이다. 경상북도 고령군 다산면 상곡리에 살았다.

34 물약(勿藥) : 병이 완치됨을 말한다. 《주역》〈무망괘(无妄卦) 구오(九五)〉에 "구오는 잘못이 없는 병이니, 약을 쓰지 않아도 나을 것이다.〔九五, 无妄之疾, 勿藥有喜.〕"라고 한 데서 유래한 말이다.

시비하는 마음이 있으면 남을 가볍게 여기고 자만하는 생각이 좇아 생겨납니다. 만약 모두 그 사이에 흑백을 두지 않는다면 스스로 지키는 것 또한 견고하지 못할 것입니다. 이런 곳에 힘쓰기가 가장 어렵습니다.

가만히 생각해 보건대, 자신의 옳은 곳에는 항상 부족한 듯이 보아 더욱 박실(朴實)한 공부를 더하고, 남의 그른 곳에는 그것을 가지고 스스로 돌이켜서 매번 검속하고 살피는 방법을 더하면 안팎이 서로 지극해져 한쪽으로 떨어지지 않을 것입니다. 모르겠습니다만, 이와 같이 공부를 한다면 혹 크게 어그러짐이 없겠는지요. 삼가 원하건대, 헤아려 가르쳐 주십시오.

편지 끝에 가르쳐 주신 것에서 대군자의 가슴에는 아무런 일이 없음을 보겠습니다. 인하여 다시 반성해 보니, 종전에는 매번 사양하고 받는 즈음에 혐의를 피하는 마음이 끝내 너무 많은 줄 깨달았습니다. 또한 단지 내면의 부족한 곳입니다. 이런 즈음에 가슴속을 비워 넓게 하고 다만 의리가 어떠한가를 보면, 쉽게 힘을 얻을 것이니, 모르겠습니다만, 이와 같이 마음을 쓰면 어긋나는데 이르지 않을런지요. 아울러 가르쳐 주시기 바랍니다.

上李茶谷【基魯】

　　十一日發書, 十六日伏承回賜, 儘覺便路儇捷. 伏審靜中棣體侯, 神相湛樂, 伏慰規規之至. 允兄所苦, 聞不勝驚慮. 日來幸至勿藥否?

　　晟圭住丹亭涉月, 而再昨返巢, 兄弟無故伏幸.

　　前書妄有所煩聒矣, 到今思量, 直是是己非人之心, 痕跡太露. 下誨中不自滿假, 默默加工者, 無一非成物之仁, 感佩何言? 更竊念是己非人之心, 雖不可有, 亦不可無是非之心. 一有是非之心, 則輕人滿已之念從之以生. 若都不置黑白於其間, 則自守亦不固. 此處最難爲力.

　　竊意於己之是處, 常視歉然而益用朴實之工, 於人之非處, 持而自反而每加檢察之方, 則內外交致, 庶不落於一偏. 未知如此用工, 或無大戾否? 伏願有以勘教焉.

　　紙端俯誨, 可見大君子胸裏無物. 仍復反省, 則從前每於辭受之際, 避嫌之心, 終覺太勝. 亦只是內不足處. 此際敎胸中空蕩蕩, 祗看義理如何, 則易爲得力, 未知如此用心, 不至繆戾否? 并望批示.

허동려에게 드림

與許東旅

섣달 말에 인사드리고 작별하였으니, 비록 평상시에도 슬퍼하고 사모하는 마음 말할 수 있는데, 더구나 이것보다 더한 것이 있음에랴! 이후 왕래하는 인편을 통하여 절도를 삼가고 쫓아 원기를 조섭하신다는 것을 들었으니, 위로와 기쁨이 진실로 깊었습니다.

　삼가 생각건대, 봄이 한창인 이즈음 공부하시는 체후는 줄곧 보호하여 신명의 도움이 있겠지요. 더불어 종유하는 분 가운데 도의를 담론할 만한 사람이 있는지요. 이런 사람은 실로 얻기 쉽지 않을 것이니, 누구를 쫓아 지의(志意)를 펼치겠습니까. 멀리서 앙망하고 앙망합니다.

　성규(晟圭)는 수년 동안 권애(眷愛)를 넉넉히 입어 능히 친구들 사이에서 눈썹을 펴고 담소할 수 있으니, 덕의(德義)에 우러러 감사하는 마음 어느 날인들 어찌 잊겠습니까. 다만 생각건대, 평소 깨우쳐 주실 때 매번 잘하는 것만을 권면하고 병통을 언급해 주신 적은 없습니다. 군자의 가르침은 또한 방법이 많으니 실로 말학(末學)이 감히 알 수 있는 것이 아닙니다. 그러나 삼(參)〔증자(曾子)〕은 노둔하고, 유(由)〔자로(子路)〕는 거칠고, 사(師)〔자장(子張)〕는 한쪽만 잘한다고 한 것[35]은 그 단점으로 인하여 알려주어 힘쓸 것을 알 수 있도록 하였으니, 성인의 가르침을 어찌 속일 수 있겠습니까. 집사께서는 성규에게 대해서는 오래 함께 처하여 모습과 낯빛을 관찰하였으니, 반드시 병통의

---

35 삼(參)〔증자(曾子)〕은……것 : 《논어》〈선진(先進)〉 제17장에 나온다.

뿌리가 있는 곳을 깊이 아실 것입니다. 바라건대, 정침(頂針)[36] 한 마디를 해 주시어 길이 가슴에 새길 바탕으로 삼게 해 주신다면, 주신 것을 받음이 또 얼마나 크겠습니까. 간절히 기원하는 마음 지극합니다.

성규는 이곳에 온 것이 초하루였는데, 여러 벗들은 아직 오지 않았습니다. 수세(樹世)는 할머니 상에 달려갔고, 지금 함께 지키는 이는 감천(淦川) 뿐이니, 매우 쓸쓸합니다.

만나 인사드릴 기약이 없으니, 편지에 임하여 슬퍼집니다.

---

36 정침(頂針) : 정문일침(頂門一針)의 준말로, 남의 잘못을 매섭게 질책하는 것을 말한다.

與許東旅

臘尾拜別, 雖在平常時, 悵慕可言, 況有進於此者乎? 伊後因往來便, 得聞愼節趂攝天和, 慰喜良深.

伏惟春殷, 經體候連護神相, 所與遊從者, 有可以談道義者否? 此固未易得, 則誰從而信志意也? 遙仰遙仰.

晟圭數年來, 優被眷愛, 能揚眉談笑於朋儕之間, 仰感德義, 何日何忘? 但念平日所誨諭者, 每勸其所長, 未嘗及於病痛. 君子之敎亦多術, 固非末學之所敢知. 然參也魯、由也嗲、師也辟, 莫不因其所短而告之, 俾有以知所勉焉, 聖人之敎, 豈可誣也? 執事於晟也, 久與之處, 觀形察色, 必有以深知病根所在. 幸賜頂針一言, 永爲佩服之資, 則其爲受賜, 又如何其大也? 至爲懇祈.

晟圭來此, 已朒朓, 而諸益尙未來. 樹世奔其王大夫人喪, 與相守者, 淀川而已, 甚爲蕭索.

奉拜未期, 臨楮伏悵.

허중와[37] 석 에게 답함

答許中窩 鉐

　　지난달 인편을 통하여 손수 쓰신 편지를 받았는데, 급박하여 오히려 답장을 할 수 없었으니, 태만함이 지극하여 마음을 가눌 수 없었습니다. 다만 편지 속에 하신 말씀과 뜻이 일상적인 내용이 아닌 것이 있었으니, 또한 감히 급작스럽게 말할 수 없었습니다.

　　성규(晟圭)는 일찍 고아가 된 처지로 지금까지 대강 그 성명(性命)을 보존할 수 있었던 것은 바로 선사(先師)[38]께서 인도하여 이끌어주신 힘이 많습니다. 하지만 재주와 덕이 모두 박하여 기탁해 주신 만분의 일도 능히 받들지 못하고 있으니, 밤낮으로 마음에 스스로 그 두려움을 감당하지 못하고 있을 뿐입니다. 그러나 스스로 마음을 가눌 수 있는 것은 또한 있는 곳이 있으니, 뜻을 구하고 마음을 보존하여 부여받은 천성을 저버리지 않는다면, 이것이 바로 또한 우리 선사를 저버리지 않는 것입니다. 그런데 문을 나가서는 발걸음을 용납하기 어렵고 눈을 들어도 크게 빛나는 것이 없으니, 비록 함께 세속화되지는 않더라도 나의 마음과 정신에 도움이 없는 것은 형세가 실로 그러합니다. 이런 까닭으로 매번 겹겹의 깊은 산 속에 한 채의 집을 지어 세상과 격리되어 몇 년간 본원을 수양할 계획을 삼으려 하였습니다. 이것은 평소에 가지고 있었던 뜻이었기 때문에 이에 만사 끝에서 삼가 본 마음을 고했던

37　허중와(許中窩) : 허석(許鉐)을 말하는데, 허채(許埰, 1859~1935)의 아들이다.

38　선사(先師) : 허채(許埰)를 말한다. 허채에 대해서는 앞의 선사 금주 선생 주 참조.

것입니다.[39]

성규는 백형(伯兄)이 돌아가시고부터 집안일이 쇠락하고 여러 조카들은 모두 어리며, 숙형(叔兄) 또한 서로 떨어져 살고 있으니, 여러 가지 일들을 함께 다스리는 것은 성규가 그 책임을 맡지 않을 수 없습니다. 다만 몇 년을 기다려 조카들이 조금 장성하여 집안일을 부탁할 수 있게 된 연후에 저의 처음 뜻을 이루려고 합니다. 그러나 어느 곳의 명산을 손에 넣을 수 있을지는 모르겠습니다. 감격스러움이 지극하여 말을 재단할 줄 몰라 집사를 번거롭게 하였으니, 참람되고 죄송한 마음 지극합니다.

대절(大節)을 점검하고 고찰하는 것은 이미 마치셨는지요. 이것은 비록 선사께서 손수 정한 것이지만 그 사이 미진한 곳은 또한 평소 들었던 것이니, 요컨대 다시 3~5년의 공부를 더하지 않으면 실로 완전하고 좋게 하기 어려울 것입니다. 이것은 천응(天應)[40]과 평소 말하며 의논했던 것이어서 또한 다시 삼가 고할 뿐입니다.

---

39 만사……것입니다 : 《손암집》 권1 〈금주선생에 대한 만사〔錦洲先生挽〕〉 3수 중 마지막 시에서 "다만 원하건대 명산의 좋은 곳에서, 독서를 10년 정도 해야 할 때이네.〔但願名山佳好處, 讀書聊作十年時.〕"라고 했던 것을 말한다.

40 천응(天應) : 중와(中窩) 허석(許鉐)의 아들 허섭(許涉)의 자이다. 호는 호석(護石)이다.

答許中窩【鈺】

前月便中, 伏承手賜下書, 卒卒尙未能有以奉報, 逋慢之極, 無以定情. 而但書中辭旨, 有非尋常, 則亦不敢猝然有所云謂也.

晟圭早孤餘生, 至今粗保其性命者, 乃先師導迪之力居多, 而才德俱薄, 不能奉承其寄托之萬一, 則夙宵之心, 自不勝其憂懼耳. 然其自爲之心, 則亦有在矣, 求志存心, 以無負所受之天, 則乃亦不負我先師者也. 而出門難容足, 擧目無孔光, 縱不與之俱化, 其無助我心神, 勢固然. 是故每欲搆一屋於萬山深處, 與世相隔離, 以爲幾箇年收養本源之計. 此其志之雅常在者, 故乃於挽幅之末, 伏告本情也.

晟圭自伯兄喪逝, 家事穫落, 而諸姪俱幼, 叔兄亦居相間, 其綜理諸務, 晟圭不得不任其責矣. 第待幾年, 而姪輩稍長, 可以托其家事然後, 以欲邃區區初志. 然未知那處名山能入手裏爾. 感激之至, 言不知裁, 煩瀆崇聽, 僭悚極矣.

大節檢考已畢否? 此雖先師手定, 其間未盡處, 亦平日所承聆也, 要之更不下三五年工夫, 實難完好. 此與天應素相言議者, 亦復伏告耳.

최태현[41] 두영 어른께 드림

與崔丈泰賢 斗永

봄철에 한번 나아갔던 것은 실로 10년의 정성일 뿐이었는데, 수구당
(數咎堂)[42]에 올라 불야(弗爺)[43]의 유적을 뵐 수 있었고, 물러나 여러
군자들 곁에서 지내면서 고가(古家)의 모범을 엿보았습니다. 이것은
족히 필생의 큰 다행이었는데, 다만 돌아와서는 일이 바쁘고 급박하여
능히 조용히 서론(緒論)을 받들지 못하였으니, 지금까지 한이 됩니다.
삼가 생각건대, 매우 추운 날씨에 어버이를 모시는 형제분의 체도가
즐거우시며, 아드님[梓房][44]도 잘 모시고 지내겠지요?

성규(晟圭)는 궁벽한 곳에 홀로 지내고[索居][45] 있어 견문은 날로

---

41 최태현(崔泰賢) : 최두영(崔斗永, 1891~1958)을 말한다. 자는 태현(泰賢), 호는
금강(錦崗), 본관은 경주(慶州)이다. 백불암(百弗庵) 최흥원(崔興遠)의 7대손이다.
유고로 《금강만록(錦崗漫錄)》이 있다.

42 수구당(數咎堂) : 백불암(百弗庵) 최흥원(崔興遠, 1705~1786)이 거처하던 곳으
로, 현재 대구광역시문화재자료 41호로 지정되어 있다.

43 불야(弗爺) : 최흥원(崔興遠)을 말한다. 자는 태초(太初), 호는 백불암(百弗庵),
본관은 경주이다. 대구시 동구 둔산동 옻골 마을에서 살았다. 저서로는 《백불암집》이
있다.

44 아드님[梓房] : 교재(橋梓)라는 말에서 파생된 것으로, 아들을 이르는 말이다. 교
재는 부자(父子)를 의미한다. 옛날 주(周) 나라 때 백금(伯禽)과 강숙(康叔)이 주공(周
公)에게 세 번 회초리를 맞은 뒤 높이 올라가는 교목(橋木)을 보고서 부도(父道)를
깨닫고, 겸손하게 고개 숙인 재목(梓木)을 보고서 자도(子道)를 깨달았다는 고사에서
유래한 것이다. 《世說新語 排調注》

45 홀로 지내고[索居] : 이군삭거(離群索居)의 준말로, 친지나 벗들과 헤어져서 혼자

비루해지고 기상과 의사는 점점 낮아지니 크게 탄식한들 어찌하겠습니까.

《태을암집(太乙庵集)》[46]간행의 일은 지금 거의 끝나가는데, 문집 가운데 선 신생(先先生)에 대한 호칭은 우리 종장(宗丈)이 돌아가시고부터 주장이 다른 사람들이 의론이 돌변하여 본래 제목을 고칠 수 없다고 여깁니다. 성규는 여러 가지로 말씀드렸으나 끝내 들어 주시지 않았습니다. 성규는 이미 이 일에 참여하여 들었으니, 지금 또한 묵묵히 중지할 수 없기 때문에 감히 고합니다. 삼가 바라건대, 보시고 헤아려 주십시오.

외로이 사는 생활을 가리키는 말이다. 《禮記 檀弓上》

46 《태을암집(太乙庵集)》: 신국빈(申國賓, 1724~1799)의 문집이다. 신국빈의 자는 사관(士觀), 호(號)는 태을암(太乙庵), 본관은 평산(平山)이다. 백불암(百弗庵) 최흥원(崔興遠), 죽포(竹圃) 손사익(孫思翼), 묵헌(默軒) 이만운(李萬運) 등과 교유하였다.

與崔丈泰賢【斗永】

春間一晉, 實十年之誠爾, 獲升數咫之堂, 奉攬弗爺之遺蹟, 退而周旋於諸君子之側, 以窺其古家楷範. 此足奉爲畢生大幸, 而但歸事忽迫, 未能從容承緖論, 則爲至今之恨. 伏惟窮沍, 侍中棣體事湛相, 梓房善侍?

晟圭索居窮巷, 聞見日陋, 氣象意思, 漸就卑下, 浩歎奈何?

《太乙庵集》印役事, 今幾垂畢, 而集中先先生稱謂, 自吾宗丈之逝, 主張異人, 議論突變, 以爲本來題目不可改也. 晟圭掉舌多端, 終莫見聽. 晟圭旣已與聞於此事, 則今亦不可默然而止, 故敢以告. 伏乞照諒.

김명헌[47] 경동 에게 답함

答金明軒 絅東

수레를 몰고 찾아오시면 나의 의심스러운 것을 질정할 것이라고 크게 바랐는데, 마침내 윤형(允兄)을 대신 보내 주시니 기쁨과 서글픔이 함께 이릅니다. 보내주신 편지를 받고 삼가 새해에 모친의 정석(鼎席: 음식기거)이 강건하고 평안하시며, 어머니를 모시는 여가에 형제분의 체후가 즐겁고 왕성하신 줄 알았으니, 위로되는 저의 마음은 실로 보통과 다릅니다.

성규(晟圭)는 대소가가 무사히 새해를 맞았으니 이것으로 저의 경사라고 여기고 있고, 이런 즈음에 새 사람이 새해와 함께 이르렀으니 한 방안에 또 하나의 봄기운이 더해졌습니다.

편지에서 말씀하신 것은 어찌 한결같은 뜻으로 찬양만하고 조금도 규계하고 바로잡아주시는 말씀이 없습니까. 이런 것은 대등한 입장의 아래에 있는 사람에게도 이렇게 대하실 필요가 없는데, 더구나 헌하(軒下)께서는 연세와 덕이 모두 높아 젊은 후진들이 우러러 의지하는 분임에랴. 헌하께 그 허물을 듣지 못한다면 어느 곳에서 천선(遷善)의 길을

---

47 김명헌(金明軒): 김경동(金絅東, 1888~1972)을 말한다. 자는 장수(章叟), 호는 명헌(明軒), 본관은 서흥(瑞興)이다. 경상남도 창녕군 고암면(高岩面) 계상리(桂上里) 야동(冶洞)에서 태어났다. 이남(二南) 김규병(金奎昞)의 아들이고, 심재(深齋) 조긍섭(曺兢燮, 1873~1933)의 문인이며, 성헌(省軒) 이병희(李炳熹, 1859~1938)의 사위이다. 처조카인 이우성(李佑成)의 《벽사관문존(碧史館文存)》에 〈명헌 김공 묘갈명 병서(明軒金公墓碣銘 幷序)〉가 실려 있다.

알 수 있겠습니까. 삼가 바라건대, 천만 살피시어 노둔하고 용열하다고 도외시하지 않으심이 어떻겠는지요.

윤형이 "집안의 명이 있다."라고 하여, 만류하려고 해도 할 수 없으니, 서글피 그리워하는 마음 매우 심합니다. 성규는 근간에 주산(珠山)으로 가서 열흘이나 스무날 쯤 고요히 지낼 계획을 하고 있습니다. 명분은 독서한다고 하지만 하나도 터득하여 말한 것이 없으니 매우 부끄럽습니다만 또 감히 고하지 않을 수 없을 따름입니다.

答金明軒【絅東】

丕望駕臨質我奇疑, 竟使允兄代之, 欣悵備至. 拜承下書, 伏審新元萱闈鼎席康泰, 侍餘棣體侯湛旺, 區區伏慰, 實非尋常.

晟圭大小家無事迎新, 以是爲私慶, 而際此新人與歲俱至, 一室之內, 又添一春爾.

示中云云, 何一意贊揚, 少無規砭之辭也? 此在敵以下, 固不必以此相尙, 況軒下年德俱高, 後進年少, 所可瞻依也? 於是而不聞其過, 何處得知遷善之路也? 伏願千萬諒下, 勿以鈍劣而外之如何?

允兄謂"有庭命", 欲挽不得, 悵戀殊甚. 晟圭近間欲作珠山行, 爲旬念靜坐計耳. 名爲讀書, 一無所得發喙, 甚赧然赧然, 又不敢不告耳.

김명헌에게 답함

答金明軒 綱東

집에 도착한 숙형(叔兄)의 편지를 삼가 받아보고 모친의 정석(鼎席: 음식기거)이 강건하고 평안하시고, 형제분의 체후는 모두 신명이 도우시며, 아드님도 공부하며 모시고, 새 사람은 잘 지낸다는 것을 알았으니, 실로 듣고자 하던 마음에 알맞았습니다. 악장(岳丈) 선생[48]의 환후는 근간에 어떠한지요. 음덕을 입은 처지[49]에 치달리는 마음 정히 간절합니다.

성규(晟圭)는 근래 늙은 농부를 따라 농포(農圃)를 배우며 벼와 기장이 두둑에 가득한 것을 보니 문득 자득한 뜻이 있습니다. 이것은

---

48 악장(岳丈) 선생 : 악장은 빙장(聘丈)과 같은 말로 처부(妻父)를 이르는데, 여기서는 김경동(金綱東)의 장인 이병희(李炳憙, 1859~1938)를 말한다. 자는 경회(景晦)·응회(應晦), 호는 성헌(省軒), 본관은 여주(驪州)이다. 경상남도 밀양의 퇴로 출생으로 아버지는 이익구(李翊九)이고, 만구(晚求) 이종기(李種杞, 1837~1902)의 문인이다. 국채보상운동(國債補償運動)에 참가하여 단연회(斷烟會)지부를 조직하였고, 3·1운동 후 정진의숙(正進義塾)을 설립하여 지방교육의 발전에 여생을 바쳤으며, 《성호집(星湖集)》을 간행하였다. 저서로는 《성헌집》, 《조선사강목(朝鮮史綱目)》, 《성헌요언별고(省軒堯言別稿)》 등이 있다.

49 음덕을 입은 처지 : 득여(得輿)를 풀이한 것인데, 이 말은 《주역》〈박괘(剝卦) 상구(上九)〉에 이르기를, "큰 과일은 먹히지 않으니, 군자는 수레를 얻고 소인은 집을 허물리라.〔碩果不食, 君子得輿, 小人剝廬.〕"라고 한 데서 유래한 것으로, 이에 대한 상(象)에 이르기를, "군자가 수레를 얻음은 백성에게 실려지는 바이며, 소인이 집을 허무는 것은 끝내 쓸 수 없는 것이다."라고 하였다. 여기에서 후대에는 '수레를 얻는다〔得輿〕'는 말이 음덕의 비호를 입는다는 뜻으로 쓰이게 되었다.

앞으로 한 뙈기 밭을 더하려는 것이 아니고, 또한 큰 그릇에 밥을 먹을 수 있기를 위한 것도 아니라, 다만 눈앞에 구불구불 펼쳐진 것이 바로 기쁠 뿐입니다. 또 목화 몇 이랑이 있어 열매와 잎이 정히 무성한데, 가을비가 지루하여 꽃 피는 것이 아직도 더딘 것을 탄식합니다. 앞서 들으니 집사께서 면화(棉花) 한 이랑을 심어 아침저녁으로 일군다고 하는데, 그 즐거움이 어디에 있는지 몰랐더니 지금에야 상상하여 말할 수 있겠습니다.

조카가 말하기를, '근세 강의를 보니 평소 밝게 알지 못했던 것은 다만 그대로 맡겨둘 뿐입니다'고 합니다.

이번 심부름꾼은 안부를 여쭌다고 하면 괜찮지만, 물건을 갖추고 염려해 주시니, 말씀드릴 바를 모르겠습니다. 오는 것은 있고 보내는 것은 없어 매우 부끄럽고 땀이 납니다.

與金明軒

　謹承抵家叔兄書, 憑伏審閱上鼎席康泰、友床體侯萬相、梓房課侍、新
人善在, 實叶願聞之忱. 令岳丈先生患侯, 間何如? 得興之地, 馳溸政勤.
　晟圭近從老農而學農圃, 見禾黍滿隴, 便有自得意. 非爲來頭可添一畦
田, 亦非爲可喫大椀飯, 祇眼前蟠屈, 直可喜耳. 又有棉花數畝, 實葉正茂,
而歎秋雨支離, 開發尙遲. 前聞下執事種棉花一頃, 且暮且鋤, 未知其樂何
在, 及今而後, 可以想言也.
　姪阿謂看近世講議, 素所昧者, 只任之而已.
　此伻謂探安信則可, 而備物用念, 竊未知何所謂也. 有來無往, 愧汗愧汗.

안근부 승환 에게 드림
與安謹夫 升煥

　작별한지 얼마 되지 않았는데, 사모하고 우러르는 마음 더욱 간절하니, 새로 붙인 정이 대개 이와 같은 것입니까.

　아드님은 정심(靜深)하고 한아(閒雅)하여 장래에 정히 바랄 것이 있으니, 가르쳐 인도한 방법이 어떠하였습니까? 지금 남의 집 자제들은 그 좋은 세월을 물결이 출렁이는 가운데 모두 던져 결국 성취하는 것은 단지 월급 얼마 정도입니다. 사람이 자식에게 바라는 것이 만약 이런 정도에 그친다면 어찌 너무 근심하지 않는 것이 아니겠습니까. 생각하여 헤아리고 있을 것입니다.

　성규는 몇 명의 자질들이 모두 농사와 나무하는데 종사하고 있어 이 때문에 남에게 어리석다고 지적받는 것이 적지 않습니다. 그러나 저의 마음이 편안한 것은 실로 여기에 있습니다. 집사께서는 어떻게 여기실지 모르겠습니다.

與安謹夫【升煥】

奉別未幾, 仰尤切, 新附之情, 槩如是耶?

允郎靜深閒雅, 將來正有望, 其敎廸之方, 取何道也? 見今人家子弟, 其好箇光陰盡抛於波蕩中, 末境成就, 只是月收錢幾許? 人之望子, 若止於是, 則豈非超然之甚乎? 想有以入思量矣.

晟圭若箇子姪, 盡歸於農樵, 以是受痴於人爲不少. 然私心所安, 則實在此. 未知執事以爲如何?

안근부에게 드림

與安謹夫

한 달 전 우편에 한 통의 편지를 올려 집사의 형제분이 함께 왕림해 주시기를 청하였는데, 이어 존가(尊家)에 상란(喪亂)이 있었다는 것을 듣고 마침 찾아오지 못하실 줄 알았으니, 놀라운 나머지 슬픔 또한 그지없었습니다. 삼가 생각건대, 봄이 반쯤 지나가는데, 훤당(萱堂)의 모친께서 지내시는 체후는 강릉(岡陵)[50]하시며, 숙부님도 강건하게 조섭하시며, 형제분은 즐겁고 왕성하시며, 종씨(從氏) 어른께서는 당시에 아들을 잃었는데, 근래에는 조금 안정되셨는지요. 저의 지극히 듣고 싶은 마음 감당하지 못하겠습니다.

성규(晟圭)는 현팔(鉉八) 조카가 근래 부산으로 이사갔습니다. 비록 합당한지는 알지 못하지만 또한 완곡하게 말릴 수도 없었습니다. 다만 멀리 떨어져 지내는 즈음이라 마음을 견디기 어렵습니다.

전에 들으니, 아드님이 달성(達城)에서 시험을 본다고 하였는데, 과연 합격할 희망은 있으며 근래에는 집에 있는지요. 바라건대, 이런 즈음에 자제분을 데리고 함께 왕림해 주시는 것이 어떠한지요. 여러 아우님들 또한 함께 왕림해 주실런지요. 험한 세상에 단란히 모이는 것은 실로 쉬운 일이 아닙니다. 바라건대 저의 집에서 대접하는 음식이

---

50 강릉(岡陵) : 강(岡)은 높은 산을 말하고, 능(陵)은 큰 언덕을 이르는데, 《시경》 〈천보(天保)〉에서 임금을 축복하여, "높은 산과 같고 큰 언덕과도 같으리라.〔如岡如 陵〕"고 한 데서 온 말이다.

나 드는 비용은 염려하시지 않으셔도 됩니다. 거친 밥이나 묽은 술로도 족히 즐길 수 있을 것이니, 무엇을 꺼릴 것이 있겠습니까?

이번 심부름꾼은 여러 일을 겸하였다고 할 만한데, 빈 어깨로 보냄을 면치 못하였으니 부끄러움이 매우 깊습니다. 나머지는 만나 뵙고 아뢰겠습니다.

與安謹夫

月前上一紙於郵, 以請尊駕聯杆, 尋聞尊家喪亂在, 適知不可得, 則驚愕之餘, 悵亦未已. 伏惟春事將半, 萱闈太碩人鼎席岡陵, 亞庭康攝, 友床湛旺, 從氏丈當時割腸, 近稍收定否? 區區不勝願聞之至.

晟圭鉉八姪, 近移釜巷. 雖未知其允當, 亦不可曲止. 但離澗之際, 情事難耐.

允郎前聞受試於達府矣, 果有合格之望, 而近得在家否? 幸際此時, 聯鑣帶杆若何? 惠連諸兄, 亦賜偕杆否? 險世團欒, 實非易事. 願勿以鄙家調饋廣費爲念也. 糯飯薄酒, 亦足爲娛, 有何相嫌也?

此伻可謂兼修事者, 而未免空肩, 愧則伏深. 餘留俟面禀.

이윤문 석찬 에게 드림

與李潤文 錫瓚

덕 있는 가문에 흉화(凶禍)로 백씨(伯氏) 어른께서 문득 돌아가셨으니, 부음을 받고는 놀랍고 슬픈 마음 그지없었습니다. 이미 비록 높은 연세에 환후가 몇 년 동안 계속 된 줄은 알고 있었지만, 우애가 더욱 돈독하여 정성이 이르지 않은 곳이 없어 마땅히 원기를 회복하시리라 생각했는데, 귀신이 화를 뉘우치지 않아 이렇게 돌아가실 줄 어찌 알았겠습니까. 삼가 생각건대, 애통하고 침통함을 어찌 감당하시는지요. 천만 바라건대, 깊이 스스로 너그럽게 억제하시어 멀리서 바라는 저의 정성에 부응해 주십시오.

성규(晟圭)는 늦게야 한 번 문병한 것이 바로 병이 위독할 때여서 결국 좋은 말씀을 듣지 못하고 물러났으니, 저의 애통하고 한스러운 마음을 어찌 말할 수 있겠습니까. 장사지내는 날에 마땅히 포복하여 가서 상여 줄을 잡았어야 했는데, 추위에 두려워 움츠려 앉아 또한 정성을 이루지 못하였으니, 유명(幽明) 간에 저버린 허물 때문에 실로 마음을 안정하기 어렵습니다. 뒤늦게 지은 만사 한 수는 말이 매우 거칠고 졸렬하여 덕미(德媺)를 만분의 일도 형용하지 못하였으니 매우 부끄럽습니다.

곡포공(谷圃公)[51]의 유사는 망령되이 저의 뜻대로 옮기고 고친 것이

---

51 곡포공(谷圃公) : 이능윤(李能允, 1850~1930)을 말한다. 자는 순일(舜一), 호는 곡포(谷圃), 본관은 여주(驪州)이다. 경상북도 경주 출신이다. 회재(晦齋) 이언적(李

있는데, 감히 본고에다 적을 수 없었기 때문에 별지에 베껴 올립니다.
보시고 취사하심이 어떨지요?

彦迪)의 후손으로, 아버지는 이재진(李在瑨)이다. 저서로는 《곡포집》이 있다.

與李潤文【錫瓚】

德門凶禍, 尊伯氏丈奄然喪逝, 承訃驚怛不能已. 已雖知隆年, 患侯積歲
彌留, 而友愛尤篤, 無誠不至, 謂當回天和, 那知神不悔禍, 有此不淑耶?
伏惟哀痛沈慟, 何可堪勝? 萬乞深自寬抑, 以副遠誠.

晟圭晚而一診, 乃在疾革之日, 竟未承其言之善而退, 私心痛恨, 如何可
言? 襄樹之日, 卽當匍匐執紼, 而畏寒縮坐, 亦未遂誠, 辜負幽明, 實難定
情. 追輓一闋, 辭甚荒拙, 未能形容德媺之萬一, 愧甚.

谷圃公遺事, 妄以己意有所遷改, 而不敢就本稿塗抹, 故別紙寫呈. 覽至
取舍如何?

허충여 건 에게 드림

與許忠汝 謇

"기러기는 빈 하늘에 우니, 그리워하며 뜰의 매화를 생각하네. 승경 찾는 좋은 일 어려우니, 그대와 함께 읊조리네." 이 말은 서글픈 마음을 미리 말한 것인데, 그 때가 어느 때였습니까. 당시에는 비록 오늘이 있을 줄 알았지만, 어찌 오늘 이렇게 견디기 어려울 줄 참으로 알았겠습니까.

지난 가을 고맙게 보내주신 편지에 아직도 답장을 못하였으니, 태만함을 또 어찌 말하겠습니까. 삼가 생각건대, 봄이 한창인 요즘 당상(堂上)의 기력은 한결같이 강녕하고 왕성하시며, 어른을 모시고 지내는 나머지에 형제분의 체후는 모두 좋으시겠지요? 누추한 곳에 지내니 지극한 즐거움이 있을 것이요, 농사짓는 가운데 고상한 아취를 볼 수 있을 것이니, 형께서 일삼는 것을 어찌 쉽게 말하겠습니까.

성규(晟圭)는 학업에 진보가 없이 또 일년을 보내니, 다만 두렵기는 이 삶이 이렇게 그치게 되면 세속의 비웃음을 당할 것은 말할 것도 없고, 타고난 본성을 저버릴 것이니 부끄러움을 어찌 말하겠습니까. 근래 조금 몸과 마음의 사이에 공부를 하려고 합니다만, 음양(陰陽)의 도적[질병]과 산길에 띠 풀[잡념]이 안팎으로 번갈아 이르러 실로 효험을 보기 어렵습니다. 또 족하같은 분이 힘써 도와주시는 것도 천리나 떨어져 있어 한 마디의 가르침도 쉽게 얻을 수 없는 것이 이와 같으니, 어찌 조금이라도 진작(振作)을 바랄 수 있겠습니까. 이 때문에 더욱 크게 탄식합니다.

계시는 곳에는 혹 학업에 뜻을 둔 젊은이가 있는지요? 이 학문에 뜻을 둔 사람은 실로 적고, 처음에는 바랄 만했지만 따라 흘러가버리는 자가 또 많습니다. 세도를 깊이 생각하니, 항상 이 때문에 슬퍼합니다.

與許忠汝【騫】

"侯鴈唳天空, 相思憶庭梅. 探勝好事難, 偕吾人諷誦." 此語預作怊悵者, 其何時矣? 伊時雖知有今日, 豈眞知今日之有此難耐也?

去秋惠書, 尙未奉報, 遢慢又何言? 伏惟殷春, 堂上氣力, 一向康旺, 侍餘棣體事聯勝? 陋巷之居, 至樂存焉, 畎畝之中, 高趣可見, 兄之所事, 豈易言哉?

晟圭學業無進, 又見歲月一周, 直恐此生如此而止, 則其爲世俗之所笑, 已無足道, 而有負所性, 愧怍何言? 近間稍欲用工於心身之間, 陰陽之寇、山蹊之茅, 內外交至, 實難見効, 而且如足下之强輔, 遙隔千里, 一言誨責, 亦未易得如是, 而安可望一分振作哉? 尤庸浩歎.

仁邊或有年少志業者乎? 人之有志此學者, 固少, 初若可望, 而從而流去者, 又多. 俯仰世道, 恒庸戚戚.

허충여에게 드림

與許忠汝

    우리들이 주산(珠山)에서 서로 따르던 날을 매번 생각하니 가물가물한 것이 어제와 같은데, 앞으로 다시 그런 즐거움이 있을지 모르겠습니다. 그런 즐거움이 없을 뿐 아니라, 능히 한 번 만나서 가슴 속에 품었던 것을 말할 수 있는 것 또한 그런 날이 있을지 모르겠습니다.

    남북이 아득하고 전쟁이 아울러 일어나 우리들의 궁곤함은 날로 다시 더욱 심하니, 목숨을 구하고 살기를 도모하는 것도 또 오히려 겨를이 없는데, 능히 염려하고 아끼는 마음이 서로 잊어버리는데 이르지 않을지 모르겠습니다. 생각마다 여기에 미치니, 저도 모르게 마음이 나빠집니다.

與許忠汝

　　每念吾輩相從於珠山之日, 黯黯如昨, 而未知來日復有其樂耶? 不惟無其樂, 未知能一番逢着, 說破胸蘊, 亦有其日耶?

　　南北迢, 兵凶幷作, 吾人窮困, 日復益甚, 救命圖存, 且猶不暇, 未知能念及相愛, 不至相忘耶? 念念及此, 不覺懷惡.

허충여에게 답함

答許忠汝

이 달 10일에 단구(丹邱)에 도착하여 보내주신 편지를 받아보고, 지난 달 12일에 돌아가 기쁘게 어른을 모신다는 것을 알았으니, 위로와 기쁨을 어찌 말하겠습니까. 앞서 들으니 한 채의 집을 구매하였다고 하였는데 지금은 이미 분가를 하셨는지요. 이번 겨울에는 무슨 책을 읽고 무슨 이치를 궁구하려 하십니까? 지극히 듣고 싶습니다.

족하의 어버이 연세가 날로 높아지고 생업은 매우 졸렬하여 맛있는 음식을 해드릴 근심을 필시 면할 수 없을 것인데, 장차 어떻게 마음을 가눌 것인지요. 주자(朱子)는 평소 문인들이 가난에 처했을 때 매번 인내(忍耐)라는 글자로 권면하였는데, 자신도 또한 이러한 근심과 탄식을 면할 수 없었으니, 자식된 마음은 이와 같지 않을 수 없습니다. 그러나 주자의 입장에서는 비록 이런 탄식이 있어도 그 즐기던 것은 실로 해침이 없었지만, 다른 사람의 입장에서는 조금만 근심이 있어도 문득 좋지 못한 의사가 있으니, 이것이 매우 두려워할 만합니다. 형께서는 도를 구하는데 매우 힘쓰고 뜻을 세운 것이 매우 견고합니다. 그러나 가난에 잘 처신하는 것이 오늘날 제일의 의(義)가 되었으니, 더욱 힘쓰지 않을 수 없을 것입니다.

사람들 중 학문에 뜻을 둔 이가 처음에는 볼 만하지 않은 것은 아니지만 끝내는 능히 그 학업을 궁구하지 못하는 이를 많이 보았는데, 이것은 단지 궁곤한 속에 생업을 영위하기 위해 쉽게 골몰하여 다시는 머리를 들어볼 수 없기 때문입니다. 이것은 우리들이 오늘날 보고서 경계로 삼지 않을 수 없는 것입니다. 이것은 요즈음 평소 생각했던 것인데, 편지에 임하여 또 다시 말씀드리게 되었으니, 반드시 보시고 헤아려 주실 것입니다.

성규(晟圭)는 이번 겨울에 또 《맹자》를 읽고 있는데, 의문스러운 것이 전에 비해 더 많습니다만 한자리에 모여 강론하고 질정할 수 없으니, 더욱 불안하여 잊지 못하겠습니다. 편지에 생각했던 것은 단지 조석에 관계된 것이니, 바라건대 자주 말씀 해 주시고 천리를 멀다고 여기지 마십시오.

答許忠汝

今月十日到丹邱, 得見俯惠書, 知去月十二日歸得歡侍, 慰喜何言? 前聞買一屋子矣, 今已分鼎否? 今冬欲看何書而究何理也? 至爲願聞.

足下親年日高, 生事甚拙, 甘旨之憂, 必不能免, 將何以爲心也? 朱子於平日門人居貧之間, 每以忍耐字勸勉, 而至自身亦不能無此等憂歎, 此人子之心, 不容如是也. 然在朱子, 則雖有此歎, 其所樂則固無害也; 在他人, 則纔有其憂, 便有不好意思, 此甚可懼也. 兄求道甚力, 立志甚固. 然善處於貧, 爲今日第一義, 不可不加勉焉.

多見人之志學者, 其初非不可觀, 而終未能究其業者, 只緣窮裡營生, 馴至汨沒, 不復更舉頭. 此吾輩今日不得不視以爲戒也. 此年來素所商量者, 而臨書又復發之, 必有以鑑諒矣.

晟圭今冬, 又讀《鄒經》, 其疑難比前更多, 而不能合席講質, 尤庸耿耿. 紙上商量, 只關朝夕, 幸數賜惠音, 勿謂千里遠也.

박직유에게 답함

答朴直惟

아드님이 와서 고맙게 보내주신 편지를 받았으니, 감사와 기쁨이 한량이 없었습니다. 다시 여쭙노니, 그간에 어버이를 모시는 체후가 즐겁고 아름다우신지요.

아드님이 독서하고자 한다고 하였는데, 그 뜻이 가상하며 독서할 장소는 단구(丹邱)가 최상입니다. 그러나 반드시 나를 맞이하여 함께 가려고 한다면 그렇게 할 수 없는 것이 있습니다. 성규(晟圭)는 나무하고 풀 베는 것도 제대로 할 수 없으니 그 책임을 오로지 한 어린 아들에게 맡길 수 없고, 또 조카는 겨울철이라 할 일이 적으니 또한 온전히 방탕하도록 놓아 둘 수도 없습니다. 이 두 가지 일은 모두 나의 직분상 그만둘 수 없는 것인데, 이것을 버려두고 다른 곳으로 간다면 혹 남의 밭에 김을 맨다는 것에 가깝지 않겠습니까. 그러므로 우선 아드님에게 여기에 머물며 독서하도록 하였습니다. 그러나 부탁하신 것을 저버려서 거두는 실효가 없을까 매우 두렵습니다.

내일 경계하고 방비해야 할 일이 있기 때문에 장차 돌아가야 한다고 하였는데 그 마음에 불평한 것이 있는 것 같습니다. 그러나 이것은 오늘날 처지에서는 상례에 따라 창낙(唱諾)할 것이 아니니, 하나라도 형적(形跡)이 있으면 문득 난세에 처신하는 도가 아닐 것입니다. 어떠한지 모르겠습니다.

한번 찾아와 주신다고 하시니, 기쁨이 끝이 없습니다. 같은 등불 아래 아이들이 송독(誦讀)하는 것을 보면 그 즐거움이 마땅히 어떻겠습니까. 바라건대 그 행차를 더디게 하지 마십시오.

答朴直惟

允君之來, 拜領惠書, 感喜無量. 更詢日間侍體事湛休否?

允君謂欲讀書, 其志可尙, 讀所丹邱爲上. 然必欲要我同之, 則有不可得者. 晟樵蘇不繼, 其任不可專委於一稗子, 且姪阿當冬務簡, 亦不可全任放浪. 此二事, 皆吾職之所不可已者, 舍而之他, 無或近於耘人之田乎? 故姑令允君在此留讀. 然深恐有負付託, 乃無所收効矣.

明日以有警防之役, 將告歸, 而其心似有不平者. 然此在今日不隨例唱諾, 一有形跡, 便非處亂世之道, 未知如何?

一枉之示, 欣喜罔涯. 同燈視兒輩誦讀, 其樂當如何? 幸勿遲遲其行也.

박직유에게 답함

答朴直惟

격조하던 차에 고맙게 보내주신 편지를 받으니 기쁨이 한량없습니다. 더구나 시봉하시는 것이 알맞은 줄 알았으니, 위로되는 마음 더욱 깊습니다.

견문이 날로 비루해진다는 탄식은 실로 저의 마음과 같습니다. 비록 그러하나 풍속이 쇠퇴하고 인정이 날로 투박해져 나무꾼이나 목동들에게서야 진실하고 순박함을 보겠습니다. 이런 까닭으로 성규(晟圭)도 이런 무리들을 따라 서로 이야기하니, 비록 도리는 서로 다 이해하지는 못하지만 그 심정의 진실함은 종종 가상합니다. "그 사(史)한 것보다는 차라리 촌스러움이 낫다."[52]고 한 것은 이 때문이 아니겠습니까.

성규는 근래 먹고 사는 것이 점점 여유가 있음을 깨닫겠습니다. 소귀가 촉촉하고,[53] 마구간 거름은 밭두둑에 내며 그것을 가리켜 아내와 자식에게 고하기를, "내년에는 큰 밥그릇에 보리밥을 먹을 수 있겠다." 라고 하니, 아내가 "남쪽 이랑에는 잡초가 무성하여 콩 이삭은 제대로 자란 것이 점점 드무니, 이것을 어찌하겠습니까?"라고 하였습니다. 이에 모두 호미를 매고 나가 힘대로 김을 매고, 서로 경계하기를 "차라리 힘이 부족할지언정 너무 수고롭게 하지 말라."고 하였습니다. 대부분

---

52 그……낫다 : 《논어》〈옹야(雍也)〉제16장의 집주에 나오는 말이다.

53 소귀가 촉촉하고 : 《시경》〈무양(無羊)〉에 "너의 양이 오니, 그 뿔이 온순하고, 너의 소가 오니, 그 귀가 촉촉하도다.〔爾羊來思, 其角濈濈; 爾牛來思, 其耳濕濕.〕"라고 한 데서 인용한 말이다.

항상 늦게 나가 일찍 돌아오며 근심하는 모습이 없고 기쁘게 웃는 즐거움이 있습니다. 형께서 나를 아끼는 마음이 깊기 때문에 나의 궁함을 근심하고 내가 너무 수고로울까 두려워하였습니다. 그러나 성규는 비록 지혜롭지는 못하지만 어찌 오래도록 궁귀(窮鬼)에게 곤란을 당하겠습니까. 우러러 한 번 웃습니다.

불러 주신 명에 어찌 감히 달려가지 않겠습니까. 만일 명절 뒤라면 여가가 있을 듯합니다만, 반드시 명절 앞에 하려고 하신다면 아마도 뜻대로 하지 못할 것 같으니, 헤아려 생각해 주시는 것이 어떠하신지요.

아드님은 눈매를 보니 아마 백면서생은 아닌 듯한데, 서늘해진 뒤에 책 읽는 것을 능히 다시 하겠습니까?

答朴直惟

阻濶之餘, 獲奉惠書, 欣喜無量. 況審侍奉冲迪, 慰浣更深?

見聞日野之歎, 實獲我心. 雖然風俗之衰, 人情日渝, 樵牧之群, 乃見眞淳. 以故晟亦喜從此輩相談, 雖道理未盡相解, 其心情眞實, 種種可尙. "與其史也, 寧野", 非以此歟?

晟圭近來喫活, 漸覺有裕. 牛耳濕濕, 廐糞如隴, 指而告婦子曰"明年可食大椀麥飯", 婦曰"南畝草盛, 豆苗漸稀, 可若之何?"於是皆荷鋤而出, 隨力治之, 相戒曰"寧力不足, 無使太勞." 孌常晏出早歸, 無戚戚之容, 而有嬉嬉之樂. 兄愛我之深, 故憂我之窮, 而恐我之太用勞苦. 然晟雖不智, 豈久爲窮鬼所困耶? 仰呵.

召命敢不翼如? 若在節後似有暇, 必欲以節前, 則恐不如意, 諒念若何?

允君觀其眉睫, 恐非白面書生. 凉後親燈, 能復爾耶?

이효겸[54]에게 답함

答李孝謙

　효겸(孝謙) 족하여, 지난봄에 보내주신 편지에 시를 논하는 뜻이 있었습니다. 그 때는 촉박하여 답장을 하지 못하였고, 그 뒤에 만났을 때엔 또한 바빠 그것에 대해 언급하지 못하였습니다. 대개 갑작스레 능히 궁구하여 논할 것이 아니었기 때문에 오늘까지 미루게 되었습니다. 눈 내린 창에 홀로 앉아 친구를 생각하며 앞의 편지를 펼쳐 읽어보니 의사가 성대하게 일어나 마치 말에 터득한 것이 있는 것 같았습니다. 그러므로 이에 감히 진술하여 올리니, 바라건대 족하께서는 살펴주십시오.

　경전에 이르기를, "시는 뜻을 말한 것이다."라고 하였습니다. 대개 마음에 온축한 것이 있은 뒤에 말이 있을 수 있기 때문에 반드시 고인의 말을 널리 수집하여 정밀히 가리고 익숙하게 반복해서 그 말이 내 마음과 융합하여 사이가 없도록 한 연후에 시가 될 수 있을 따름입니다. 비록 그러하나 그 처음에는 자구(字句)를 단련하지 않을 수 없으니, 말을 다듬지 않는다면 마음이 드러나는 것 또한 막혀서 이루어지지 않을까 두렵기 때문입니다. 그러므로 말을 다듬는 공부 또한 하루아침이나 하루저녁에 할 수 있는 일이 아니기 때문에 반드시 오랜 뒤에 능할 수 있고, 마침내 마음과 손이 서로 응하고 위아래가 관철하여 그 마음이 하고 싶은 말을 다 표현해 내니, 표현해 내면서 구애되는

---

54 이효겸(李孝謙) : 이규철(李圭澈)을 말한다.

것이 없는 연후에 시의 능사를 얻을 수 있을 것입니다.

그러나 시의 고하는 또한 그 사람 인품의 고하를 보고 차등을 지웁니다. 옛날에 시로 이름난 사람으로, 도연명(陶淵明)·이태백(李太白)·두자미(杜子美)·한퇴지(韓退之)·소자첨(蘇子瞻)의 무리들은 그 인품의 고상함이 실로 무리에서 매우 뛰어났기 때문에 시 또한 아득히 짝할 사람이 적었습니다. 실로 시로서만 따지자면, 이상은(李商隱)·온정균(溫庭筠)·왕안석(王安石) 시의 공교로움이 어찌 위의 몇 사람보다 못하겠습니까. 오직 충의(忠義)의 마음과 고량(高亮)한 기상이 미치지 못할 것이 있었으니, 시 또한 그들에게 미칠 수 없었던 것입니다. 그러나 도연명·이태백·두자미·한퇴지·소자첨의 시는 그 경지에 나아간 것이 또한 각각 차이가 있으니, 도연명은 한적(閑適)하고 이태백은 광달(曠達)하며 두자미는 아건(雅健)하고 한퇴지는 굴강(倔强)하며 소자첨은 호상(豪爽)하여 성정의 자연함으로 그 지극함을 이루지 않은 이가 없습니다. 그러므로 시를 배우는 사람은 또한 그 성정이 가까운 것으로 인하여 흠모(欣慕)하는 것이 같지 않으니, 실로 성정이 이러한데 저렇게 되기를 힘써도 안 되고, 또한 성정이 저러한데 이렇게 되기를 힘써도 안 됩니다.

내가 젊었을 때 소자첨의 시를 지나치게 좋아하였던 것은 그가 호상한 가운데 한적한 아취가 있어 우연히 나의 성정과 알맞았기 때문이었을 뿐입니다. 뒤에 그 유방(流放)함에 과감한 것을 싫어하여 두자미로 돌아오려고 하였습니다. 그러나 두자미의 칠언 율시에 대해서는 또한 그다지 좋아하지 않았는데, 그것은 대갱(大羹)[55]의 맛이 혹 입에 알맞

---

55 대갱(大羹) : 오미(五味)를 넣지 않은 순수한 고기즙을 말한다. 큰 제사에 쓰는

지 않았기 때문이었습니다. 인하여 육노망(陸魯望)[56]에 대해 그 말을 음미하고 그 청심(淸深)함을 사랑하여 종종 한 번 읊조리며 세 번 감탄한 것이 있었지만 지금까지 그의 전집을 얻지 못한 것을 한스러워하고 있습니다. 그러나 겨우 시학(詩學)에 대해서도 하루의 수고로운 힘을 사용한 적이 없는데, 어찌 감히 고인의 울타리를 바랄 수 있겠습니까. 족하께서 이른바 기(氣)가 짧은 사람이라는 것이 이것입니다. 일찍이 널리 취하여 각고의 노력을 하지 않았기 때문에 말에 능히 기를 싣지 못하였고, 기는 그것으로 인하여 위축되었습니다.

　시라는 것은 사람 소리의 정치한 것이니, 그 정치함을 구하려 하면, 필생의 노력을 기울이지 않고는 얻을 수 없습니다. 그러므로 자미가 시를 새로 지어 다 고치고 나서 스스로 길게 읊조려 구절을 밝게 하고, 점점 시율의 세세한 것에도 수정하여 고치는 것을 멈추지 않아 늙어서도 더욱 정치하였으니, 어찌 보통의 정으로 개량(槪量)할 수 있겠습니까. 시에 대해서 전일하고 오래 단련한 사람으로 옛날에도 자미 같은 사람이 없었으니, 비록 도연명이나 이태백이라도 그 각고의 노력에 대해서는 조금 양보하지 않을 수 없을 것입니다. 또 자미가 천고토록 시인의 집대성이 되는 까닭입니다. 오직 시에 대해 마음 씀이 너무 각고하였기 때문에 혹 편급(偏急)하게 되었던 것과 시어가 사람을 놀라게 하지 않으면 그만두지 않았던 것은 아마 《시경》의 온후한 뜻을

대갱은 조미를 하지 않는데, 그 질을 중히 여기는 뜻이라고 한다. 《禮記 郊特牲》
56 육노망(陸魯望) : 당나라 때 육귀몽(陸龜蒙)을 말한다. 노망은 그의 자이다. 벼슬을 하지 않고 차[茶]를 심으며 일생을 보내었으므로, 그 당시의 사람들이 그를 강호산인(江湖散人), 또는 보리 선생(甫里先生)이라 불렀다.

잃은 것입니다. 도연명은 이러한 것이 없었으니, 진(晉)과 송(宋)이 교체하는 시기를 당하여 그 분만(憤懣)한 뜻이 얼마나 지극했을 것인데, 지금 그 시를 보면 온화하게 함축하여 기미가 드러나지 않습니다. "동쪽 울타리 아래서 국화를 따다 유연히 남산을 바라보네."라고 한 것과 같은 것은 범범하게 보면 매우 화평하고 광달합니다. 그러나 깊고 원대한 근심과 사려가 은연중에 언의(言意)의 밖에 흘러 움직이는 것은 실제로 눈물을 흘리며 옷깃을 적시게 하니, 시는 오직 이것이 가장 어려운 것입니다. 그러나 고금에 시를 배우는 사람들이 자미를 종사로 여긴 것은 대개 여러 가지 체(體)가 구비되어 사(辭)는 싣지 않은 것이 없고 법(法)은 없는 것이 없어 하해(河海)같이 함축하고 있어 취해도 다함이 없기 때문이니, 도연명의 높이는 높기만 할 뿐, 혹 크기는 부족한 것과는 같지 않습니다.

족하께서 드러내어 주신 점에 감동하여 길게 말한 것이 여기에 이르렀으니, 만일 이치에 부당하면 다시 가르쳐 주시겠지요. 이 편지는 덕연(德淵)[57]과 함께 보는 것은 괜찮지만 다른 사람에게는 보이지 마십시오. 말속(末俗)은 의논을 좋아하니 아마 병통이 될 것입니다.

---

57 덕연(德淵) : 김수용(金洙龍)의 자이다.

答李孝謙

孝謙足下! 去春惠賜書, 有論詩之旨. 伊時卒卒未有奉報, 其後相對, 亦忽忽未有言及. 蓋非造次所能究論, 故遷延至今矣. 雪窓孤坐, 思念故人, 披讀前書, 意思勃勃然若有所得於言者. 故乃敢陳呈, 幸足下之重察焉.

經曰"詩言志". 蓋心有所蓄而後, 可以有言, 故必廣收古人之言, 精擇而熟複之, 使其言與吾心, 融合無間, 然後可以詩爾. 雖然其始不得不鍛鍊字句, 恐辭不修, 則心之所發, 亦閼而不遂矣. 故修辭之工, 亦非一朝一夕之, 故必久而後可能, 而終至於心手相應, 貫徹上下, 盡出其心之所欲, 出而無所拘然後, 詩之能事可得矣.

然詩之高下, 亦視其人之人品高下而等差焉. 古之以詩名者, 陶淵明、李太白、杜子美、韓退之、蘇子瞻之倫, 其人品之高, 實夐絶於等夷, 故詩亦邈然寡儔. 苟以詩而已也, 李商隱、溫庭筠、王安石之詩之工, 何下於上數子哉? 惟其忠義之心、高亮之氣, 有不可及, 則詩亦與之不可及焉. 然淵明、太白、子美、韓、蘇之詩, 其造境亦各有異, 陶閑適, 李曠達, 杜雅健, 韓之倔强, 蘇之豪爽, 莫不以情性之自然而致其極焉. 故學詩者, 亦因其情之近而欣慕不同, 固不可以此而强彼, 亦不可以彼而强此也.

僕少也, 偏嗜蘇詩, 以其豪爽之中有閑適之趣, 而偶契於鄙情耳. 後稍厭其果於流放, 思欲返杜. 然於七律, 則亦不甚嗜, 以大羹之味, 或不適於口也. 仍於陸魯望, 有味其言, 愛其清深之辭, 種種有一唱三歎, 而至今以不得全集爲恨焉. 然僅於詩學, 而未嘗用一日之苦力, 安敢望古人之藩籬也? 足下所謂氣短者是也. 由其不曾廣取而攻苦, 故辭不能載氣, 而氣爲之萎縮矣.

夫詩者, 人聲之精, 欲求其精, 非用畢生之力, 不可得. 故子美新詩改罷, 自長吟曉節, 漸於詩律細者, 其不住修改, 老而益精, 豈常情之所可揆量哉? 詩之專且久者, 古未有子美, 雖淵明、太白, 其刻苦之力, 不得不少遜焉. 且子美之所以爲千古詩家之集大成也. 惟其用心太苦, 故語或失於偏急, 語不驚人, 死不休者, 恐失於三百篇溫厚之旨. 淵明則無此矣, 當晉、宋交替之際, 其憤懣之志, 何如其至也, 而今觀其詩, 雍容含蓄, 幾微不露. 如"採菊東籬下, 悠然見南山"者, 汎看之夷曠之甚. 然其憂深思遠之隱然流動於言意之表者, 實有淚下沾襟, 詩惟此爲最難矣. 然古今學詩者, 推子美爲宗師者, 蓋其衆體俱備, 辭無所不載, 法無所不有, 而海涵河蓄, 取之而不竭, 非如淵明之高則高而已, 或不足於大也.

感足下之有以相發, 縷縷至此, 如不當理, 幸更示教否? 此書可與德淵共看, 勿掛他人眼也. 末俗好議, 恐爲疵病也.

허천응[58]에게 드림

與許天應

   하송(夏松)이 찾아왔지만 결국 서로 어긋나게 되었으니, 이 형은 어찌 일찍도 아니고 늦게도 아닌 마침 내가 없을 때 찾아오셨는지. 한스러움을 말할 수 없습니다. 들으니 선장(仙庄)에 며칠 머물렀다고 하는데 뒤따라 함께 노닐지 못한 것이 한스러울 따름입니다.

   근래 매번 세속의 일에 이끌려 한 번 모이는 것도 절로 시기를 놓치는 경우가 많으니 매우 부끄러워 땀이 납니다. 신정(新正)에 달구(達句)로 갈 일이 있어 5~6일 정도 걸릴 것 같은데, 보름 사이에 찾아뵈려 합니다. 이즈음에 혹시 바깥출입이 없을런지요. 이 편지를 용문(龍門)과 혁재(革齋)[59]와 함께 보시는 것이 어떨지요.

---

58 허천응(許天應) : 허섭(許涉)을 말한다. 자는 천응(天應), 호는 호석(護石), 본관은 김해(金海)이다. 중와(中窩) 허석(許鉐)의 아들이다.

59 용문(龍門)과 혁재(革齋) : 용문(龍門) 이온우(李溫雨)의 호이다. 자는 자백(子伯), 본관은 경주(慶州)이다. 혁재(革齋)는 이병호(李炳虎)의 호이다. 자는 가문(可文), 본관은 여주(驪州)이다.

與許天應

　夏松之來, 遂成差池, 此兄何不先不後而適我不住也? 恨悵不可言. 聞住仙庄累日, 恨不得追躡優游爾.

　近來每爲俗事所牽, 一番會聚, 自多愆期, 愧汗則深. 新正作達句行, 可費五六日, 擬欲以望間委訪. 此際或無外間出入耶? 此紙與龍門、革齋, 聯照如何?

허천응에게 드림

與許天應

　근래 공부하시는 체후가 어떠신지요. 가을걷이에 바쁠 것인데 아랫사람들이 텅 비었으니 생각건대 요란함이 없지 않을 것입니다. 부인의 병환은 근래 다시 어떠한지요. 몇 년 동안 앓은 것으로 알고 있으니, 하루아침에 알맞게 치료하기가 쉽지 않을 것입니다. 다만 마땅히 혈(血)을 보하고 기(氣)를 순조롭게 하며 담(痰)을 부드럽게 해서 유구한 효과를 거두는 것이 옳을 듯한데, 이와 같은 것을 생각해 보셨는지 모르겠습니다.

　성규(晟圭)는 숙형(叔兄)의 기상(朞祥)이 이미 지나고 끝내 형제가 적다는 탄식이 이에 더욱 심하니 어찌하겠습니까. 대상(大祥)일에 평소의 회포를 대략 펼쳐 제사에 고할 글을 지었으나 장황하게 말하여 쓸데없이 길게 되었습니다. 그러나 대개가 실제의 정과 실제의 일로, 하나도 부화한 글이나 남는 말이 없습니다. 말의 아취는 비록 부족하지만 슬퍼하고 애통해 하는 마음은 남음이 있으니, 한 번 보시도록 할 수 없는 것이 한스럽습니다.

　혁재(革齋)의 회갑이 다음 달에 있는 줄 알고 있습니다. 성규는 상중에 있기 때문에 당일 가서 참석할 수 없으니, 부득이 가는 것을 당기거나 늦추어야 하겠는데, 이 사이에 형은 반드시 성묘하러 갈 것이니 아마 서로 만날 수 없을 것 같습니다. 바라건대, 날짜를 정해 주시면 성규는 마땅히 그날에 맞추어 나아갈 것입니다. 모름지기 혁재와 헤아려 답해주시겠는지요?

〈경재잠(敬齋箴)〉의 '불이이이 불삼이삼(弗貳以二 弗參以三)'을 이전에는 '두 가지 일로 그 마음을 둘로 하지 말고, 세 가지 일로 그 마음을 세 가지로 하지 말라'로 이해하였습니다. 근래 주자의 본주(本註)를 보니, "경(敬)은 모름지기 하나를 위주로 한다. 처음에 한 개의 일이 있는데 또 한 개를 더하면 문득 두 개가 와서 이 두 개를 이루고, 원래 한 개가 있는데 또 두 개를 더하면 문득 세 개가 와서 이 세 개를 이룬다."라고 하였습니다. 이것을 보면 마땅히 '두 가지로써 둘로 나누지 말고, 세 개로써 셋으로 간섭하지 말라.'로 이해해야 합니다. 그러나 '이이이이(以二而貳)'는 둘로 이 하나를 둘로 한다는 것이 아니고, '이삼이삼(以參以三)'은 셋으로 이 하나를 셋으로 한다는 것이 아닙니다. 이(二)는 일(一)이 와서 일을 둘로 하는 것이고, 삼(三)은 이(二)가 와서 일을 삼으로 하는 것이니, 이(二)는 바로 이(貳)이고, 삼(三)은 바로 삼(參)입니다. 이와 같이 보면 아마 오류를 면할 수 있겠습니까.

'절선(折旋)'과 '의봉(蟻封)'에 대해서는 접때 높은 의논을 받들었으나 능히 분명하게 이해하지 못하고, '급히 달리는 즈음에 비록 개미집을 만나더라도 오히려 피해야 하고, 절선이라는 것은 문리를 이루지 못한 듯하다.'라고 생각하였습니다. 고어(古語)에서 말한 "말을 타고 의봉의 사이에 절선한다."라는 것은 생각건대 이것은 가설하여 한 말이니, 가령 거리의 길이 구불하게 굽고 협소하여 의봉의 사이와 같은 것이 있더라도 오히려 급하게 달리는 절도를 잃지 않는다는 것을 말하는 것일 뿐입니다. 형께서는 어떻게 여기실지 모르겠습니다. 바라건대, 다시 생각해 보시고 답해주시겠습니까.

옛사람 중에 눈 오는 밤에 친구를 방문한 이가 있으니, 하필 그럴 것이 있겠습니까. 근래에 일기가 온화하여 바로 노인이 출입하기에

좋으니, 바라건대 용문(龍門)과 혁재(革齋)와 한 번 찾아오시어 서로
볼 수 있겠습니까. 스며드는 적막함이 심하여 뵙고 싶은 생각이 목이
말라 물을 찾는 것 같습니다. 양(陽)이 이미 회복되었으니, 붕래(朋來)
의 기쁨60은 점치지 않아도 될 것입니다.

---

60 붕래(朋來)의 기쁨 : 《주역》 〈복괘(復卦)〉에, "벗이 오니 허물이 없다.〔朋來無
咎.〕"라고 한 데서 온 말이다.

與許天應

近間未審經體何似? 秋事旁午, 手下曠廖, 想不無擾端矣. 閤患近復何如? 知是積年所祟, 未易一旦打疊. 只當補血順氣潤痰, 以收悠久之効似可, 未知如是入思耶?

晟圭叔兄朞祥已過, 終鮮之歎, 於是益甚, 奈何? 祥日略寫生平所懷, 爲祭告之文, 而張皇說去, 未免冗長. 然槩是實情實事, 無一浮文剩語. 辭致雖不足, 悲哀則有餘, 恨未得一番登覽矣. 革齋回甲, 知在來月. 晟圭有朞降之服, 未可當日往參, 不得不進退行之, 伊間兄必有掃奠之行, 則恐相違握. 幸指日敎來, 則晟當應赴矣. 須與革齋商量回示否?

〈敬齋箴〉"弗貳以二, 弗參以三", 前此解以弗以二事而貳其心, 弗以三事而參其心. 近見朱子本註, 云"敬須主一. 初來有介一, 又添一介, 便是來貳, 他成兩介; 元有一介, 又添兩介, 便是參, 他成三介". 觀此則當解以弗以二介而岐貳之, 弗以三介而參涉之. 然以二而貳, 非以二而貳他一; 以三而參, 非以三而參他一也. 二是一來貳一, 三是二來參一, 二便是貳, 三便是參. 如是看倘免謬戾否?

折旋、蟻封, 向承高論, 未能了解, 謂"馳驟之際, 雖當蟻封, 猶避, 而折旋云者, 似不成理". 古語所云"乘馬折旋於蟻封之間"者, 想是假說之辭, 假令巷路屈曲狹小, 有如蟻封之間者, 猶不失馳驟之節云爾. 未知盛意以爲如何? 幸更入思議而回示否?

昔人有雪夜訪友, 何必爾也? 近間日氣溫和, 正好老人出入, 幸與龍門、革齋一來相視否? 滲寂之甚, 思見如渴. 陽已復, 朋來之喜, 可勿占矣.

김민신 종하 에게 답함

答金旻臣 鍾河

　성규(晟圭)는 평소 일을 행한 것이 절로 어그러지고 거스른 것이 많고 쌓인 허물이 몸에 있으니 마땅히 신명의 견책을 받아야 합니다. 그런데 내 몸에 재앙을 내리지 않고 화가 숙형(叔兄)에게 미쳤으니, 천만번 뉘우치고 한스러워 한들 다시 무슨 보탬이 있겠습니까. 이에 저를 버리지 않고 위문의 편지와 만사를 보내주시어 존휼(存恤)이 갖추어 지극하니, 유명(幽明) 간에 감격스러움을 어떻게 말할 수 있겠습니까?

　저는 숙형과는 형제이면서 사우(師友)이기도 하여 숙형이 나를 벗으로 대하지만 나는 실로 가만히 스승으로 받들었습니다. 그 맑고 삼가는 절조와 남을 사랑하고 선비에게 낮추는 풍모는 마땅히 고인에게서 찾아야 할 것이니, 어찌 당세를 논하겠습니까. 또 임연히 드러나지 않은 덕은 남들이 미처 알지 못할 것이 있으니, 이것이 제가 배웠지만 능하지 못하였던 것입니다.

　병에 걸림으로부터 제가 부축하여 안고 부르짖으며 기도한 것은 스스로는 마음과 힘을 다했다고 생각하였는데 끝내 이렇게 돌아가시게 되었으니, 저의 우애롭지 못함이 여기에서 판가름 난 것은 말할 것도 없지만, 두 서넛의 붕우들께서는 또 어찌하여 구하지 못하였단 말입니까. 매우 애통하고 한스럽습니다.

　숙형은 평소 문장으로 스스로 인정한 적이 없기 때문에 상자에는 하나도 남은 것이 없습니다. 평소에 흩어져 있던 시문들도 잃어버려

수습하지 못하였으니, 이것은 바로 제가 소홀했던 죄입니다. 보내주신 만사의 끝 구절을 외워보니 절로 부끄럽고 위축됩니다. 오직 지구(知舊)들께 바라는 것이 있으니, 숙형에 대해 깊이 알고 있는 분으로서 한편의 글을 지으시되, 부화하지 않은 말로 실제의 덕에 의지하여 책에 실어 후대에 드리워 주신다면, 영원히 떠나신 영령께서 거의 의지할 곳이 있을 것입니다. 바라건대 존형께서는 마음 써 주실런지요.

심신(心神)이 비월(飛越)하여 소회(所懷)를 다하지 못하였으니, 모두 살펴주시기를 바랍니다.

答金旻臣【鍾河】

晟圭平生行事, 自多乖忤, 積愆在躬, 宜干神譴. 乃不降灾我躬, 禍及叔兄, 千悔萬恨, 復何益哉? 乃蒙不棄, 猥賜慰書及挽幅, 存恤備至, 感激幽明, 如何可言?

僕於叔兄, 兄弟而兼師友, 叔兄視余以友, 而余實暗奉爲師. 其淸愼之操、愛物下士之風, 當求之古人, 何論當世? 又其闇然之德, 有人不及知者, 此僕之所學而未能者也.

自罹沈患, 僕之所以扶抱顧禱者, 自謂能竭其心力, 而畢竟遭此不淑, 僕之不友, 於是而辨矣, 無足可言, 而二三朋友, 又胡爲而莫之救也? 痛恨.

叔兄平日, 未嘗以文字自許, 故笥中無一留者. 其咳唾之尋常散落者, 又放逸莫收, 是則僕疎略之罪也. 誦盛挽末絶, 自不覺愧縮之至. 惟所望於知舊則有之, 以其所知深者, 作爲一篇文字, 不用浮辭, 依於實德, 載在簡編, 垂之來後, 則長逝之靈, 庶有賴耳. 幸望尊兄爲之留意焉否?

心神飛越, 莫究所悔, 統希鑑裁.

손경찬 철헌 에게 답함

答孫璟瓚 徹憲

이미 저를 찾아와주셨고 또 편지를 보내 주시니 감사하고 감사한 마음 어찌 비유하겠습니까. 삼가 상중의 체후를 보중하시는 것을 알았으니 위로 드리는 마음 한량없습니다.

존 선공(尊先公)에 대한 묘문(墓文)은 지난번 만났을 때 묘표(墓表)를 지어드리기로 하였습니다. 비록 빗돌이 좁아서 그렇게 말하였으나 저의 생각은 오로지 이것 때문만은 아니었습니다. 옛 사람의 묘문에 갈(碣)·명(銘)과 표(表)는 비록 사행(事行)의 차등은 없지만, 문체는 대략 어렵고 쉬운 구분이 있습니다. 글을 잘 짓지 못하는 성규(晟圭)는 스스로 그 역량을 헤아려 보건대, 묘표는 힘써서 할 수 있겠지만 묘지명은 힘쓴다고 할 수 있는 것이 아니니, 억지로 힘써도 해낼 수 없는 것 보다는 차라리 힘써 미칠 수 있는 것이 좋지 않겠습니까. 이것이 제가 뜻한 것입니다.

존형께서는 성규가 세의(世誼)의 무거움과 마음으로 사귄 친밀함이 있다는 것 때문에 여러 번 와서 청하였으니, 성규가 비록 노둔하다고 하지만 어찌 마음에 감동이 없겠습니까. 그러나 가령 성규가 능하지 못한 것을 억지로 지어 만에 하나라도 선공의 덕에 누를 끼치고 존형의 밝음을 상하게 한다면, 성규의 죄는 이미 피할 수 없고 존형도 뒤쫓기 어려운 후회가 있을 것입니다. 이것이 두렵고 두려우니, 비록 간곡하게 부탁하셨지만 감히 명을 받들 수 없는 것입니다. 엎드려 헤아려 주시기를 지극히 바랍니다.

答孫璟瓚【徽憲】

旣蒙枉臨, 又賜疏惠, 感感何喩? 謹審奠餘哀體支重, 仰慰無量.

尊先公墓文, 向對時以墓表爲定. 雖以石窄謂然, 鄙意不專在是也. 觀古人墓文、碣、銘與表, 雖無事行之差等, 文體則略有難易之分. 晟圭不文, 自揣其力, 表可以勉而能, 銘不可以强而能, 與其强其所不能, 無寧勉其所及耶? 此余之所志也.

尊兄以晟圭有世誼之重、心交之密, 纍然來請, 晟圭雖駑, 豈不感動于心哉? 然使晟圭强其所不能, 萬一有累於先公之德而傷尊兄之明, 則晟圭之罪, 已不可逭而尊兄亦有難追之悔矣. 是恐是懼, 雖有俯敎之丁寧, 而不敢奉命. 伏乞有以哀量, 千萬之至.

손공국 영수 에게 답함

答孫公國 寧秀

    지난번 위로의 편지를 받았는데, 그 때는 새로 상고(喪故)를 당하여 인사할 겨를이 없어 갑자기 오늘에 이르렀으니, 회피하고 게을렀던 것을 탓할 만합니다. 삼가 생각건대, 공부하시는 체후가 어떠하시며, 관상하고 완미하는 공부는 궁구하지 못했던 것을 더욱 궁구하시는 지요. 우러르는 마음 간절합니다.

    성규(晟圭)는 허물이 깊고 정성이 얕아 끝내 숙형을 잃게 되었으니, 천지간에 외로움을 어떻게 말할 수 있겠습니까. 친구들이 매번 성규를 대하여 선형에 대하여 많이 말하면 절로 눈물이 흐르는데, 더구나 형의 깊은 정이 담긴 말씀에야 어떠하겠습니까. 편지를 어루만지며 다만 깊이 오열할 따름입니다.

    한해가 이미 다해가는 즈음, 오직 더욱 복되시길 기원합니다.

答孫公國【寧秀】

曩者承慰書, 伊時新經喪禍, 未暇修謝, 凌遽至於今日, 逋慢可罪. 謹惟經體何似? 觀玩之工, 能益究所未究耶? 溱仰區區.

晟圭笘深誠淺, 畢竟喪我叔兄, 俯仰孤子, 如何可言? 親舊每對晟圭, 多言先兄, 自不覺涕泣, 況兄情深之言乎? 摩挲紙面, 但深嗚咽.

歲已際爾, 惟祈增祉.

이계증 윤덕 에게 드림

與李繼曾 潤惪

봄철에 천응(天應)[61] 편에 오형(吾兄)께서 석봉(石峯)의 필치로 임사(臨寫)하신 세 글자를 받아 정자의 모습이 빛나게 되었으니, 감사한 마음 어떻게 말씀드리겠습니까. 삼가 생각건대, 화창한 봄 당상(堂上)의 수운(壽韻)은 강녕하시며, 어른을 모시는 나머지 공부하시는 체후는 더욱 왕성하시겠지요. 우러르는 마음 간절합니다.

성규(晟圭)는 숙형의 환후가 더 심해져 말도 통하지 않고 앉거나 눕는데 사람을 필요로 하여, 성규는 형의 병을 간호하기 위해 오래 달구(達句)에 머물러 있습니다. 병든 형과 쇠약한 아우의 정상(情狀)이 가련하니, 다시 무슨 말을 하겠습니까.

한일(韓日)의 국교(國交)에 대해서는 말을 하자니 마음이 애통하니, 내 생전에 다시 저들이 우리 국토를 유린하는 일을 본단 말입니까. 통분하여 죽을 것 같습니다. 근래 달구에 거주하는 인사들로부터 발의(發議)하여 건의서를 만들어 회담의 파기를 권하려 하는데, 성규에게 그 글을 짓도록 하였습니다. 성규는 이미 졸렬함을 잊고 그 큰 뜻을 구상하여 이루었는데,[62] 먼저 일본은 본래부터 침략하는 성품이 있어 근본적으로 사귈 수 없다는 것을 말하였고, 다음으로 우리 선열들의

---

61 천응(天應) : 중와(中窩) 허석(許鈤)의 아들 허섭(許涉)의 자이다. 호는 호석(護石)이다.

62 성규(晟圭)는……이루었는데 :《손암집》권4〈한일국교반대건의서(韓日國交反對建議書)〉를 말한다.

의혈(義血)이 아직 마르지도 않았으니 저들과 서로 기뻐해서는 불가하고, 지금 국민들의 시위가 곳곳에서 봉기하니 마땅히 뒤집어 다시 도모해야 한다는 것을 말하였습니다. 뭇 사람의 의논이 이름을 기록함에 많은 사람을 구할 필요는 없고 한 선비의 무거움을 귀하게 여긴다고 하였기 때문에 아우는 감히 형을 추천하여 물어보지도 않고 바로 기록하였으니, 사체(事體)에 어그러진 점이 있기 때문에 감히 이렇게 따로 편지를 보냅니다. 바라건대, 빨리 회답해 주시는 것이 어떻겠습니까.

與李繼曾【潤惠】

春間自天應兄便, 得蒙吾兄臨寫石峯筆三字, 亭顏爲之生色, 感銘何言? 謹惟春和, 堂上壽韻康寧, 侍餘經體增旺? 漆仰漆仰.

晟圭叔兄患侯添劇, 言語不通, 坐臥須人, 晟爲護兄病, 長住達句. 病兄、衰弟, 情狀可憐, 復何可言?

韓日國交, 言之痛心, 我生之前, 復見彼人之蹂躪吾土耶? 憤死憤死. 近自達句居住人士, 發議爲建議書, 勸罷會談, 而使晟圭製其文. 晟已忘拙, 搆成其大者: 先言日本自來有侵略性, 本不可交; 次言吾先烈義血, 尙未乾, 義不可與彼交歡, 而今國民示威, 處處蜂起, 當翻然改圖云云. 衆議以爲錄名, 不必求多, 而一士之重爲貴, 故弟敢薦兄, 不問徑錄, 有闕事體, 故敢此專修. 幸速賜回示如何?

이중립[63] 헌주 에게 답함

答李中立 憲柱

소천장(小泉庄)의 모임에 마침 신병(身病)으로 나아가지 못하여 마음에 항상 아른거렸는데, 보내주신 편지를 받아보니 더욱 마음이 더욱 허전해 집니다. 삼가 생각건대, 공부하시는 체후가 건강하고 왕성하시겠지요.

화갑(花甲)이 다가오니 집안의 경사는 말하지 않아도 알 수 있겠습니다. 존형의 장수는 다만 한 집안 한 가문의 경사만이 아니라, 실로 우리 유림의 경사이니, 실로 동남 선비들의 수레가 폭주하여 자리를 빛내는 축하자리가 성황일 것입니다. 성규(晟圭)도 말석에 참석하여 기쁜 정을 가득 드리고 싶은 마음 남 못지않습니다만, 그 때 새로 혼사를 맺어 손님을 초청한 약속이 있기 때문에 뜻대로 할 수 없으니, 슬프고 허전한 마음 또 어찌 말하겠습니까.

도환(道桓) 형[64]의 생신 통첩에 대해 아직 인사를 드리지 못하였으니, 이 뜻을 전해주시기 바랍니다.

---

63 이중립(李中立) : 이헌주(李憲柱, 1911~1985)를 말한다. 자는 중립, 호는 진와(進窩), 본관은 성산(星山)이다. 경상북도 고령의 관동(館洞)에 살았다.

64 도환(道桓) 형 : 이도환(李道桓)을 말한다. 호는 만산(挽山), 본관은 성산(星山)이다. 경상북도 고령의 관동(館洞)에 살았다.

答李中立【憲柱】

　小泉庄會, 適以身病未赴, 心常耿耿, 見惠書, 尤覺愁然. 仍謹惟經體健旺?

　花甲載屆, 堂欄吉慶, 不言可知. 尊兄之壽, 非但一家一門之慶, 實吾黨之慶, 固知東南章甫, 車輛輻湊, 賁餙賀筵盛況矣. 晟亦欲往參末席, 滿致歡情心, 不在人後, 而伊時有新婚速客之約, 故末由如意, 悵缺又何言?

　道桓兄晬日通牒, 未得修謝, 幸致此意焉.

이경직 종환 에게 답함

答李敬直 琼桓

그리워하고 앙모하던 즈음 보내주신 편지를 받았으니, 기쁨을 알 수 있을 것입니다. 삼가 생각건대, 고요히 지내시는 체후가 더욱 정중하시다고 하니, 실로 듣고 싶었던 마음에 알맞았습니다.

여아(女阿)가 과연 한 번에 두 아들을 낳았습니까? 기특하고 장합니다. 내 매번 이 아이가 약해서 염려가 되었는데, 능히 이런 장한 일을 해내었으니, 지금에야 내가 이 아이를 잘못 알았던 것을 알겠습니다. 한 번 웃습니다. 이 아이가 전에 편지에서 다만 아들을 낳았다고만 말하고 쌍둥이를 낳았다고 말하지 않았으니, 무슨 까닭으로 숨겼는지 모르겠습니다. 내가 지나치게 놀라고 기뻐할까 두려워서 그랬던 것인지, 이것이 괴이합니다.

산후의 증세는 이런 난관을 거쳤으니, 어찌 그렇지 않을 수 있겠습니까. 마땅히 얼마 되지 않아 회복될 것이니, 지나치게 염려하지 않아도 될 듯합니다. 지금 태(泰)가 회복되는 때를 당하였으니, 태에서 대장(大壯)으로 가는 것은 차례대로 되는 일입니다. 또 신생아의 형제 4명은 대장괘(大壯卦) 네 양효의 숫자에 들어맞으니, 경사로운 조짐이 서로 부합합니다. 사소한 걱정은 자연히 물러 갈 것이니, 이로 축하드립니다.

答李敬直【琮桓】

　戀仰之際, 獲拜惠書, 喜可知也. 仍謹惟靜養體事增重, 實副顒聞.

　女阿果一擧二丈夫耶? 奇壯哉! 吾每以渠脆弱爲念, 乃能辦此壯擧, 今而後知吾淺之知渠也. 呵呵. 渠前內簡, 但言其生男, 不言雙産, 未知何故秘之. 恐吾過爾驚喜耶? 是可怪也.

　其遺症越此關嶺, 何能不爾? 爾當不遠復矣, 似不必過慮也. 方今時當回泰復, 而泰而大壯, 次第事. 且新生兒兄弟四人, 叶大壯四陽之數, 慶兆相副. 如干些憂, 自然退聽, 以是貢祝.

이성보 정의 에게 답함

答李聖甫 正義

　성보(聖甫) 족하여, 연전에 족하의 한 통 편지를 받았을 때, 마땅히 빨리 인사를 받들 수 있었는데 지금까지 미루었던 것은 다름이 아니라, 도에 가까운 한 마디 말을 구하여 족하에게 말씀드린 연후에야 이 마음이 상쾌해 질 것이기 때문이었습니다. 대개 족하에게 깊이 보답하려다가 드디어 포만(逋慢)한 죄를 이루었습니다. 세월이 오래 지나도 학업은 더 진보하지 않고 뜻은 더욱 후퇴하고 게을러졌으니 매우 두렵고, 또 다시 오래 되었지만 성대한 뜻에 부응할 수 없으니, 차라리 그 이유를 진술하여 족하께 사례하는 것이 낫겠다는 생각이 지금 저의 마음입니다. 바라건대, 족하께서는 용서하고 살펴주실 수 있겠는지요.

　지난 번 편지에서, 고절(苦節)로 면려하였는데, 저의 뜻은 군자는 마땅히 그 절제에 편안하니 어찌 괴로울 것이 있겠습니까. 고상하려는 마음이 있기 때문에 고절(苦節)이 되고, 그 마음이 편안한 것을 구하기 때문에 안절(安節)이라고 합니다. 백이(伯夷)와 같은 무리는 그 절제에 편안했다고 할 만합니다. 그러나 군자들은 오히려 혹 협애(狹隘)하다고 나무라기도 하는데, 더구나 하나라도 고상하려는 마음이 있다면 도에 있어 혹 어떨지 모르겠습니다. 그러나 사람의 정은 달게 여기고 기뻐하기는 쉽고 인고(忍苦)하기는 어려우니, 달게 여겨 방탕하기보다는 그 절조를 괴롭게 지키는 것과 비교하면 무엇이 낫겠습니까. 그러므로 성인께서 특별히 어렵게 여겨 그 사(辭)에 "괴로운 절제(節制)이니, 정고(貞固)히 지키면 흉하고, 뉘우쳐 고치면 흉함이 없어지리라."[65]

라고 하였는데, 비록 정고히 할 수 있는 도가 아니지만 그 마음은 실로 후회가 없다는 것을 말합니다. 그러나 군자의 도는 마땅히 그 중정(中正)을 구해야 할 뿐, 간심(艱深)한 지경에 마음 쓸 필요가 없으니, 혹 현자의 과(過)[66]에 이르러 중용의 도에 어긋남이 있을까 두렵습니다.

　보내온 편지에서 선비가 세상에 처하는 것은 비유하자면 과부와 고신(孤臣)이 하루아침에 절개를 고쳐 따르는 것과 같다고 하였습니다. 이것은 용심(用心)이 너무 지나치고 높은 말이 아니겠습니까. 선비라고 하는 것은 출사하지 않은 호칭입니다. 비유하자면 시집가지 않은 처자와 같습니다. 배필을 얻은 적이 없는데, 어찌 과부라고 할 수 있겠습니까. 애초에 남을 따르지 않았으니 어찌 절개를 고친다고 할 수 있겠습니까. 무릇 이것은 모두 제가 평소 여러 번 생각해 보아도 끝내 분명하지 못하였기 때문에 감히 마음속의 의심을 펼쳐 질정하니, 실로 붕우 간에 강마하는 한 가지 실마리입니다. 바라건대, 참월(僭越)하다고 하지 않으시고 다시 가르쳐 주시겠는지요?

　산천이 아득하고 멀어 만나는 것도 쉽게 기약할 수 없으니, 편지에 임하여 근심스럽고 서글픈 마음 감당할 수 없습니다.

---

65 괴로운……없어지리라 : 《주역》〈절괘(節卦) 상육(上六)〉효사에 나오는 말이다.

66 현자의 과(過) : 《중용》 제4장에 "어진 자는 과하고 어질지 못한 자는 불급하기 때문이다.〔賢者, 過之 ; 不肖者, 不及也.〕"라고 한 데서 인용한 말이다.

答李聖甫【正義】

聖甫足下！ 年前拜足下一書, 宜有以赴奉謝, 而至今遷延者, 非他, 欲求一言之幾於道者, 而奉道足下然後, 此心快也. 蓋欲以深報足下, 而遂成遷慢之罪. 乃日月許久, 業不加進, 志益退惰, 大懼, 又復久遠, 而無可以當盛意, 則寧述其由以謝足下者, 今僕之心也. 幸足下之有以宥察焉?

前惠書以苦節相勵, 僕之意以爲君子當安其節, 何必苦哉? 有高之之心, 故苦節; 求其心之安, 故曰安節. 如伯夷之倫, 可謂安其節者. 然君子猶或以隘譏之, 況一有高之之心, 則於道或未知如何也. 然人之情, 甘悅易、忍苦難, 與其甘而流蕩, 孰若苦守其節哉? 故聖人特艱深, 其辭曰"貞凶, 悔亡", 謂其雖非可貞之道, 而其心則固無悔也. 然君子之道, 當求其中正而已, 不必用心於艱深之境, 恐其或至於賢者之過, 而有違於中庸之道也.

來書以士處世, 譬諸媵婦孤臣, 而一朝改從云云. 斯無乃用心過高之言耶? 士之云者, 未出仕之稱也. 譬則如未嫁之處子也. 未嘗得配, 何名爲媵? 初未從人, 何容言改? 凡此皆僕尋常思復, 而終未了然, 故敢布腹心有疑相質, 實朋友講磨之一端. 幸不爲潛越, 而有以更敎否?

山川悠遠, 會合未易期, 臨楮不任忡悵.

이성보에게 답함
答李聖甫

　족하와 만난 지 오래 되었으니, 인정에 어찌 그립지 않을 수 있겠습니까. 봄철에 제가 족하의 고을에 거처한 것이 거의 한 달이었는데, 족하의 거처를 서로 바라보이는 곳에 두고도 만나지 못하였으니, 정리(情理)에 헤아려 보면 그렇게 해서는 부당한 점이 있었습니다. 족하의 입장에서는 듣지 못한 것이고, 저의 입장에서는 겨를이 없었다고 할 것인데, 겨를이 있었다면 몸을 빼어 뵐 수 있었고 듣지 못하였다면 어떻게 할 수 없을 것이니, 실로 그 까닭을 찾아보면 허물은 실제로 저에게 있습니다. 그러나 저는 늙지도 않았는데 먼저 쇠약하여 두 다리가 튼튼하지 못하여 걸어 다니기가 어렵기 때문에, 고을 이웃의 마땅히 찾아보아야할 경조사에도 일체 병으로 사양하였습니다. 지난번 족하의 고을로 갔던 것은 형세가 매우 부득이한 점이 있었습니다. 그 사정이 그러하였는데, 족하께서 어찌 알 수 있었겠습니까. 그런데 그 허물을 용서하고 먼저 편지를 보내어 부지런히 도덕의 영역에 함께 나란히 하시려 하니, 그 의리가 매우 성대합니다. 제가 비록 노둔함이 심하지만 어찌 감복하지 않겠습니까.

　들으니, 족하의 형신(形神)과 근력(筋力)이 여전히 강건하시다고 하니, 어떻게 관리하시어 그렇게 되었는지요. 덕이 내면에 넉넉하여 바깥으로 드러난 것이 아니겠습니까. 지극히 부러운 마음 감당할 수 없습니다.

　보잘것없는 저는 늘상 일삼는 것이 없고, 일삼는 것이라곤 단지 날만 보내는 것일 뿐이니, 어찌 의리가 정밀해지기를 바랄 수 있겠습니까. 족하께서 비겨 물어주신 것이 있으니, 부끄러움을 감당하지 못하겠습니다. 형께서 먼서 베풀어 주신 의에 감격하고 사례하기에 급하여 한두 가지도 세세하게 궁구하지 못하였으니, 보시고 판단해 주시기 바랍니다.

공부하시는 체후를 보중하시길 기원합니다. 이만 줄입니다.

答李聖甫

　與足下不相見久矣, 人情安得不懸懸? 春間僕居仁鄕僅一月, 置高居於相望之地, 而不相握, 揆諸情[67]理, 有不當然者. 足下則曰不相聞知, 僕則曰不遑暇及, 暇則可以抽而得, 不知則無可爲矣. 苟求其故, 咎實在我矣. 然僕未老先衰, 兩脚不健, 步履艱澁, 於鄕憐慶吊宜問處, 一切辭以疾. 曩者仁鄕之行, 勢有所甚不得已也. 其情則然矣, 而足下何能知也? 而乃恕其咎而先之以書, 疊疊然欲俱僑於道德之域, 其義甚盛矣. 僕雖駑甚, 安得不感感僕僕哉?

　聞足下形神筋力, 比前如健, 未知何修而然歟? 無乃德腴於內而形著於外者耶? 無任健羨之至.

　僕區區尋數無所事, 事祇是消遣日耳, 夫何可望於義理之微密哉? 足下有所擬問, 不勝愧愧. 感兄先施之義, 而急於奉謝, 不能細究一二, 幸有以鑑裁.

　惟祈經體保重. 不宣.

---

67 情 : 저본에는 "惰"자로 되어 있으나 "情"자의 오류로 보고 수정하였다.

이성보에게 드림

與李聖甫

    하늘이 어진 사람을 돕지 않아 영윤(令允) 수재(秀才)가 갑자기 요절하였으니, 부고를 받고는 놀랍고 애통함을 금할 수 없었습니다. 삼가 생각건대, 아버지 입장에서 어떻게 마음을 너그럽게 하시겠습니까.

    가만히 생각건대, 옛날의 성현도 이런 곤액을 당한 분이 매우 많았는데, 유독 자하씨(子夏氏)만 아들 때문에 실명하였습니다. 자하씨가 어찌 정을 절제하는 것이 도인 줄 몰랐겠습니까. 대개 정이 역경을 만남으로 인하여 절로 이와 같은 줄 깨닫지 못한 것입니다. 요컨대, 또한 상사(喪事)에 슬픔이 지나쳤던 일[68]입니다. 그러나 군자의 기롱을 당한 것은 또한 어찌할 수 없는 일입니다. 존형께서는 마음을 다스림이 고명하여 이치에 통달하지 않음이 없으니, 감히 이것을 염려하지는 않습니다. 그러나 다만 두렵건대, 노년에는 정에 약하여 병들고 손상에 이르기가 쉬우니, 만약 이로 말미암아 다스리고 함양하는 공부에 방해가 있으면 또한 붕우가 집사께 바라는 것이 아닙니다. 바라건대, 모름지기 차마하지 못하는 자애로운 마음을 잘라 버리고 오랠 수 있는 업(業)에 마음을 오로지하여 멀리서 바라는 정성에 부응해 주시는 것이 어떻겠습니까.

---

68 상(喪)에……일 : 《주역》〈소과괘(小過卦) 상(象)〉에 "산 위에 우레가 있는 것이 소과이니, 군자가 보고서 행실은 공순함을 지나치게 하며, 상사에는 슬픔을 지나치게 하며, 용도에는 검소함을 지나치게 한다.〔山上有雷小過, 君子以, 行過乎恭, 喪過乎哀, 用過乎儉.〕"라고 한 데서 나온 말이다.

성규는 부음을 받은 처음에 바로 관례에 따라 위로를 드리려고 하였으나 무익한 말을 하여 단지 자애로운 마음만 저촉될까 두려워 그만두는 것이 낫다고 여겼습니다. 지금 세월이 이미 지나가도 끝내 그만두지 못할 것이 있어 감히 이 말로 받들어 고합니다. 대개 동문오(東門吳)의 달관(達觀)[69]은 비록 대중(大中)의 도가 되는 것은 아니지만, 군자가 지녀 마음을 너그럽게 하는 실마리가 되는 것은 확실할 것입니다. 천만 바라건대, 살펴보시고 생각해 보십시오.

---

69 동문오(東門吳)의 달관(達觀) : 춘추 시대 때 자식이 죽었어도 슬퍼하지 않았다는 동문오를 말한다. 《열자(列子)》〈역명(力命)〉에 "위(魏) 나라 사람 동문오는 아들이 죽었는데도 슬퍼하지 않았다. 이에 집안의 집사가 묻기를 '공의 아들 사랑은 천하에 둘도 없었는데, 이제 자식이 죽었는데도 슬퍼하지 않는 것은 무엇 때문인가?'라고 하니, 대답하기를 '나는 옛날에 자식이 없었는데, 자식이 없다고 그때 슬퍼하지 않았다. 지금 자식이 죽은 것은 옛날에 자식이 없었던 것과 똑같은데, 내가 무엇 때문에 슬퍼하겠는가.'라고 하였다."라고 하였다.

與李聖甫

天不佑仁, 令允秀才, 遽爾夭逝, 承訃驚痛不能已已. 伏惟止慈所注, 何以寬譬?

竊念古之聖賢, 遭此厄者甚多, 而獨子夏氏, 以喪其明. 子夏氏豈不知節情爲道? 蓋情緣境逆, 自不覺其如是也. 要亦喪過乎哀之事. 然其蒙君子之譏, 則無如之何也. 尊兄玩心高明, 理無不達, 不敢以是爲慮. 然但恐老年情弱, 易致疚損, 若由是而有妨於玩頤之功, 則亦非朋友之所望於執事者. 幸須割棄不忍之慈膓, 專必於可久之業, 以副遠誠如何?

晟圭承實之初, 卽欲循例奉慰, 而恐無益之言, 祇觸慈膓, 則不如已也. 今日月已過, 有終不可已者, 則敢以此言奉告. 蓋東門吳之達觀, 雖非爲大中之道, 而其爲君子持譬之端, 則全矣. 萬乞有以鑑念焉.

윤백롱[70] 진권 에게 답함

答尹白聾 鎭權

장주(莊周)가 이르기를, "텅 빈 골짜기에 도망쳐서 숨어 사는 사람은 걸어오는 사람의 발자국 소리만 들어도 기뻐하게 마련이다."[71]라고 하였는데, 저의 고적(孤寂)함이 공허할 뿐만이 아니었거늘 족하의 소식이 우렁차게 이르렀으니, 그 기쁨을 알 수 있을 것입니다.

저는 족하에 대해 손사징(孫士澄)·이경소(李景昭)에게서 듣고는 편편(翩翩)[72]한 문사(文士)일 것이니 만나게 되면 명리(名理)를 진진하게 말하여 비록 함께 도에 나아가더라도 좋을 것이라고 여겼는데, 듣기만 하고 미처 보지 못한 것이 오래되었습니다. 지금에야 보고는 들은 것보다 더하니 그 기쁨을 또 헤아리겠습니까?

편지를 받고 시봉하시는 것에 신명의 도움이 있는 줄 알았습니다. 보내 주신 시는 우아하고 법칙이 있어 의연히 낙사(洛社)[73]의 풍미가 있으니, 공경스럽고 숭상할 만합니다.

연래당(燕來堂) 시[74]는 이미 허락하였기 때문에 졸렬하게 얽어 드립

---

70 백롱(白聾) : 원문에는 '□□'로 되어 있으나, 《손암집》 권3 〈연래당기(燕來堂記)〉에 의거하여 수정하였다.

71 텅 빈……마련이다 : 《장자》 〈서무귀(徐无鬼)〉에 나오는 말이다.

72 편편(翩翩) : 풍모와 문채(文采)가 아름답고 멋스러운 것을 말한다.

73 낙사(洛社) : 송(宋) 나라 구양수(歐陽脩)와 매요신(梅堯臣) 등이 조직한 시사(詩社)로 낙양기영회(洛陽耆英會)의 준말이다.

74 연래당(燕來堂) 시 : 《손암집》 권1에 실려 있는 〈연래당 운에 차운하다〔次燕來堂

니다. 그러나 한 마디도 족하의 뜻을 발명해 낸 것이 없어 매우 부끄럽습니다.

　저는 매번 대구〔達句〕로 행차한 것이 많았는데, 이후로는 급하여 여가를 낼 수 없는 경우를 제외하고는 반드시 족하가 계시는 곳에 방문할 것이니, 모두 마땅히 새로 터득한 것을 쌓아두었다가 대면하였을 때 서로 토론하는 바탕으로 삼고, 단지 한가하게 쫓아 노닐지 않는다면 다행함이 얼마나 크겠습니까. 모두 보시고 판단해 주시기를 바랍니다. 이만 줄입니다.

韻〕〉를 말한다.

答尹【鎭權】

莊周云"逃空虛者, 聞人足音跫然而喜", 僕之孤寂, 不啻空虛, 而足下之音, 轟然而至, 其喜可知也.

僕聞"足下於孫士澄、李景昭也, 以爲翩翩然文士也, 及相見, 津津名理之說, 雖與之適道可也", 耳不及目久矣. 乃今見, 溢於聽, 其爲喜, 又可量耶?

承書審侍奉加相. 惠詩雅嫺有則, 依然有洛杜風味, 可敬可尙.

燕來堂詩, 旣已諾之, 故拙搆贈. 然無一言可發足下之意, 甚愧.

僕每多遽句之行, 此後除忽遽靡暇之外, 必訪高棲, 俱當蓄其新得, 以爲對面相討之資, 而不祇成閒追逐, 則爲幸不其大乎? 總希鑑裁. 不宣.

오경욱 양 에게 답함

答吳景郁 養

뜻밖에 진귀한 편지를 받으니, 백붕(百朋)[75]을 얻은 것 같습니다. 삼가 객중의 체후가 매우 편안한 줄 알았으니, 위로와 기쁨이 한량없습니다. 천지간에 세모의 회포를 누구에게 풀 수 있겠습니까.

성규(晟圭)는 근래 집안의 근심과 괴로움으로 전전긍긍 날을 보내고 있을 뿐입니다.

보여 주신 뜻은 매우 감사하니, 보통보다 만 배나 되는 친구의 깊은 정이 아니라면, 어찌 능히 천리에서 편지를 보내어 서로 찾아주기를 바라겠습니까. 감사한 마음 말할 수 없습니다. 그러나 성규는 정초에 손자가 시험보는 일로 대구〔達邱〕에 가야 하는데, 이번 행차는 3~4일 정도 소요될 것입니다. 돌아와 서로 만나는 것을 또 기필할 수 없으니, 연홍(鷰鴻)이 어긋나는 것[76]에 수고로운 생각 감당할 수 없습니다.

---

75 백붕(百朋) : 많은 재물을 말한다. 《시경》〈청청자아(菁菁者莪)〉에 "나에게 백붕을 준다.〔賜我百朋.〕"라고 한 데서 나온 말이다.

76 연홍(鷰鴻)이 어긋나는 것 : 연홍(燕鴻)은 제비와 기러기를 가리키는데, 제비는 여름 철새이고 기러기는 겨울 철새여서 서로 만날 수가 없으므로, 전하여 서로 거리가 멀거나 만나기 어려운 처지를 비유한다.

答吳景郁【養】

料表獲承珍函, 如得百朋. 謹審旅體事大安, 慰喜無量. 乾坤歲暮懷抱, 從誰可釋耶?

晟圭近日以家中憂苦, 戰戰度日耳.

示意感荷, 非夫故人情深出於尋常萬萬, 安能千里寄書, 要與相尋耶? 荷感不可言. 然晟圭正初以孫兒入試事, 去達邱, 此行可費三四日. 回來相握, 又不可必, 鶺鴒差池, 不任勞想.

손경지에게 답함
答孫敬止

경지(敬止) 족하여! 족하의 편지를 받고 매우 위로되었습니다. 저에게 바라고 기대한 것이 너무 분에 넘쳐 부끄러움을 감당할 수 없습니다. 저와 족하는 사귄 지 매우 오래 되었으니, 실로 이미 족하의 재주는 더불어 도에 나아갈 수 있음을 알지만, 혹 뜻이 그 재주를 이루기에 부족할까 두렵습니다. 족하는 주산(珠山)에서 이별한 뒤로 연마하고 궁구하는 공부가 미염(米鹽) 등의 자질구레한 일에 많이 굽혀져 전일하게 공부하지 못하였는데 큰 업적을 거두려고 하니, 이룸이 있기 어려울 것입니다. 그러므로 비록 저도 능하지는 못하지만 족하에게 의심을 두는 것입니다.

지난번 족하께서 지은 글 한 통을 읽어 보니, 그 문사의 공교로움은 전문가가 쉽게 이를 것이 아니었습니다. 만약 조용히 사색하고 외물을 끊어 취사하지 않으면 실로 터득하기 어려울 것이니, 이것이 제가 불안해하지 않을 수 없는 것입니다. 그러나 족하에게 그 뜻을 공경하라는 것은, 비록 세속의 혼잡한 가운데서도 능히 그 뜻을 한결같이 하여 남들이 능히 이르지 못한 경지에 나아가기를 구하는 사람을 어찌 자주 만날 수 있겠습니까. 그러나 족하께서 나아간 단계가 여기에 그칠 뿐이겠습니까. 족하께서 바야흐로 장차 번거롭고 시끄러운 것을 거두어 그 사공(事功)을 완미하고 사색하는데 모으면 그 진보는 실로 헤아릴 수 없을 것이니, 제가 족하에게 기뻐하고 칭찬하는 것이 또한 어찌 여기에 그칠 뿐이겠습니까.

저는 들으니, 학문의 운수는 천분(天分)이 7분이고 인사(人事)가 3분이라 합니다. 천분은 하늘에서 얻은 재분(才分)이고, 인사는 사람이 만난 경계입니다. 하늘에서 얻은 재분이 비록 넉넉히 여유가 있어도 인사의 만난 경계가 마침 굽혀져 펴지 못한다면 또한 힘쓰기가 어렵습니다. 지금 족하는 둘 다 얻었다고 할 만한데 그 뜻이 또 유속(流俗)에 가서 세우니, 훗날 성취할 것을 궁구해 보면 반드시 아득히 떨어진 영역에 이른 뒤에야 그만 둘 것입니다. 이것은 제가 시험해 본 말이니, 어찌 다만 칭찬만 일삼겠습니까. 바라건대 족하께서는 그 사이에 의심을 두지 않는 것이 옳을 것입니다. 제가 고하는 것이 여기에 그치니, 미진하였던 것은 훗날을 기다려주십시오.

答孫敬止

敬止足下！得足下書大慰. 所望所期於僕[77]者甚侈, 愧無以堪之也. 僕與足下交甚久, 固已知足下之才, 可以與適, 而或恐志不足以濟其才也. 足下自珠山別後, 研窮之業, 多紲於米鹽之政, 以未專之工, 而欲收可大之業, 難乎其有成矣. 故雖僕不能, 有疑於足下也.

曩者讀足下所爲文一通, 其辭之工, 非專家之所易到也. 若非冥心舍物而去取之, 固難以有得矣, 此僕之所不能不僕僕. 然向足下而敬其志也, 雖在塵垢淆雜之中, 而能一用其志, 以求進於人不克臻之域者, 豈數數遘哉？ 然足下所就之位, 豈止於是而已哉？ 足下方將歛煩聒而集其事功於玩索, 其進固未可量, 則僕之所歡賞於足下者, 亦豈止於斯而已哉？

僕聞學問之數, 天分居其七, 人事居其三. 天分者, 所得於天之才分也；人事者, 人之所値之境地也. 才分雖優乎有裕, 而所値之境, 適或寶屈而不伸, 則亦難以爲力. 今足下可謂兩俱得之, 而其志又趠卓乎流俗, 究其異日之所成就, 必至夐絶之域而後已. 此僕所試之言, 豈徒然事譽也哉？ 幸足下之勿致疑於其間可也. 僕之所告者止此, 其未盡者, 容俟異日也.

---

77 僕 : 저본에는 "傑"자로 되어 있으나 "僕"자의 오류로 보고 수정하였다.

김목경 문대 에게 드림

與金穆卿 文大

　달구에서 한 번 만나 이야기 한 것이 손꼽아보니 벌써 4년이 흘렀습니다. 그 때 곱던 용모와 강건하던 근력이 아직도 별 탈 없으신지요. 진덕 수업(進德修業)의 공부는 과연 총명함이 미치지 못한다는 탄식이 없으시고, 늙음이 장차 이를 줄 모르는 즐거움이 있으신지요. 이것을 송축드립니다.

　성규(晟圭)는 숙형의 상을 당하여 이미 올해 9월 10일에 기년상을 지냈습니다. 집사께서는 가형과 친분이 절실하고 지극한데도 부고를 보내지 못하였으니, 이는 제가 소홀했던 죄입니다. 또 생각해 보니, 저의 죄상을 편지를 보내어 면하기를 구해서야 되었는데, 또 이렇게 미루다가 오늘에 이르렀습니다. 이것은 저의 태만했던 죄를 말할 수 없는 것이 분명하니, 어찌 감히 집사께 용서해주시기를 바라겠습니까.

　성규는 평생 행사(行事)가 대부분 허물이 많았으니, 마땅히 신명의 견책을 받아야 하는데, 나의 몸에 벌을 내리지 않고 화가 선형에게 미쳤습니다. 스스로 원망하고 신명을 원망해도 모두 정을 가눌 수 없습니다. 세월이 비록 흘렀으나 정신과 사려가 흔들리고 어지러워 글짓는 것 같은 것을 폐해두고 다스리지 않았으니, 이것이 편지를 보내는 것을 지금까지 미룬 까닭이었습니다. 집사께서 이 실정을 아신다면 반드시 더 질책하지 않고 민연히 여기실 것입니다. 바라건대, 계교하지 않는 덕을 따로 베푸시어 자주 소식을 주어서 혼매하고 타락함을 떨쳐 일으켜 주신다면 저도 이로부터는 흩어지고 없어졌던 혼백을 수습하고 불러 절시(切偲)[78]의 말석에 힘껏 주선할 것입니다.

　사죄하는데 급급하여 다른 것은 대부분 언급하지 못하였으니, 모두 살펴 헤아려 주시기 바랍니다.

78　절시(切偲) : 절절시시(切切偲偲)의 준말이다. 절절은 간곡하고 지극한 것이고, 시시는 자상하고 부지런한 것으로 붕우 사이에 강마하고 권면하는 모양을 형용한 말이다. 《論語 子路》

與金穆卿【文大】

達句一唔, 屈指已過四載矣. 其時丹渥容貌、康健筋骸, 尙勿之有愆否? 進修之工, 果無聰明不及之歎, 而有不知老至之樂否? 是頌是祝.

晟圭遭叔兄喪, 已於今年九月十日, 過菶祥耳. 執事與家兄, 契分切至, 而未通訃書, 是僕疎荒之罪也. 且念僕之罪狀, 不可不奉書求道, 而又此遷延至今. 是則僕之怠慢之罪, 無言可明, 夫安敢望厚恕耶?

晟圭平生行事, 類多愆尤, 宜干神譴, 而乃不降割我躬, 禍及先兄. 自怨怨神, 俱莫定情. 日月雖過, 神思搖蕩, 如干佔畢廢莫之理, 此其奉書遲延之所由然也. 執事知此情實, 則必不加之責而爲之悶然也. 幸願另施不較之德, 數賜惠音, 以振拔昏墮[79], 則僕亦繼此而收召散亡之魂魄, 勉與周旋於切偲之末矣.

急於謝罪, 他不多及, 摠希照亮.

---

79 墮 : 저본에는 "隋"자로 되어 있으나 "墮"자의 오류로 보고 수정하였다.

전성부 언수 에게 드림

與全聖夫 彦秀

접때 하룻밤 이야기를 나누어 산 같이 쌓인 세속의 때를 씻어내었으니, 기쁨과 다행함을 어찌 비유하겠습니까.

존 선공(尊先公)에 대한 묘표는 그 때 마땅히 가져다 드렸어야 했는데, 혹 다시 좋은 생각이 있을까 해서 일부러 지금까지 머물러 두었지만 글의 바탕이 한계가 있어 능히 그 범위를 넘지를 못하겠으니, 어찌하겠습니까. 그러나 이 글은 선공의 실제 일을 바로 적어 엉뚱한 사람으로 만들지 않은 것은 완전합니다. 바라건대, 효자께서는 받아주실 수 있겠는지요.

성규(晟圭)는 숙형의 환후가 점점 심해지기 때문에 마음과 정신이 흩어져 문자를 연구하고 완상할 겨를이 없습니다.

나머지 축원하건대, 경서 공부에 신명의 도움이 있으시길. 이만 줄입니다.

與全聖夫【彥秀】

　向者一宵奉話, 拔濯如山之塵垢, 喜幸何喩?

　尊先公墓表, 伊時宜可齎呈, 而或可更有好思, 故留之至今, 祗緣文地有限, 不能越其範圍, 奈何? 然此文直書先公實事, 不向別人走則全矣. 幸孝子之有以俯領否?

　晟圭以叔兄患侯漸劇, 心神飛散, 未暇硏玩文字爾.

　餘祝究經增相. 不宣.

김우여 시윤 에게 드림

與金雨汝 時潤

  봄철에 멀리서 찾아와 주시어 함께 봉영(蓬瀛)[80]의 사이에서 지낼 수 있었습니다. 이런 즐거움은 처음 있는 것이니, 감사함을 어찌 말할 수 있겠습니까. 작별한 뒤 절서(節序)가 바뀌었는데, 모르겠습니다만, 시력과 청력 및 근력이 전날보다 손상됨이 없으신지요?

  성규(晟圭)는 온갖 절도가 모두 감소하였고 더해진 것은 단지 한두 가닥 흰 수염과 머리카락뿐입니다.

  죽순을 보내 드립니다만 양이 적어 한스럽습니다.

---

80 봉영(蓬瀛) : 신산(神山)인 봉래(蓬萊)와 영주(瀛洲)의 합칭으로, 보통 선경(仙境)을 가리킨다.

與金兩汝【時潤】

春間蒙遠顧, 得與周旋於蓬瀛之間. 此樂未始有者, 感荷何言? 別後節序遷貿矣, 未暗視聽筋骸, 能無損於向日否?

晟圭百度俱減, 而所添者, 祇是鬚髮一莖兩莖白者耳.

竹筍玆送呈, 然量少可恨.

류이눌 민목 에게 답함

答柳而訥 敏睦

옛날에 시남의료(市南宜僚)의 처자와 신첩이 높은 곳에 올라가 지붕을 덮었는데, 중니(仲尼)께서 그것을 보시고, "이들은 성인의 무리이다. 이들은 스스로 민간에 파묻혀 스스로 농사에 감추었고, 바야흐로 장차 세속과 등지고 마음으로 기꺼이 더불어 함께하려 하지 않으니, 이들은 육지 속에 몸을 감춘 자들이다."라고 하였는데,[81] 지금 족하께서 하시는 것이 대략 이와 유사합니다. 시장에 감추어 시장 사람들과 더불고, 거간꾼이나 개백정과 함께 무리가 되면서도 스스로 이상하게 여기지 않으니, 이른바 물도 없는데 빠져 죽는다는 것[82]이 아니겠습니까. 이는 실로 속인과 더불어 말하기 어려운 것입니다.

제가 일삼는 것은 입고 먹는 것에 지나지 않으나 기꺼이 비루한 일은 하려 하지 않고, 종일 책상을 가까이 하지 않는데도 독서한다는 이름이 있으며, 몸은 은거하지 않으면서도 시속과 어그러지고 끊는 것이 많아, 이름과 실상이 어긋나 광망(誑妄)함이 이미 심하고 처신이 상서롭지 못하였으니, 마땅히 신명의 견책을 받아야 됩니다. 그런데 내 몸에 죄를 내리지 않고 화가 숙형에게 미쳤으니, 하늘이 하는 일이 얼마나 잘못됨이 심합니까. 깊이 후회하고 심하게 원망해도 능히 마음을 가눌

---

81 옛날에……하였는데 :《장자》〈칙양(則陽)〉에 나온다.

82 이른바……것 :《장자》〈칙양(則陽)〉의 육침(陸沉)에 대하여 곽상(郭象)의 주(注) "사람 가운데 은자이니, 비유하자면 물도 없는데 빠진다.〔人中隱者, 譬無水而沉也.〕"이라고 하였다.

수 없습니다. 지금 세월이 이미 흘렀는데도 외롭고 쓸쓸한 마음은 더욱 더 견디기 어려우니 어찌하고 어찌하겠습니까.

위로의 편지에 마땅히 빨리 답장을 했어야 하는데, 편지의 말씀과 뜻이 정중하여 경솔하게 답하지 아니할 것이 있었기 때문에 미루다 지금에 이르렀습니다. 그러나 마침내 한 마디 말도 족하의 마음에 합당한 말이 없고 다만 회피하고 게을렀던 죄만 지게 되었습니다.

보내주신 만사는 정과 말씀이 모두 지극하여 저로 하여금 눈물을 흘리게 하였습니다.

그 사이에 삼가시는 절도가 어떠신지 모르겠습니다. 생각건대 완전히 회복되었을 것입니다. 나머지는 살펴 헤아려 주시기 바랍니다. 이만 줄이겠습니다.

答柳而訥【敏睦】

昔市南宜僚妻子臣妾, 登極而覆, 屋仲尼見之曰"是聖人之僕也. 是自埋於民, 自藏於畔, 方且與世違而心不肯與之俱, 是陸沈者也", 今足下之所爲, 大略類是. 藏於市而與市人, 同駈會狗屠之與徒而不自爲異, 非所謂非水而沈者耶? 是固難與俗人道也.

僕所事, 不踰衣食, 而不肯執鄙事; 終日不親几案, 而有讀書之名; 身未隱, 而與俗多乖絶, 名實相戾, 誑罔已甚, 處身不祥, 宜干神譴. 而乃不降割我躬, 禍及叔兄, 天之所爲, 何其回曲之甚也? 悔深怨甚, 不能定情. 今日月已過, 踽凉益復難耐, 奈何奈何?

賜慰書, 宜趁修復, 而書中辭旨鄭重, 有非率爾奉答, 故遷延至今. 然竟無一言可當足下心者, 而祇負遝慢之罪矣.

挽詩情辭俱到, 令人感涕.

其間愼節未審何如? 想至完復矣. 餘祈照亮. 不宣.

족숙 순장 맹교 에게 답함

答族叔舜章 孟教

　뜻밖에 갑자기 고마운 편지를 받으니 감사한 마음 헤아리기 어렵습니다. 삼가 고요히 지내시는 체후로 탐구하는데 신명의 도움이 더한 줄 알았으니, 더욱 부럽습니다.

　사촌 복(福)이 멀리 와서 배우기를 구하여 남들이 하지 않는 것을 능히 하고 있으니, 그 뜻이 기특하다고 하겠습니다. 그 재주가 정밀하고 그 마음이 전일한 것을 보니, 훗날을 바랄 만합니다. 그러나 이 일은 모름지기 오랜 뒤에야 성취가 있으니, 과연 능히 오래 하여 그치지 않아 성취하는데 이를 지 모르겠습니다. 뜻을 결정하여 나아가는 것은 비록 자신의 힘을 쓰는 것이지만, 또한 의로운 방도로 인도하는데 달려 있을 뿐입니다. 모두 잘 이루도록 하는데 달려 있음을 모르는 것은 아니지만 에오라지 다시 말씀드리니, 천만 바라건대 살펴 헤아려 주십시오.

　성규(晟圭)는 숙형의 담사(禫事)[83]가 다가오니, 장차 달구로 가서 6~7일 정도 소요될 것입니다. 그는 이 여가에 부모님을 찾아가 집에 있으려하는데, 또한 모름지기 여가를 내어 복습하고 익혀서 방탕하게 폐하는데 이르게 하지 않아야 할 것입니다. 만약 반드시 이곳에 도착한 뒤에 공부하기를 기다린다면 공부의 간격이 생기고 끊어지는 것이 이미 심하여 진보하는 것을 보기가 어려울 것입니다. 바라건대, 또한 지극히 가르쳐 주시는 것이 어떠하겠습니까.

---

83 담사(禫事) : 담제(禫祭)로, 대상(大祥)을 지낸 그 다음 다음 달에 지내는 제사이다.

答族叔舜章 【孟敎】

謂外忽承惠書, 感荷難量. 謹審靜體事, 究探增相, 尤庸健羨.

福從遠來求學, 能爲人所不爲, 其志可謂奇矣. 觀其才精、其心專, 他日可望. 然此事須久而後有成, 未知果能久而不已而至於有成耶? 決意而往, 雖用己力, 亦在乎義方導引耳. 非不知摠在良遂, 而聊復言之, 萬乞鑑諒.

晟圭叔兄禫事在迫, 將向達句可費六七日. 渠欲以此暇省觀在家, 亦須抽暇溫習, 無至放廢. 若必待到來此處而後做工, 則其爲間斷已甚, 而難以見進. 幸亦敎至如何?

이□□ 휘재 에게 드림 종군 병철을 대신하여

與李□□ 徽載 代宗君柄澈

저와 집사의 정의는 내외(內外)의 친척이 되는데, 지금까지 서로 알지 못하고 있으니, 그 허물을 양분하지 않을 수 없습니다. 그러나 저는 시골의 한 비루한 사람이니 마땅히 집사께서 들어 알 수 없을 것이지만, 집사께서는 바야흐로 학계에 이름을 떨쳐 명성이 진신(搢紳)[84]들 사이에 자자하니, 제가 일찍이 집사에 대해 듣지 못하였다고 한다면 고루함을 면하지 못할 것이고 듣고도 사귀기를 구하지 않았다면 태만함을 면할 수 없습니다. 두 가지 가운데 그 하나도 핑계될 수가 없으니, 부끄럽고 위축됨을 어찌 말하겠습니까.

뜻밖에 집사의 선조 《동고선생유고(東皐先生遺稿)》[85]를 받았는데, 모르겠습니다만 집사께서는 어디에서 저의 이름을 아셨습니까. 매우 감사하고 다행입니다. 유고를 받들어 읽어보고 선생의 하늘을 꿰뚫은 훈업이 모두 학문에서 나온 것인 줄 알 수 있었으니, 후학의 경모하는 마음이 보통 때보다 배나 됩니다. 더욱이 그 하나의 상소는 국가의 장래와 관련 되어 중차대하다고 할 수 있겠습니다. 가령 당일에 조정의

---

84 진신(振紳) : 진신(振紳)은 홀(笏)을 꽂고 큰 띠를 드리운 사람으로 벼슬아치를 말한다.

85 《동고선생유고(東皐先生遺稿)》: 이준경(李浚慶, 1499~1572)의 유고이다. 이준경의 자는 원길(原吉), 호는 동고(東皐), 본관은 광주(廣州)이다. 1531년 식년문과에 급제하여 한림을 시작으로 벼슬에 나가 1565년에 영의정에 올랐다. 선조 묘정에 배향되고, 충청도 청안(清安)의 귀계서원(龜溪書院)에 제향되었다. 시호는 충정(忠正)이다.

위아래 사람이 모두 선생의 말씀에 복종하여 두려워하고 미리 대비하였다면 당쟁이 이 같이 심하지는 않았을 것이고, 국운이 이 같이 참혹하지는 않았을 것입니다. 그런데 이에 귀감의 말을 도리어 공박(攻駁)의 바탕으로 삼아 불길이 언덕에 까지 미쳐, 한 잔의 물로는 끌 수 없어 드디어 5백년의 예측할 수 없는 화를 이루었으니, 이 문성(李文成)도 그 이바지한 것을 사양할 수 없을 것입니다.[86]

집사의 서문 가운데 끝부분에서 한 번 전환시킨 말은 얼마나 명백하고 엄정하였던지요. 여기에서 집사의 견식이 높고 밝음을 보겠습니다. 선 선생(先先生)께서 일찍이 저의 선조 송계(松溪) 선생[87]을 천거하였는데, 천거하는 글에 '서봉명홍(瑞鳳冥鴻)'이란 구절이 있었습니다. 이것을 저의 6대조 《태을암집(太乙庵集)》 가운데 실었는데, 지금 선 선생의 문집을 읽어보니 천거한 글이 보이지 않습니다. 당시 수집할 때 다하지 못했던 것입니까. 매우 의아하고 답답합니다. 어느 때 한 번 더불어 이야기하며 흉중에 쌓았던 것을 통쾌하게 펼치겠습니까. 편지에 임하여 공허하고 서글픔을 감당하지 못하겠습니다.

---

86 이 문성(李文成)도……것입니다 : 이 문성은 율곡 이이(李珥)를 말한다. 이준경이 임종 때 붕당이 있을 것이니 이를 타파해야 한다는 유차(遺箚)를 올렸는데, 이이가 비판했던 것을 말한다.

87 송계(松溪) 선생 : 신계성(申季誠, 1499~1562)을 말한다. 자는 자함(子誠), 호는 송계(松溪), 본관은 평산(平山)이다. 송당(松堂) 박영(朴英)의 문인이며, 남명(南冥) 조식(曺植)과 절친하였다. 김대유(金大有), 조식(曺植) 등과 삼고(三高)라 불린다.

與李【徽載】代宗君柄澈

　　僕與執事, 誼屬內外之親, 至今不相識者, 不得不兩分其過. 然僕邨之一鄙夫, 宜執事之不與聞知, 而執事方蜚英學界, 聲名籍甚於搢紳間, 謂僕之不曾聞, 則未免固陋, 有聞不求交, 則未免怠慢. 二者不能辭其一, 愧縮何言?

　　意表得奉先《東皐先生遺稿》, 未知執事何從而得僕之名也? 感幸感幸. 擎讀遺稿, 有以知先生貫天勳業, 皆從學問中來, 後學之傾慕, 有倍於尋常萬萬. 尤其一疏, 有關國家將來, 可謂重且大矣. 使當日朝著上下, 皆服先生之言, 恐懼預待, 則黨爭不如是之甚, 國運不如是之慘. 乃以龜鑑之言, 反爲攻駁之資, 而及夫火燎于原, 盃水莫救, 遂成半千年莫測之禍, 李文成不得辭其貢矣.

　　盛著序文中, 末端一轉語, 何其明皦也? 於以見執事見識之高亮也. 先生嘗薦鄙先祖松溪先生, 薦章有"瑞鳳冥鴻"之句. 此載鄙六代祖《太乙庵集》中, 而今讀先生集, 不見薦章. 當時收輯未悉歟? 甚爲訝鬱. 何時一與相唔, 快叙胸中積蘊也? 臨楮不任沖悵.

이여장 종한 에게 답함

答李汝章 鍾漢

　삼여(三餘)[88]의 약속을 처음부터 끝까지 더불어 함께하지 못하였으니 서글프고 암담함을 알 수 있습니다. 마침 고마운 편지를 받고 인하여 성후(省候 : 웃어른의 안부를 살피는 일)가 강녕하고 복되시며, 집안도 모두 평안하신 줄 알았으니, 듣고 싶었던 차에 매우 위로가 되었습니다. 그런데 다만 공부하는 일을 폐하여 물리쳤다는 것은 어찌 현군(賢君)같이 독실한 사람이 이런 것이 있겠습니까.

　저 같은 경우는 스스로 특별히 억지로 힘쓰며 아득하고 범범하게 날만 보내고 있어 부끄러워 친구에게 말할 수 없을 뿐입니다.

　내년에 이미 약속한 일이 있으니, 빨리 도모하기를 바랍니다.

　보내주신 시는 완미해 보고 이에 졸렬하게 화답[89]하여 드립니다. 희수(熙銖)에게는 지을 거를이 없었으니, 모두 밝게 살펴주십시오.

88　삼여(三餘) : 한가로운 시간을 말한다. 삼국 시대 때 황우(黃遇)가 "독서하는 것은 마땅히 삼여의 때에 해야 한다."라고 하니, 누군가 삼여의 뜻을 물었다. 그러자 황우가 말하기를, "겨울은 한 해의 여가이고, 밤은 하루의 여가이고, 음우(陰雨)는 시간의 여가이다.'라고 하였다.

89　졸렬하게 화답 : 《손암집》 권1의 〈이여장 종한에게 화답하다[和李汝章 鍾漢]〉를 말한다.

答李汝章【鍾漢】

三餘之約, 未得與之終始, 悵黯可知. 適奉惠函, 恁審省侯康福, 堂欄均迪, 甚慰欲聞. 而但案業之廢閣, 豈以篤實如賢君而有是也?

弟等自別强輔, 悠汎度日, 愧無以向故人奉道耳.

來歲旣有約矣, 早圖之是望.

惠什奉玩而玆以拙和仰贈. 熙銖則未之暇焉, 幷賜亮鑑.

숙형에게 올림

上叔兄

　의(懿)가 와서 삼가 보내 주신 편지를 받고 객지살이에 기체후가 모두 편안한 줄 알았으니 위로됨이 그지없습니다.[90]

　무안(武安)이라고 한 말은 아직 회신이 없으니, 조만간에 다시 인편을 구해서 알아보아야 하겠습니다.

　고령(高靈)에 대해 말한 일은 인식(寅湜)이 왔는데, 과연 이런 논의가 있었답니다. 형수의 뜻은 만약 경주가 마음에 들지 않으면 고령도 좋다고 합니다. 이것은 경주를 놓아두고 고령을 취하라는 것은 아닙니다. 이것을 헤아려 주시길 바랍니다.

　제문을 지어 올리니 그 사이 만약 일의 실상과 어긋나는 곳이 있으면 고쳐주시는 것이 어떻겠습니까. '저 외로운 아이들 어루만지며, 내 서쪽으로 가는 것 끊었네'와 같은 등의 구절은 대개 상상한 말이고, 아래 구절은 비록 사실과 어긋나지만 크게 해는 없습니다. 윗 구절에 '고해(孤孩)'가 없으면 크게 낭패가 됩니다. 그 곳은 일에 따라 말을 바꾸어 망발이 되지 않도록 하는 것이 어떻겠습니까.

　나머지는 의(懿)가 말로 전할 것입니다.

---

90 그지없습니다 : 저본에는 글자가 빠졌으나 의미로 번역하였다.

上叔兄

懿也來, 伏承下書, 伏審僑中氣體侯萬安, 伏慰無☒.

武安云說, 尙無回信, 日間更欲討便探知耳.

高靈云事, 寅湜來, 果有此論. 嫂氏之意, 若慶州不如意, 則高靈亦可云爾. 非謂舍慶取高也. 以此下諒伏望耳.

祭文搆呈, 其間若有事實相違處, 改訂如何? 如"撫彼孤孩, 余絶西轅"等句, 槩是想象之言, 下句雖違事實, 大無害也. 上句若無"孤孩", 則大爲狼狽. 其處隨事換語, 無至妄發如何?

餘在懿也口達.

기 記

유동산기
遊東山記

기축년(1949) 봄 2월 정해(丁亥)에 향교의 향사를 행하고, 다음날 함께 했던 여러 군자들과 성(城)으로 들어가 군의 동산(東山)에 노닐었다. 이 날은 봄기운이 막 펼쳐져 바람과 햇볕이 맑고 좋아, 혹 풀을 깔고 앉기도 하고 혹 나무에 기대어 서서 작게 읊조리고 길게 탄식하며, 자득하여 서로 웃고 서글프게 서로 보며 해가 넘어가려는 것도 몰랐다.

내가 뭇 사람들에게 고하기를, "지금 천하가 크게 어지러워 생민들의 근심과 고통은 그칠 때가 없는데, 우리들은 하루의 한가로움을 얻어 서로 숲 사이에 마음대로 노닐고 있으니, 어찌 다행이 아니겠는가. 우리의 오늘 즐거움은 비록 태평을 독점했다고 해도 좋을 것인데, 종종 감개하여 꾸짖고 욕하면서 그 불평함을 금할 수 없는 것이 있음은 어째 서인가. 아, 옛날 은거한 선비 소부(巢父)와 허유(許由),[1] 장저(長沮)

---

1 소부(巢父)와 허유(許由) : 옛날 요(堯) 임금 때의 고사(高士)로, 천하를 마다하고 기산(箕山)에 숨어 살았다.

와 걸닉(桀溺)[2] 같은 무리들은 그 일이 실로 중행(中行)에 지나치는 것이 있으나 그 마음은 참으로 잊어버리는데 과감하였겠는가. 실로 또한 자신을 알아주지 않아 불평이 마음에 존재한 것이 실제로 있었다고 해야 할 것입니다. 장저와 걸닉은 주나라 말기 때였으니 말힐 수 없고, 소부와 허유에게 이런 지나치고 고상한 이름을 이룬다면 요순도 또한 유감이 없을 수 없을 것입니다. 여러 군자들은 혹 나의 말에 대해 반박이 없을 수 없을 것입니다. 그러나 도는 여러분들의 오늘 뜻에서 나온다고 하는 것에 대해서는 이의가 없을 것입니다. 그러므로 이것을 기록하여 훗날의 고사에 대비합니다."라고 하였다.

함께 노닌 사람으로, 최중삼(崔仲三) 상교(商敎)·박직유(朴直惟) 영수(永壽)·안가명(安可明) 석륜(碩倫)·이희순(李希純) 원성(元誠)·이가온(李可溫) 직형(直衡) 다섯 명은 동갑이기 때문에 생일로 순서를 정하였고, 손희(孫憙) 자가 없음·이가문(李可文) 병호(炳虎)·오무여(吳武汝) 규석(圭錫)은 저녁에 만났다. 이성등(李聖登) 태형(泰衡) 씨가, "어찌 나만 빠뜨렸는가."라고 하였는데, 모두 웃으며, "한 번 배불리 먹는 것도 운수가 있네."라고 하였다. 우리 자삼(子三) 홍규(弘圭) 형은 일에 앞서 출발했기 때문에 또한 좌중의 사람이 허전해 하였다.

그 일을 기록한 사람은 신성규(申晟圭) 성일(聖日)이다.

---

2 장저(長沮)와 걸닉(桀溺) : 춘추 시대 초(楚) 나라의 은자(隱者)들로서, 자로(子路)에게 자기들의 생활 방식을 따르라고 권하면서 계속 농사일을 했다는 고사가 있다. 《論語 微子》

遊東山記

己丑之春二月丁亥，行校享，翌日與同事諸君子入城，遊於郡之東山．是日也，春意方敷，風日淸美，或藉草而坐，或倚樹而立，微吟永歎，犂然相笑，憮然相看，不知日之將傾．

余諗于衆曰：今天下大亂，生民之愁痛，無已時爾，乃吾人者，剩得一日之閒，以相遨遊於林木之間，豈非幸歟？吾人今日之樂，雖謂獨占太平可也，而往往感慨咤罵，有不能禁其不平者，何也？噫！古之隱淪之士，巢、許、沮、溺之徒，其事固有過於中行者，然其心則其眞果於忘哉？固亦曰莫己知也，而實有不平者，存乎中矣！沮、溺則周時之季爾，無可言也，使巢、許而成此過高之名，堯、舜亦不能無憾焉．諸君子或不能無雌黃於余言．然以謂道出諸人今日之志，則無異辭．故記之以備他日故事云．

同遊者，崔仲三【商敎】、朴直惟【永壽】、安可明【碩倫】、李希純【元誠】、李可溫【直衡】，五人同庚，故以月日序；孫憙未立字、李可文【炳虎】、吳武汝【圭錫】也，夕逢．李聖登【泰衡】氏曰："何獨漏我？" 皆笑曰："一飽有數．" 吾兄子三【弘圭】，先事而發，故亦爲一座之悵缺．

記其事者，申晟圭聖日也．

경모재기

敬慕齋記

합천(陜川)에 사는 일족 모씨가 그의 친족 모씨와 와서 성규(晟圭)
에게 고하기를,

경모재는 우리 12대조 집의공(執義公)께서 지으신 것입니다. 옛
날에 기문이 없어 지금 그 재를 지어 명명한 뜻을 알 수 없습니다.
그러나 생각해 보니, 집의공은 송계(松溪) 선생의 손자로, 가학을
독실히 믿고 이어 지키기를 게을리 하지 않았는데, 밀양에서 합천
으로 이사하게 되어서는 떨어진 거리가 수백 리나 멀어지게 되었
습니다. 선생께서 평소 다니시고 공부하시던 날을 접하여 바라보
고 의지할 수 있는 것을 얻을 수 있는 곳이 없자, 이 재를 짓고 경
모하는 곳으로 삼은 것이 이 재가 이름을 얻은 이유일 것입니다.
그 협실을 묘정(妙亭)이라고 한 것은 집의공의 맏 아드님이 자서
(自署)한 것입니다.

그 뒤 공이 돌아가시고 장계(長溪)에 장사지냈는데 재와의 거리
가 10리가 못되고, 또 묘정공의 산소가 재의 뒤 수궁(數弓)[3]의 거
리에 있어 이 재를 성묘하고 재계하는 장소로 삼았으니, 이 재는
바로 공의 자손들이 경모하는 곳이 되었습니다. 그 뒤 송계 선생의
실기가 이루어지고 판각을 재의 오른쪽 방에 보관하여 이 재는 또
우리 전 종족이 경모하는 곳이 되었습니다. 이 재가 우리 종족에

---

3 수궁(數弓) : 궁은 토지의 길이 단위로는 여덟 자를 말한다.

연관이 있음이 어떠하겠습니까. 그런데 아직도 후세에 전할 한 편의 글이 없으니, 심히 이 재를 소중하게 하는 도가 아닙니다.

또 생각건대, 이 재를 처음 건립한 것이 지금 장차 4백년이 되어 가니 그 사이에 반드시 중수한 것이 한두 번이 아니었을 것인데, 다시 쫓아 징험할 것이 없는 것이 또한 한스럽습니다. 갑인년에 수리한 것은 내가 오히려 보았는데, 실로 족숙 모씨가 창도하였고 족형 모씨와 족숙 모씨가 주관하여 이룬 것입니다. 비록 시간이 지났지만 오히려 알 수 있으니, 그대는 도모하십시오. 실로 옛날에 전말을 기록한 것이 없다고 해서 뒤쫓아 기록할 수 없다면 재의 자취가 오래되어 더욱 민멸될 것이니, 그것을 또 견딜 수 있겠습니까.

라고 하였다.

성규는 가만히 생각건대, 부화한 말로써 그 문미(門楣)를 꾸미려고 하지 않으니, 실로 우리 집안의 풍범이다. 우리 선조 석계정사(石溪精舍)도 아직 기문이 없는데 다른 곳을 오히려 어찌 말할 수 있겠는가. 그러나 당시의 처지에서 말하자면 실로 실상에 힘쓴 성대한 덕이 되겠지만 후세의 입장에서 보면 징험할 문헌이 없다는 탄식이 없을 수 없다. 이것이 바로 기문을 지어도 또한 구차할 것이 없는 것이다. 더구나 이 재는 우리 종족과 관련이 있음이 이와 같고, 또 그 자손들이 수리함에 게을리 하지 않았으니, 모두 기록하지 않을 수 없다. 드디어 두 분의 말을 기술하여 위와 같이 쓴다. 이 재의 제도 및 원림(園林)과 풍물(風物) 같은 것은 부화하고 지루하게 될까 두려우니 다시 말하지 않는다.

敬慕齋記

陜川族某氏, 與其族某來, 告晟圭曰:

敬慕齋, 我十二代祖執義公所築也. 舊無記, 今不知其築齋命名之義. 然念公松溪先生之孫也, 而篤信家學, 嗣守不怠, 及其自密移于陜, 則相距間數百里而遠矣. 凡先生平日杖屨几案之日可接而瞻依者, 無處焉得矣, 則乃築斯齋而爲敬慕之地也, 此齋之所得名者然歟! 其夾室曰妙亭者, 公胤子公所自署也.

其後公歿而葬于長溪, 去齋未十里, 且妙亭公兆次, 在齋後數弓地, 而仍以斯齋爲奠掃齊宿之所, 則斯齋也乃爲公子孫所敬慕之地. 其後松溪先生實記成, 而板藏于齋之右室, 則斯齋也又爲吾全宗所敬慕之地. 斯齋之有關於吾宗, 爲何如哉? 而尙無一篇文記以傳後, 甚非重斯齋之道也.

且念齋之始建, 今且四百年, 其間必有修葺之不一二, 而又無從而徵之, 則亦可恨也. 惟甲寅之修, 吾猶及見之, 實族叔某氏之倡, 而族兄某氏、族叔某氏之董成者. 雖屬過時, 尙可以識之, 子其圖之. 苟以舊之未遑, 而不可追記, 則齋之蹟久而益泯, 其又可堪哉?

晟圭竊惟之, 不欲以浮蔓之辭侈其門楣, 實吾家風範也. 吾先祖石溪精舍, 猶且無記, 他尙何說哉? 然自當時而言, 則固爲務實之盛德, 而自後世而觀之, 不無文獻無徵之歎. 是則記亦不可以苟已也. 況斯齋也, 有關於吾宗有如是, 又其子孫葺修不怠, 俱不可以無記. 遂述二氏之言, 書之如右. 若其齋之制度與夫園林風物, 恐涉於浮蔓, 則不復道也.

달과정 중수기
達科亭重修記

부(府)의 서북쪽 화악산(華嶽山) 아래에 있는 화강재(華崗齋)는 박공(朴公) 침천(枕泉) 무민(无悶)·온재(溫齋) 돈암(遯庵) 형제가 지은 것으로 무민공의 아들 상사(上舍) 화석공(華石公)이 크게 넓힌 것이다. 화강재의 아래에 달과정(達科亭)이란 것이 있으니, 바로 화석공이 지어 장수(藏修)⁴하던 곳이다. 정자를 지은 지 지금 100년의 오랜 시간이 되어 비바람에 침식되고 무너져 날마다 기울어지고 넘어지게 되었다. 재종손 지익(志益)이 아우 세 명과 크게 재력(財力)을 내어 마치 자신의 일처럼 하였고, 방 후손 여러 명이 각자 부역하여 도와 이에 정자의 모습이 다시 새롭게 되었다. 일을 담당하던 여러 공들이 그 사이 공의 시고 한 권을 보내주었고 또 정자의 기문을 요구하였다.

성규는 비록 달과정에 가보지 못하였으나 익히 들은 것은 오래 되었다. 둥근 연못의 물과 외나무다리, 물가의 연꽃과 언덕의 버들은 눈앞에 보는 것 같이 또렷하다. 그러나 정자의 이름을 달과라고 한 것은 바깥을 사모하는데 급한 것 같음이 있기 때문에 마음으로 의심한 적이 있었는데, 공의 시 '구덩이 채워가며 바다에 이르니 능히 깊은 곳에 나아가고, 한결같이 빈 배에 맡겨 저 물가에 띄우네.〔盈科達海能深就 一任虛舟泛彼汀〕'라는 구절을 읽어 본 연후에 비로소 시원하게 의심이 풀렸다. 대개 구덩이를 채워 바다에 이르는 것은 실로 이치상 그러함이 있는 것이

---

4 장수(藏修) : 《예기》〈학기(學記)〉에 나오는 말로, 학습에 전심하는 것을 뜻한다.

고, 또한 마땅히 그 자재(自在)함을 맡겨 두기를 빈 배가 물가에 떠가는 것 같이 해야 하니, 만약 조금이라도 달려가 다투려는 마음이 있다면 매우 잘못되는 것이다. 이것이 공의 시에서 말한 뜻이다.

공이 오랫동안 학문을 쌓아 만년에 성균관에 올랐으니, 구덩이를 채워 나아간 자라고 이를 만하다. 실로 끊임없이 나아가면 바다에 이르는 것은 무엇이 어렵겠는가. 이로 말미암아 조정에 떨치는 것도 불가할 것이 없는데, 이에 거두어 간직하여 산림과 수석의 사이에 거닐며 다시 문달(聞達)을 추구하지 않았다. 그 고상한 마음과 넓은 도량은 얽매이지 않는 빈 배가 마음대로 떠다니는 것과 비슷하니, 어찌 구차하게 구하여 무릅쓰고 나아가는 자가 견주고 헤아릴 수 있는 것이겠는가. 그러므로 상서(尙書) 박효정(朴孝正) 공이 '고요히 스스로를 지켜 외물에 마음이 끌리지 않았다.'는 것으로 공을 칭찬한 것은 헛된 말이 아니다. 이에 유풍(遺風)과 여운(餘韻)이 오래되어도 쇠하지 않아 종족과 후진들로 하여금 덕을 사모하여 흥기하고 남긴 정자를 수리하기를 마치 미치지 못하는 듯이 하게 하였으니, 맹자께서 "근본이 있는 것은 이와 같다."라고 한 것이다. 어찌 근본한 것이 없이 능히 이와 같을 수 있겠는가.

나는 그 방후손들의 아름다운 일을 가상하게 여겨 감히 그 부탁을 사양할 수 없어 위와 같이 써서 정자의 이름과 뜻을 드러낸다.

達科亭重修記

府西北華嶽山下, 有華崗齋, 朴公枕泉无悶、溫齋遯庵昆季之遺搆, 而无悶公之子上舍華石公增大之. 齋之下有亭曰達科者, 卽華石公之所築而藏修焉. 爲亭今且百年之久, 爲風雨所侵破, 日就傾圮. 公之再從孫志益, 與弟三人, 大傾財力, 若自己事, 傍裔諸家, 各出役而助之, 於是焉亭顔更新. 當事諸公, 間嘗致公詩稿一弓, 且徵亭記.

晟圭雖未躡達科之亭, 然耳稔則久矣. 而其環池之水、略彴之橋、汀荷、岸柳, 歷歷如睹. 然亭名達科, 有若急於外慕, 故心嘗致疑, 及讀公詩 "盈科達海能深就, 一任虛舟泛彼汀"之句然後, 始釋然. 蓋盈科達海, 固理之所有然, 亦當任其自在, 如虛舟之泛汀, 若少有奔競之心, 則失之遠矣. 此公之詩義爾.

公積學之久, 晚登上庠, 可謂盈科而進者也. 苟進而不已, 其達于海也, 何難之有? 由是而揚于王庭, 無不可者, 而乃卷而懷之, 徜徉於山林水石之間, 而不復求聞達. 其高情曠度, 彷彿於不繫之舟虛而遨遊矣, 豈苟求冒進者所可比量哉? 故尙書朴公孝正, 以恬靜自守不嬰心外物贊公, 非虛語也. 乃其遺風餘韻, 久而不衰, 至使宗黨後進, 慕德興起, 輯理遺亭, 如恐不及, 孟子曰"有本者如是". 夫豈無所本而能如是哉?

余嘉其傍裔之美擧, 不敢辭其請, 書之如此, 以發亭之名義焉.

밀양향교 중수기
密陽鄉校重修記

　향교는 향(鄉)의 학교이다. 여기에서 지(知)·인(仁)·성(聖)·의
(義)·충(忠)·화(和)의 덕과 효(孝)·우(友)·목(睦)·인(婣)·임
(任)·휼(恤)의 행실과 예(禮)·악(樂)·사(射)·어(御)·서(書)·
수(數)의 기예를 가르쳐 이것으로 선비를 길러 어진 자와 능한 사람을
선발하여 조정에 천거하고, 석전(釋奠)과 석채(釋菜)에 그 학문이 부터
나온 것을 보이니, 대개 《주례[周官]》의 학제(學制)가 이와 같다. 그
가르침을 행하는 것이 실로 덕을 근본으로 삼고 또한 반드시 술(術)의
말단적인 것도 빠뜨리지 않았던 까닭은 이와 같이 하지 않으면 만사의
번거로움에 응수할 수 없고, 그렇다면 또한 온전한 선비가 될 수 없다고
여겨서이다. 그러므로 선비된 사람은 덕을 몸에 쌓고 행실이 집에 드러
나며, 또 천하의 여러 가지 일과 제도, 품수(稟受)에 대하여 미리 익혀
통달하지 않음이 없다. 그러므로 나가서 일에 당하면 그 재주와 분수가
얻은 것에 따라 각각 그 크고 작은 임무에 알맞게 한다. 그러므로 임금께
서 공경(公卿)과 온갖 집사를 취함에 오직 그 쓰는 곳에 하나도 구차한
것이 없을 따름이다. 후세에는 그렇지 못하여 임금께서 취하는 것은
기송(記誦)과 사장(詞章)에 그치고, 선비가 익히는 것은 쓸데없는 공언
(空言)에 불과하다. 익힌 것은 쓰일 것이 아니고, 쓰는 것은 취할 것이
아니니, 비록 총(聰)·명(明)·박(樸)·무(茂)의 자질이 있더라도 평
소 가르쳐 기른 실상이 없으면 그 인재가 이루어지지 않는 것은 실로
그러한 것이다. 배우지 못하여 이루어지지 않은 인재를 써서 일찍이

겪어보거나 익히지 않았던 일로 책임지운다면 능히 서로 어긋나지 않고 합당하게 할 수 있겠는가. 그래서 선비는 쓰기에 알맞은 이가 드물고 천하에는 인재가 부족하다는 탄식이 있는 것이다.

당나라 때부터 그 폐단은 나라마다 그렇지 않음이 없었고, 쇠퇴함이 심함에 이르러서는 향교에는 현송(絃誦)[5]의 소리가 끊어지고, 공자의 사당에 향사하는 것은 여전하였으나 겉치레만 갖출 뿐이었으니, 다시 누가 보사(報祀)의 깊은 뜻이 있는 줄 알았겠는가.

지금 장차 점점 서양이 동쪽으로 밀려와 학술이 크게 변하여 그 과학 기술이 천지를 놀라게 하고 귀신을 움직이게 한다. 이에 천하의 이목은 서로 바뀌게 되었던 것이다. 그 사이에 비록 유학을 일삼는 사람이 있더라도 또한 저들에게 현혹되어 선왕의 가르침을 보기를 마치 이미 진부한 추구(芻狗)[6]와 같이 여긴다. 아, 천 여년간 쌓인 습속의 폐단이 끝내 떨쳐지지 못하고 이런 지극함에 이르렀으니, 비록 하늘의 뜻이라고 하더라도 어찌 인사(人事)가 아니겠는가. 비록 그러하나 이른바 과학이라는 것은 〈주관〉의 육예(六藝) 가운데의 일이 아닌가. 고인은 실용에 그쳤으나 지금 사람은 반드시 그 공교로움을 다하였으니, 공교하다면 진실로 공교롭다. 그러나 그 폐단 또한 이루 말할 수 없는 것이 있다. 공교로움의 지극함으로는, 우주를 측정하고 달에 착륙하며 금성에 닿을 수 있다. 그러나 후생에 무익하다면 재물만 상하게 할 뿐인데,

---

5 현송(絃誦) : 현가(絃歌)와 같은 말이다. 즉 금슬(琴瑟)을 연주하며 노래하는 것으로, 예악(禮樂)의 교화를 뜻한다. 공자의 제자 자유(子遊)가 무성(武城) 고을의 읍재(邑宰)로 있으면서 현가로 백성을 교화하는 수단을 삼았다. 《論語 陽貨》

6 추구(芻狗) : 미천하여서 쓸모없는 물건이나 말을 말한다. 본디는 짚으로 만든 개로, 옛날에 제사를 지낼 때 쓰던 것인데, 제사를 마치고 나면 쓸모가 없어서 내버렸다.

더구나 원자(原子)나 수소(水素) 같은 종류는 삽시간에 한 나라를 가라앉힐 수 있음에랴. 만약 항적(項籍)같이 포악한 이가 나왔는데 멋대로 사용하도록 놓아둔다면 하룻밤에 죽이는 것이 어찌 40만일 뿐이겠는가. 이와 같다면 인류는 거의 다 죽지 않겠는가. 이른바 금지조약이라는 것이 과연 능히 오래도록 변하지 않을 수 있겠는가. 아, 위태롭도다. 그러므로 옛날 성인께서 가르침에 반드시 덕행에 근본하고 말단의 기예에 조심했던 것은 그 사려가 원대한 것이었다.

우리 고을은 처음으로 점필재(佔畢齋) 김 선생(金先生)[7]께서 향약을 창도하여 권면하였고, 또 향교의 제생들에게 글을 보내어 그 황폐하고 태만함을 경계하였다. 이로부터 현호(賢豪)가 배출되어 빈빈(彬彬)하게 추로(鄒魯)[8]의 명칭이 있었다. 그러나 당시에 이미 옛날의 도를 떨쳐 회복할 수 없었고, 또 그 말류의 폐단을 어찌할 수 없었다. 그리고 근세에 이르러서는 교궁(校宮)이 거의 무너지고 전복되어 또 유지할 힘도 없게 되었다.

전 전교(典校) 안정환(安井煥)이 정부에 청하여 돈 얼마를 얻었고, 현 전교 김정환(金正煥)이 임무를 대신하였는데, 교궁을 수리하는 일

---

7 점필재(佔畢齋) 김 선생(金先生) : 김종직(金宗直, 1431~1492)을 말한다. 자는 효관(孝盥)・계온(季昷), 호는 점필재(佔畢齋), 본관은 선산(善山)이다. 고려 말 정몽주(鄭夢周)와 길재(吉再)의 학통을 이은 아버지 김숙자(金叔滋)로부터 수학하고, 후일 사림의 조종이 된 그는 문장・사학(史學)에도 두루 능했으며, 절의를 중요시해 조선시대 도학(道學)의 정맥을 이어 가는 중추적 역할을 하였다. 저서로는 《점필재집》, 《유두류록(遊頭流錄)》, 《청구풍아(靑丘風雅)》 등이 있다. 시호는 문충(文忠)이다.

8 추로(鄒魯) : 추는 맹자(孟子), 노는 공자 의 출생지이다. '공맹의 학문'이란 뜻으로 쓰고, '유학이 성한 곳'으로도 쓰며, 또 넓게는 '유학(儒學)'의 뜻으로 쓴다.

이 비록 마음에 알맞은 것은 아니나 단청은 한 번 새롭게 하였다. 고사(庫舍)를 다시 짓는 것은 비용이 넉넉하지 못하였는데, 고을의 각 문중과 각 면의 장의(掌儀) 등 여러 사람에게 돈을 배정하여 힘을 합하여 경영하고 다스려 지금 장차 일이 끝나려 한다. 이윽고 김정환이 향교의 의논으로 인하여 그 일을 기록하려고 나에게 글을 지어줄 것을 요구하였다.

내가 "지금 시절에 이런 일을 하는 것은 비유하자면 어떤 집안의 자손이 그 선조의 전업(氈業)⁹을 다 잃고 한갓 빈 문서만 가지고 오히려 잃을까 두려워하는 경우와 같으니, 일에 보탬이 없는데 무엇을 기록할 것이 있겠는가?"라고 하였다. 정환이 "비록 그러하나 희생양도 성인께서 귀하게 여겼으니,¹⁰ 그대는 꼭 기록해 주시게."라고 하였다. 내가 끝내 사양할 수 없어 고금 학제의 변천과 동서 학술의 본말을 대략 말하여 보는 사람으로 하여금 상고할 바를 알게 하고자 한다.

---

9 청전(青氈) : 청전구물(青氈舊物)의 준말로, 선조의 유물(遺物)을 뜻한다. 진(晉)나라 왕헌지(王獻之)의 집에 도둑이 들었을 때, 다른 물건을 훔칠 때에는 모르는 체하고 누워 있다가, 탑상(榻牀)에 올라 손을 대려 하자, "그 청전(青氈)은 우리 집안의 구물(舊物)이니 그냥 놔둘 수 없겠는가."라고 하였다. 《晉書 卷80 王獻之列傳》

10 희생양도……여겼으니 : 희양(餼羊)은 매월 초하루에 조상의 사당에 제사 지낼 때 희생으로 쓰는 양이다. 《논어》〈팔일(八佾)〉에 자공(子貢)이 곡삭례에 쓰는 희생양을 없애려고 하자, 공자가 "사(賜)야, 너는 그 양을 아끼느냐. 나는 그 예를 아끼노라."라고 하였다.

密陽鄕校重修記

鄕校鄕之學宮也. 於此敎知·仁·聖·義·忠·和之德、孝·友·睦·婣·任·恤之行、禮·樂·射·御·書·數之藝, 以此養士, 選其賢者、能者, 薦于朝廷, 釋奠釋菜以示其學之所自出, 蓋〈周官〉之學制如是也. 其所以爲敎, 固以德爲本而亦必不遺術之末者, 以爲不如是, 無以酬萬事之煩, 則亦不可爲士之全也. 故爲士者, 德蓄于身, 行著于家, 而且凡天下之庶事、制度、品數, 無不預習而通焉. 故出而當務, 則隨其才分之所得, 而各適其大小之任. 故上之所取公卿百執事, 惟其所用而無一苟焉耳. 後世則不然, 上之所取, 止於記誦、詞章, 而士之所習, 不過無用之空言. 所習非所用, 所用非所取, 雖有聰明樸茂之質, 素無敎養之實, 則其材之不成固然. 夫用不學未成之材, 責之以未嘗閒習之事, 能不抵捂而可合爾乎? 於是士鮮稱用而天下有乏材之患.

自唐以來, 其弊無國不然, 至其陵夷之甚, 則校宮絶絃誦之聲, 而祀孔子廟如故, 然文具而已, 復孰知報祀之有深意哉?

今且西漸于東, 學術遂大變, 其科學技術, 驚天地而動鬼神. 於是天下之耳目胥易爾. 其間雖有業儒者, 亦爲彼所眩惑, 視先王之敎, 若已陳之芻狗. 嗚乎! 千餘年間積習之弊, 終莫之振, 而至於斯極, 雖曰天意, 豈非人事哉? 雖然其所謂科學, 非〈周官〉六藝中之事耶? 古人止於實用, 今人必窮其巧, 巧誠巧矣. 然其弊亦有不可勝道者. 巧之極也, 可以側定宇宙, 着月陸, 而衝金星. 然無益於厚生, 則傷財而已, 況其原子、水素之類, 霎時可以滔人之一國! 若暴如項籍者出, 而任其橫肆, 則一夜所殺, 豈止四十萬而已耶? 夫如是則人之類不幾於盡劉乎? 其所謂禁止條約, 果能久而不渝哉? 嗚乎! 危矣. 故古之聖人, 教必本於德行, 而兢兢於末技者, 其慮遠矣.

吾鄉始佔畢齋金先生倡鄉約而勸之, 又貽書校中諸生, 戒其荒怠. 自是賢豪輩出, 彬彬有鄒魯之稱. 然當時已不能振復乎古, 且其末流之弊, 無如之何. 而至近世, 則校宮幾於頹覆, 又無力以維持之.

前典校安井煥, 請於政府, 得錢幾許, 而見典校金正煥, 代任之, 其修補校宮之役, 雖未稱情, 丹艧則一新之. 庫舍改造, 費有所不給, 則排金於鄉內各門與各面掌儀諸公, 合力經紀, 今且出梢矣. 旣而金正煥因鄉議, 欲記其事, 要余置言.

余曰:"當今之時, 爲此之擧, 譬如人家子孫, 盡喪其祖氈業, 徒將虛券, 而猶恐失之, 無益於事, 何足記哉?"正煥曰:"雖然, 餼羊聖人所貴, 子必記之."余終不得辭, 則略言古今學制之變遷, 與夫東西學術之本末, 俾覽者知所考焉.

가은재 중수기
稼隱齋重修記

달구(達句)에서 서쪽으로 30리 거리에 금호강(琴湖江)이 있고, 강을 건너 수궁(數弓)의 거리에 문양리(汶陽里)가 있는데, 정씨가 대대로 사는 마을이다. 마을의 높고 시원한 곳에 남쪽으로 향해 날 듯한 재사가 있으니, 바로 가은(稼隱) 정공(鄭公)이 편안히 기거하던 곳이다.

공은 한말(韓末)에 궁마(弓馬)를 일삼아 무과에 올라 벼슬길이 바야흐로 형통할 것이었는데, 시사(時事)가 이미 어긋난 것을 보고 바로 물러나 고향으로 돌아와 몸소 문수(汶水)가의 들에서 농사지었다. 일 군 밭이 수 백 묘가 있어 남는 것으로 빈궁한 사람들을 구휼하니 마을 사람이 비석을 세워 덕을 칭송하는 사람이 있기에 이르렀다. 이에 이곳에 집을 지어 손님을 맞이하고 자식을 가르치는 장소로 삼고, 가은재라고 편액을 달았는데, 근재(近齋) 정지순(鄭之純)[11]이 기문을 짓고 찬미하였다.

지난 경인년(1950)의 난리 때 포화(砲火)에 재난을 당하였다. 지금 그의 주손 인식(寅植)이 옛날대로 다시 새롭게 짓고, 김우(金友) 덕연(德淵) 수룡(洙龍)을 통해 나에게 기문을 청하였는데, 여러 번 사양하였으나 사양할 수 없었다.

---

11 근재(近齋) 정지순(鄭之純) : 1882~1951. 자는 사문(士文), 호는 근재(近齋), 본관은 동래(東萊)이다. 대구시 칠곡군 연화리에서 살았다. 만구(晚求) 이종기(李種杞, 1837~1902)의 문인이다.

옛날 번지(樊遲)가 농사짓는 것을 배우려하자 공자께서 불리지며 '소인(小人)'이라 하였고,[12] 남궁괄(南宮适)이 우(禹)와 직(稷)이 몸소 농사지은 것을 일컬었는데 공자께서 칭찬하며 '군자(君子)'라고 하였다.[13] 이것으로 미루어 말하자면, 농사짓는 것이 비록 군자의 학문은 될 수 없으나 군자의 시(時)는 될 수 있다. 그 때를 당하여서는 옛날의 성현도 농사짓는 것을 달가워하지 않음이 없었으니, 순(舜)임금이 역산(歷山)에 있을 때[14]와 이윤(伊尹)이 유신(有莘)의 들에 있을 때[15] 모두 이것을 일삼았다. 공의 때를 당하여서는 선비들이 부끄러움 없이 무릅쓰고 나아가는 것이 휩쓸리듯 모두 이러하였고, 심하게는 원수의

---

12 번지(樊遲)가……하였고 : 번지가 농사일을 배우기를 청하자, 공자는 "나는 늙은 농부만 못하다.'라고 하고, 채전을 가꾸는 것을 배우기를 청하자, "나는 늙은 원예사만 못하다.'라고 하였다. 그리하여 번지가 밖으로 나가자, 공자는 "소인이구나, 번수(樊須)여. 윗사람이 예(禮)를 좋아하면 백성들이 윗사람을 공경하지 않는 이가 없고, 윗사람이 의(義)를 좋아하면 백성들이 복종하지 않는 이가 없으며, 윗사람이 신(信)을 좋아하면 백성들이 감히 실정대로 하지 않는 이가 없는 것이다. 이렇게 되면 사방의 백성들이 자식을 포대기에 업고 올 것이니, 어찌 농사짓는 것을 쓸 필요가 있겠는가.'라고 한 것을 말한다. 《論語 子路》

13 남궁괄(南宮适)이……하였다 : 남궁괄이 "예는 활을 잘 쏘고, 오는 땅에서 배를 끌 정도로 힘이 셌으나 모두 좋게 죽지 못했다. 반면에 우와 직은 몸소 농사를 지었으나 천하를 소유하였다.[羿善射, 奡盪舟, 俱不得其死然. 禹稷躬稼, 而有天下.]"라고 말하며 공자의 의견을 물었는데, 공자가 대답하지 않다가 그가 나간 뒤에 그를 군자라고 칭찬한 것을 말한다. 내용이 《論語 憲問》

14 순(舜)임금이……때 : 순임금이 미천하였을 때 역산(歷山)에서 밭을 갈고, 하빈(河濱)에서 질그릇을 굽고, 뇌택(雷澤)에서 물고기 잡았다고 한다. 《孟子 公孫丑上》

15 이윤(伊尹)이……때 : 이윤은 유신(有莘)의 들에서 농부로 지내며 요순(堯舜)의 도를 즐기다가 탕(湯)의 초빙을 받고서 그의 신하가 되었다고 한다. 《孟子 萬章上》

조정에 머리를 굽히고 부끄러움이 없이 스스로 계획을 얻었다고 여기는데, 공은 기미를 보고 일어나 이름을 감추고 농사를 지었다. 이미 은거하는 즐거움이 있었고, 또 남을 구제하는 공이 있었으니, 공의 시의(時義)는 크다고 할 수 있겠다.

지금 인식 군 또한 일찍이 나아가 세상에 쓰이다가 문득 다시 물러나 집에서 먹으며 나아가 취할 생각이 없다. 우선 진퇴의 의리는 논하지 않고, 그가 지키는데 굳건하여 잃지 않는 것은 바로 선조의 풍범(風範)이니, 능이(能爾)[16]라고 할 수 있겠다. 그러므로 아울러 써서 가은재 기문을 삼는다.

---

16 능이(能爾) : 도연명의 잡시(雜詩) 가운데 "사람이 많은 곳에 집을 지으나 거마의 시끄러움이 없네. 그대여 어찌 능히 이럴 수 있는가? 마음이 멀면 땅이야 절로 호젓하다오.〔結廬在人境, 而無車馬喧. 問君何能爾? 心遠地自偏.〕"라고 한 데서 인용한 말이다.

稼隱齋重修記

自達句西, 去三十里, 得琴湖江, 逾江數弓地, 有汝陽里, 鄭氏世庄也. 里之高爽處, 有齋面陽而翼然者, 卽稼隱鄭公偃棲之所也.

公當韓末, 業弓馬登武科, 仕路方亨, 而見時事已非, 乃退歸田里, 躬稼於 汝上之野. 有田數百畝, 以其羨餘, 賙恤貧窮, 鄕人至有立石而頌德者. 已乃 築室於斯, 爲燕賓敎子之所, 揭名稼隱, 近齋鄭公之純爲之記而揚美之.

去庚寅之亂, 灾於砲火. 今其胄孫寅植, 仍舊貫而重新之, 因金友德淵洙 龍問記於余, 累辭不獲.

昔樊遲請學稼, 夫子退之, 謂小人, 南宮适稱禹稷之躬稼, 則夫子進之, 謂君子. 推此而言之, 稼雖不可爲君子之學, 而可以爲君子之時. 當其時, 則古之聖賢, 無不屑爲, 舜之歷山、伊尹之有莘, 皆是事也. 當公之時, 士 之無恥冒進者, 滔滔皆是, 甚且有屈首讎廷, 靦然自以爲得計者, 而公則見 幾而作, 藏名耕稼. 旣有隱居之樂, 又有濟物之功, 公之時義, 可謂大矣.

今寅植君亦嘗出而需世, 旋復退而家食無進取之念. 姑未論進退之義, 而其堅於所守不失, 乃祖風範, 可謂能爾也. 故幷書之, 爲稼隱齋記.

침천정기

枕泉亭記

성규(晟圭)는 일찍이 성산(星山)의 사우를 통하여 침천(枕泉) 처사 장공(張公)이 장자(長者)로 향당에서 일컬어진다고 들었고, 뒤에 공의 손자 진학(鎭學) 자화(子和)로부터 심산(心山) 김공(金公)[17]이 지은 침천공묘갈명을 얻어 읽어보니, 대개 공의 드러난 행실은 비록 집안에 지내는 일상적 윤리의 일에 불과하였지만 그 뜻은 여기에 그칠 뿐만이 아니었다. 자화(子和)가 나의 숙형(叔兄)과 달구에서 이웃에 살면서 몇 년 동안 하루도 함께 놀며 지내지 않은 적이 없었다. 이런 까닭으로 내가 형을 뵈러가는 날에는 또한 자화와 이야기하지 않은 적이 없었는데, 자화는 스스로 사귀는 도의 친밀함이 우리 형제 외에는 다시 그런 사람이 없다고 하였다.

자화가 그 사이 침천정 기문을 나에게 부탁하며 말하기를, "나의 조부 침천 부군께서는 비록 당시에 쓰인 적이 없었지만 백성과 함께하는 뜻은 마음에서 잊은 적이 없습니다. 주자의 시 '어찌하면 베개 아래 시냇물을 얻어'라는 구절[18]을 취하여 이것으로 자호하였습니다. 만년에

---

17 심산(心山) 김공(金公) : 김창숙(金昌淑, 1879~1962)을 말한다. 자는 문좌(文佐), 호는 심산(心山), 본관은 의성(義城)이다. 학자, 독립운동가, 정치가, 교육자로서 활동했다. 해방 전에는 임시정부 의정원 부의장을 역임하고, 해방 후에는 유도회(儒道會)를 조직하고 재단법인 성균관과 성균관대학을 창립하여 초대 학장에 취임했다. 저서로는 《심산유고》가 있다.

18 주자의……구절 : 《주자대전》 권6 〈서각(西閣)〉이란 시에 "이 구름 긴 창을 빌어

이르러 이천(伊川) 가에 정자를 지어 침천정이라 편액을 달아 긴 밤의 고심을 깃들이려 하였으나 뜻을 이루지 못하였습니다. 불초한 나는 조부께서 뜻하신 일에 대해 비록 그 한 둘도 능히 이어 서술할 수 없으나 오직 이 정자에 대한 한 가지 일만은 또한 힘쓰지 않을 수 없습니다. 조부께서 돌아가신 뒤에 고을의 인사들이 조부를 위해 계를 마련하여 약간의 돈을 마련하였습니다. 이것으로 인하여 힘써 지금은 공인들을 모을 비용이 되고, 조부께서 일찍이 소나무 수백 그루를 심었는데 지금 그 크기가 동량(棟樑)에 적합하고, 그 다음으로 지도리 · 문의 말뚝 · 서까래 · 말통 등 한 채의 집에 드는 재목을 갖추지 않은 것이 없습니다. 내년에는 내가 반드시 지을 것이니, 원컨대 그대는 먼저 기문을 지어 주십시오. 집은 네 칸에 가운데는 당(堂), 좌우에는 실(室)을 만들어 추위와 더위에 고생하지 않도록 하고, 기둥을 높게 하고 난간을 늘여 시원하게 바라볼 수 있게 하고, 기와로 덮고 담을 빙 둘러 쌓으며, 재목은 견고한 것을 사용하고 공인들은 완전한 사람을 취하여 영구한 도모로 삼고, 뜻있는 자제들에게 그 안에서 독서하여 그 소문을 실주하지 않도록 할 것입니다. 이것이 불초한 나의 뜻이니, 그대는 기록해 주십시오."라고 하였다.

내가 "그대의 뜻은 참으로 아름답습니다. 그러나 정자가 아직 이루어지지 않았는데, 어찌 반드시 기문을 먼저 지으려 합니까. 만약 정자가 이루어진 뒤라면 내가 기문 짓는 데 어려움이 없을 것입니다."라고 하

자노니, 고요한 밤 마음 홀로 괴로워라. 어쩌면 베개 아래 시냇물을 얻어, 인간 세상에 뿌릴 비를 만들꼬.〔借此雲窓臥, 靜夜心獨苦. 安得枕下泉, 去作人間雨?〕"라고 한 것을 말한다.

자, 자화가 "내 말이 그대의 기문을 속이지 않는다면 실로 정자보다 기문을 앞에 짓거나 뒤에 짓는 것이 무슨 상관이 있겠습니까?"라고 하였다.

나는 옛사람의 "시는 이루었으나 집은 이루지 못하였네."[19]라는 말을 생각하니, 시가 이미 이루어졌다면 집을 혹 짓지 않을 수 있겠는가. 만일 집이 이루어지지 않았는데 이 같은 시가 있다고 한다면 시를 가지고 그 뜻을 맹세하는 것이 아니겠는가. 지금 자화도 또한 나의 기문으로 자신의 뜻을 맹세하려는 것이 아닌가. 내 이미 침천공의 풍모를 공경하였고 또 자화와 교분이 친밀하니, 어찌 기문을 먼저 지어 그 집을 이루기를 독려하지 않겠는가. 인하여 그 곡절을 이와 같이 서술하여 기문으로 삼는다.

---

19 시는……못하였네 : 《주자대전》 권35 〈진동보에게 답함〔答陳同甫〕〉에 나온다.

枕泉亭記

晟圭嘗因星山士友, 聞枕泉處士張公, 以長者見稱鄉黨, 後從公之孫鎭學子和, 得心山金公所撰枕泉公墓碣文而讀之, 蓋公之著行, 雖不過家居倫常之事, 而其志則不止於是而已也. 子和與家叔兄僑隣于達句, 數年內未嘗不日與之遊處. 以故在余省兄之日, 亦未嘗不與子和相唔, 子和自以謂其交道之密, 吾兄弟外, 更無其人焉.

子和間以枕泉亭記屬余, 曰: "吾先子枕泉府君, 雖未嘗試於時, 而與民同之之意, 則未嘗忘于懷也. 取朱夫子詩安得枕下泉之句, 而庸自號焉. 迨其晚, 欲爲亭於伊川之上, 揭以枕泉, 以寓永夜之苦心, 志未遂矣. 余不肖於先子志事, 雖未克紹述其一二, 惟此亭之一事, 亦不敢不勉焉. 先子歿後, 鄉人士爲之設契, 釀金若干. 因是拮掘, 今可以當募工之費, 先子嘗種松數百本, 今其大者, 可敵棟樑, 其次根, 闌, 榱, 桷凡一屋之材, 無不可備矣. 明年吾必成之, 願子之先爲之記也. 爲屋四間, 中其堂, 左右爲室, 俾不窘寒署, 高其楹, 延其檻, 以敞眺觀, 瓦以覆之, 坦以環之, 材用堅固, 工取完素, 以爲永久之圖, 使子弟之有志者, 讀書其中, 無隙厥聞. 此不肖之志也, 子其志之."

余曰: "子之志, 信美矣. 然亭尙未成, 何必先記? 若亭成之後, 則吾記無難者." 曰: "吾言不誣子記, 則實何有於亭之先後也?"

余惟古人有詩"成屋未成"之語, 詩旣成矣, 屋容可已哉? 如屋不成, 有如詩之云, 而詩以矢其志爾? 今子和亦莫是以吾記而矢志耶? 余旣欽枕泉公之風, 又與子和交密, 奈何不先爲記以篤其成也? 因述其曲折如此, 爲之記.

세한정기

歲寒亭記

　벗 김덕연(金德淵) 군이 자기가 거처하며 지내는 곳을 '세한정(歲寒亭)'이라 하고 나에게 찾아와 기문을 청하며, "내가 세한정이라고 이름한 것은 감히 스스로 송백(松栢)에 비기려는 것이 아닐세. 그러나 두세 명의 벗들과 이곳에서 종유하며 만년의 절조를 힘써 지키려는 의도는 있으니, 원컨대 그대는 한 마디 하여 힘쓰게 해 주시게."라고 하였다. 나는 군을 안 것이 비록 늦었지만 서로 뜻이 맞는 즐거움은 스스로 남들보다 못지않다고 생각하고 있으니, 어찌 감히 사양하겠는가?

　공자께서 "날씨가 추워진 뒤에야 소나무와 잣나무가 뒤늦게 시듦을 알 수 있는 것이다."[20]라고 하여 선비의 절개를 면려하였다. 대개 소나무와 잣나무의 속성은 여러 아름다운 꽃들과 화려함을 시샘하지 않지만 그 굳센 줄기와 완고한 마디는 또 기꺼이 바람에 따라 부앙하지 않는다. 비록 때로 큰 우레의 불평한 소리가 나는 봄이나 여름이라도 실로 낙락(落落)함이 다르니, 하필 날씨가 추워지기를 기다린 연후에 그 소나무와 잣나무인 줄 알겠는가. 그러나 뒤늦게 시드는 절개는 반드시 날씨가 추워지기를 기다려서 특별히 드러나기 때문에 공자께서 곧장 그 특별한 절개를 취하여 찬미하고 탄식한 것이다. 가령 소나무와 잣나무가 세한의 절개가 없었더라면 또 무엇을 족히 취하겠는가. 공자께서 이런 말씀을 함으로부터 행실을 닦아 이름을 세우려는 선비들은

20　날씨가……것이다 : 《논어》〈자한(子罕)〉에 나온다.

이것으로 스스로 기대하지 않음이 없다. 그러나 시종 변하지 않았던 사람은 또한 몇 명 되지 않고, 그 몇 명 중에 범 노공(范魯公) 질(質) 같은 사람은 시냇가의 소나무가 늦게까지 푸르다는 것으로 조카를 면려하였다.[21] 그러나 자신은 두 조정에 자취를 물들였으니, 비록 훌륭한 말을 하였지만 무슨 유익함이 있었던가. 이와 같은 사람이 또한 많다.

군은 원래 곧은 사람이다. 행실은 질박하고 말은 어눌하나 일이 의에 당하면 이해를 계산하지 않고, 사람이 우물쭈물하여 권세에 붙는 사람을 보면 얼굴에 침을 뱉고 자리에 욕을 하여 조금도 용납하지 않으며, 독서하다가 의열과 지사들의 기특하고 위대한 행적에 이르면 반복하여 감격하여 분개하고 슬퍼하여 꾸짖지 않은 적이 없었다. 그의 시는 유울(幽鬱)하고 기굴(奇崛)함이 마치 늙은 줄기와 구불한 가지가 창연하게 고색을 잃지 않는 것과 같다.

이것을 총괄하여 본다면 군의 사람됨은 이미 우뚝하게 무리에서 빼어났는데, 더구나 군은 왜놈들의 정치가 횡포할 때를 당하여 저항하며 다투다가 옥에 갇혀 몸이 문드러져도 후회하지 않았으니, 그 절개가 이와 같은 것이 있었다. 지금 또 정자의 이름을 세한정이라 하여 만년의 절개에 더욱 힘쓰니, 어찌 이런 사람을 얻을 수 있겠으며, 어찌 이런 사람에게 미칠 수 있겠는가.

군은 교유가 매우 넓은데, 나는 그의 석우(石友, 굳게 사귄 친구)를

---

21 범 노공(范魯公)이……면려하였다 : 범 노공은 북송(北宋)의 명재상인 노국공(魯國公) 범질(范質)을 가리킨다. 범질이 조카 범고(范杲)가 자신을 천거해 주기를 바라자, "활짝 핀 정원의 꽃은 일찍 피지만 먼저 시들고, 더디 자라는 시냇가의 소나무는 울창하여 변함없이 푸르네.〔灼灼園中花, 早發還先萎 ; 遲遲澗畔松, 鬱鬱含晩翠.〕"라고 한 것을 말한다. 《小學 嘉言》

알고 있으니, 정직하고 신실한 이가 있고 넓고 기이한 이가 있고 꼿꼿하여 굽히지 않는 이가 있다. 군이 이 몇 명의 벗들과 이 정자에서 노닐면 아마도 반드시 교유를 잃는 것이 없고 서로 웃고 칭송하며 세한의 뜻에서 떠나지 않을 것이니, 이렇다면 군의 지원(志願)을 여기에서 얻을 것이다. 나도 장차 수레에 기름을 치고 말을 먹여 그대를 따라 노닐 것인데, 그대는 허락해 주시겠는가.

歲寒亭記

友人金君德淵, 名其偃息之所曰歲寒亭, 來請余記曰:"吾之名亭, 非敢自擬於松栢. 然欲與二三朋友, 相從於此, 勉守晚節則有之, 願子之一言以勗之." 余識君雖晚, 相得之歡, 自謂不後於人, 安敢辭?

孔子曰"歲寒然後, 知松栢之後凋", 以勵士節也. 蓋松栢之爲樹, 不與衆芳妬榮, 而其勁幹頑節, 又不肯隨風俯仰. 時作殷雷不平之鳴, 雖在春夏之日, 固落落異爾, 何必待歲寒然後知其爲松栢哉? 然其後凋之節, 必待歲寒而特著, 故夫子直取其特節而贊歎之也. 假使松栢無歲寒之節, 又何足取也哉? 自夫子之爲此言, 士之欲砥行立名者, 莫不以此自待. 然能始終不渝者, 亦不數, 數得如范魯公質, 以凋松晚翠, 勉其姪子. 然自身染跡於兩朝, 雖爲昌言, 何益哉? 如此人者亦多.

君元直人也. 行質言訥, 事當於義, 不計利害, 見人之依違附勢者, 唾面罵座, 不少容貸, 讀書至義烈、志士奇偉之蹟, 未嘗不反覆感慨悲咤. 其詩幽鬱奇崛, 如老榦虯枝, 蒼然不失古色.

總此而觀之, 君之爲人, 已磊磊出衆, 而況君當讎政之橫暴也, 抗爭之, 繫于獄, 至爛身而不悔, 其節有如此. 今又名亭歲寒, 益勵晚節, 何可得哉? 何可及哉?

君交遊甚廣, 而吾知其石友, 有直諒者, 有恢奇者, 有偃蹇而不屈者. 君與此數人者, 遊於斯亭也, 其必儼然而無所失, 交嘲互頌, 胥不離歲寒之志爾, 則君之志願, 於是而可得矣. 吾且膏車秣馬, 從子而徜徉, 君豈肯許之否乎?

모동초사기
某洞草舍記

이군(李君) 진락(晉洛) 경소(景昭)는 은거하며 의를 행하는 선비인
데, 내가 들은 지 오래되었다. 병신년(1956) 여름에 나는 세보(世譜)
를 인출(印出)하는 일로 창녕〔昌山〕의 영모재(永慕齋)에 몇 달 머물고
있었다. 이군 또한 사역(寫役) 때문에 와 있어 처음으로 서로 보았는데
옛 친구 같이 기뻐하였다.

군은 창녕의 모동(茅洞)에서 대대로 살았는데, 모동은 옛날에는 부
지동(不知洞)이라 하였다. 세 면은 산으로 둘러싸였고 오직 동쪽 한
면만 넓은 들판에 질펀하게 물이 흘러 사람들이 동네가 있는 곳을 알지
못하기 때문에 부지동이라 하였는데, 지금 이름으로 고친 것은 무엇을
뜻하는지 모르겠다. 그러나 어쩌면 모(茅) 자의 음이 부지(不知)의
뜻인 모(某) 자와 서로 근사하기 때문에 그렇게 바뀐 것인가.

경인년(1950)의 난리에 군의 여사(廬舍)가 포화에 불타버렸다. 이
에 마을의 오른쪽 편 조금 시원스레 트인 곳에 터를 잡아 새로 띠 집을
짓고, 별도로 작은 방을 만들어 군이 독서하는 장소로 삼았는데, 노성
암(盧誠庵)²² 공이 모동초사(某洞草舍)라고 명명하였다. 모(某)라고

---

22 노성암(盧誠庵): 노근용(盧根容, 1884~1965)을 말한다. 자는 회부(晦夫), 호는
성암(誠庵), 본관은 광주(光州)이다. 정본재(靜本齋) 노수엽(盧秀燁, 1856~1922)의
아들이고, 만구(晚求) 이종기(李種杞, 1837~1902)와 소눌(小訥) 노상직(盧相稷,
1855~1931)의 문인이다. 경상북도 창녕군 고암면 괴산(槐山)의 괴산서당(槐山書堂)
에서 강학과 저술에 힘썼다. 저서로는《성암집》이 있다.

한 것은 누군지 모른다는 말이니, 대개 숨긴다는 의미이다. 모(某) 자의 음은 모(茅) 자와 같고, 뜻은 부지(不知)와 통한다. 지금의 음으로 인하여 옛날의 뜻을 본떠 모동초사라고 한 것은 경소(景昭)가 바야흐로 땅을 피해 은거하여 집과 함께 숨으려고 하였는데, 성암공이 그 뜻을 알았던 것이다. 경소가 나에게 기문을 지어주기를 자주 요구하기에 내가 다음과 같이 말하였다.

기문은 그 실상을 기록하는 것인데 내가 한 번도 그대의 처소에 가보지도 못했으니 기문을 짓는다면 아마 그 실상을 잃게 될 것이다. 또 그대는 바야흐로 그대의 집에서 은거하면서 나의 기문을 요구하니, 기문을 지으면 드러나고 드러나면 사람들이 알게 될 것인데, 이것은 그대의 실상과 어그러짐이 없겠는가.

옛날 도연명(陶淵明)이 율리(栗里)에 살면서 스스로 전을 지어 이르기를, "선생은 어떤 사람인지 알지 못한다."라고 하였다. 남들이 알지 못한 뿐만이 아니라, 스스로도 어떤 사람인지 몰랐으니, 그 숨긴 것이 무엇이 이보다 더하겠는가. 그런데 전을 지어 드러낸 것은 의논할 만한 것이 있을 것 같다. 그러나 이 전을 읽은 사람들은 그 말로 인하여 그 뜻을 알고 그 은거를 더욱 믿어 다른 말이 없다.

지금 내가 그대의 집에 기문을 짓는 것 또한 그 은거의 실상을 기록한다면 또한 의에 해가 없지 않겠는가. 그대가 은거하는 실상은 오직 배우고 익혀 남들이 알아주지 않아도 성내지 않는데 이른다면 이에 가할 따름이니, 그대가 힘쓰는데 달렸을 뿐이다.

꽃이나 초목들이 아름답고 무성한 것과 창문이나 안석의 고요하고 밝음과 그윽이 지내며 한가롭고 알맞은 아취 같은 것은 내가 그대의 집에 올라가 보기를 기다려 붓을 당겨 나의 말을 끝내고자 한다.

某洞草舍記

李君晋洛景昭隱居行義之士也. 余聞之久. 歲丙申夏, 余以世譜印出事, 居昌山之永慕齋幾月. 李君亦以寫役在, 始相見歡然如舊.

君世居昌山之茅洞, 茅洞者古稱不知洞. 三面環山, 惟東一面, 距野而潦漲漫爲水, 人莫知洞之所在, 故曰不知洞, 其改今名, 未知云何. 然豈茅之音與不知之意相近故轉之耶?

庚寅之亂, 君之廬舍, 灾於砲火已. 乃占地於洞之右便稍爽塏處, 新搆茅屋, 別繕子舍, 爲君讀書之所, 而盧誠庵公名之曰某洞草舍. 某之云者, 不知誰之謂, 蓋隱之也. 某之音, 與茅同, 意與不知相通. 因今之音而倣古之意, 而曰某洞草舍者, 景昭方避地隱居, 欲幷與舍隱之, 而誠庵公知其意也. 景昭亟求余爲記, 余曰:

記者記其實也, 余一未至子所而爲之記, 恐失其實. 且子方隱子之舍而求余記, 記則著, 著則人知之, 斯無乃戾子之實乎?

昔陶淵明居栗里, 自爲傳曰: 先生不知何許人. 不惟人之不知, 自亦不知其何人, 其爲隱孰甚焉? 然而爲傳而著之者, 疑若有可議. 然人之讀是傳者, 因其言知其意, 益信其隱而無貳辭.

今余記子之舍, 亦識其隱居之實, 則抑無害於義歟? 子之隱居之實, 惟學習而至於不知不慍, 則斯可已矣, 在子之勉焉耳.

至若花木之蔥蒨、窓几之靜明、幽居間適之趣, 待吾躡君之舍, 而援筆以終吾說也.

연래당기
燕來堂記

　나는 윤백롱(尹白聾) 진권(鎭權) 군과 창녕의 객사에서 처음 만났는데, 한 번 보고는 옛 친구같이 기뻐하였다. 내가 시를 지어 주기를, "짧은 한 마디 겨우 이르자 시원하게 합하니, 만 가지 일이 예로부터 우연하고 기이하네."라고 한 것[23]은 이 일에 대해 적은 것이다. 2년 뒤에, 내가 산골짝에서 소를 먹이는데, 소가 달아나 언덕의 콩을 뜯어 먹기에 내가 바야흐로 소를 몰고 있었다. 누런 갓을 쓴 어떤 과객이 흘겨보며 꾸짖기를, "소를 끌고 남의 밭을 망치면 되겠는가?"라고 하였다. 내가 조심하지 못하였다고 사과하니, 객이 웃으며, "그대는 기억하지 못하는가. 나는 윤진권이네."라고 하였다. 드디어 기쁘게 악수하고 함께 돌아와 술을 마시며 시를 읊고 파하였다. 또 2년 뒤에 내가 달구로 향하던 차 안에서 군을 만났다. 군과 전후로 세 번 만났는데, 모두 기이하고 다행스런 일이었다.

　군은 시문을 좋아하고 의사가 소탈하며, 재기가 넘쳐나 고금의 작자의 득실에 대해 잘 평가하였는데, 변론이 해박하고 준엄하며 날카로웠다. 매번 볼 때마다 문득 나아와 간간이 나에게 연래당 기문을 부탁하였다. 연래당은 군이 객지에서 지내던 집의 이름인데, 연곡(燕谷)에서 왔다는 의미였다. 처음 군을 만났을 때 군은 달구에 살았고, 그 뒤 또 부산으로 이주하였는데, 그 마을을 옮겨 이사한 것이 또 서너 차례

---

23 내가……것 : 《손암집》 권1 〈윤진권에게 드림[贈尹鎭權]〉에 있는 구절을 말한다.

에 그치지 않았다. 그런데도 집 이름은 연래당이라 하여 여전히 바꾸지 않았다.

생각건대, 군이 연곡에 살 때 한 방 안에서 독서하고 산수 밖에 정신을 깃들여 옛 사람과 뜻을 겨루었을 것이다. 옮겨 산 이후로부터 거처를 정한 곳이 항상 시장의 사이였으니, 또 일없이 읊조리고 외기를 전날 같이 할 수 없었을 것이다. 처지가 바뀌면 정이 옮겨지게 되는지라, 평소의 뜻이 쉽게 쇠해질까 두려우니, 군이 연곡을 그리워한 것은 그렇지 않을 수 있겠는가. 그러나 군이 연곡에서 올 때 혼자 온 것이 아니라 반드시 시냇물 소리 산수의 경색과 함께 왔을 것이니, 비록 세속의 시끄럽고 번화한 가운데 있더라도 항상 초연하게 맑고 시원한 지경에서 자유로울 것이다. 더구나 옛날의 문인과 시인들의 아름다운 작품과 특이한 문집은 항상 떠돌며 지내거나 유람하면서 본 것에서 이루어지는 경우가 많다. 평생 집이나 숲 사이에서 글이나 읽는 사람들의 경우는 대개 나약하고 겁을 내어 스스로 수립하지 못하니, 행하는 것이 결코 웅준(雄俊)한 상상이 없다. 지금 군이 자립한 것이 아득히 이런 경지에 이른 것은 반드시 연래당에서 시작되었을 것이니, 하늘이 장차 연래당으로 군의 시문을 매우 성대하게 하려는가. 이것으로 기문을 삼는다.

燕來堂記

余與尹君白聾鎭權, 始遇於昌山之客舍, 一見如舊歡. 余贈以詩云"片言
纔到犂然合, 萬事從來偶爾奇", 志是事也. 後二年, 余牧牛於山磽之間, 牛
逸食原藿, 余方驅牛. 有黃冠過客睨而叱之曰:"牽牛磽人之田可乎?"余辭
不敏, 客笑曰:"子莫記耶? 吾尹鎭權也."遂歡握與歸, 飮酒賦詩而罷. 又
後二年, 余向達句於車中得君. 與君前後三接, 皆奇幸事也.

君好詩文, 意思疎放, 才氣發越, 善評隲古今作者得失, 而辯博廉悍. 每
見輒進, 間屬余其燕來堂記. 燕來堂者, 君羈棲之堂名, 謂自燕谷而來也.
始遝君時, 君寓於達句, 其後又移住於釜巷, 而其巷閭之遷徙, 又不止四三
矣. 而堂名之燕來, 故不替也.

念君之居於燕谷也, 讀書於一室之內, 栖神於烟霞之表, 以抗志于古之
人矣. 及自遷徙之後, 所舍恒于市廛之間, 又不得吟誦無事如曩日. 境轉情
移, 恐素志之易于蹉跎, 則君之眷戀于燕, 其不然歟! 然君之自燕而來也,
非獨子來, 必與川聲岳色而俱來, 雖在塵塩鬧熱之中, 常翛然自在于淸凉
之境. 況古之文人韻士佳篇異集, 恒出於羈旅遊觀之所致. 若夫畢生呻唔
於家林之間者, 槪是選耎不自樹立之, 所爲決無雄俊之想耳. 今君之所自
立, 逈然至於是境者, 未必不自燕來堂始矣, 則天將以燕來堂, 大昌君之詩
文也耶! 是爲記.

금계서실기

琴溪書室記

  응천(凝川)은 밀양의 중심에서 남쪽으로 30리를 흘러 낙동강에 도달한다. 응천의 왼쪽을 따라 3분의 1지점에 금호(琴湖)라는 마을이 있는데, 나의 외가가 이곳에 우거한지 장차 수십 년이 되어간다. 마을 안에 기와로 우뚝하게 높이 지은 집은 장씨(蔣氏)들의 세심정(洗心亭)이고, 그 서북쪽에 초가 몇 칸이 수풀 사이에 가린 금계서실(琴溪書室)이 있는데, 나의 처조카 금계옹(琴溪翁) 안덕로(安德老) 군이 독서하는 곳이다. 옹의 집은 멀리 구경하고 바라볼 수 있는 높은 기와와 서까래로 지은 집이 아니라, 단지 초가에다 사립문으로 여염집 가운데 있어 민가들과 다를 것이 없다. 그래서 옹을 방문하는 사우들은 곧장 걸어서 찾아와 문을 두드리니, 옹의 집에서는 오직 옹이 글 읽는 소리만 들을 수 있을 뿐이다.

  옹의 거처는 집이 그윽하고 형세가 막혀 은자가 지내기에 마땅하다. 옛날 한 문공(韓文公)이 〈송이원반곡서(送李愿盤谷序)〉에서 "반곡의 안은 그대의 집이요, 반곡의 땅은 농사지을 수 있네. 반곡의 샘물은 씻을 수 있고 거닐 수 있으며, 반곡의 험함은 누가 그대의 거처와 다투겠는가. 그윽하고 깊으니 넓어서 용납함이 있고, 구불구불 굽이져 왕복하는 것 같네."라고 하였다. 지금 옹의 거처가 이와 비슷한데, 유독 괴이하기는, 한공이 이 서문을 지을 때, 단지 산수와 물고기 잡고 나무하며 한가로이 지내는 아취만을 기록하고 하나도 독서하는 일을 언급하지 않은 것은 어째서인가. 어쩌면 이원은 실로 고상히 은둔하려는 뜻은 있으나 성현이 즐겼던 일에는 대개 듣지 못해서였던가. 지금 옹은 이원의 뜻이 있으나 독서에 즐거움을 붙이는 것은 어떻게 미칠 수 있을 것인가.

　옹이 일찍이 나에게 금계서실의 기문을 요구하였기에 드디어 이렇게 적어서 돌려보내니, 수레에 기름을 칠하고 말을 먹여 그대를 따라 노닐면서 천 년 동안 이 회포를 함께하리라.

琴溪書室記

凝川自州治, 南流三千里, 達于洛江. 循川之左當三之一, 而以村名者曰琴湖, 我外氏寓居于此, 且數十年. 村之中, 瓦輯古屋穹然高者, 蔣氏之洗心亭, 其西北有茅棟數間, 翳然於林木之間而曰琴溪書室者, 我內姪琴溪翁安君德老讀書之所也. 翁之室, 非高甍長桷可以崇觀瞻, 祇草蓋荊扉, 混處於閭閻之中, 與人家無以異. 而士友之訪翁者, 直信步剝啄, 於翁門者, 惟徵翁讀書聲耳.

翁之居, 宅幽而勢阻, 宜隱者之盤桓也. 昔韓文公〈送李愿盤谷序〉: "盤之中, 惟子之宮; 盤之土, 可以稼. 盤之泉, 可濯可沿; 盤之阻, 誰爭子所? 竊而深, 廓其有容; 繚而曲, 如往而復." 今翁之居, 彷彿於是, 而獨怪韓公之爲此序, 只記其山水、漁採、閒居之趣, 一不及於讀書之事何也? 豈愿固有高遯之志, 而於聖賢樂事, 槪乎其未聞者耶? 今翁有愿之志, 而寓樂於書, 何可及哉?

翁嘗從余求室記, 遂書此而歸之, 膏車秣馬, 從子而徜徉, 千載同此懷也.

명성재기
明誠齋記

    나의 9대조 부군의 묘소는 고을의 남쪽 명성(明星) 뒤쪽 기슭에 있다. 중세 때부터 한 채의 집을 지어 재계하는 곳으로 삼았는데, 작고 좁아서 약간의 제관(祭官)도 용납할 수 없었다. 계미년(1943) 겨울에 성묘를 마치고 여러 장로들께서 사람들에게 고하여 이르기를, "우리 가문이 비록 빈한하지만 자손의 수가 천 명이 넘을 것이니, 실로 정성으로 출연하면 장차 하지 못할 어려움이 없을 것인데, 하물며 한 채의 집이야 말할 것이 있겠는가."라고 하였다. 이에 소요될 경비를 헤아려 조금씩 힘을 보내어 터를 잡고 재목을 모아 경영하기 시작하였다. 물가가 급등하는 바람에 공사가 절반도 되기 전에 모았던 돈이 바닥났다. 또 곡식을 분담하여 자금을 대고 또 부역하면서 도왔는데, 그러고도 부족한 것은 다시 돈과 곡식을 분담하여 보충하였다. 갑신년(1944)에서 정해년(1947)까지 모두 4년이 지나서야 공사를 마치니, 방과 부엌이 모두 갖추어졌다. 여러 장로들께서 또 의논하기를, 우리 10대 조고와 조비의 묘소를 잃었으니, 당의 뒤에다 제단을 만들어 거기에 성묘하자고 하였는데, 대개 의(義)로써 만든 것이다. 총괄하여 명성재(明誠齋)라고 이름하고 나에게 기문을 짓도록 하였다.

    나는 다음과 같이 말한다.

    지금 9대조 부군이 돌아가신 지가 대략 300년이다. 이래로 조종(祖宗)들께서 여러 차례 갖추고 아름답게 할 계획을 하였으나 그 일이 이루어진 것은 오늘이다. 우리들의 오늘 일은 감히 선인들에게 자랑하려는 것이 아니라, 요컨대 계술(繼述)하는 방도일 따름이다. 비록 그러하나 그 어려움은 알겠다. 계미년(1943)과 갑신년(1944)의 즈음에는 천하의 어지러움이 극도에 달했다. 끊임없이 가렴주구하고 남김없이 불러 모집하니 생민들이 도탄에 빠져 조석에도 목숨을 부지할 수 없을까 두려워하였다. 이 때에 오히려 능히 마음과 힘을 다하여 큰 일을 이루었다. 무릇 한 때에 힘을 내는 것은 힘써 할 수 있지만 여러 차례 출연하면서 싫어하지 않기는 어렵고, 능히 한 사람의 정성이 지극하기는 가능하지만 여러 사람의 정성을 일제히 모으는 것은 미칠 수 없다.

지금 재의 이름을 명성재(明誠齋)라고 하였으니 그 의미의 하나는, 명성(明誠)[24]이 이룸이 있는데 이르기 때문이다. 정성이 아니면 이룰 수 없고, 이루어진 까닭은 바로 여러 사람의 정성이 지극함을 말하는 것이니, 대개 그 어려움을 기록한 것이다. 그 의미의 또 하나는 이 명성재가 이루어진 것은 보기에 아름다움을 위한 것이 아니라 반드시 여기에서 그 제기들을 깨끗이 하고 그 희생과 술을 깨끗이 하여 정성과 공경으로 일을 받들어 우리 조고의 신령을 이르게 하는 것이니, 대개 나의 정성을 밝히려고 하는 것이다. 앞의 의미를 말미암으면 처음 이루기 어려웠던 것을 잊지 않고 영원히 지키며 쇠퇴하지 않을 수 있고, 뒤의 의미를 말미암으면 선조에게 복을 받아 더욱 번창하게 할 수 있

---

24 명성(明誠) : 명선(明善)과 성신(誠身)의 준말이다. 명선은 선을 밝히는 것으로 지(知) 공부에 해당하며, 성신은 몸을 성실히 하는 것으로 행(行) 공부에 해당한다. 《중용장구》 제21장에 "성으로 말미암아 밝아지는 것을 성이라 하고 명으로 말미암아 성해지는 것을 교라 이르니, 성하면 밝아지고 밝아지면 성해진다.〔自誠明, 謂之性, 自明誠, 謂之敎, 誠則明矣, 明則誠矣.〕"라고 한 데서 인용한 말이다.

다. 이것이 내가 이 재에 기록하는 지극한 뜻이고 여러 종친들과 서로
힘쓰기를 원하는 것이다.

明誠齋記

我九代祖考府君衣履之藏，在府南明星後麓。自中世搆一屋以爲齋宿之所，而卑小陝隘，莫可容若干祭員。歲癸未冬，掃奠畢，諸長老詢於衆曰："吾門雖貧寒，其麗將不千，苟誠以出之，將無難之不爲，而況一屋子乎？"於是量費之當而出力之多小，相基鳩材以經紀之。以物價之騰翔，功未半而排金折焉。又排穀而資之，又出役而助之，又不足者，又排錢穀而補充焉。自甲申至丁亥，凡四閱年而功告訖，堂室廚庖一應備焉。諸長老又議我十代祖考妣兆次失，據於堂後設壇以憑瞻掃，蓋義起也。總以名之曰明誠齋，命余記之。

余復之曰：今距府君奠兆之年，略爲三百載矣。伊來祖宗累爲完美之計，而其事之成，在於今日。吾人今日之事，非敢曰多於前人，要亦繼述之道耳。雖然，知其難也。當癸甲之際，天下之亂極矣。誅求不厭，召募無遺，生民塗炭，惴惴然莫可保首領於朝夕。于斯時也，猶能殫心畢力，能成巨事。夫一時之出力可勉，屢捐而無斁爲難；能一人之誠至可能，衆誠之齊合爲莫及也。

今齋名之明誠，其一則以明誠之至於有成也。以謂非誠則莫可以成，而其所以成，乃衆誠之至焉，蓋志其難也；其一則以爲斯齋之成，非爲觀美也，必也於此而明其器皿，明其牲酒，明其威儀，以誠敬將事，而格我祖考之神，蓋欲明吾之誠也。由前則可以不忘始成之艱，而永守勿替也；由後則可以受福于祖，而益熾而昌。此余記齋之至意，而願與諸宗胥勉者也。

창선재기

昌先齋記

   나의 종8대조 창선당공(昌先堂公)께서는 가학을 이어받아 효도와 우애에 독실하고 문학으로 무거운 명망이 있었다. 한 때의 명현인 한사(寒沙) 강공(姜公)[25]과 오계(梧溪) 조공(曺公)[26] 같은 분들과 도의(道義)로 교유하였는데, 불행하게도 나이 40에 일찍 돌아가셨다. 그러나 당시에 이미 월단(月旦)[27]의 선발에 올라 지금까지 향당에서 칭송하고 사모하는 것이 쇠하지 않는다.

   근래 공의 자손들이 한 채의 집을 지어 사모하는 마음을 깃들이는 장소로 삼으려 하였는데, 집안의 경제력이 넉넉지 않아 겨우 한 구역 터만 구입하고서 재물이 바닥났다. 공의 10세손 길수(吉秀)가 개연히

---

25 한사(寒沙) 강공(姜公) : 강대수(姜大遂, 1591~1658)를 말한다. 자는 면재(勉哉) · 학안(學顔), 호는 춘간(春磵) · 한사만은(寒沙晚隱), 본관은 진양(晉陽)이다. 장현광(張顯光)의 문인이다. 석천서재(石泉書齋), 이연서원(伊淵書院), 덕곡서원(德谷書院)을 지어 후학을 양성했다. 합천의 도연서원(道淵書院)에 제향되었다. 저서로는 《한사집》이 있다.

26 오계(梧溪) 조공(曺公) : 조정립(曺挺立, 1583~1660)을 말한다. 자는 이정(以正), 호는 오계(梧溪), 본관은 창녕(昌寧)이다. 도촌(陶村) 조응인(曺應仁)의 아들이다. 경상남도 합천군(陜川郡) 출신이다. 벼슬에서 물러나 합천에 봉서정(鳳棲亭)을 지어 후학을 양성에 힘을 썼다. 저서로는 《오계집》이 있다.

27 월단(月旦) : 월단평(月旦評)으로, 인물을 품평하는 것을 말한다. 한(漢)나라 때 허소(許劭)가 향당의 인물을 논평하기 좋아해 매월 초가 되면 향당의 인물을 다시 품평하였으므로, 여남(汝南) 사람들이 이를 두고 '월단평'이라고 하였다. 《後漢書 卷68 許劭列傳》

말하기를, "이것을 할 수 있습니다." 하고는 혼자의 힘으로 경영하였다. 모든 담장과 벽·뜰과 문·처마와 지붕을 순전히 석재를 사용하여 굵은 기둥이나 큰 서까래를 할 필요도 없이 커다란 집이 되었다. 창선재(昌先齋)라고 편액을 달았는데, 공의 호를 인하여 이름을 붙인 것이다. 이미 낙성하고 일을 담당하였던 여러 공들이 나에게 기문을 짓도록 하였다.

내 보건대, 지금의 시대에 혼자 거금을 내는 사람이 지역 안팎에 매우 많지만, 대부분 자신을 위하여 도모하는데 불과하여 복식을 아름답게 하고 집을 화려하게 하며 처자에게 자랑하는데 그치고 만다. 길수 군의 경우는 이것과 달라 자신의 몸은 비록 외지에 있으나 선조를 추모하는 마음을 잊지 않아 이런 큰일을 해내었으니, 그 뜻이 원대하다고 할 만하다. 그러나 군의 뜻은 어찌 근본한 곳이 없겠는가. 대개 창선공이 효도하고 우애로웠던 덕이 능히 자손들의 마음에 젖어들어 오래도록 없어지지 않았다. 그러므로 길수 군의 이번 일은 또한 공의 덕이 미친 것임을 어찌 속일 수 있겠는가. 그러나 정성스럽게 하는 것은 실로 어렵고 지키는 것은 쉽지 않음을 내 많이 보았다. 아침에는 화려한 기둥에 유희하며 편안히 즐기다가, 저녁에 푸른 연기와 흰 이슬에 기상이 처참해지니, 이것은 다른 이유가 아니라 그것을 지키는 방법을 모르기 때문이다. 그것을 지키는 도는 처음 이룰 때의 뜻을 잊어버리지 않는데 있을 뿐이다.

지금 제군들이 이 창선재를 이루었으니, 창선당 부군의 덕을 사모하고 바라는데 뜻을 보존해야 할 것인데 효제의 실상이 바로 이것이다. 실로 혹시라도 종족 가운데 어버이에게 효도하지 않거나 형제간에 우애롭지 못하고 부군의 덕을 잊어버리는 자가 있겠는가. 서로 경계하여

게을리 하지 않는다면, 어찌 효도하고 우애로우면서 그 선조를 뒤로
여길 자가 있겠는가. 이것이 그것을 지키는 방법이다. 내 이미 제군들
의 청을 사양할 수 없었으니, 드디어 이것을 써 주어서 하여금 권면할
바를 알 수 있도록 한다.

昌先齋記

我從八代祖昌先堂公, 承襲家學, 篤孝友, 有文學重名. 一時名賢, 如寒沙姜公、梧溪曹公, 道義以相交, 不幸年四十而早歿. 然當時已登月旦之選, 至今鄕黨頌慕不衰.

挽近公之子孫, 欲搆一屋子以爲寓慕之所, 而門力不敷, 僅買占一區基地, 而資紬焉. 公之十世孫吉秀, 慨然曰：“是可乎!” 乃獨力經紀之. 凡墻壁、庭戶、簷蓋, 純用石材, 不必厚棟大樑, 而渠渠然厦屋矣. 扁之曰昌先齋, 因公之號而名之也. 旣落, 當事諸公, 俾余記之.

余觀今之時能赤手致巨金者, 域內外甚多, 而擧不離自身之謀, 美服食、華居室、驕妻子而止矣. 若吉秀君, 則異於是, 身雖在外, 不忘追先, 成此巨役, 其志可謂遠矣. 然君之志, 豈無所本哉? 蓋昌先公孝友之德, 能沾漑子孫之心, 而久而不泯. 故君之此擧, 亦莫非公之德之攸曁也, 豈可誣哉? 然誠之實難, 而守之不易, 吾見多矣. 朝而華棟遊嬉燕樂, 暮而蒼烟白露氣象悽慘, 此無他, 不知守之之道故也. 守之之道, 在不忘始成之志而已.

今諸君之成此齋, 志存乎慕望昌先堂府君之德, 孝悌之實是也. 苟或族中不孝于親, 不友于兄弟, 而有忘府君之德者乎? 相與警戒不怠, 則安有孝友而後其祖先者乎? 此守之之道也. 余旣不能辭諸君之請, 則遂書此而遺之, 俾有以知所勸焉.

중봉재 중건기
中峯齋重建記

중봉재(中峯齋)는 본래 중봉서재(中峯書齋)인데 우리 7대조 매죽당 (梅竹堂) 부군께서 강학하던 곳이다. 부군께서 돌아가신 다음해 숙종 (肅宗) 정해년(1707)에 사림들이 지효사(至孝祠)를 세워 향사하였으 니, 이 서재가 서원이 되어 중봉서원이 되었다. 그 뒤 고종(高宗) 무진 년(1880) 나라의 철폐령으로 인하여 이 서원이 철폐되어 서재가 되었 다. 무진년 이래로부터 중간에 여러 차례 수리하였는데, 병인년(1926) 여름에 비바람에 부서졌으나 다시 수리하지 못한 것이 지금 30년이 되었다.

무술년(1958) 가을에 집안의 여러 사람들이 서로 의논하여 말하기 를, "서재를 중건하는 것은 사림들의 힘을 기다릴 수 없으니, 이것은 우리 자손들의 책임이다." 하고 집집마다 곡식을 내기로 약정하였다. 한 해에 모(牟) 5되[升], 조(租) 5되를 내어 5년 동안 모았다. 서원 터 아래, 매죽당의 옛 터에 3칸의 한 채를 지었다. 계묘년(1963) 봄에 짓기 시작하여 당실(堂室)의 공사를 마치지도 못했는데 자금이 바닥나 또 힘대로 조금씩 출연하여 일을 마쳤다. 이번 일은 중산(中山)의 방후 손들이 모두 부역하며 즐겁게 참여하였기 때문에 중봉재(中峯齋)라고 편액을 달고 당은 매죽당(梅竹堂)이라 하였다. 재는 서원을 기록한 것이고, 당은 매죽당 터임을 말하는 것이다. 왼쪽은 인본료(仁本寮)이 니, 효는 인을 행하는 근본이 됨을 말한 것이다. 오른쪽은 불궤실(不匱 室)이니, 우리 종족의 훗날에 바람이 있다는 의미이다. 문은 구충문(求

忠門)이니, 작록을 추증받은 영광을 드러낸 것이다. 이미 낙성하고 나서 여러 종인(宗人)들이 나에게 기문을 짓도록 하였다.

가만히 생각건대, 우리 부군의 성대한 덕과 지극한 행실이 천하에 드러나 조정에서는 포증을 하였고 사림들은 제향하였으니, 지금까지 향리의 소인들도 모두 칭송하며 사모할 줄 알아 쇠하지 않고, 앞 사람의 서술에도 이미 갖추어져 있다. 그러니 나 같은 사람이 어찌 감히 다시 말할 것이 있겠는가. 공자께서 "군자가 친척에게 후하게 하면 백성들이 인(仁)에 흥기(興起)한다."라고 하였다. 지금 천하에 도적들이 가득한대도 막을 수 없으니, 그 까닭을 알 만하다. 위에서 솔선하는 이가 없으니, 아래에서 누가 쫓아 본받겠는가. 지금의 군자가 과연 능히 부군의 도로써 위에서 행하면 민속이 아마 변할 수 있는 도가 있을 것이다. 이것이 내가 이 시대에 매우 바라는 것이 있기 때문에 감히 적어서 중봉재기로 삼는다.

中峯齋重建記

中峯齋者, 本中峯書齋也, 吾七代祖梅竹堂府君講學之所也. 府君歿之明年肅宗丁亥, 士林立至孝祠祀之, 此書齋爲書院而爲中峯書院也. 後高宗戊辰, 因邦禁而撤此院爲齋也. 自戊辰來, 中間累經葺修, 而丙夏爲風雨所破, 則更不復理今三十年矣.

戊戌秋, 門內諸人相議曰: "齋之重建, 不可以待士林, 此吾輩子孫之責也", 乃約定戶出穀. 年牟五升、租五升, 積五年而止. 卽院址下梅竹堂舊基, 建一宇三間. 經始於癸卯春, 堂室之役, 尙未畢而資金折, 又隨力多少捐出以終事. 是役也, 中山傍裔, 皆出役樂赴焉, 仍扁中峯齋, 堂揭梅竹堂. 齋志院也, 堂言基也. 左爲仁本寮, 謂孝爲爲仁之本也; 右爲不匱室, 以有望於吾宗來日也; 門爲求忠門, 著贈爵之榮也. 旣落, 諸宗人俾余記之.

竊惟我府君, 盛德至行, 達於天下, 朝廷贈貤之, 士林俎豆之, 至今鄕里小人, 皆知頌慕不衰, 而前人之述, 亦已備矣. 余小子何敢更爲之說? 孔子曰 "君子篤於親, 則民興於仁." 今天下盜賊充滿, 不可以禦止者, 其故可以知也. 上無率焉, 下孰從以效之? 今之君子, 果能用府君之道, 而行之上, 民俗庶有可戀之道矣. 是余之所深有望於斯時, 故敢書之爲中峯齋記.

사우정기
四友亭記

사우정(四友亭)은 사포리(沙浦里)의 남쪽, 완구(宛丘) 위에 있다. 사포리로부터 바라보면 우뚝 빼어나게 높은 것은 종남산(終南山)이다. 종남산 기슭에 한 도사가 홀을 잡고 단정히 선 것 같은 것은 자각봉(紫閣峯)이다. 자각봉에서 사우정까지 대략 일후(一堠)[28]의 거리가 되고, 그 사이에는 모두 넓은 평야인데 사우정이 있는 곳에 이르면 문득 오른쪽과 뒤쪽이 불룩 솟았고, 앞쪽과 왼쪽은 조금 들려 절로 한 구역을 이루었으니, 이것이 이른바 완구이다. 언덕 아래에는 풀길이 구불구불하고 두 시냇물이 합하여 모여 들며, 연이은 언덕이 구불하게 시냇물을 흘려보내 굽은 활 같이 굽이쳐 흐른다. 이에 언덕이 둘러져 있고, 시냇물은 좁게 흐르며, 나무들은 빽빽하여 다니는 사람들은 깊은 산 긴 골짜기 가운데 들어간 것 같다.

정자에 올라 사방을 바라보면 종남산 화악산 재약산이 툭 트여있다. 거리가 먼 것은 백리 가까운데 모두 안석의 위에서 바라보인다. 긴 강을 굽어보면 동에서 서, 서에서 다시 동쪽으로 흐르는데, 보였다 숨었다 숲 끝으로 가로로 흐르는 것은 남천강(南川江)이다. 남천강의 좌우를 따라 많은 집들이 빼곡하여, 밥짓는 연기가 일어나고, 무지개가 서고 놀이 지는 것이 그림 속의 채색 같다. 저녁이 되면 등불이 휘황찬

---

28 일후(一堠) : 후(堠)는 도로의 이정표 역할을 하던 돈대(墩臺)로, 보통 5리 또는 10리에 하나씩 두었다.

란하여 상가가 대낮 같아 상인과 장사들이 서로 손짓하고 대면하여 말하는 것을 보고 들을 수 있을 것 같다.

생각해 보건대, 옛날에 여러 형의 뒤를 따라 이곳에 거닐며 기이한 곳이라고 여겼다. 백형(伯兄)이 중형(仲兄)을 돌아보며, "훗날 이곳에 별장을 지어야 할 것이다."라고 하며 지팡이로 위치를 가늠해 보았고, 이윽고 또 숙형(叔兄)과 막내에게 이르기를, "너희들이 학업을 마치면 오직 자질(子姪)들이 학업을 익혀야 할 것이니, 네가 뜻을 두어야 할 것이다."라고 하였다. 지금 생각하니 문득 40년이 지났다. 그 사이 인사가 크게 어그러져 백형과 중형이 차례로 돌아가시고, 숙형은 또 타향에서 정질(貞疾)[29]을 앓고 있으니, 도리어 이 외로운 몸은 병든 마음에 허물을 반성하느라 다른 곳에 생각이 미치지 못하였다.

계묘년(1963) 봄에 조카들이 번갈아 고하기를, "선친의 뜻을 계부님이 계실 때에 이루지 못한다면 후회해도 소용없을 것이니, 원컨대 경영할 수 있도록 해 주십시오."라고 하였다. 내 완곡하게 만류할 수 없어 읍에 있던 옛 관루(官樓)를 구입하여 옮겨 짓기로 하였다. 2년이 지난 봄에 벽을 바르는 일이 대략 끝났는데, 모두 3칸의 두 줄로 지었으니, 앞은 청사(廳事)를 만들고 뒤에는 방을 만들었다. 왼쪽 방을 정매(征邁)라고 하였으니, 형의 뜻을 계술한 것이고, 오른쪽 방을 공회(孔懷)라고 하였으니, 나의 감회를 말한 것이다. 당은 사포서당(沙浦書堂)이라 하였으니, 내가 조카들과 독서하는 곳임을 말한 것이고, 문은 식호문(式好門)이라고 하였으니, 훗날 이 문을 출입하는 자손들로 하여금

---

29 정질(貞疾) : 난치병(難治病)이란 뜻으로, 《주역》〈예괘(豫卦) 육오(六五)〉에 "정한 질이 오래도록 죽지 않는다.〔貞疾, 恒不死.〕"라고 한 데서 나온 말이다.

우리 형제의 당시 마음을 알아 영원히 서로 도모함이 없게 하고자 한 것이다. 총괄하여 사우정(四友亭)이라고 하였다.

아, 내 차마 홀로 이 정자에 거처하겠는가. 또 선형이 이 정자를 마련하고자 했던 것은, 나에게 기대하고 바란 것이 적지 않은데, 나는 바로 이와 같이 무지하니, 어떻게 이 정자에 거처하겠는가. 비록 그러하나 정자는 실로 형의 뜻이었고, 나는 지금부터 바깥의 일을 버리고 한 방안에 자취를 거두어 책에다 마음을 깃들여 만년의 공부를 조금 거두었고, 장차 자질들로 하여금 남는 힘으로 글을 익히게 하여 향할 바를 알도록 한다면, 또한 선형의 생각과 바람에 조금이나마 보답한다고 하겠는가.

정자가 이미 이루어짐에 기문이 없을 수 없어 인하여 정자를 지은 유래와 산천의 경관을 대략 말하여서 정자의 고사(故事)에 대비한다. 또 내가 맹세한 마음을 기록하여 면려하는 바탕으로 삼는다.

四友亭記

亭在沙浦里之南偏, 偏宛丘之上. 自里而望, 巍然秀而高者終南山. 山之膝有若一仙官擁笏端立者紫閣峯. 自峯至亭, 略爲一墢地, 其間皆曠然平野, 而至亭址, 忽右背隆起, 前左少舉, 自成一區, 此所謂宛丘也. 丘之下草逕曲折, 雙溪合湊, 而連壟逶迤送溪, 廻若彎弓. 於是丘壟周遭, 溪吻滑窄, 樹木擁密, 人行者, 如入深山長谷之中.

登亭而望四顧, 廓然終南、華嶽、載藥諸山. 相去遠者, 近百里, 而皆在几席上. 俯眺長江, 自東而西, 西而復東, 若見若隱, 橫縈林表者, 南江也. 挾江左右, 萬屋沈沈, 炊烟散起, 虹立霞繞, 畫意濃淡. 當夕燈火晃朗, 商街如畫, 賈客販夫之交手面談, 若可睹聞.

念昔者, 隨諸兄後, 徜徉於斯, 以爲異境. 伯兄顧仲兄曰："他日當成別業於斯", 以杖商度位置, 已又謂叔季曰："汝輩之卒業, 惟是子姪之隸業, 惟是汝其志之." 今思之, 忽忽爲四十年. 其間人事大謬, 伯仲兄次第不淑, 叔兄又僑居貞疾. 顧此單子, 疚心省愆, 靡念及他.

歲癸卯春, 姪輩迭告曰："先父之志, 不以季父時成之, 後而莫悔, 願有以經紀之." 余不能曲止, 則乃謀購邑中舊官樓, 移而築之. 越二載春, 塗墍之役略畢, 凡三間二行, 前爲廳事, 後爲室. 揭左室謂征邁, 述兄之志也; 右室謂孔懷, 言余之感也. 堂曰沙浦書堂, 謂余與姪輩讀書之所也; 門爲式好門, 欲使後來子孫之出入是門者, 知吾兄弟當日之心, 而永相無猶也. 摠而名之曰四友亭.

嗚乎! 余忍獨處斯亭也耶? 且先兄所以欲置斯亭者, 其期望於余者, 不淺尠, 而余乃空空如此, 何以處斯亭也? 雖然, 亭固兄之志也, 而余自今遺棄外事, 斂跡於一室之內, 寓心墳典, 以少收暮晚之工, 且使子姪餘力學文, 知所向迬, 則亦可謂少酬先兄之念望也耶?

亭旣成, 不可無記, 因略言亭之所由與夫山川景槩, 以備亭之故事. 且志余之所矢心者, 以資策勵焉.

遜庵集
손암집

제4권

서 序

금주 선생[1] 중뢰서
錦洲先生重牢序

위하는 것이 있어서 구하는 자는 그 얻음이 다함이 있고, 위하는 것이 없이 구하는 자는 그 오는 것이 다함이 없다. 위하는 것이 있어서 구하는 자란 사모(詐謀)와 지력(知力)으로 구하여 반드시 얻는 자를 말하니, 비록 얻는 것이 있더라도 그 얻는 것은 다만 천박할 뿐이다. 위하는 것이 없이 구하는 자는 오직 인의와 도덕을 행하고 바깥에서 오는 것을 털끝만큼도 바라지 않으나 그 오는 것은 절로 도도하여 쉬지 않을 뿐이다. 이 도를 아는 사람은 항상 적고 모르는 사람은 항상 많으니, 그 도도하게 오는 것을 누가 능히 해낼 수 있으리오.

을해년(1935) 2월 21일은 우리 금주(錦洲) 허 선생(許先生)의 중뢰

---

1 금주(錦洲) 선생 : 허채(許埰, 1859~1935)를 말한다. 자는 경무(景懋), 호는 금주(錦洲), 본관은 김해(金海)이다. 경상남도 밀양시 단장(丹場)에서 살았다. 성재(性齋) 허전(許傳, 1797~1886)과 만구(晚求) 이종기(李種杞, 1837~1902)의 문인이다. 1891년(고종 28)에 진사에 합격했다. 저서로는 《금주집》이 있고, 이상정(李象靖, 1711~1781)의 《대산집(大山集)》 가운데 서찰을 대상으로 《대산서절요(大山書節要)》를 편찬하였다.

일(重牢日)[2]이다. 이에 종족들이 문을 가득 메우고, 벗들이 다 모이며, 문생과 후배들이 모두 성대하게 달려갔다. 술자리가 반쯤 무르익자, 노래 부르기도 하고 북을 치기도 하며[3] 모두 같은 말로 선생의 큰 복을 찬양하였다. 나는 다음과 같이 말한다.

이미 그러한 것을 말하면서 그렇게 된 까닭을 논하지 않으면 옳은 일이 아니다. 지금 선생의 이미 그러한 큰 복이 그렇게 된 까닭을 궁구하면, 바로 인의와 도덕의 실상에 있을 뿐이다. 연세가 높은데도 정신은 더욱 완전하고, 눈 앞엔 손자와 증손들이 끊임없이 이어져 집안이 점점 깊어졌으니, 드디어 이와 같이 무거운 복록을 두고 인위적으로 구하여 이를 수 있다고 할 것 같으면, 양평(良平)[4]의 도모와 소진(蘇秦)과 지백(智伯)의 지혜와 오확(烏獲)·임비(任鄙)·하육(夏育)[5]의 힘이 있는 사람들이 다투어 서로 어지럽게 이를 것이니, 끝내 누구의 손에 들어갈 지 알 수 없다.

지금 선생께서는 몸소 인의를 행한 지 80년에 그 번창한 복록과 도덕의 넓고 높음이 한 몸에 다 모였으니, 천하 사람 중에 다시 누가 감히 다툴 수 있겠는가. 이것이 어찌 사모와 지력이 털끝만큼이라도 끼어들

---

2 중뢰일(重牢日) : 중뢰는 부부가 혼인한 지 예순 돌을 기념하는 회혼례(回婚禮)를 이른다.

3 노래……하며 : 《시경》〈행위장(行葦章)〉에 "자리 펴고 좌석 베푸니, 혹은 노래하고 혹은 북을 친다.〔肆筵設席, 或歌或咢.〕"라고 한 데서 인용한 말이다.

4 양평(良平) : 한 고조(漢高祖) 유방(劉邦)의 모신(謀臣)인 장량(張良)과 진평(陳平)의 병칭이다.

5 오확(烏獲)·임비(任鄙)·하육(夏育) : 모두 전국 시대 때의 용사(勇士)들이다.

수 있는 것이겠는가. 그 도도하게 오는 것이 반드시 장차 날마다 더욱 강물처럼 이를 것이다.[6] 대개 덕은 복록의 근본이고, 복록은 덕의 지엽이다. 그 근본이 견고한 것은 지엽이 무성하니, 바라기를 기다리지 않아도 형세가 절로 이를 따름이다. 그러므로 나는 일찍이 기주(箕疇)의 오복(五福)[7] 가운데, 유호덕(攸好德)이 네 가지의 근본이 된다고 하여 스스로 지언(知言)이라고 여겼다. 내가 선생의 덕을 본 것이 10년이니, 복록을 누릴 실상에 대해 깊이 안다. 그러므로 펼쳐 말하여 세상에 그것을 구하는 사람들로 하여금 경중으로 삼을 바를 알게 하고자 한다.

---

6 강물처럼 이를 것이다 : 경사가 모여 들것이라는 말이다. 《시경》 〈천보(天保)〉에 "하늘이 안정시키시매 모두가 홍성하네.……강물이 흘러 모여들듯 불어나지 않는 것이 없네.[天保定爾, 以莫不興.……如川之方至, 以莫不增.]"라는 말에서 나온 것이다.

7 기주(箕疇)의 오복(五福) : 기자(箕子)가 지은 홍범구주(洪範九疇) 가운데 아홉 번째로 나오는 오복(五福), 즉 수(壽)・부(富)・강녕(康寧)・유호덕(攸好德)・고종명(考終命)을 말한다.

錦洲先生重牢序

有爲而求之者, 其得也有窮; 無爲而求之者, 其來也不窮. 有爲而求之者, 謂詐謀·知力之求必得之者也, 雖有所得, 其得也, 特淺淺. 無爲而求之者, 惟仁義·道德之是行, 而不望其毫末於外來, 然其來也, 自滾滾而不息焉耳. 知此道者恒少, 不知者恒多, 其滾滾而來者, 而誰能爲之?

歲乙亥仲春之二十一日, 我錦洲許先生牢日復來. 於是宗黨塡門, 朋僚咸集, 門生後進, 皆濟濟趨之. 酒半或歌或罘, 咸辭而贊先生昌福. 余曰:

言其已然, 而不論其所以然, 非可者也. 今先生已然之昌福, 究其所以然者, 則正在乎仁義·道德之實而已矣. 年邵而神精益完, 眼下孫曾綿綿, 門欄漸深, 遂使以如此之重祿, 謂可有爲而求之至, 則良·平之謀·蘇秦·智伯之知·烏獲·任鄙·夏育之力, 競相紛紜雜沓, 畢竟不知入之誰手也.

今先生躬行仁義八十年, 其熾昌之祿與道德之廣崇者, 偕萃於一身, 夫天下之人, 復誰敢與爭哉? 此豈詐謀·知力之所間架一毫哉? 其滾滾之來, 必將日益川至矣. 蓋德者, 福祿之本根, 福祿者, 德之枝葉也. 其根固者, 枝葉茂, 不待望而勢自至爾. 故余嘗謂箕疇五福, 攸好德爲四者之本, 而自以爲知言也. 余覿先生之德者十年矣, 深知餉福之實. 故敘言之, 使世之求之者, 知所輕重焉.

손사징 형 수친서

孫士澄 澄 壽親序

　　내가 창녕[昌山]에서 객지살이 하던 병신년(1956)에 처음 손형(孫澄) 사징(士澄) 군과 교제하여 그의 아버지를 뵈었다. 공께서 나를 정성스럽고 친밀하게 접대해 주고, 이어서 수친첩(壽親帖)을 내어 보였다. 수친첩에는 명사들이 많았고 서문[8]은 조심재(曺深齋)[9] 공이 지었다. 물러나오자 사징이 낯빛을 고치며 말하기를,

　　"나의 아버지께서 우리 할아버지를 효성으로 봉양하여 그 지극함을 다하지 않음이 없었기 때문에 비록 이 수친첩은 여사이긴 하지만 오히려 마음을 다하였습니다. 저의 불초함으로는 비록 아버지께서 할아버지를 섬기던 효성으로 아버지를 섬기지는 못하지만, 오직 능언자(能言者)의 말을 구하여 수친첩에 서문을 붙이기를 아버지께서 당일에 하신

8　서문 : 조긍섭(曺兢燮)의 《암서집(巖棲集)》 권19 〈손경집 대인 수시첩 서[孫敬執大人壽詩帖序]〉를 말한다.

9　조심재(曺深齋) : 조긍섭(曺兢燮, 1873~1933)을 말한다. 자는 중근(仲謹), 호는 심재(深齋)・암서생(巖西生)・중연당(中衍堂), 본관은 창녕(昌寧)이다. 경상남도 창녕군 고암면 원촌리(圓村里)에서 태어났다. 1914년에 달성의 비슬산 정대로 들어가 정산서당(鼎山書堂)에서 15년 동안 은거하여 강학과 저술에 힘썼다. 면우(俛宇) 곽종석(郭鍾錫), 만구(晩求) 이종기(李種杞), 사미헌(四未軒) 장복추(張福樞), 서산(西山) 김흥락(金興洛)에게 두루 가르침을 받았고 특히 서산에게 의귀하였다. 창강(滄江) 김택영(金澤榮), 회봉(晦峯) 하겸진(河謙鎭), 수봉(壽峰) 문영박(文永樸) 등과 교유하였다. 저서로는 《곤언(困言)》, 《복변(服辨)》, 《암서집》이 있다.

일과 같이 하려던 것은 마음에서 잊은 적이 없습니다. 지금 다행히 그대를 만났으니, 그대는 기록해 주십시오. 아버지께서는 문장을 추환 (芻豢)[10]같이 좋아하시니, 실로 그대의 말을 얻으면 봉양하는 것이 삼생(三牲)을 갖추어 봉양[11]하는 것과 같을 뿐이겠습니까?"

라고 하였다. 나는 다음과 같이 말하였다.

　그대의 아버지는 심재옹의 글을 얻었으니, 사문(斯文)의 금옥(金玉)입니다. 이것으로 어버이를 기쁘게 할 수 있지만, 내가 어찌 감당할 수 있겠습니까. 옛날 증자(曾子)가 증석(曾晳)을 봉양함에 반드시 술과 고기를 마련하였고, 장차 밥상을 물릴 때에는 반드시 남은 음식을 누구에게 줄 것인가를 여쭈었으며, 증석이 남은 음식이 있느냐고 물으면 비록 없더라도 있다고 하였습니다. 남은 술과 고기를 다른 사람에게 주는 것은 세세한 일이지만, 실로 어버이가 하고자 하시면 증자는 반드시 뜻을 극진히 하였습니다. 이보다 더한 것에 대해서도 더욱 알 수 있을 것이니, 이것이 양지(養志)의 큼이 되는 까닭입니다.

　지금 그대는 아버지께서 좋아하시기 때문에 반드시 글을 얻고자 하여 나에게 요구하는데, 비록 내가 글을 지어도 좋게 지을 수 없으니

---

10 추환(芻豢) : 추(芻)는 풀을 먹는 짐승으로 소, 양 따위이며, 환(豢)은 곡물을 먹는 짐승으로 개, 돼지 따위나 또는 그 고기를 말한다. 《맹자》〈고자 상(告子上)〉에 "의리가 나의 마음을 즐겁게 함이 추환의 고기가 나의 입을 즐겁게 함과 같다.〔義理之悅我心, 猶芻豢之悅我口.〕"라고 한 데서 유래한 말이다.

11 생(三牲)을 갖추어 봉양 : 매일 소, 양, 돼지 세 가지 고기를 갖추어 풍요롭게 봉양하는 것을 말한다.

어찌 하겠습니까. 그러나 그대의 마음은 실로 뜻을 봉양하는 일이고, 더구나 문장을 완미할 것으로 삼는 일은 더욱 남에게 술과 고기를 주는 것과는 비교가 되지 않음에 있어서이겠습니까. 마땅히 그대가 마음을 다해야 할 것이니, 내가 어찌 마음이 움직이지 않을 수 있겠습니까. 증석이 양조(羊棗)를 즐기자 증자는 양조를 먹지 않았습니다. 양조는 진귀한 것도 아닌데 증석이 즐기자 증자가 아끼는 것이 되었습니다. 무릇 나의 글이 우연히 공의 마음에 합당하기가 마치 양조가 증석에 대한 일과 같아서 사징이 아끼는 것이 될 줄 어찌 알겠습니까. 그러므로 에오라지 위하여 말하노니, 사징이여 힘쓸지어다. 사람들로 하여금 모두 '어버이 섬기는 일 사징처럼 하면 될 것이다.'라고 말하게 한 뒤라야 자식의 직분을 다하게 될 것입니다. 그렇다면 수친(壽親)을 위하는 것이 무엇이 이보다 크겠습니까.

공은 지금 연세가 72세인데, 시력과 청력이 밝고 분명하며 드시는 것도 평소와 같으니, 이 또한 사징의 효성스러운 봉양이 그렇도록 한 것일 것이다. 이것으로 서문을 삼는다.

孫士澄 【澄】 壽親序

余客昌山之歲丙申, 始與孫君澄士澄交, 獲拜其大人公. 公接余款密, 仍出示其壽親帖. 帖中多知士, 序則曺深齋公爲之. 退則士澄愀然曰:

吾父孝養吾王考, 靡所不用其極, 故雖此壽帖之餘事, 猶盡心焉. 澄之不肖, 雖不能以吾父之事王考者事之, 惟求能言者言, 以序親壽, 如吾父當日之爲, 則心未嘗忘. 今幸遇子, 子其志之. 吾父嗜好文字如嗜芻豢, 苟得子言, 其爲養不啻三牲之供耳.

余曰:

子之大人公, 得深翁文, 斯文金玉也. 可藉以爲悅親, 余則何可當也? 昔曾子養曾晳, 必有酒肉, 將撤必請所與, 問其餘, 雖無曰有. 酒肉之餘以與人, 事之細也, 苟親之欲, 則曾子必致意焉. 有進於此, 則尤可知矣, 此所以爲養志之大也.

今子以親之嗜好也, 必欲得文, 以及於余, 縱余有言, 其如不文何? 然子之心, 固養志之事, 況文字而爲玩味, 尤非酒肉與人之類! 宜子之所盡心也, 余安得不爲之動心? 曾晳嗜羊棗, 曾子不食羊棗. 羊棗非可珍, 而曾晳嗜之, 則爲曾子所愛惜. 夫安知吾之文, 偶爾當於公之心, 如羊棗之於曾晳, 而爲士澄之所愛惜耶? 故聊爲言之, 士澄勉乎哉! 使人人皆曰事親若士澄者可也然後, 爲盡子之職. 其爲壽親, 孰大於是?

公今年七十二, 視明聽聰, 飮啖如常, 是亦士澄孝養攸曁歟? 是爲序.

허중와 중뢰서

許中窩重牢序

성규(晟圭)는 은거하여 덕을 기른 사람은 반드시 장수한다고 들었는데, 이 이치는 두 가지 뜻이 있다. 한 가지는, 은거하는 사람은 정신을 가다듬는 것이 담박하여 속세에 뒤섞이는 근심이 없으니, 실로 오래 장수하는 도이다. 이는 바로 사람들 스스로가 구하는 것이다. 또 한 가지는, 현인이 은거하는 시대는 실로 천지가 막히는 시기이다. 이런 때를 당하여서는 총명한 사람은 탐하여 달려가 다투는 곳에 서로 빠지지만, 은거하는 선비는 그 언행이 족히 유속을 경계하여 떨치게 할 수 있으니, 하늘이 반드시 그 사람을 남겨두어 인심을 유지할 수 있도록 한다. 이것은 하늘이 도와서 그렇게 되는 것이다. 나는 일찍이 이 말을 음미한 적이 있었는데, 이것으로 지금 중와공(中窩公)을 위해 하례를 드린다.

공은 지금 나이가 74세인데, 근력이 강건(強健)하고 정신이 청랑(淸朗)하니, 이는 실로 은거하여 수양한 공이 그렇도록 만든 것이다. 그런데 지금 천하는 혼란스러워 기강이 멸하여 끊어지고 예의가 폐하여 무너짐이 이같이 심하거늘 공은 유독 의연(毅然)히 고도(古道)로 스스로를 지켜, 그 언행이 실로 사람들의 이목에 이미 익히 알려졌다. 가령 하늘이 참으로 이 세상에 뜻이 있다면, 어찌 공으로 하여금 백세토록 살게 하여 이들에게 모범이 되게 하지 않겠는가.

또 공의 일생을 돌아보건대, 그 초년은 실로 우리 조선시대였고, 그 후 40년은 바로 일제에게 치욕을 당하였던 날이었으며, 또 그 후

10년에서 오늘까지는 바로 대한민국이 수립된 시기이다. 그 70년 동안 시운의 변화는 또한 여러 가지로 많아 실로 예측하기 어려우니, 다시 백년 안에 위연히 탄식을 일으켜 예로써 나라를 다스릴 자가 나와 그것을 담당함이 있을 줄 어찌 알겠는가. 그렇다면 그가 와서 법을 취함에 선생을 놓아두고 어떻게 하겠는가. 그렇게 한 뒤에라야 공의 장수가 비로소 하늘의 마음을 받들고, 나라의 경사가 될 것이다.

올해 10월 모일은 바로 공이 혼례를 치른 지 60년인데, 부인 안의인(安宜人) 또한 무양(無恙)하시다. 옛날 공의 선친이신 금주(錦洲) 선생 또한 이런 경사를 누렸으니, 두 세대가 회혼〔回졸〕을 치르는 것은 세상에 드문 일이다. 그러므로 사람들은 모두 공의 집안의 경복(慶福)이라고 다투어 송축을 드린다. 그러나 나는 유독 공의 장수는 세도와 관계된 것이 매우 중대하니, 한 몸이나 한 집안의 경사로 송축을 드리는 것은 잘 축원하는 것이 아니라고 생각한다. 그러므로 이 말을 하여 내가 공을 송축하는 것은 남들과 다른 점이 있음을 밝힌다. 뜰 안에서 색동옷 입고 나풀나풀 춤추는 일과 같은 것은 더욱이 어찌 족히 공의 즐거움이 되겠는가.

공의 장자 섭(涉)이 잔치를 마련하여 경사를 치르는데, 좌중에 모인 사람들이 모두 시를 읊어 공의 장수를 드러내었으니, 성규는 서문을 짓는다.

許中窩重牢序

晟圭聞隱居養德者必壽, 斯理也有二義焉：謂隱居者, 栖神淡泊, 無塵垢淆雜之患, 則固久視之道. 是則人所自求也；謂賢人隱之時, 固天地閉塞之期也. 當此之時, 人之聰明, 胥溺於貪惏趨競之域, 而乃隱居之士, 其言行足以警拔乎流俗, 則天必惄遺其人, 爲之維持人心. 此則天之所助者然也. 余嘗有味乎斯言, 今爲中窩公而獻賀焉.

公今年七十四, 筋骸強健, 神思清朗, 斯固隱居修養之功有以致之者. 而今天下淆亂, 綱紀減絶, 禮義廢壞, 如此之甚, 公獨毅然以古道自守, 其言行, 固已厭屬乎人之耳目矣. 使天苟有意於斯世, 則豈不使公引之百歲以爲矜式乎爾也？

且顧公之一世, 其初載, 固吾鮮之時也, 其後四十年, 乃受辱於異政之日也；又後十年至於今日, 卽民國樹立之期也. 其七十年之間, 時運之變, 固亦屢多焉難測爾, 又安知百年之內, 不有喟然興歎而以禮爲國者出而當之耶？則其來取法, 舍先生, 何以哉？然而後公之壽始奉天之心而爲邦國之慶矣.

今年十月日, 乃公行弧之六十年朞, 而配安宜人亦無恙. 昔公先考錦洲先生, 亦膺此慶, 兩世回弧, 人世之稀事也. 故人皆以公家之慶福爭獻頌. 然余獨以謂公之壽爲關於世道甚重, 以一身一家之慶而獻頌, 非所以善禱也. 故爲此言也, 以明余之所以頌公, 有在乎人人之外也. 若其斑衣彩舞, 翩翩於庭欄之間者, 尤何足爲公之樂也？

嗣子涉設宴以餙慶, 會座者咸有賦章公命, 晟圭序之.

경모계서

敬慕契序

   고(故) 향산(香山) 윤공(尹公)은 조선에 벼슬하여 거제(巨濟) 군수가 되어 정치의 공적이 드러났다. 을사년(1905) 조약이 이루어지는 것을 보고는 벼슬을 그만두고 돌아와 일신(日新)과 덕산(德山) 두 학교를 창립하여 인재를 기르고 교육시켰다. 경술년(1910)에 나라가 합병되자, 이에 나라 안의 지사(志士)들을 규합하여 회복(恢復)을 도모하다가 마침내 몸이 감옥에 갇히게 되었고, 학교 또한 없어지게 되었다. 그러나 그 지업(志業)은 이미 위대하다고 할 만하다.

   공이 돌아가신 지 4년에 우리나라가 광복이 되자, 당시 공과 함께 모임을 결성하였던 여러 사람들은 도약하고 떨쳐 일어나 나랏일에 힘을 다하지 않은 이가 없는데, 공만 참여하지 못하니 이것이 한스럽다. 이에 옛날 덕산 학교의 여러 학생들이 서로 더불어 공의 덕을 사모하여 계(契)를 만들어 잊지 않기로 뜻을 모아 그 첩(牒)에 이름하기를 경모(敬慕)라고 하고, 조군(趙君) 모씨를 시켜 내가 책 끝에 한 마디 말을 해 주기를 청하였다.

   가만히 생각건대, 공이 뜻을 두었던 일은 실로 온 나라가 함께 사모하던 것인데, 더구나 친히 가르침을 받은 덕산 학교 여러 학생들에 있어서랴. 이렇게 잊지 않으려는 일을 하는 것이 마땅하다. 그러나 그 덕을 사모하는 것은 한갓 사모할 뿐만이 아니라, 몸에 돌이켜 스스로 깨끗이 하려고 해야 한다. 한갓 스스로 깨끗이 할 뿐만 아니라, 장차 이것을 견고히 하여 한 세상을 권면해야 할 것이다. 지금 우리나라가 비록 독립하였으나 인심이 무너져 혼란함이 지극하다고 할 만하다. 사(私)만 알고 공(公)을 모르며, 이(利)만 알고 의(義)를 몰라 점점 온 세상이 서로 빠져들게 되었으니, 그러고도 제대로 된 나라가 되는 경우는 예로부터 지금까지 있었던 적이 없다.

대개 향산공이 학교를 세워 인재를 육성한 것은 의로운 마음이었고, 모임을 결성하여 회복하였던 것은 의로운 마음이었다. 우리나라의 광복이 비록 이웃나라의 힘을 빌렸지만, 그 실상은 여러 선배들의 의열(義烈)의 마음이 바탕이 된 것이다. 선배들은 의열의 마음으로 성취하였는데, 후인들은 사리(私利)의 마음으로 무너뜨리니, 어찌 통탄하지 않겠는가.

오직 바라건대, 계중(契中)의 여러분들은 향산공의 마음을 깊이 체득해 의로써 몸을 깨끗이 하여 한 세상을 감화시킨다면 사람들이 보고 느껴서 흥기할 자가 많을 것이고, 세교(世敎)에 보탬이 크다고 할 것이다. 《국어(國語)》에 이르기를, "한 사람이 활을 잘 쏘면, 백 사람이 깍지와 팔찌를 정비한다."라고 하였으니, 제군들은 힘쓸지어다!

敬慕契序

故香山尹公, 仕鮮爲巨濟郡守, 著政績. 見乙巳約成, 解綬而歸, 創立日新、德山二校, 養育人材. 及庚戌國倂, 乃糾結邦內志士, 以圖恢復, 竟身係縲絏, 校亦寢廢. 然其志業, 已可謂偉矣.

公歿後四年, 吾國光復, 凡當日與公同社諸人, 莫不踊躍奮迅, 致力國事, 而公獨不與, 是可恨也. 於是舊德山校諸生, 相與慕公之德, 修契事以志不忘, 而名其牒曰敬慕, 使趙君某請余置一言于卷端.

竊念公志事, 固通國之所共慕, 況德山校諸生, 親被敎雨者哉? 宜爲此不忘之擧也. 然所慕乎其德者, 非徒慕而已, 欲反諸身而自淑也; 非徒自淑而已, 其將固是而風勵一世也. 今吾國雖爲獨立, 人心壞亂, 可謂極矣. 知私而不知公, 知利而不知義, 駸駸然擧一世而胥淪, 然而國之爲國, 自古及今, 未嘗有也.

蓋香山公之建學育英, 義心也; 結社回復, 義心也. 吾國之復, 雖借隣國之力, 其實諸先輩義烈之心, 爲之地也. 先輩以義烈之心而成就之, 後人以私利之心而壞敗之, 寧非痛歎哉?

惟願契中諸君, 深體香山公之心, 淑身以義, 風動一世, 則人之觀感而興起者多, 而於世敎之補, 可謂大矣.《語》曰"一人善射, 百夫決拾", 諸君勉之哉!

발 跋

삼주집발
三洲集跋

에로부터 학술에는 대개 두 가지 종류가 있으니, 경학(經學)과 이학(理學)이다. 이학은 송학(宋學)을 말하고 경학은 한학(漢學)을 말하는데, 두 가지가 서로 지켜온 것은 이미 오래 되었다. 우리나라는 한결같이 송학을 위주로 하였으니, 간혹 경학에 조예가 깊은 사람이라도 결국에는 반드시 송학에 귀결되었다. 그러므로 실로 송학에 조예가 깊으면 그 밖의 것은 책하지 않았다.

나의 족조 삼주공(三洲公)[12] 선생은 이학에 조예가 깊었던 분이다. 저술한 〈심성정도설(心性情圖說)〉, 〈인물성동이변(人物性同異辨)〉, 〈중용수장도설(中庸首章圖說)〉, 〈대학도설(大學圖說)〉 등은 모두 깊은 것을 찾아내고 먼 것을 이루어 터득한 오묘함이다. 만약 자신과 견해가 다르면 비록 선유의 말이라도 반드시 구차하게 같게 하려 하지 않았다.

---

12 삼주공(三洲公): 신호인(申顥仁, 1762~1832)을 말한다. 자는 사길(士吉)·원명(原明), 호는 삼주(三洲), 본관은 평산(平山)이다. 합천 출신이다. 신중규(申重奎)의 아들이고, 송환기(宋煥箕)의 문인이다. 저서로는 《삼주집》, 《대학차의(大學箚疑)》, 《중용차의(中庸箚疑)》 등이 있다.

이것은 이른바 배우기를 좋아하고 깊이 생각하지 아니하면 속인과 더불어 말하기 어렵다는 것이 아니겠는가. 심(心)이 이르면 물(物)이 이른다는 설을 변론하기를, "내 마음이 아는 바가 극진하면 물리(物理)는 절로 능히 그 궁극에 이를 수 있으니, 어찌 심도(心到)와 물도(物到)의 구분이 있겠는가?"라고 하였다. 이것은 내가 일찍이 터득한 것과 도모하지 않고도 서로 합치하였으니, 이에 나는 아침저녁으로 대하여 느낀 것이 있었다. 공은 이(理)를 한결같이 위주로 하였기 때문에 그 밖에는 그다지 힘을 기울이지 않았다. 그러나 그 시문에는 종종 외울 만한 것이 있었으니, 이것 또한 이치가 순하여 기쁘게 자득한 것이리라.

초고(草稿)는 본래 5권이었는데, 열에 둘 셋을 산삭하여 석판으로 인쇄하였고, 비용은 대개 공의 방후손 모든 집안까지 분담하여 내었다. 간행의 일이 한창일 때, 일을 담당한 여러 공들이 내가 교정하는 일에 참여하였다는 이유로 발문을 짓도록 하였다.

가만히 생각건대, 선비가 귀하게 여기는 것은 자득(自得)을 어렵게 여긴다. 실로 자득한 것이 없으면 진부한 말로 실상이 없을 뿐이다. 이 문정(李文正)이 "화담(花潭)은 자득한 오묘함이 있으니, 반드시 재삼 뜻을 지극히 하였다."라고 하였는데, 나는 공에게도 또한 그렇게 말하겠다.

跋

三洲集跋

　　古來學術, 大槩有二, 曰經學也、理學也. 理學謂之宋學, 經學謂之漢學. 二者之相守, 厥已久矣. 吾邦則一主於宋, 間或有深於經者, 其終必歸宿於宋. 故苟能深於理, 則其他不責焉.

　　我族祖三洲公先生, 其深於理者歟! 所著〈心性情圖說〉、〈人物性同異辨[13]〉、〈中庸首章圖說〉、〈大學圖說〉等, 皆鉤深致遠有得之妙. 若與已異, 雖先儒之言, 不必苟同也. 此非所謂"非好學深思, 難與俗人道"者耶? 其辨心到則物到之說, 曰"吾心之所知, 無不盡, 則物理自能到其窮極, 豈有心到物到之分哉?" 此與余曾所見, 不謀而相合, 於斯余有旦暮遇之感焉. 公一主於理, 故其他不深致力. 然其詩文種種有可誦者, 是亦理順而怡然者耶!

　　草稿本五号, 刪其十之二三而付之石印, 費蓋出於公之傍裔全門排捐爾. 役旣張, 當事諸公, 以余與聞於校讎之役, 使置一言於卷後.

　　竊念士之所貴, 自得爲難. 苟無自得, 陳言無實耳. 李文正謂: "花潭有自得之妙, 必三致意焉", 吾於公亦云.

13　辨 : 저본에는 "辦"자로 되어 있으나 "辨"자의 오류로 보고 수정하였다.

우와집발
寓窩集跋

　경종(景宗) 임인(1722) 연간에 영남의 선비들이 신임옥사(辛壬獄事)의 원통함에 대해 대궐에 상소할 때, 진사 우와 선생(寓窩先生) 이공(李公)[14]이 실로 소수(疏首)가 되었는데, 지금까지 명성이 나라 안에 무겁다. 성규(晟圭)는 항상 송모(頌慕)하였으나 그 상소문을 읽어보지 못한 것을 한으로 여겼다. 근간에 공의 후손 필원(弼源) 군이 공의 유고 한 권을 가져와 나에게 교정을 부탁하고, 또 발문을 요구하였다. 원고를 보니 상소문이 있었는데, 그 말은 엄정(嚴正)하고 간측(懇惻)하며, 위언(危言)과 격언(激言)으로 돌아보고 꺼리는 것이 없었다. 이 한 통의 상소문은 공의 일생을 대표할 수 있을 것이다.

　대개 선생의 학문은 《심경》에서 터득한 것이 많았기 때문에 길렀던 것이 커서 만 사람에게 나아갈 용기가 있었고, 이 시문들은 대부분 모두 솔직한 뜻을 표현해 내어 그 사이에 그다지 의도가 없었다. 그러나 또한 간략하고 굳세며, 무성하고 실하여 정(情)의 본원에서 떨어지

14　우와 선생(寓窩先生) 이공(李公) : 이덕표(李德標, 1664~1745)를 말한다. 자는 정칙(正則), 호는 우와(寓窩), 본관은 여주(驪州)이다. 1699년(숙종25) 기묘식년사마시(己卯式年司馬試)에 합격하였다. 1722년(경종2) 신임옥사(辛壬獄事)에 장희빈을 신원할 때 소수(疏首)로 추대되었다. 1725년(영조1)에 영사(領事) 민진원(閔鎭遠) 등의 탄핵을 받아 관서(關西)의 용천(龍川)으로 귀양갔다가 1727년에 유배에서 풀려 고향으로 돌아서는 세상과의 접촉을 끊고 경전을 깊이 탐구하면서 여생을 보냈다. 저서로는 《우와집》이 있다.

지 않아 전칙(典則)을 볼 만하니, 진실로 덕이 있는 사람은 훌륭한 말이 있는 것이다.

숙종(肅宗) 말년으로부터 김춘택(金春澤)의 무리들이 조정에 나열되었으니, 경종(景宗)이 세자의 지위를 보전할 수 있었던 것은 매우 다행이었는데, 즉위함에 미쳐서는 그대로 견제를 당하여 임금다운 노릇을 할 수 없었다. 이런 까닭으로 조중우(趙重遇) 공[15]이 희빈(嬉嬪)에게 융숭하게 보답하라고 상소하였다가 맞아 죽었고, 이어서 세자를 세우라는 의론이 일어났다. 당시 임금의 나이가 겨우 30세 남짓이었고, 왕비는 겨우 20세였는데도 오히려 감히 다방면으로 요청하여 끝내 윤허를 받고서야 그만두었다. 얼마 되지 않아 경종이 승하하였으니, 당시의 의론이 흉흉하였다.

아, 심하도다! 권간(權奸)들의 마음 씀이여. 이에 공도 마침내 모함을 당하여 여러 해 유배당하였고, 인하여 드디어 벼슬에서 물러나 몸을 감추었다. 가령 공이 벼슬에 나아가 조정에서 활동하여 포부를 펼치게 하였더라면, 건건(謇謇)하여 자신을 돌보지 않는 절개[16]가 반드시 남들과 크게 다른 점이 있었을 것이니, 어찌 다만 한 통의 상소로 이름을 이루고 말 뿐이었겠는가. 공의 문집을 읽어보고 세도(世道)에 대한 개탄을 금하지 못할 것이 있었다.

공의 저술이 본래 이 정도에 그치지 않으나 세월이 오래되어 잃어버

---

15 조중우(趙重遇) 공 : ?~1720. 1720년(경종 즉위년)에 왕의 생모로 폐서인이 된 희빈장씨의 작위를 회복시켜 달라는 상소를 올렸다가 결국 옥중에서 맞아죽었다.

16 건건(謇謇)하여……절개 : 《주역》〈건괘(蹇卦) 육이(六二)〉의 효사(爻辭)에 "왕의 신하가 국가의 어려움에 힘을 다해 애쓰는 것이 자기의 몸 때문이 아니다.〔王臣蹇蹇, 匪躬之故.〕"라고 한 데서 온 말이다.

린 것이 많다. 필원 군이 더 오래되면 더욱 잃어버릴까 두려워하여 바야흐로 간행하여 반질하려고 도모하니, 이것이 가상하다. 아울러 적어서 발문에 붙이도록 한다.

寓窩集跋

景宗壬寅年間, 嶺儒顧辨辛獄之冤, 進士寓窩先生李公, 實爲疏首, 而至今名重國中. 晟圭尋常頌慕, 而以未得讀其疏爲恨. 間者公後孫弼源君, 持公遺稿一弓, 屬余考校, 且徵卷後言. 覽稿疏在是矣, 而其辭嚴正、懇惻、危言、激言, 無所顧忌, 此一疏可敵公之一生.

蓋先生之學, 得於《心經》者爲多, 故所養者大, 而有吾往萬人之勇, 而他詩文, 類皆率意寫去, 不甚留意於其間. 然亦簡勁豐實, 不離情之本源, 而典則可觀, 眞有德有言也.

自肅宗末載, 金春澤之黨, 布列朝著, 威福以之, 景宗之得保儲位, 特幸也, 而及卽位, 仍爲鉗制, 君不得爲君矣. 是以趙公重遇疏請嬉嬪崇報, 而被杖殺, 繼而建儲議起. 時上年才三十餘, 壺位僅二十, 猶敢多方要請, 終乃得允而後已. 未幾景宗昇遐, 時論洶洶.

噫, 甚矣! 權奸之用心也. 乃公竟遭搆陷竄逐多年, 仍逯卷而懷之. 使公進而周旋於廊廟之間, 得展其所抱, 謇謇匪躬之節, 必有所大異於人者, 豈但以一疏而成名而已哉? 讀公集, 有不禁世道慨也.

公所著述, 本不止是, 而歲久多放逸. 弼源君恐其愈久愈失, 方謀印頒, 是可尙也. 幷書之, 俾附于集跋.

회천집발
晦川集跋

벗 이군(李君) 온우(溫雨) 자백(子伯)[17]이 그의 선대인(先大人) 회
천공(晦川公)[18]의 유집을 받들고 찾아와 발문을 요구하였다. 성규(晟
圭)는 회천공을 비록 뵙지는 못하였지만 많은 사람들의 칭송을 들은
것은 익숙하다. 공은 좌협(左脇)으로 태어났다고 들었고, 공은 지금의
고인(古人)이라고 들었으며, 또 공은 상수학(象數學)에 조예가 깊다고
들었다.

지금 공의 문집을 읽어보니, 그 문장은 질박(質樸)하면서 조탁하지
않았고, 그 말은 간담(簡淡)하여 부화한 것이 없었다. 또 덕성을 함양하
여 곤궁함을 마음에 두지 않았으니, 그 사람의 고고(高古)함을 볼 수
있다. 유독 괴이하기는, 상수학을 발명한 한 마디 말도 없으니, 이것은
무슨 까닭인가. 발명하지 않았을 뿐만 아니라, 도리어 그것을 경계한
것이 있는데, "이치가 있는 곳에는 비록 백세 뒤의 일이라도 미리 알
수 있지만, 상수와 관련된 것은 비록 하루의 일이라도 미리 알 수 없다."
라고 하였다. 또 강절(康節)이 《주역》으로 점사(占辭)를 만든 것을 의
심하고 있다. 이런 모든 말은 어찌 앞서 들었던 것과 다른 것인가.

그러나 자백이 지은 가장(家狀)에, "공은 박만송(朴晚松)[19]에게 나아

---

17 이군(李君) 온우(溫雨) 자백(子伯) : 이온우(李溫雨)를 말한다. 자는 자백(子伯),
호는 용문(龍門), 본관은 경주(慶州)이다. 심재(深齋) 조긍섭(曺兢燮)의 문인이다.

18 회천공(晦川公) : 이규진(李圭鎭, 1921~?)을 말한다.

19 박만송(朴晚松) : 박원기(朴源箕)를 말한다. 자는 주현(周賢), 호는 만송(晚松),

가 괘(卦)를 만들고 상(象)을 보아서 길흉을 판단하는 이치를 터득하였다."라고 하였고, 또 이르기를, "공은 노소눌(盧小訥) 선생[20]의 처소에서 수승율(數升栗)을 암산하여 하나도 어긋나지 않았다."라고 하였다. 문암(文庵) 손후익(孫厚翼)[21]이 공에 대한 제문에서, "조화(造化)의 작용과 기수(氣數)의 운행에 미묘하여 형상할 수 없는 것과 변화하여 잡을 수 없는 것을 공이 스스로 감당하였다."라고 하였다. 자백(子伯)은 공의 아들이고 문암공의 집우(執友)[22]이니, 그렇지 않은 것을 그렇다고 하겠는가. 이것은 또 어찌 공이 스스로 말한 것과 다른 것인가. 노자(老子)가 "말하는 사람은 알지 못하고, 아는 사람은 말하지 않는다."라고 하였으니, 공은 아마 여기에 대해 참으로 알았던 것이 있어서 말하지 않았던 것인가.

예로부터 상수학(象數學)은 강절(康節)[23]을 최고로 추대하는데, 그

본관은 밀양(密陽)이다.

20 노소눌(盧小訥) 선생 : 노상직(盧相稷, 1855~1931)을 말한다. 자는 치팔(致八), 호는 소눌(小訥), 본관은 광주(光州)이다. 김해시 생림면(生林面) 금곡리(金谷里)에서 태어났고, 1879년 선대부터 살았던 창녕 국동(菊洞)으로 이주하였다. 성재(性齋) 허전(許傳, 1797~1886)의 문인이다. 밀양시 단장면 무릉리의 자암서당(紫巖書堂)에서 18년간 기거하며 학문 활동을 하였다. 저서로는 《소눌집》, 《역대국계고(歷代國界考)》, 《역고(曆考)》, 《육관사의목록(六官私議目錄)》, 《심의고증(深衣考證)》, 《주자성리설절요(朱子性理說節要)》 등이 있다.

21 문암(文庵) 손후익(孫厚翼) : 손후익(孫厚翼, 1888~1953)을 말한다. 호는 문암(文巖), 본관은 경주(慶州)이다. 장석영(張錫英)의 문인이다. 저서로는 《문암집》이 있다.

22 집우(執友) : 뜻을 같이 하는 벗을 말한다.

23 강절(康節) : 소옹(邵雍, 1011~1077)의 시호이다. 자는 요부(堯夫), 호는 안락(安樂)이다. 이정지(李挺之)에게 도가의 도서선천상수(圖書先天象數)의 학을 배워 신

가 장자후(張子厚)[24]에게 이르기를, "그대가 나의 학술을 배우려 한다면 10년은 정좌하여야 할 것이다."라고 하였으니, 그 학술은 말로 전할 수 없는 것임을 볼 수 있는데, 세상에 전하는 관매역(觀梅易)[25]을 보면, 어찌 그리 천박함이 심한가. 어찌 후인들이 억지로 가져다 붙인 것이 아니겠는가. 이것을 공이 의심하였던 것이다. 그러나 강절이 강절이 되는 이유는 상수학의 정심(精深)에 있는 것이 아니라, 인품의 고상함에 있다. 그렇지 않다면 곽박(郭璞)[26]이나 진단(陳摶)[27]같은 무리들이 어찌 강절보다 못했겠는가. 그렇다면 공의 문집을 읽음에 상수학을 논할 필요가 없고 다만 인품의 고상함만 논한다면 거의 어긋나지 않을 것이다.

비적인 수리 학설(學說)을 세웠다. 저서로는《황극경세서(皇極經世書)》,《격양집(擊壤集)》이 있다.

24 장자후(張子厚) : 장재(張載, 1020~1077)를 말한다. 자는 자후(子厚), 호는 횡거(橫渠), 시호는 헌공(獻公)이다. 송대 이학(理學)을 창시한 북송오자(北宋五子) 중한 사람이다. 관중(關中)에서 강학하였으므로 그의 학문을 '관학(關學)'이라 부른다. 그의 기일원론은 청대 왕부지(王夫之)와 대진(戴震) 등에 의해 계승·발전되었으며, 인성론(人性論)은 주회에게 영향을 주었다.

25 관매역(觀梅易) : 소옹(邵雍)이 저술한 매화수(梅花數)를 이른다.《邵康節 易數一撮金》

26 곽박(郭璞) : 진(晉)나라 사람으로, 곽공(郭公)에게서 청낭서(靑囊書)라는 비서(秘書)를 받고부터 오행(五行)·천문(天文)·복서(卜筮)를 환하게 알게 되었다고 한다.

27 진단(陳摶) : ?~989. 북송(北宋) 때의 도사(道士)로 화산(華山)에 은거했고 희이 선생(希夷先生)이라 불렸다.

晦川集跋

友人李君溫雨子伯，奉其先大人晦川公遺集來，要置一言於卷尾．晟主於晦川公，雖未得奉拜，聽於輿人之誦則熟矣．聞公左脇生，聞公今之古人，又聞公深於象數之學．

今讀公集，其文質樸而不雕繪，其言簡淡而無浮華．又其晦養德性，不以窮困介乎心，可見其人高古矣．獨怪夫無一言發明象數，是何故也？不惟不發明，反有以戒之者，曰：“理之所在，雖百世之事，可以逆知；數之所關，雖一日之事，不可以逆知．”又以康節之用《易》作占辭爲疑．凡此之言，何其與前所聞者有異也？

然子伯之狀，曰：“公就朴晚松，得設卦觀象以斷吉凶之理”，又云：“公於盧小訥先生所，默算數升栗，不錯一介．”孫文庵厚翼祭公文，曰：“造化之機緘、氣數之旋斡，微妙而不可形者、轉移而不可捉者，公自勘去．”子伯公之肖子，文庵公之執友，夫其不然而謂之其然耶？是又何與公自言者有異也？老子曰：“言者不知，知者不言”，公殆有眞知於斯而不之言也耶？

古來象數之學，最推康節，其語張子厚曰：“子欲學吾術，可十年靜坐”，可見其術之不可以言傳，而觀世所傳觀梅易，何其膚淺之甚也？豈後人之附會歟？此公之所致疑者也．然康節之爲康節，不在象數之精深，而在乎人品之高．不然郭璞、陳搏輩，何下康節哉？然則讀公集，不必論象數之學，而但論人品之高，則庶乎其不差矣．

홍연천의 연광정연구서 뒤에 쓰다 소천 이규철 우당 김수룡
書洪淵泉鍊光亭聯句序後 小泉李圭澈 尤堂金洙龍

  병오년(1966) 신정에 나는 대구에 있으면서 이소천(李小泉)을 방문하여 《연천집(淵泉集)》을 함께 보다가 그가 지은 〈연광정연구서(鍊光亭聯句序)〉를 읽었다. 연천(淵泉)[28]이 이극원(李屐園)[29]·홍담녕(洪澹寧)[30]과 함께 연광정에 올라 김황원(金黃元)의 시[31]를 이어서 완성하고

---

28 연천(淵泉) : 홍석주(洪奭周, 1774~1842)의 호이다. 자는 성백(成伯), 본관은 풍산(豐山)이다. 1795년(정조 19) 문과에 급제하고, 벼슬은 의정부 좌의정에 이르렀다. 저서로는 《연천집》이 있다. 시호는 문간(文簡)이다.

29 이극원(李屐園) : 이만수(李晚秀, 1752~1820)를 말한다. 자는 성중(成仲), 호는 극옹(屐翁)·극원(屐園), 본관은 연안(延安)이다. 1819년 예조판서에 이어 1820년 수원유수로 나갔다가 그곳에서 죽었다. 저서로는 《극옹집》이 있다. 시호는 문헌(文獻)이다.

30 홍담녕(洪澹寧) : 홍의호(洪義浩, 1758~1826)를 말한다. 자는 양중(養仲), 호는 담녕(澹寧), 본관은 풍산(豐山)이다. 1784년(정조8) 정시문과에 병과로 급제, 초계문신(抄啓文臣)에 선발되고 지평·집의·응교 등을 거쳐, 동부승지, 호조·예조·공조의 참판을 역임하였다. 저서로는 《담녕집》이 있다. 시호는 정헌(正憲)이다.

31 김황원(金黃元)의 시 : 김황원(金黃元, 1045~1117)은 고려시대의 문신·시인이다. 자는 천민(天民), 본관은 광양(光陽)이다. 일찍이 문과에 급제하여 예부시랑(禮部侍郎)·한림학사(翰林學士) 등을 지냈다. 김황원은 평양 부벽루에 올라가서 그곳에 걸린 평양의 산천을 읊은 시구들이 한결같이 신통하지 못하다고 모두 태워버렸다. 그리고, 스스로 시를 지어 걸기로 작정하였다. 그러다가 해가 질 무렵에야 겨우 "긴 성 한쪽에는 굽이굽이 물이요, 큰 들 동쪽 끝에는 점점이 산이로다.〔長城一面溶溶水, 大野東頭點點山.〕"라는 시 한 구를 얻었다. 그러나 끝내 그 짝을 채우지 못하고 통곡을 하며 내려왔다는 일화가 전한다. 시호는 문절(文節)이다.

서문을 지은 것이다. 그 시는 다음과 같다.

긴 성 한쪽에는 굽이굽이 물이요   長城一面溶溶水
큰 들 동쪽 끝에는 점점이 산이로다   大野東頭點點山
만호 누대가 하늘 중천에 솟아   萬戶樓臺天畔起
사시에 풍악 소리 달 속으로 돌아가네   四時歌吹月中還
바람과 안개는 강호 위에 그치지 않고   風烟不盡江湖上
시구는 오래도록 우주 사이에 남았도다   詩句長留宇宙間
황학 천년에 사람은 이미 멀어졌는데   黃鶴千年人已遠
석양에 배는 백운만으로 돌아오네   夕陽回棹白雲灣

    제1연은 바로 김황원의 시이고, 그 아래 3연은 세 사람이 차례로 지은 것인데, 스스로 옛사람에 뒤지지 않는다고 여겼다.

    그러나 내가 보건대, '만호 누대가 하늘 중천에 솟아'라는 것이 어찌 유독 연광정에만 해당되는 시이겠는가. '시구는 오래도록 우주 사이에 남았도다.'라는 것은 완전히 두보의 시를 사용한 것이니, 그럴 필요가 없다. 오직 연천이 처음 지었던 말연에서 '천년의 문장 지금 벽에 합당하고, 대동강 위엔 초생달 비추네.'라고 한 것은 김황원의 싯구와 대적할 만한데, 극원에 의해 고치게 되었으니, 애석함을 말로 할 수 있겠는가! 연천 또한 극원의 강요에 의한 것이라고 그 아래에 적었다. 그러나 끝내 처음 지었던 것을 잊지 못하였으니, 대개 저것을 이것과 바꾸려 하지 않았던 것이다.

    소천이 나에게 다시 김황원의 시를 이어서 지으라고 요구하기에, 내가 우선 고심해 읊다가 이루지 못하고 그만두었다. 다음날 저녁에 소천이 김치당과 함께 와서 나에게 이어서 지으라고 강요하기에, 내가 제3연을 얻었는데, "지금까지 산수에는 영령이 남았으니, 길이 문장으로 하여금 통곡하며 돌아가게 하네."라고 하였다. 소천이 "영령(英靈)은 상량(商量)이 합당하겠네."라고 하자, 치당이 "의연(依然)이 어떠하겠는가?"라고 하기에 내가 수긍하였다. 제2연과 말연은 끝내 이루지 못하였다.

새벽에 꿈에서 깨려할 때, 갑자기 시정이 생각 나 싯구를 이루었는데, 2연은 "황학이 천 년 전에 떠나고 난 뒤, 흰 구름만 종일토록 한가로이 떠다니네."라고 하였고, 말연에는 "하늘이 홍랑을 보내어 두 구절 벽에 합당하게 하였으니, 대동강 위엔 초생달 비추네."라고 하였다. 아침을 먹고 즉시 소천에게 가서 "내가 싯구를 얻었네."라고 하고 외우니, 소천이 "2연의 구절은 어찌 연천보다 못하겠는가. 천견(天遣)은 과시(果是)로 고치는 것이 합당하겠네."라고 하였다. 내가 과이(果以)로 바꾸는 것이 좋겠다고 하였다. 소천이 드디어 한 구를 읊기를, "백운과 황학은 자연스레 이루어진 구절이니, 어찌 유독 홍랑만 알맞게 지었다고 하랴."라고 하였고, 치당이 또 붓을 떨치며, "가령 우리들이 누대에 올라 읊었다면, 어찌 김생이 통곡하며 돌아갔던 것을 본받으랴."라고 하였다.

내가 이르기를, 소천은 너무 남을 인정하고, 치당은 지나치게 스스로를 기대했을 뿐이다. 내 시는 단지 연천의 뜻을 드러내었을 뿐이니, 어찌 감히 고인을 속이겠는가. 그러나 우리들이 연광정에 올랐더라면, 그 강산과 풍물이 시를 구사하게 하여 실로 마땅히 한 품격을 더하게 했을 것인데, 남북으로 막혀있어 가려 해도 말미암을 길이 없다. 단지 황폐하고 적막한 물가에서 읊조려 그 기력(氣力)을 조금도 떨칠 수 없었으니, 치당의 뜻이 참으로 슬프다. 비록 그러하나 지금 천하가 혼란스러운지 오래 되었는데, 한 번 혼란하면 한 번 다스려 질 것이니, 훗날 연광정 위에 우리 세 사람이 노닐던 자취가 있지 않을 줄 어찌 알겠는가. 우선 이렇게 써서 기다린다.

書洪淵泉鍊光亭聯句序後【小泉李圭澈 疣堂金洙龍】

丙午新正, 余在達句, 訪李小泉, 共覽《淵泉集》, 讀其所爲〈鍊光亭聯句序〉. 淵泉與李展園、洪澹寧, 登鍊光亭, 續成金黃元詩, 而淵泉序之也. 其詩"長城一面溶溶水, 大野東頭點點山. 萬戶樓臺天畔起, 四時歌吹月中還. 風烟不盡江湖上, 詩句長留宇宙間. 黃鶴千年人已遠, 夕陽回棹白雲灣". 第一聯乃金黃元詩, 而其下三聯, 三人次第拈韻, 而自以爲不下古人.

然以余觀之, "萬戶樓臺天畔起", 豈獨鍊光亭詩耶? "詩句長留宇宙間", 全用老杜詩, 不必爾也. 惟淵泉初作末聯"千載文章今合壁, 大同江上月如彎", 可敵長城、大野之句, 而爲展園所改易, 可勝惜哉! 淵泉亦以爲被展園所强, 題名其下. 然終不忘初作, 蓋不欲以彼易此也.

小泉要余更續黃元詩, 余姑沈吟未就而罷. 翌夕小泉與金疣堂偕來, 强余續之, 余得第三聯"至今山水英靈在, 長使文章痛哭還." 小泉曰:"英靈字, 合商量", 疣堂曰:"依然字何如?" 余頷之. 第二聯末聯, 終未就.

曉夢將醒, 倏然意到而成章, 二聯曰"黃鶴千年歸去後, 白雲終日往來間", 末聯曰"天遣洪郎雙合壁, 大同江上月如彎". 早飯卽往小泉, 謂曰:"我得矣", 誦之, 小泉曰:"白雲黃鶴之句, 何遜淵泉? 天遣字, 當改果是." 余替果以可. 小泉遂占一韻曰"白雲黃鶴天然句, 豈獨洪郎得意題?" 疣堂又奮筆曰"假令吾輩登樓賦, 豈效金生痛哭歸?"

余謂:小泉太許人, 疣堂過自期爾. 吾詩只是表章淵泉之意耳, 豈敢欺古人? 然使吾輩得上鍊光亭, 則其江山風物之所驅使詩, 固當更長一格, 而乃南北阻隔, 欲從末由. 祇得謳吟於荒間寂寞之濱, 不能小振其氣力, 疣堂之意, 誠悲矣哉! 雖然今天下之亂久矣, 一亂則一治, 安知他日鍊光亭上, 不有吾三人之遊跡耶? 姑書此而俟.

박학현 수모첩 뒤에 쓰다

書朴學現壽母帖後

　자식은 부모에게 대해 그 지극함을 다하지 않음이 없다. 그러므로 비록 혹 지나친 행실인 넓적다리를 베고 시묘살이 하는 일 같은 것을 고인들이 모두 채록해서 드러내어 효자의 마음을 밝혔으니, 반드시 이와 같이 한 뒤에야 쾌하게 여겼던 것이다.

　박군(朴君) 재문(在文) 학현(學現)은 13세 때 손가락을 베어 어머니의 목숨을 연장시켰고, 어머니의 팔순에 미쳐 안주와 술을 성대하게 마련하여 기쁘게 해드렸다. 수시(壽詩) 수 백 편을 얻고는 이어서 서(序)·발(跋)·찬(贊)·송(頌) 수십 편을 더 구하여 얻었다. 어머니께서 돌아가시고는 그만둘 만한데, 이에 천리 길을 찾아와 나에게 첩후(帖後)를 지어달라고 요구하였으니, 무릇 공이 하는 것은 행실에 지나치다고 하겠다. 또 그의 효성스런 생각과 먼 조상을 추모하는 마음을 미루어 정자공(正字公)으로부터 이하 누세의 산일(散逸)된 행적을 채록하고 모아서 나라 안의 여러 명사들을 두루 찾아뵈어 모든 사람들에게 문장을 구하는 번거롭고 복잡한 일을 싫어하지 않았으니, 어찌 군의 마음은 반드시 이와 같이 한 뒤에야 쾌하게 여기기 때문이 아니겠는가. 그러나 효는 정성을 귀하게 여긴다. 군이 손가락을 베었던 것은 순전히 정성이었기 때문에 어머니의 목숨을 연장시켰으니, 이것을 서술할 만하다. 도(禱)·송(頌)·서(序)·발(跋)·명(銘)·지(誌)와 같은 것들은 한결같이 문장에 속하니, 문장은 헛되이 꾸미는 데로 흐르기가 쉽다. 처음은 비록 정성에서 나왔더라도 헛되이 꾸미는데 흐른다면 군자가 나무라게 될 것이다. 군이 또 효의(孝義)를 부연함에 도도하게 수천 마디를 한 목소리로 제창한 것이 마치 물이 흐르는 듯하였으니, 군은 효의 도에 대해 깊이 궁구했다고 할 만하다. 그러나 정성과 꾸밈의 구분에 있어 혹 뚜렷하지 못하여 군자의 나무람을 당할까 두렵다. 그러므로 이렇게 써서 고하여 첩의 뒤에 붙이도록 한다.

書朴學現壽母帖後

子之於父母, 無所不用其極. 故雖或行之過者, 如刲股、廬墓之事, 古人皆採而著之, 以明孝子之心, 必如是而後, 恔焉已耳.

朴君在文學現年十三, 斫指延母命, 及母年八十, 盛設肴酒供歡. 得壽詩數百首, 仍益求得序、跋、贊、頌數十篇. 母歿則可以已矣, 而乃千里來徵余文叙帖後, 凡君所爲, 可謂過於行爾. 且推其孝思、追遠, 自正字公以下, 累世行績之散逸者, 採而輯之, 歷謁邦內諸名士, 欲盡人求文, 不厭煩複, 豈君之心必如是而後恔焉矣乎?

然孝貴於誠. 君之斫指, 純是誠, 故幸延母命, 是可述也. 如禱、頌、序、跋、銘、誌之類, 一歸於文, 文易於流虛. 始雖出於誠, 流於虛文, 則君子譏焉矣. 君又敷孝義, 滔滔數千言, 一喉提唱如流, 君於孝之道, 可謂究之深. 然於誠與文之分, 或未了然而恐蒙君子之譏. 故書此誃之, 俾附于帖後.

자설 字說

이종한 자설
李鍾漢字說

　나의 벗 이종한(李鍾漢) 군이 그의 자(字)인 여장(汝章)으로 나에게 설명을 요구하였다. 나는 다음과 같이 말한다.

　그대가 취하여 자로 삼은 것은 〈역복(棫樸)〉의 시에 이른바 "큰 저 운한(雲漢)이여, 하늘에 문장이 되었도다."라고 한 것으로 뜻을 삼은 것이 아니겠는가. 이것이 그대가 나로 하여금 그 문장의 뜻을 말해 주기를 원한 것일 터인데 실로 내가 능하지 못하고 또한 내가 말하기 싫어하는 것이다. 비록 그러하나 도리어 또한 말할 만한 것이 있으니, 청컨대 말해 보겠네.

　아, 지금의 시대는 옛날이 되지 못함을 알 수 있을 것이다. 옛날 사람은 문채가 드러나는 것을 싫어하였다. 이 때문에 충신(忠信)을 위주로 하였으니, 도를 행하여 터득함이 있으면 그 문채가 드러나는 것은 단지 자연스러운 효과였을 뿐인데, 어찌 일찍이 그 힘을 쏟아서 한 적이 있었던가. 그 사이에 혹 문채를 높여 말한 것이 있기도 하지만, 또한 "문채는 바탕과 같고 바탕은 문채와 같다."라고 하는데 그쳤고, 충신의 바른 위치를 빼앗아 말한 적은 없다. 지금 시대는 이것과 달라,

숭상하는 것은 사(辭)이고, 흠모하는 것은 외면이어서 충신은 헛된 기물이 될 따름이다. 그 사이에 또한 혹 본질을 숭상하여 말한 것이 있지만, 도리어 "선배들은 예악(禮樂)에 대하여 촌스러운 사람이다." 라고 하니, 저것을 오히려 어찌 말하겠는가. 아, 지금의 시대는 옛날이 되지 못함을 알 수 있다.

지금 여장은 그 사람됨이 옛날에 나아갈 수 있는 사람인가. 재주에는 짧고 덕에는 남음이 있다. 재주에 짧기 때문에 외면에 부려지지 않고, 덕에 남음이 있기 때문에 능히 내면으로 지킨다. 실로 덕에 남음이 있는 것을 더욱 채워 그 짧은 것을 발휘한다면 옛날에 나아가지 못함을 어찌 걱정하겠는가. 그러나 내가 보기에, 여장의 뜻은 나의 말에 대하여 의심이 있는 것 같으니, 어째서인가? 짧은 것에 곤란을 당하여 그 남음이 있는 것을 소홀히 하여 도리어 외면에 움직임이 있어서 그러한 것이 아니겠는가. 다시 앞서 말했던 것으로 반복하노니, 옛날 경전에서 문채를 말한 것으로는 《시경》보다 많은 것이 없다. 지금 장차 한 두 가지로 살펴보자면, "비단옷에 엷은 옷을 걸치셨네."라고 한 것이 있는 데, 해석하면 그 문채가 드러나는 것을 싫어한다는 것이다. "흰 비단으로 채색을 한다."라고 한 것이 있는데, 해석하면 예가 뒤의 문제라는 것이다. 충신이 이에 돌아갈 곳을 알 수 있을 것이다.

〈역복〉의 시는 비록 옛날에는 그 설명이 없지만 말로써 뜻을 미루어 보면 어찌 다름이 있겠는가. 저 운한(雲漢)의 속성은 단지 담연히 조금 밝을 뿐, 빛이 나 성대하게 드러나는 문채가 없는데, 시인이 취한 것은 바로 여기에 있으니, 그 뜻이 있는 곳은 그렇지 않겠는가.

오직 바라건대, 여장은 충신(忠信)을 위주로 하여 드러나지 않게 스스로를 닦는다면, 그 지극해 지는 날에는 반드시 담연히 드러나는 것이 있을 것이다. 비록 지금의 시대에는 어긋나더라도 옛 사람이 일삼은 것은 이와 같았을 뿐이니, 여장이여, 힘쓸지어다!

字說

李鍾漢字說

余友李君鍾漢, 以其字汝章者, 要余爲說. 余曰:

子之所取而爲表德者, 不以〈棫樸〉之詩所謂"卓彼雲漢, 爲章于天"者而爲之義乎? 是則子欲使我言其文章之旨乎, 固吾所未能也, 亦吾所厭道者也. 雖然顧亦有可言者矣, 請言之.

噫! 今時之不爲古, 可以知矣. 古之人, 惡其文之著也. 是以以忠信爲主, 行道而有得焉, 則其文之著也, 特自然之效矣, 曷嘗肆其力而爲哉? 其間或有右文而言者, 亦止曰"文猶質也, 質猶文也", 而未嘗奪忠信之正位而言者也. 今之時則異於是矣, 所尙者辭, 所慕者外, 而忠信爲虛器而已. 其間亦或有尙本質而言者, 猶曰"先進之於禮樂野人", 他尙何說哉? 噫! 今時之不爲古, 可以知也.

今汝章, 其人其可進於古者耶? 短於才, 而有餘於德. 短於才, 故不外役; 餘於德, 故能內守. 苟益充所餘而發揮其所短, 何憂乎其不進於古也? 然而余觀汝章之意, 若有疑於吾言, 何也? 無乃困於所短, 忽其所餘, 反有動於外而然歟? 更以前所言者, 反復之, 古經之言文, 莫多於《詩》矣. 今且一二以觀之, 有曰"衣錦褧衣", 而釋之則謂惡其文之著也. 有曰"素而爲絢", 而釋之則謂禮後乎! 忠信於是可以知其所歸也.

〈棫樸〉之詩, 雖古無其說, 以辭推意, 庸有異乎? 彼雲漢之爲物也, 只淡然微明而已, 未有輝煌盛著之文, 而詩人之所取, 乃在於此, 則其旨之所在, 不其然乎?

惟願汝章以忠信爲主, 闇然而自修焉, 則其至之日, 必有淡然而著者矣. 雖違於今之時, 古人之所事, 則如是而已, 汝章勉之哉!

내질 안정수 자설
內姪安政洙字說

옛날 내가 약관(弱冠)의 나이였을 때, 외가에서 독서하며 내질(內姪) 가경(家卿)과 함께 공부하였다. 가경은 독서할 때 뜻을 미루어 찾는 것에는 단점이 있었지만, 모름지기 주관하여 판단하는 재주가 있었고, 또 효도와 우애의 실상에 대해서는 내가 더욱 심복하였다. 그 뒤 외가의 길흉사에 나는 매번 참석하였는데, 군이 그 사이에 주선하면서 담당하고 지휘하여 일에 구차하거나 소홀함이 없는 것을 보고, 마음속으로 가경은 정사(政事)에 나아갈 수 있는 사람인가 라고 생각했었다. 공자께서 "효도하며 형제간에 우애로운 것, 이것이 정사(政事)를 하는 것이다."라고 하였으니, 공자께서 어찌 나라를 다스리고 천하를 평안하게 하려고 하지 않았겠는가마는, 이런 말씀을 하셨던 것은 대개 세상을 슬퍼하였던 뜻이었다.

지금 시대는 쇠퇴하였다. 나아가 스스로를 파는 사람은 모두다 권세와 이익을 도모하고 계산하여 자신의 사사로움을 살찌울 뿐이니, 어찌 다시 자중하여 부끄러움이 있는 선비가 있겠는가. 그러나 어찌 모두 그 사람의 허물이라 하겠는가. 또한 시대가 그렇게 만든 것이다. 불행하게 이런 시대에 태어났으니, 마땅히 효도와 우애로 스스로를 닦아 그 집안을 바르게 할 뿐이니, 어찌 가볍게 세상의 근심을 범하여 자신에게 누를 끼치겠는가.

그러나 공자께서 이미 이와 같이 말씀하였으나 네 과목을 논할 때는 반드시 염유(冉有)와 계로(季路)에 대해 정사로써 인정하였으니,[32] 요컨대 여러 제자들 가운데 어려움을 구제하는 재주와 시행하는 계책에 대해서는 오직 두 사람이 유독 그 능력을 발휘할 수 있었다. 그러므로 훗날 자신들의 뜻을 말할 때, 바로 능한 것으로 대답하였으니,[33] 그 실제로 터득한 것과 실제로 사용한 것에 반드시 일삼은 것이 있었던 것이니, 공허한 말일 뿐이 아니었다. 모르겠으나, 가경은 집안을 다스리는 나머지에 백성을 풍족하게 하고 향할 곳을 알게 하는 방법을 마땅히 어떻게 하면 좋을 지 생각하고 있는가. 그 방법을 알고자 한다면, 또한 앞사람들의 말씀과 행실을 많이 알아 그 뜻을 밝히고 그 재주를 채워서 실용에 이루는 것에 달려 있을 뿐이다.

가경이 일찍이 나에게 자신의 자에 대한 설을 요구하였다. 나는 생각하기를, 가경은 염유와 자로의 과목에는 나아갈 수 있으나 앞사람들의 말씀과 행실에 대해서는 다 알지는 못한 것이 있을 것이다. 그러므로 이것을 적어서 준다. 군의 이름은 정수이고, 가경은 그의 자이다.

---

32 네 과목……인정하였으니 : 네 과목은 공문(孔門)의 뛰어난 제자들을 분류한 네 가지 분야를 말한다. 《논어》〈선진(先進)〉에 "덕행은 안연(顏淵)·민자건(閔子騫)·염백우(冉伯牛)·중궁(仲弓)이요, 언어는 재아(宰我)·자공(子貢)이요, 정사는 염유(冉有)·계로(季路)요, 문학은 자유(子游)·자하(子夏)이다."라고 하였다.

33 훗날……대답하였니 : 공자가 제자들의 뜻을 물었을 때, 자로는 백성들을 3년 안에 용맹하게 만들고 향할 곳을 알게 하겠다고 대답하였고, 염구는 3년 안에 백성들을 풍족하게 하겠다고 대답하였던 것을 말한다. 《論語 先進》

內姪安政洙字說

昔余弱冠時, 讀于外庭, 與內姪家卿共學. 家卿讀書, 短於推尋, 而要有幹辦之材, 又其孝友之實, 尤心所服. 其後外黨吉凶之事, 余每往參, 見君周旋其間, 句當指揮, 事無苟簡, 心以爲家卿可進於政事者耶? 孔子曰"惟孝, 友于兄弟, 斯其爲政", 孔子豈不欲治平哉? 爲此言者, 蓋哀世之志也.

今世衰矣. 出而自售者, 一切謀權計利, 肥己之私而已, 豈復有自重有恥之士哉? 然此豈皆其人之過哉? 亦時使之然也. 不幸生斯世也, 則當以孝友自修, 正其家焉耳, 豈可輕犯世患, 以累其身也?

然孔子旣言如是, 而及論四科, 必以冉有、季路許政事, 要其濟艱之才、施設之策於諸子之中, 惟二子獨擅其能焉. 故他日言志, 卽以所能對之, 其實得實用, 必有所事, 非空言而已也. 未知家卿於政家之餘, 思其足民、知方之術, 當如何則可也? 欲知其術, 亦在多識前言、往行, 以明其志, 以充其材, 以濟於實用而已.

家卿嘗要余爲表德之說. 余惟家卿可進於冉、由之科, 而於前言、往行, 有所未盡識者. 故姑書此以贈之. 君名政洙, 家卿其字也.

사위 이지형 자설

李壻簁衡字說

사위 이지형(李簁衡)이 그의 자를 지어달라고 청하기에, 내가 "죽부 (竹夫)가 좋을 것이다."라고 하였다. 또 그에 대한 설명을 청하기에, 내가 다음과 같이 말한다.

유자(有子)가 말하기를, "예(禮)의 용(用)은 화(和)가 귀함이 된다." 라고 하였고, 마지막에 "예로써 절제(節制)하지 않는다면 이 또한 행할 수 없는 것이다."라고 하였다. 지(簁)는 악기이니 음악은 조화를 위주 로 하고, 죽(竹)은 마디가 있는 물건이니 마디는 예에 견준다. 대나무 로 만든 악기가 지이니, 이것은 예(禮)의 용(用)이 조화로운 것이리라. 그러나 조화만 알고 절제를 잃으면 또 어찌 족히 말할 것인가?

지형은 고상하고 깨끗한 선비이다. 바야흐로 나아가 세상에 쓰이니, 화의 도를 사용하지 않을 수 없다. 그러나 능히 예로써 스스로 지켜 시속에 따라 부앙하지 않은 뒤라야 귀할 만 할 것이다. 지금 세상의 도는 온통 쇠락하여 가장 두려워할 만한 일은 검속하고 방비함이 없는 것이다. 그러므로 유자의 말로써 죽부를 위해 힘쓰게 하노라!

李婿篪衡字說

李婿篪衡請其表德, 余曰:"竹夫其可乎!"又請其說, 余曰:

有子曰:"禮之用, 和爲貴." 終之曰:"不以禮節之, 亦不可." 篪樂器, 樂主和; 竹節物, 節比禮. 竹之樂爲篪, 是禮之用和者耶! 然知和而失其節, 則又何足道也?

篪衡雅潔之士也. 方出而需世, 不得不用和之道. 然能以禮自持, 不隨俗浮沈, 然後乃可貴耳. 今世道靡靡, 最可畏者, 無檢防. 故用有子言, 爲竹夫勉焉!

이희규 자설

李熙奎字說

　내 이생(李生)이 석진(席珍)[34]이 되는 것을 보니 빛나고 온화하여 영채(英彩)가 남을 비추고, 저 규성(奎星)이 하늘의 문장이 되는 것을 보니 밝고 뚜렷하게 빛이나 광채가 특별하다. 사람이 취하여 비유로 삼는 것은 바로 유사하기 때문이니, 그대를 규성과 짝지우는 것에 어찌 이견이 있겠는가. 규성은 문장을 담당한 별인데 그대의 이름으로 삼았으니, 실로 그대의 자는 문(文)이 마땅할 것이다. 더구나 그대의 집안은 대대로 문학에 독실하고, 또 다시 장서(藏書)가 만권이나 되니, 생각건대 저 규성이 그대의 집을 항상 비추어 그대가 태어날 때 정백(精魄)을 던져 주었음에랴.

　대개 들으니, 군자는 외면의 아름다움으로써가 아니라, 내면으로 그 덕을 온축해서 문채가 이에 시작한다고 한다. 저 찬란하게 빛나는 별은 정미함을 쌓은 것이 많다. 이 때문에 광채가 오래도록 지속되어 없어지지 않으니, 반딧불은 스스로 희롱하며 빛나는 것이 잠깐 생겼다 금새 꺼져 일찍이 한 때도 가지 못하는 것과는 같지 않다. 오직 덕의 공효는 사람들이 모두 와서 귀의하니, 마치 저 많은 별들이 북극성으로 향하는 것과 같다. 이에 덕성(德星)이 되고, 이에 경성(慶星)이 되니,

---

34　석진(席珍) : 자리 위의 보배라는 뜻으로, 즉 유자(儒者)의 학덕을 비유한 말이다. 노나라 애공(哀公)이 공자에게 자리를 권하자, 공자가 모시고 앉아서 "유자는 자신의 자리 위에 진귀한 보배를 준비해 놓고서 초빙해 주기를 기다리는 사람이다.〔儒有席上之珍以待聘.〕"라고 한 데서 유래한 것이다. 《禮記 儒行》

어찌 문(文)을 일삼아 족히 이름을 아름답게 하는 데에 그치겠는가.
아, 문백(文伯)이여, 태만하고 황폐하지 말지어다. 내 그대에게 어찌
기대하지 않을 수 있겠는가.

李熙奎字說

　我觀李生爲席之珍, 燁燁溫溫, 英彩照人；眄彼奎宿爲天之章, 煜煜煌煌, 光怪異常. 人之取譬, 直以類似, 以子配奎, 豈有彼此? 奎爲文宿而以名子, 苟表子德, 文其宜爾. 況子之家, 世篤文學, 且復藏書, 致得萬軸, 想彼奎星, 恒照子宅, 應子之生, 投與精魄!

　蓋聞君子莫以外美, 內蓄其德, 文於是始. 彼燦者星, 貯精之多. 是以光芒長常不磨, 非如飛螢自弄, 輝輝閃起閃滅, 曾不以時. 惟德之效, 人咸來歸, 如彼衆星, 北宸拱之. 乃爲德星, 乃爲慶星, 豈止於文以足令名? 嗟嗟文伯! 無怠無荒. 吾於子乎, 曷不屬望?

잡저 雜著

수족당설
睡足堂說

　최수봉(崔修峰) 옹이 거처하는 재사의 편액을 진수재(進修齋)라 하고 그 당을 수족당(睡足堂)이라 하고는 나에게 수족(睡足)에 대한 설을 짓게 하였다. 나는 다음과 같이 말하였다.

　실컷 자는(睡足) 것은 진덕(進德) 수업(修業)의 일이 아니다. 진덕 수업하는 사람은 일찍 일어나고 밤늦게 잠들어 부지런히 오직 덕업을 힘쓰니, 어느 겨를에 실컷 자겠는가. 비록 그러하나 가만히 보건대, 옛날 은거하던 선비가 많이들 잠자는 것(睡)에서 취한 것이 있었다. 공명(孔明)이 초당에서 늦도록 잤던 것[35]과 희이(希夷)가 천 일 동안 잠들었던 것[36]과 같은 경우가 이것이다. 잠잔다고 하는 것은 외물에

35　공명(孔明)이……것 : 공명은 촉한(蜀漢)의 재상인 제갈량(諸葛亮)을 말한다. 제갈량이 일찍이 융중(隆中)에 은거하고 있을 때 읊은 시에 "초당에 봄잠이 넉넉하니, 창 밖의 해는 더디기만 하구나. 큰 꿈을 누가 먼저 깰꼬, 평생을 내 스스로 아노라.(草堂春睡足, 窓外日遲遲. 大夢誰先覺? 平生我自知.)"라고 한 것을 말한다.

36　희이(希夷)가……것 : 희이(希夷)는 송(宋)나라 진단(陳搏)의 호이다. 진단이 어렸을 때 푸른 옷을 입은 여인의 품에 안겨 젖을 먹은 뒤에 도술을 깨달아 무당산(武當山), 화산(華山) 운대관(雲臺觀), 소화(小華) 석실(石室) 등지에서 은거하였는데, 한

귀와 눈을 닫고 마음을 고요히 하여 홀로 깊이 나아가 그 일삼을 곳에 오로지 한다는 의미이지, 참으로 아무것도 모르고 실컷 잠만 잔다는 것이 아니다. 그러므로 공명은 잠자는 것으로 그 뜻을 밝혔고, 희이는 잠자는 것으로 그 도술을 정밀하게 하였으니, 잠자는 것이 어찌 한갓 잠만 자는 것일 뿐이었겠는가. 지금 옹이 잠자는 것에서 취한 것을 이를 통해 거의 알 수 있겠으니, 또한 반드시 그 사이에 일삼는 것이 있을 것이다.

대개 덕이 진보하지 않는 것과 업이 닦여지지 않는 것은 외물이 그것을 해쳤기 때문일 것이다. 눈은 채색(采色)에 의해 어두워지고, 귀는 성음(聲音)에 의해 귀머거리가 되며, 입은 감비(甘肥)에 의해 변하고, 마음과 뜻은 기욕(嗜欲)에 의해 그 본성을 잃게 되니, 실로 능히 외물을 막아서 버리고 일삼을 것에 오로지 한다면, 덕이 무엇 때문에 진보하지 않겠으며, 업이 무엇 때문에 닦여지지 않겠는가.

옹이 이미 여기에서 본 것이 있어서 그 당에 이름을 지었을 것이니, 나는 공이 혹 실컷 잠들지 못할까 두렵다. 그리고 이에 옹의 덕이 더욱 진보하고 업이 더욱 닦여짐을 볼 것이니, 진덕수업하는 사람은 잠자지 않는다고 누가 말하겠는가. 옹의 진덕수업이 나아간 경지에 반드시 높고 넓은 것이 있을 것이다. 성규(晟圭)는 진실로 학문이 천박하여 그 끝을 엿볼 수 없으니, 청컨대 옹은 스스로 설명해 주기를 바라노라.

번 잠들면 몇 달 동안 일어나지 않았다 한다. 《宋史 卷457 隱逸列傳上 陳摶》

雜著

睡足堂說

崔修峰翁揭其居齋之顔曰進修, 名其堂曰睡足, 而使余爲睡足之說. 余曰:

睡足非進修者之事. 進修者, 夙興夜寐, 孜孜惟務德業, 奚暇以睡足爲哉? 雖然竊觀古之隱居之士, 多有取乎睡. 孔明草堂之睡、希夷千日之睡是也. 其謂之睡者, 閉耳目於外物, 冥心孤詣, 專於其所事, 非眞昏昏然饒睡已也. 故孔明以睡而明其志, 希夷以睡而精其術, 睡豈徒然而已哉? 今翁之所取乎睡者, 居可知爾, 亦必有事乎其間矣.

蓋德之不進、業之不修, 外物害之焉而已. 目爲采色而昏, 耳爲聲音而聾, 口爲甘肥而變, 心志爲嗜欲以喪其本性, 苟能屏棄外物, 專於其所事, 德何由不進? 業何由不修哉?

翁既有見於斯而以名其堂, 吾懼翁睡之或不足. 而于以見翁之德益進而業益修, 孰謂進修者之不以睡哉? 翁德業所造之域, 必有其崇廣者. 而晟圭誠淺學也, 不足以窺其涯涘, 請翁之有以自說焉.

한일국교반대건의서
韓日國交反對建議書

다음과 같이 건의 합니다.

금번 한일 회담(韓日會談)은 실로 우리나라의 존망이 위급한 때가 됩니다. 우리들 또한 국민의 한 사람으로 무관심하게 보고만 지나칠 수 없기 때문에 감히 이것을 건의하니, 바라건대, 그 어리석고 망령됨을 용서하고 특별히 살펴주시기 바랍니다.

가만히 생각건대, 우리 한국은 불행히도 일본과 국경을 인접하고 있어 위아래 수천 년 동안 그들의 침략을 받은 것이 몇 십번 몇 백번인지도 알 수 없는데, 결국 임진년의 분란을 짓고 마침내 을사조약을 맺었으니, 그들의 침략성은 바로 그 민족의 성품이 실로 그러한 것입니다. 또 그 국가는 바다 가운데 있어 대륙으로 진출하려고 한다면 우리 한국이 아니고는 방법이 없습니다. 그러므로 백방으로 계산하고 헤아려 필사적으로 엿보고 탐색하는 것입니다.

임진년의 일로 보자면, 저들은 막강한 병기로 우리나라를 취하는 것은 마땅히 하루아침의 일에 불과했는데, 마침내 그 계획을 이루지 못했던 것은 능히 우리 의분(義憤)의 마음을 말살할 수 없었던 까닭 때문이었습니다. 저들이 이미 그러했던 것을 알았던 까닭으로 을사년 (1905)에 이르러서는 먼저 보호한다는 명분으로 꾀었으니, 그 마음은 비록 독을 품었으나 그 명분은 아름다웠습니다. 그러므로 적신(賊臣) 완용(完用)의 무리들이 그 기회를 틈타 위협하여 합병을 이루었으니, 저들은 한 명의 병사도 피를 흘리지 않았는데 우리나라는 이미 그들의 손에 들어갔습니다. 가령 당시에 보호라는 아름다운 명분을 빌리지 않았다면 우리나라가 어찌 이렇게 쉽게 망했겠습니까. 이에 그 명분이 아름다울수록 그 계획이 더욱 교묘하고 그 마음은 더욱 교묘한 줄 알겠습니다. 왜 그런가? 명분이 아름다울수록 더욱 우리 의분의 마음을 말살하기 때문입니다.

지금 경제협력이라는 명분은 그 명분의 아름다움이 보호라는 명분보다 더 교묘합니다. 보호라고 한 것은 병탄(呑倂)할 마음이 이미 드러났고, 협력이라고 한 것은 침식(侵蝕)할 자취가 아직 드러나지 않은 것입니다. 그러므로 과거 을사년 때는 적신을 제외하고는 통한(痛恨)해 하지 않는 이가 없었는데, 지금의 을사년에는 비록 총명하고 지혜로운 선비들도 간혹 취사(取舍)의 도에 어두웠습니다. 이것이 바로 그 명분이 더욱 아름답기 때문에 의분의 마음이 더욱 말살되는 까닭이었습니다. 대개 그 경제협력이라는 명분이 어찌 진심으로 협력하려는 것이겠습니까. 저들이 막대한 재력으로 우리나라에 임하여 겉으로는 협력하는 듯이 하고 속으로는 실제로 협박한다면, 경제권을 박탈하는 일은 손바닥 뒤집는 것과 같을 것이니, 우리 민족이 변하여 노예가 되지 않을 날이 능히 얼마나 걸리겠습니까. 이것은 지혜로운 사람을 기다리지 않더라도 알 수 있는 것이니, 실로 저들과 국교를 맺어서는 안 됩니다. 더구나 저들이 우리 선열들을 죽인 칼날의 피가 아직 마르지도 않았는데, 저들과 악수하고 서로 기뻐하며 그 음식을 구걸하겠습니까. 이것이 길이 통곡할 만한 것입니다.

오늘 우리 국민들이 시위하며 반대하고 항거하는 것은 실로 의분(義憤)에서 나온 것인데, 정부에서는 도리어 강력하게 저지하려고 몽둥이로 어지럽게 때리고 최루탄을 발사하기를 적국의 사람이 우리 자제들을 해치는 것처럼 하니, 이 무슨 일입니까. 정부에서 말하기를, "오늘 시위는 바로 야당이 선동한 것이다."라고 하니, 이것은 심히 그렇지 않습니다. 야당이 국민에게 불신을 받은 것이 전후로 매우 많으니, 야당의 말이 어찌 능히 국민을 움직일 수 있겠습니까. 야당을 비록 믿을 수는 없으나 국위(國威)는 선양하지 않을 수 없는 것, 이것이 오늘 국민의 마음입니다.

혹 "오늘 나라 안의 재정이 고갈되었으니 일본의 재력을 밑천으로 삼지 않으면 할 수 있는 일이 없다."라고 하는데, 이것은 크게 그렇지 않습니다. 원수의 힘을 밑천삼아 구차하게 하루의 목숨을 구제하는 것도 본래 할 수 없는 것입니다. 더구나 국교가 한 번 열리면 수출입이 불균형되고, 차관(借款)이 제한이 없으며, 밀수입(密輸入)이 범람하고 성행할 것인데, 그것을 장차 어떻게 할 수 있겠습니까. 섶을 안고 불속으로 뛰어들면서 "장차 불을 끄려고 한다."라는 경우이니, 나는 믿지 못하겠습니다.

혹 "미국의 유대(紐帶)를 깰 수 없다. 미국이 뒤에서 정부를 종용(慫慂)하고 있으니, 어떻게 능히 할 수 있겠는가?"라고 하는데, 이것 또한 그렇지 않습니다. 비록 미국이 종용하더라도 의롭지 않으면 할 수 없습니다. 가령 미국이 일본군으로 하여금 우리나라에 주둔하게 하려 해도 또한 그것을 허락하겠습니까. 오늘 정부가 일본의 경제력이 풍부한 것을 보고 실제로 의존할 마음이 있기 때문에 미국의 권유로 인하여 그것을 이루려는 것이니, 이것은 바로 "하고자 한다고 말하지 않고 굳이 변명한다."[37]는 것입니다.

---

37 하고자……변명한다 : 《논어》〈계씨(季氏)〉 제1장에 나오는 말이다.

혹 또 "오늘 세계는 자유(自由)와 공산(共産) 두 개의 큰 세력일 뿐이다. 한국은 아시아의 요충지에 처하여 그 위태로움이 천근의 무게로 계란을 누르는 것과 같으니, 만약 자유국과 굳게 맺지 않으면 지탱할 방도가 없다. 이것이 일본과 국교를 맺지 않을 수 없는 이유이니, 미국이 권유하는 것과 우리나라가 급급해 하는 것은 다만 이런 연유일 뿐이다. 오늘 일본과의 국교를 거절하는 것은 합변(合變)을 모르는 자이다."라고 하는데, 이 말은 정부에서 오늘날 제일로 착안하여 매우 힘써 주장하는 것입니다. 그러나 방공(防共)은 바로 자유국들의 공동 의무입니다. 공동의무라면 바로 마땅히 실제의 마음으로 함께 방어해야 합니다. 지금 일본의 처사를 보건대 과연 능히 실제의 마음이 있습니까. 일이 만약 그 나라를 이롭게 하는 것이 있으면 중립도 좋고, 서로 함께하는 것도 좋으니, 이것이 그 속으로 품은 마음을 몰라서는 안 되는 것입니다. 미국이 장차 일본을 반공의 주축으로 삼으려 하니 바로 미국의 실책이고, 우리나라는 일본의 경제협력을 바라고자 하니 실로 우리나라의 망령된 생각입니다.

또 정상국교(正常國交)라고 하는 것은 정상적인 방도로 서로 국교를 맺는 것을 말합니다. 가령 일본이 반드시 정상국교를 맺고자 한다면 마땅히 지난날의 과오를 통렬히 반성하고 마땅히 성심(誠心)으로 상대해야 되는데, 지금 저들은 그렇지 않고 이에 말하기를 "옛날 조약은 한국이 독립할 시점에 비로소 무효가 되었다."라고 합니다. 만약 그들의 말과 같다면 구조약(舊條約)이 과연 합법적 조약이고, 40년간 끝없이 학정(虐政)했던 것은 모두 합법적 조치가 되니, 우리 선열들이 피를 흘리며 죽으면서 투쟁한 것은 바로 불법적인 일이 된단 말입니까. 평화선(平和線)을 불법선이라 하고, 청구금(請求金)을 무상원조금(無償援

助金)이라 하며, 독도(獨島)에 대해서는 자기들의 소유라 하니, 말마다 괴이하고 어긋나는 것이 끝도 없는데, 우리 정부는 그래도 장차 묵과하고 용인하면서 국교를 이루지 못할까 두려워하고 있으니, 아, 이것이 어찌 정상적으로 국교를 맺는 것입니까.

옛말에 이르기를, "머리가 어찌 될까 두려워하고 꼬리가 어찌 될까 두려워한다면 몸에 두려워하지 않는 부분이 얼마나 되겠는가?"[38]라고 하였고, 또 말하기를, "죽을 땅에 빠뜨린 뒤에 산다."[39]고 하였습니다. 우리나라의 오늘 형편으로 말하자면, 미국은 의지할 필요가 없고 일본은 국교를 맺을 수 없으니, 민족자결주의를 공화당(共和黨)이 당초에 선언했던 것처럼 실천하여 행해야 할 것입니다. 차라리 한 달 동안 굶을지언정 남의 음식을 먹지 않을 것이며, 차라리 일년 내도록 옷을 바꾸어 입지 못할지언정 남의 옷을 입지 않을 것입니다. 알몸에다 구사일생(九死一生)의 마음으로 오른손엔 호미와 쟁기를 잡고 왼손에는 칼과 톱을 가지고 실제로 힘쓸 곳에다 백성을 몰면, 들에는 놀고먹는 백성이 없고 관청에는 쓸데없는 직분이 없어 밤낮으로 걱정하고 허둥거리며 쉬거나 밥 먹을 겨를도 없은 연후에야 거의 해 볼만 할 것입니다. 이런 것을 하지 않고 동분서주하며 남의 손을 구걸하여 빌리면 실리를 얻지도 못하고 헛된 마음만 키울 것이니, 비유하자면 가난한 집의 자식이 부자들의 호화로움을 보는 것과 같아 자신은 조석의 계획도 없으면서 손에는 천금을 가지고 놀려고 하니, 어떻게 궁하고 또

---

38 머리가……되겠는가 : 《춘추좌전》〈노문공 하(魯文文下)〉 17년 조에 나오는데, 머리와 꼬리에 두려움이 있다면 일신에 두렵지 않은 곳이 얼마 되지 않는다는 말이다.
39 죽을……산다 : 《사기》 권92 〈회음후열전(淮陰侯列傳)〉에 나오는 말이다.

도적질을 하지 않겠습니까.

지난번 이승만 정권이 무너진 것은 그 전철을 알 수 있습니다. 전후 좌우의 사람들이 그 눈과 귀를 가리고 막아 지록위마(指鹿爲馬)[40]의 처지가 되도록 깨닫지 못했던 까닭입니다. 오늘의 일을 비록 갑자기 이와 같은 지경에 이르렀다고는 할 수 없으나 전후좌우의 사람이 과연 막고 가리는 단서가 없습니까. 정국(政局)이 혼탁한 것과 사회가 부패한 것에 대해 과연 능히 그 진상을 다 진달(進達)하고 있습니까. 학생들이 시위를 하면, "일부의 학생들이다."라고 하고, 또 "야당이 선동한 것이다."라고 하며 결국 계엄령(戒嚴令)을 발표하여 힘써 진압하기에 이르렀습니다. 이것만으로도 이미 길상(吉祥)의 조짐이 아닌데, 더구나 그 밖의 인심에 대한 효상(爻象)은 거의 예측할 수 없는 것이 있음에라! 이상견빙(履霜堅氷)[41]은 매우 두려워 할 만합니다.

대개 정치에는 상변(常變)이 있고 일에는 기회(機會)가 있으니, 잘 변하면 화가 바뀌어 복이 되고 기회를 잃으면 후회해도 미칠 수가 없습니다. 지금 국민들이 시위하는 것으로 인하여 안팎으로 선언하기를, "일본과 국교를 맺는 것은 정부가 하고자 하지만 국민들의 정서가 저와

---

40 지록위마(指鹿爲馬) : 사슴을 가리켜 말이라고 한다는 뜻이다. 진(秦)나라의 간신 조고(趙高)가 권력을 독단하기 위하여 이세황제(二世皇帝)를 속여서 한 말이다. 조고가 이세황제에게 사슴을 바치면서 말이라고 말하자 이세황제가 신하들에게 물었는데, 사슴이라고 옳게 말하는 자도 있었고 조고의 비위를 거스르기 어려워 침묵을 지키거나 말이라고 대답하는 자도 있었다. 그 후 조고가 그때 사슴이라고 말한 자를 골라 은밀히 제거하니, 이후로 신하들은 감히 그의 말을 거역하는 자가 없게 되었다. 《史記 卷6 秦始皇本紀》

41 이상견빙(履霜堅氷) : 서리를 밟고 나면 곧 얼음이 꽁꽁 언다는 뜻으로, 사태가 점차 위기의 상황으로 악화되어 가고 있다는 경계의 말이다. 《周易 坤卦》

같으니 어찌할 수 없다.”라고 한다면 일본은 할 말이 없을 것이고, 미국은 반드시 양해를 할 것입니다. 대개 천하의 일은 의(義)일 뿐이니, 오직 의를 따르면 처음에는 불리한 듯하지만 끝내는 큰 이로움이 있고, 의를 배반하여 행하면 처음에는 유리한 듯하지만 큰 해가 따르니, 이것은 바꿀 수 없는 이치입니다.

　우리들은 초야에 묻혀 있으니, 바라는 것은 단지 풍년이 들어 곡식이 여물어 실컷 먹고 배를 두드리는 것이지만, 오직 나라를 걱정하는 일념은 절로 그만둘 수 없기 때문에 감히 위와 같은 소견을 진술하였습니다. 어리석은 사람의 천 가지 염려에 반드시 한 가지는 옳은 것이 있을 것이고,[42] 나무꾼의 말도 성인께서 또한 취하였습니다.[43] 삼가 바라건대, 귀에 거슬리는 말이라고 하여 던져 버리지 않는다면, 또 어찌 채록할 만한 한 마디 말이 없겠습니까. 말이 장황하여 들으시는 귀를 모독하였으니, 매우 두렵고 불안합니다.

42　어리석은……것이고 : 아무리 바보라도 천 가지 생각을 하다 보면 한 가지쯤 좋은 꾀를 낼 수 있다는 말로, 보통 겸사로 쓰인다. 《史記 卷92 淮陰侯列傳》

43　나무꾼의……취하였습니다 : 《시경》〈판(板)〉에 “옛날 성현 말씀에 나무꾼의 말이라도 들어보라 하셨다네.〔先民有言, 詢于芻蕘.〕”라고 한 것을 말한다.

韓日國交反對建議書

右建議事.

今番韓日會談, 實爲吾國家危急存亡之秋. 吾等亦國民之一分子, 不可崖然觀過, 故敢此建議, 伏望恕其愚妄, 而特賜垂察焉.

窃念吾韓國, 不幸與日本接界, 上下數千年間, 受其侵略, 不知其幾十百番, 而畢竟爲壬辰之搶攘, 畢竟爲乙巳之條約, 其侵約之性, 乃其族性之固然. 且其爲國於海中也, 欲大陸進出, 則非吾韓國, 無可梯杭. 故百方計度, 必死規探者也.

以壬辰之事觀之, 彼以莫强之兵, 取吾國, 宜不過一朝之事, 而竟不得成其計者, 以不能殺吾義憤之心故也. 彼旣知其然, 故及至乙巳, 先以保護之名誘之, 其心雖毒, 而其名則美. 故賊臣完用輩, 乘其機而脅成合倂, 彼不血一兵而吾國已入其手矣. 使當時不借保護之美名, 吾國豈若是之易亡哉? 乃知其名益美, 則其計益巧而其心益巧矣. 何則? 以名之益美而益殺吾義憤之心也.

今經濟協力之名, 其名之美, 不啻保護. 保護云者, 吞倂之心已著; 協力云者, 侵蝕之跡未形. 故過去乙巳, 除賊臣以外, 莫不痛恨, 而今之乙巳, 雖明智之士, 或昧於取舍之道. 此其所以其名益美, 故義憤之心益殺者也. 蓋其經協之名, 豈眞心協之哉? 彼以莫富之財力, 臨吾國, 外若協力, 而內實脅迫, 則其剝奪經濟權, 如反掌矣, 吾民之不化爲奴隷, 能幾日爾? 此不待智者而可知也, 固不可與彼相交. 況彼殺吾先烈之刃血尙未乾, 而與之握手交歡, 求乞其食耶? 此可爲長痛哭者也.

今日吾國民之示威反抗, 固是出於義憤者, 乃政府反欲强力沮止, 棍棒以亂打, 催淚以發射, 爲敵人害吾子弟, 此何事也? 政府謂"今日示威, 乃野黨所煽動", 是甚不然. 野黨之不信於國民, 前後甚多, 野黨之言, 何能動國民? 野黨雖不可信, 而國威不可以不宣揚者, 此今日國民之心也.

或曰"今日國內財政蕩竭, 不資日本財力, 則無可爲矣", 此大不然. 資讎人之力, 苟救一日之命, 本不可爲也, 況國交一開, 輸出入之不均衡, 借款之無制限, 密輸入之汎濫盛行, 其將何以爲之也? 抱薪入火而曰"將以救火", 吾不信之矣.

或曰"美國之紐帶, 不可以分. 美國在後, 慫恿政府, 何能爲也?"此亦有不然者矣. 雖美國之慫恿, 不義則不可爲也. 假令美國欲使日本軍駐吾國, 亦將許之乎? 今日政府見日本之經濟豊富, 實有依存之心, 故因美國之勸而欲成之, 此正"舍曰欲之而必爲之辭"者也.

或又曰"今之世界, 自由、共産兩大勢而已. 韓國處亞細亞之要衝, 其危如千鈞之壓累卵, 若不固結自由國, 則無可支之道. 此交日之不容已者, 美國之所勸誘、吾國之所汲汲, 職由是耳. 今日而拒日國交, 不知合變者也", 此言爲政府今日第一着眼, 而主張甚力者. 然防共乃自由國之共同義務也. 爲共同義務, 則正當實心共防也. 今觀日本處事, 果能有實心乎? 事若有利其國, 則中立可也, 交共可也, 此其內懷之心, 不可不知也. 美國將欲使日本爲反共主軸, 乃美國之失策; 吾國欲望日本之經濟協力, 實吾國之妄念也.

且正常國交云者, 謂以正常之道相交也. 使日本必欲正常相交, 則當痛省往日之過誤, 當誠心相對, 而今彼不然, 乃曰"舊條約, 於韓國獨立時點, 始爲無效". 若如其言, 舊條約果是合法條約, 而四十年間無限虐政, 皆爲合法中措置, 吾先烈血死鬪爭, 乃爲不法行事耶? 平和線則曰"不法線", 請求金則曰"無償援助金", 至於獨島謂"其所有", 言言乖張, 罔有紀極, 而吾政府, 猶且默過容認, 而恐不成交, 嗚乎! 是何正常相交也?

古語曰"畏首畏尾, 身其餘幾?"又曰"陷之死地而後生". 以吾國今日形便言之, 美國不必依, 日本不足交, 用民族自決主義, 如共和黨當初宣言實踐行. 寧三旬不食, 不食他人之食, 寧終歲不更衣, 不衣他人之衣. 赤身裸裸, 用九死一生之心, 右持鋤耒, 左持刀鉅, 驅民於實務之地, 野無遊民, 官無濫職, 晝夜憂遑, 不暇息食然後, 庶可有爲也. 乃不此之爲, 東西奔走, 乞假於他人之手, 實利未得, 而徒長虛心, 譬如貧家之子, 見富人之豪華, 自身無朝夕之計, 欲手弄千金, 如何而不窮且盜也?

往者李政權之倒敗也, 其前轍可以知也. 前後左右之人, 壅蔽其耳目, 馴致於指鹿爲馬, 而莫之覺故也. 今日之事, 雖不可遽謂之至於如此, 然前後左右之人, 果無壅蔽之端乎? 政局之混濁、社會之腐敗, 果能盡達其眞狀耶? 學生示威則曰"一部學生", 又曰"野黨煽動", 竟至發戒嚴令, 而務爲鎭壓. 只此已非吉祥之兆, 況其外之人心爻象, 殆有不可豫測者? 履霜堅氷, 甚可懼也.

蓋政有常變, 事有機會, 善變則轉禍爲福, 失機則後悔無及矣. 今因國民示威, 而宣言於內外曰"交日政府欲之, 而國民之情如彼, 無可奈何?"云爾, 則日本無可言, 美國必爲諒解矣. 蓋天下之事義而已, 惟義是從, 則始若不利, 終有大利, 背義而行, 則始若有利, 而大害隨之, 此不易之理也.

吾等伏處草野, 所願只是年豊穀登, 含哺鼓腹, 而惟憂國一念, 不能自已, 故敢陳所見如右. 愚者千慮, 必有一得; 芻蕘之言, 聖人亦取. 伏願不以逆耳之言而棄擲之, 又安知無一言之可採哉? 言之張皇, 冒瀆崇聽, 悚仄悚仄.

개가 호랑이를 잡은 것에 대한 설

犬捕虎說

　대구 비슬산(琵瑟山) 골짜기에 사냥꾼이 있었는데, 두 마리 개를 끌고 창을 가지고 사냥을 나갔다. 마침 호랑이를 만났는데, 호랑이가 갑자기 나무 위로 올라가자, 사냥꾼이 개를 시켜 쫓게 하였다. 두 마리 개가 나무를 쳐다보며 굳게 지키자 호랑이는 나무 위에서 으르렁거렸는데 개는 요동하지 않았다. 이윽고 호랑이가 뛰어내려와 한 마리 개를 물자, 곁에 있던 한 마리가 바로 몸을 날려 호랑이의 목을 물었는데, 넘어져 뒹굴면서도 물었던 것을 놓지 않았다. 사냥꾼이 옆에서 호랑이를 찌르자 마침내 호랑이가 죽었고, 두 마리 개는 무사하였다. 친구 이규철(李圭澈)이 직접 사냥꾼을 만나보고 이렇게 말하던 것을 상세히 들었다고 한다.

　무릇 개가 호랑이를 두려워하는 것은 본성이다. 접때 가령 두 마리 개가 호랑이가 으르렁거리며 내려다보고 있을 때를 당하여 두려워하며 똥을 쌀 뿐이었다면 호랑이의 밥이 되지 않을 확률이 거의 적었을 것이다. 그런데 곧 두려워하는 본성을 떨쳐내고 용기를 내어 능히 그 공을 이루었으니, 호걸스러운 개라고 이를 만하다. 이 일은 큰 일에 비유할 수 있기 때문에 드러내어 설을 짓는다.

犬捕虎說

大邱琵瑟山谷, 有獵夫, 牽二犬, 持鎗出獵. 適遇虎, 虎突登木, 獵夫嗾犬. 兩犬仰木堅守, 虎從木上吼之, 犬不爲動. 己而虎躍下, 噉一犬, 傍一犬乃飜身咬虎項脈, 顚倒不肯相舍. 獵夫從傍鎗虎, 虎遂斃, 兩犬則無死. 友人李圭澈親見獵夫, 詳聞其云爾.

夫犬之畏虎性也. 向使兩犬, 當虎吼之俯時, 畏懾糞矢而己, 則其不爲虎之肉幾希矣. 而乃拔乎性而奮勇, 能成其功, 可謂豪傑之犬爾. 此事可以喩大, 故著爲說.

원과

原過

내가 방망계(方望溪)[44]의 〈원과(原過)〉를 읽고, 그 말이 엄정하고 절실함을 좋아하였으나 한두 가지 온당하지 못한 점이 있었다. 그러므로 대략 수정을 가하여 자리의 오른쪽에 써놓고 보면서 반성하는 자료로 삼는다.

군자의 허물은 인사의 변고를 만나 스스로 이해할 수 없는 것이 열에 일곱이고, 이치를 보고도 자세히 살피지 못하는 것이 열에 셋이다. 중인(衆人)의 허물은 무심하게 저지르는 것이 열에 셋이고, 스스로 알면서도 그 욕심을 이기지 못하는 것이 열에 일곱이다. 그러므로 군자의 허물은 진실로 이른바 허물이니, 대개 인의(仁義)가 중(中)을 지나친 것일 따름이다. 중인의 허물은 이른바 허물이 아니니, 그 악이 작을 뿐이다. 중인보다 아래로 소인인 사람은 모두 그 욕심을 이기지 못하고 악에 동요되는 것이니, 무심하게 저지르는 것은 대개 적을 것이다. 중인은 큰 악에 대해서는 항상 두려워하여 감히 하지 못하고, 작은 악에 대해서는 그 욕심을 이기지 못하고 잠시 스스로를

---

44 방망계(方望溪) : 청나라 때 문장가 방포(方苞, 1668~1749)를 말한다. 자는 영고 (靈皐), 호는 망계(望溪)이다. 동성(桐城) 사람이다. 강희 진사로 벼슬은 시랑(侍郞) 이었다. 논학(論學)에 있어서는 송유(宋儒)를 종주로 삼아 정주(程朱)의 학을 추연하였고, 더욱 《춘추》・삼례(三禮)에 힘썼다. 문(文)은 한유와 구양수를 배워 의법(義法) 에 엄정하여 정화(精華)가 있었다. 동성파(桐城派)의 초조(初祖)이다. 저서로는 《망계문집(望溪文集)》이 있다.

용서한다.

군자는 작은 허물을 보기를 중인이 큰 허물을 보는 것과 같이 하기 때문에 늠연(凜然)하게 감히 범하지 않고, 소인이 큰 악을 보기를 중인이 작은 허물을 보는 것과 같이 하기 때문에 한연(悍然)히 능히 돌아보지 않는다. 새로운 물건을 처음 사용하면 항상 더럽혀지거나 훼손될까 두려워하고, 이미 더러워지고 훼손되면 다시는 아까워하지 않는다. 실로 자잘한 허물이라고 스스로 용서하고 쉽게 저지른다면, 큰 악에 이르지 않고서는 그치지 않는다. 그러므로 한 그루 나무를 베고 한 마리 짐승을 죽임에 때에 맞춰 하지 않으면 공자께서 효가 아니라고 여겼으니,[45] 은미하도다! 위태롭도다!

---

45 한 그루⋯⋯여겼으니 : 《예기》〈제의(祭義)〉제35장에서 증자(曾子)가 공자의 말씀을 인용한 것이다.

原過

余讀方望溪〈原過〉，愛其言之嚴切，而有一二未穩處．故略加修正，書之座右，以爲觀省之資．

君子之過，值人事之變，而無以自解者，十之七；觀理而不審者，十之三．衆人之過，無心而蹈之者，十之三；自知不能勝其欲者，十之七．故君子之過，誠所謂過也，蓋仁義之過中者爾．衆人之過，非所謂過也，其惡之小者爾．下乎衆人而爲小人者，皆不勝其欲而動於惡，其無心而蹈之者蓋鮮矣．衆人之於大惡，常畏而不敢爲，而小者則不勝其欲而姑自恕焉．

君子視過之小，猶衆人視過之大也，故凜然而不敢犯；小人視惡之大，猶衆人視過之小也，故悍然而不能顧．服物之初御也，常恐其汚且毀也；旣汚且毀，則不復惜之矣．苟以細過自恕而輕蹈之，則不至於大惡不止．故斷一樹、殺一獸，不以其時，孔子以爲非孝，微矣哉！危矣哉！

원선

原善

　군자의 선은 진실로 이른바 선이니 비록 불선한 것이 있더라도 적을 것이고, 소인의 선은 선이라고 할 수 없으니 비록 선한 것이 있더라도 적을 것이다. 군자의 불선한 자취가 혹 있더라도, 그 마음을 따져보면 선하고 그 자취를 물으면 그르며 그 마음을 물으면 옳으니, 불선이라고 할 수 있겠는가. 소인의 선한 자취가 혹 있더라도, 그 마음을 따져보면 불선하고 그 자취를 물으면 옳으며 그 마음을 물으면 그르니, 선이라고 할 수 있겠는가.

　중인의 선은 선이라고 할 수 있는 것이 있고, 불선이라 할 수 있는 것이 있다. 자취는 비록 선하지만 마음이 불선한 것이 있고, 자취는 비록 불선하지만 마음이 선한 것이 있다. 그러므로 중인의 선은 선이라고 할 수 있는 것이 있고, 불선이라 할 수 있는 것이 있다. 군자이면서 변하여 소인이 되는 자는 실로 적고, 소인이면서 변하여 군자가 되는 자 또한 드물다. 그런데 중인은 곧 능히 생각하여 선을 익숙히 하면 군자가 되고, 생각하지 않아 불선을 익숙히 하면 소인이 된다. 그러나 군자와 소인이 그 처음에 어찌 서로 멀겠는가. 익숙히 함으로 말미암아 서로 멀어지게 된 것이다. 공자께서 말씀하시기를, "성품은 서로 비슷하나 습관에 의하여 서로 멀어지게 된다."[46]라고 하였으니, 생각하지 않을 수 있겠는가.

---

46 공자께서……된다 : 《논어》〈양화(陽貨)〉제2장에 나온다.

原善

君子之善, 誠所謂善, 雖有不善焉者, 寡矣; 小人之善, 不可謂善, 雖有善焉者, 寡矣. 君子之不善跡, 或有之, 原其心則善也, 問其跡則非, 問其心則是, 可以謂不善乎? 小人之善跡, 或有之, 原其心則不善也, 問其跡則是, 問其心則非, 可以謂善乎?

衆人之善, 有可謂善者, 有可謂不善者. 有跡雖善而心不善者, 有跡雖不善而心善者. 故衆人之善, 有可謂善者, 有可謂不善者也. 君子而變爲小人者, 固鮮矣; 小人而化爲君子者, 亦鮮矣. 而衆人則克念而習於善, 則爲君子, 罔念而習於不善, 則爲小人. 然君子小人, 其初豈相遠哉? 由習而相遠矣. 孔子曰 "性相近也, 習相遠也", 可不念哉?

자고
自誥

○ 아, 오직 하늘이 나의 중(中)을 크게 내렸네.

○ 음(陰)·양(陽)·수(水)·화(火)·금(金)·목(木)·토(土)는 하늘의 큰 작용이다.

○ 오직 용(用)이 있으면 반드시 먼저 체(體)가 있다. 용이 아니면 체를 실을 수 없고, 체가 아니면 용을 베풀 수 없다.

○ 체는 이(理)이니, 이는 실제로 음양을 주관한다.

○ 대용(大用)이 행해지는 곳에 만물이 드러나는데, 이(理) 또한 있지 않은 곳이 없다.

○ 기(氣)를 말하면 만물이 가지런하지 않으니 어찌할 수 없다. 이(理)를 말하면 "하늘의 명(命)이 아, 심원(深遠)하여 그치지 않는다."라고 하였으니, 이것을 천명(天命)이라고 한다. 사람은 정통(正通)한 것을 받았고, 저 사물은 그 편색(偏塞)한 것을 받았다.

○ 아, 황천이여! 오직 정통(正通)하도다. 나에게 하루를 주니, 내 명을 받았네. 끝없는 아름다움이 있고, 또한 끝없이 구휼해 주네. 아, 어찌하여 공경하지 않겠는가.

○ 그 귀함은 오직 사람이니, 아름답지 않은가. 그 실상 채우기 어려우니, 근심스럽지 않은가. 경(敬)이 아니면 힘을 다할 수 없으니, 경으로 거처를 삼지 않을 수 없네.

○ 사람들은 항상 "우선 내일을 기다린다."라고 하면서 몸을 마치는 데 이르고, 또한 항상 "조금 중지하는 것이 무슨 상관이겠는가?"라고

하면서 영원히 중지하게 된다. 바로 모름지기 힘을 착수해야 되고 등한히 기다려서는 안 되며, 잡아 따르며 쉬지 않아 간극이 생기게 해서는 안 된다.

○ 눈·귀·입·코·팔다리·온몸, 이것을 일신(一身)이라고 하니, 마음이 실로 일신을 주관한다.

○ 사람이 되고 금수(禽獸)가 되는 것은 마음에 달렸으니, 경계하고 생각할지어다.

○ 심(心)은 군(君)이고 중체(衆體)는 신(臣)이다. 군이 한번 게을리 하겠는가. 중신(衆臣)이 서로 도망감이 없고, 군이 밝아야 중체가 기뻐하며 따르지 않음이 없네.

○ 오직 그 일을 삼가 중체에게 고하기를, "지금 내가 받은 것을 돈독히 하려 하니, 너는 혹 듣지 않음이 없도록 하라. 만일 혹 거스르고 어기면, 경계하고 꾸짖으며 권면하고 꾀어야만 끝내 그 공적을 이룰 것이다."라고 한다.

○ 잡으면 얻고 버리면 잃으니, 순임금이 되고 도척이 되는 것은 여기에 달려있네. 하늘이 어찌 성인만 돌보겠으며, 또한 어찌 미치광이를 내버려 두겠는가. 그것은 오직 스스로가 부르는 것이라네.

○ 심(心)은 군(君)이고 중체(衆體)는 신(臣)이다. 오직 너 중체는 능히 부지런히 하고 태만함이 없어 네 임금으로 하여금 나쁜 기미[非幾]를 무릅쓰고 나아가게 하지 말라.[47]

○ 옛날의 임금이 능히 명철했던 것은 까닭이 있었을 것이다. 그 임금[48]이 본래 총명하고, 그 전후좌우에서 모시는 신하는 바른 사람이

---

47 나쁜 기미[非幾]를……말라 : 《서경》〈고명(顧命)〉에 나오는 말이다.

아님이 없으며, 여러 일을 공경하게 밝혀 그 임금을 협력하고 받들어 보필하였네.

○ 그 임금의 출입동정(出入動靜)에 혹 허물이 있게 하지 말고, 호령(號令)을 내고 시행함에 모두 그 법칙에 알맞네. 지금 네 중체(衆體)는 능히 그 임금[心]을 이와 같게 하지 못하네.

○ 오직 네 눈이여, 네 보는 것을 삼가 네 임금을 바깥으로 옮겨가지 않도록 하라.

○ 오직 네 귀여, 네 듣는 것을 삼가 네 임금이 외물에 유혹되지 않도록 하라.

○ 오직 네 입이여, 네 말을 삼가 네 임금이 내면에 고요하고 전일하도록 하라.

○ 오직 네 코여, 네 맛을 맡는 것을 삼가 네 임금이 구복(口腹)에 부려지지 않도록 하라.

○ 오직 네 팔다리와 온 몸이여, 여름에 무덥고 비 내리면 네 오직 원망하고 탄식하며, 겨울에 매우 추우면 또한 원망하니, 어려운 것이다. 그 어려움을 생각하여 이미 쉽게 하기를 도모하면 영원토록 어려운 것이 어렵지 않을 것이다.[49]

○ 한 번 갓을 바로잡을 때 천명이 돌아보며, 한 번 발을 절뚝일 때 천명이 이어지지 않으니, 매우 두렵도다! 비록 날이 어두워져 들어가 편안히 쉴 때도 오히려 네 용모를 바르게 하고 네 몸을 수렴해야

---

48 임금 : 저본에는 "厥後"로 되어 있으나 "厥后"의 오류로 보인다.

49 여름에……것이다 : 《서경》〈군아(君牙)〉제5장에 나오는 말인데, 조금 고쳐 적용한 것이다.

할 것인데, 더구나 마음대로 어지럽게 놓아두겠는가.

○ 땅이 두텁다고 하지만 조심스럽게 걷지 않을 수 없고, 그릇이 가득 차 한 방울도 넘치지 않았다고 하지만 그와 같은 때에 사용할 수 있겠는가.

○ 아, 심은 군이고 중체는 신이다. 중체의 허물은 죄가 마음에 있네. 마음이 덕을 잃은 것은 중체 때문이 아니네. 하늘이 나에게 임하시니, 두 마음 품지 말고 근심하지 말지어다.[50] 내가 오직 두 마음을 품지 않음을 일삼으면 천명이 도와주실 것이요, 그 덕을 두 갈래 세 갈래로 하면 하늘이 버리고 끊을 것이니, 장차 어떻게 하겠는가.

○ 이미 지났다 말하지 말라, 오는 것은 오히려 쫓을 수 있네. 지금부터 선(善)으로 옮긴다면, 하늘은 어진지라, 돌아보고 명하여 돌보시리라.

○ 하늘이 나에게 곤핍(困乏)을 내리는 것은 장차 나를 동심인성(動心忍性)[51]으로 이끌어 그 선을 증익시키려는 것인데, 나는 도리어 원망이 입에서 떠나지 않고, 상제가 이끌어 주는 것에 끝내 권면하려고 하지 않네.

○ 아, 도가 쉽지 않도다! 책임이 무겁고 길이 머네. 혹 치달리고 내달아 날을 이어 가다가 이에 중도에서 곧 그치네. 혹 시작하여 고난

---

50 하늘이……말지어다 : 《시경》〈비궁(閟宮)〉에, "두 마음 품지 말고 근심하지 말지어다, 상제가 너를 굽어보고 계시노라.〔無貳無虞, 上帝臨女.〕"라고 한 말을 인용한 것이다.

51 동심인성(動心忍性) : 인의예지(仁義禮智)의 마음을 발동(發動)시키고 성색취미(聲色臭味)의 성품을 참는다는 뜻으로, 어떤 고난에도 흔들리지 않고 자신을 굳게 지키는 것을 말한다. 《孟子 告子下》

을 겪다가 늦게는 두려워하게 되네. 날이 저물고 길이 막히면 결국 지름길과 구멍으로 가네.

○ 나는 감히 저에게서 거울삼지 않을 수 없고, 저[52] 또한 감히 나에게 경계하지 않을 수 없네. 나는 나이가 젊고 힘이 넉넉함을 숭상하지 않고, 그 등을 강하게 하고 그 발걸음 굳게 하여 계속 나가면 혹 거의 가까울 것이다.

○ 아, 오직 하늘이 나를 사람이 되게 하였으니, 내 그 덕을 잊겠는가. 오직 하늘을 잘 섬겨야 하네. 하늘을 섬기는 요체는 마음을 보존하는 데에 있고, 마음을 보존하는 요체는 경(敬)에 있네. 경의 공부는 매우 넓지만, 그 요체는 계구(戒懼)와 신독(愼獨)[53]이네.

○ 혹시라도 "오늘 경(敬)을 사용하였는데, 어찌 오늘의 효과가 없는가?"라고 하지 말라. 또한 "나의 경이 이미 지극하니, 상제를 섬길 수 있네."라고 하지 말라. 빨리 하려고 말며, 자만하지 말고, 오직 날마다 노력하여 거의 내가 받은 중(中)을 보호하면 백 가지가 모두 중일 것이다.

○ 아, 나의 처음을 생각하여 능히 그 끝을 생각하라.

---

52 원문에는 "彼" 자가 없는데, "彼" 자가 빠진 것으로 보인다.

53 계구(戒懼)와 신독(愼獨) : 사려(思慮)가 아직 일어나지 않아 보고 들을 수 있는 사물이 없는 미발(未發)의 상태에서도 항상 계신(戒愼)과 공구(恐懼)에 마음을 두어, 홀로 있을 때만이 아니라 남이 모르고 나만이 알고 있는 마음속의 생각까지 삼가는 것을 말한다. 《中庸章句 首章》

自誥

○ 嗚乎! 惟天大降我中.

○ 曰陰、曰陽、惟水、惟火、惟金、惟木、惟土, 天之大用.

○ 惟有用, 必先有體. 非用無以載體, 非體無以施用.

○ 體者理, 理實主乎陰陽.

○ 大用行處, 萬物著形, 理亦無不在焉.

○ 言之氣, 物之不齊, 無如之何. 言之理, "維天之命, 於穆不已", 斯惟曰天命. 人受之正通, 彼物受其偏塞.

○ 嗚乎, 皇天! 惟正惟通. 卑我一日, 惟我受命. 無疆有休, 亦無疆有恤. 嗚乎! 曷其奈何不敬?

○ 其貴惟人, 不其休乎? 其實難充, 不其憂乎? 非敬無以致力, 不可不以敬爲居.

○ 人恒曰"姑待明日", 以至終身, 亦恒曰"小輟何有?" 以至永輟. 直須下力, 不可等待; 持循不息, 不可間隙.

○ 惟目、惟耳、惟口、惟鼻、四支、百體, 是謂一身, 心實主乎一身.

○ 惟人惟禽獸在心, 戒哉! 思哉!

○ 心惟君, 衆體臣. 君一隋哉? 衆臣無淪胥以亡, 君惟明, 衆體罔不欣欣而從.

○ 惟愼厥事, 告之衆體曰: "今欲敦我所受, 汝罔或不聽. 如或違戾, 警之、責之、勸之、誘之、終成厥積."

○ 操舍得失, 聖舜蹠在茲. 天豈用眷于聖, 亦豈用釋于狂? 厥惟自速哉!

○ 心惟君, 衆體臣. 惟爾衆體, 克勤無怠, 無使爾辟, 冒貢于非幾.

○ 古之人君之克哲, 有以哉! 厥後[54]本聰明, 其前後左右侍御之臣, 罔非正人, 以寅亮庶事, 恊力承弼于厥后.

○ 肆厥后出入動靜, 罔有或愆, 發號施令, 咸中厥則. 今爾衆體, 不能使厥辟若是.

○ 惟爾目, 愼爾視, 無使爾后遷于外.

○ 惟爾耳, 愼爾聽, 無使爾后誘于物.

○ 惟爾口, 愼爾言, 使爾后靜專于內.

○ 惟爾鼻, 愼爾臭味, 無使爾后役于口腹.

○ 惟爾四支百體, 夏暑雨, 爾惟怨咨, 冬祈寒, 亦惟怨咨, 厥惟艱哉! 惟其艱, 旣乃易, 不艱永艱.

○ 一正冠時, 天命來眷, 一跋足時, 天命不續, 甚可畏哉! 雖嚮晦入宴息, 猶乃齊爾容, 斂爾體, 況是厥他任胡亂?

○ 謂地盖厚, 不敢不蹈, 謂器雖盈不濫一點, 厥若時, 惟用可哉?

○ 嗚乎! 心惟君, 衆體臣. 衆體之愆, 罪在于心. 心之失德, 無以衆體. 昊天臨我, 無貳無虞. 我惟事不貳, 天命保佑, 貳參其德, 天惟棄絶之, 將若之何?

○ 無曰旣往, 來者猶可追. 繼自今用遷于善, 天惟仁, 眷命顧之.

○ 惟天降我困乏, 將迪我以動心忍性, 增益其善, 我反怨不離口, 不肯終勸于帝之迪.

○ 噫! 道之未易也. 任則重, 路之遠. 厥或騁馳趨走, 幷日而行, 而乃中途旋止. 厥或始而荊棘, 晚乃知懼. 日暮途窮, 遂徑而竇.

○ 我不敢不監于彼, 彼[55]亦不敢不戒于我. 我不尙年富力强, 硬其脊, 牢

---

54 後 : "后"의 오류로 보인다.

其跟, 繼嗣以進, 厥或庶幾哉!

○ 嗚乎! 惟天使我爲人, 我忘厥德? 惟是善事于天. 事天之要, 在存心; 存心之要, 在敬. 敬工甚博, 其要戒懼、愼獨.

○ 罔或曰"今日用敬, 何以無今日之效?" 亦罔曰"我敬已至, 可以事上帝". 無欲速, 無滿假, 惟日其邁, 庶保我受中, 百爲咸中.

○ 嗚乎! 是惟我初, 克念于厥終.

---

55 저본에는 "彼" 자가 없는데, "彼" 자가 빠진 것으로 보인다.

이기
理氣

○ 이(理)는 자연(自然)과 당연(當然)의 총칭이다.

○ 이는 만사(萬事)의 근본이고, 만선(萬善)의 주인이다.

○ 자연은 만사의 근본이고, 당연은 만선의 주인이다.

○ 그 근본을 말하면 자연의 위에 다시 미루어 가기 어렵고, 그 선을 말하면 당연의 밖에 다시 말을 용납하지 않는다. 천지는 자연으로써 만물을 이루고, 성인은 당연으로써 만사를 이룬다.

○ 한 번 춥고 한 번 더운 것은 천도의 자연함이고, 봄에 만물을 생성시키고 가을에 죽이는 것은 그 당연함일 것이다. 선을 선하게 여기고 악을 미워하는 것은 성인의 당연함이고, 측은(惻隱)과 시비(是非)는 그 자연함일 것이다.

○ 이(理)는 자연과 당연일 뿐이다. 하는 것이 없이 하는 것은 자연이 하는 것이고, 하여서 선하지 않음이 없는 것은 당연이 하는 것이다.

○ 이(理)는 이와 같을 뿐이다. 이(理)를 두고 잡아서 희롱하고 작위하는 것으로 여기면 잘못이다.

○ 선유(先儒)가 "이(理)는 물(物)을 명하는 것이고 물에 명해지는 것이 아니다."라고 하였으니, 이 말은 극진하지만 오히려 미진하다. 이(理)가 어찌 참으로 물을 명하겠는가. 명하지 않아도 명해진 뒤에 다함을 말하는 것이다. 말하자면, 비록 명하지 않아도 물이 명을 듣지 않음이 없으면 명한 것과 같다는 것이다.

○ 우주의 만물은 모두 기(氣)로부터 변화하여 생성된 것이다.

○ 기(氣)는 어디로부터 생겨나는가. 기는 스스로 기를 생성한다.

○ 기(氣)의 처음은 누가 생기게 하였나. 기는 처음도 없고 끝도 없다.

○ 하나의 물로 보면 기는 실로 다함이 있지만, 대기(大氣)로 말하면 낳고 낳아 다함이 없다.

○ 혹자가 이르기를, "이가 기를 낳으니, 어떠합니까?"라고 하였다. 답하기를, "기는 낳고 낳는 이치가 있다고 하면 옳지만, 이가 기를 낳는다고 하면 옳지 않습니다. 이는 기의 이이고, 기는 이의 기입니다. 이가 아니면 기는 주인으로 삼을 것이 없고, 기가 아니면 이는 의지할 곳이 없습니다."라고 하였다.

○ 혹자는 "이(理)가 능히 동정(動靜)한다."라고 하는데, 이가 어찌 능히 동정할 수 있는가. 기의 동정은 이의 자연함이 아님이 없으니, 비록 이가 능히 동정한다고 해도 좋다.

○ 태극(太極)이 움직여 양을 낳는다고 하는데, 태극이 어찌 진실로 동정하여 음양을 낳겠는가. 동정이라는 것은 기이지만 이의 자연함이 아님이 없다. 그러므로 "태극이 움직여 양을 낳는다."라고 하는 것이다.

○ 기는 신령하게 깨닫는 것이고, 이는 일마다 마땅한 것이다. 기는 이가 아니면 능히 영각하지 못하고, 이는 기가 아니면 일마다 마땅한 곳이 없다.

理氣

○ 理者, 自然、當然之摠名.

○ 理者, 萬事之本, 萬善之主.

○ 自然者, 萬事之本; 當然者, 萬善之主.

○ 語其本, 則自然之上, 更難推去; 語其善, 則當然之外, 更不容說. 天地以自然而成萬物, 聖人以當然而做萬事.

○ 一寒一暑, 天道之自然, 春生秋殺, 其當然乎! 善善惡惡, 聖人當然, 惻隱是非, 其自然乎!

○ 理者, 自然當然而已矣. 無爲而爲, 是自然之爲也; 爲而無不善, 是當然之爲也.

○ 理者, 如是而已矣. 以理爲把弄作爲, 則非也.

○ 先儒謂"理者命物, 而不命於物", 此言盡矣, 而猶未盡. 理豈眞命物哉? 謂不命而命也然後盡矣. 言其雖不命, 而物莫不聽命, 則猶之命也.

○ 宇宙萬物, 都自氣化而生成.

○ 氣何自而生? 曰氣自生氣.

○ 氣之始, 孰生之? 氣無始無終.

○ 以一物而看, 則氣固有窮盡, 而以大氣言之, 生生無窮.

○ 或云"理生氣, 何如?" 曰"謂氣有生生之理則可, 謂理生氣則不可. 理者, 氣之理; 氣者, 理之氣. 非理氣無所主, 非氣理無所依".

○ 或謂"理能動靜", 理豈能動靜哉? 氣之動靜, 莫非理之自然, 則雖謂之理動靜, 可也.

○ 太極動而生陽, 太極豈眞動靜而生陰陽哉? 動靜者氣, 而莫非理之自然. 故曰"太極動而生陽".

　○ 氣靈覺者也, 理曲當者也. 氣非理不能靈覺, 理非氣無所曲當.

성

性

○ 성(性)이라는 것은 태어난 뒤에 이(理)가 부여되어 기(氣) 위에 있는 이름이다.

○ 성(性)은 비록 이(理)이지만 성이라고 하면 그 속에 기를 포함하고 있다. 이(理)가 목(木)에 부여되기 때문에 인(仁)이라고 하고, 이가 금(金)에 부여되기 때문에 의(義)라고 한다. 예(禮)·지(智)·신(信) 또한 그러하다. 그러므로 성에 오상[五品]의 조목이 있는 것은 오행의 위에 부여되었기 때문이다.

○ 선유들은 본연(本然)과 기질(氣質)로 나누어 두 가지의 성으로 여기니, 아마도 그렇지 않은 듯하다. 성은 하나일 뿐이니, 어찌 두 가지 성이 있겠는가.

○ 본연의 성을 이(理)라 한다면 기질의 성을 기(氣)라고 하겠는가. 성은 이일뿐이니, 어찌 기를 성으로 여기겠는가.

○ 선유들은 "기질의 성에는 선도 있고 악도 있다."라고 하니, 성은 선일뿐인데, 어찌 악이 있겠는가.

○ 성은 인·의·예·지·신 다섯 가지일 뿐이다. 성에 악이 있다고 한다면 다섯 가지가 때로 악하다고 하겠는가. 다섯 가지 외에 또 악성(惡性)이 첨가되었다고 하겠는가.

○ 선유들은 공자의 "성은 서로 가깝다."라고 한 성을 두고 "기질의 성을 말한 것이다."라고 하는데, 아마 그렇지 않은 듯하다. 서로 가깝다고 한 것은 서로 비슷한 것을 거론하였다는 말이다. 만약 기질을 말한

것이라고 한다면 천만 가지가 같지 않으니 어찌 서로 비슷하다고 하겠는가.

○ 대개 사람이 태어남에 부여받은 성은 반드시 서로 균등하지는 않다. 그러므로 인을 부여 받음이 많은 사람이 있으며, 의를 부여 받음이 많은 사람이 있으니, 평범하게 말하여 "서로 가까움을 얻었다."라고 하는 것이다. 인이 많다고 해서 불인하다고 이르는 것은 불가하고, 의가 많다고 해서 불의하다고 이르는 것은 불가하다.[56] 후대의 유학자들은 "서로 가깝다〔相近〕"는 글자에서 벗어나지 못했기 때문에 곧 "기질의 성을 말한 것이다."라고 하는데, 아마 공자의 본의(本意)가 아닌 듯하다.

○ 오직 맹자만이 공자의 뜻을 능히 알았기 때문에 "성은 선하다."라고 한 것이다. 천하의 눈과 귀와 입으로 취하여 비유하면서 마지막에 "의리가 나의 마음을 즐겁게 함이 추환(芻豢)의 고기가 나의 입을 즐겁게 함과 같다."[57]라고 하였으니, 이것이 바로 "성은 서로 가깝다."라고 한 말의 종지(宗旨)이다.

○ 순자(荀子)와 양웅(楊雄)은 모두 "성이 서로 가깝다."는 뜻을 이해하지 못하였다. 그러므로 혹 "성은 악하다."라고 하고, 혹 "성은 선과 악이 혼재한다."라고 하였으니, 모두 기질을 성으로 여긴 것이다.

○ 송나라 유자들이 성선(性善)을 힘써 주장하여 순자(荀子)와 양웅(楊雄)을 물리친 것이 극진하다고 할 만한데, 도리어 기질의 성으로

---

56 인이……불가하다 : 원문 "不可以仁多而謂不仁 不可以義多而謂不義"을 풀이 한 것인데, 이 문장에 오류가 있는 듯하다. 원문의 불인(不仁)과 불의(不義)의 위치가 서로 바뀐 듯하다. 즉 "인이 많다고 해서 불의하다고 이르는 것은 불가하고, 의가 많다고 해서 불인하다고 이르는 것은 불가하다."라고 해야 의미가 통할 듯하다.

57 의리가……같다 : 《맹자》〈고자 상(告子上)〉에 나온다.

섞었으니, 매우 의심스럽다.

○ 근세 양계초(梁啓超)[58]가 말하기를, "송나라 유자들은 대부분 맹자의 무리라고 자처하면서 한편으로 또 고자(告子)의 성에는 선도 있고 악도 있다는 설을 주장한다."라고 하였다. 【양계초의 설은 여기까지이다.】 양씨는 반드시 송나라 유자의 뜻을 참으로 알았던 것은 아니다. 그러나 송나라 유자들이 기질의 성을 힘써 주장한 경우와 같은 것은 이런 비평을 면하기 어렵다.

○ 양계초는 장횡거(張橫渠)의 "형체가 생긴 뒤에 기질의 성이 있으니, 이를 잘 회복하면 천지의 성이 보존된다."[59]라고 한 말을 두고 성악설을 한 것이라고 하였다. 횡거는 다만 기질(氣質)과 성악(性惡)에 나아가 말한 것이지만 그 말에 참으로 미진한 점이 있다.

○ 미발(未發)을 성(性)이라 하고, 이발(已發)을 정(情)이라 한다. 미발의 때에 기는 일을 할 수 없으니, 어찌 불선이 있겠는가? 불선이 있는 것은 발한 뒤의 일이다. 이제까지 기질성(氣質性)을 말하는 사람들은 한결같이 정(情)을 말하는 것일 뿐이다.

---

58 양계초(梁啓超) : 1873~1929. 자는 탁여(卓如)·임보(任甫), 호는 임공(任公), 별호는 음빙실주인(飮冰室主人)이다. 광동성(廣東省) 신회현(新會縣) 사람이다. 스승인 강유위(康有爲, 1858~1927)와 무술변법(戊戌變法)을 일으켰다가 실패하고 미국으로 망명하였다. 귀국 후에는 민족혁명을 고취하였고 공화제(共和制)를 선전하였다. 민국 초기에 진보당수·사법총장을 역임하고, 원세개(遠世凱, 1859~1916)의 제제(帝制)에 반대하였으며, 경학·사학·불교학에 능통하였다. 저서로는 《음빙실합집(飮冰室合集)》이 있다.

59 장횡거(張橫渠)의……보존된다 : 장횡거는 북송(北宋)의 학자 장재(張載)를 말한다. 자는 자후(子厚), 별호가 횡거, 섬서성(陝西省) 미현(郿縣) 사람이다. 이 설은 《성리대전》권5 〈정몽(正蒙)〉과 《맹자》〈고자 상(告子上)〉제6장의 주에 나온다.

性

○ 性者, 有生後, 理賦在氣上之名.

○ 性雖理, 然謂之性, 則包氣在中. 理賦於木, 故謂之仁; 理賦於金, 故謂之義. 禮、智、信亦然. 故性有五品之目, 以其賦於五行之上故也.

○ 先儒分本然、氣質爲二性, 恐非然也. 性一而已, 豈有二性也?

○ 謂本然之性爲理, 則謂氣質之性爲氣耶? 性則理而已, 豈以氣爲性也?

○ 先儒言 "氣質之性, 有善有惡", 性善而已, 豈有惡也?

○ 性仁義禮智信五者而已. 謂性有惡, 則謂五者有時而惡耶? 謂五者之外, 又惡性添來耶?

○ 先儒以孔子性相近之性, 謂"言氣質之性", 恐非其然. 相近云者, 擧相似之謂. 若言氣質, 則千萬不同, 豈云相似?

○ 盖人之生也, 賦性不必相均. 故有賦得仁多者, 有賦得義多者. 平平立說, 謂得相近. 不可以仁多而謂不仁, 不可以義多而謂不義. 後儒看相近字不出, 故便謂"言氣質之性", 恐非孔子之本意.

○ 惟孟子能知孔子之旨, 故曰性善. 以天下之目耳口取譬, 而終云"義理之悅我心, 猶芻豢之悅我口", 是乃性相近之宗旨.

○ 荀、楊俱不得相近之義. 故或曰"性惡", 或曰"性善惡渾", 皆以氣質爲性者也.

○ 宋儒氏力主性善, 辭闢荀、楊, 可謂盡矣, 而反以氣質性混之, 甚可疑也.

○ 近世梁啓超言"宋儒多自命爲孟子之徒, 而一面又主張告子性有善有惡說"【止】. 梁氏未必眞知宋儒之義. 然若力主氣質性, 則難免有此評議.

○ 梁氏以橫渠"生而後, 有氣質之性, 善反之, 則天地之性, 存焉", 謂爲性惡說. 橫渠祇就氣質、性惡者而立言, 然其言誠有未盡.

○ 未發之謂性, 已發之謂情. 未發之時, 氣未用事, 安有不善? 其有不善, 發已後之事. 由來言氣質性者, 一是言情而已.

기질과 물욕

氣質物欲

○ 사람이 불선한 것은 대개 기질에 구속됨과 인욕에 가려짐으로 인해서이다. 그러나 기질의 해침은 적고 인욕의 죄는 크다.

○ 기의 근본은 맑을 뿐인데, 흘러서 인욕에 들어가기 때문에 점점 흐려진다. 마치 물의 근원은 맑을 뿐인데, 오직 더러운 곳으로 흘러들어가기 때문에 혼탁해지는 것과 같다.

○ 사람이 오행의 빼어남을 얻어 바탕으로 삼으니, 실로 물과 다름이 있다. 그러나 품부 받을 즈음에 다과(多寡)와 영축(盈縮)의 같지 않음이 없을 수 없으니, 강한 자와 유약한 자가 있고, 총명한 자와 어리석은 자가 있으며, 안은 강하면서 바깥은 유약한 자가 있고, 안은 유약하면서 바깥은 강한 자가 있고, 안은 총명하면서 바깥은 어리석은 자가 있고, 안은 어리석으면서 바깥은 총명한 자가 있어, 그 부류가 매우 많다. 그러나 강한 자가 반드시 선한 것은 아니고 유약한 자가 반드시 악한 것은 아니며, 총명한 자가 반드시 선한 것은 아니고, 어리석은 자가 반드시 악한 것은 아니니, 기르는 것이 어떠한가에 따라 선악이 판별난다. 잘 기르지 못하면 강한 자는 포학함으로 들어가고, 총명한 자는 기변(機變)[60]으로 들어간다. 잘 기르면 유약한 사람은 손순(巽順)해지고, 어리석은 자는 박실(朴實)해진다. 그러므로 하늘에서 받은 기질을 원망하지 말고 마땅히 자신에게 있는 물욕을 막아야 한다.

---

60 기변(機變) : 의리를 돌아보지 않고 모략과 사술로써 남을 해치는 일을 말한다.

○ 맹자가 "마음을 수양함은 욕심을 적게 하는 것보다 더 좋은 것이 없다."라고 하였으니, 욕심이 사라지면 기가 절로 맑아지고 마음이 절로 길러진다.

○ 공자가 안연이 질문한 인을 행하는 조목에 답하기를, "예가 아니면 보지도, 듣지도, 말하지도, 움직이지도 말라."라고 하였으니, 이것은 바로 인욕을 막는 큰 절목이다. 안연의 청명(淸明)한 자질로도 공자의 가르침이 이와 같은데 지나지 않았으니, 인욕을 막는 것은 상하의 도리에 통달[徹上徹下]하는 공부이다.

○ 맹자는 일생 천리를 보존하고 인욕을 막는 것으로 가르치고 배우는 종지로 삼았으니, 참으로 공자를 잘 배웠다고 이를 만하다.

○ 두렵도다, 물욕이 사람을 빠지게 함이여! 사람이 태어남에 어릴 적부터 장성할 때까지 보고 듣고, 마시고 먹고, 움직이고 그치고, 거처함에 사사물물(事事物物)이 어느 때 어느 곳이든 서로 와서 가리우니, 큰 용기가 있지 않으면 물욕의 구덩이로 옮겨가지 않을 이가 드물다.

○ 부귀욕(富貴欲)이 있고 공명욕(功名欲)이 있으니, 그 청탁은 비록 다르나 그 인욕이 되는 것은 마찬가지이다.

○ 사람이 이로움으로 달려감에 관리가 된 사람은 벼슬로 이로움을 구하고, 명예가 있는 사람은 명예로 이로움을 구하고, 문학을 하는 사람은 문학으로 이익을 구하고, 교육을 하는 사람은 교육으로 이로움을 구한다. 이렇게 이로움을 구하는데, 어찌 이로움을 구하는 것이 되지 않겠는가.

○ 하늘이 재주를 내리는 것이 고금에 다르지 않는데, 인심의 추향이 이와 같은 망극함이 있는 것은 단지 세상이 도를 잃어 망극함을 구원하지 않기 때문이다.

○ 능히 이욕의 구넝이 밖에 우뚝이 서서 굽히시 않는 사람이 있다면 나는 그를 위해 마부가 되어 따르기를 원한다.

氣質物欲

○ 人之不善, 槩因氣質所拘、人欲所蔽. 然氣質之害小, 人欲之罪大.

○ 氣之本淸而已, 流而入於人欲, 故漸漸淆濁. 猶水之源淸而已, 惟其流於汙泥, 故至於渾濁.

○ 人得五行之秀而爲質, 固與物有異. 然其禀受之際, 不能無多寡盈縮之不同, 有剛者柔者, 有明者愚者, 有內剛而外柔者, 有內柔而外剛者, 有內明而外愚者, 有內愚而外明者, 其類甚多. 然剛者不必善, 而柔者不必惡, 明者不必善, 而愚者不必惡, 由養之如何而善惡判焉. 不善養則剛者入於暴虐, 而明者入於機變; 善養則柔者爲巽順, 而愚者爲朴實. 故勿怨受天之氣質, 當窒在己之物欲.

○ 孟子曰"養心, 莫善於寡欲", 欲消則氣自淸而心自養.

○ 孔子答顏淵問爲仁之目曰"非禮勿視聽言動", 是乃遏人欲之大節目. 以顏子淸明之資, 而孔子之敎不過如此, 則遏人欲, 是徹上徹下工夫.

○ 孟子一生以存天理、遏人欲爲敎學宗旨, 眞可謂善學孔子矣.

○ 畏哉, 物欲之㐌[61]人也! 人之生也, 自幼至長, 視聽、飮食、動止、居處, 事事物物, 無時無處, 交互來蔽, 非有大勇, 鮮不移遷窠.

○ 有富貴欲, 有功名欲, 其淸濁雖殊, 其爲欲則一也.

○ 人之趨利也, 作官吏者, 以官求利; 有名譽者, 以名求利; 爲文學者, 以文求利; 爲敎育者, 以敎育求利. 此以求利, 何不爲求利也?

○ 天之降才, 非殊於古今, 而人心趨向, 有如是之極者, 只爲世喪道, 莫

---

61 㐌 : "陷"의 오류로 보임.

之極撥也.

　○ 有能特立於利欲之坑外而不屈者也，吾願爲之執鞭而從之.

학
學

○ 학(學)이라는 것은 본받음이니, 저의 선을 본받아 자신의 것으로 삼는 것이다.

○ 크도다, 배움이여! 잘 배우면 성인이 되고, 그 다음은 현인이 된다. 배우지 않으면 중인이 된다.

○ 성인의 학문은 매우 넓어 천지를 본받으니, 보고 접하는 것에서 취하여 본받지 않음이 없다.

○ 순임금은 농사짓고 질그릇 구우며 물고기 잡을 때부터 황제가 되어서 까지 남에게서 취하지 않은 것이 없으니, 그 학문이 이와 같이 광대하다.

○ 공자가 "세 사람이 길을 감에 반드시 나의 스승이 있다."라고 하였다. 선한 사람만 스승으로 삼을 뿐 아니라, 불선한 사람도 스승으로 삼았으니, 그 학문이 이와 같이 성대하다. 자공(子貢)이 말하기를, "부자〔孔子〕께서 어찌 배우지 않으시며 또 어찌 일정한 스승이 계시겠는가?"라고 하였으니, 생민(生民)이 있은 이래로 공자같이 배우기를 좋아한 이는 없었다.

○ 공자가 스스로 "10호(戶)쯤 되는 조그만 읍(邑)에도 반드시 나처럼 충신(忠信)한 자는 있지만, 나처럼 학문을 좋아하는 이는 없을 것이다."라고 하였고, "나는 열 다섯 살에 학문에 뜻을 두었고, 서른 살에 자립하였고, 마흔 살에 사리에 미혹되지 않았고, 쉰 살에 천명을 알았고, 예순 살에 귀로 들으면 그대로 이해되었고, 일흔 살에 마음이 하고

자 하는 바를 좇아도 법도를 넘지 않았다."라고 하였으니, 이것은 대강을 말한 것이다. 여기에서 더욱 오랠수록 쉬지 않았던 것을 볼 수 있다.

○ 공자가 "배움은 따라가지 못할 듯이 하면서도 오직 때를 잃을까 두려워하여야 한다."라고 하였으니, 또한 한 순간도 쉬지 않았음을 상상할 수 있다.

○ 비록 주공(周公)의 재주가 있더라도 공자의 학문이 없으면 공자가 될 수 없고, 비록 주공의 재주가 없더라도 공자의 학문이 있으면 또한 주공이 될 수 있다.

○ 성인의 문하에 오직 안연이 학문을 좋아하였으나 그가 공자에게 미치지 못하는 것은 오직 그 학문이 공자의 유구(悠久)한 것만 같지 못해서이다.

○ 가령 안연이 오래도록 장수 하였더라면 누가 공자 같은 성인이 되지 못한다고 말하겠는가?

○ 성인의 학문이 다른 사람과 다른 점은 성인은 곧바로 취하고 사량(思量)을 허비하지 않지만, 다른 사람들은 치지(致知)와 존양(存養)을 통해 점점 끌어 올라가는 것이다.

○ 학문은 요체를 아는 것을 귀하게 여기니, 요체를 알지 못하면 산만하여 수습할 수 없다.

○ 염계(濂溪) 선생의 《통서(通書)》〈성학편(聖學篇)〉에, "한결같음이 요체가 되니, 한결같음이란 욕심이 없는 것이다. 욕심이 없으면 고요할 때에는 텅 비고 움직일 때에는 곧게 된다. 고요할 때에 텅 비면 밝아지고 밝아지면 천하의 이치에 통하게 된다. 움직일 때에 곧으면 공평하게 되고 공평하면 천하의 여러 가지 일을 널리 처리할 수 있다. 밝아서 통하고 공평하여 넓게 되면 성인의 도에 거의 가까워질 것이

다."라고 하였다.

○ 학문은 치지(致知)를 우선으로 삼는다. 그러나 치지를 하고자 한다면, 마음을 허정(虛靜)하게 하지 않으면 어떻게 치지할 수 있겠는가. 마음을 허정(虛靜)하게 하려 한다면 또 우선 물욕을 제거해야 한다. 물욕을 제거하려고 한다면 시청언동(視聽言動)에서부터 공부하지 않을 수 없다. 학자들의 초기에는 마땅히 사물(四勿)[62]로써 착수해야 한다.

○ 존양(存養)은 치지(致知)의 근본이 되고, 치지는 또 존양의 바탕이 되니, 이것이 이른바 서로 그 근본이 된다는 것이다. 성현의 글을 많이 읽어 성현의 말씀으로 준칙을 삼아 이것으로 아는 것을 미루어 나가면 거의 어긋나지 않을 것이다. 만약 준칙이 없이 억지로 헤아리고 범범하게 하고 절실하게 하지 않는다면 아는 것이 확실하지 않을 것이다.

○ "옛것을 익히고, 새것을 안다."라고 하였는데, 옛것은 새로운 것의 근본이고, 새로운 것은 옛것의 단서이다. 그러므로 새로운 것을 아는 것은 반드시 옛것을 익히는 데서 시작된다.

○《서경》〈홍범(洪範)〉에 "생각함은 지혜롭다.", "지혜로움은 성스러움을 만든다."라고 하였는데, 여기에서의 생각함[思]이란《예기》에서 말한 "엄숙하게 하기를 깊이 생각하는 것처럼 한다.[儼若思]"는 것을 말하는 것이 아니다. 함양한 것이 오랜 뒤에야 절로 밝음과 지혜로

---

62 사물(四勿) : 공자의 제자인 안연(顏淵)이 인(仁)의 조목을 물었을 때 공자가 "예가 아니면 보지 말며, 예가 아니면 듣지 말며, 예가 아니면 말하지 말며, 예가 아니면 움직이지 말라.〔非禮勿視, 非禮勿聽, 非禮勿言, 非禮勿動.〕"라고 답한 것을 말한다.《論語 顏淵》

움이 생기니, 어찌 사색으로 도달할 수 있겠는가.

○《대학》의 '그칠 데를 안 뒤에 정함이 있다[知止而後有定]'는 조목은 마땅히 치지장(致知章)의 전(傳)이 되어야 한다. 그러나 "그칠 데를 안 뒤에 정함이 있다."라고 한 것은 말이 충분하지 못하니, 마땅히 "내 마음이 그칠 데를 안 뒤에 정함이 있다."라고 한다면 뜻이 갑절로 원만할 것이다.

○ 천하의 사물이 무궁하다고 함은 내 마음의 지(知)가 허령(虛靈)[63]하여 한 번 지각한 것이 모두 물리(物理)에 합당함을 이르는 것이니, 실로 양명(陽明)의 말은 갑자기 믿을 수 없다고 해서는 불가하다. 그리고 주자가 이른바 사물에 나아가 이치를 궁구한다는 것 또한 천하의 사물에 다 나아감을 말하는 것이 아니라, 격물(格物)이 오래 되면 자연히 관통하여 비록 격물하지 못한 것이라도 또한 널리 응하고 일마다 마땅함을 말하는 것이다.

○ 앎에는 완급(緩急)이 있고 일에는 대소(大小)가 있으니, 그 급한 것과 큰 것을 알면 느슨한 것과 작은 것은 비록 모르더라도 가하다.

○ 경서를 읽기가 어렵다. 성인이 말씀하신 뜻은 때와 사람에 따라 다른 것이 있으니, 도를 아는 자가 아니라면 어찌 능히 쉽게 엿보고 헤아리겠는가.

○《대학》의 앎을 지극히 함이 사물의 이치를 궁구함에 있다는 보망장(補亡章)은 도리어 격물치지의 방법이 부족하다. 성의장(誠意章)의 '호색(好色)을 좋아하는 것'·'악취(惡臭)를 미워하는 것'·'스스로 속

---

63 허령(虛靈) : 저본에는 "虛懸"으로 되어 있으나 "허령(虛靈)"의 오류로 보고 수정하였다.

이지 않는 것'과 같은 것은 모두 정성스럽게 하는 방법을 말한 것이고, 정심장(正心章)의 네 개의 유(有)[64]와 수신장(修身章)의 다섯 개의 벽(辟)[65]은 모두 정심(正心)과 수신(修身)하는 방법을 말한 것인데, 격치장(格致章)에는 이것이 없다. 지금 지지조(知止條)의 정(定)·정(靜)·안(安)·려(慮)에 그치는 것[66]을 격물치지의 방법으로 삼으면, 여타의 전(傳)과 서로 유사할 것이다.

○ 앎에는 대소(大小)가 있으니, 그 큰 것을 아는 자는 군자가 되고, 그 작은 것을 아는 자는 소인이 된다. 공자가 "군자는 의(義)에 깨닫고, 소인은 이익(利益)에 깨닫는다."라고 하였으니, 바로 이 뜻이다.

---

64 정심장(正心章)의……유(有) :《대학》전7장에 "이른바 몸을 닦음이 그 마음을 바르게 함에 있다는 것은 마음에 분치하는 바가 있으면 그 바름을 얻지 못하며, 공구하는 바가 있으면 그 바름을 얻지 못하며, 좋아하고 즐기는 바가 있으면 그 바름을 얻지 못하며, 우환하는 바가 있으면 그 바름을 얻지 못한다.〔所謂修身, 在正其心者, 身〔心〕有所忿懥, 則不得其正; 有所恐懼, 則不得其正; 有所好樂, 則不得其正; 有所憂患, 則不得其正.〕"라고 한 것을 말한다.

65 수신장(修身章)의……벽(辟) :《대학》전8장에 "이른바 그 집안을 가지런히 함이 몸을 닦음에 있다는 것은 사람들이 친애(親愛)하는 바에 편벽되며, 천히 여기고 미워하는 바에 편벽되며, 두려워하고 존경하는 바에 편벽되며, 가엽게 여기고 불쌍히 여기는 바에 편벽되며, 거만하고 태만히 하는 바에 편벽된다. 그러므로 좋아하면서도 그의 나쁨을 알며, 미워하면서도 그의 아름다움을 아는 자가 천하에 적은 것이다.〔所謂齊其家, 在修其身者, 人之其所親愛而辟焉, 之其所賤惡而辟焉, 之其所畏敬而辟焉, 之其所哀矜而辟焉, 之其所敖惰而辟焉, 故好而知其惡, 惡而知其美者, 天下鮮矣.〕"라고 한 것을 말한다.

66 지지조(知止條)의……것 :《대학》경1장의 "그칠 데를 안 뒤에 정함이 있으니, 정한 뒤에 능히 고요하고, 고요한 뒤에 능히 편안하고, 편안한 뒤에 능히 생각하고, 생각한 뒤에 능히 얻는다.〔知止而后有定, 定而后能靜, 靜而后能安, 安而后能慮, 慮而后能得.〕"라고 한 것을 말한다.

○ 공자가 "아는 자는 좋아하는 자만 못하다."라고 하였으니, 이것은 아직 아는 것이 깊지 못한 것이다. 만약 아는 것이 깊으면 좋아하고 즐거워하는 것은 힘을 허비하기를 기다리지 않을 것이다.

○ 공자가 "배우기만 하고 생각하지 않으면 어두워지고, 생각하기만 하고 배우지 않으면 위태롭다."라고 하였으니, 배우기만 하고 생각하지 않으면 배운 것에 자득(自得)한 실제가 없고, 생각하기만 하고 배우지 않으면 생각한 것에 편고(偏枯)의 근심이 있다.

○ 배움과 생각은 항상 서로 필요하니, 배우지 않으면 생각이 바탕삼을 곳이 없고, 생각하지 않으면 배움은 이루는 것이 없다.

○ 공자가 "내 일찍이 종일토록 밥을 먹지 않으며 밤새도록 잠을 자지 않고서 생각하니, 유익함이 없었다. 배우는 것만 같지 못하였다."라고 하였다. 이것은 생각만 하고 배우지 않는 사람을 위하여 말한 것이다. 만약 배우기만 하고 생각하지 않는 사람을 위하여 말한 것이라면, 반드시 "한갓 배우기만 하면 무익하다."라고 하였을 것이다.[67]

○ 성현의 말씀을 많이 축적하여 나의 척도를 정한 뒤에라야 사물을 생각하고 헤아림에 거의 어긋나거나 섞이는데 이르지 않을 것이다.

○ 한 책을 읽음에 깊이 침잠하여 관통하면 나의 생각과 힘이 이미 절로 깊고 길어지니, 다른 책을 볼 때 또한 힘을 허비하지 않을 것이다.

○ 경서를 읽을 때, 먼저 문의(文義)를 구하고, 다음으로 말한 뜻을 구한 뒤에 반복하여 외워서 그 말을 나의 말이 되도록 한다면, 성현의 기상과 의사가 뚜렷이 심목(心目)에 있게 된다. 이와 같이 하여 그치지

---

67 이 조목은 저본에는 두 조목으로 나뉘어 있으나, 의미상 한 조목으로 보아 해석하였다.

않으면 오래됨에 절로 득력(得力)할 것이다.

○ 생각하여 터득함이 있으면 또 다시 깊이 음미해야 한다. 겨우 터득하고 문득 끝내면 특별한 재미가 없다.

○ 앎은 말을 아는 것보다 큰 것이 없으니, 지천명(知天命)과 이순(耳順)이 아니면 쉽게 논할 수 없다.

○ 말을 알면 사람을 알고, 사람을 알면 일이 다스려지지 않음이 없을 것이다.

○ 내 매번 《논어》를 읽을 때는 낮은 소리로 완미하고, 《맹자》를 읽을 때는 높은 소리로 읊조리는데, 일부러 그런 것이 아니라, 절로 이와 같을 뿐이다.

○ 공자의 말씀은 평평하고 세밀하여 네 모퉁이를 아울러 거론하였고, 맹자는 원두(源頭)를 설파하여 위아래로 통한다.

○ 공자가 스스로 말하기를, "옛것을 좋아하여 급급(汲汲)히 그것을 구한 자이다."라고 하였는데, '민(敏)' 자를 마땅히 자세히 보아야 한다.

○ 사람을 보는 것이 가장 어렵다. 공명(孔明)이 마속(馬謖)을 잘못 보았으니, 이것 또한 격치(格致)가 미진한 곳이다.

○ 공자가 "그 하는 것을 보며, 그 말미암는 것을 살피며, 그 편안히 여김을 살펴본다."라고 하였고, 맹자는 "그의 말을 들어보고 그의 눈동자를 관찰한다."라고 하였다. 공자는 심밀(深密)하고 맹자는 명단(明斷)하다. 공자는 행위에서 미루어 나갔고, 맹자는 말을 살피고 안색을 관찰하는 것이다. 공자는 사람에게 사람을 관찰하는 법을 가르친 것이고, 맹자는 사람을 관찰하는 기술을 스스로 말한 것이다.

○ 공자가 "얼굴빛은 위엄이 있으면서 마음이 유약한 것을 소인에게 비유하면 벽을 뚫고 담을 넘는 도적과 같을 것이다."라고 하였다. 이는

사람에 대해 외면으로 내면을 믿어서는 불가함을 말한 것이다.

○ 공자가 "언론(言論)이 독실한 사람을 이에 친히 한다면 군자다운 자인가? 얼굴만 장엄한 자인가?"라고 하였다. 이것은 사람은 말 때문에 행실을 믿어서는 불가함을 말한 것이다.

○ 공자가 "군자는 남이 나를 믿어주지 않을까 억측하지 않는다. 그러나 또한 먼저 깨닫는 자가 어진 것이다."라고 하였다. 남이 나를 믿어주지 않을까 억측(臆測)하지 않는 것은 정성이고, 먼저 깨닫는 것은 밝음이다. 반드시 성인의 정성과 밝음이 있은 뒤에야 사람을 잃지 않고, 또한 사람에게 잃어지지 않는다.

○ 시를 읽을 때는 모름지기 반복하여 읊조리고 외워서 가슴속을 텅 비게 하여 시인의 정성(情性)을 구해야 한다.

○ 공자는 나라를 다스림에는 반드시 정(鄭)나라 음악을 추방하면서 시를 산정함에는 음란한 시를 다 산삭하지 않았으니, 사람에게 그 안일한 뜻을 징계하도록 한 것이고, 또한 치란(治亂)의 자취를 밝힌 것이다.

○ 배우는 자가 시를 읽을 때 반드시 그 선시(善詩)를 읊조리고 음시(淫詩)에 대해서는 한 두 번 보고 그 자취를 고찰하여 모름지기 정(鄭)나라 음악을 추방한다는 뜻을 보존하는 것이 가할 것이다.

○ 춘추시대의 시기에 대개 시에서 득력한 자가 많았다. 《중용》·《대학》·《맹자》·《순자》는 모두 시를 많이 인용하였으니, 그 시대에 숭상했던 것을 알 수 있다.

○ 시를 인용하는 것은 반드시 시의 본의(本義)는 아니고, 또한 단장취의(斷章取義)한 것이 많다.

○ 공자가 "《시경》 3백 편의 뜻을 한 마디의 말로 대표할 수 있으니,

'생각에 간사함이 없다.'는 것이다."라고 하였다. 대개 생각에 간사함이 없은 뒤에라야 시를 읽을 수 있다.

○ 고자(高子)는 〈소반(小弁)〉을 소인(小人)의 시로 여겼는데, 맹자는 〈소반(小弁)〉의 원망은 어버이를 친(親)히 한 것으로 여기고, 고자가 시를 해석하는 것이 고루하다고 하였다.[68] 오직 맹자만이 공자가 말한 "원망할 수 있다."는 뜻[69]을 얻었다.

○ "새와 짐승, 풀과 나무의 이름을 많이 알게 한다."라고 한 데서 성인은 한 물건도 그냥 지나치지 않음을 볼 수 있다.

○《고문상서(古文尙書)》를 후인들은 대부분 위서(僞書)로 여겼는데, 유독 방망계(方望溪)[70]는 그렇지 않다고 여겼다. 그 말이 진실로 취할 만한 것이 있었기 때문에 뒤에 대략 붙인다.

○ 또 생각해 보니, 능히 위서라고 하는 것이 옳다고 하는 사람은 누구인가. 주나라로부터 이래 저서로 이름난 사람은 손꼽을 수 있다. 말이 도에 가까운 이로는 순자(荀子)와 동중서(董仲舒)만한 이가 없으니, 이 두 사람의 정밀한 말을 취하여 〈이훈(伊訓)〉·〈태갑(太甲)〉·〈열명(說命)〉의 사이에 둔다. 나는 좌구명(左邱明)·사마천(司馬遷)·양웅(楊雄)이 여기에 참여할 수 있다고 여기는데, 더구나 그들 보다 못한 사람이 참여할 수 있겠는가. 그렇다면 그 말투가 금문(今文)과

---

68 고자(高子)는……하였다 :《맹자》〈고자 하(告子下)〉제3장에 나오는 내용이다.

69 공자가……뜻 :《논어》〈양화(陽貨)〉제9장에서 공자가 시의 효용을 말한 내용 중의 한 가지이다.

70 방망계(方望溪) : 청나라 때 문장가 방포(方苞, 1668~1749)를 말한다. 자세한 내용은 위의 같은 주석 참조.

비슷하지 않은 것은 어째서인가. 필시 진(秦)·한(漢) 사이에 유자들이 그 책을 얻어 그 심오하고 난삽함을 괴롭게 여겨 조금씩 현양(顯揚)하는 말로 바꾸었을 것이고, 그 대체(大體)는 실로 경의 본문이다.

○ 맹자가 "나는《서경》〈무성편(武成篇)〉에 대해서 두서너 쪽을 취할 뿐이다."라고 하였다. 오직 이치를 궁구하여 고금의 진위(眞僞)에 도달한 뒤에는 변설(辨說)을 기다리지 않아도 분명해진다.

○ 대개 당시의 효상(爻象)을 상상해 보건대, 전벌(戰伐)하여 서로 죽인 일이 없지 않았을 것이다. 그러나 어찌 그 피가 절구공이를 표류하게 하는데 이르렀겠는가. 분명 사관의 지나친 말일 것이다.

○ 〈요전(堯典)〉과〈순전(舜典)〉을 읽으면 요순의 마음이 분명 천지와 함께 흐르는 것을 알 수 있다.

○《서경》은 정사를 말한 것이다. 정사의 큰 것은 사람을 얻는 것만한 것이 없는데, 공경히 다섯 가지 가르침을 펼치고 전토(田土)를 다스리고 칠정(七政)[71]을 고르게 하는 것이 모두 그 대경(大經)이다. 그 나머지 절목은 각각 때에 따라 덜고 더하는 것이다.

○ 순(舜)의 덕은 요(堯)와 비슷하고 탕(湯)의 덕은 우(禹)와 비슷한데, 무왕(武王)의 덕은 탕과 비교해 보면 도리어 닮지 않은 듯하다. 〈탕서(湯誓)〉는 온화하고 겸손하며, 〈무성(武成)〉은 시원하고 통쾌하다.

○ 고요(皐陶)의 덕은 우(禹)보다 못하지 않지만, 우의 공이 천하에 크게 드러났기 때문에 백성들이 그에게 귀의한 것이다.

○ 〈홍범(洪範)〉을 읽은 뒤에 기자(箕子)의 성스러움에는 미칠 수

---

71 칠정(七政) :《서경》〈순전(舜典)〉에 나온 것으로, 일(日)·월(月)·금성(金星)·목성(木星)·수성(水星)·화성(火星)·토성(土星)을 말한다.

없음을 알았다. 성인은 천지로 마음을 삼고, 천지는 만물을 생성시키는 것으로 마음을 삼는다. 상나라와 주나라가 교체된 것 또한 하늘의 마음이다. "내 말하지 않으면 생민의 복리(福利)가 빠짐이 있을 것이니, 내 어찌 하늘을 어기고 말하지 않을 수 있겠는가?"라고 하였으니, 이것은 이른바 "집착하는 마음이 없으며, 이기심이 없으셨다."는 것[72]이고, 단지 천명에 순응한 것일 뿐이다.

○ 여러 경전을 읽은 뒤에 《중용》을 읽을 수 있다.

○ 《중용》은 학문의 극치이다. 모름지기 중(中)이 꼭 중인 것은 아니고 부중(不中) 또한 중인 줄 안 연후에 중을 말할 수 있다.

○ 《주역》을 읽은 뒤에 중을 말할 수 있다. 음양(陰陽)과 오행(五行)은 대부분 길(吉)함이 많지만, 때로 불길(不吉)함이 있다. 이것 또한 시(時)일 따름이니, 중(中)의 도는 시(時)가 귀함이 됨을 알 수 있다.

○ 《중용》은 처음에는 중화(中和)를 말하였고, 다음으로 중용(中庸)을 말하였으니, 중화의 성정이 있기 때문에 발하여 중용의 덕행이 된다는 것이고, 다음으로 지·인·용(知仁勇)을 말하였으니, 반드시 이 삼달덕(三達德)이 있어야 중용의 극공(極功)을 이룰 수 있다는 것이고, 다음으로 비은(費隱)을 말하여 도의 광대함을 밝히고 성(誠)으로써 계속한다는 것이다. 대개 도가 이와 같이 광대하지만 하나의 성(誠) 자로 꿰뚫을 수 있음을 말하였으니, 성(誠)이 바로 중(中)의 근본[樞紐]이다.

---

72 이른바 ……것 : 공자가 네 가지의 마음이 없었던 것을 말한 것 가운데 두 가지이다. 네 가지는 곧 사사로운 마음, 기필하는 마음, 집착하는 마음, 이기적인 마음이 없었던 것을 말한다. 《論語 子罕》

○《역》은 변역(變易)이니, 때에 따라 변역하여 도를 따르는 것이다. 변역을 알지 못하면 중용(中庸)을 말하기 어렵다.

○《역》은 성인이 위로 천문(天文)을 관찰하고, 아래로 지리(地理)를 살피며, 가운데로 인사(人事)를 고찰하여 상(象)을 완미하고 사(辭)를 이어서 사람에게 길흉을 가르친 것이다. 가령 읽는 사람이 상을 관찰하고 사를 완미하여 자신에게 미치고 시의(時義)를 살핀다면 그 흉함을 피하고 길함에 나아가는 도가 거의 빠지거나 새는 것이 없을 것이다.

○ 주자는《주역》을 점서(占筮)의 글로 여겼다. 감히 알지 못하겠으나, 성인이 사람을 가르침에 어찌 명백(明白)하여 드러난 일로써 가르치지 않고 반드시 유암(幽暗)하여 깨닫기 어려운 방법을 빌려서 현혹하였는가?

○《춘추》는 비록 노(魯)나라 역사로 인하였으나 그 의례(義例)는 바로 공자께서 창작한 것이다. 그 은미한 말과 뜻, 때로 조처함에 마땅함을 따르는 것은 당시 자유(子游)와 자하(子夏)의 무리들도 반드시 다 알지는 못하였다. 후세의 유자들이 반복하고 참구(參究)하여 발명한 것이 많으나 그 사이에 과도하게 구한 것이 있어 천착이 있음것을 면하지 못하였다.

○《춘추》은공(隱公) 원년(元年)의 '춘왕정월(春王正月)'을《공양전(公羊傳)》에서, "왕은 문왕을 말한다."라고 하였으니, 이것이 또한 과도하게 구한 것이다. 천왕은 달력이 필요하면 왕을 적고, 달력을 반포하지 않으면 왕을 적지 않으니, 절로 정례(定例)가 있다. 모든 왕정월(王正月)이라고 한 것은 당시에 천왕이 달력을 반포하는 정치가 폐해지지 않았음을 보인 것이다. 왕을 적지 않고 단지 춘정월(春正月)

이라고 적은 것은 달력을 반포하는 정치가 거행되지 않음을 보인 것이니, 정치의 득실을 절로 볼 수 있을 것이다. 《공양전》에서, "왕은 문왕을 말한다."라고 한 것은 감히 알지 못할 것이다.

○ 역사를 읽기 어렵게 된 것이 오래이다. 공자는 사관이 글을 빼놓고 기록하지 않는 풍조가 사라졌음을 탄식하였고,[73] 맹자는 〈무성〉편에서 두서너 쪽을 취하였다. 더구나 후대의 사관이 어찌 능히 시비가 전도됨을 면할 수 있겠는가. 더욱이 역대(歷代)가 교체하는 즈음에는 일이 대부분 모호하니, 비록 넓게 찾고 정밀하게 채집하더라도 핵실(核實)하기 어렵다. 사실은 차치하고 우선 의리로 비추어 보면 거의 얻음이 있을 것이다.

○ 존양성찰(存養省察)[74]은 동정(動靜)의 공부를 하는 것과 동떨어진 것이 아니니, 모름지기 동(動)하는 가운데 정(靜)을 구하고, 정하는 가운데 동을 구해야 한다.

○ 거처할 적에 공손히 하며, 일을 집행할 적에 공경하는 것은 동

---

73 공자는……탄식하였고 : 사무궐문(史無闕文)은 옛날에는 역사를 서술할 적에 의문 나는 곳을 빼놓고 했는데 지금은 그렇지 않다는 뜻이다. 《논어》〈위령공(衛靈公)〉에 "나는 오히려 사관들이 글을 빼놓고 기록하지 않는 것과 말을 가진 사람이 남에게 말을 빌려 주어 타게 하는 것을 보았는데, 이젠 없어졌구나.〔吾猶及史之闕文也, 有馬者借人乘之, 今亡矣夫!〕"라고 하여 시대가 야박해진 것을 서글퍼 하였던 것을 말한다.

74 존양성찰(存養省察) : 존양(存養)은 마음을 보존하여〔存心〕 성을 기른다〔養性〕는 뜻이며, 성찰(省察)은 자신의 사욕을 살피는 것이다. 자사는 《중용장구》 수장(首章)에서 "군자는 보지 못하는 데에도 삼가며 듣지 못하는 바에도 두려워한다.〔君子 戒愼乎其所不睹, 恐懼乎其所不聞.〕"라고 하였는데, 이것은 정(靜)할 때의 존양공부를 말한 것이며, 이어 "군자는 홀로 아는 곳을 삼간다."라고 하였는데, 이것은 동(動)할 때의 성찰공부를 말한 것이다.

(動)하는 가운데 정(靜)을 구하는 것이고, 일이 없을 때 항상 이 마음을 잡아당기는 것은 정하는 가운데 동을 구하는 것이다.

○ 예가 아니면 보지도, 듣지도, 말하지도, 움직이지도 말라는 것은 유독 극기복례(克己復禮)의 일만이 아니라, 또한 존양(存養)의 공부를 포함하고 있다. 예가 아니면 보지도, 듣지도, 말하지도, 움직이지도 않은 뒤에 마음이 보존될 수 있고, 성을 기를 수 있다.

○ 일이 있을 때 경(敬)하는 것, 이것이 동(動)하는 가운데 정(靜)하는 공부이고, 일이 없을 때 경하는 것, 이것이 정하는 가운데 동하는 공부이다.

○ 인심(人心)은 동정(動靜)이 순환하여 한 순간도 멈추거나 쉼이 없다. 오직 경(敬)을 위주로 하는 사람만이 능히 동정에 잃음이 없다.

○ "명도(明道) 선생이 종일토록 단정히 앉아 있는 모습이 흙인형 같았다."[75]라고 하였으니, 이것은 기록한 사람의 지나친 말이다. 사람이 일이 없을 때, 한 두 시간 고요히 앉는 것은 실로 해가 없으나, 어찌 종일토록 흙인형처럼 단정히 앉을 수 있겠는가. 만약 고적(枯寂)하게 선정(禪定)에 든 이가 아니라면 아마 이런 이치는 없을 것이다.

○ 공자께서 한가로이 계실 적에 그 모습은 활짝 편 듯하시며 온화한 듯하셨다.[76] 이것이 성인의 중화(中和)의 기상이니, 어찌 흙인형과 같은 시절이 있었겠는가. 학자는 모름지기 마음을 원활한데 놀려 혹 고요

---

75 명도(明道) 선생이……같았다 : 사양좌(謝良佐)가 명도(明道) 정호(程顥)의 인품을 평하기를, "종일토록 단정히 앉아 있는 모습이 흙인형[泥塑人]과 같았으나, 사람을 접할 때는 온후함이 한 덩어리 화기였으니, 이른바 '멀리서 바라보면 엄숙하고 그 앞에 나아가면 온화하다.'라는 것이었다."라고 했던 것을 말한다. 《宋元學案 卷14 明道學案》
76 공자께서……듯하셨다 : 《논어》〈술이(述而)〉제4장에 나온다.

히 앉고, 혹 산보하고, 혹 독서하고, 혹 예에 노닐고, 혹 잠심하여 의리를 궁구하고, 혹 몸과 마음을 점검함에 마음과 기운을 항상 태연한 위에 있도록 해야 한다. 만약 한결같이 정좌하는 일변에만 구하면 편고(偏苦)한 곳에 빠질까 두렵다.

學

○ 學者效也, 效彼之善, 以爲己有.

○ 大哉, 學也! 善學則爲聖人, 其次爲賢人. 不學則爲衆人.

○ 聖人之學甚廣, 效天效地, 所見所接, 無非取效.

○ 舜自耕稼陶漁, 以至爲帝, 無非取於人, 其學有如是之廣大也.

○ 孔子曰"三人行, 必有我師焉". 不徒善者爲師, 而不善者亦爲師, 其學有如是之盛大也. 子貢曰"夫子焉不學, 而亦何常師之有?" 自生民以來, 好學無如孔子.

○ 孔子自謂"十室之邑, 必有忠信如丘者, 不如丘之好學也", "自十五而志學, 三十而立, 四十而不惑, 五十而知天命, 六十而耳順, 七十而從心所欲不踰規", 此是大綱說. 卽此而可見悠久而不息.

○ 孔子曰"學如不及, 惟恐失之", 亦可想無一息之不學也.

○ 雖有周公之才, 無孔子之學, 則不可以爲孔子; 雖無周公之才, 有孔子之學, 則亦可以爲周公.

○ 聖門惟顏子好學, 而其不及孔子, 惟其學不如孔子之悠久.

○ 使顏子而久壽, 孰謂不爲孔子之聖?

○ 聖人之學, 與人異者, 聖人直取之, 不費思量, 他人致知存養, 漸漸引上去.

○ 學貴知要, 不知要, 則散漫不得收拾.

○ 濂溪先生曰: "一爲要, 一者無欲也. 無欲則靜虛動直. 虛則明, 明則通; 直則公, 公則博. 明通公博, 庶幾乎!"

○ 學以致知爲先. 然欲致知, 不敎心地虛靜, 安得致來? 欲敎心地虛靜,又先除去物欲. 欲去物欲, 不得不自視聽言動上做工夫. 學者之初, 當以四勿爲入手.

○ 存養爲致知之本, 致知又爲存養之資, 此所謂互爲其根者也. 多讀聖賢書, 以聖賢言語爲準則, 以此推去所知, 庶不差. 若無準則, 强以揣度, 泛而不切, 知不端的.

○ "溫故而知新", 故者新之根, 新者故之端. 故知新必自溫故始.

○ "思曰睿", "睿作聖", 此思非若思之謂. 涵養久後自生明睿, 豈思索所到?

○《大學》知止而後有定條, 當爲致知章傳. 然"知其止而後有定"云者, 語未足, 當曰"吾心之知止而後有定", 則意倍圓矣.

○ 天下之事物無窮, 謂吾心之知虛靈[77], 一覺皆當乎物理, 固不可陽明之言, 未可遽信. 而朱子所謂卽物窮理者, 亦非謂盡格天下之物, 謂格之之久, 自然貫通, 雖未格者, 亦泛應曲當也.

○ 知有緩急, 事有大小, 知其急者大者, 緩者小者, 雖不知可也.

○ 讀經爲難. 聖人立言之義, 有因時人而異者, 非知道者, 何能容易窺測也?

○《大學》致格補亡章, 却欠格致之方. 如誠意章好好色、惡惡臭、毋自欺, 皆言誠之之方, 正心章之四有、修身章之五辟, 皆言正修之方, 而格致章無此. 今以知止條止定、靜、安、慮爲格致之方, 則如他傳相類矣.

○ 知有大小, 知其大者爲君子, 知其小者爲小人. 孔子曰"君子喩於義, 小人喩於利", 卽此義矣.

○ 子曰"知之者, 不如好之者", 是知之未深也. 若知之深, 則好與樂不

---

77 靈 : 저본에는 "懸"자로 되어 있으나 "靈"자의 오류로 보고 수정하였다.

待費力也.

○ 子曰"學而不思則罔, 思而不學則殆", 學而不思, 則所學無自得之實; 思而不學, 則所思有偏枯之患.

○ 學與思, 常相須, 不學則思無所資, 不思則學無所成.

○ 子曰"吾嘗終日不食, 終夜不寢, 以思, 無益, 不如學也". 此爲思而不學者言也. 若爲學而不思者言, 則必曰"徒學無益也".

○ 多蓄聖賢言語, 定吾尺度然後, 思量事物, 庶不至差錯矣.

○ 讀一書, 沈涵貫通, 則吾之思力, 已自深長, 去看他書, 亦不費力.

○ 讀經書, 先求文義, 次求所言之旨, 而後反覆諷誦, 使其言爲吾言, 則聖賢之氣象、意思, 瞭然在心目. 如此不已, 久自得力.

○ 思而有得, 又更涵泳, 纔得便了, 別無滋味.

○ 知莫大乎知言, 非知命、耳順, 則未易論.

○ 知言則知人, 知人則事無不理矣.

○ 吾每讀《論語》低聲玩味, 讀《孟子》高聲諷詠, 非故然也, 自如此耳.

○ 孔子之言, 平舖細密, 四隅兼擧; 孟子劈破源頭, 徹上徹下.

○ 孔子自言"好古敏以求之", 敏字當細看.

○ 觀人最難. 孔明失於馬謖, 是亦格致未盡處.

○ 孔子曰"視其所以, 觀其所由, 察其所安", 孟子曰"聽其言也, 觀其眸子". 孔子深密, 孟子明斷; 孔子以行上推去, 孟子察言觀色; 孔子是敎人觀人法; 孟子是自言觀人術.

○ 孔子曰"色厲而內荏, 譬諸小人, 其猶穿窬之盜也與!" 此言人不可以外而信內也.

○ 孔子曰"論篤, 是與, 君子者乎? 色莊者乎?" 此言人不可以言而信行.

○ 孔子曰"君子不億不信, 抑亦先覺者是賢乎!" 不億不信, 是誠也; 先覺, 是明也. 必有聖人之誠明, 然後不失人, 亦不失於人也.

○ 讀詩, 須反覆吟誦, 敎胸中空蕩, 以求詩人情性.

○ 孔子於爲邦必放鄭聲, 而刪詩不盡刪淫詩, 敎人懲其逸志, 亦以明治亂之跡.

○ 學者讀詩, 必諷詠其善詩, 而於淫詩, 則一再觀而考其跡, 須存放鄭聲之意, 可也.

○ 春秋之時, 盖多得力於詩者.《中庸》、《大學》、《孟子》、《荀子》俱多引詩, 其時之所尙, 可知.

○ 引詩者, 未必詩之本義, 亦多斷章取.

○ 子曰 "《詩》三百, 一言而蔽之, 曰思無邪". 盖思無邪然後, 可讀詩.

○ 高子以〈小弁〉爲小人之詩, 孟子斷以〈小弁〉之怨, 爲親親, 而固高子之爲詩. 惟孟子得孔子可以怨之義

○ 多識鳥獸草木之名, 可見聖人無一物放過.

○《古文尙書》後人以爲多僞書, 獨方望溪以爲非然. 其言誠有可取, 故略附于後.

○ 抑思能僞爲是者誰歟? 自周以來, 著書而名家者, 可指數也. 言之近道, 莫若荀子、董子, 取二子之精言, 而措諸〈伊訓〉、〈太甲〉、〈說命〉之間, 弗肯也而謂左邱明、司馬遷、楊雄能爲之與, 而況其下焉者與? 然則其辭氣不類今文, 何也? 必秦、漢間, 儒得其書, 苦其奧澁, 稍以顯揚之辭更之, 其大體, 則固經之本文也.

○ 孟子曰 "吾於〈武成〉, 取二三策而已". 惟窮理, 到後古今之眞僞, 不待辨說而明.

○ 槩想當時爻象, 不無戰伐相殺之事. 然何至血流漂杵也? 分明史臣之過辭.

○ 讀二典, 可識堯舜胸懷, 分明與天地同流.

○《書》以道政事. 政之大, 莫過於得人, 而敷五教、治田土、齊七政皆其大經. 其餘節目, 各因時損益.

○ 舜之德似堯, 湯之德似禹, 而武之德比之湯, 却似未肯.〈湯誓〉溫謙,〈武成〉爽快.

○ 皐陶之德, 無下於禹, 而禹之功, 大著於天下, 故民歸之.

○ 讀〈洪範〉而後, 知箕子之聖不可及也. 聖人以天地爲心, 天地以生物爲心. 商周之代替, 亦天之心. "吾言不出, 則生民之福利有闕, 吾豈可以違天而不以言哉?" 此所謂無固無我, 而只是順天膺命已矣.

○ 讀諸經而後, 可讀《中庸》.

○《中庸》是學問之極致. 須知中不必中, 而不中亦中, 然後可以言中.

○ 讀《易》而後, 可以言中. 二五舉多吉, 而有時乎不吉. 是亦時焉而已, 可知中之道, 時爲貴耳.

○《中庸》始言中和; 次言中庸, 有中和之性情, 故發而爲中庸之德行; 次言知、仁、勇, 必此三達德而後, 可以致中庸之極功; 次言費隱, 以明道之廣大, 而繼之以誠. 盖言道之如是廣大, 而一誠字可以貫之, 誠者乃中之樞紐也.

○《易》變易也, 隨時變易, 以從道也. 不知變易, 難以言中庸.

○《易》者, 聖人仰觀天文, 俯察地理, 中考人事, 玩象繼辭, 以教人吉凶. 使讀者, 觀象玩辭, 及諸身而察之時義, 則其避凶就吉之道, 庶無遺漏矣.

○ 朱子以《周易》爲占筮之書. 所不敢知, 聖人教人, 何不以明白顯揚之事, 而必借幽暗難曉之術, 以眩之也?

○《春秋》雖因魯史, 然其義例, 則乃夫子所創作. 其微辭隱義, 時措從宜, 當時游、夏之徒, 未必盡知. 後世儒者反覆參究, 多所發明, 然間有求之過深, 未免有鑿矣.

○ 春王正月, 公羊曰"王, 謂文王也", 是亦求之過也. 天王須曆則書王, 不頒則不書王, 自有定例. 凡王正月, 以示當時天王頒曆之政不廢也. 不書王而只書春正月, 以示頒曆之政不擧也, 而政之得失, 自可見矣. 謂稱文王, 所不敢知.

○ 史之難讀久矣. 孔子歎史無闕文, 孟子於〈武成〉取二三策. 況後代之史, 安能免是非顚倒? 尤於歷代交替之際, 事多糢糊, 雖廣披精採, 難爲核實. 且置事實, 先以義理照之, 庶幾有得矣.

○ 存養省察, 不是截然作動靜工夫, 須是動中求靜, 靜中求動.

○ 居處恭, 執事敬, 是動中求靜; 無事時, 常常提撥此心, 是靜中求動.

○ 非禮勿視聽言動, 非獨克復之事, 亦包存養之工. 非禮勿視聽言動而後, 心可存而性可養.

○ 有事時敬, 是動中之靜工; 無事時敬, 是靜中之動工.

○ 人心, 動靜循環, 無一息停息. 惟主於敬者, 能動靜無失.

○ "明道先生, 終日端坐, 如泥塑人", 此記者過言. 人於無事時, 一兩時靜坐, 固無害, 豈可終日端坐如泥塑也? 若非枯寂入禪者, 恐無此理.

○ 子之燕居, 申申如也, 夭夭如也. 此是聖人中和氣象, 豈有如泥塑時節? 學者須是游心圓活, 或靜坐、或散步、或讀書、或遊藝、或潛求義理、或點檢心身, 使心氣常在於舒泰之上. 若一向求之於靜坐一邊, 恐陷於偏苦之葬.

지은이 申晟圭

1905(고종42)~1971. 구한말에서 현대 시기에 이르는 동안 활동했던 대표적인 유학자이자 전통지식인이다. 본관은 평산(平山), 자는 성일(聖日), 호는 손암(遜庵)이다. 경상남도 밀양시 부북면 사포리에서 태어났다. 7세 때 부친상을 당하여 두 분 형님과 삼년상을 마친 후 16세 되던 해 숙부를 따라 청도 신둔사에서 학업을 이어나갔다. 당시 학덕이 높던 소눌(小訥) 노상직(盧相稷), 금주(錦洲) 허채(許埰), 성헌(省軒) 이병희(李炳憙)에게 가르침을 받았다. 시문에 뛰어났고, 〈논어강의(論語講義)〉를 편찬하는 등 경학과 성리설에도 조예가 깊었다. 일제 식민 말기에 단발령과 징병을 거부하며 덕유산의 대덕산으로 들어가 지내었고, 광복이 되던 해에 고을 선비들과 명륜학원(明倫學院)을 만들어 수년간 학생을 가르쳤다. 1965년에는 정부가 일본과 교류를 맺으려하자 〈한일국교반대건의서(韓日國交反對建議書)〉를 지어 국교 수립의 불가함을 천명하였다. 친하게 교유하던 인물로는 이온우(李溫雨), 이병호(李炳虎), 허섭(許涉) 등이 있다. 저서로는 《손암집》이 있다.

〈역 자〉

남춘우, 부산대학교 점필재연구소 연구교수
신상필, 부산대학교 점필재연구소 HK교수
이연순, 부산대학교 점필재연구소 연구교수
이영준, 해동경사연구소 연구원/한국고전번역원 전 전문위원

〈교 열〉

정경주, 경성대학교 한문학과 교수
정석태, 부산대학교 점필재연구소 연구교수
최석기, 경상대학교 한문학과 교수

〈교 정〉

강창규 / 권혁 / 김우정 / 손해진

손암집 1

申晟圭 지음 | 남춘우·신상필·이연순·이영준 역주

2015년 4월 17일 초판 1쇄 발행

편집·발행 도서출판 점필재 | 등록 2013년 4월 12일 제2013-000111호

주소 (136-087) 서울시 성북구 보문동7가 11번지 2층

전화 929-0804 | 팩스 922-6990

값 38,000원

ISBN 979-11-85736-20-4   94810
　　　979-11-85736-19-8   (세트)

이 도서의 국립중앙도서관 출판예정도서목록(CIP)은 서지정보유통지원시스템 홈페이지(http://seoji.nl.go.kr)와 국가자료공동목록시스템(http://www.nl.go.kr/kolisnet)에서 이용하실 수 있습니다. (CIP제어번호 : CIP2015009547)